移民们搬迁前的住房（摄影：唐荣尧）

移民们搬迁前的住房(摄影:唐荣尧)

移民前,移民们在艰难打水(摄影:刘泉龙)

移民前的黄土山路(摄影:刘泉龙)

移民前,孩子们在读书玩耍(摄影:唐荣尧)

移民前,孩子们在学校读书的情形(摄影:刘泉龙)

在希望的田野上(上图摄影:祁赢涛,下图摄影:唐荣尧)

平罗县陶乐镇庙庙湖村，这里昔日是一片沙丘，移民到来后，变成了"花果山"（摄影：岳昌鸿）

平罗县西大滩，曾是一片沼泽地，经过几代移民的努力，变成了今日的美丽模样（摄影：岳昌鸿）

美好新家园（摄影：岳昌鸿）

出入山河

百万移民的时间记录本

唐荣尧 ◎ 著

陕西师范大学出版总社　黄河出版传媒集团阳光出版社

图书代号　WX23N0745

图书在版编目（CIP）数据

出入山河：百万移民的时间记录本 / 唐荣尧著. —
西安：陕西师范大学出版总社有限公司；银川：阳光
出版社，2024.8
　　ISBN 978-7-5695-3381-1

　　Ⅰ. ①出… Ⅱ. ①唐… Ⅲ. ①纪实文学—作品集—
中国—当代　Ⅳ. ①I25

中国版本图书馆CIP数据核字(2022)第243378号

出入山河：百万移民的时间记录本
CHURU SHANHE：BAIWAN YIMIN DE SHIJIAN JILU BEN

唐荣尧　著

出版统筹	刘东风　郭永新
责任编辑	舒　敏
特约编审	谢　瑞
责任校对	王淑燕　邢美芳
封面设计	主语设计
出版发行	陕西师范大学出版总社
	（网址　http://www.snupg.com　西安市长安南路199号　邮编 710062）
	黄河出版传媒集团阳光出版社
	（网址　http://www.ygchbs.com　宁夏银川市北京东路139号　邮编 750001）
印　刷	西安市建明工贸有限责任公司
开　本	787 mm×1092 mm　1/16
印　张	21.25
插　页	6
字　数	369千
版　次	2024年8月第1版
印　次	2024年8月第1次印刷
书　号	ISBN 978-7-5695-3381-1
定　价	59.00元

读者购书、书店添货或发现印装质量问题，请与本公司营销部联系、调换。
电话：（029）85307864　85303629　　传真：（029）85303879

目 录 CONTENTS

第一章　荒漠之花开在尘埃 / 001

第二章　芦草洼的记忆 / 063

第三章　迁徙之脚落地城郊 / 091

第四章　前往闽宁村 / 117

第五章　荒滩上的火焰 / 149

第六章　游弋在无水之"海" / 181

第七章　飞翔的课本 / 205

第八章　汗水在叶尖凝结银冠 / 235

第九章　黄沙作为证词 / 279

第十章　一缕消逝的炊烟 / 299

第十一章　书写移民故事的移民 / 315

后记 / 332

第一章 荒漠之花开在尘埃

> 他们不仅是地理意义上的迁徙之民,更是时光造就的移民,通过跨越空间和时间的无形之桥,他们命名了自己。
>
> ——题记

引 子

"昂,昂,昂昂……"突然响起的毛驴的亢叫,惊得沉睡中的群山睁开了眼,山道旁夜栖的鸟儿差点从枝条上跌落下来,扑棱着翅膀飞了起来,一群鸟儿带动另一群鸟儿,暴动般地掀起了一股气浪,穿梭林间。

有秋叶从树枝上落下,被夜风吹得哆嗦着旋向那辆破旧的、装着一个农民的简单家当和希望的架子车上,短暂停留后,它们又被另一股秋风卷落在地,送别缓缓走过山路的车轮。

大地是落叶的归宿,落叶终将返回大地并将其作为安息之所。人呢?一旦告别家乡迁往他乡,还能如树叶般落回来吗?他一边看着落叶一边问自己,似乎听得见从额头沁出、流过脸颊的汗滴砸向地面的叹息,它们多像那些从枝条上飘旋至地上的树叶,一层覆盖一层,还没流到下巴就被后面的汗珠催着向地上掉去。

"这驴日的,大半夜地干叫唤个啥咧?"

中年男子使劲牵了牵右手边的缰绳,把连着驴嘴的铁嚼子往后一紧,驴感到唇根部一疼,虽然听不懂主人骂它的话,但不由放慢脚步并噤了声。

那些天,中年男子和架子车、年老的毛驴一起,爬山过沟,越塬穿洼,缓缓走过秋阳,钻越雨雾,翻过一盘又一盘的山道,在桥面上小心地避开车流,跨过黄河。踏进黄河北岸后,中年男子和老驴贴着另一座高山下的公路孤独而行,星辰、晨露和夕阳轮值般地看着他和那头年迈的黑毛驴,走在一条离开家而寻找家的路上。白天,人的和驴的,两道身影不紧不慢地移动在日光下;夜晚,人的和驴的,两道悠长如秋风的呼吸声,像两柄细小的鼓槌敲打着时光的鼓面。

中年男子头戴一顶被风雨冲洗得如一张黑白相片的布帽子，帽檐缝间有汗水渗出后侵蚀出的一道白圈，身上穿着被汗水浸透得露出一道道白色渍印的灰色上衣，衣襟敞开着，洗得掉了色的红色背心紧紧包着那瘦小但康健的身子，背心领部和脖颈下露出青铜色的胸腔，喉结因不时咽唾沫而有力地蠕动着。中年男子双手紧握车辕，目视着前方陌生的路面，那神情仿佛不是一个拉着一辆普通架子车的农民，而是载着上千游客的巨轮上的船长，随时担心前面有暗礁、冰山移过来；也像是驾驶着一列快速行进的火车的机车司机，担心前方铁轨上会突然出现人或动物，造成交通事故；更像是一名远赴前线的古代将军，身后跟着万千将士，让他觉得双手握的不是辕，而是指挥官兵进退的宝剑。

中年男子不时将目光收回到前面那头年迈的黑毛驴身上：它的脖子上套着一条缝制得很厚实的皮围脖，围脖前面的夹板上的两条绳子时而绷紧时而松弛，像两条时而淌过平地时而穿过山谷的溪流，毛驴身子两侧的两条绳子的终点分别被拴在架子车车辕顶端的两个小铁环里，人和驴之间，有着2米左右的距离。中年男子没让驴单独驾车，而是和驴一起分担长路上的苦力，这，是西北地区养驴人家心疼赶长路的毛驴时，常见的一种情景。

连着车辕和驴夹板的那两条拉绳，是他指挥驴的两把"遥控器"，也是主人和驴之间的一种默契。"遥控器"时而绷紧成两条直线，那是架子车正在上坡；时而松弛，那是走在平整的马路上；时而呈现出不断加大弧度的下悬线，那是架子车在下坡。拉绳的形状变化，使主人和毛驴之间的距离也在做着细微的调整。上坡时，主人和驴都会读懂拉绳以绷紧的状态发来的消息，他和它开始同时使劲，套在主人右肩上的拉绳紧紧扣向他的肩膀，套在毛驴双肩上的车拉绳也逐渐绷成两条直线，驴夹板、两条拉绳和主人握住车前杆铁环附近伸开的手臂，形成了一个近乎规则的梯形，主人的脸和驴屁股也保持着最近的距离，这时，毛驴也知道该给主人使劲，替主人出力。

这是40年前，从六盘山到贺兰山的一幅移民画面，也是一个被移民们称颂的传奇：一位中年男子和一头毛驴，完成了500多公里的、离开家奔赴移民地的迁徙，从宁夏的最南端搬迁到了最北端，完成了"一个人的移民史"。那是人类最缓慢的迁移方式，是100多万离开家乡的农民，在40多年间描绘的移民长卷中的一个片段。

1

平田整地的移民埋头干着活，突然不远处传来一声尖叫，大家停下手头的活，纷纷朝发出惊叫的位置赶去，然后看到了这样一幕景象：一个土坑里，侧卧着一头黑色的毛驴，脱落的毛发显出它瘦弱的身板，也暴露了它老迈的年龄；老黑驴身下铺着几张塑料布，驴嘴前摆放着一支用报纸卷成的旱烟，驴身上盖着一件旧棉衣，驴的眼眶上扣着一顶破旧的、西北农民常戴的布帽。

大家不由议论起来，有给人挖墓埋葬的，谁听过、见过挖坑埋驴的？这头老黑驴像是在一场精心设计的葬礼中被埋的，从尸体的保存情况来看，它被埋的时间并不长。

在场的人开始展开联想，大家七嘴八舌地发表着自己的看法。有谁能想到，这头驴是从500公里外来的？有谁能想到，这头驴的主人其实和他们一样是一位移民，只是他不想让别人知道这件事。一个月前，因为拉移民家当的汽车司机拒绝拉这头老黑驴，老黑驴的主人又舍不得将陪了自己10多年的老黑驴卖掉，于是决定带着它一起踏上千里移民之路。

老黑驴的主人家在六盘山西麓，那是一片从宁夏"飞"到甘肃地界上的土地。那里的百姓常说，自己是一粒被风吹到甘肃的宁夏种子，是一群寄养在甘肃境内的宁夏孩子，亲娘不爱后爹不疼地寄居在那片"飞地"上。在百度词条中，这样解释"飞地"："一种特殊的人文地理现象，指隶属于某一行政区管辖但不与本区毗连的土地……如果某一行政主体拥有一块飞地，那么它无法取道自己的行政区域到达该地，只能'飞'过其他行政主体的属地，才能到达自己的飞地。"那片"飞地"植被稀少、沟壑纵横，生态环境恶劣且交通不便，左宗棠当年给清廷的奏报中称这一带"苦瘠甲天下"，联合国官员来这里考察后给出了"最不适宜人类生存的地区"的论断。随着人口的增多，这片土地已无法养活生存于这里的人民，搬迁成了人们的指望和梦想。

那片"飞地"上的人，觉得自己生活在一个贫困的锅底，四周连绵的山峦就是让他们望而生畏的高深锅沿，让蛰居锅底的人走出去的机会少之又少。国家要将这里的人移出去的消息，像一把烧在这锅底的火，让"飞地"上的人觉得自己像是被命运之勺翻掀着的一粒粒豌豆，将要朝锅沿、锅外进去。接到移民通知的人，就像进到锅外的豌豆，等待移民通知的人，只好待在锅底干着急。

负责拉移民家当的汽车开到村里后，大家把要装的农具、被褥、粮食等装上车准备发车时，老黑驴的主人突然问司机能不能让他把那头老黑驴也带到车上。这个请求让本来欢快、轻松的气氛立即变得沉重起来。司机用沉默拒绝了这个请求。

坐在车上的邻居们也炸锅似的议论起来：车上已经装得满满当当，哪里有空间再安置一头驴？这么远的路，驴如果放屁、拉粪、乱叫、乱动怎么办？路上如果碰到查车的，车上拉头驴怎么解释？天色未亮，山风从半坡上吹来，大家都感到凉飕飕的，冷意也像是催着大家尽快启程，司机更是着急，他必须在天亮前赶到六盘山下的公路口，只有那样，才能保证趁天亮翻过山，然后再行驶一整天，赶在天黑前到达移民点。

那片土地上的人，大多有两个名字：一个是父母起的，用于以后上学、工作的"官名"，很多考学入仕的人，离开家乡后基本就只保有了这个名字；另一个也是父母起的，是用于少年时期或长辈、同辈称呼的乳名，他们称其为"小名"。长辈、邻居、亲朋、发小们会在"若要好，小名叫到老"的民谚影响下，将一些人的"小名"叫到老。除了这两个名字外，一些有明显生理特征或性格脾气的人，会被周围人起个"外名"，也就是"绰号"。这些绰号的背后，往往会藏着各种各样的故事。黑毛驴的主人，因为性格执拗、爱自己的毛驴如命，因而有了"老驴"这个绰号。大人、小孩常当面戏称他为"老驴"，时间久了，他也就笑着默认了，还说：驴都有个犟脾气，人活一辈子，咋就不能有点脾气？

老驴和"飞地"上的其他农民一样，记不清楚具体是哪一天，关于移民的消息，从山外像风一样刮进村里、飞进村民的耳朵，化成毛毛虫钻进了他们的肚子里。大家的心痒痒起来，犹如冰河解冻，一下子从千百年来死守于此的死寂状态中活泛、躁动起来。

"老驴"曾听人说过，几百公里外有一条比六盘山都长、比几个麦场都宽展的河，平坦得像是铺在土炕上的毛毡一样，叫黄河；到了夏天，黄河比山里人家的麦子还金黄，但脾气比骡子还犟，暴涨的河水常常会爬上河堤淹了庄稼；冬天的黄河，乖得像山里人家养的猫，会沉沉地睡去，但也清亮得像山里人家炒菜用的清油。"老驴"也听见过黄河的人说，黄河边有乡村也有城市，在城里生活的人比六盘山里的羊都多,那里的楼比山顶的树还要高。"老驴"更是听乡上的移民专干说,黄河流经宁夏北边的平原地带,在河西侧的贺兰山下有一片大滩,那里,就是从六盘山地区搬出去的人落脚的移民之地。

山里人有谝闲传的习惯,如果几个人在家里私聊,那可以蹲在地上或门台上、盘腿坐在炕上、斜跨在炕沿上,三皇五帝、秦月汉瓦、陇山泾水、秋风夏雨的随便谝。一旦出了家门在户外谝,就有了一种仪式感:几个人到村子边那几株沿路排着的树荫下坐下来,大家一字排成线状,后者看着前者的后脑勺,前面的人说话时头一转,像一缕从烟囱里缓缓爬出的炊烟,话音便款款地向后传来,后者说话时身子前倾一下,语调自然也就提高了点。山里人生活节奏慢,时间在这种谝闲传中仿佛失去了意义,在这慢火炖肉、细雨暖人般的谝闲传中,来自中央、自治区或市上、县上的各种因为添油加醋而变了形和味的消息,就传播开来。那些日子里,关于移民的消息传得最多、最快。

那天,坐在村头柳树下的斜坡上谝闲传的"老驴"率先发问:"既然移民是好事,为什么指标不够?"

前面的人转了转头说:"这是政府定的。到那里去,是向别人要地,天底下哪有愿意把地给人的?不是有句老话说嘛:女子可以嫁人,地不能让一分!"

有人接话:"都说好出门不如赖在家,跑那么远的地方,人生地不熟的,图个啥?万一还不如咱这,怎么办?"

"这天底下,还有比咱这更穷的地方?""老驴"问完别人后也问了问自己,但都没有答案。

"咋没有?多着呢!咱这六盘山,听古人讲,从秦始皇到汉武帝,从唐太宗到成吉思汗,多少帝王来过!咱不穷,咱只是缺钱!"

谝闲传的一个主要特征就是没逻辑,想到哪儿谝到哪儿,像一股股随意漫流的水,任何一句插话都像一道堤坝,能将水引向另一道沟渠。"老驴"继续问另一个问题:"咱们乡的人,能移民到哪搭去?"

"我又没去过,哪能说得上?听说是在石嘴山。"

"石嘴山,这名字咋这么失笑?石头张着嘴蹲在山上?这个石嘴山在哪搭?比六盘山还大吗?"

"石嘴山不是一座山,是银川城北边的一个城市,听说比固原还大。"

这时候,任何一个人能说出别人不知道的内容,就能显出其博学并赢得别人的赞许。另一个人赶紧插话:"我听人说,过了固原,沿着清水河一直往北走,走到头就是黄河,过了黄河往北走就是银川;出了银川往北走,快到内蒙古地界了,才算是到石嘴山。"

山里人,粮食种子撒进地里,就等着天下雨,有了雨就有了庄稼,没雨的年景就用干等、苦熬来度日。一年中,村民们的很多时光就是天热在村口树荫下、天冷在屋子里,以谝闲传打发闲淡而清贫的日子。亲戚朋友、邻里四舍在这种日子里长大、变老、死去。谝闲传的过程中,男人的嘴像浓缩了的烟囱,闲话如一缕缕青烟从那里或急或徐地冒出;女人的嘴像一道失修的堤坝,牙齿轻磕的麻子皮仿佛暴涨的河水漫过堤坝冲溅出来。那段日子里,乡民们谈论的话题基本上都是关于移民的。

现在,"老驴"提出让带他的老黑驴上路,这让大家和司机都感到尴尬、不解。

司机指着装满人和农具、家具的车厢问"老驴":"你看哪里有地方让你的驴挤进来?从这里到移民点,几百公里的路程,你那驴不吃不喝了?我给人搬了好几次家了,还没见过拉驴的。"

爬上车厢的村民也表示不满:"人都得挤着,你咋能让驴上来?再说,哪有驴金贵得和人争地方、坐汽车的?"

"就是,听说移民点都是机器种粮食,哪能用得着你的这头老得没牙的驴?"

"老驴"老婆在周围人的数落中脸上挂不住了:"早就说了让你把它卖给别人,还能赚几个钱,就是不听,现在倒好,留成累赘了吧!快上车,要不就和你的驴一起过活去。"

送行的邻居也纷纷劝说"老驴",让把驴留给他们照管。汽车司机不耐烦地摁着喇叭,车上的移民不满地发着牢骚,老婆开始生气地咒骂,邻居忙着好心地劝说,"老驴"像是一根深插在土里的木楔子,蹲在地上,一句话也不说,旱烟锅上的火星子一亮一亮的。

老婆冲司机喊道:"开车,咱们走吧,让这头犟驴和他的老毛驴过活去吧!"

"老驴"猛地站起身来,将烟锅朝布鞋底磕了磕,剩下的最后几粒暗红的火星子在夜风中回光返照般地亮了几下,飘逝在黎明前的暗黑中。"老驴"决然转过身去,给车上的人留下了一道向院子里走去的背影。

接下来的几天时间里,"老驴"开始为自己和毛驴的移民之旅做准备:每天去山坡上割草,然后背到场院里晾晒,作为路上给毛驴的饲料;给毛驴的饲料中添加麸子和豌豆，给驴补身子；委托邻居蒸了不少馒头并晒干，作为自己在路上的干粮；找出几个葫芦，作为路上装水的器皿；向邻居借了几块塑料布，作为毛驴在路途中喝水时的临时水槽；等等。

终于踏上这条前途未卜的移民之路了。20世纪80年代中期的六盘山地区，简易的乡村公路上没有路牌，他只是向村里唯一去过固原的老支书打听了个大概方向，至于银川或更往北的地方，村子里至今没人去过，也打听不到任何有用信息，只能走一步看一步了。

"老驴"舍不得让那头已经12岁的老黑驴驾辕拉车，他决定自己亲自驾辕，他找来两根绳子，拴在老驴围脖后的夹板上，一头连接在架子车前杆的铁环上，自己将架子车的拉绳套在右肩膀上，一幅驴在前、人在后的行旅图就移动在六盘山西麓的乡村小路上了。

从家中到乡政府的路，也就是当地人说的从山道到川道的路。对"老驴"和那头老黑驴来说，这段山路很熟悉，哪里有拐弯，哪里是上坡，哪里的路边有一户人家，哪里有一块荞麦地挂在秋天的山坡上，他像自家院子里摆放的农具一样熟悉。老黑驴似乎也感觉到主人要带它离开这贫困、干旱之地，像它年轻时撒欢子那样，偶尔也欢快地小跑起来，拽得跟在后面的"老驴"也跟着小跑。

走下山坡，山谷间的甘渭河边，树木明显多了起来，河谷两边田地里的作物比山地里的作物丰富得多，这就是"老驴"这些山里人一直羡慕不已的川道人家。温堡乡政府就在大道边上。和六盘山区遍布的堡子一样，"温堡"因为温姓的人而得名，但从另外一个角度看，或许是当地百姓希望能够温饱，从"温饱"转音成了"温堡"。

"老驴"的架子车像个钟摆，一会儿从"飞地"所属的宁夏拐到甘肃省境内，一会儿又从甘肃境内踏进宁夏境内。中午时分，他们抵达隆德县城郊区，简易的乡间土路变成了柏油马路。

"老驴"从小就听人说，县城有千年历史，他也听说县城有旅店和饭馆。但赶着一头老毛驴进城去，会不会闹出笑话？即便进城去，哪里又有多余的钱让他住店、吃饭？"老驴"在县城郊区的路边，卸了驴的夹板、鞍子和铁嚼子，让黑驴抓紧吃草，自己也拿出盛水的葫芦和装干粮的布袋，凉水就干馍馍算是凑合了一顿午饭。

"老驴"有点心疼老驴还没吃够草，但他必须赶在天黑前抵达山脚下的杨家店，和自古以来穿越六盘山的人一样，只有在那里落脚，才能保证第二天顺利穿越六盘山。

星空之下，群山之侧，杨家店掉进一片黑漆漆中。这是"老驴"踏上移民之路的第一个晚上，架子车旁，他先把塑料布铺在地上，然后把薄被子铺在塑料布上面，装上一锅旱烟，看着老驴在路边的草丛里慢腾腾地吃草。"唉，白天日急慌张地赶路，晚上还得抓紧吃草，你说你，跟上我，连个歇息的时间都没。""老驴"看着奔走了一天的老驴，心疼地咕哝着。

临睡前，"老驴"把车前杆上的两条绳子连在一起，一头拴在车轮上，一头拴着驴笼头。这样方便驴能在自己睡着后，吃草的范围更大些。睡了不到两个小时，"老驴"就被一股寒气催醒，他这才发现睡前还晴朗的天，一下子阴了起来，大片乌云在自己睡着时聚集到了天空，像装满了心事的铅块，随时都能掉下泪似的。他暗暗安慰自己："老话说'吃不如嚼，睡不如瞌'，看来也就只能睡这么一会了。"

"老驴"从车上的帆布口袋里掏出点豌豆，拿到老黑驴面前，说："吃点吧，补足了劲，才能拉着车子过六盘山呢！"他决定提前出发，翻越六盘山。

静悄悄的山路上，移动着一幅毛驴在前、一个老农民在后驾辕、驴和人合力拉着一个架子车行进的画面。海拔越来越高，山路的弯度越来越大。驴和人都默默前行，互相都能听得见对方越来越粗的喘息声。

弯曲的山路上，架子车像只甲壳虫慢腾腾地挪着。都说这是六盘山，山路盘旋何止六盘呀！这就是一条高耸的旱河，挂在陇山饥渴的唇边，一直没停止流淌渴望幸福生活的梦语；这是一幅蜿蜒的古画，纹在陇山枯燥的皮肤上，闪动着金黄的睫毛，困了眯一会时诞生的梦，不乏离奇也从不缺少纪录片式的真实；这是一个古老的使者，翻阅大山的书页时听到的空谷回音，朗声诵读时道出的珍藏秘密；这是一道轰鸣的钟声，谨慎而细致地切入群山的屋檐下，风铃般响彻着迎来送往般的颂词。

自古以来，甘陕两省民众，甚至从中原往河西走廊乃至西域的军人、商旅、僧侣，或独自孤行，或跟随在马车后面，或加入骡驼的商队，谱写出了一曲曲音量不同的挽歌、颂歌、离歌、悲歌，穿过这咽喉般的山道，抵达远方。如果这一道又一道盘旋的山路有记忆，一定会充满疑虑：那些拉车驮物的骡马无不是挑选出来的年轻力壮者，哪像眼前这头年迈的黑毛驴，每挪动一步，都像被山巅拖着的一轮夕阳，只能一厘米一厘米地慢慢前行。

老黑驴吃力地在前面走，两条拉绳紧绷成两条直线，像是悬在半空中的两把塑料软尺。它像是喝醉了六盘山区农家酿制的糜子老酒，脑袋昏沉地往前赶路，时而感到天旋地转，眼前的山路变得模模糊糊；时而又感到胸闷，一口气从喉咙里蹿出来时，它简直像是一个没有力气的小学生笨拙地举起一只沉重的铅球投出去，又仿佛一股水沿着年久失修的古渠道磕磕碰碰地往出流，也像一群长途飞行后疲倦的鸟儿在厚厚的云层里穿梭。

夜风吹拂，山谷里的雾气不停翻卷，空气中弥漫着秋凉的味儿。气温变得更低，山路越来越崎岖，盘道的弯度也越来越小。空中飘起雪粒，路面逐渐有些滑，走在前面的老驴，脚步也更加慢了，那绷紧如尺子的两道绳不时会下坠出曲线来。每走一步，老黑驴的头都要打瞌睡般地往下垂一下，鼻孔里喷出的粗气，在这寂凉的山间，听起来像是一个年迈的秦腔艺人努力想吼一嗓子，声音却断成了几截子。

"老驴"替眼前的这头老黑驴感叹起来：它年轻时多壮，几乎被当成一头骡子使唤着，村里村外的多少草驴都喜欢它；它年轻时驾辕拉车，毫不偷懒惜力。现在让它打个下手到前面助力，这难道不是羞人家哩？话又说回来，牲口和人一样，谁不老？

人和驴机械地迈着脚步，沿着山路一盘又一盘地转着，像是被一把命运的螺丝刀催着，沿着螺丝纹路不断往里钻。人和驴的喘息以及车轮在山道上的吱呀声，偶尔惊起几只路边树梢上歇息的鸟儿，扑棱着翅膀在林子间飞蹿。老黑驴感到腿软乏力、肚皮抽动、喉咙干燥，眼前总有一团黑雾在晃动，一盘一盘的山路让它觉得这盘道怎么走也走不完，它感到肺部像是要炸了似的，感到自己可能随时会倒在这无尽的盘旋山道上。它不明白，主人为什么要在夜色里爬山，但它保持着多年来在主人面前不偷懒的习惯，只是努力沿着山路往前走。

眼前的山路逐渐清晰，无数细碎而黯淡的光从林间隐约传来，这是天要放亮的前奏。爬完最后一道盘路时，眼前的垭口像是一个巨大的漏斗，让东边的黎明之光横穿而来，这意味着人和驴终于完成了对这座山的"上六盘"。山路的最顶端，飘荡着人和驴的喘息。放眼望去，周围全是白茫茫一片。这座山下的人，经过几十年间几代人的口传教育，哪个不知道那句"六盘山上高峰"的著名诗句？哪个沿着这条老路，到山顶时不会用当地话念诵一下？即便是当地酒桌上，划拳打关的人，按照一个盘道划上6个拳的节奏，也在兴致浓处会在"上六盘、山顶来六盘，下山再六盘"的酒场口诀中，划上78个威风凛凛的拳。

　　这座绵延、雄伟的山，带给不同穿越者不同的感受，带给那头12岁的老黑驴的是浑身热汗淋漓却冷得打战，带给"老驴"的是疲倦地靠在车子旁大口喘息。但他却不能像日后来到这里的游客、诗人、摄影师那样在此逗留，山里人的生存经验告诉他：得抓紧离开，在这里多待一分钟，就会多一分感冒的危险。"老驴"听人说过，很多人到山顶都会观赏一阵风景，会朗诵毛泽东的《清平乐·六盘山》："天高云淡，望断南飞雁。不到长城非好汉，屈指行程二万。六盘山上高峰……"

　　山顶雪花飞舞，众峰如披了件白色外衣端坐于一个露天会场上，世界静默如谜。天气依然阴沉着脸，朝前望去，山路的印迹基本模糊了。"老驴"判断：后半夜，山的两侧都飘雪了，一旦山路结冰，下山就会有更多危险，他得赶紧下山。

　　一过山顶，就进入宁夏固原县（今固原市原州区）境内了。好在下山路不需要出多大力气，为保险起见，"老驴"把老驴夹板上的拉绳取下，绑在车辖辘上，犹如现在的雪地行车者的防滑链；他把驴笼头上的缰绳一端拴在架子车上，让驴跟在车子后面，自己扬起车前杆，时不时利用拴在车后翘底部的一条旧轮胎和地面的摩擦来降低车速。有时架子车像是一架几乎失控的、即将降临机场的旧飞机，近乎滑行在山道上，如果有一面镜子移动在"老驴"面前，那镜子里一定映着一张紧张得煞白的脸。有时架子车又像个醉汉，歪歪斜斜地慢行在较为平坦的山路上，那是一个农民竭尽全力地拉着车，走在自己的"移民之路"上。

　　这是"老驴"第一次翻越这座既熟悉又陌生的大山。说熟悉是他的祖辈一直在大山的西麓居住；说陌生，他之前从没来过这里，何况这次是带着一头老驴徒步翻山。到山脚下的和尚铺时，时间已过中午，天气也已放晴，"老驴"忍不住回过头去看自己走过的路：只见一座山全被白雪覆盖，像一个巨大的白色麦垛，肃穆地伫立在天地间，哪里还能看得清刚刚走下来的、弯弯曲曲的"六盘之路"！

　　"老驴"找到一户人家，赶紧把晒干的青草拿出来让老驴吃，趁机和那户人家聊起移民的消息。一山之隔，往往让六盘山西麓的人有一种被宁夏丢弃出去的感觉，即便是有关移民的消息，他们也知道得最迟。"老驴"听和尚铺的老乡说，六盘山东麓的不少乡村，已经有很多人开始像"老驴"这样，用架子车载着简单的家当去移民点了，有自行车的人来回骑行着前往移民点，没有自行车的，就背上装着简单衣物的大袋子和干粮,步行去移民点。"老驴"这才知道,为了将生活在六盘山地区的贫困人口迁移出去,国家要开始大规模移民了。今后,每年都会增加移民数量,这些祖祖辈辈生活在大山深处的农民,将要离开这连水都喝不上的地方,前往"天下黄河,唯富宁夏"的大平原上了。那位老乡告诉"老驴":隆德县的移民点在石嘴山市境内贺兰山下一个叫西大滩的地方。

西大滩,一个陌生的名字,一盏顿时让"老驴"觉得心里亮堂的灯笼,开始照耀他即将要走的路。

2

驴在前、人在后驾辕的画面,继续沿着下山的古道延伸,直到一条南北走向的大峡谷横在眼前。峡谷底部是从西安到银川的公路,它自古以来就是中原地区通往塞北的大通道,"老驴"要从这里告别身后的山路,转向北行,去往他听来的目的地:西大滩。

脚下的柏油马路,不再是家乡那条只能通过一两个架子车的小路了,而是能让两辆汽车来往错行的公路。阴雨产生的雾气,像从两边山坡上溃败下来的士兵,往公路上积聚,汇成一条没有终点的河流,无声地流淌在山峦、大地和道路中间,一直尾随着"老驴"。几十米外根本看不到任何东西,来往的汽车小心地减速行驶,到拐弯处便使劲摁喇叭,这让从没见过汽车的老黑驴惊慌失措。

"老驴"小心地找到了一条泥土岔路,顺着岔路走了一会,觉得离开了汽车带来的危险后,便赶紧解开老黑驴的拉绳,松开夹板,卸下背鞍和围脖。从昨晚后半夜艰难而又紧张地上山到今天上午踩冰滑雪小心翼翼地下山,"老驴"感到骨头像是散开了似的,看到老黑驴身上也是湿漉漉的,他赶忙拿出自己带的一件薄棉衣,披在驴身上。

大雾让下午的山谷有种暮色已至的感觉,在那头老黑驴疲倦的注视中,躺在架子车上的"老驴"很快打起了盹。

"老驴"是被喷嚏打醒的,醒后觉得头有些沉。这是感冒的征兆。在六盘山区,这样的季节,晚上睡觉是要把炕烧热盖厚被子的。昨晚,"老驴"是只盖了条被子在架子车上睡的;上山、下山时,在盘山道上偶尔停下来休息时也没考虑到身上有汗，几次贪图休整，忘了及时上路，这让他在不知不觉中着凉了。

"老驴"赶紧从架子车上的口袋里拿出给老黑驴准备的干草以及车上带着的黄泥小土炉，往那个底部熏得黑黑的茶缸子里撮了一点随身带的茯茶，把葫芦里带的水倒进大半缸，把茶缸子放在黄泥小土炉上，点燃干草。火苗升起，舔着茶缸子的底部，一股茶香随之弥漫开来，这就是六盘山人千百年来传承的熬罐罐茶。"老驴"今天可不是要过平时在家养成的喝罐罐茶的瘾，他知道庄稼人要走长路不能感冒，他知道这个季节的六盘山上的茵陈正是收获季节，像一个猎人知道猎物在哪里一样，"老驴"很快就在周围拔了两把茵陈，放到滚开的罐罐茶缸子里熬。天空逐渐晴朗，星光之下，茶缸子里很快冒出了茵陈的浓苦味，"老驴"拿出随身带的干粮，就着茵陈茶慢慢吃，微微出了一身汗，这才将被子和棉衣都盖在身上，在漫天的星星注视下，渐渐入梦。

新的一天又开始了，"老驴"觉得昨晚的几缸子茵陈罐罐茶驱除了感冒，他一边驾辕行路，一边看着路边出现的各种指示牌和沿途的乡村、庄户，拿自己听来的故事、传说往这些地名上套："瓦亭关"，是构成关中平原四关中西北角上的卫士，对生活在六盘山东西两边的隆德县和泾源县以及关中的老百姓来说，出了瓦亭关，就意味着离开了家乡；"大湾乡"，山路至此有个大大的转弯，被周围人戏称为"大碗香"；"青石嘴"，毛泽东主席当年带领红军翻过六盘山后，在这里与驻守于此的马鸿逵军队打了一仗，撤离这里后向东穿过彭阳前往甘肃；"开城梁"，忽必烈的第三个儿子忙哥剌曾驻兵六盘山，忙哥剌被封秦王后，在那座山梁上设秦王相府并建成"开城"。

夕阳照着"老驴"拉着他的架子车走在固原城边的身影，他突然生起想进城去看看的想法：他所在的村子属温堡乡管，温堡乡属隆德县管，隆德县又属固原管。移民后，他就不归固原管了，他的父亲、爷爷及祖辈们都未曾到过固原城，他想替先人们看看村子里的人口传的大城市——固原城。

"老驴"担心他驾辕、驴跟在后面可能会被人笑话，便拿出套车设备，让毛驴驾辕，往固原城走去。他感觉高楼、人流、红绿灯、路边的摊贩都是城市的眼睛，在打量着他、嘲笑着他；耳边不时听见，有人说着和他一样的话，也有人说着普通话。城市给"老驴"和老驴带来的都是张皇，半空中悬挂着的那个圆乎乎的铁圈里，红、绿、黄三色交替闪烁，他不知道那是指挥交通的，只管赶着他的驴车往前走，结果逼停了横穿的汽车，喇叭声响成一片，十字路口乱成一团。交警了解情况后，耐心地给"老驴"讲解红绿灯的用途并好心告诉他：这一路上要经过好几个县城，这样赶着毛驴进城要看着红绿灯才行。

"老驴"赶着毛驴车到城外的郊区露宿，他第一次看到城市的夜空，像是一片多彩的海面，哪像故乡那挂在半坡上的村子，一到夜晚，灯光很快就熄灭了，一任夜色吞灭小村子的任何呼吸。

又是新的一天，"老驴"手扶着架子车的前杆，有时抬起头朝远处看看路，有时收回眼光，盯着老驴那曾经滚圆的臀部，现在，它松垮且瘦削，髋骨像是两块狭小而瘦削的小岛从一片水域中慢慢显出形来，明显地凸了出来。唉，眼前的黑驴算是进入老年了，它年轻时发情，后腿一撑就能支起整个身子，让前腿快速搭在它中意的母驴身上进行交配。现在，老黑驴的两条后腿在上坡使劲时会出现轻微的颤抖，曾威猛的性器也从前几年的软塌塌到这两年缩得看都看不见了，那是一头驴生命衰老的最直接表现。

看着老黑驴上坡时微微打战的腿，顺着毛缝从臀部流向大腿、小腿的细汗，那一直被阴囊包着的性器，听着它从鼻孔发出的喘息，"老驴"心里不由自主地发出一声幽叹：唉，都老啦！杀猪刀般的岁月前，牲口和人有什么区别？人和牲口有什么两样？

第四天开始，架子车的车胎被路上的啤酒瓶碎片扎破了，"老驴"从架子车上拿出胶水、小木锉、剪刀、备用的旧车内胎，自己在路边补了车胎。时间像退潮的海水，问题像浮出水面的岛礁出现在"老驴"面前，他发现走在前面的老黑驴开始一瘸一拐的。离开家乡前，那头毛驴总是在软乎乎的土路上、山坡上行走，哪里走过硬邦邦的柏油马路？几天连着走在柏油公路上，驴蹄子被硬路面磨得发疼，走路便有些瘸拐。"老驴"开始发愁，再这样走两天，驴蹄子外层的蹄掌如果被磨破，驴是寸步难行的。赶到三营，"老驴"在街上找了很久才找到给驴钉掌的匠人，算是给驴穿了两双能走公路的鞋子。

村庄间的距离拉大，饮水点越来越少，老驴渴得嘴巴大张着，鼻孔里直喘粗气，不时摆摆头，长长的耳朵轻轻打在头上。"老驴"拿出随身带的铁锹，在路边挖个小坑，将塑料布铺在上面，然后把装在葫芦里的水小心地倒了出来，让老驴在这简易的"水槽"里饮水，几天的路途中，没有村庄时，"老驴"就一直用这个办法解决老驴的饮水问题。

七营是固原最北的一个村子，露宿七营的晚上，白天的燥热退去，秋凉被夜风带到大地上，"老驴"躺在架子车上，看着满天星星，突然有点莫名的伤感：就这样离开固原、离开祖辈们生活的地方了？小时候，"老驴"就没少听人讲过从一营到七营的来历：明朝初期，从内地抽调到六盘山下驻防的官兵，沿清水河西岸驻扎成七个营盘，像七枚铁钉牢牢钉在清水河边，守卫着关中地区在大明王朝初期的安全。后来战乱结束，不少兵士就地转身为民，分布在从头营到七营一带的村庄，成了这里的移民。那些当年的营盘曾硬如铁钉，一身浩然正气令敌人不敢进犯。军营一旦失去原来的作用，在几百年的风雨中就会生锈，会随着时光的消逝而逐渐走进历史记忆的深处，唯有那些当初以移民身份留下来的人，变成了这片战乱与贫瘠为经纬勾勒出的坐标之地上的主人。"唉！"想到这里，"老驴"心里不由生出一番感叹，"什么移民与主人，不就是千百年来，来到这里的人，身份的一种轮回嘛！"

像人刚穿上新买的鞋子一样，新钉蹄掌带来的不适，以及连续几天的行走，让老黑驴的脚步明显慢了下来。"老驴"只能干着急，但又没办法，只好随着也放慢脚步，他不能催驴，只是任凭它由着性子走。公路东边是从六盘山发源的清水河，细细的一条河水，在宽大的河谷里挣扎着流淌，看上去像是一条细绳子被无意中扔到宽阔的干滩上。离开七营后进入了宁夏中部干旱带，河水被干渴的大地吸得只剩下细细的一条缝，像个年迈的运动员参加一场漫长的马拉松赛，让人担心他随时都会倒在途中。

看着那一抹细绳般的水，拖着病恹恹的身子往前缓缓流去，"老驴"有些担心起来：这是秋季，是一年中最不缺水的季节，眼前这水都如此细小，到了严重缺水的春天，是不是就断流了？村庄之间的距离拉得更大了，天气也越发燥热起来，驴的饮水量也大了。"老驴"只好把车子停在路边，牵着驴带着盛水的葫芦、塑料布和铁锹，到清水河边，先挖好一个小坑，铺上塑料布，然后走到河边用葫芦装好水，再倒进小坑去。毛驴虽然渴得鼻孔里直喷粗气，喝了一口后，就不断摇头摆尾，抬起头无助地看着"老驴"。

咦？这是怎么回事？

"老驴"纳闷了，他用手掬起一捧水放进嘴里。噗，老驴很快吐出了刚送进嘴里的水：苦！苦得让人无法喝。清水河，亏了这么好的名字，流淌的水却苦不能饮。

清水河流到宁夏中部干旱带后，不再以清澈的足音走在开阔的河道上，它变得浑浊、清瘦、咸苦，曾汩汩流淌如鼓声般的脚步，踉跄在一片巨大的干枯中；暗藏在河岸两侧土层下面的盐碱，像庄稼那样年年生发，从干黄的土地，向清水河谷浸渗，仿佛无数针管伸向河床并往里面注射盐碱，改变着清水河的面孔和味道，让它无奈地告别刚从六盘山黑刺沟发源时那个清澈香甜、清凉、通透的童年，在这里迎来苦涩的青年时光，变成一条苦水之河，变得失去光泽、激情和味觉记忆，一条河流的真正含义被颠覆后埋在了苦难的土地下。

"老驴"跑到车子旁，拿起装麸子的袋子，重新回到塑料布撑起的临时水槽边，掏出一把麸子撒下，用手指快速搅了搅，试图骗着驴能把苦水喝下去。驴的聪明也在此时体现：喝掉浅浅的一层后，就抬头眼巴巴地看着"老驴"；"老驴"便再撒上一把麸子，老黑驴知道这是骗局但还是硬着头皮喝了一口，接着再抬头望着"老驴"。如此这般好几次，那头驴因为水实在苦得没法喝，最后连麸子都不吃了。

唉！这么苦焦的地方，这清水河两岸的人是咋活的？这里的人还不赶快和自己一样，赶紧移民呀！"老驴"无端地替这山与河忧伤起来：山没长脚，无法像人这样移民，只好暴晒、荒芜、冷清在这苦贫之地上，只能永远忍受这命运的安排；河虽然像长了脚似的能流动，但就像一个出身虽好却在少年时沦为孤儿的人，虽然想拼命奔跑离开这环境，却越走越要承受两岸愈来愈浓重的苦咸与盐碱浸泡，要承领一条"苦河"的命运。

"老驴"并不知道，远离清水河两岸的荒山深处，已经有不少人开始和他一样，筹备着以移民的方式离开这片土地。

"苦河"或许滋养不出两岸的青草与庄稼，却能滋育出两岸民众心中的"庄稼"。"花儿"就是清水河两岸的另一种"庄稼"。它不靠耕种与浇水，一辈辈人的口传就是耕耘它的方式。"花儿"蕴含着对苦难、贫困、失望的无奈和抗争，也有对希望、爱情、幸福的渴望和歌唱。突然，水面似乎荡起波纹，那是被一曲名为《清水河里洗韭菜》的"花儿"如石投深潭般激起的——

> 清水河里洗韭菜，
> 我娘家门上，你没来；
> 清水河里柳树栽，
> 你娘家门上，我走来；

你娘披着个烂口袋，

精肚亮片子的，挡狗来。

    头顶上是大太阳，脚下是硬得像铁板的柏油路，"老驴"的脚步越来越慢。清水河向北流淌的足音，陪伴着他的脚步，六盘山向北逶迤的余脉，目送着他的背影。他没想到，几年后，自己孤独走过的清水河畔就成了一条奔涌着越来越多移民的大通道。

    宁夏中部山区是降水和蒸发量存在很大反差的狭长地带，秋日的空气中弥漫着一种令人难受的闷热，人和驴在这样的天气里行走，确实受罪。越往北走，由于汇入了从兰州、中卫方向来的公路，路上的车辆多了起来，那些开着大卡车、小汽车呼啸而过的司机们，看到一头驴在前面、一个农民驾辕在车前杆中间、拉着一辆架子车行走在公路边上的"风景"时，多是踩一下刹车，看一眼这道移动在枯燥长旅中的"风景"，有的司机恶作剧般地摁一下喇叭，走在前面的老驴吓得扬起头，鼻孔里喷出一口粗气，随后又垂下头，继续吃力地缓行。

    柴家河、倪家河、河沿子、石头河、下河、骆驼河、马家河、白崖河、东河、吴家河、周家河等一个个听起来水灵灵的地名，逐一出现又渐渐消失在"老驴"身后，这些带"河"的名字，楔子般刻在了"老驴"的记忆里。它们要么是一条斜斜插向清水河的旱沟，仿佛一条条处于极度干渴状态的舌头，向河谷地带伸出舌尖，试图舔到水香；要么是一片平坦坦的荒滩，向天空张着喊渴的嘴。哪里有什么水！"老驴"走在这干得冒烟的路上，看到这么多带着"水"或"河"的地名，却没看到一面湖或一条清澈的河，心里不由狠狠地骂了一句："这里的地名都是骗人哩！"

    清水河依旧像走在前面的老黑驴一样，无精打采地向北流着；公路西边的连绵群山逐渐改变了模样，仿佛由一条隆起脊背的巨龙渐渐变成了爬着的巨蟒；山势变得像是一缕被淋湿后贴着头皮的乱发，偶尔有山梁和沟岔突然出现，像是一篇文章里突然出现的惊叹号。沿途是一片连着一片的干黄景象，路边偶尔出现的村庄也像久病的寡妇，有气无力地瘫痪在黄土地上。本是收割的季节，沿途的庄稼地却看不到丰收的景象，一株株如旱天儿般的庄稼，稀疏地挺立着，让庄子里的人连去收拾的心劲都没有。

    在公路边的路牌上看到"长山头"三个字时，"老驴"心里长长地舒了口气：这干黄的长长旱山，终于到头了。

"老驴"后来才知道，他来到长山头5年前，宁夏农垦局曾在那里建过一座农场，将不远处的陈麻井公社的1200名农民移民至农场，在农场边形成了一个新的移民点。距离"老驴"经过长山头17年后，这里接纳了来自和"老驴"所在的隆德县相邻的泾源县黄花乡老虎沟的1000名移民，成为宁夏第一个大规模接纳南部山区农民的生态移民点。长山头农场的第一任场长周玉林清楚当时的农场家底：10万亩土地，5700人，劳动力非常紧张。但若一下子接纳1000名移民，土地压力可想而知。在大灾害带来的凶年里，农民宁肯挨饿挤出口粮接济上门来讨吃的人，也不愿意让出耕地，耕地就是农民的命根！

让出土地是农耕社会里十分艰难的选择，给移民提供土地后，这些常年生活在大山深处且习惯了靠天吃饭的人能否适应灌区生活呢？时间最终给出了答案：这些移民逐步适应了在新家园的生活。他们在老家时的年收入不到2000元，来到这里后，前往农场采摘枸杞一天可以赚20到25元，也就是说，移民到长山头农场后仅靠采摘枸杞，10天就能挣到在老家时1个月的收入。

"老驴"第一次带着老黑驴路过长山头后1年，历时八年半的"固海扬黄灌溉工程"建成。黄河水经过11级扬水被输送到了固原七营，总扬程超过了382米。"固海扬黄灌溉工程"建成后，让清水河畔26000多亩耕地浇上了黄河水，30万人、15万头牲畜的饮水问题逐渐得到解决。

离开长山头继续往北行走，翻过马莲梁后，出现在"老驴"眼前的是一片开阔的平原，收拾掉的庄稼地腾出了一块块空白，没收拾掉的庄稼向半空中亮出一片片金黄，田埂边的树木，绿叶正在变黄，连绵的秋田尽头，是一道挂在天边的白练，这让"老驴"眼前不由豁然一亮。哦，那一定是老家人最近嘴里常说的黄河！它让从没见过黄河的"老驴"有一种说不出的激动，原来，这就是人们常说的中国的母亲河啊！远远望去，是那么有气势，六盘山里的多少条沟里的水叠起来，也没那河面宽展呀！

啊！黄河，"老驴"像个诗人似的在心里赞叹了一下。和诗人们的抒情不同的是，他和一头老黑驴一起步行了10多天后，看着那病恹恹的清水河一头钻进了黄河，不由又感叹起来：黄河从源头到这里，沿途该容纳了多少这样的苦水之河，它却没改变自己的味道，这样的大河，沿岸地区容纳他们这样的移民，又算个什么呢？黄河塑造的这片大平原上，开始"天下黄河富宁夏"的新任务，那就是让他们这些移民摆脱山里的苦日子!

黄河边的景象引发了"老驴"的感慨:只有大山没有大河的大地是多么乏味、无趣;大山里的村庄,像一枚枚蒙尘的钉子,埋在时光深处拔不出来且渐渐生锈;大河边的村庄,就像闪耀在大地棋盘上的棋子,大小不同却互通有无且生机勃勃。没有河流的大地是沉睡着的,河流是大地的唤醒者,是大地的另一种呼吸。河流穿过大地的体腔,滋润两岸万物,催生出了炊烟、人流、渡口、码头、桥梁。"老驴"继续感慨:如果将这条河灌进老家的山里,哪条山沟能装得下这么多的水?这个季节,正是黄河每年如期而至的汛期,黄色洪流将河床逼得往后退着,从上游吹来的枯木、乱草堆、塑料桶,甚至还有庄稼作物快速而来,快速而去,河水咆哮着、旋转着、奔流着,复制着千万年来的汛期情景,一个又一个漩涡,犹如锅底煮沸后升腾出的黄色花朵,随着水流移动几米就不见了,接着又是一朵朵黄色的花朵一边怒放一边飘来……亿万年来,从不疲倦地重复着这样的画面,在野性中蕴藏着古老的谜语,散发出危险的味道。

磅礴的大河让"老驴"的眼睛不够用了,河面、河堤、河边的一切都是那么陌生,夕阳在沟渠边的秋草上抹下一道道金粉,发出诱人的光芒,各种秋虫的叫声让这片涛声相伴的土地,显出不可言说的生机与奥秘。黄昏时分,为了能让吃了几天干草的老驴吃到鲜活的青草,"老驴"决定住在河边一块青草密集的地方。没想到,天一黑下来,"老驴"和他的那头老驴就见识了一种之前听说过但没见过的动物的厉害,那就是初秋的蚊子。

六盘山地区阴凉,就是夏天也很少有蚊子、苍蝇。而在这里,天刚擦黑,蚊子就像海岸边涌来的巨浪。每一只蚊子的叫声是细弱的,但万亿只蚊子的鸣叫叠加在一起,就是一场波涛汹涌般的蚊声大合唱,是暮色时分河岸边的声音的主场。万亿只蚊子构成的军团铺天盖地围了上来,叮得人和驴都乱跳乱扑打。老驴的尾巴不停摇摆,头也晃个不停,长长的耳朵胡乱拍打着颊骨两侧,左右蹄子不停地朝趴满蚊子的肚皮踢去。连续几天吃不到青草的饥饿战胜了蚊子的叮咬与围攻,让它的嘴不愿意离开青草。黑压压的蚊子爬满毛驴肚皮,不少蚊子的肚子因为吸到血而变红,但又不肯放弃吸血带来的快乐,后面扑来的蚊子乱叫着扑来,老黑驴的肚皮成了蚊子的集镇。被叮得难受的毛驴,耐不住暴躁但又对蚊子无可奈何,干脆扬起后蹄乱踢起来,还不时发出激昂的亢叫,仿佛一声声抗议。"老驴"从袋子里取出一件上衣，毫无章法地乱扑乱扇，被蚊子叮得在地上乱跳，这种人驴皆慌乱的情形一直持续到天彻底黑了下来。

蚊子退场后，老黑驴才安心地吃草，驴牙撕咬下青草的声音不时传入"老驴"的耳朵。浑黄的河面已经彻底融入暗黑的夜色中了，对岸亮起的城乡灯火，像是星星从天空跌落在岸边的草丛上擦出的火花。不远处的泉眼山，就是清水河汇入黄河的地方，那是两种浑黄之水的汇集与交融，从清水河流淌到这里，哪一滴水不是像移民一般，走过属于自己的长路后投奔黄河，将后者视为移民之地呢？每一条流入黄河的支流，就是一支移民队伍：有的清澈秀丽，有的褴褛憔悴；有的穿山越林地走过数百公里，长如巨蟒爬行；有的仅仅流过几个村子就完成了汇入大河的任务，短如蚯蚓出地……但都完成了移民般的使命。黄河，因为融入一条条这样的支流才变得如此壮阔，那远方的移民地呀，是不是也如眼前这大河一样，以宽容、富足来容纳一个个移民呢？

肚子已经饿得咕咕叫，不用去摸装干粮的口袋，"老驴"清楚那里仅仅剩下不够一天吃的一点馍馍渣了，自己在老家蒸好、晒干的馍馍因为路途耽误吃光了。月亮升起来了，它似乎也竖起耳朵聆听黄河千百年来重复弹奏着的夜曲，那是一只大猫躺着睡时发出的呼噜，那一波又一波的水浪就是大猫起伏的肚皮，在月光下发出淡淡的、粼粼的波光。对"老驴"这样刚刚从山里出来的移民而言，像一个适龄儿童要听第一堂课，河流穿过夜晚的声音是那么新鲜，河流淌过大平原的模样是那样恬淡而壮美。"老驴"坐在停靠于堤坝上的架子车上，一锅接一锅地吸着旱烟，每吸一次，拇指大的烟锅里就钻出一股细小的浓烟，随之是比拇指小的火星子，在夜色里亮出短促但醒目的红来。在这火星子和旱烟味里，"老驴"像端坐在课堂里的小学生一样，认真地看着黄河在夜晚的水色，聆听着黄河在夜色里的流动、奔走、鼾声，那是关于生长、气息、哺育的声音，是关于季节、流动以及与秋天相遇时发出的问候。像一个下课铃声响过好久，仍不愿、不舍离开课堂的学生，"老驴"看着大河躺在月光下的模样：那肥硕而美丽的身段沐浴在星辰的注目里，一浪连着一浪的河水流出灿烂的笑容，流淌过宽阔河床时发出欢快的呻吟，低沉的涛声中透出茁壮的气息；那如火焰般跃动不已的面庞，那婴儿般安详又平静的呼吸，那夜空中鱼鳞般闪亮的波光，那犹如上了釉一样闪闪发亮的笑脸。

这是秋天的黄河，是大河一年中最丰沛、最有力量、最为壮美的时候，就像一个人一生中最美的季节，每一滴水就好似奔腾的马群中的一员，积攒够力气后参加一场比赛。那是亿万匹良马顺着一条河道奔赴的壮观，那是亿万只青铜狮子在齐声高吼；那是亿万匹黄龙欲腾空长啸，那也是亿万条巨蟒蜿蜒爬行；那是亿万匹被风吹得平展的丝绸发出的高唱，更是亿万支铜箫齐鸣于秋夜。

夜色渐浓，弥漫于河面上的水汽散发出的凉意，似乎爬上岸来向大地、树木、山峦浸漫，"老驴"不由裹了裹身上的衣服，像终于等到散场铃声时不得不离席的观众，要结束这赏读大河的时光。月光渐渐西沉，夜色中的大河逐渐模糊起来，"老驴"这才不舍地将眼光从河面上移开，转过头去，看到老黑驴在暗黑里勤奋而又认真吃草的背影，驴牙碰到青草时发出的声音是那么悦耳。万物一个道理，连驴都喜欢这带着河味的青草，何况人呢。

"人无横财不富，马无夜草不肥。""老驴"突然想起这句古话来，看着吃草的老驴，他心里念叨着：这可是真正的夜草呀，你吃饱了，天亮咱就要过河了。

毛驴吃草的声音似乎提醒了"老驴"，他起身走到不远处的苞谷地里，解下裤子准备大解。夜色中的苞谷秆，像是一场刚结束战争不久后插在战场上的旗杆，偶尔有风吹来，苞谷叶摇动时互相擦身发出沙沙的声音，吸引着他的眼光朝苞谷秆望去，竟然发现了一个秘密：苞谷秆上竟然有主人疏忽掉的苞谷棒子，金黄的棒身被夜色掩去，却向"老驴"发出阵阵诱惑，老驴立刻想到，收拾过的土豆地和秋萝卜地里，一定也有土地的主人漏掉的果实。

在收拾过的庄稼地里捡拾没收拾净的苞谷和土豆不算偷。在这种心理鼓励下，"老驴"穿行在一块块苞谷、萝卜和土豆地里，最后抱着十几根苞谷棒子和一堆土豆、萝卜回到架子车旁，从地埂边捡回枣树、枸杞树的干枝条，生起火。等灰烬积累得差不多了，"老驴"将苞谷和土豆一起埋进灰里，再在上面点燃干树枝，一点一点地积累着热灰。

吃过热灰烫熟的苞谷和土豆后，"老驴"扒开灰堆，把剩下的苞谷和土豆全埋进去，烫熟后就是自己此后几天的口粮了，萝卜便是就着这些口粮的蔬菜了。

"吃饱了，喝足了，肚子饱得像皇上了！""老驴"一边嘴里念叨着，一边往架子车上躺去，仰面看着天上的星星，"老驴"这才发觉，眼睛出问题了：天空上的星星不再如刚才时那么清晰了，好像刚才烧玉米和土豆时灰烬里冒出的小火星，他揉了揉眼睛，星星看上去确实小多了，上下眼皮好像两条小坝，中间装着一汪浑浊的水。嘴唇也感到如老家话说的"被驴踢了"一样，脸颊开始传来火辣辣的疼，一摸腿上，也是一个个包，身上的这些变化都是蚊子咬的，这让"老驴"难以入眠。

河堤外侧，大河裹着涛声向远处流去，身在异乡的"老驴"枕着一河涛声躺着。他的眼睛已经向夜晚关闭，但他的耳朵向大河之涛开启，他的想象之门也向大河张开，他开始幻想移民后的日子，憧憬着到移民点后的新生活，让自己的判断钟摆，停留在"移民这件事是对的"的位置上。

新的一天，新的景象。这是被平原上的朝阳照醒的清晨，早上起来，能感到脸上落下一层细细的、介于雾气和霜气之间的潮气，远处的河面上，升腾起一层迷雾，让河水看上去没有白天那么汹涌、恐怖。岸边的芦苇，在朝阳中变成了一团燃烧的火焰，将一股看不见的热情递送过来，在大河的胸腔里暗暗涌动、共鸣。"老驴"让老驴吃草，自己向河边走去，一个大山里长大的"山汉"，哪里见过这么大的河？在老家的山谷间，如果有这么一条河流过，哪还会有穷日子呢？他们还需要被移民吗？"老驴"一边往葫芦里灌黄河水，一边吃着昨晚烤的土豆。他在河边特意多待了一会，一是为了让老驴多吃一会儿早上的露水草，二是为了多看一会儿河水。

拉着车子跨越黄河大桥时，"老驴"和老黑驴都有些紧张，他和它都没见过这么高、大、长的桥以及这么宽的河，也从没在这样的桥上行走过。"老驴"拉着架子车紧贴着桥栏边行走，头一瞥看见汹涌的河水打着旋，吐露着黄色的波纹，顿时感到一阵眩晕。身边偶尔驶过一辆大卡车时，桥体发出的激烈颤抖让人和驴都无比紧张。那些在桥上骑着自行车、摩托车以及步行的人，看到一头黑毛驴在桥上慢慢走着，两条拉绳连接着毛驴和架子车的前杆、人和驴保持着稳定的距离。

那个从大山里走来的男人，拉车前行，他的脚步如张开的嘴，吞下星辰、露珠和野草的鼾声；他的眼光像探照灯般向前延伸，他的脚步不停，无数琴声荡漾在奔跑的汗水里；他的前面，希望在移动的鞍鞯上歌唱；他的后面，烟尘垒砌着记忆的墙。秋风扫走了他的脚印，像一场莫名的雪掩埋麦场上碾过炊烟的麻雀叫声；他的鞋子，落下，又抬起，犹如在落叶般的轮回中，敲响岁月的钟，在时间之池上如晚霞般回荡。

3

跨过黄河后,"老驴"顺着沿河而建的公路继续向东而行,平原上的景致让一直身居大山的"老驴"大开眼界:各种机械在土地上收割,各种交通工具穿梭在国道、省道和乡村公路上。"渠口农场"的路牌映入"老驴"眼中,后面两个字让他纳闷,他极尽想象也想不出"农场"是个什么东西。"老驴"并不知道,早在1959年,国营渠口堡农场(后改为渠口农场)就开始接纳和安置从浙江前来支援宁夏建设的青年,这个农场的雏形就是一个很大的移民地。

我曾采访过最早到渠口农场的宁夏农垦局的一名女大学生,她叫马贵龄。她告诉过我一个细节:当年,抵达渠口农场的当晚,她暂住在场部书记李长修的办公室,第二天早上起来,发现窗台上堆满了沙土,足有2寸厚;马贵龄按照要求去场部农机站报到,顺着场部工作人员手指的方向走了半天也没发现场部办公室、车库和农机站的牌子。就在马贵龄站在那片荒地上茫然四顾时,从身旁的地底下突然钻出了一名工作人员,原来,当时的农机站就是在一个地窝子里办公的。马贵龄到渠口农场报到后第二周,突然接到让她回银川的通知,然后去北京参加全国农机订货会,她步行4个小时才赶到距离农场最近的枣园堡火车站,从那里登上了去银川的过路火车。

和马贵龄一起到渠口农场的员工,算是这片土地上的第一批移民。"老驴"没想到,自己拉着架子车经过渠口农场20年后,这周边的荒地变成了一个生态移民区。具体说是2005年5月12日下午3时许,以一辆蓝色卡车宁D·46821为首的4辆卡车组成的车队拉开了这里的生态移民帷幕。宁D·46821的蓝色卡车车厢正前方,扎着一块红色横幅,上面写着"易地搬迁,再造移民新家园"的字样。这4辆卡车拉着六盘山东麓泾源县六盘山镇的37户、247名农民,带着他们的家当和对未来生活的期许,沿着20年前"老驴"在六盘山东麓、清水河西岸的路线,驶进渠口农场北边的一处山梁下。这些移民中,很多人是第一次坐汽车,他们经过300多公里的长途跋涉,虽然面带疲倦、饥肠辘辘,却对能从大山深处搬迁到宁夏平原上的移民点满怀希望,不少人在老家、在车上就想象、推测政府给他们新建的安置房、道路会是什么模样。车到移民点,当他们看到政府为他们新盖的1595套砖混结构的新房时，很多人不敢相信这就是他们今后的新家：不仅新修的公路通到了家门口，自来水也通到了村口。接着发生了这样一幕：这些深受缺水之苦的人，先是一个接一个地将嘴凑近前去，尽情地喝水管里流出的水，接着，他们本能地返回到拉他们来到移民点的车厢前，取出随车带来的铁桶、水壶等，奔向自来水龙头。那年，37岁的固原市原州区蒿店乡三关口村移民宋平生清楚地听见有人喊道："大，这水不要钱，快去车上把咱家里的锅也拿来，给家里装水！"缺水，是导致这些人在老家贫穷的主要原因，也是让他们移民的主要原因，他们不相信这些水是免费通到村子里的。第一批移民来到渠口农场移民点37天后，距离移民点400多公里的泾源县大湾乡武坪村129户560名农民，在政府组织的30余辆大卡车的协助下，离开了祖辈生活的故土，移民到黄河边的渠口农场。这些移民到来之前，安置他们的移民点连名字都没有，往北几公里是贺兰山南余脉刀棱山，西边是棺材山，南边是破石墩，东边是包兰铁路边的荒滩。移民到来后，民政部门将这片三面环山的山梁命名为太阳梁，寓意这里能升起一轮象征美好生活的太阳。

水渠、道路、耕田、树种都是政府提前给移民们准备好了的，移民只负责在这片新土地上劳作、绿化。宋平生一家移民到太阳梁12年后，随着移民数量的增加和移民点设施的完善，太阳梁移民点变成了太阳梁乡。

孟永恒是和宋平生同一年从隆德县奠安乡老家移民到太阳梁的，当年坐着拉移民的卡车长途跋涉400多公里抵达移民点时，孟永恒发现只有一条简易公路连接着移民点和渠口农场。在移民心中，几公里外属于宁夏农垦管辖的渠口农场就是他们的集市和购物天堂。孟永恒移民到太阳梁第四年后，一条新开通的公路要从渠口农场前经过，他听到一条振奋人心的消息，如果开车沿着那条公路往东而行，能到北京，往西而行，可直达拉萨，那条路就是全长3922公里的109国道；孟永恒移民到太阳梁后第十七年，也就是2022年1月，紧贴着太阳梁村而过的乌玛高速公路建成通车，那是宁夏第一条沙漠高速公路。有了车的太阳梁移民们，有的开车全程高速就能到达移民前的老家，有的用1个多小时就能进到银川城里去购物。

刚过白石头梁，"老驴"担心路上的汽车太多会不安全，看到有条往北延伸的砂石公路，他决定踏上那条人少、安全的公路，这意味着他和老黑驴要离开有水草的黄河边，进入贺兰山东麓一片200多公里长的荒滩内。

车胎再一次被土路上的小石子扎坏,"老驴"修补好车胎后,太阳已经移到贺兰山顶上了,给简易的山下公路再次投下一幅驴在前、人驾辕的移动图影。左边是荒凉的戈壁滩,从公路一直向远处的贺兰山脚下延伸去,右边的荒滩不远处,能看到一群工业建筑,那是几十年前的一大批特殊移民——从全国各地调来的工人——援建的青铜峡铝厂。

晚上,这片戈壁滩上因为没水草、没蚊子,让"老驴"睡了个安心觉。半夜,"老驴"被一种巨大的轰隆声震醒,他感到身下的大地抖动不已,一束他从没见过的强光切开夜幕。那道强光后面,像是一长串巨大的灯笼,在半空中快速移动着,向远方飞奔而去。那一夜,他被那巨大的轰隆声震醒了好几次,后来的几次都是只看到前面的那一道强光。"老驴"到移民点上给别人讲述这怪声、怪光时,引来大家一顿好笑,他们告诉"老驴":那是火车,有"一长串灯笼"的,是客车,所谓"灯笼"是夜行列车的车厢里发出的光;没有"一长串灯笼"的,是货车。

"老驴"和老驴像两个年老的蜗牛,继续慢慢行进在沿山公路上,路边的荒滩上,偶尔有几株骆驼蓬、刺蓬等耐旱植物,像是几艘绿色小舟停在巨大的旱海里,架子车经过,惊得藏在下面的野兔奔窜起来,然后又回归一片死寂。下午时分,大片的云突然从西边的贺兰山上翻滚而来,响晴的天很快乌云遍布,那些铅色云朵赶集似的拥挤着、层叠着,向山下的这片戈壁滩上涌来。在六盘山,雨总是像山里人走亲戚一样,从容淡定地沿着山路慢慢地走;又像要出阁的女子,先仔细描红、化妆,然后才会被毛驴车缓缓送往夫家,哪像眼前这急性子的雨,说来就来。"老驴"赶紧把架子车拉到路边的一处高地上,解开老驴肩膀上的拉绳,卸下老驴肩膀上的围脖和夹板以及脊背上的鞍子,把给驴做临时水槽的塑料布盖在驴身上——他心疼秋风里一株弱草般的老黑驴难以抵挡这暴躁的秋雨;他用铁锹支起车前杆,让车身斜斜立起来,将自己的那件旧棉衣铺在地上,抱着放在车厢里的东西钻进车身下,听着瓢泼大雨打在车板上,像是无数鼓槌敲打在鼓面上铮铮作响,透过车前板和地面上形成的空间,他看到一条条雨柱斜斜地连接在天地间,给中午还热烘烘的大地降温,从干热变得泥泞的贺兰山东麓的荒滩上拉开一场狂欢与忙乱的序幕,在抽搐与震颤中散发出泥雨味;耳边传来的轰鸣声盖住了下雨声,顺着这声音望过去,是远处滚来的洪流冲刷着裂开的山沟,洪水裹起的细沙和黄土,在山沟底部形成一股股浊浪,像一条翻腾的黄色巨蟒,向远处奔涌而去。这情景，像"老驴"这样的山里人何曾见过？"老驴"看到，那浊浪不断升高，向岸边冲来，宽阔的山谷变成一条不断抬升的浑浊之河，一层层浪不停地翻滚、咆哮着，天上的云层好像被撕破了般，破云而降的雨直接向这浑浊之河灌了下来。

暴雨持续下了大半天，天空像是躲在暗处的火柴盒，偶尔亮出的一两道闪电像擦过火柴盒上的磷面后发出的不规则火光，猛然间照亮暗黑的大地，让"老驴"看到眼前突然出现的这条河从小到大的变化，那条洪流的轰鸣一直不减，像是一头头不知疲倦、冲破两边沟沿的怪兽构成的队伍发出的呼啸。

在一道闪电的照耀下，一道影子突然出现在斜立起的架子车前杆旁，吓了"老驴"一大跳，他不由自主地往里面缩了一下。只见一个骑自行车的人跳下车后弯下腰，朝架子车下张望。闪电消失，大地陷入一片漆黑，"老驴"和那道人影都僵住了，互相在暗中盯着对方，都不敢说话。过了好一会，"老驴"隐约看到对面的那个人从自行车后座的包里摸索了一阵，接着，一束手电筒光照了过来。

"老乡，外面雨大，能不能借你的架子车躲个雨？"

哦，原来是个夜间赶路人，听口音也是来自南部山区的。"没麻达，赶紧进来！""老驴"说。

"老驴"拿出从家里准备带到移民点去的防风煤油灯，点着后挂在车前沿上，一豆灯光在架子车下亮了起来，湿气氤氲的空间里似乎有了点温热。那人将自行车停靠在架子车旁，手拎着后座上搭着的一个小包，钻了进来。同是夜间淋雨人，两个男人也没什么好回避的。那人进来后，赶紧从小包里找出干衣服，当着"老驴"的面换上。

来人是和"老驴"同一个县的农民，对方的家靠近县城，那里的经济条件相对较好，家里有辆自行车。这位老乡是打算骑车前往移民点，打探移民消息，顺便看看传说中的移民点究竟怎样。对方从包里拿出干粮让"老驴"吃，身上带的绿色军用水壶里的水倒出来时还是热乎的，"老驴"毫不推辞地接了干粮和水，两人便边吃干粮边聊天。得知"老驴"是一路拉着车子吆着毛驴来的，那位老乡不由赞叹起来："我沿清水河骑着自行车走，都觉得这路长得没个尽头，按照你这种走法，到你要去的西大滩移民点至少还得再走五六天；你的这头老毛驴确实是个累赘，前面有庄子了，能处理几个钱就处理了吧。我带的干粮足得很，可以给你匀几天的。"

4

又是新的一天，天气晴朗，空气里流动着雨后的湿润，但也明显感到一股凉意。

一场秋雨一层凉呀！"老驴"一边在内心念叨着这句话，一边默默地给老黑驴系好围脖，将夹板和拉绳收起来放在车子上，把驴笼头上的缰绳一头拴在车后杆上，拉起车继续前行，让老驴慢慢地跟在架子车后。秋天太阳的照射下，大地上的一切像是被一个神奇的魔术师借去耍了个魔术后又归还回来一样，很快就恢复了下雨前的单调、枯黄状貌，热气从远处的荒滩上、砂石路面下拥来，又是一个干燥的秋日。

幸好这条路是平坦的，并不需要"老驴"出多大力气，但他能明显感到不时有一股力量向后拽着车子，那一定是车后跟着的老驴走得更慢了，跟不上主人已经够慢的脚步了。那辆架子车像一条年迈且生病的蜥蜴，慢慢地贴着地面往前爬行。干黄的荒滩也让人和驴都感到视野单调，走路也没精打采地。当天中午，公路旁的路牌显示：他们已离开青铜峡市，进入银川市的永宁县境内。

在永宁县境内的黄羊滩一带，路东边的远处逐渐出现庄稼和农田，"老驴"当天露宿在了贺兰山下的平吉堡农场边的荒滩上。后来，"老驴"才在新的移民点听人说，平吉堡本来叫平羌堡，地处银川前往内蒙古阿拉善的必经之路，是明代从内地抽调守卫贺兰山的军士驻扎的军堡，新中国成立后成为农场，曾经几次安置过移民。最近的一次，是从1956年开始的因三门峡建设从关中来的移民。那一年，整个关中掀起了一股移民热潮，派到华阴县（今华阴市）、大荔县、潼关县、朝邑县（后因三门峡水库建设兴起的移民运动从行政区划中消失）各乡村的移民宣传干部，向滨河村庄的村民们宣读渭南地委制定的《建设三门峡水库的宣传提纲》，然后通过一系列宣传动员工作，让这些村子的百姓知道了这样一件和自己息息相关的大事：国家要修建三门峡水利工程，渭南地区滨河的一些村庄即将被水淹没，经过研究后，决定将渭南地区滨河村庄的部分农民，移民到宁夏境内。据陕西作家冷梦的《黄河大移民》一书中披露的数据，在大荔县杨村，县上分配给村里的移民名额是154人，却有1087人报名。移民成了那时村民心里无比光荣的事情，有兄弟几个争抢一个移民指标的，有写下血书连夜赶往乡上递交的，有为了争移民指标和同村亲戚、好友反目的，有为了移民提前或推后婚期的。

义和村是陕西省渭南地区的一个缩影，王景仁不仅是义和村，也是渭南地区第一批移民中的典型。

当地县上、地区将第一批报名移民的人集合成一支"先遣队"，这个带有军事色彩和使命感的称谓，让想移民的年轻人有种光荣赴命的神圣感。渭南地区首批移民宁夏的"先遣队"由5208名青壮年组成，他们的家具、铺盖、农具以及被称呼为"秦川牛"的耕牛，被卡车载着从村口缓缓驶出，也有人不忘带上月琴、板胡、马锣、战鼓、惊木、干鼓、梆子、钟铃等表演"华阴"老腔的乐器，那是祖辈留下的口音和故土胎记，是他们的另一种"家产"。

这是一条从黄河中游前往黄河上游地区的移民之路，在黄土高原上画出了一个大大的L形：移民队伍从关中平原的一个个滨河村庄出发，向西北方向而行，抵达六盘山东麓的甘肃平凉市后，向北进入宁夏境内。

进入宁夏境内不久，有懂历史的老乡指着一处山口，告诉大家那就是著名的萧关。他们的故乡是富饶的关中平原，所谓关中，就是四个著名的关隘围护着的一片平原地区，扼守西北方向的就是萧关，离开这里，就意味着大家彻底出关了，故乡从此在身后了。一个人朝身后的渭南方向跪下去，很快，大家就跟在后面黑压压地跪成一大片。这一走，风吹雨打水漂流，春草夏花不见秋，连车厢里拉着的秦川牛似乎也因不舍故乡纷纷头朝东而不断发出哞叫声。

"先遣队"抵达贺兰山下的平吉堡时，已历时5天，行程跨越了陕西、甘肃、宁夏三省区。平吉堡距离银川市区西南20公里，早在明代，这里是宁夏右屯卫所领18个军事屯堡之一，当时为了防御贺兰山西麓的元朝残余势力进攻，调集军人在此防守，至清代时，这座古老的军堡就已经彻底荒废了。

随着贺兰山下的第一场雪降临，这支关中人构成的"先遣队"成员开始体会到贺兰山下冬天的寒冷。那是他们中很多人一生中遇到的第一个寒冬，他们几乎都是缩在秋天搭建起来的简易房里如动物冬眠般度冬，好在还有诸如"春天来了，一切都会好起来"的幻想在激励着他们。

这些关中移民到平吉堡3年后，宁夏回族自治区政府批准建立平吉堡等8个农场，宁夏和浙江省商定5年内由浙江省动员30万青年支援宁夏建设。古老的平吉堡，就像最初修建时那样，再次开始容纳移民；和460年前初修时容纳戍边军人不同，1959年5月开始的这次移民，主要是接纳来自浙江省的支宁青年。7个月内，共有5万余浙江青年到达宁夏，其中有3.1万多人被安置在11个市县328个安置点，有7000多人被安置到10个国营农林场，其中就有不少被安置在平吉堡农场。几十年过去了，大批复转军人、支边青年、知识青年和各地移民，在平吉堡开垦土地16.8万亩，耕地5.5万亩，形成20个农、牧、工生产经营单位，居民近万人。

第十五天的早上，刚睁开眼的"老驴"一转头就被吓得惊叫了一声：车栏杆上竟然爬着一条蛇，头扬着、吐着信子。"老驴"在老家没见过蛇，但他从别人的讲述中知道，这种动物在民间被称为长虫，会危及人的生命。蛇被突然从车厢起身的"老驴"吓得蹿了起来，"老驴"被蛇吓得瘫在了架子车的车厢内，用六盘山地区的方言串联起来的诅咒，像一条连着的项链从他口中快速吐出。"老驴"在惊吓中再一次对自己背井离乡的"移民"举动产生了怀疑：这样做值当吗？这个想法就像一截横生在大脑里的枯朽之木，故乡贫困的生活就像一把锋利的锯子，彻底锯断了那截朽木。"移民"的信念，像新播种的荞麦遇上了一场及时的秋雨般疯长起来：困守贫困的人，和那些守在圈里的猪有什么区别呢？

"老驴"的内心像一个点燃起煤炭的火盆，有一股不可遏制的力量，不断如火焰一样从心里升起，推动着他要向那还不知道有多远的移民点走去。很快，从惊吓中回过味的"老驴"，收拾好东西，匆忙离开了这恐怖、荒凉、干旱的地方。

从家里出门时，"老驴"就计划赶着老黑驴逛一趟银川城。有了在固原城的红绿灯遭遇，加上现在看到老驴走一步摇三晃的情形，"老驴"也彻底死了去省府城市逛一圈的想法，距离银川城最近的那个夜晚，他最终选择在沿山公路边的旷野里露宿。

过黄河后，贺兰山一直在"老驴"的左手方向陪伴他，连绵的群山像一只瘦弱的猫仰卧着，朝天袒露着起伏的褐色肚皮。到永宁县北端时，山体像个被神奇的打气筒充了气的气球，朝天鼓了起来，高度不断增加。在高大而雄伟的山势映衬下，砂石公路上行走的架子车，像一只衰老的蚂蚁般缓缓移动。

5

又一个夜晚降临。贺兰山下的秋天，白天热得不次于夏日，晚上气温骤降，大地一片冰凉。老黑驴明显地站不住了，颤巍巍的腿肚子终于支撑不了身子，像一座崩塌的山，向地上倒去。接触到地面时的那声轰鸣如一记重锤砸在"老驴"心上，他看见它的两只眼睛瞪得像铜铃似的，在月光下发出幽幽的光，嘴唇张开，呼吸困难，对"老驴"拿给他的豌豆，也懒得吃了。或许，它也想陪着主人走完剩下的路。但它只能在地上躺很久，才能积攒出挣扎着起来的力气，摇晃着走向路边的草地，拼命地吃那些低矮的、瘦弱的草，唯有这样才能给自己补充点力气。偶尔，它也抬起头看看主人，或许是在问："这漫长的路，什么时候才是个头呢？""老驴"也不知道这个答案，好几天来，他连个问路的人都没碰上。

"老驴"路过南梁农场17年后，这里安置了来自六盘山地区的274户、1400名生态移民。宁夏共有17个国有农场，其中长山头农场、渠口农场和南梁农场就开发建设了10多个移民新村，安置了2万多名来自六盘山地区的移民。

离开家的第二十天的早晨，"老驴"醒来后，像一名尽职的护士查早岗问询病人一样，第一件事就是去看拴在车栏旁的老黑驴。只见它卧在车轮旁，脑袋像挂满了铅似的呈现出一种下坠状，嘴唇几乎就挨着地面，看到主人走到身边了，它像一个喝醉了酒的人，晃晃悠悠挣扎了半天才站起来，双腿不停地颤抖着。它好像明白主人的心思，好像知道离目的地已不太远了，它要努力陪着主人走完这长路的最后一程。

第二十一天上午，老黑驴停下来歇息的间隔越来越短了，4只蹄子像是蘸上了很多胶水，一落在路面上就好似被粘住一般，从地面上每提起一次都很吃力，它嘴里吐着粗气，头下垂着，前腿膝盖处的关节像非常松动的螺丝一样，给人一种近乎支撑不了前半身的感觉，臀部像两坨小棉花垛似的松垮着，每走一步，后腿就不由自主地趔一下，那棉花垛仿佛会从胯部掉下来似的。驴、架子车和人组合出的移动风景，比前几天更加缓慢地移动在贺兰山的视线内。

进入平罗县境内，公路西侧的贺兰山看起来像一头拱起腰的狮子，脊梁最高处就是海拔3556米的敖包疙瘩，那是贺兰山离天最近的地方，初秋时分就已经有了积雪，像是贺兰山之冠上镶嵌着一颗白色宝石。巍峨的山体让山脚下的冲积扇地带显得空阔、辽远、荒凉，"老驴"站在沿山公路上朝东北方向望去，依稀看见荒滩上有工厂的烟囱在冒烟，仿佛波涛般翻滚着，那里应该就是移民专干给他们说的移民点了！荒滩东边的极目处，有绿色的庄稼地和树木。"老驴"牵着老黑驴走到一处青草茂密的地方，它只是象征性地啃了两口，随即抬起头看着主人，眼里明显带着一丝哀怨、无奈甚至愧疚，它长长的耳朵拍打在脑门上的声音，表达着一头驴对青草的拒绝。像一位老人超负荷地连续多日行走，但营养又补不上一样，眼前的这头老毛驴几乎走不动了。

"唉！""老驴"长长地叹了口气，拉着车子缓缓而走，走几步就忍不住回过头，停下来看着秋阳下的老黑驴踉踉跄跄地往前挪着步。好几次，它都是突然一打战就跪在了路上。"老驴"停下车，等着它大口地喘气、休息，然后把手伸到驴肚皮下，努力想帮它站起来。老黑驴似乎明白主人的心思，一次次挣扎着站立起来，站立起来后，腿又是一软，跌在路边。"老驴"心疼它，将架子车尾部着地，试着让驴能上到车上去："唉，年轻时，我骑过你，没少坐过你拉的车，现在，你老了，坐坐我拉的车吧！"然而，那头老黑驴却不愿，也无力爬上车去。

"你真是头犟驴呀，都到什么时候了还不让我拉你一程，再坚持一下吧，快到移民点了！"

离开家的第二十七天黄昏，太阳像是缓缓移动在贺兰山上的一个火球，散发着一天中最后的热量。"老驴"拉着车子，老黑驴在后面踉跄着脚步努力跟着。贺兰山下的荒滩一片寂静，"昂，昂，昂昂……"突然，身后传来一声让"老驴"既陌生又熟悉的叫声。那是西北农村家养动物中叫得最响亮、分贝最高的声音，那声音在贺兰山东麓的荒滩上回荡不息，恍如一列火车驶过荒原时的鸣笛，也如一艘巨轮驶离码头后进入茫茫公海后拉响的长笛，更像一名邮递员骑着自行车到收信人家门前摁响的铃声。"老驴"知道这是老黑驴回光返照般拼尽气力告别人间的声音。发出几声从强到弱的长鸣后，老黑驴就倒在地上，身子像一尊软乎乎的泡沫塑像，四只蹄子无力地乱蹬着，头歪着，鼻孔张到最大，一股股粗气往外喷，从喉咙深处传来呼噜呼噜的声音，一股股白沫从嘴角流下来，一双眼睛像镶嵌在眉毛下的两枚黑鸡蛋，仿佛在诉说着不能陪主人走完最后一段路的内疚。不一会儿，那双眼睛变得黯淡无光，就像一堆瞬间熄灭的火，乱蹬的蹄子则像四根僵直的棍子，一头连着驴的身体，一头瘫在地上。

路面仿佛一张散发出巨大磁性的床，吸引着那头老黑驴的身子向这张床瘫软下去。几分钟前，老黑驴还能感受到身子朝天的一面接受阳光照耀时的暖意，感到身下的秋日土地从温热到冰凉的过渡，但现在，它感觉到自己如同卧在一块巨大的冰面上，一块渗着凉意的铁皮上；它的头像一块铁铸的秤砣，指向他们来时的方向，那是主人和它的故乡的方向。老黑驴多想重新抬起头，离开这冰床般的大地，继续能高昂着头、迈着稳健的步子，陪伴主人走完这移民之路；它多想自由地在六盘山的土坡上吃草、嬉闹，在乡间公路上撒欢子奔跑，吸引那些发情母驴的眼光，但现在，眼前是倾斜的大地和天空，远处的太阳忽明忽暗，像一盏半夜在大风里摇曳的油灯……终于，它失去了知觉，成了一间倾塌的老房子，一个漏气的轮胎，一把干瘪的麦穗，一场谢幕的话剧。

夜幕降临了，整个世界都安静下来，月亮的微光传来阵阵凉意，那是一句句只有"老驴"听得见的悼词；越过贺兰山的风，在这片荒滩上吹着低低的口哨跑过，那是替老驴报丧的信使。它往哪里去报？谁又是这份信息的接收者或拆阅者？"老驴"抬起头，看到远处的城市灯光闪烁，乡村沉沉入睡，月亮仿佛在叹气，星星明灭不定于天幕上，闪着麻雀叽叽喳喳般的淡亮，冷冷地落在大地上，成为新的一日漫天飞霞的引导者。

夜深了，天凉了。"老驴"明白，和人一样，毛驴的生命有长有短，但死亡却是一瞬间的事情。这头陪伴了他12年、伴当一样的老黑驴走完了它的生命，它的灵魂一定会像天空飞奔的云一样，飞回它的出生地、它和他的老家六盘山区去，到那片天空里的驴群中去。

暗夜的腹地，一个男人为他的毛驴去世而悲伤，他的眼泪是夜晚的润湿剂，他的啜泣穿破寂静，顺着略有些凉意的田埂，顺着积蓄露珠的草尖，顺着星空下的公路，向夜晚纵深传播。终于，他控制不住，也不想控制自己的情绪，一任啜泣变成了低鸣、吼哭、号啕，那是不甘贫穷者想摆脱故乡的束缚却丢失了"朋友"后发出的抗议，也是他觉得对不住一头年迈老驴的愧疚，更是一种找不到方向的哭诉：从此，它再也不能在老家的山坡上吃草、和母驴调情并"制造"小毛驴了，再也不能在从六盘山到贺兰山、从清水河到黄河之间的山路和公路上留下它的蹄印了。

它，走了！像头顶划过的那道流星一样，主人的记忆就是流星的天空。

现在，它从主人踏上移民之路的伙伴，变成了一具冰冷的尸体，躺在异乡的公路边，躺在异乡的星空下，躺在异乡的薄凉与冷漠中。年轻时，它曾多少次驾辕拉车，让它的主人坐在车上，扬起鞭子的背影随车移动在太阳或月光下，一声声秦腔或吆喝声，飘荡在故乡的山路上；现在，它陪着要移民的主人，尽了自己的最大努力，走完了从故乡到异乡的这段穿山跨河之路。它不再动弹、不再抽搐，变成了一堆蜷曲着的、僵硬的、瘦弱的黑色肉体。

星空之下，贺兰山东麓的荒滩上，有这样一幅画面：一头毛驴头歪着，倒在地上，身上盖着一件农民的棉衣，它的主人坐在毛驴身边，每吸一口手中的旱烟，烟头处便露出一点火星，像是夜空给老黑驴送来的一点哀礼。从沉默的强大内脏中伸出来的枝杈在他身上横扫而过，悲凉之曲如溪流般迸涌而出。

这是一个移民和他的毛驴走过的最后之夜。后半夜，远山沉睡在雾蒙蒙的轮廓中，尤其是贺兰山最高的那一段，犹如一条巨大的鲟鱼脊背上的黑线，像是这座山在最高处拉出的一条祭奠的帷幔。大地熟睡如婴儿般安静，嘴里却不断吮吸着它的怀抱里生息的人类生活之苦，那一定是一颗黑色巧克力的模样。离公路不远处，传来"老驴"拿着铁锹挖土的声音。

土坑挖好后，"老驴"用架子车将老黑驴拉到坑前，把这些天用来给驴做临时水槽的塑料布铺在下面，把老黑驴的尸体摆上去，并让它的头朝向故乡方向。那是一条牺牲在从六盘山到黄河边的移民之路上的生命，一个农民徒步完成700多公里的移民之路后，把他们对待家畜的态度埋进了土地。"老驴"将自己的那件衣服盖在驴身上，他卷好一个旱烟卷，放在驴的鼻孔边："想我了，闻一闻这一棒子旱烟，就能闻到我的味儿！"他把驴生前用到的围脖、夹板、缰绳等物，仔细摆放在毛驴身边，作为它的陪葬物。最后，他有些羞怯地、像是一个小偷般地从毛驴的耳朵上轻轻拔下一根毛，在自己的耳朵上擦了几下，这才拿起铁锹，不舍地往里面丢下第一锹土，等了好久，才是第二、第三、第四锹土。

站在这座自己亲手造就的"驴坟"前，一股粗气从"老驴"口里悠悠钻出，就像是浇灌出了一条金属柱子，沉甸甸地立成一座碑石。回首这趟移民之路，从南部山区到中部干旱地带再到北部戈壁滩，黄昏的风一次次吹灭了希望的火焰；一夜过后，朝阳如火柴，在又一个新的早晨擦划出新的希望火花。"老驴"虽也感到迷茫，但依然坚信，前面的生活一定不是个要破裂的水泡，至少，它应该是一块馍，哪怕是黑面的，哪怕是被雨水淋得有些霉味，哪怕是经过寒冷岁月后变成了个冰疙瘩，也要啃上两口。

埋了那头老驴，"老驴"的疑虑、困惑、疲惫好像也被埋进这异乡的土地里，剩下的是美好的希望和破釜沉舟般的决心："没有比老家更不能养人的地方了，一切在移民点都会好起来的。"他抬头看了看天，向远处的群山望了一眼又一眼，看到的是一座山紧挨着一座山，他又环顾四周，眼前的那条砂石公路也是一米之后还是一米，像是无数孪生的兄弟站在一起，他的心里涌起新的祈愿：我不希望今后的日子像这被复制般的山和路，也不希望将来的生活还像现在这样！

现在，除了呓语般的回忆从离开家到现在的、这些天的事情外，身边什么都没有了。那头老黑驴似乎带走了关于家乡那贫穷日子的记忆，剩下的只是往前看。

初秋凌晨的凉意扑向壮丽的大地，远处的群山仍然睡意蒙眬，充满希望的黎明在向"老驴"招手，就像一个饿了多天的人走到小镇上飘着香味的饭馆前，门口有一张笑脸在招呼一样，他向那友好的黎明和甜美的未来走去。头顶闪烁着光的星星，就像召唤他到移民点去开创自己新生活的信念一样，始终陪伴着他。

晨曦渐现，东边的天空隐约露出鱼肚白，贺兰山渐渐显出大致轮廓。沿山公路上，一个头戴布帽、脚穿布鞋、弓着身子的农民拉架子车的剪影，移动在山下辽阔的冲积扇地带上。"老驴"知道不能因那头陪伴自己多年的老黑驴有更多悲伤，他清楚自己跋涉千里奔赴异乡的目的，在这片新的土地上，毛驴不再是一种生产工具了，新的生活浪潮会顺着此前没想到也没预设的道路汹涌而来。

到达移民点时，"老驴"才知道贺兰山东麓的这片荒滩统称为西大滩。不像他的家乡每条细得像蜂腰似的小山沟、每个小得像火柴盒大的村子都有名字，这里的地名只有一站、二站……六站。他朝一片正在苏醒、等待开发、充满希望，甚至很多地方需要命名的土地走去，他将把家安置在这里，和他的家人、乡亲们一道，圆一个简单的、摆脱故乡贫困生活的、小得如蚕豆的梦。

40多年后，我无法确切地知道在当年的宁夏移民浪潮中，究竟有多少人像"老驴"这样牵着毛驴徒步完成迁徙，也不知道还有多少人拉着架子车或赶着毛驴车完成移民，但我深信，那样的背影、那样的经历者，一定不少。

40多年后，"老驴"才明白，自己和出六盘山的百万移民一样，选择离开家乡往北而行的那一刻，是他们一生中非常重要的一次选择。不管过去多少年，几乎所有的移民都深深记得最初离家北上的情景，记得沿途经过的县城、村庄的名字。他们内心里怀揣的移民梦想，势如野火，将故乡滋养出的贫困野草焚烧干净，这野火落地黄河边，给落居于宁夏平原上的一个个移民点燃了一片片黄金般的风景。"老驴"更是清楚地记得，那些他替老黑驴讨水的村庄因为"固海扬黄灌溉工程"的建成而用上了黄河水，那里的村民和牲畜都饮上了黄河水，他去给老黑驴舀过水的清水河上修建起了好几座水库，他沿着清水河走过的中部干旱带上建成了中国最大的生态移民区；他拉着架子车走过的长山头、渠口、黄羊滩、玉泉营、西大滩，这些借由黄河水的提灌建成的移民点，像一个个积蓄着财富、智慧、宽容的蓄水池，接纳了来自六盘山区的100多万移民。

40多年后，我在《隆德县志》里读到了这样的信息："1983年3月15日，自治区党委、人民政府会同县委、人大、政府、政协及有关单位负责人，勘查平罗潮湖荒地，确定为隆德县建立吊庄。""9月20日，设立潮湖区，负责吊庄搬迁安置和生产。"

吊庄，一个新的名词，出现在宁夏历史发展的词典里，它不仅是一个词的组合，更是一种新型的移民行为，一个容纳移民的载体，一种特殊的历史记忆。伴随着此后40多年的宁夏移民大潮，从一开始，政府采用特殊手段形成的力量，像一台台起重机，将一个又一个村庄吊起来，落地时已经是几百公里之外。在《隆德县志》里还记载着："1983年10月，平罗县原潮湖农场划为隆德县移民吊庄，建潮湖区。1984年3月，恢复乡建制，全县一区：潮湖区；一镇：城关镇；20乡……"一场浩大的移民潮，落在县志里也就零星的两段。但它的背后，却有一段波澜壮阔的历史，有无数移民的悲欢离合，有成千上万个家庭的命运写照。"老驴"从宁夏最南端的六盘山区到最北端的贺兰山下，穿越千里抵达的移民点，就是后来出现在《隆德县志》里的潮湖区。

"老驴"和最早来到西大滩的那些移民后来才知道，在以后持续多年的移民大潮中，从南到北，有数百万和他们一样的宁夏南部山区人告别六盘山，像一粒粒盐融进黄河边的移民点上，在艰辛、纠结、努力中，绘就了一幅磅礴的移民图。站在这幅移民长卷前，很少有人知道第一个移民是谁，甚至没有人知道第一批移民悄然离开家乡的具体时间；没人知道那个年代，有多少步行、骑驴、骑自行车、搭便车、乘政府统一组织的移民车辆者，他们选择的交通工具不同，每家每户的经济状况不同，最终选择或被安置的移民点地貌、地理位置不同，但他们拥有一个相同的身份：移民。

随着时间的推移，移民似乎成了一件日渐褪色的衣衫，一辆退役后被堆放在没人注意的角落的机车，一片被时代之浪淹没的海滩，一场似乎专属那个时代人的旧梦。

6

在《平罗县志》中，关于垦荒有着这样的记载：清朝光绪年间，宁夏副都统志锐曾经想开渠灌溉、开垦贺兰山东麓北段的一片荒滩，因为各种原因未能实现；民国时期，宁夏省政府也想"开垦镇朔堡荒地五十万亩"，最终也只是纸上谈兵。荒滩依然保持着它千百年来的固有样貌。

"老驴"来到西大滩后曾听说过一个传奇的名字：柳登旺。他和很多移民都知道，柳登旺就在离他们移民点不远的地方，却一直没见过他。柳登旺是陕西靖边县东坑人，1946年9月参加革命，4年后的初冬，柳登旺所在的中国人民解放军陕北独立一师第二团1200多名官兵，与由原国民党第八十一军和平起义后改编的中国人民解放军西北军区独立第二军6800名官兵重新组编，成为中国人民解放军西北军区独立第一师，驻地在贺兰山东麓和黄河西岸间的西大滩上。不久，这支部队就接到了毛泽东亲自签发的命令："批准中国人民解放军西北军区独立第一师转为中国人民解放军农业建设第一师（以下简称"农建一师"）。将光荣的祖国经济建设任务赋予你们……"新中国的军队建制中，出现了农建一师这支部队。

20世纪50年代的时光之钟，让沉睡的贺兰山睁开双眼，看着新来的农建一师如何书写他们在这里的命运。历史有时看起来很巧合，同样是在1952年，公安部决定在全国各地组建18个厅级劳改农场，用以改造10多万名国民党旧政权的中、下级军政人员。西北军政委员会公安部决定在宁夏建立劳改总队，下设3个支队、11个大队，公安部确定该总队为宁夏平罗劳改农场。

刚到西大滩时，柳登旺心生"这里咋啥都没有"的疑虑，却忘了这里有荒凉、大风、盐碱等"土特产"和一批心怀青春梦想的转业军人，其中有百余名领导干部和技术人员，从事基础建设和勘测设计等工作，年轻的曹国清就是这些干部中的一员。

劳作者往往是一个地方最权威的命名者，曹国清和同伴们看到那片荒野地处黄河西岸，便称其为"西大滩"，这是西大滩上最早的"移民"。他们边勘测、边设计、边施工，很快就建起了1个场部和8个分场。西大滩迎来了从全国各地选调来的 3000 多名干部职工、400 多名解放军战士以及从西北、中南调集的 13000 多名服刑改造人员,这是西大滩上的第二批大规模移民。

"西大滩,真荒凉,只长草儿不长粮;冬天盐碱白茫茫,夏天积水深汪汪;蚊子咬,苍蝇唱,跳蚤臭虫爬满床。"当年被来到西大滩的改造者们传诵的这句顺口溜,如今早没人念叨了,它们变成了文字被悬挂在位于西大滩的"宁夏农垦博物馆"里。曹国清和其他负责测量的士兵开始和沼泽、荆棘、风沙打交道,每天工作都超过 10 个小时。地面上缺少参照物,他们收工时常常因为天黑找不到回家的路,半夜还在荒滩上打转转。冬天,这些特殊移民们住在帆布帐篷里,地上铺一层麦草,再铺上棉褥子就是床,盖的是一床薄棉被。即使把皮大衣、棉衣、棉裤统统压在被子上面,半夜仍常常感到浑身冰凉。天亮钻出被窝,被子的前端落着一层寒霜,人人眉毛胡子上也都挂着白霜。

西大滩上的这座劳改农场,对外称为"国营平罗机耕农场",农场里面的人无论罪犯还是干部,每个人的劳动量都很大。曹国清到来的第二年元月,农场更名为"农建一师国营前进机耕农场"。根据当时的农业技术推广需要,这片荒滩上的区域被划分为不同的耕作站。曾在这里接受改造的著名经济学家、语言学家周有光在他的回忆录中写道:西大滩总共有 20 多个站,1 个站有 5000 名劳改人员,后来,经过多次整合后,只剩下了 6 个站。官兵们在这里开始筑路修渠、开荒平地、箍筑窑洞、修盖房屋,使用锹、镐、镢头、背篼、手推车等农具、工具,试图在这片被苏联专家称为"种植禁区"的荒滩上种出庄稼。农建一师的军队建制被取消后,正式转交地方。那些被改造的土地,其实就是关押劳改人员的露天监狱,改造者和被改造者都习惯称呼自己所在的场部为"站"。

"老驴"和其他移民到来后,分别被安置在 6 个站上,其他移民点上的农民习惯称呼自己是某某村的,西大滩上的移民则至今仍是称呼自己是某某站的。

最初,参与劳改农场的移民们生产的粮食连买煤钱都不够,不少人因为劳动条件和生活环境恶劣而生病,失望像瘟疫一样在大家的心中游走,但那个时代特有的精神也像刺破乌云的太阳,很快让大家的心里亮堂起来。失望和希望就这样在内心轮流坐庄。军垦移民在西大滩上奋斗的第五年,大批外调来的干部和转业军人就以调离为由,离开了西大滩。他们给这片土地及后来的移民留下了一个特殊的称呼:"老军工"。军垦职工前面缀了一个"老"字,是历史对他们的努力与贡献给予的一份致敬。

柳登旺和第一批"老军工"抵达西大滩8年后,又一批"移民"来到了西大滩。1960年4月26日一大早,提前一天从家乡赶到浙江省平阳县城的16岁少年林国进,和平阳县5个公社的众多同龄人一起,乘坐汽车前往杭州,他们以"支宁青年"的身份,在杭州火车站集中乘车,向西而行。离开家乡两个星期、330多个小时后,火车才缓缓停靠在一座荒凉的小站,站台上的水泥牌子上写着三个黑体大字:西大滩。林国进后来才知道,迎接他们那批"支宁青年"的,就是柳登旺和前进农场党委办公室的几位工作人员,这批"支宁青年"是成规模来到西大滩的第三批移民。

时间是一把公正的尺子,能精准地量出时代的差距。距离林国进来到西大滩60多年后,当初从杭州到西大滩的"支宁青年"后代,从西大滩乘坐火车到杭州,所用的时间不到12小时。最初,林国进被分到了前进农场8队,为了迎接这些"支宁青年",全队仅剩的21名"老军工"集体搬到了牛圈、羊圈去住,让这些南方来的"新移民"住进了砖箍的窑洞,晚上睡在了他们此前从没睡过的土炕上。

董葆恺是和林国进同乘一趟火车来到西大滩的"支宁青年",他们刚走出简陋的西大滩火车站,就看到一片白花花的盐碱滩,极目远望仅看到一幢简易楼房,那是农场唯一的二层建筑:米面加工厂。在第一耕作站(简称一站)安顿下来后,这些"支宁青年"的首要任务就是改良盐碱滩。董葆恺这才知道眼前的这片土地和他们之前所知道的东北黑土、陕北黄土、江西红土不一样,是被称为"白僵地"的白土(学名叫龟裂碱土,是一种碱化土壤,是在干旱少雨的气候条件下形成的一种地带性土壤)。这种白土像是被特制在一场魔术中的道具:冬天,"白僵地"上的盐碱壳像是裹在大地上的白色铠甲,将冻僵了的大地严严实实包在里面;春回大地时,地下水位上升,"白僵地"变成了一面巨大且软乎乎的白饼子,脚踩上去犹如踏在水颤颤的软豆腐上,鞋帮立即会沾上一圈白色的盐碱;夏秋季节,"白僵地"就变成了一片波光粼粼的沼泽。这是一片拒绝被农具改造的土地,但"支宁青年"还是接过"老军工"的接力棒,试图改造这片"白僵地",他们不是给贺兰山下的这片土地化妆,而是要对它进行一场彻底的内脏手术。

"支宁青年"的劳动成果就是出具给大地的医疗报告。第一年,他们在春天播种了10多万斤稻种,那些带着羞怯和娇弱的种子顽强地向大地递上针尖大的绿色时,呈献给这些改造土地的耕种者眼里的是希望。尽管秋天仅仅收回了10多万斤带秕子的稻谷,但这批稻谷就像这片土地上的早产儿,虽然发育不良甚至残疾，却还是给了"支宁青年"一份"这不是绝地"的信心。自己种的粮食不够吃，他们便在饥饿中自制捕鱼工具，到排水沟和周边的小湖边捕鱼充饥。第二年，"支宁青年"种植的小麦、大麦、豌豆、玉米等粮食亩产接近200斤。第三年，粮食亩产超过了200斤。但这些大地的手术师们也付出了巨大代价，在第一年秋季清挖"八一渠"淤泥时，有天下午突然下起了雨，天地间一下子雨雾弥漫，向场部返回的青年中，有11个人在雨中迷失了方向，第二天找到时，人们看到的是11尊互相搀扶着、没有一个人倒下的雕像，他们也成了第一批埋在"白僵地"上的移民。

  光靠军人和劳改人员，是无法完成改造"白僵地"的任务的，西大滩的开发需要更多劳力。浙江"支宁青年"来到西大滩5年后的一天，也就是1965年9月8日，一列专列拉着200多名天津青年，沿着包兰铁路来到西大滩。这些有"军垦连"身份的成员，是第四批成规模的西大滩"移民"。

  1966年6月初的一天，在天津上初中的刘树山，听到来自宁夏的移民宣传后，一下子被宣传队员口里讲述的"塞上江南"迷住了，毫不迟疑地报名参加了西去宁夏的队伍。6月6日那天，刘树山从街道办工作人员手中郑重地接过了中国人民解放军生产建设兵团农建13师工作组颁发的第120份录取证，很多和刘树山一样的天津青年学生积极报名加入建设宁夏的队伍。6天后，刘树山和600多名"支宁青年"从天津火车站出发，经过两天的长途行驶后，抵达西大滩火车站。45年后，也就是2011年7月1日下午，刘树山在他家接受我的采访时回忆道："一下火车站，满眼的荒凉和之前宣传的宁夏有很大的差别，一个个沙包让人以为是坟茔。每个人发了两个油饼子。我们全部知青被16辆大卡车接走，到之前部队修建好的窑洞去。我们被分到不同的连队，第二天就开始了劳动。我因为年纪小，负责放牛、放羊。"那时，"支宁青年"一个月工资是24元，两年后涨到28元，他们最大的支出便是在写给亲人的信封上贴的8分钱邮票，很多人将剩下的钱寄回家中补贴家用。3批陆续来到西大滩的天津"支宁青年"先后被集中分配到前进农场三团的10多个连队，他们中不少人很快就成了教师、医生、拖拉机手、农业科技人员。尽管身份和分工不同，但大家的住宿、饮食条件全都一样：晚上睡觉，老鼠会钻进被窝或在被子上来回窜；没有条件洗澡，加之换洗衣服又少，导致他们的身子成了跳蚤、虱子和臭虫的天堂；为了消灭跳蚤和臭虫，他们只好去供销社买来六六粉撒在地上、墙角，跳蚤和臭虫少了，但六六粉的刺鼻味道也让他们彻夜难眠。

刘树山到西大滩13年后，大批"支宁青年"按照国家政策可以返城，当时他们中不少人在当地已成家结婚，只能将家乡置放在遥远的记忆中了。当年600多人的天津"支宁青年"，经过55年的时间后，如今还在西大滩的就剩10多位了。

西大滩变成集农、林、牧、副、渔、工、商、交通运输业多位一体的新型农场，走过了几十年的历程。这片土地上最早的移民们，用汗水给自己的青春填写了一份答卷，他们的后代依然扮演着答卷人的角色。刘树山的女儿刘志丽也应聘到家门口的沙湖5A级旅游景区，从检票员、船员、讲解员一路走来，目前是沙湖景区游览服务部的副经理。

7

在荒无人烟的贺兰山东麓冲积扇地带上又走了两天，"老驴"才走到农建一师国营前进机耕农场最北边的6站，那里才是他的落脚点、移民地和今后要为之奋斗的新家园。

在6站的移民点办公区，"老驴"将架子车的前栏杆放在地上，腿跨出前栏杆，打量起这个办公区来。眼前就两间平罗县农牧场搬走后留下的废弃房子，门口连个牌子都没挂，旁边几间是连门窗都被人拆掉的土坯房，活像一个常年抽烟的、门牙掉光的老人的嘴，风从那张嘴里轻轻出进，像是那位老人迎接远方来的亲戚时，有气无力的招呼声，这就是第一批从隆德县来到这里的移民之"家"。

像"老驴"这样的第一批移民，就像一个个心神不定的青年，远赴一场被突然通知的相亲：一路上，既有美好的憧憬与想象，也有不安、惶恐，甚至最坏的打算；既渴望有一见钟情的热恋，也担心见了面后会大失所望。西大滩上，命运摊开的荒凉之手，把这些移民安置在这里，他们有的心生好感，有的失落无比；有的衍生希望，有的悲叹不已。更多移民在这片陌生的土地上，顾不上失望，来不及诅咒，立即投身到命运安排的新生活中，按照技术人员的要求，清挖农场搬走后淤积的排水沟，在这块空白的画布上，开始描绘未来的图景。

一场早到的寒潮，像是发给移民们的一道停工令。移民点办公室的人员通知他们先回老家去，等候第二年春天再来的通知。

"老驴"的老家在六盘山西麓叫唐山梁的西坡上，刘中平家在唐山梁的东坡上，一条山梁隔开两个村子，让它们分属两个乡。一座大山，将这两个人隔在不同的村庄，他们却因移民而在西大滩相遇。

"老驴"从6站返回老家过年的那个春节，刘中平也等到了奠安乡移民专干的通知，让他到乡上集合，然后开始移民。

每年春节过后，山里人都要耍高台社火。但这一年，千年来保持在大山中的习俗却被移民的消息中断了。那天早上5点多，22岁的刘中平被鸡蛋放进油锅里发出的声音唤醒了，那是媳妇给他的福利和关爱。吃过这平常日子里很少有的早餐，刘中平拿起媳妇早就晾晒好的一袋干馍馍，背上被子、枕头、褥子等简单行李，行李里面还裹着几件春夏要换穿的衣服和一蛇皮袋的旱烟。这是一个六盘山地区的男人出去时要带的全部家当。

在刘中平准备跨出屋门前，媳妇将10多元零钞叠起来，装进用一小块红布缝起来的小包里，示意男人塞进裤头内侧缝上去的小口袋里。媳妇递过来一根早就准备好的别针，亲眼看着刘中平仔细地将它别在小口袋开口处，再看着他拉上绒裤、外裤，系好帆布条做的裤腰带，仿佛一个身负神秘使命的特工装好了要长途护送的情报。

临出门时，刘中平又回转过身，望了一眼仍在熟睡的年仅2岁的女儿，这才走了出去。媳妇追出大门，站在土坎上，看着走在山路上的男人戴着布帽、穿着布鞋、背着行李、扛着铁锹的背影。很快，媳妇举起右手，拇指轻轻扣在太阳穴上，食指贴在眉毛上，以手搭凉棚望天的姿势，目送着自己的男人走出家门、走出大山、走向远方。这是山里女人送男人出门的方式，那背影就像行走在山道上的兔子，她们的眼光就是盘旋在半空的鹰，恨不得把那兔子叼回到家里来，然而山道弯弯，很快就遮掩了那活蹦乱跳的兔子，随之，一段山里人都熟悉的秦腔《大升官》的唱词飘荡在寂静的山村——

  金殿上我接过大明天下，
  这江山到我手岂能还他；
  行一步我来在班房阁下，
  叫一声众大人点首画押！

天还没亮，乡政府门前已经聚集了不少人。春节刚过的六盘山区，气温依然很低，有的人实在冷得受不了，就在周围农户的麦场上找到两根大一些的树枝，用随身带的铁锹连劈带砍地，在乡政府旁边的空地上点起了火。有了火，就有了互相用乡音调闲传的兴致，你问我是哪个村的，我问你几点从家里出来的，大家这才互相有了对方的消息。那些家离乡政府远的人，好多是走了大半夜山路才到的。那彻骨的寒风，那黑漆漆的暗夜，那孤零零身影移动出的孤独，都无法阻止这些人铁了心的移民脚步。

天亮时，人们才发现，要移民或去移民点干活的竟然有300多人，这些人黑压压地挤在麦场上、大路边、山洼里，挤在不同地点燃起的火堆旁。红通通的火焰和弥漫在空气中的烟气，是大地举起的扫帚，清扫着移民内心的沮丧和疑虑。讲究点的、习惯早上喝罐罐茶的老乡，在火堆上熬好罐罐茶，倒给那些带了缸子的人，你一口我一口，几口罐罐茶进肚下肠，再从背包里拿出干馍馍一吃，一顿早饭算是解决了。

10点多，从县运输公司、地区运输公司雇来的7辆东风牌汽车，来到乡政府大门前，300多名远去他乡的农民，在各乡工作人员的指导下，背上自己的行李、握着庄稼人离不开的农具，纷纷爬上汽车。家住得近点的，父母、老婆、亲戚赶来相送。汽车开动的刹那，送行人群的哭泣声、挥着手大声的叮嘱声、汽车马达声和喇叭声，混合成一首山乡离别曲，如一波连着一波涌起的潮水，连绵游荡在群山中，穿行于沟壑谷地和山坡村庄间。

这一次，"老驴"无法和他那头之前死在移民路上的老黑驴一起步行了。像是做了一件担心让别人取笑的事情一样，"老驴"回来后从没给人讲述过他和驴一起走完的从六盘山到贺兰山的千里之路，那段人和驴相依的路途，成了压在他心底的秘密。

"还是这玩意快呀！"在汽车上的"老驴"不时赞叹。身边，很多同行者因为赶路起得早，上车不久就睡着了。"老驴"和其他几个对车外风景和路途感兴趣的农民，看着急匆匆向后闪过的村庄、林带、山岗，不时惊叫一两声，像一群孩子面对一个个形状各异的、剥开了包装纸的巧克力，他们刚想伸出舌头尝尝那巧克力的甜味，后者却游戏般地消退了，这让他们感到无比遗憾。

随着海拔升高，六盘山的路面还有积雪，就像一场肉眼看不见的龙卷风腾空而起，汽车沿着龙卷风的内壁，小心翼翼地一圈又一圈地爬行，用了两个多小时才算翻过了六盘山。但这速度还是让"老驴"内心感叹不已："啧啧，我走了快一夜，才翻完六盘山的28个回头弯，汽车用了这么短时间就过山了！"

10多年后，六盘山公路隧道打通，"老驴"乘坐长途班车从西大滩回老家，翻越六盘山仅需1个小时；30多年后，全长9.485公里的六盘山特长隧道修通，刘中平乘坐儿子买的小轿车，仅需10多分钟就可以穿越六盘山。

刘中平和其他移民乘坐的汽车到固原市时天已经黑了，乡政府的工作人员帮他们找到最便宜的私人旅社，分头安排移民入住。第二天，汽车在晨曦中出发，沿着清水河流的方向往北而行。车上的移民绝大多数没出过门，沿途看到他们没见到过的风景时，车厢里总会发出惊叹声。和"老驴"带着他的老黑驴过黄河后徒步行走的路线不同，汽车过黄河大桥后，沿着109国道经过青铜峡市、永宁县、银川老城的东郊区、贺兰山、平罗县等滨河城乡，黄昏时分，到达夕阳下的西大滩。"老驴"曾徒步走了近1个月的路，大卡车用了两天时间就走完了。"老驴"对现代交通工具的威力逐渐产生敬意，对那头老黑驴的逝去渐渐少了些内疚，对移民点的未来更是充满信心。

移民点虽然人少、荒凉，但昔日的"白僵土"经过老军垦和支宁青年们的努力改良，已经长出了庄稼，这也让移民们心里长出了希望。比起老家那些挂在半山坡的黄泥土屋，比起喝的水要存在水窖里，比起老家那细弯如老鼠肠肚的山路，比起老家那看不到希望的干旱黄土，移民点就是酷热夏夜过后的一滴露珠，就是黎明过后的一轮朝阳，就是一场暴雨过后的彩虹，就是一罐苦茶里要放进去的一块红糖。

但并不是每一位移民都这么想。跳下卡车的刹那，刘中平倒吸了一口气，他生气地质问随车的乡政府移民专干："你到我家里做动员宣传时，不是说这里发展好，有前景吗？就这白花花的一地水，让我们来养鱼呢？"

像"老驴"这样经过前一个冬天在移民点劳动的人，很快成了这片土地的宣传员，他们告诉春节后刚到的这些新移民：别看这地还白花花的，但以前在这里种过粮食的军垦人，在前面的1站、2站已经做出了样子，他们挖好的排水沟能把盐碱地里的水排掉，这样，"白僵地"就能变成耕地，粮食就能种成。7辆拉移民和他们家当的运输车撇下300多移民走了，意味着这群从南到北横跨整个宁夏的人，犹如集体嫁到了一个完全陌生的地方，严酷的现实让他们没有蜜月，只有面对迎面而来的一切。

几百移民住进废弃的空房里，伙食由每个乡组织的食堂来负责，大灶师傅一般两星期左右给移民们做一顿肉菜，移民负责平田修路、开沟排水、栽杆引电等工作。从迎接春天的沙尘暴到看着夏天的暴雨将"白僵地"里的盐碱水冲进修好的耕地里，从秋天微薄收入带来的微薄希望到冬天因严寒下达的停工令，搬到移民点的一年时间里，移民们最熟悉的地方莫过于设在5站的那个小电政所（当时，邮政和电信没分家，业务统称邮电）。他们和老家的信息来往，都要跑到5站，将写好的信投进设在邮政所里的铁皮邮箱，遇上紧急的事情，就在邮电所里往县城打长途电话或发电报，再托县上的亲戚想办法捎话到村里，不是很急的就以普通信件的方式邮寄。一封封信件从移民点出发，走上前往故乡的路，那不是一条简单的邮路，而是移民最初寄给故乡和亲人的思念，它们穿越平原、河流、公路和群山，向故乡送去他们在他乡劳作的消息和移民点的变化。一封封信来往如渡，就像游弋在故乡和移民点之间的小船，载着他们对移民点的希望，也帮他们去触摸故乡的脉搏。移民的到来及衍生的寄信、发电报、汇钱等业务，让平罗县邮政局设在5站的邮电所，成了连接这些人和家乡的媒介，成了移民点上最繁忙的机构。

在宁夏回族自治区扶贫开发领导小组办公室于2020年10月编辑的《宁夏易地扶贫搬迁总体情况》的册子中，有这样一组数据：从1983年到2000年间开展的吊庄移民运动中，建成了23处像西大滩这样的吊庄移民基地，开发出了56万亩土地，其中就有"老驴"、刘中平这样的山区农民在移民点上从"白僵土"中改造出的耕地。农民最喜欢土地，如果不是政府计量分配给他们，这些人会把庄稼种到大地的尽头。

干活之余，移民们坐在一起喝罐罐茶、抽旱烟，聊家长里短，说邻里人情，讲古今笑话。移民潮中，不管是离开故乡的，还是留在老家的，都作出了艰难的选择：前者离开了车马慢的旧生活，后者放弃了去异乡打拼的新机遇。干活累了，卷一支从老家带来的旱烟，有人拿出从老家出来时带的二胡，有人开始吼秦腔，有人拿出扑克牌玩"升级"或"争上游"。有经济条件好的，跑到几里路外的小集镇上去买点零食、烟酒来犒劳自己，有人掰着指头一遍一遍地算着离开家的日子，有人在一起交流着对未来的想法。

秦腔是他们移动的咽喉，是嗓子里种出的粮食，是怀想故乡时的寄托，是山区农民在移民地的天空响起的炸雷，是大地涌起的歌唱。老移民们给我讲述吼秦腔的情景，让我想起英国作家克里斯蒂安·沃尔玛在他的《通向世界尽头：跨西伯利亚大铁路的故事》一书中描写的、从波尔塔瓦来到西伯利亚草原上的移民们，晚上唱起被誉称为"俄罗斯民族的无价之宝"的家乡民歌的情景来。

从六盘山到贺兰山的这场移民运动中，移民们高唱着他们的六盘山之歌，抒唱着他们的乡愁，在异乡既栽种着他们的物质食粮，也培育着他们的精神之花和希望之薪。

和"老驴"不一样，对刘中平来说，秋天结束时就是他出来一年后的第一次归家。春风吹到移民点时，有政府组织的车拉他们前来；到了冬天，因为天冷干不成活了，移民们开始为如何回老家各自想办法。

刘中平有个水利局的亲戚刚好来他所在的5站办事，他便搭乘了亲戚的吉普车，早上5点出发，晚上6点就到隆德县城了，这让他成了那时移民中从移民点返回县城者中最快的一位。刘中平在县城住了一晚后，步行30里山路，才赶回离开了大半年的家。移民的到来，像一根绣针穿过针孔般的乡村县市，带动了贯穿南北的交通运输发展，从隆德县到移民点500多公里路上通了长途班车，10天发1趟，单程车票8元。春节过后，刘中平徒步赶到县城，到长途汽车站买票时才发现，汽车站里已经挤满了人，随着前往移民点人数的增加，年前8元的车票涨到了12元。路况和车况依然没变，依旧是要在固原住一个晚上，第二天才能到西大滩，但乘车的人数骤然增加，车厢里被挤得如一个瓷实的仓库。

春天总是带来希望的季节，经过前一年的平田整地，昔日白花花的盐碱滩、荒凉的戈壁滩，有了耕地的模样，对农民来说，这不仅是荒凉单调的荒原上产生的一种视觉安慰，更让他们的内心萌生了播种的希望。在土地面前，每一个农民都是体面的乞丐，无论是"老驴"还是刘中平，移民要在这个新的季节里开始播种了，他们要在这"白僵地"上完成农民从命运之手里领接的一份亘古不变的作业。犁铧如刀，划出的沟槽中，不再是故乡那如黄色波浪的土地，而是经过改造的、犹如两种颜色糅合在一起的灰黄，但播下的依然是祖辈种了千年的小麦。

春天是等待的季节，就像码头等待流水、纸张等待文字一样，土地等待种子入土，农民等待种子破土后聆听阳光落在地上的声音。他们不敢确定娃娃生下来能不能成才，不敢赌出门的脚步会走多远，但他们一直笃信浸过汗水的土地不会骗人，深信种子撒下去，就会有收获，就像天一旦下雨，大地就会湿。

种子一旦从地里冒尖，就变成了大地的油漆工，给改造过的"白僵地"刷上了一层薄薄的绿,那绿色给移民心里燃起了一缕又一缕的火苗,让他们看见诞生在他乡的梦熠熠生辉于各自的天空中。在老家时,靠天吃饭的生活让他们要么在春播后出外打工,要么无事可做,整天谝闲传。移民点像火车站上的扳道工,把移民们的生活轨迹扳向另一条路。种子入土后,移民们就开始建自己的"家",首先要打制土块做的"胡基",那是黄泥小屋的"屋基"。

挖开松软的土地,就是挖开了罩着希望之坛的盖子,就是挖出了一缕希望的阳光。那些带着春天芬芳的泥土被挖出后,犹如妇女们和面蒸馒头一样,将水和土的比例调试到最佳程度后,晾晒在地上,等软硬适中了,就搬出从老家带来打制土坯的木模、石头杵子,拿出一身好力气,开始"打胡基"。那些如酒醅子般发酵过的软土,被丢进木模子,像是把一群不安分的羊关进了羊圈。一双赤脚踩在软土上,来回擦拭几遍后,随着双臂一提一放,手中的石头杵子重重落在模子里的软土上,继而又提起来离开软土,这起落之间,软土间的缝隙变得越来越小。"一把灰,三锨土,踩完六脚接着杵;十二硅子窝窝数,噼里啪啦二十五。"乡民们用一段顺口溜记录着"打胡基"的步骤。"七十二行,打胡基为王;供土的人最忙,杵土的累断肠。"又一段顺口溜总结了"打胡基"的辛苦。

等待胡基变干期间,移民们开始陆续回老家,拆掉老家的房子,檩条、门窗、小梁全是建新家不可缺少的材料。老房子一下子变成了张着嘴的哑巴,曾经烟火气十足的农家小院一下子跌入冰窖般的冷清里。站在院门口杏树上的麻雀,不解地看着这些,叽叽喳喳地在谈论着它们想象中的答案。有人走10多里山路,扛着2条椽子,走到乡政府,放在附近的空地上,然后回去再扛,一趟一趟地搬运;有两三个人合抬一条大梁,晃悠悠地行走在山路上;有人赶着留在家里的毛驴和牛,驮着最后剩下的家具、粮食。移民像蚂蚁搬家一样扛着家具、建房的材料,出没在老家的山间小路上。他们不仅是搬家,是拔萝卜般地将祖辈植育在这里的一条穷根拔起了,他们没有时间感怀留在这里的岁月,没有时间和留在老家的亲戚、好友伤悲地告别。他们为搬家而忙碌的举动,像一条条毛毛虫,钻进了没有移民指标而待在老家的亲戚、好友的心里,让后者心里痒痒的。

这一次,政府不再出面雇车给他们拉东西了,移民们便联合租车,到大家提前预订的卡车来的那天,再将各自从家里扛来的这些建房"家当"搬到卡车上。没有建房材料的移民,一遍遍地去找乡政府领导,让政府出面去找六盘山林场协调,按照当时的移民补助政策,从林场伐来树木补助移民。

卡车拉着移民和建房的材料，拉着不时从移民嘴里窜出的几句秦腔、笑话，摇摇晃晃地穿越六盘山，往北而去；对这些农民而言，亲人在哪、耕地在哪、种子和庄稼在哪，哪里就是家。坐在车上的移民们，惦念着播在移民点附近地里的种子出土后的长势，尽管分别并没多少天，大家都觉得那片经过自己平整、播种的庄稼，像是被丢在那里好多天的老婆和孩子。

每个移民点，基本都是按照原来居住的乡、村划分的。到移民点后，抬头不见低头见，都是乡党熟人，即便不熟悉，按照中国农村盘结错综的关系网络，在三拉呱两闲谝中自然就盘到了亲戚关系。移民到了新地点，老家时大事互相帮衬的习惯也被延续下来，盖房子也和在老家时一样，这几天合起来盖你家的，完工后再去盖他家的，大家互相帮衬着，你一家、我一家地在荒滩上盖起了自己的房子。有了房子及生出的希望，就算是有了家。每个移民点上的住房，看上去都像是一群孪生兄弟，基本上都是一户人家两间房子的模式，一间住人，一间是厨房兼库房，被褥、米面、腌菜、小型农具都紧紧挤在一起。房子就像一艘航行在冬日里的客货双运轮，孵化、荡漾着他们的希望，那里面装着移民们简单甚至寒碜的家当、对未来的美好憧憬、夜晚入梦后的鼾声、一点小事带来的笑声、一日两顿饭产生的烟火。

房子有了，土地有了，移民们开始修建通往外面的公路，在路边栽电线杆，开凿引来黄河水的渠沟。新修的乡间土路引来了汽车和摩托车，引来了县城的个体户拉运日常用品、零食、蔬菜；新栽的电线杆让一间间黄泥小屋夜晚有了电灯发出的光，那是一道道希望之光。接着出现了学校、医疗点、小卖部、加油代办点，一个个带有特殊功能的建筑逐渐出现并以其功能服务于移民。

秋天，收获了的庄稼不仅是移民给自己大半年辛苦的交代，也是向老家亮出的一份成绩单。金黄的庄稼像是长了黄金之腿的信使，悄然飞奔向故乡，那些在老家默默守着老人、庄稼、孩子的女人们首先动心了，觉得自家男人们的选择没错。那年10月，刘中平的妻子就义无反顾地带着孩子和老人，搬到西大滩来住。

女人是男人丰收时的奖状，是男人熬过苦日子的笑脸，是男人粗饮罐罐茶的砂糖。前一年冬天来这里的300多名移民中，只有10多个女人陪着男人来。这一年冬天，移民的女人超过200多人，她们不仅给土房子带来了热乎和温暖，更给男人们带来了盼头和过好日子的心劲，也给孩子们带来进入新学校的希望；她们，让这片荒滩有了温润、甜蜜和更多笑声。女人的到来，让男人不必再候鸟似的在老家和移民地之间来回奔走,收割季节里也不必牵挂远在老家的妻儿,繁重的体力劳作后也不会被如小石子般的乡愁硌得睡不着。

不是每个移民到来后都能像一棵松扎住根的,也有像草籽一样,被命运之风吹回去又吹回来的。在和刘中平聊天谈到这个话题时,他笑着给我指了指旁边坐着的刘来喜说:"这可是我们西大滩上出了名的'三回头'。"

我知道,刘中平是委婉地指那些最初没能扎住根的移民。当初,这些还乡者有的是因看不到未来,有的是因吃不了苦,有的是因缺少勇气,有的是因受不了蚊子的叮咬或春天的沙尘。后来的事实证明,返乡者的理由很多,但结局却基本相同,那就是很多人最后都后悔了,甚至成了乡亲们后来议论时的笑柄,既丢了面子也丢了本该属于自己的机遇。在一直坚持下来的移民眼里,返乡者就像一个没守住阵地后撤的败兵,也像农村家庭吵架后赌气回娘家不久又灰溜溜地返家的小媳妇,成了大家的笑话。

回忆起"三回头"的故事,刘来喜的记忆似乎变成了一台老式电视,给我描述着属于那个时代特有的移民生活图景的黑白画面,又像是一盘能播放记忆的老式录像带,在缓慢的节奏中,播放出了一段历史的真实声音。

刘来喜家在崇安乡蒋塬村三队,那里地处六盘山腹地,和很多缺水的移民村庄不同,蒋塬村边有庄浪河流过,吃水不愁,但层层大山将这里死死围包,让村子在一种窒息般的贫困中艰难度日。他的姐姐刘芳琴、姐夫梁高峰是搬到西大滩安家的第一批移民。后来的事实也证明,最早来的人应了"早起的鸟儿有虫吃"的老话。刘来喜的姐姐就像个移民中的小灯塔,以自己在荒滩上的扎根发出了微弱的光亮,正是像刘芳琴一样的移民,以一片片微弱的光亮,汇聚成了一座大灯塔,它发出的光吸引着老乡们陆续移民。

刘芳琴移民西大滩后的第一年春节回老家,给父亲讲述她的移民生活,父女俩聊天时,不时从刘芳琴的嘴里飘出"西大滩"这个词。谈及移民生活时,刘芳琴总是露出一种优越感,总是描述着一种她极尽想象的美好,这让她的父亲心生向往,也让一旁聆听的刘来喜憧憬不已。

刘来喜问姐姐:"你就干脆点说,西大滩怎么个好法?"

姐姐笑着告诉他:"西大滩,有一片很大很大的滩。"

"滩是个啥吗?"

"你这个小瓜娃,连个滩都不知道!"说到这里,姐姐突然停下话头,她这才意识到，弟弟从出生到现在，一直就在这大山里，从没走出过大山，怎么能知道滩呢？顿了顿，姐姐继续说："你说，咱家里头啥平？不就是擀面用的案板和睡觉用的土炕平吗？可这才多大？这么说吧，滩就是平展展的，像几万个、几十万个，不对，几百万个咱家的炕那么大、那么平展的地方。要紧的是西大滩上有水，那里的水在比咱家房子都宽的渠里淌着呢，多得够咱全县人饱饱地喝；西大滩上还能长庄稼，长得比你的身子还高。"

"庄稼地里的草多不？"

"多得很，把咱乡，咱六盘山所有的驴、羊、牛赶过去，几辈子都吃不完。"

"那，移民过去，首先就不用放驴、不用给驴拔草晒干草了！"

"那里种田打粮就不使唤驴，人家都是拖拉机在地上耕种呢！"

刘来喜的姐姐对西大滩的描述，首先吸引了她的父亲。春节刚过，刘来喜的父亲赶在乡政府上班第一天，就一大早起来，一路小跑到乡政府，要求报名移民到西大滩。然而，负责这项工作的人员因为有事外出，刘来喜的父亲只好怏怏而归；第二天，他继续往乡政府跑，结果同样如此。几天后，刘来喜的父亲才算见到负责办理移民的工作人员。那时，动员本乡农民移民到外地，是乡政府工作人员最头疼的事情，在"故土难离"的心态下，大部分农民不愿移民，见到有人主动申请移民，工作人员心里简直乐开了花，当即就给他报上了名。在刘来喜父亲的带领下，那个春天，崇安乡有7户人家报名移民西大滩。

姐姐的讲述、父亲断然决定移民西大滩的行为，给刘来喜心里埋下了困惑：那个叫西大滩的地方真的那么好吗？那里究竟有什么吸引着姐姐和父亲以及乡里其他的农民？那里离家乡有多远？对少年刘来喜来说，每天在黎明前的夜色里起来，背着书包翻过大山去另一个有小学的村子去读书，就是一种折磨；每年暑假和秋天的周末，帮着家人收拾那长势可怜、收成可怜的小麦、玉米、荞麦，也是一种折磨。在他的意识中，只要是没山的地方，就是好地方；有水的地方，就是好地方。滩，就是好地方中的好地方。

在年仅12岁的刘来喜的想象中，老家就是一块干硬的黑面馍馍，移民点就是一块刚出蒸笼的白面花卷。西大滩意味着宽敞、平坦、有水，意味着万物葳蕤生长，意味着不再有山梁与沟壑能挡得住人们的脚步和视野，不再有因偏僻和交通不便带来的穷困日子。如果说移民是琴师，西大滩就是他们手中握着的竖琴；移民是淘工，西大滩就是能筛出金粉的河滩；移民是蜜蜂，西大滩就是流淌蜜汁的蜂箱；移民是牧民，西大滩就是能挤出牛奶的乳房；移民是少年，西大滩就是见识江湖的码头。

少年刘来喜决定，要去那个自己连方位在哪都不知道的西大滩看看。那天早上，刘来喜没有顺着那条熟悉的山路去学校，而是拐向通往乡政府的山道。山路上，逃课的少年气喘吁吁，身影如飞，他担心去晚了挤不上拉移民的车。

到乡政府门口，果然有3辆长途班车停着，老乡们往车上放东西，刘来喜挤上一辆车找了个座位坐了下来。突然，刘来喜感到耳朵被人揪住，揪耳朵的手顺势一拧、稍微一抬，刘来喜只能顺着那只手的力量站了起来，然后顺着那只手的力量往车厢门口走去。到车外，一个熟悉的、呵斥的声音传进还在疼着的耳朵："反了你了，你个碎怂；咋不去上学？"

刘来喜一怔：那只手是父亲的，呵斥的声音来自父亲！还没等他反应出父亲怎么会出现在这里，屁股上已经挨了一脚。刘来喜本能地一边捂着屁股，一边跑开。父亲追着他，将他赶回到通往学校的路上。

回到学校，刘来喜心里还是放不下西大滩。去西大滩的念想就像一个无声的闹钟，让刘来喜在半夜就醒来了，他不时趴在窗户上，从早就舔好的窗户纸洞里往外看，院子里黑咕隆咚的。他干脆爬起来，坐在屋檐下等着天亮，满脑子都是想象中的西大滩。

暑假终于到了，母亲答应让他去西大滩看一次姐姐。早上7点，就着母亲煮的稀饭吃完两个馒头后，刘来喜像一支从家里射出的箭，小跑在山路上，5个小时的山路走完后，站在山峁上，县城的样貌第一次出现在少年的眼前。这个第一次离开家的少年，在去西大滩的梦想的支持下，用脚步丈量了从家到县城的路途。

从隆德县到西大滩的长途班车票已经涨到了12元，在县汽车站的售票窗口前，刘来喜用母亲向邻居借的12元钱，买到一张前往西大滩的车票后，兜里一分钱也没了，但这怎么能挡得住一个少年的梦想之旅呢？背着母亲给姐姐蒸的一包馒头，刘来喜在县城逛了一圈。楼房、汽车、柏油马路、邮政局、报刊亭，这些他之前没见过的城市建筑对他来说，和他梦想中的西大滩相比，都没什么意思。刘来喜很快返回县汽车站。前一晚，要去西大滩让他兴奋得几乎一夜没睡，上午一路小跑般从家里到县城，下午又去转县城，让他十分困乏。终于，头枕着那包馒头，他在汽车站的长条木椅上睡着了。

挂在汽车站候车厅墙壁上的那座钟的指针转到晚上10点多的位置时，刘来喜醒了，睡前冷清的候车厅一下子变得热闹起来，里面挤满了专门赶来坐这趟开往西大滩的车的乘客。凌晨一点半，停靠在汽车站的那辆长途汽车的大门打开后，乘客们陆续进入车厢，刘来喜发现走道里都站满了人，三个人的座位上挤着5个人甚至6个人，严重超员的汽车在凌晨2点驶离车站，车厢就像一个足月的孕妇，慢慢悠悠地在山路上行驶。刘来喜后来才知道，那趟专跑西大滩的长途汽车的票价是12元，但坐车的人很多，在乘客的强烈建议下，专门给那些没买到座位的乘客们设了6元钱的站票，很多来往于故乡和移民点的农民，为了省钱大多会买站票，站票反而紧俏，没经验的刘来喜买了坐票。后来，他每次返回家乡时，也是提前到车站排队去买站票。

夜行班车上，一个人的鼾声如果是一道细流的话，很多人的鼾声就构成了一道道起伏的波浪。刘来喜在四周如汪洋般的呼噜声中，睁大好奇的眼睛，有时向窗外看一会，有时看看车厢内，车厢内外，都黑漆漆的，但车往前每走一步，他就觉得离西大滩近了一步，内心里就升起一片光亮。

天快亮时，刘来喜又睡着了，醒来时已经是下午，终点到了。呀！少年激动起来：这里果真平整得像妈妈擀面时用的案板呀，果真有那么多的水和那么高的草呀，果真有庄稼地上长势威猛的作物，果真有比老家所在的山沟都宽的公路；穿过公路的汽车和拖拉机果真比老家路上走着的毛驴还多，果真有虽然稀疏但像放大数倍的火柴盒式的移民房屹立在荒滩上。

对刘来喜来说，那个暑假最大的收获是在西大滩平坦的公路上学会了骑姐姐家的自行车，他整天骑着自行车在108平方公里的西大滩上乱转。那辆二八型自行车的链条、车轮在走动时发出的声音，刘来喜情不自禁在有人没人时不停摁响的车铃声，响彻了他的那个夏天，更是回响在他一生的美好回忆里。自行车驮着少年刘来喜在600亩耕地间的田埂上和各站之间的公路上穿梭，转累了，回到姐姐家，吃姐姐做的白米、白面饭，吃饭时每顿竟然都有新鲜的蔬菜。

那年夏天，刘来喜知道了西大滩上的移民不仅种庄稼，还有很多人开始在不远处的工厂上班，他们不再是被农具拴在地上的农民，而是准点上下班、在车间里工作的"工人"。刘来喜的姐夫就在一家陶瓷厂打工，一个月能挣到150元。刘来喜私底下换算了一下：姐夫一个月的收入，可以坐那趟班车去12趟半隆德呀！很多从六盘山区来的移民也和他姐夫一样，选择前往附近的陶瓷厂、养殖场、洗煤场及汝箕沟、白茨沟煤矿设在大武口区的机构打工，有的前往石嘴山市、平罗县城打工。

那个给刘来喜种下人生中最深印象的暑假结束了，他像一条逆流而洄的鱼儿，坐上姐姐给他买好票的长途班车回到隆德县城，然后步行回到家，来去的路没变，少年模样没变，但刘来喜的内心却有了很大的变化。

返回老家不到两个月，刘来喜听到了人生中的第一条大喜讯：10月份，父亲决定将全家移民到西大滩。这意味着刘来喜会跟着父母重返那片令他心生梦想、欢喜无比的地方。刘来喜的新家在一个废弃的奶牛场南边，距离5站比较近，这个移民点被移民称为奶牛场村；移民点的北面和西面都是沙窝，移民们也称自己的新家为北沙窝或西沙窝。后来，因为移民们在这里栽种了不少果树，村子又被称为果园村。就像在家乡有官名、乳名、外号一样，他们的移民点也有了官方认可的、民间口传的、外人称呼的不同名称。

刘来喜刚到奶牛场村时，上学要去两公里外的隆湖一站小学，每天早起步行到学校，中午小跑着回家吃顿午饭，下午继续上学，来回得跑8公里，而那些家在5站、6站的孩子，上学跑的路比他还要多。比起在老家时5点多就得起来，翻过一座大山去上学而且吃不了午饭，这点路对他们根本算不了什么。他们把在平展的公路上跑着上学当成了乐趣，公路成了这些孩子比赛的跑道，他们并不是不断将一只脚和另一只脚快速地轮换，而是选择了一个少年最经济的获得快乐和健康的运动方式。白天，他们比赛着跑，夜晚也会像赛车手相约赛车一样去比赛；上学期间比赛着跑，假期里有时间也会约跑。久而久之，学校每年开运动会时，移民孩子的长跑成绩在所在县区学校中总是名列前茅。

蚊子能惹恼熟睡的老虎，但老虎却拿蚊子没招。移民们在六盘山地区时，因为海拔高气温凉爽，很少领教蚊子的厉害。移民刚来时，晚上睡觉，耳边全是蚊子的叫声，脸上、鼻子上、额头上盘旋着蚊子的身影，第一批蚊子的出现预示着成万上亿的蚊子群会在此后的每个夏日黄昏如约而至，这严重影响了这些白天下苦力者的睡眠。夏夜他们不敢穿半截袖和短裤睡觉，和不少移民一样，刘来喜的母亲就因为无法忍受蚊子的叮咬而决定返回故乡，将好不容易建起来的房子，600元卖给了别人。刘来喜和父母以"被人笑话的失败移民"身份，从贺兰山下又回到了六盘山下。

那场移民运动，不会裁判移民去与留的对错，只决定谁留下来；留与离，都是鞋子,合适与否,只有移民自己知道。山里的贫困生活,像癌细胞一样死死地附在生活在这里的农民家庭中。回到家乡后,刘来喜便选择出去打工,到过甘肃、青海等地,打工生活让这个刚出门时抱不动一袋水泥的少年,逐渐变成了一个靠苦力谋生的青年。

一天,刘来喜的姐姐托人带话,想把和她一起从隆德县凤岭乡移民到西大滩的一位老乡的妹妹介绍给他,对方听了刘来喜的基本情况后,对他的状况都很满意,只提了一个条件:说不能嫁到他老家的大山里,让他必须移民到西大滩。移民西大滩,成了那时山区女子出嫁时,向男方家里提出的一份特殊"彩礼"。

为了儿子的婚事,已经搬回故乡的父母只好重新到西大滩为儿子买房,这时的西大滩已经有移民8000多人,房子价格也一路飙升。10年前离开西大滩时,刘来喜父亲建的房子是以600元的价格处理掉的,为了儿子的婚事,刘来喜的父亲买房花了5000元钱,一切都在变化,房价只是这些变化中明显的一项。

讲述这段故事时,我仿佛听见,一段秦腔唱词,如一团火、一股烟似的,从刘来喜的喉咙里钻出——

> 想当初,这黄土尽被荒草掩盖
> 聚宝盆一直在地下深埋
> 怨只怨,咱有眼无珠没看明白
>
> 看如今,这荒滩到处把树栽
> 大粮仓开始把嘴张开
> 恨只恨,咱赤手空拳地转回来

那个在暑假里来到西大滩、骑着自行车无忧无虑的异乡少年,10年后,变成了西大滩的移民青年。刘来喜到西大滩的第一件事,就是花了60元钱买了辆二手自行车,有了自行车,打工的半径就大多了,刘来喜也从一个移民变成了"工人",那辆二手自行车陪着他在一家活性炭厂上了7年班。第一个月的工资是320元,这在家乡需要种几年的庄稼呀!这是他移民到西大滩后挣的第一笔钱,这不是在地里种庄稼或拿着铁锹挖沟修路挣来的,这笔钱让刘来喜有了"工人"身份,有了"移民完全可以不像农民那样挣钱"的想法,让他在那些靠拿铁锹种庄稼、出苦力的同乡移民面前有了一份骄傲。

刘来喜来到西大滩的第二年,位于西大滩的1站附近的国营平罗县造纸厂整体搬迁,旧厂以80万元的价格留给了移民点,这个在当时效益非常可观的企业,给了隆德县委、县政府一个启示:何不在西大滩上建立现代企业呢?

随着铁合金厂、洗煤厂、活性炭厂等企业在西大滩兴起,到企业打工成了移民新的生活方式,移民不再是被农具拴在土地上的农民。在老家一直摸铁锹、犁杖、锄头的手,摸起了现代机器或汽车方向盘;听惯了驴叫羊咩的山里人,开始听现代机器的轰鸣或流行歌曲;看惯了大山里云卷云舒的荒山四季,现在开始看机器运转及卡车拉运原料或外输产品;习惯了消化土豆、馒头的胃口,开始接受大米、炒菜。很多移民因为家庭贫困,小时候要么吃烤的或煮的土豆,要么就是汤多面少的面条或小米稀饭就馒头,他们的童年里根本就没使用筷子的概念,到了西大滩后,面对米饭和炒菜,很多人不知道如何用筷子去夹。

在活性炭厂干了3年后,刘来喜又在一家金属镁厂谋了份钳工的岗位,在那里干到第二年,他骑着自行车路过"潮湖吊庄"指挥部时,发现那上面的牌子换成了"隆湖经济开发区",和刘来喜一样的很多移民,对更换牌子的事情并不上心。在他们眼里,那都是政府的事情,他们并不知道,牌子更换的背后,是政府和市场在用两只无形的手推着他们告别传统的农耕生活,驶向现代工业的康庄大道,在这条大道上,他们改变的不仅是经济收入、生活状况、交通工具、思想观念,还有对现代工业逐步深入的了解以及人际关系与生活圈的不断扩大。

移民点最初解决移民基本生存的使命被现代工业悄然改变,政府也看到了企业给移民生活带来的巨大变化,便决定走经济开发的路子,"隆湖经济开发区"的"隆湖",是从隆德县和潮湖吊庄两个名字中各取一个字。从此,"潮湖吊庄"走进了西大滩的记忆。如今,问及第三代移民,已经很少有人知道"潮湖吊庄"了。

在那家金属镁厂干到第三年,刘来喜不仅重修了房子、还清了欠账。新买的摩托车让他把打工目标投向到了更远的地方,他和其他移民一样,不再因为交通工具或技艺限制而局限于只在家门口的企业打工,他们开始试图在城市寻找更多合适自己的位置,在那里的工作岗位上找到移民的新角色。锅炉工、门卫、装卸工、材料或产品运输工、园林绿化工等体力劳动的角色,让移民告别了在故乡时

"面朝黄土背朝天"的生活模式。故乡亲人有个红白事情,他们不再像刚移民时那样掏一半钱买张站票,在班车过道里站10多个小时回家,也不再像移民初期那样走在城市的大街上像受到惊吓的老鼠,紧贴着街道边上走,不敢大声向城里人问路,生怕一张嘴让人嘲笑那一口土味十足的山里话。他们敢大胆且从容地按照城市交规穿过人行道,敢用那一口带着浓郁家乡味的"隆德普通话"问路、在市场上讨价还价、为打工权益和老板辩论,那浓郁的山区口音,成了飘扬于移民点和城区间的另一缕炊烟。

车轮驶过公路,车辙下印着移民奋斗的汗水,唯有认真观察、记录、致敬移民者,才会听见那数万移民用六盘山口音吼秦腔般地吼出的一曲移民大合唱——

> 周、秦、汉,几千年
> 六盘山没出过怂包蛋
>
> 出萧关,进河川
> 怀抱一座贺兰山
>
> 明月照,家住西大滩
> 低头看,黄河波浪宽
>
> 流过泪,这一嘴土腔说不断
> 流过汗,这一程人生走不完
>
> 抽完一锅老旱烟
> 这身子,就埋在宽展的黄河边

刘来喜移民至西大滩第十六年,隆湖经济开发区正式移交石嘴山市大武口区管辖。从户籍意义上而言,从六盘山移民来的这些人,此后就成了贺兰山下的大武口区人,"隆德"或"六盘山",成了他们给后人说的籍贯地或故乡。当初,这些大山深处的人选择移民,就像选择与一群陌生人进行一场不知道时间长短与对错的对话,就像选择走一条从未走过的路、进行一次不知终点与过程的长旅。这些移民骑着摩托车前往大武口区，像一艘艘按时离开码头的小舟，早上出门，在城区找活干，晚上归来，摆荡在城区和移民点之间。城市不再是他们仰视的目标，而是他们伸手可摘的星，一掬可饮的水，一袭可枕的梦，他们更像是移民点和城区之间的摆渡人，从移民区到城区的各条路都是一条时光之河，渡轮上装载着他们的笑脸、疲倦、沮丧和希望。

整天在移民点和城区间早出晚归，那辆嘉陵50摩托车很快就无法满足刘来喜的需求了，他嫌那辆摩托车小，不美气，又换了一辆重庆125摩托车。早上，从1站到6站通往大武口区的各条道路上，颜色、款式、排量、生产厂家各不相同的摩托车驮着工种、年龄、性格、穿着各不相同的移民，打破了贺兰山东麓这片冲积扇地带上的宁静。车上的移民们，有人戴着头盔，有人还戴着护膝，有人一路飞奔中还不忘唱上几句流行歌曲，摩托车声和歌声像飞奔的文字，把秋天的露珠、冬天的雪花、夏天的晨曦和春天的沉睡记录在他们的时光簿上，为一部充满朝气的移民画卷不停添彩。

既有庄稼带来的收成，也有打工带来的收入，通过在企业打工的移民逐渐对摩托车也不满意了。刘来喜骑了几年摩托车后，购买了一辆4门6座的客货两用车，第二年又换上了小汽车。当刘来喜用钥匙启动点火引擎时，他觉得脚下踩的不是油门或刹车，而是整个世界。如今，他的"坐骑"变成了小轿车，和他一样买了汽车的移民们，去大武口区时走的路也不再是昔日的土路或水泥路，而是8车道的沙湖大道、滨湖大道、隆湖大道，从家中到市区只有不到10公里的路程。移民通过努力在缩短着他们和城市、现代生活、时尚之间的距离。12岁那年，刘来喜从家步行到县城，再坐长途班车到西大滩，移民西大滩后，从骑自行车的少年到骑摩托车的青年，从驾驶客货两用车的小包工头到享用小轿车的农民企业家，交通工具就是他和其他移民生活变化的记录仪。

8

移民政策像是一棵栽在宁夏大地上的生命之树，无数离开家乡北上的移民，就是移动在这棵大树枝杈间的果实。他们或是自发移民或是响应政府号召，向水而迁，逐梦而行，构成了一股席卷大地的时代潮流，冲破了南与北、六盘山与贺兰山、清水河与黄河、山地与荒滩之间有形或无形的沟壑，浇灌出了一茬又一茬壮美的庄稼。

当年，移民们从六盘山大山深处的各个小村子出发，有的像红色车体的快车，有的像走在时间轨道上的绿皮慢车，有的像逢站就停的黑色货车，终点是宁夏北部沿黄河两岸的各个移民点。在移民点上传播着各种消息，有的把某个人从移民点的逃离，当成遮住天空与阳光的乌云；有的把国家的移民政策演绎成了街头巷尾的谈资。无论如何，第一代移民在给后人、外人讲述那时的生活时，无疑扮演着完整而清晰地还原移民最初生活情景的角色，也扮演着向移民二代、三代讲述故乡的角色。

刘中平来到西大滩的 5 站那年，隆德县桃源乡后塬村的王昌学也想移民到西大滩。

母亲问王昌学："这是老辈人守了多少年的地呀，咋能说走就走呢？"

王昌学回答道："是这个理，可咱这穷地方养活不了人呀！"

"要搬去的地方究竟在哪？你去过吗？"

"没去过，但这是政府组织的，组织了这么多人往出搬，怎么能骗人呢？搬到那里的，全是乡里乡亲的，互相都会有个帮衬。"

母亲不愿意移民，王昌学只好瞒着母亲偷偷报名前往西大滩。到移民点后，和那些刚来的移民一样，王昌学心里不住嘀咕："这里没政府宣传得那么好呀。"不过当看到遍地的荒草后，移民们觉得，光凭有水这一点，这里至少比老家强。和大家一样，王昌学开始加入平田整地、修桥筑路的行列中，等到吃大锅饭的乡食堂解散，每户移民把分给自己的 2 亩多地种上时，王昌学这才发现，在老家是靠天吃饭，"有雨够吃 3 年，没雨 3 年没吃的"，现在，移民点的地亩数有限，播种的粮食却至少能保证温饱，当然，说到经济来源，还得指望出去打工。

对从大山走出来的移民来说，农业是他们生活的保障和指望，在他们的灵魂中扮演着重要的角色，甚至可以说是流淌在他们血液中的一种骄傲，然而，工业园区散发出的诱惑，让这些移民丢弃了这种骄傲。到企业打工带来的收入，让他们感受到了这种丢弃是正确的。第一代移民中的很多人因为没有上过学或文化程度很低，只能去洗煤场、钢铁厂、屠宰场、加工厂或建筑工地等报酬低、苦力大的地方去打工。王昌学就跑到贺兰山下的洗煤场打工，一天赚两块五毛钱，相比在老家的收入，这些"洗煤人"的报酬已经很高了，而那些进到山里的煤矿从事煤炭采掘的移民，则有了个"挖煤人"的新身份。

几十年不间断的开采与挖掘，让贺兰山以输出煤炭的方式换来移民收入的同时也遍体伤痛。随着贺兰山生态整治和高耗能工业企业的退出，移民中的"洗煤人""挖煤人"慢慢消失。离开洗煤场后，王昌学看到西大滩上的各种基建工程需要石头，便拿出在洗煤场挣的钱，又借了点钱买了辆拖拉机，开始从贺兰山上往山下的工地拉石头卖给建筑工地，一车石头赚3块钱。

大山里来的移民不惜力，只要有赚头生活就有奔头。靠开拖拉机拉石头挣钱后，王昌学又办起了养兔场，开始雇一些移民老乡来干活。等挣足了钱，盖好了砖瓦房，王昌学前往后垴村接母亲来西大滩。他的母亲和那时的很多移民一样，一开始并不愿意离开故土，但他们在一万个不情愿后，最终滋生了一万零一个希望，那就是从六盘山区到黄河边的移民点去开创更好的生活。这种移民浪潮不断冲刷着移民的思想堤坝。王昌学的移民事例就是活生生的教材，不仅让母亲看到了移民的希望，还让村里及周围村子的人主动报名移民西大滩，其中最主动的是那些因为贫穷娶不到媳妇的男青年。

娶媳妇难是后垴村甚至整个六盘山地区的普遍现象，因为穷，加上被大山包围而交通不便，没有女青年愿意嫁到大山里去。移民在故乡找不到富足的生活、娶不到媳妇、找不到做人的尊严，甚至那一口六盘山地区的山话也往往成为他们外出打工时被嘲讽的理由。王昌学移民到西大滩后，不仅给自己娶上了媳妇，还给大哥及他的3个儿子都娶了媳妇，和他一样的很多移民，在宁夏平原的移民点有了完整的家和丰足而体面的生活，他们的事例就是真实的、诱人的蛋糕，是比广播、报纸、电视上的宣传更为有力的宣传。

王昌学、刘中平、梁高峰等人来到西大滩后，几年时间里，关于移民能在西大滩挣到钱的消息，逆着当初移民搬迁的方向，旋风一般涌向移民的故乡，让更多山区农民逐渐相信移民点上能孵育沙漠开花、荒滩绽绿的梦想，他们的意图被一种看不见的力量主宰着、牵引着，这让他们觉得移民绝对不是一场胜负难定的赌博，而是铁定的命运转折。就这样，一层又一层的移民浪潮，从千里之外的山区涌向黄河边的宁夏平原。

在地图上，能清晰看到位于宁夏回族自治区西南端的隆德县，有穿插在甘肃省庄浪县的两块"飞地"，一块位于甘肃省庄浪县北边的温堡乡，一块位于庄浪东北角的党家湾，庄浪县岳堡镇吴家村就位于这两块"飞地"的党家湾和梁家湾之间。村民和这两块"飞地"上的人联姻、交往，不仅使所处的地方在各自所属的县域各有交叉，亲朋关系也像密集交织的蜘蛛网一样。长期的你婚我嫁中形成的亲情就像一块田地下面庄稼根须般互相盘结，让两个县的民众情感世界里你中有我，我中有你。吴家村的李玛瑙，和村子里不少女孩子一样，嫁到和他们村子一条路之隔的隆德县奠安乡薛杨村。迎亲的毛驴车跨过两个县交界的那条马路时，她觉得就像从自家院子的厨房走进上房一样，娘家的李姓和婆家的薛姓，就是两株并排立着的大树，你的枝杈伸进我的怀抱，我的树叶枕着你的枝条。村子里谈起谁家后生的婚事时，总是说娶了哪个村的女子，不会说娶了甘肃的或嫁到宁夏去。李玛瑙的丈夫薛吉利从部队转业后，回到奠安乡税务所上班。

移民潮涌起后，薛吉利被县上抽调去西大滩移民点工作，李玛瑙毫不迟疑地提出跟随丈夫移民到西大滩。李玛瑙的大哥李牢子听说宁夏要让辖内六盘山地区的贫困农民移民的消息后，他发出的追问代表了六盘山下甘肃人的集体心声：同在六盘山下生活，为什么宁夏能在利于耕作、益于生活的地方，腾出那么多耕地让山里人移民？李牢子并不知道，移民消息传来的那一年，中国发生了许多重大变化：世界贸易组织成立了；中国中央电视台体育频道（CCTV-5）正式开播；中国提出要实行经济体制从传统的计划经济体制向社会主义市场经济体制转变；CCTV-4更名为"国际频道"……这些大事对李牢子来说意味着遥远与陌生，他只记得那年10月，他和村里的几个农民不断去找一条马路之隔、属于宁夏隆德县温堡乡的亲戚。就像进行一场地下交易一样，偷偷弄到移民指标后，李牢子就举家迁移到西大滩5站，因为没住房，一家四口借住在李玛瑙的家里。

移民在西大滩后的各种变化，不断传到故乡来，让六盘山下属于甘肃省庄浪县、静宁县、镇原县、崆峒区、华亭县（今华亭市）境内的农民羡慕不已，他们像是抢着买一张驶往幸福彼岸的船票，纷纷托宁夏境内位于六盘山区的亲戚，利用各种关系往宁夏北部的平原地区移民，仅李牢子所在的吴家村，就有一大半人移民到西大滩的1站。

起初，这些山里农民只是抱着摆脱贫困命运的简单想法，他们没想到，每一个普通的改变，都将会改变普通，他们通过移民方式改变了黄河边的一片片荒滩，与一个全新的自己不期而遇。

从1站到6站之间的路不断扩建，西大滩上的移民区像一株株树苗，既有向下延伸汲取营养的根须，也有努力向上生长向蓝天打招呼的枝条，既有向内凝结的走势，也有向外扩散的趋势，前者让这片108平方公里的土地渐渐形成了隆德县在千里之外的一块"文化飞地"，后者和石嘴山市将行政中心搬到大武口后不断外扩的城市发展趋势相遇；前者的发展像隆德县逐渐有些控制不了的风筝，后者让移民点向城镇化靠拢成为事实。

移民们告别千年来干旱环境下凝结如一块土陶般的家乡，走进被黄河浇软的大平原，走进种子、杀虫剂、化肥、机井和机械构成的农耕空间，走向如摊饼般越来越大、如浪潮般逐渐逼近的城市郊区。越来越多的移民村镇成了当地政府加快城镇化进程的样板。

城市的边缘，不再是钢筋水泥划定的景观，也不再是蛙鸣稻香的耕地，既是移民点发展成小镇后，以自己的力量一次次扩展的极限突破，也是城市扩张打破城乡边界的体现。从市区到当初的移民点，也是高大的钢筋水泥构筑的楼群逐渐转为低矮的楼房、砖瓦房、别墅、砂石与泥土构成的乡村景观过渡。

当隆湖经济开发区正式移交给石嘴山市大武口区时，移民们在交接这件事上也出现了很大分歧，愿意摆脱隆德县管辖的多是年轻人或心态开明的移民，他们已经将这片远离家乡的土地视为新的家乡了，认可城镇化浪潮让他们向"变成城里人"迈出的一步；反对者多是些老人或观念上较为保守的人，他们认为自己的祖坟和根脉在六盘山里，就像人到了这里但语言还是隆德话、习俗还是六盘山一带的习俗，归属大武口就是忘掉根、抹掉脉的表现。

乡愁的堤坝难敌城镇化的时代大潮，巨浪袭来，小船靠岸，巨舰出海。刘来喜的母亲移民到西大滩第十七年时，离开了人间。和那些在移民点上去世的老人们一样，她临终前的愿望就是能被运回老家安葬。然而，这个看起来朴素的愿望终难满足，她最终没能埋骨故土。许多和刘来喜老家一样的村子，像一棵毫无生机的老树被连根拔起，庄子里的屋宅和祖坟被推土机推平了。经过几年的休养生息，六盘山的生态恢复很快，原来荒凉得连个鸟蛋都藏不住的荒坡，已经被林木覆绿；年青一代的移民也不想在年年祭奠先祖和过世的父母时，纵贯宁夏南北去上坟；一些从山区带来的传统风俗，就像一张张晾晒在时代桌面上的纸片，被移民点逐年兴起的移风易俗之风吹得七零八乱，一些传统葬俗中的环节被删减了。母亲过世后，刘来喜花了6万多元，在离家13公里处、位于贺兰山下的2号公墓给父母买了两个"坑坑"。他安葬了母亲，等父亲过世后就葬在母亲的墓旁。

当初，每个离开故土的移民，在内心都点燃了一盏小油灯，迎着命运之风摇曳着微弱但坚定的光。近40年间，从西大滩上的一个个小站到移民吊庄区，从潮湖扶贫经济开发区到隆湖经济开发区再到星海镇，这些小油灯拾级而上，在移民点上空汇聚为一片繁星，发出耀眼的光芒。近40年间，5万多移民从六盘山西麓的大山深处，来到黄河之滨的银川平原北端，在改造过的"白僵地"上种出了粮食。

西大滩、潮湖、隆湖、开发区等不同阶段的地名已经被如今的星海镇取代，在老移民口中，还是喜欢张口闭口的"西大滩"，就像喊自己孩子的乳名一样亲切、自然。

一个有故事的地方未必有乳名，但一个有乳名的地方一定有故事。西大滩，作为一个移民点的乳名，关于它的故事，已经发生并珍藏在宁夏移民这部史诗的章节中；关于它的故事，依然在书写，依然在等待着更多的阅读者。

第二章
芦草洼的记忆

> 草地和良田之间的转化方程式有多种，但哪一种都离不开人类的汗水。大地只有在被种植后，才能体验到收获带来的安全感。
>
> ——题记

引　子

那些天，村里的人看到少年撒喜喜穿着一身黑色衣服，一动不动地蹲在山峁上，像一只准备出窝猎物的鹰，盯着山下那条从西安通往银川的公路发呆，他们都说：这娃准是想他那移民去北边的爹撒老五了。

放暑假的那些天，撒喜喜总是站在山峁上，眺望着父亲去往的移民点方向，他对移民点充满了想象和好奇，总想着能去移民点看看，但这个想法一直没得到母亲允许：马上就到麦收时节了，家里缺少人手，再说，家里也没钱给他买前去移民点的长途班车票；撒喜喜年纪小，一个人外出母亲不放心；老家最近没去移民点的人，母亲担心撒喜喜去了找不到移民点。

整天忙碌的母亲忽略了少年撒喜喜的心思。临近收麦了，一旦开镰，就是虎口夺食，就是在炎热的天气里向季节夺麦子，撒喜喜的母亲蒸了不少馒头，准备在麦收时节作午干粮。

那天早上起来，母亲突然发现撒喜喜不见了，她以为儿子还是和往常一样去山峁上傻看一会就回来，等到中午还不见儿子的踪影，这才紧张起来。走出院门，有人告诉她：撒喜喜背着鼓鼓囊囊的书包，穿着上学时穿的球鞋，往山下那条公路走了！母亲急忙回到家，这才发现自己蒸的馒头被儿子拿走了一大半，压在炕柜上叠着的被子下的十五块七毛钱也没了！母亲恍然大悟："这个怂娃娃，一定是找他爹去了，在我跟前念叨了好些日子了，我咋就没察觉呢？"

撒喜喜听父亲说过那个移民点叫"芦草洼"。前几天，他已经向去过移民点的人打听了去芦草洼的大致路线，他把母亲蒸好的用于麦收的馍馍偷偷装好，作为自己打算徒步去芦草洼的干粮。

那天早上，撒喜喜瘦弱的身子像一条穿水而游的鱼儿，穿过弥漫在村子里的浓雾，跑出村子。六盘山下的公路就像一张纸，印刷出这样一幅画面：一个穿着校服、球鞋的少年，背着一书包干馍馍和一军用水壶的凉水，揣着偷拿母亲藏的一点私房钱和要去移民点看看的心愿，缓缓而坚定地移动着脚步，嘴里念叨着"交通靠走，看门靠狗，交流靠吼，背物靠兜"的顺口溜，独自走在山路上。

在离开家前往几百公里外的移民点的路上，起初的好奇过去后，在头顶烈日的照射下，撒喜喜开始想："要是有辆自行车骑该多好！"这个看起来很普通的愿望，对撒喜喜来说是奢侈的。在学校时，撒喜喜就跟着有自行车的同学学会了骑自行车，但家里穷，根本买不起自行车，他常常感觉自己就像是一位空有一身厨艺的厨师，却找不到做饭炒菜的厨房，更别说靠厨艺挣钱了。"有辆自行车该多好"的愿望就像烈日下被点燃的一把柴火，越来越强烈地在撒喜喜的心里燃烧起来。远远看见一个饭馆，他摇摇早就喝空了的水壶，走了进去，打算借点水。饭馆门口，放着几辆比较新的自行车，里面传出一阵喧哗声。走进饭馆，撒喜喜看见6个打扮得流里流气的年轻人，有的正拧白酒瓶盖，有的正拿起筷子准备吃菜，老板一边上菜，一边脸带愁容赔着笑。听了他们和老板的对话，撒喜喜明白了个大概：原来，这是镇上的几个小混混，平时老来小餐馆赊账吃饭，总不掏钱，但没人敢惹他们。见撒喜喜进来，其中一个冲他喊道："哪来的小屁孩，一看就是没钱吃饭的讨吃！快滚！"撒喜喜赶紧给老板说："麻烦给我灌一壶水，一会走路渴了喝！"走出餐馆，看着门前随意停的那几辆自行车，撒喜喜突然有了主意。他跑到不远处的小卖部，掏出2元钱，买了包香烟，撕开烟盒上的口子，特意在烟盒里剩了5根，将其余15根烟装在自己的口袋里。

撒喜喜重新走进餐馆，掏出打开的香烟，给那几个混混分烟，分到第五个小青年时，烟盒空了。撒喜喜连忙掏出一张5元的纸钞说："哎呀，真不凑巧，烟不够了，谁的自行车给我借一下，我去给你们买烟！"没分到烟的那位小青年恼怒地说："这娃一看就不是个好货，站起来还没烟高，就学会抽烟了，快去买！"说着一把抢下撒喜喜手中的钱。

撒喜喜接过饭馆老板递过来的水壶，连忙退出餐馆，眼光扫了一下，选了一辆他中意的自行车，身子一跨，骑着自行车沿着公路飞一般驶去。

顺着六盘山东麓向北流淌的清水河陪伴着撒喜喜，六盘山向北逶迤的余脉目送着撒喜喜骑车的背影，10天后，撒喜喜骑着自行车终于到达银川城。他骑着那辆"顺"来的自行车，按照从银川到芦草洼的路线，终于找到了父亲所在的移民点，这才知道芦草洼原来是一片大得超出他想象的地方。

看起来还很荒凉、贫瘠的芦草洼，正在迎接移民的陆续到来，到处呈现出勃勃生机。少年撒喜喜骑着自行车，在移民点上逛了两天后，带着父亲给他的钱，骑着那辆已经属于他的自行车回了家。不久，父亲回到老家，把全家都接到了芦草洼移民点。

1

在芦草洼见到撒喜喜的那一刹那，他的父亲撒老五惊呆了，感到儿子长大了、懂事了、出息了。尤其是在听了撒喜喜一路骑着自行车来的经历后，他自叹不如儿子：离开小餐馆后，撒喜喜担心车主人追上来，拼命蹬着车轮，就像一个偷了猫的食物后担心被猫追的老鼠，一口气骑到"三关口"，山路让这个"顺车"少年骑不动了，但又担心那几个混混赶来，撒喜喜便推着自行车，贴着路边快速钻进冷森森的弹筝峡内。到了萧关，撒喜喜才算松了一口气，他的历史老师曾在课堂上讲过：所谓关中，是指地处东潼关、西散关（大震关）、南武关（蓝关）、北萧关之内的地方，在汉代，出了萧关就意味着出国了。在撒喜喜看来，出了萧关，就意味着他离开故乡的视线了，他像一支挣脱掌控的风筝，向着想象中的移民点飞去，身下的自行车就是让这支风筝飞起来的一道旋风！

骑车时的兴奋与对遥远的移民点的美好期待，让撒喜喜一路根本顾不上去看周围的景色，只有出现岔路或写有几个地方名字的路牌时，他才减速或停下来辨认一下方向，然后继续前进。第一天黄昏，撒喜喜就骑到了开城梁，六盘山地区的老少都对这个地名背后的故事不陌生：开城是成吉思汗的后人被封到这里建的城池。对撒喜喜来说，这里就是他离开家乡的第一个露宿地。他找了户农家麦场，在一处草垛前扒拉出一个小窝，凉水就干馍馍吃完后，就一头睡去。第二天，撒喜喜才知道前一天不顾一切地猛骑自行车带来的后果：小腿肚子发酸，屁股疼，下山时因持续且紧张的握车把，两条胳膊也酸痛不已。他已不再担心车主追来，便减缓了骑行速度，一路上的风景成了这个从大山走出的少年沿途观赏的对象。

第二天晚上,在固原城郊的一处平地上,撒喜喜将随身带的一块塑料布铺在身下,头枕双臂、仰天平躺。地当床,天当被,夏日的星星就在眼前晃荡,仿佛是上天赏赐给这个少年的一枚枚勋章,他看得见却佩戴不了,在他眼里,那其实更像是移民地发给他的,一封封闪着银光的邀请函,一轮明月挂在夜空,他开始莫名地喜欢这夜色,白天公路上来往疾驶的汽车让这位乡村少年有些不安甚至恐惧,望着头顶皎洁的月光,他心想:"何不白天找个麦场睡觉,晚上骑往芦草洼呢?"

此后的几天时间里,撒喜喜白天躲进路边村子的麦场上,在堆放的麦草堆上划拉开两个洞,一个藏自行车,一个供自己钻进去睡觉。到月亮升起时,他像一位准时上夜班的工人,从麦草堆里爬出来,草草吃点自己带的馍馍,继续以骑行方式沿着清水河西岸向北开始他的"芦草洼之行"。这次夜中骑行,就像一个楔子插进了这位少年的人生记忆里,也在后来变成了他喜欢在夜色掩护下去银川城里"顺自行车",去后来移民所至的芦草洼附近的工厂"顺设备"的前奏。

沿途的固原市、同心县、青铜峡市、永宁县,撒喜喜都没进去逛,他的心里只有"芦草洼",那是他此次远行的目标,是一块蘸着蜜的甜饼子,是一杯掺了白砂糖的茶水,是一场他在这个假期要完成的美梦。

8天后,撒喜喜带着一身疲惫和对移民点的梦想,身披夜色骑行到了银川,向路人打听芦草洼,却根本就没人知道具体位置,只有人含混地告诉他,好像在银川南边的郊外。撒喜喜这才明白,和他爹一样的很多移民,就像一只只从六盘山迁徙而来的候鸟,政府划定的移民点,就是他们栖居的远离城市的枝头,城里人并不知道这些陌生人的到来。

银川市的一切,在这个南部山区少年的心里激起新奇、激动的涟漪,车流、人流、马路两边的高大建筑,让他感到陌生;双层巴士、公交车站、广告牌、人们穿着的各种款式的服装,每一个令他感到新奇的人与事,都会夺走一点他的时间。撒喜喜推着自行车,慢慢走过一条又一条街道,在民族街和羊肉街交会的十字路南侧不远的一幢5层楼前,他看到了报社的牌子。"报社的人一定知道芦草洼的!"带着这个想法,撒喜喜停好自行车,背着那因为干粮吃尽而显得瘪瘪的书包走进报社。报社通联部的人听到这个少年从六盘山一路来到贺兰山下、从清水河源头之地到黄河之畔来寻父亲和移民地的故事后,当即带他去找报社负责移民报道的记者,在记者的指引下,撒喜喜这才避免了在各个移民点盲目去找撒老五的艰辛。

见到父亲后，撒喜喜才知道，芦草洼是当时从南部山区尤其是泾源县移民分散在银川南郊、西郊的很多移民点的统称，贯穿永宁县、金凤区和西夏区的大片土地；撒喜喜也从报社记者口中知道，银川人大多把安置南部山区移民的郊外移民点称为"吊庄"，就像在南部山区，一个人常常被长辈和亲戚、发小称呼乳名或绰号，姓名反而被忽略一样，作为移民点的芦草洼常常被银川人以"吊庄"的称呼取代。

"吊庄？"第一次从报社记者口中听说这个词后，撒喜喜感到不解。后来，他才知道，这是中国词典中新出现的、独属于宁夏移民的一个词语。"吊庄"的背后，是一场与百万山区农民有关的大规模移民运动：政府通过规划、组织，将六盘山地区的深度贫困人口，有计划、有目的地迁徙至几百公里外的宁夏平原或条件相对较好的水利提灌耕作区。移民的户籍暂时保留在原地，他们可以像候鸟一样在移民点和故乡之间来回走动，一旦在移民点成功扎住脚，便可将户籍从故乡迁到移民点，等到政府在移民点的配套设施建成后，移民基本就近划入附近的辖区。六盘山地区被列入移民搬迁计划的百万农民，犹如被一辆辆巨大而神奇的吊车起吊的货物一般，犹如一株毫无生机的老树被连根拔起一般，落地时，已经是数百公里之外的移民点了。

对撒喜喜"顺"自行车的事情，撒老五的态度很明确，那就是偷，是他和诸多山里人的人生词典中不光彩的行为。撒喜喜反问道："没自行车，我能走着找到你吗？还不得感谢自行车！"

"步行怎么了？移民点上，有不少人没钱坐车，就是背着干粮一路走来的，怎么，丢人了？偷东西才丢人！"

在老家时，撒喜喜与祖辈一样有着与山峦、耕地和庄稼交流的语言，移民到芦草洼后，他们要开始和城郊生活进行对话，来填补大山深处的生活带来的天然缺陷，他们要在移民二代的生活中找到一个新的自我，但每个人寻找这种新自我的路径却不同，往往最终也就有了一个个不同的"自我"。

初中毕业后，父亲告诉撒喜喜："家里就这个穷样，村子里初中毕业的娃娃都外出打工了，你也去打工贴补家用吧！"

逐渐兴起的打工潮，如浪涛拍岸般地对移民点产生了影响，不少学生初中没毕业就进城打工去了，他们回来时穿着和城里人一样的衣服，叼着不同牌子的香烟、拉着不同颜色的拉杆箱、说着听起来和城里人一样的"六盘山普通话",这一切都让撒喜喜羡慕不已。

这天晚上,几个和撒喜喜年纪相当的少年又聚在村口的水渠边,再次谋划下一步该去哪里打工挣钱。少年们的眼光几乎全投向东北方向,那是首府城市所在,那里的各种灯被电点燃,在城市上空燃起一片炫目的光海,和陷入一片漆黑的移民点形成鲜明对比。在撒喜喜看来,一城灯光让夜晚的城市恍如一艘停在暗黑水面上的巨轮,散发着新麦碾成的面做成的馒头般诱人的气息,诱惑着这些想挣钱的少年。

少年的心被那些迷离的灯光勾了起来。"反正也没啥事干,要不我们现在就出发,去看看银川城?"

不知是谁在夜色里如此提议,很快就得到了其他人的响应:"走,去逛一圈银川城!"

"就是,都能看见灯光,说明也不是很远。"

几个少年当即决定离开村子,向那一片灯火辉煌处走去。路上,大家有说有笑,还有人提出赛跑,就这样,几个少年沿着乡间道路,朝着东北方向的银川城区时而走,时而赛跑般奔去。他们没想到,夜晚的灯光会骗人,看起来很近的灯光,像一群一直悬在远处的灯笼,一直诱惑着他们往前走。走到中途,有人提出返回,很快遭到大家的耻笑与拒绝,少年意气的他们不甘心就这样返回,沿着通往城区的那条土路走去。就像一股在地上摆着的麻绳突然被延伸而来的一条塑料包着的电线接上一样,土路的尽头出现了一条延伸而来的柏油马路时,让这群少年的心里踏实了:踏上柏油马路,就意味着通往城区的希望出现了。越过唐徕渠桥后,几位少年的眼前出现了老城区的样子:宽敞但寂寥的马路,亮着但显得孤零的街灯,偶尔有几辆夜行的出租车带着一丝倦意驶过,大家这才发现从家里到这里竟然走了大半夜,眼前的城市即将迎来黎明时分。大家又饿又渴,他们知道,即便街道两边的饭馆开门营业,他们也没钱进去吃。几个少年饥肠辘辘地漫步在大街上,大家都想回去了。

对自行车有着天然喜好的撒喜喜低声说:"你们注意到没,路边的自行车没有上锁呀!"这句话就像是在每个人心里引发了一颗信号弹:20多公里的回程路,如果再这样走回去,恐怕大家都不愿意,但还有什么好的办法呢?一个大胆的想法几乎同时在几个少年心里浮出,他们心领神会地向路边停靠的自行车看去,随之向自行车迈开步，将手伸向车把。

父亲发现了撒喜喜骑的那辆来路不明的自行车后，追问道："这是哪来的？"

"我们几个去银川城逛时顺来的！"

"顺来的？说得多好听，那就是偷！快给人家还回去。"

"银川城里的车子，全在路边放着，比咱老家山上的羊都多，说明城里人不稀罕自行车，他们有钱，丢了随便再买一个，我们回来时，路那么远，走不动了才顺了车子的；你说还，我们到银川的大街上去满大街地找车主呀？"

撒喜喜的父亲叹了一口气，看着儿子在老家时那绵羊般的面孔上，已经浮现出幼兽的神色，有些无奈。

撒喜喜和那几个少年，尝到了去城里"顺"车的甜头后，夜晚成了他们的保护伞，凌晨的银川城变成了他们的糖和蜜，成了满足他们"顺车"的庄稼地与牧场。他们很快就放弃了徒步去城里"顺"车，而是开着三马车，到城里去"顺"自行车。

"走，晚上去银川城逛去"，成了移民点的一句流行暗语，"顺"成了芦草洼移民口中出现频率最高的一个词，自行车是所"顺"对象中最多的一个。担心派出所来的警察搜查，被"顺"来后的自行车常常被裹上塑料后埋在地下，等有了买主或要运往外地售卖时，才从地里挖出，塑料一度成了村里的小卖部里卖得最好的商品。

移民点变成了被"顺"来的自行车的坟场和驿站。撒喜喜骑着自行车找爹那年，芦草洼移民已达上万人，但派出所只有2名警察。那时的芦草洼属于泾源县管辖的"飞地"，如果发生治安案件或刑事案件，警察只能将嫌犯带回泾源县处理，来回需要六七天，很不方便也很费时间。

撒喜喜移民到芦草洼第二年，芦草洼变成了一个移民乡，专门设立了公安局，下设2个派出所，全乡的警力增至9人，但这点警力根本无法阻止日益汹涌的"顺"车潮。撒喜喜和他的伙伴们不再从事在他们看来有些低级且利润小的"顺车"业务了，转而发展到"顺"周围企业的设备、过路列车上的货物、到银川市入室"顺物"……

据当年的一份本地报纸报道：1999年，芦草洼共发生刑事案件6起，其中5起是盗窃。

移民，如果是一群贫困、执拗甚至带有陋习者闯入到另一个陌生的、相对文明的区域内，注定要导致两者在物质利益和文化观念上的冲突。银川人对移民们夜闯城区偷自行车的行为感到无奈、愤怒，随着移民生活水平的提升、观念的改变，"顺"自行车成了移民初期贫穷日子里的插曲。移民点与城市、闯入者和接纳者之间，开始了谨慎试探、了解、接受对方的过程。这个过程或许是产生笑话与对话、友谊与误解的过程，这个过程或长或短，但终极目标是移民期待被移民点、被城市认可，就像那些守着媒妁之言的嫁妇，起初未必钟情所嫁的对象，甚至可能抗拒，随着岁月给予的磨合，逐渐走进时光铸就的婚房。

2

移民到芦草洼后，撒喜喜在初中语文老师的办公室里无意中看到一本《"三西"扶贫记》，才知道家乡甚至整个六盘山地区掀起的移民潮，是国家组织的"三西"移民大河中的一条支流。他才知道所谓"三西"，是六盘山所处的宁夏西海固地区与甘肃定西、河西等地的合称，这片辽阔的区域，是中国文化长廊中灿烂的马家窑文化发源地，没想到变成了中国最穷的地方之一。为这种贫穷作出权威注解的，一个是清朝陕甘总督左宗棠，他在上书的奏折中曾发出"陇中苦瘠甲于天下"的感叹，另一个是联合国的专家们，他们在六盘山脚下的西海固地区考察后，曾丢下一句令人绝望的评价："这里不具备人类生存的基本条件。"

苦瘠像一道严实的大锁，死死地锁住了六盘山地区的百姓通向富裕生活的大门，能打开这道大锁的钥匙，究竟在哪里？这是历代六盘山地区、整个"三西"地区甚至中国政府都在思考的问题。不是每个人都能像撒老五那样，能以移民的方式逃离这里，更多的家庭在这片似乎只生长贫穷的土地上叹息、诅咒、绝望，他们盼望着能有给苦瘠日子带来变化的机遇。

在老家时，撒喜喜就听大人们念叨并像请神一样地引进过桑叶，他听说过也亲眼见过很多亲戚养蚕。当第一枚桑叶飘落在泾源县最南端的新民乡时，养蚕的村民似乎通过这片绿色看到了生活的希望。那时，很多移民没想到，移民政策就像暴涨的河水，一枚枚桑叶如舟，会载着他们顺流而行，从六盘山下移民到贺兰山下。

2002年夏天，我从六盘山西麓的泾源县新民乡到六盘山东麓的原州区三营乡，从罗山脚下新成立的移民区红寺堡到贺兰山下的良田乡，追寻那条移民在宁夏大地上凿辟的迁徙之路，看到了一条从南到北近千里的"桑叶之路"。泾源县位于宁夏最南端，新民乡位于泾源县最南端，是宁夏纬度最低的地方，适合养蚕。早在1992年左右，宁夏回族自治区科委就派科技人员到泾源县，将养蚕列入"八五"科技攻关计划，通过对桑叶和蚕种的引进、试养，试图摸索出适合在宁夏生长和饲养的高产、优质品种。几十年过去了，时光如风，将轻轻的桑叶扫进历史记忆的角落，但桑叶伴随移民的时光却犹如刀刻浮雕般，深深印在了移民的记忆里。

第一枚桑叶和第一只蚕走进新民乡3年后，宁夏蚕业工作站在泾源县成立，专门负责宁夏蚕桑生产的示范、推广等开发工作。任何新鲜事物走进落后地区的步履都是艰难的，养蚕走进泾源县的过程犹如六盘山的小路一样曲折。

在很多村民眼里，养蚕就像是外地来这里的一个马戏团表演的节目一样，他们只是远远地、带着好奇心观望。养蚕实验进行到第八年，张家台村的郝继光第一个开始尝试养蚕，他将自家的3亩地改种了桑树，这个举动当时引来了村民们的很多议论，有人说，一定是有一天晚上，蚕虫钻进正在熟睡的郝继光的脑子里，把他的脑子啃坏了。邻居马老汉指责道："把种粮的地拿来种树让虫子吃，这不是糟践土地嘛！纯粹是败家。"谣言在村子里盛传起来。有人说，亲眼看见蚕虫每天晚上往郝继光的脑子里钻；有的女人说，桑叶里藏着勾人心魂的狐狸精，让那些想养蚕的男人们尽往蚕房里跑。

蚕卵入眼，养蚕的村民像是盯着怀孕妻子的肚皮一样，仿佛里面会孵化出属于自己的神男仙女儿。蚕宝宝问世，给他们带来了一个活泼而鲜亮的世界。在郝继光家的蚕房里，他给我回忆着最初养蚕时的情景："把蚕拉进家的那天，心里感觉像是养了一群娃娃。其实，山里娃娃哪有这么娇气，蚕可金贵咧，光温度的控制就是一件要紧事情，每天早上起来都要先看温度计。看着蚕宝宝一天天长大，就像看着自己的娃娃一天天长大一样。"

收入最能改变农民对新生事物的看法。郝继光养蚕的收入是其他村民以同样的亩数种地收入的好几倍，这让他成了全乡养蚕的榜样，村民们不笑他了，纷纷到他家来观看、学习，他就像一位导演在首映式上看到观众鼓掌肯定时一样开心，也乐意教村民们种桑树、建蚕房、看温度计。很快，全村90%的耕地都种上了桑树，张家台村被宁夏回族自治区科技厅评为"千亩桑园生态高效示范点"，轻轻的桑叶寄托着乡亲们脱贫的厚望。新民乡也从4万多亩的耕地中，调出1万亩实施"万亩桑园"工程，14个村子里有2557户农民参与了养蚕。

在乡党委副书记丁继君的带领下，我们前往新民乡照明村。照明村和张家台村分布在烂泥河沟的东西两侧，村子虽然叫照明村，富裕生活的灯盏却一直没照进这个被贫穷的黑幕长期笼罩着的山村。张家台村的农民养蚕，像一束照进暗夜里的光，翻越烂泥河沟，照进大山深处的一个个村子，照明村的海泉孝当年就通过养蚕挣到了1700元，相当于他种粮食好几年的收入。

养蚕在泾源县兴起后不久，国家就开始在六盘山地区组织实施大移民，泾源县也被列入其中。5年时间里，泾源县的县外搬迁安置移民达到14716人，这些迁到今固原市原州区的三营、吴忠市的红寺堡区和银川市金凤区的兴泾镇及石嘴山市大武口区一带的移民，和其他县区移民不同的是，他们简单的家当中多了桑叶、蚕种、蚕床、温度计和一份到移民地养蚕的期望和信心。

2000年春，从泾源县搬迁到原州区三营镇新三营村、鸦儿沟村的不少移民，看到一个操着四川口音的人进这家出那家，后来大家很快知道，这个人是宁夏回族自治区科技厅从四川聘请来的种桑养蚕技术员吴成卓，专门负责指导移民在移民点试栽桑树、养蚕。何生成在老家并没养蚕，移民到鸦儿沟村后，在吴成卓的再三劝说下才种了桑树。养蚕的第二年，他家种小麦的15亩地，打了仅20斤小麦，连种子都没收回来；6亩旱地桑树苗却带来了769元钱的收入。有对比方有选择。第三年，何生成将全家21亩地全改成了桑园，从一个地地道道的农民变成了一名完完全全的"蚕农"。

桑叶和移民们一起落地在移民点，新三营村的移民李秀忠搬迁到新家当年，就试栽了3亩桑树，第二年又把自家的牛、羊全卖了，将房前的4亩旱地也全部栽了桑树，他在移民点栽下的是一株株希望之树。夕阳照在清水河边的三营镇，看着远处的六盘山干黄的背影，吴成卓带着我走进一块桑田，告诉我："在三营这样干旱恶劣的环境下，同样的土质种出的不同作物，每亩玉米纯收入100多元，可是每亩桑园纯收入能达到1000元，如果移民仅仅是换了一个生存环境，那就失去了国家移民的意义，要让他们在新环境里找到新的生活方式、新的希望，种桑养蚕就是这种生活方式之一。"

小小的桑叶、萌萌的蚕宝、薄薄的蚕丝，像三个无言的向导，引着我从宁夏南部的六盘山区前往宁夏中部罗山脚下的大型生态移民区：红寺堡。从彭阳县小岔乡搬到红寺堡区的移民陈作义，是移民村里第一个种桑养蚕的人。种桑养蚕像是一个大赌桌，让很多移民们变成了"赌徒"，陈作义移民当年就拿自家的土地作为"赌注"，与命运"赌"了一把，他用4亩多地种桑树，间种了黄豆；第二年，他就养了两张蚕，收入1000多元，那是他人生中第一次得到如此多的收入。

移民不仅改变了生活环境，更改变了人们的生活方式与精神状况。从彭阳县古城乡移民到红寺堡开发区的裴志红，让我看到了女性移民的新变化：她学会了在老家从没做过的新鲜事，写日记、看温度计和湿度计、养蚕等。很多养蚕的家庭，因为桑园面积不断扩大，妇女一个人忙不过来，丈夫不再出外打工了，开始给她们"打工"。

我在裴志红的日记本中看到了这样的记载："2000年，种植桑树3.5亩；2001年，饲养蚕3批共收入1860元，小蚕共育收入240元，合计2100元，亩均收入600元。投入肥料120元，水费110元，蚕药、蚕具投入186元，总投入416元，亩均投入119元，亩纯收入481元。另有麦套玉米3亩，共收小麦750公斤，收入900元；玉米1200公斤，收入960元，合计收入1860元，亩均收入620元。"

翻到她的日记本中7月28日那天，我看到了这样的记录："早晨6点，开始摊种；9点，收蚁；中午12点，饷食清毒；下午5点，喂桑；晚上11点，喂桑。注明：什么时候给桑凉层，1龄的全睡眠。温度28℃，湿度70。"

在老家时，农村妇女是掰着指头、看着日头、皱着眉头、愁在心头地过日子，她们哪里有记日记的习惯？那些苦涩得如矿化度很高的水一样的日子，有什么好记的？从六盘山区移民到清水河畔、罗山脚下、贺兰山下、黄河之滨的养蚕妇女，哪个没有几本这样的日记？它们不是浪漫情怀的流露，不是对生活埋怨的积累，而是科学养蚕的点点滴滴，是她们新的人生记录。

养蚕能挣钱的事实，像一枚煮熟后剥去外壳的鸡蛋，不仅亮出诱人的蛋白，还发出诱人的蛋香，像变魔术般地跳起来，奔向移民的嘴边，让他们闻得见阵阵香味。世世代代生活在大山深处的农民，面对桑叶感慨"树叶叶也能发财"，那些握惯了铁锹锄头、做惯了针线饭菜的手，每天起来的第一件事就是拿起温度计、湿度计，走进桑棚测试温度和湿度，他们开玩笑说：蚕宝宝在家里的地位比孩子都高。大山里的妇女，大多小学毕业就辍学，在老家时基本上是被捆绑在农业上的辅助劳动力,到移民点后,时代给她们开设了一堂堂新课,她们是这些课堂上的新学员,上万名移民妇女成了桑园的主角。

我跟着泾源县养蚕移民的脚步,前往银川西郊平吉堡一带,采访那里的移民养蚕生活。从几百公里的山区移民到依靠黄河水的移民点,说话的口音和生活习俗没变,在故乡时形成的养蚕心态也没变,那是农民感恩带给他们财富者的敬畏与疼惜,那是他们摆脱贫困日子在异乡盛开的希望之花。比如进蚕房时,要洗一下手,进入蚕房后不能大声说话,担心惊着这些小生命,不能用手指蚕宝宝且不能说它们是"大头虫",否则,听见秽言恶语的蚕宝宝会被气死。那天下午,杨学梅在蚕房里一边喂小蚕,一边告诉我:"因为在老家泾源县就学会了养蚕,移民到平吉堡后,靠4万元贷款盖起了2间温棚,既可以养蚕,又可以种反季节蔬菜。第一年养蚕,再加上冬天的蔬菜,一年收入估计超过1万元!这个数字在老家想都不敢想。"因为后来出现的温棚蔬菜、蘑菇种植、外出务工等能挣到更多钱的新行业,移民逐渐淘汰了养蚕业,让这件移民初期的新鲜事,成了数万移民的共同记忆。

第一代移民在时隔多年后,谈及移民生活总是忘不了"吊庄"这个词及其时间路线图:1983年,银川市西南郊的芦草洼,被规划为整体接纳泾源县移民的吊庄区,陆续搬迁移民2.34万人,拉开宁夏"吊庄"移民的序幕。7年后,宁夏回族自治区批准在青铜峡市西北部的玉泉营农场边划出3万亩土地,供1.5万西吉县移民建设"吊庄";在贺兰县西部的南梁台子划出土地1.5万亩,供海原县移民1万人建设2个新"吊庄"。

芦草洼移民建设"吊庄"11年后,贺兰山下平罗县境内的西大滩上也出现了"吊庄"移民,从当地的潮湖和要接受移民的隆德县地名中各取一个字,这便是"隆湖吊庄"。和宁夏境内其他地方出现的农业移民不同,这是一个以引进工业项目、大力发展工业为特色的工业型移民开发区。不久,宁夏境内的大战场、南山台子、马家梁、狼皮子梁、月牙湖、华西村(今镇北堡镇)等10处大规模集中安置移民的"吊庄",开发配套土地22.66万亩,搬迁安置移民超过10万人。

"吊庄"移民是国情和每一个受益的贫困家庭合奏出的交响曲,是移民史上告别穷困的一曲离歌与壮歌,是10万移民在故乡和新家之间书写的一首长诗,是移民在故乡和新家之间铺设的一条新生活之路。这首以"吊庄"为题的移民史诗,在宁夏书写、朗诵、传播了40多年,它的作者是百余万走出六盘山地区的移民。

许多移民点因为移民数量增加,移民点功能齐全、城镇化水平提升,和周围的城市有了便利的交通勾连而变成了城镇。与当年在芦草深处随意搭建的住棚、火柴盒般的平房建筑消失一样,撒喜喜在移民到芦草洼20年后,芦草洼这个名字被良田镇取代。芦草洼,就像一个孩子长大后,不好意思让外人知道、称呼他的乳名一样,更喜欢别人称呼他上学、工作时的名字:良田镇。

移民起初,大棚养蚕让移民对大棚有了新的感觉,甚至有了大棚情结。他们曾经尝试在棚里种植花卉、水果、蘑菇等,随着智能化技术的引进,移民们在大棚里面实施智能化育苗,品类越来越多。那些在大棚里播种、催芽、起苗、搬运的身影,让"苗宝宝""果宝宝""菜宝宝"在大棚里茁壮成长,这种成长不像移民的祖辈在山区种植庄稼那样,随性生长或者说被降雨量限制着收成,而是在智能化操控下有节奏地成长。仅在良田镇的光明村,每年就有1700万株菜苗,它们像1700万名新娘,被远嫁到他乡的蔬菜大棚和露地里,继续成长,直至成"菜"才算是完成了一株蔬菜的使命。在草莓大棚里,一个架子上可以种180株草莓,一间大棚里的27个架子能种4860株草莓;就像一位精明的开发商打造一座演出剧场一样,他会把它变成建筑景观、休闲空间与消费场所来经营。

经营草莓大棚的移民们,把草莓温棚的外墙刷新、立起了木栅栏,在温棚内铺了地布,摆上茶台和茶具,温棚前的巷道上也铺上石材、砖头,方便前来采摘的市民,这让良田镇赢得了"草莓小镇"的称呼。这种情形在银川平原上的其他移民点也相继出现,移民根据当地的土壤、风土、环境和市场需求,栽种的产品成就了"葡萄小镇""枸杞小镇""西红柿小镇"等。

大棚里的一株株小苗如一个个满含当地农民期待的婴儿,一栋栋智能化育苗中心,成了那些既想照顾家,又想打工挣钱的村民的"取款机"。马桂梅每天早上骑着电动车,只几分钟就从家里赶到育苗中心,和她在大山老家风吹日晒地劳作在旱地上不同,在大棚里,没有寒风冷雨却有稳定的收入。这些女性移民掌握集温、光、水自动控制于一体的智能系统技术后,下种、催芽、起苗、搬运等苦力活,已经被智能化替代了,和她一样的女性移民都有了一个新身份:嫁接女工。

移民前,这些农民念叨着"清明前后,栽瓜种豆"的民谚,在老家山坡上播下菜种,从水窖里打上水,挑到门前的菜地里,防止刚入土的种子被渴死,一勺水一勺水地,像给娃娃喂奶般地浇水。菜籽下地后,便是苦苦地等待降雨,一株露出地面的蔬菜苗,就是春天送给庄稼人的一份安慰,就是对即将能在饭桌上吃到菜的盼望，就是对黄米糁饭、素汤寡面的单调饮食带去的一份调剂。然而，这份安慰却十分奢侈，这种盼望注定是漫长的，甚至可能会因为天旱而失败。移民前的冬天，六盘山地区满目干黄，现在，这些移民只有在从家到育苗中心的路上，能感受到凛冽的寒风，一进大棚，室内的温度让他们必须脱掉外衣，四下都是养眼的绿色。

在光明村，像马桂梅这样的嫁接女工越来越多，她们中不少人在家乡没上过初中、高中，最初完全无法胜任幼苗嫁接这样的工作，各苗场只能花高价从山东、广西等地聘请嫁接工，导致苗场嫁接种苗成本过高，商品苗价格自然也高。眼睁睁看着自己嘴边的面包让别人给吃了，移民们心有不甘，银川郊区的各个移民村镇，各种技术人才的培训遍布田间，经过培训的女性移民逐渐掌握了大棚所需的各项工作。

大棚内，新鲜的植物、蔬菜蓬勃生长；大棚外，新鲜的事物、观念也如从村子外吹来的风，不断拥来。

我是冬天走进光明村的，塞上的冬天零下十几度，远处的贺兰山顶白雪皑皑，寒风送来山上的寒气，村子里几乎看不到人影，年轻人多到城里打工去了，不少妇女在大棚里忙碌。从这里通往市区的公交车已经开通多年了，有小轿车的家庭越来越多，从移民点通往城区的每条道路上都遍布着让他们更加勤奋的动力。在当初的那些移民眼里，银川市最后成立的兴泾镇、良田镇仅仅是提升行政级别的一个标志，在移民后代的眼里，小镇成了养育孩子的理想之地：离城近，孩子更容易考进理想的学校，更容易学有所成。

撒老五回忆起让撒喜喜辍学的事后悔不已。到了移民点后，越来越多的移民开始重视孩子的教育，他们不再像在老家时那样，将孩子像山里的羊一样放养，不再让孩子复制他们祖辈放羊、捡驴粪、做家务、干农活那样的生活模式。地处平原地带的移民点，孩子们不再像从前那样穿山梁、越山沟地去求学，移民们还会想方设法让孩子们周末坐着通往城区的公交车，去各种辅导班学习。

移民将城镇当作融入银川金凤区和西夏区的跳板，让这些城镇成了都市村庄、移民社区、精简版小城的代名词。那些选择进城打工的移民，男性在银川等城市担任保安、服务员、电梯员、搬运工、快递员，女性从事酒店清洁、后厨帮工，或去做餐厅服务员、环卫清洁工。

3

如今，去兴泾镇的路有很多条，从良田镇向西穿过包兰铁路的隧洞就是兴泾镇了，从银川市南门横越整个银川城的305路公交车，就是从那个铁路隧洞穿过后，抵达第40个站点、终点站兴泾镇的；以兴泾镇为起点，还有310路和325路两趟公交车，连接着这个新兴的移民小镇和银川市区、火车站，三趟公交像三条血管，随着移民或其他身份的人每天的出入，给这里输入着新鲜血液般的信息、物流、能量。

在靠近包兰铁路的305路公交车站旁，从宁夏最南端的泾源县新民乡移民来的老拜，在那里摆了10多年的水果摊。聊起当年的移民生活，他不禁摇了摇头。看着远处的铁路，我小心翼翼地问起他们当年扒火车"顺"东西的经历，老拜的脸上立即显出一份复杂的表情。在他的眼里，那不光是因为贫困而作出的无奈之举，更是时光积淀出的一道伤疤。

在老一辈移民的心里，"顺"曾经是芦草洼移民嘴里频率最高的一个字，是他们恪守千年的传统美德向贫困低头弯腰的无奈之举。相比撒喜喜等年轻人起初去银川城里"顺"自行车，后来还有人开始"顺火车"。爬上火车将车厢里的物资搬起、扔下，然后像个武侠高手似的跳下火车，再将撒落在铁路边的物资搬到家附近的地方。"顺火车"不仅是一种高难度的生存冒险，更是移民心中"快速暴富"的手段，是有胆有谋略的象征。

正好有一趟列车经过，咣当咣当的声音像是一把无形之手，掀开了老拜记忆的帘布，将尘封已久的往事暴露了出来。我想当然地以为他们刚移民到芦草洼时，回老家或出外打工时能乘坐价格相对便宜的火车，对火车有着某种特殊感情。

"嘿，刚来时，哪有钱和时间买票回去？和老家之间的联系只有捎话。"

"捎话？"我的脑海里立即涌出作家刘亮程的那部同名小说。

"可不，刚来时没钱坐车回家啊，也忙得顾不上回去，留在老家的老人去世了，或本家、亲戚有红白事了，不得已只好央求回老家的人，往老家捎带个信息，就是捎话！"

"那些回老家的人,是怎么回去的?"

"还能怎样?经济条件好点的,步行十几里路到银川老火车站,然后从那里上公交车,穿过新市区、新城到老城区,在银川南门汽车站坐长途夜班车,刚移民来的那阵回趟老家需要几天,后来是坐整整一天才能到县城,然后步行几十里山路才能到老家。"

"经济条件不好无法坐长途车的怎么走?"

"移民中能有几个条件好的?大多数人穷得买不起长途班车票,只好到铁路边候着,看有从包头方向来的货运火车,跳上去,到中宁县的石空站下车,从那里再拦从银川发往泾源县的班车。宝(鸡)中(卫)铁路修通后,就选择扒火车顺路到固原,然后再搭顺车往县上赶,最后是步行到村里。"

对这些从大山里走出的移民来说,火车最初意味着陌生与惊奇,为此产生了不少笑话、故事和事故。有的移民第一次见到火车时,有了农民式的幽默猜想:

"这条绿色的、长长的铁蛇,爬着都跑那么快,要是站起来跑的话,该多快呀!"

"用这么多的钢铁造一条铁蛇,这得花好几千呢吧!"

"看你土的,几千哪能够,估计得几万呢!"

移民的牛或羊被火车撞伤、撞死的事件时有发生,也有移民因为扒火车跳车摔伤导致后半辈子残疾的。

和老拜同在一个移民村的童麻乃可以说是兴泾镇当初移民生活的直接见证者。

童麻乃结婚那年,听说自己所在的泾源县惠台乡惠台村有往银川郊区的移民指标,便想动员妻子鄢金梅的伯父鄢志清一家和他一起移民,到了外地也好互相有个照应。童麻乃清楚地记得,那年赶到鄢志清家门口时,就听得屋子里传来鄢金梅的婶婶、鄢志清的妻子高亢、气愤、暴躁的吼叫声:"你当年在甘肃平凉市城里做小生意做得好好的,脑子像驴踢了一样的,非要移民到宁夏泾源县乡下,从富人移成个穷光蛋,穷得连老婆都娶不上,要不是我瞎了眼跟你,现在你估计还打光棍着。移民、移民,你咋狗改不了吃屎地还一个劲想移民?"

童麻乃愣在了大门口,看来鄢志清已经知道了移民的消息,和妻子商量不成反遭呵斥。童麻乃知道鄢志清的妻子如此拦阻的原因:鄢志清父亲的老家位于六盘山腹地泾源县的惠台村,新中国成立前,父亲带他们移民到甘肃平凉市崆峒区做小生意；新中国成立后，归乡心切的父亲又带着孩子们回到了惠台村种地，日子却过得一天不如一天。鄢志清再提搬迁，自然会受到妻子的极力阻拦。妻子对通过搬迁改变生活的想法已经死心，宁愿在无奈中继续过贫瘠安稳的日子，也不愿意因为移民而骨肉分离。在妻子的百般阻挠下，鄢志清错过了那年由政府组织的集体移民。

童麻乃只好自己到乡上去报名，和妻子鄢金梅成为泾源县第一批前往芦草洼的移民。移民们带着简单的行李和农具，坐上政府雇来的汽车，两天后才赶到芦草洼。初到芦草洼，童麻乃被移民指挥部任命为一名磨面工，这意味着他在移民点上不愁吃饭。不久，童麻乃就分到了一块沙地，尽管那上面连草都还长不出来，但童麻乃似乎看到已经有绿色的希望埋在了沙土下面。

童麻乃将自己在芦草洼的情况让人捎话给鄢志清，一听芦草洼移民点有土地，有浇地的水，有白面吃，能望得见省城，移民的想法像一缕春日阳光照在冰冻湖面上一样，让鄢志清那冰冻起来的心湖再次融化，他瞒着妻子，决定去芦草洼看一眼。

错过了第一批移民，第二批移民的事还没眉目，移民的想法开始像一群即将结束冬眠的虫子，在鄢志清的内心里蠕动。他觉得移民是政府给他们这些大山里的人的一块糖，拿到后就得抓紧吃，攥到手里一味拖延只能把它焐化了。他步行几十公里山路到县城，然后坐上了前往银川的长途班车。50年后，鄢志清回忆说："当时是一没指标，二让婆娘阻挠地就是移民不了，就想着去先前移民的老乡捎话过来的芦草洼看看，也算是了却了一桩心事。"到芦草洼后，被童麻乃带着在移民点转悠的鄢志清，突然间有种被骗的感觉。这就是移民点？看着满眼的黄沙堆以及藏在沙堆中的一处处水洼，像不小心被摔碎的玻璃镜片散乱在大地上，每一处水洼周围的芦草，仿佛给这些镜片镶嵌了一圈圈枯黄色的边框。鄢志清抬头看天，见不到一只飞鸟，朝远处望去，像是一片破败的枯黄地毯被遗弃在这里；再远处，那一脉余绕的贺兰山也像是披了件破烂衣裳的乞丐，有气无力地蹲在天地间。童麻乃指着仍残留着推土机履带印的沙地，告诉他之前这里尽是起伏不平的沙包，最高的沙包比2层老家上房堆起来还高，眼前他们看到的是平整后的，将来要建房、栽树、种菜、长庄稼的土地。

走到距离沙包不远处的几间旧平房前，童麻乃告诉鄢志清："那里是移民指挥部，是政府专为移民搬迁设立的临时机构，原来是在沙窝里，银川西干铁路将他们的一个旧农场的房子捐赠给了指挥部，所有的移民来了都得归那里分配！"

四下里一望，沙海中除了推土机、挖掘机、拉土方的卡车外，再也看不见建筑、房屋，鄢志清不解地问道："移民来了住哪？"

童麻乃将鄢志清领到一处沙包的背面，只见几顶简易帐篷犹如几名筋疲力尽的逃犯，躲在人看不见的沙堆后面。童麻乃掀开挂着的旧门帘，一道阳光挤进去，照见一张堆着破旧被褥的大通铺，那就是移民休息、睡觉的地方。

希望不总是幸福生活的伴随者，有时也会藏在贫穷日子里。童麻乃和其他移民一样，眼光仿佛一支支深井钻探机，透过这贫瘠的土地表面看见了藏在深处的希望，他们宁愿在这里下苦劳作寻求幸福，也不愿意回到老家守着贫困。移民的信心像一把糖撒进了鄢志清那苦茶般的心，让他决定留下来和移民们开始开挖斗渠、支渠、毛渠、细渠，只有修好水渠，才能将流淌在远处的西干渠黄河水引来，只要水流到这片荒滩上，有一把山里男人的好力气，有一个好的移民政策，有一片暗藏着希望的土地，他们还愁这里会长不出庄稼？

那段日子，劳作之余，有人盯着这片犹如营养不良的孩子般的土地，他们深信汗水就是这个孩子最好的乳汁，只要把苦下到这里，荒滩上一定能长出庄稼；有人向西望去，把高大的贺兰山看成一座抵挡风沙的神山，会庇佑这些认真对待土地的人；有人朝东北方向远眺，在响晴的日子里能看到荒滩尽头的城市楼群，他们心里暗暗想着，有一天也要到那里去和城里人一样逛商场、进饭馆、看电影；有人在朝南张望时，看见永宁县西郊的当地农民，在早已改造好的土地上种出的庄稼，这成了提振他们信心的教材与动力；有人看见东边高处地面铁路上南来北往的火车，头上冒着黑烟、嘴里发出清脆的鸣笛声，便憧憬着有一天也能买到一张车票，穿上一身新衣服和一双皮鞋，像城里人那样体体面面地坐着火车去远方的大城市看看；蓝天上偶尔飞过的飞机，就像从空中垂下来的钓线，移民的头像水里的鱼儿一样被勾起来，他们中更是有人做起了乘飞机去远方旅游的梦。这片土地让移民们在紧张而辛苦的劳作之余，心生梦想，有人盯着干黄的土地时，似乎到了他们正在给这干瘦的躯体缝制的一件件绿色外衣，他们既是这外衣的裁缝，也是它的模特与主人；有人在远眺模糊的城市轮廓时，仿佛看到了那些模糊的楼群间，生起了一层又一层蓝色的城市之光，犹如一片蓝色的海域，呼唤着他们这些被命运搁浅在水边的群鱼。

从清凉的六盘山搬到贺兰山下的芦草洼，移民们不怕受苦干活，但怕蚊子。

西干渠流经的一些低洼地带，多年来形成了一处处沼泽、池塘，死水容易滋生蚊蝇。白天还好，到了黄昏，成群结队的蚊子像一群群纪律严明的夜班工人一样，准时准点地从芦草丛中往移民们的简易帐篷飞来，有的移民就因为招架不住蚊子而撤回了故乡，留下来的移民只能在荒滩上拔来骆驼刺，依靠晒干后点燃产生的浓烟来驱赶蚊子。干了一天的活，移民们既饿又累，却不能在黄昏时分吃晚饭，因为太阳落山的那段时间，蚊子在四处狂飞乱舞，有的甚至会钻进裤腿、衣襟，叮得移民们连碗都端不住。移民们只好围着产生浓烟的骆驼刺，手里拿着芦苇叶当扇子猛扇，忍着饥饿和劳累，等蚊子退场了，才在满天星斗下开始吃晚饭。

春天的沙尘暴，像是大自然下给移民的一道驱逐令，漫天沙尘逼得移民们躲进帐篷，沙尘像是奉了追杀令的捕手，掀开门帘闯进帐篷，等它撤退时脸盆和碗里已经堆起了一层沙土。帐篷外的沙尘犹如《水浒传》中倒拔垂杨柳的鲁智深，不断加力，试图将帐篷从地上拔起，童麻乃和其他移民只好走出去，死命地拽住稍不留神就会飞上天的帐篷的四角，在心惊胆战中等待着沙尘暴的退场。风沙就是芦草洼的王，控制着上至天空的飞鸟、下到刚播进地里的种子的命运；风沙就是芦草洼的裁判，谁能在这里生存，谁无法领到在这里的居住权，全是风沙说了算；风沙就是芦草洼的手，那些刚推平的沙堆，很快就会被风沙重新堆起，推平的地面上也有可能会再堆起一个沙包；风沙就是芦草洼的医生，一次次地对还没来得及撒下种子的土地，签下无法耕种的诊断书。来到芦草洼的移民，是一群起义者，试图掀翻风沙的王座；是一群运动员，在芦草洼的跑道上开始和时间赛跑；是一个个自我疗治的患者，依靠自身努力战胜病情并坚强地站了起来；是一柄柄时光磨石砥砺后逐渐锋利的刀刃，最终果断地斩断了风沙之手。

分到耕地和宅基地的童麻乃下定决心要建房子，从故乡赤手而来的他没有能力雇人干活，只好恳求亲戚朋友帮忙。建房子的时候，前来帮工的老乡们拿出故乡时那种"一家有事，八家帮忙"的传统，大家互相帮衬着建成了第一代移民的简易土坯房。泾源县地处六盘山南端的林区，那里雨水多，地基要牢靠，屋墙要垒高，房顶都是那种便于雨水流淌的尖山顶，担心房屋漏水还需要在屋顶铺瓦。到了贺兰山下的银川平原地区，雨水少，用不着那种尖顶房屋，屋顶平坦得就像是一块缩小了的操场。这是移民理想中的房屋，牢固、通风、便利，它既不是屋顶铺瓦、高大气派的山区防雨建筑，也不是"数间茅屋闲临水，一盏秋灯夜读书"式的古代知识分子追求的隐居之所。那一间间黄泥小屋，在远处巍峨峻立的贺兰山构成的苍茫背景下，就像是插在这片荒滩上要书写的历史长卷中的标点符号。

鄢志清在芦草洼待了两个多月的时间，迟迟等不到分给自己的移民指标和土地，留在老家的妻子又不断托人捎话给他，让他快点回老家帮着种地、喂牛，捎话的语气越来越不好。眼看着老家快要夏收了，鄢志清只好告别童麻乃和其他移民，和那时归家的移民一样，徒步走到银川市西郊，坐上通往老城区南门汽车站的公交车，然后乘坐返回泾源县城的长途班车，接着步行几十里山路回到家。他像一枝被命运之手弹出去后很快又回归原位的细树枝一样，以灰溜溜回到老家整日接受老婆数落的方式，宣告了自己移民的再次失败。

5年后，鄢志清再次来到芦草洼。女儿鄢玉蓉考进了银川一中，为了能就近照顾女儿，鄢志清再次萌发了移民芦草洼的想法。和上次相比，芦草洼的变化令鄢志清惊奇不已：原来只有几户人家的移民房，像老家女人摊饼子似的扩变成了几个移民村，原来的荒滩上，庄稼成片，绿树成荫。走进童麻乃的家，鄢志清看到了移民生活环境变化的缩影：在老家，因为气温和光照不足是无法移栽西红柿和黄瓜的，这里的移民菜园里却长满了西红柿、辣椒、茄子和黄瓜；在老家，因为地缺肥料，玉米棒子的长度是按寸计量的，移民菜园边的地埂上，玉米棒子已经有1尺多长；在老家，偶尔有一两株向日葵不过是田间地头的装饰，移民点栽种的向日葵到秋天收获时，成了画在田埂上的黄金线，收的向日葵是用麻袋装的。童麻乃骑着新买的摩托车，载着鄢志清到附近的化工厂、制钠厂、炼油厂去转，告诉鄢志清：芦草洼的移民已经不再只是种庄稼了，不少人都去周围的企业打工了。

鄢志清像一条再次从六盘山游到银川平原的旱鱼，一下子就咬住了时代的鱼钩，他拿出全部的积蓄和东拼西凑借来的2000元钱，买了能盖两间土房的宅基地和15亩有待进一步修整才能耕种产粮的土地。

31年后，鄢玉蓉依然清晰地记得父亲从芦草洼前往银川一中看望她的情形：穿着破衣烂衫，黝黑发亮的面庞有些憔悴，脸上却写满了信心。校园外的马路边，一个穿着校服的女生，站在一身农民打扮的父亲对面，两人用老家话亲切聊天，鄢玉蓉这才知道，芦草洼的前景在父亲眼里就是一片光明，是一块黄金大饼，是一片灿烂星空。父亲说天天在沙窝里忙活，穿不了个干净衣服，他似乎为自己寒酸的着装有些抱歉；父亲在他的移民小院种了不少葱，父亲谈起葱的长势时，兴奋得像是描述百天宴抱出来让亲朋好友看的、长得白白胖胖的孩子一样；

父亲在房子四周和与邻人的地界埂上栽了成排的杨柳。

父亲告诉鄢玉蓉：他买的15亩土地还不能耕种，虽然已没有特大沙包，但仍然高低不平的，还需要再花钱请推土机来推平，低洼处要填百余车沙土，这一项浩大的工程需要投入一大笔钱，刚刚拉账垒债买了地基的父亲经济上捉襟见肘，只能眼睁睁看着推土机在别人家地里突突奔鸣，眼看着别人家已经平整妥帖的土地，眼看着别人已经开始有条不紊地耕种，眼看着别人家的庄稼和蔬菜芝麻开花般节节蹿长。鄢玉蓉从父亲的讲述中似乎也看到了艰辛和希望交织出的一幅生活图景。

父女二人谈话结束时，父亲像芦草洼派来的使者，向鄢玉蓉发出邀请，希望女儿周末抽空去芦草洼看看，父亲说那里已不再只是移民点，而是他们的新家。

鄢玉蓉决定去芦草洼看看。那时，芦草洼还没通公交车，通往市郊的是一条移民们进城购物、办事、回老家踩出的土路。鄢玉蓉这才知道，父亲是步行到新市区有公交车站的地方，倒了3趟公交才赶到银川一中去看她的。那时，没有像样的公路和交通工具，这让芦草洼人的出行缺少工具，所以才诞生了一个畸形的行业：偷自行车。

鄢志清像个向导，带着女儿在移民点转，给她介绍芦草洼的变化：几年前最有人气、最热闹的指挥部所在地六村，已经被移民越来越多的三村取代（三村就是后来的镇政府所在地），卫生院、邮政所、供销社、信用社、学校等相继建立，一个移民小集镇逐渐出现，沙土路旁渐渐有了商店、饭馆、理发店等。

仿佛导游会把游客带到标志性建筑一样，鄢志清带着鄢玉蓉走进童麻乃家，这里已经成了移民成功的标识。童麻乃和妻子鄢金梅刚移民到这里时，在辛勤操持自家土地之余，还骑着自行车到不远处的平吉堡农场或周边工厂打工，后来开小商店、榨油坊，没钱请人题写店铺名字，就自己找了张白纸，买了墨汁和毛笔，歪歪扭扭地写上了店名。

4

移民是鄢志清的一场梦，他很快就不得不接受第三次移民的命运，这是一场逆流而动的失败移民，是从移民点返回故乡去。

移民到芦草洼两年后，鄢志清才明白，移民生活虽然有盼头，但摆在他面前的严峻现实是：这些经过改造的耕地不像老家那些旱地，撒上种子靠降雨保证收成，它们需要浇水。但这些从黄河提灌后淌来的水，需要缴水费方能流进自家的耕地，这些水对他们的耕地来说，就像母亲的乳汁对嗷嗷待哺的孩子那样重要，可是，很多移民在买完地、建完房、安好家后，已是家徒四壁甚至债务累累，不少移民因为生活窘迫而动起了回老家的念头。鄢志清眼睁睁地看着庄稼因为没钱买水而面临渴死的命运。

和在移民点种庄稼、打工、开店面的童麻乃不一样，和那些在老家时家底好能让庄稼浇上水的移民不一样，鄢志清就像疲倦摇晃于老家和移民点的钟摆一样，来回在老家和芦草洼之间奔波。妻子的唠叨，亲戚朋友的催债，女儿要回户口所在地参加高考，这些都让鄢志清下定决心，将2000元买的院子以多出100元的价格出售了，他像一个没能守住阵地的士兵，终没能保住花钱买来的地方，放弃了栽在房前屋后的小孩子胳膊粗的树木和庄稼地。鄢志清用还债剩余的钱去二手市场买了一辆三个轮子的小型农用车（因为是三轮，跑起来不稳定，给人蹦蹦跳跳的感觉，当地人称为"蹦蹦车"），拉着一点可怜的破家当和女儿鄢玉蓉一路南下，开始了他的逆移民之路，灰头土脸地回到了老家。

离开移民点时，鄢志清没忘带着女儿去银川城的照相馆里，让摄影师严肃认真地拍了一张照片，那是他留给失败移民的记忆、留给自己的一份念想。和其他移民一样，童麻乃刚来时，总不忘在节假日或农闲时分，带上家人去城区的公园看看动物，看凤凰碑、光明广场、团结碑、百货大楼等城市地标；或去逛步行街、新华街、新华百货，去商城购置年货；或穿着新衣服，去照相馆里照一张全家福。如今，一个外地人走进昔日的移民家庭，会发现很多人家都会在墙上挂一副相框，上面有移民刚来时的全家照，照片上的移民脸上几乎全洋溢着笑容，眼中流露着对新生活的满足和对未来的自信，嘴角呈现出一种令人赏心悦目的微笑，那是他们对自己的嘉许。移民们一般都会让照相馆洗印两张照片，一张带回家，珍重地装进相框里，挂在正房墙上的醒目位置，这是一份让所有来到家里做客的亲戚朋友都能看到的幸福见证；另一张则寄给老家的亲人，证明他们来到过让故乡人一直艳羡的首府城市，让亲人们看看在当时的农民中显得时髦的衣服。渐渐地，进城照相像是新来移民必须要完成的一项事务，甚至升华成了一种仪式。至今，喜爱照相的习俗依然在移民及其后代中保留着，只是跑到城里照相馆照相、加洗的方式早变成了记忆，代之以手机拍照并保存或用微信转发。移民们关于照相的"传统记忆"如今成了一种时尚的变异，很多移民利用春节期间家人难得团聚的时机，用手机拍摄"全家福"，"全家福"里时常出现三代甚至四代移民同框的情况。

和那些步行、骑自行车、开拖拉机移民的人不同，鄢志清是开着一辆二手的蹦蹦车踏上一条逆行之路的。

坐在车上的鄢玉蓉和那些自南而北移民来的人不同，她坐在父亲的蹦蹦车上，看着沿途的县城、村镇、河流、群山，默默记着沿途的地名。偶尔，她会听到父亲高亢的秦腔声在车少时的路面上响起，400多公里的返乡之路上，不时飘扬起的秦腔，只有鄢玉蓉这一个忠实的听众，她从父亲的唱腔里，听到了一个失败移民的不甘：

　　河东城困住了赵王太祖
　　把一个真天子昼夜巡营
　　黄金铠每日里把王捆定
　　可怜把黄骠马未解鞍笼
　　…………

听到父亲唱《下河东》的片段时，鄢玉蓉仿佛看到父亲就像当年的宋太祖被困在河东城一样，只是捆住父亲的不是黄金铠甲，而是一件不适身的旧衫，一双既露脚趾又裹不住脚后跟的烂鞋；宋太祖被困河东城时，还有可指挥的军队、有黄骠马和盘龙棍，而父亲只有一辆二手三轮蹦蹦车载着的伤心回忆和从移民点撤回路上陪着他的女儿。鄢玉蓉禁不住想替父亲哭上一场，然而，开着蹦蹦车的父亲却在阳光下，一路高歌着回乡，不是衣锦还乡般的兴奋，而是以一曲曲秦腔驱散心中的惆怅。

　　贤爷休把功劳表
　　难道说杨家无有功劳
　　我杨家投宋来不要人保
　　白龙马手提枪苦挣功劳

听到秦腔《辕门斩子》中杨延景的这段唱词，鄢玉蓉看着父亲瘦弱的背影，突然心里一酸，保卫大宋王朝的杨家将父子9人战死疆场，留下杨延景一个人继续带领杨家将东西杀、南北剿，可杨家最终"凭功劳挣来了蟒龙袍"。可父亲呢？在移民点的荒滩上奋斗了两年，最终却落了个败离的结局。

移民愿望的落空，让鄢志清的移民故事成了老家人的谈资和别人笑话他的一个梗，更是老婆数落他的话把子："移什么民？移民是说移就能移的吗？看把你日能的，跑了两回芦草洼，地没守住，钱没挣上，你移民了个啥名堂？"原本就笨嘴笨舌的鄢志清半张着嘴哑口无言，像命运战场上被俘的伤兵，移民芦草洼安家的念头，像一支燃尽的香烟走到了生命的尽头，彻底灭了。

童麻乃常常跟鄢志清开玩笑说，你没完成的移民芦草洼的愿望，被你的大女儿鄢梅梅和二女儿鄢玉蓉先后完成了。在老家结婚4年后，鄢梅梅不想像父亲那样被命运困在老家的大山里，加上童麻乃一天天红火起来的日子，传到老家就是一盏发出耀眼光芒的灯，她羡慕这盏灯映照出的生活，便动员丈夫移民芦草洼。那时，鄢玉蓉从固原师范毕业在惠台中学任教也两年了，她不甘于一辈子在故乡的山沟里当个小学教师，便坐上姐姐和其他3户移民的搬家车。这辆政府出资雇的卡车，载着4户移民的家当：几床铺盖、几个木柜和腌菜装粮的盆盆罐罐，前往芦草洼。

和几年前在银川一中读书时来过的芦草洼相比，移民点的变化让鄢玉蓉吃惊不已：童麻乃家刚来时建的简易草棚房早被新建的土坯房替代，后者像个敦实的小伙子，蹲在路边，外墙面上刷着一层白衣般的白灰，和别的移民家白灰涂墙的房屋不同的是，童麻乃家的房屋有四个耀眼的红砖柱，这种房子被称为"红砖腿子"，是当时移民中条件好的人家才有实力修建的，是周围移民羡慕的对象；移民点之间供自行车、架子车走的沙土路也变成了汽车自由行驶的砂石路，从芦草洼到新市区还修通了一条柏油马路，以生机与活力串联着移民点和远处的城市，人们以崭新的姿态行走在路上。各个移民点间的乡村路上，新鲜事物并不只有空中的电线和路灯，农业新科技和从城市传来的各种打工信息像一股股旋风席卷而过，就像吹走公路旁落下的秋叶一样，不断吹走移民守旧的观念，这些四季不断的旋风，在移民点间的各条路上追逐着移民越来越快的生活脚步。移民点上的小摊小店也越来越多，小卖部、榨油坊、粮油店、录像厅、杂货铺、台球室分布在大街两边，街边的小店门匾有去城里定做的，有随意手写的；那些不久前还习惯握着铁锹、锄头向田地讨生活的手，已经在周围的厂子里干起了"工人的活"；在老家形成的集市，像一幅不褪色的农民画被挂在移民点，以前的赶集是山区农民的一种生活方式，现在变成了移民交流各种信息的中转站……尤其让鄢玉蓉惊奇的是，父亲当年开了几百公里回到故乡且让老家人羡慕不已的蹦蹦车，在这里随处可见，只不过已经变了模样：移民在车厢上加工出一个棚子，左右两边的车帮处钉两排木板，车厢后部悬挂着一个门帘，改装后的蹦蹦车成了来往于芦草洼和新市区的便捷交通工具。

童麻乃就是一位蹦蹦车车主，这样的车主多是当时移民中经济条件好、思路活、脑子好的一类人。拥有了小商店、榨油坊和肥沃土地的童麻乃就是这些蹦蹦车的客运者之一，他日渐红火的日子和响亮的声名，就像秋天飞越黄河、从贺兰山向南飞至六盘山的大雁鸣叫声传遍老家，这类事情在几百公里外就会被善意地篡改、放大，童麻乃成了富足生活与传奇人生的标本。大凡老家人要到芦草洼走亲戚或打算移民看地方的，长途汽车奔波到银川市新市区，都要坐童麻乃的三轮蹦蹦车，到他家门口下车后径直往院子里走。在老家本身就是三说两论就能随便扯上亲戚的，何况到了几百公里的外地？为人好客加上经济条件已经很好，童麻乃很是热情，妻子鄢金梅更是觉得招呼来自老家的人是一种无形中的自我肯定。童麻乃家里常常是客流不断，终是架不住这走马灯一样的人来人往，于是，芦草洼的第一家客栈在童麻乃的经营下诞生了。

衡量人生成功的指标不止一种，根本一条在快乐与痛苦、成功与失败在人生中占的比例，在物质生活的创造和精神生活的享受上。童麻乃虽然在分地、打工、买车、开店等方面走在了周围移民前面，但在孩子的教育上却呈现出严重的"歉收"。移民点在当时属于泾源县管辖，童麻乃和鄢金梅到了芦草洼后，先后有4个孩子出生，这样的出生率在当时的移民家庭很普遍。童麻乃把安家、种地、打工、挣钱、开店当成第一要事，放松了对4个孩子的教育，最终导致4个孩子因对上学失去兴趣均先后辍学。

跟着姐姐的搬家车到芦草洼后，眼前的变化像一股股旋风，向鄢玉蓉心里吹来"一定要移民到芦草洼"的种子，尤其是看到堂姐的4个孩子和周围不少移民的孩子都早早辍学，让鄢玉蓉更有了一份作为教师的紧迫感，她不忍让更多的孩子辍学，她想以教师身份移民到芦草洼。

4年后，鄢玉蓉以工作调动的方式移民芦草洼，算是替父亲完成了一桩两度搬迁而终未成功的移民梦想。

童麻乃见证了芦草洼移民最初 20 年的艰辛，鄢玉蓉见证的则是芦草洼移民在 21 世纪以来 20 年间的变化。她以一名教师的眼光，目睹了移民点学校的建设、布局、合并及升学率提升，也以一名新移民作家的身份，目睹并记录了芦草洼更名兴泾镇后的变迁：重新规划的市场像一个张开的胃，吸纳了以前摆在街道两旁沙土里的地摊；沿街兴建起的门面房，不仅将原来摆在路边的柜台装了进去，也变成了各种加盟店、商贸公司、美容院、婚纱影楼、汽修店；时代之手玩起了魔术，让学校、医院、加油站、二手车交易市场、公交站点、污水处理厂、热电厂、铁路货场等成了小镇变魔术的道具；当初接纳过移民的长城村、六村、指挥部、十八斗、大四村、黄花村、泾平村等地名与村子消失了；曾经的荒滩上长满了庄稼，曾经的土路被柏油马路取代，上面的徒步脚迹、蹦蹦车车辙被小汽车和公交车代替，曾经的土房被集中连片的楼房和社区代替；麦穗在成熟季节绽放着黄金般的光芒，移民挺着自信的身板出入村里或前往市区；第一代移民的孩子都已长大，像一只只振翅离窝的鸟儿，飞往银川城甚至更远、更大的城市，栖居在各种行业的枝头。

穿过兴泾镇和良田镇的包兰铁路，也间接地见证了移民的生活变化。那些最初随着父母移民来的儿童，常常站在村口，看着绿皮、红皮的火车呼啸着穿过移民点，驶向他们不知道的远方。铁轨和车轮摩擦时发出的咣当咣当声，就像一张巨口张合之间上下两排钢牙碰触后发出的声音。白天，火车经过村子附近时，就会有孩子好奇地跑到铁路附近，看着呼啸而来的火车，在辽阔的平原上留下一道钢铁身影。胆子大的跑到铁轨边，将耳朵贴在铁轨上，听着铁轨如心跳的震颤。列车接近时，有的孩子将一枚硬币平放在铁轨上，然后很快退到路基下。车体临近时，他们冲着车厢里的陌生人挥手致意，没有人在乎他们和车里的人是否认识，他们在乎的是看到了火车经过家乡，那是他们童年的一门功课。火车过后，孩子们就纷纷跑上道基，把小手放在还嗡嗡作响的发烫的铁轨上，找寻图案和数字都被铁轨碾压得模糊的、变形了的硬币，以此来获得枯燥的童年里难得的一点快乐。呼啸而过、通往远方的火车，是移民孩子的一本教科书，引起移民孩子对远方的憧憬，这种憧憬变成了通过学习考到远方城市读大学的动力。夜晚，孩子们站在村子边，听着火车从远处呼啸而来的声音穿越夜空，感受着脚下的土地在车轮碾过铁轨时发出的战栗，黑黢黢的货车不大会引起孩子们的兴趣，他们更喜欢看夜行客车。先是看见远处传来车头的探照灯发出劈开漆黑夜空的巨大光柱，照亮铁路沿线的村子和铁轨边的路基、野草，他们看见每扇亮着灯的窗口就是一盏移动的灯，就是一只扑棱着美丽翅膀的蝴蝶，一个短暂得如闪电的想象；一列夜行客车透出光亮的窗户，构成了一条平行的、在夜色里发亮的光带，匀速穿过贺兰山东麓的夜幕。一列夜行客车驶过，犹如一根火柴贴着铁路的磷砂纸擦过，在"咣当""咣当"的声音中燃起一道流火，那流火是孩子们梦想中的星光，驱散云层，照亮他们向远方眺望的眼神，带着他们对美好生活的向往，逐渐消失在远方。第二天，这流火依然会准时燃烧在平原上，闪过移民点村庄的视线，给移民的孩子们带来新的观望、想象和神往。

在移民的眼里，列车的车轮像一柄柄毫不疲倦的铁锤，铁轨如砧，一趟列车驶过，便打造出了一朵解渴的云，如久旱后的甘霖飘向移民心中，一趟夜行列车驶过，那朵云便是贴着铁轨燃烧的火苗，那火苗点燃了不少移民坐上列车去远方的梦想。经济条件转好后，不少要回故乡或出去打工的移民，在银川火车站或附近的西干站、黄羊滩站，挺直腰杆买上火车票，在移民点人们的注视中，在车轮碾过铁轨的声音中，奔向目的地。

芦草洼变成银川的卫星城镇后，移民的生活状况和精神面貌出现了新的变化，城市发展带来的基础建筑风潮，手机普遍使用带来的信息便利，吸引他们利用农闲时间去城里打工；另一方面，他们也开始领受新的压力：种地不再像在老家时靠天吃饭，而是需要购买水、化肥、农药；在周围邻居、亲戚、朋友变快的致富节奏中，改善住房条件、拥有电器和轿车的念头，像城市拔高的楼房一样，噌噌地在大脑里蹿长。富裕起来且在城市有了相对固定工作的移民，像围绕蜂箱飞舞的蜜蜂一样，越来越想靠近城市，融入城市。

第三章 迁徙之脚落地城郊

> 他们扑棱着命运的翅膀，有如候鸟般出发；后来的事实证明，这是一支支从家乡射出去的箭，再也没有回来。
>
> ——题记

引 子

乡村公路西侧是动物肠子般弯弯曲曲的葫芦河，葫芦河西侧是如黄色波涛般绵延起伏的群山，群山深处是有气无力地瘫在半山坡上的几户人家，那几户人家所在地叫小狼湾口。小狼湾口的西边山梁叫大狼窝，东边的山沟叫羊肠沟，南边的山梁叫小狼窝堖子，北边的山沟叫狗娃岔。小狼湾口的人一想起周围的地名，就觉得自己像是生活在一座动物园里，四周的地名仿佛大张着嘴，里面喷出一股股贫穷的气息。张文学的家就在小狼湾口，少年时他常常站在村子东边的山梁上，眼光越过葫芦河，盯着河对岸公路上来来往往的毛驴车、拖拉机和行人，他最爱看的是隔5天才有1趟的跨省过境长途班车，那是全乡境内最快的交通工具。

张文学看着班车像孕妇般载着一车人，步履蹒跚地从南边的山梁上出现，慢腾腾地穿过葫芦河谷，向远处的群山腹腔中钻去。上坡时，班车绿色的车厢成了一个爬动的大甲虫，笨拙而又缓慢地蠕动在山路上；有时，张文学又觉得那班车像是一捆移动的干草，滚动在枯黄的山谷里，在无尽荒山中缓缓描画出一道绿线；负重爬坡时，像患哮喘病似的发出吭哧吭哧的喘息，柴油发动机沉闷的低吼响彻山谷，尾部的排烟筒突突突地冒着黑烟，车厢上不断落下车轮碾过后掀起的黄土。穿过一道又一道的山弯，班车像是被一股看不见的巨大力量拧着的螺丝，一圈又一圈地往前推进，逐渐消失在六盘山的巨大体腔里。

就像一位尽职的老师会准时出现在课堂上，每隔5天，准时爬到山梁上看班车，成了张文学在少年荒寂时间里的一门功课。他对哪趟班车的来去时间、哪段平路上如毛驴撒欢子似的快跑、哪段山坡上像老人般吃力慢行、哪个拐弯处像刚学会跑的婴儿般缓行，都了如指掌。张文学不是为了简单地看班车才风雨无阻地出现在山梁上的,他心中藏着一个大胆的计划,一个必须借助那辆班车才能完成的计划。他像个猎人般在守候,等待着恰当的时机。

离开葫芦河流经的谷地,开始进入上坡山道,一个又一个弯道,就是一个又一个无声的减速指令,让那趟班车的速度越来越慢。迎面又是一个上坡急转弯,班车司机更加小心地驾驶,他知道这个急弯尽头,是几户贫穷人家组成的一个小村子,尽管从没有村民乘车,司机还是习惯性地伸出右手朝方向盘中间的按钮摁去,喇叭声顿时填满了山谷里的每个空间,司机紧张地盯着前面的山道,上山时的车轮掀起的黄土浪早把后视镜蒙住了。司机无法通过后视镜看到右面山崖上出现的一幕:一个身影如山鹰般跳落在缓缓经过的班车顶部,那是一层木框围起的行李架,上面堆满了那个年代农民带的各种东西:土豆袋、铺盖卷、木橡子、旧农具甚至狗、鸡、羊,那年头的一辆长途班车,就是一个移动的村子或集镇。那道身影稳稳地落在行李架上后,利用车速减缓的空当,迅速找到了能让自己安然躺下的地方,看着两边的群山向后退去,看着一阵又一阵黄土落在车顶上。

穿过莽莽六盘山,夜幕降临,长途班车驶进固原市汽车站,还没等司机停稳,行李架上的那道身影就敏捷地顺着车尾部的铁梯爬下,急速拐到不远处的墙角里,猫一样地潜伏在夜色里,静静看着乘客急匆匆地走出车厢,有人摸着裤带往厕所里跑,有人爬上行李架去取东西,有人去车站旁的小旅馆办理入住手续。

不一会儿,乘客们犹如一枚枚被秋风席卷的树叶,急匆匆地走出了汽车站,那辆变得空荡荡的班车和之前变得空荡荡的班车一道停在空荡荡的车场里,在逐渐变凉的夜色中冷清下来。车站管理人员锁门离开后,整个车场陷入沉寂,那道身影的主人在确认安全后,便靠近班车,沿着铁梯爬上行李架,摊开自己从家里出来时带的一床小被子,平躺在行李架上的杂物中间,双手交叉枕在后脑勺下。漫天星斗闪耀在眼前,他的大脑像过电影似的回想起自己为这次出行所做的一切准备。

那道身影的主人就是张文学。

在张文学看来,那趟隔5天才在村子附近的山道上出现的长途班车,就是一条长长的鱼竿,他的思绪就是拴在鱼竿尽头的鱼饵,被甩向几百公里外的一个叫"华西"的移民点。在家乡人的口传中,不少六盘山地区的贫苦农民将要搬迁去那里,他大哥张文宣及同村的任炳升等人,前些天就坐着长途班车去华西了。传到老家的各种关于华西移民的故事,如风一般在大山里的各个村子间穿梭,勾起未移民但盼着移民的人的心思。大家都想去传言中的华西移民点看看,但很多人都没钱买车票,家境好的买票坐上去银川的长途班车再从银川南门汽车站转车去华西,家里有自行车的骑行前往移民点。既没钱买长途汽车票,家里也没自行车的张文学只好每天都爬到山岇上,仔细观察葫芦河对岸公路上来往的车辆,最终选定了那趟长途班车,他认定那是送他去移民点的最佳交通工具。

那天早上,张文学带着干粮、装水的木葫芦、一件薄被子,像一支从村里射出的箭,翻过山梁后直奔葫芦河,他脱下只有过年看亲戚或赶集时才穿的那双黄球鞋,把两只鞋的鞋带系在一起打了个结,挂在脖子上,挽起裤腿蹚过葫芦河。张文学沿着那条班车通行的简易公路往北而行,在这条沿着葫芦河向北蜿蜒的乡村公路上,张文学感到自己已经成了一条自由的鱼儿,脚下的公路就是他的池塘、河流与大海,能让他游到梦想的彼岸。

上午的阳光照出的那个孤独行进的身影,陪着张文学赶路,他知道,乡村公路在不断爬升中钻进群山的腹腔后,弯道会越来越多越来越弯曲,班车的行驶速度会越来越慢,会给他搭乘班车制造出机会。上午的山路上几乎没人,张文学感觉自己就像一个威武的将军,那些弯道就像他征服过的疆域,一个又一个弯道,在他眼前出现又很快消失在身后,快到山顶的一个急转弯处时,他停了下来,目测到靠山崖一边的最佳位置。他知道,班车到这里速度会减到最慢,这处山崖是帮自己完成搭车计划的最佳帮手。

张文学爬上山坡,站在最陡急的那个拐弯处的一侧山梁上,像狙击手般蹲下来,眼睛盯着班车来的方向,车来后,他站起身子,只轻轻一跃就落在了班车顶上,开始了他前往移民点的蹭车之旅。

一阵阵凉风袭来,将张文学的思绪拉回现实。他头枕双手,眼望星空,幻想着移民点的诸多美好,每一个想法都像是天上一颗闪亮的星星,上一个想法还没退去,下一个想法就犹如鱼儿跃出水面,很快跳出他的脑海,那看不见的海面已然浪花沸腾,遍域芬芳,他就在这沸腾与芬芳中慢慢睡去。山区的夏夜,气温逐渐变低,后半夜被冻醒的张文学,在行李架上瑟瑟发抖,确认车站内没有人后,他爬下班车,开始绕着车场慢跑,以此来驱寒,后来像一条鱼儿穿梭在一座座小岛般地穿行在一辆辆停着的班车间,心里默默念着在学校和同学们晨跑时体育委员口里念的口令:"一二一,一二一,一——二——三——四!"一圈、两圈,实在跑不动了,外面又冷,他只好爬上车架取下被子,跑到厕所里蹲着。刺鼻的旱厕味道不停往鼻孔里钻，在受冷和闻臭之间，他还是选择了后者。后来，窝在厕所墙角的他竟然睡着了。一股又一股强烈的粪便味不停袭来，让张文学梦见的尽是大便，可以说他是被臭醒的。回想起梦里的情景，他笑了起来：老人们常说，梦见大便，是发财的征兆！

车站外传来说话声，张文学意识到：从固原出发开往各地的长途早班车要启动了。陆续进站的乘客开始往各自所乘的行李架上放东西、上厕所、找座位。看着自己乘坐的那辆车上的乘客全部走进车厢后，张文学利用黎明前暗黑的夜色掩护，抓住被子，身子一弓，向车厢尾部窜去。他手抓脚蹬地沿着车后部的铁梯子爬上行李架，藏在行李架上堆着的杂物中间，很快，他身下的长途班车缓缓出了固原城。

张文学之前听大哥张文宣聊起过搭乘班车前往移民点的路程，知道班车离开固原前往银川要走1天，担心在车顶上的"水火"（六盘山地区方言，指大小便）问题不好解决，他决定这天不吃不喝。漫天星辰像一群以天幕为舞台的演员，合演一场大剧后陆续退场，躺在行李架上的张文学看着天空，一面诅咒着冻得他瑟瑟发抖的晨风，一面想象着移民点的各种好处，那里就是亮在暗夜中的灯笼，是堆满黄金的宫殿，是神仙定居的地方，是他从别人口里听说过的面包与蛋糕。

张文学裹着薄被子，时而爬着，时而躺着，有时坐起来，侧身朝西远望。看着黑黢黢的六盘山余脉，一会儿觉得那是母亲正在蒸着的黑色馒头，随意置放在一块更大的黑色蒸笼上，一会儿觉得那些绵延的山丘是埋着无数先人的坟包，横呈在一片辽阔的坟园里，散发着古老而神秘的气息。当群山的轮廓在晨曦中渐渐清晰时，张文学像是看够了一部黑白电影，他翻过身面朝东方，看着远天阔地的交界处渐渐露出的鱼肚白，东山上空一片燃烧的云彩，朝阳如万道黄金之箭，穿过云彩缝隙射向大地。霞光开始照在河谷地带，照在公路上，照在班车车体上，照在张文学的身上，照进张文学的心田，他的心像夏日的田野，充满希望与生机，他的眼前闪过的，恍然就是一部移动的彩色电影中的镜头；他身下的长途班车，就是一座移动的观景台。

张文学将长途班车当作移动观景台的那个早晨，朝阳继续向大地秀出它的蓬勃，班车发动机发出的轰鸣声压住了沿路上的其他声音，车上的乘客大多因为起得太早而沉睡，司机专心地开车，大路上几乎没有其他车辆，谁能想到车顶会有人？张文学披着那条薄而旧的被子坐了起来，迎风远望，看着朝阳照在细细向北流淌的清水河上,像是一条黄金绸带铺在两岸的枯山间;朝阳也照在清水河西侧远处的六盘山余脉上,群山多像他唇边长出的细细唇毛,泛着一股青春的气息。

耳边是夏日上午呼啸而过的风,眼前是一个个迎面而来随即又向后退去的村子。长途班车平稳地行驶在清水河边的公路上,张文学时而端坐在车顶上,耽于自己的冥想;时而站在车顶堆放的行李间,像是迎风站立在甲板上。沿途的柏油马路就是一条漫长的黑色人工运河,他脚下的班车就是一辆漫游于这条运河中的船,他觉得自己才是船长,驾驶着自己的青春之舟,在劈风斩浪中冲向目的地。

晨风迎面扑来,空气中弥漫着清水河谷里的清新,迎风劈浪般的张文学内心突生自豪:即便是脚踩风火轮的哪吒,哪有自己威风?想到这里,他情不自禁地想唱歌。他搜肠刮肚地在大脑里搜索着自己会唱的一些流行歌曲:《长江之歌》《外婆的澎湖湾》《童年》《回娘家》等,然后哼唱了起来,流行歌曲唱完了,便唱小时候听过的秦腔。

临近中午,太阳变得火辣辣的,就像清晨花朵上的露珠在阳光下消退,就像大海退潮后岛屿露出,就像一场盛大演出结束后的剧场渐渐变得冷清,张文学的兴奋劲开始消减。昨晚没休息好,加上一个上午在车顶不停折腾,疲倦向他袭来,夜晚用来裹身御凉的薄被子,现在成了防热神器,他将被子盖在头上,像是一枚怕晒化的冰棍躲在被子下面,很快,他在平稳行驶的车顶上、在行李架上的杂物中睡去。

车到终点,乘客爬上行李架取东西时发现了还在沉睡的张文学。一段移民潮中的传奇就这样被人们发现并传播,大家这才知道他家在西吉县硝河乡的民联村,孤身一人离家,图的是想去几百公里外的华西移民村看看。司机望着张文学叹了口气说:"我可以不问你要车费,但你这样逃票太危险了,以后再也不能这样了!返回时,一定要买票坐车。"

张文学跑到车站水龙头前,饱饱地喝了一肚子水,给葫芦灌满水后,径直走出银川南门汽车站。银川城的繁华对他来说并没多大吸引力,银川城西边、贺兰山下的移民点华西村才是他的目的地。他背着薄被子、嚼着自带的干粮,边吃边按照刚才车上下来的乘客指的路线,迎着夕阳,向贺兰山方向走去。多年后,张文学回忆说:"从银川城的老南门汽车站到华西移民点,40多公里路,我走了大半夜,出银川老城区后,一路上全是荒地,我沿着那条简易公路走到华西村移民点时,天都快亮了。"

眼前的华西村,其实就是一片荒滩,连一棵树都没有,他大哥张文宣家是条件好点的,在荒滩上还搭了间简易房子:土墙上搁了几根椽子,椽上从附近农场拉来的向日葵秆儿,在上面再铺上一层细泥;同时来的移民家庭条件不好的,只能挖个地窝子住进去。张文学跟着大哥走到地边,扑入眼帘的是稀稀疏疏的玉米秆子,像长时间患病的孩子一样,有气无力地瘫在地里。张文宣告诉张文学,春天时,种进地里的玉米种子因为发霉,让他们只能迎接一个绝收的夏季,全体移民们正在想办法补种秋天的粮食。张文宣看着弟弟失望的眼神,告诉他:"庄稼人,活的就是个盼头!别看春天的玉米没了,可这里的地能浇上水,只要秋天的种子没问题,就能保证口粮,不像在老家,天不下雨,就保准没吃的。"

移民点的变化不时传到六盘山地区,每一条有关移民点变化的消息,都像一头莽撞但美丽的小鹿,撞向留在老家的农民心房,那些消息越来越好,越来越吸引留在老家的人。距离跳上长途班车顶去华西村6年后,张文学终于盼到了移民指标,他终于能移民到华西村了。

1

从华西村回到老家后的那个秋天,张文宣补种的秋粮产量超过这位农民的想象,这让他下定决心将全家搬到华西村。

这一次,张文宣的弟弟张文学以拖拉机手的身份,车上载着大哥的家具,从老家前往移民点。自己开拖拉机和蹭长途班车的身份不同,心境也不同,没有了坐在班车顶上乘风破浪的感觉,也没了在夜风和晨风里的惊呼,这次是他端坐在驾驶座上,握着方向盘,看着一股股黑烟,伴着突突突的发动机声,从车头竖着的小铁筒里爬出。拖拉机的车速和班车无法比,但搬迁要赶时间,几百公里路,除了停下车吃点干粮外,几乎就再没停过车,就这样连续行驶了两天一夜。

给大哥搬完家后,张文学就开着拖拉机返乡了。听到熟悉的拖拉机声音在院子外响起,陈进霞赶紧从屋子里跑出去,给丈夫张文学开门。车子停在院子里,熄火后,张文学跳下车,走到车厢边,朝妻子递去一个诡异的笑,顺便调皮地挤了一下眼睛。丈夫双手朝罩在车厢上的塑料布伸去，却像凝固在半空中一样，这让陈进霞觉得他在卖关子，像是一锅蒸熟的馒头，都能闻得见麦香，即将要掀锅盖的手却欲揭不揭地停在那里。

"哇！"随着塑料布被掀开，陈进霞忍不住惊呼了一声。眼前躺着满满一车厢煤炭，这意味着即将来临的这个冬天里，她不仅能用炭火做饭，年迈的公婆住的上房里也能生上炉火了。陈进霞旋即将眼光投向车厢前面堆着的几个白色袋子。

张文学将那几个袋子抱下车，当他蹲下身打开袋口时，又一声"哇"在陈进霞心里响起。从袋口滚出来的，可不是老家那种瘦小的、像花儿一样开着的白菜，眼前的菜是张文学从移民点上买来的，菜心被外面一层层菜叶紧紧包在一起，犹如一个熟睡的婴儿被细心的母亲一层层包裹着、呵护着。这批白菜不掰开外面的菜叶是无法看见菜心的，哪像老家这种只能腌冬菜的白菜，叶片松垮垮的，像年迈老人的牙，菜心就像没有院墙的一户穷酸人家的土房子。

陈进霞忍不住拿起一棵白菜，快速走进厨房！

还没等车上的煤炭从车上下完，张文学就闻到一股香味从厨房飘出来，陈进霞的声音也从里面传来："快，把活儿放下，来吃好吃的！"

一盘炒白菜放在炕桌上——山里人缺白菜，炒白菜时是要加上粉条和土豆的，现在可是一盘子纯纯的白菜呀！夫妻俩你一筷子，我一筷子地咥了起来。

就在这时，门帘被掀起，张文学的母亲从外面回来了，厨房里的香味和眼前的情景已经告诉了她答案，她脸上立即堆满了愠色，摔门而去！婆婆认为儿子和儿媳背着自己偷吃那么香的东西，不可原谅。

得知儿媳确实是因为忍不住炒了一盘白菜，而且也给公婆留着，婆婆这才理解并原谅了儿子儿媳。1吨煤和200斤白菜，一黑一白，是张文学从移民点带给家人的最佳色彩，也让妻子陈进霞对移民点的生活充满向往。

终于等到移民指标了，张文学再次开着拖拉机开始了几百公里的行程，这次，既不是带着想看移民点的想法蹭长途班车，也不是给大哥搬家，而是拉着自己家的农具、羊、牛等全部家当，3个孩子坐在衣被中间，妻子挤坐在驾驶座旁，一家人要移民到华西村。

住进张文宣曾住过的那间房子后，陈进霞认为自己彻底上了移民的当了：她从没见过用向日葵秆儿铺房顶的；白天用蜂窝炉做饭时，买的蜂窝煤因土多煤少总煮不熟米和面，几乎天天吹风刮沙，碗里总是有一层沙子；晚上蚊子咬得睡不着觉；从老家来的牛羊因为吃不足草瘦得让主人心疼……

张文学到贺兰山下挖来野生酸枣枝，去远处的农场打工回来剪上枸杞枝带回家，栽在那间"向日葵房"四周，这种"草墙"就是很多移民家庭的院墙，风一吹，整个移民点上空全是酸枣和枸杞条。

张文学从六盘山深处移民到贺兰山下的那年，移民点的名称从华西村改成了镇北堡镇，他所在的移民点被改为"团结村"。初来乍到张文学总听周围移民们念叨一个人名——吴仁宝。

为什么叫"华西村"？谁是吴仁宝？这人怎么这么大的名气？很快，张文学就知道了答案：江苏省华西村党委书记吴仁宝出现在宁夏时，他和同时代企业家的人生词典里，正深深地印刻着一个词：东西部协作！那是中国20世纪90年代中后期的一个热词，也是一代人努力在中国东西部间实践的一场行动，希望通过这场行动改变东西部之间经济发展的不平衡。

在东西部协作的大背景下，吴仁宝带人前来宁夏中部干旱带考察时，看到了一个天旱、地荒、人贫合成的三维坐标。那是宁夏最热的季节，吴仁宝感觉自己身上被晒得不停出汗，白色衬衣像是一张白纸，不断流淌的汗水不停将汗渍"印刷"在上面，他不停喝水还是觉得干渴。宁夏方面陪同的人给吴仁宝介绍这片"干渴"地区：年平均蒸发量2325毫米，比年平均降水量的8倍还多109毫米。这片土地上，水的严重透支让人们对土地的希望也是一代又一代的严重透支。望着汗渍在白衬衣上留下的黄色印迹，吴仁宝感到有些不好意思，旁边陪同的一位宁夏干部宽慰他说："别说这里的百姓不穿白色衬衣，干部也很少穿白衬衣，尤其是春天，如果穿白衬衣出门，一场沙尘暴能让一件衬衣洗出半脸盆沙子来。"

吴仁宝好奇地问："难道这里一年四季都看不到白色衣服吗？"

"能。那是在老人去世时，丧事上的孝男孝女们穿的孝服。"

听完这位干部的解释，吴仁宝陷入沉思。他看到脚下的这片贫瘠土地，实在是养活不了这里的生民，干黄的大地肤色留给人们的是暗黑的绝望。吴仁宝原本是想来这里投资建厂的，看到这里像一块巨大的干海绵，知道无论投多少钱都会被恶劣的环境吞尽，很难产出绿色、庄稼和希望。吴仁宝意识到，将挣扎在这无底的贫困深渊中的人搬迁出去，才是让他们过上好日子的最佳选择。

吴仁宝希望在宁夏境内找一块适宜的地方，将宁夏南部山区的贫困农民搬迁出来，援建一个移民村，以华西村的扶持力量，再造一个以后能和华西村一样富足、幸福的村子，也叫"华西村"。

担负着扶贫职责的宁夏农建委领导，受吴仁宝的委托，开始寻找这样一块"希望之地"，就这样，由宁夏农建委管辖、位于贺兰山下的宁夏林草试验场走进了吴仁宝的视线。

吴仁宝派人考察后，决定将援建的移民点建在宁夏林草试验场辖内的2万亩荒地上，并成立了华西村管委会。机构成立了，牌子挂起来了，地也划拨了，那时的贺兰山下，缺树，缺水，缺耕田，但最缺的还是人，往这里移民成了当务之急。

宁夏林草试验场的负责人袁进琳的老家在地处宁夏中部干旱带、六盘山北段的海原县。一次，袁进琳回到老家，伯父拉着他询问移民点的建设情况。袁进琳告诉伯父：正计划建"华西村"和"影视城"。没想到，他们两人的谈话被在县上一家单位上班的堂弟袁进龙听见了。

华西村的建设由东部的华西村提供充足的资金，影视城的建设正由著名作家、宁夏文联主席张贤亮投资，建成后可以接拍更多的电影。袁进琳的描述，让袁进龙觉得林草试验场要建的华西村简直就是拎包入住的豪华公寓。

不久，袁进龙怀揣着偷偷攒下的一点钱，悄悄买了一张去银川市的长途汽车票。

当年的小袁如今变成了老袁，成了镇北堡镇的一名文化专干。提起当年来华西村的经历，袁进龙记忆犹新。

参观了正在初建的华西村后，袁进龙对那片其实连间像样的房子都没有的荒滩却一见倾心，他在陆续到来的移民身上看到了希望，尤其见到影视城的创始人、著名作家张贤亮后更是如此。张贤亮那时也从银川城搬到了影视城，成了华西村的一位特殊"移民"。回到老家后，袁进龙心里就放不下华西村了，他卖了老家的院子，给单位留了个请长假的假条，跑到了华西村，搭建起一间普通的房子，按照刚刚在影城拍完的电影《红高粱》里的酒名"十八里红"，挂起了"十八里红饭馆"的招牌。

袁进龙开"十八里红饭馆"的那段时间，前往影视城的游客数量并没想象的那么多，游客大多是匆匆看完后便返回银川城去吃饭。华西村虽然每天烟火不断，但不是做饭的炊烟，而是移民跑到贺兰山下砍来酸枣树枝，晾干后在地窝子里烧火的烟雾，他们以这种方式去除地窝子里的寒气。这些移民因为贫穷才搬到这片荒凉之地，哪里有钱去饭馆吃饭？袁进龙从隔两三天到隔一个星期，去15公里外的市区买菜、购面，饭馆的餐桌和板凳从一天收拾几次到一次甚至两三天才擦拭一次，买来的菜有时能放坏，就是没客人掀起那道门帘走进来。想象中从影视城与华西村蜂拥而至"十八里红饭馆"的情景没有出现，残酷的现实之风，很快让他梦想枝头还没开的花，一地鸡毛般地飘零了。

"十八里红饭馆"从惨淡经营到彻底关张，熄灭了袁进龙心中的那盆理想之火。他悄悄回到了家乡，他那第一代移民的身份就此打了折扣。

袁进龙没想到，他从华西村回到海原县的那两年间，从宁夏南部六盘山地区迁来的5000多名移民，像是一群离开贫穷之窝的大雁，在移民号召的呼唤下展开翅膀，向北集体振翼、鸣叫、飞翔，越过六盘山、黄河、贺兰山，朝贺兰山下的那片辽阔的冲积扇飞落、聚集，再造了一个华西村。袁进龙每听到一个熟悉的人家移民到华西村，心里仿佛就有一只不安静的蝴蝶扑扇起翅膀。袁进龙的心里产生了"蝴蝶效应"，一只只蝴蝶在他的内心振翅扑腾，掀起越来越大的波浪，他决定移民到华西村。

华西村的规模逐渐变大，体量与能量都超过了一个村子的配置，一个比村更大的行政建制，像用于酿酒的粮食在移民的汗水中发酵、酝酿。

华西村改为镇北堡镇那年，张文学和妻子陈进霞移民到了这里，他们和其他移民夫妻一样，加入了这场声势浩大的男女二重唱，这无数的二重唱如江河汇聚，形成了一曲移民之歌：此地已是我家乡！和其他移民的节奏一样，他们历经了建房、改良土地和耕种等各个环节，先是种植一些没科技含量的作物，然后去附近的农场打工。

刚到附近的南梁农场摘枸杞时，陈进霞一天能摘不到40斤，1个月后，她1小时就能摘40斤。后来，张文学和陈进霞开始在自己的15亩土地上种植枸杞和玉米，也租别人的地种西瓜。西瓜丰收时，夫妻俩前一天摘好西瓜，装在拖拉机上，第二天早晨5点起来，带点干粮和凉水，开4个小时的拖拉机去山下的银川城区摆摊卖西瓜。

2

袁进龙见证了移民地从华西村到芦花镇再到镇北堡镇的发展三部曲，从中也了解到"芦花台"和"镇北堡"两个地名后隐藏的历史。

公元1500年春天，宁夏巡抚、都御史王珣奏请朝廷后，委派指挥郑岊带人在贺兰山下筑构一座军堡，希望能以此威镇北方，故堡名为"镇北堡"，驻守的军人应该是明代到这里最早的移民；3年后，宁夏巡抚、都御史杨志学下令，在镇北堡东侧几公里处修建一座传递军情的烽火台，因为周围芦花较多而得名"芦花台"。

镇北堡、芦花台，两座军事建筑，都由巡抚、都御史修建，在400多年后，却有了两种不同的命运。

芦花台北边，有一个叫南梁的荒滩，几十年前，这里就是一个移民安置点。1957年，后来成为著名作家的张贤亮被下放到银川市郊的西湖农场改造，4年后，张贤亮来到南梁农场继续接受劳动改造，是这里众多移民中的一位。长达22年的"农场移民"岁月，让张贤亮创作出了《男人的一半是女人》《绿化树》《灵与肉》等作品。

南梁农场期间，张贤亮获准可以去附近的集市为农场买盐。前往集市的途中，他发现了一个废弃的古堡，这就是安置他后半生以及给他带来财富的福地：镇北堡。

南梁农场南边的芦花台，1960年成为芦花人民公社驻地，1983年置芦花乡，辖内人口过万。

1981年，著名导演谢晋想将张贤亮的小说《灵与肉》改编成电影，前来银川找外景时，张贤亮带谢晋来到镇北堡。不久，谢晋以镇北堡为实景导演的电影《牧马人》一炮走红，镇北堡也名声大振。

《牧马人》拍摄12年后，张贤亮以自己多年积累的作品版税做抵押，向银行贷款几百万，在镇北堡兴办了"华夏影视城"，张贤亮也从银川城移民到贺兰山下的影视城内，这就是袁进龙在老家听堂兄袁进琳讲述的、能拍电影的"影视城"。

"华夏影视城"建成3年后，吴仁宝援建的华西村开始接纳来自六盘山区的移民。之后，随着《红高粱》等影片在国际上获奖，影视城逐渐成了中国电影走向世界的一个标志；随着移民如群鸟归集，华西村成了宁夏移民的一个典范，经济发展让其赢得了"宁夏第一移民村"的美誉。

华西村和影视城，一个是发展壮大中的"飞地"式行政村与移民的新家园；一个是在中国有影响的经济实体与旅游景点，和银川市新的行政区划相遇时，它们的命运会发生怎样的变化呢？

和其他移民点一样，扮演"飞地"角色的华西村经过5年发展，需要规划到当地的行政管理范围，银川市根据华西村的发展需求，将它和其他几个移民点划归芦花乡，芦花台和镇北堡，这两个明代军事建筑演化而来的地方，开始了在新时代的命运。

一叶芦花，从历史中袅袅飞来。站在昔日华西村东缘的田埂上，我仿佛看见当年戍边的军人，在南归大雁的鸣叫中，随手折下一支芦苇，腮帮略鼓，芦笛送曲，远处的河水和山岳，近处的湖面和青草，一起在风中嘘嘘作响。芦笛之声，无法唤醒沉睡的土地，却能听见来去于此的战马嘶鸣。那些骑在马上的明朝将士，以另一种移民的方式，从烟雨江南、华丽中原来到贺兰山下，防御一山之隔的瓦剌和鞑靼，他们常常集体沉默在刮来的山风里，看着飞舞的芦花叙说移民都要做的功课：思乡！那是这片土地上历代移民构成画卷中的一个截面。

除了时光，谁能做到芦管为笛，永远歌唱呢？芦花飞荡的湿地中，芦花一直飘舞在古老甚至渐渐废弃的芦花台四周，甚至如雪般覆盖了那失去功能的军堡。几百年后，这里先后衍生出芦花台火车站、芦花人民公社、芦花台园林场、芦花小学、芦花台机砖厂、芦花村、芦花桥、芦花机砖厂……这些与芦花有关的名字，或闪亮或暗淡，或高声或低语，或消失或依然存在，以各自的形式刻在时光柱上，从这片土地演变历史中的青春痘变成了抬头纹。

经营镇北堡影视城的张贤亮，出于各种考虑向有关单位建议：镇北堡的文化历史比芦花台悠久，新成立的镇应该取名为镇北堡。最终，经过多方考量，新成立的镇被民政部门取名为"镇北堡镇"。张文学从西吉县硝河乡民联村移民到华西村那年，新成立的镇北堡镇替代了华西村，被划归银川市新城区（今金凤区）管辖；3年后，镇北堡镇与原芦花乡合并设立芦花镇。再后来，芦花镇又更名镇北堡镇。

从华西村到镇北堡镇，从芦花镇再到镇北堡镇，一个移民聚居地在几十年间走过了自己的名字演变之路。

自此，两个明代军事建筑有了不同命运。"芦花"被时代之风吹逝，目前仅以"芦花台"的五等小站和"芦花洲社区"的字眼出现；"镇北"先是以古老军堡的方式坐镇在贺兰山下，后以影视城的方式，成为中国电影从此走向世界的地方，再后来以行政建制的方式，出现在银川市的管辖区内，入选第一批中国特色小镇、第一批全国乡村旅游重点镇（乡）。

移民新村也好，古老的军镇也好，它们的名字与行政管辖如棋盘上走来走去的棋子。唯有那古老的、被唤醒的土地像棋盘，稳稳地晾晒在历史的天空下，推动棋子移动的手，是各个时期的行政力量，移民则是棋子里包裹着的生机与力量。

如今，在镇北堡镇上，依然能发现华西希望小学、华西村、华西汽车站、华西商场、华西养老院、华西村邮政局、华西加油站、华西社区等储藏着"华西"历史的建筑及标识字样，那是一个移民村最初的胎记，永远留在那里。

移民们记得很清楚，当年从老家开往华西村的长途班车，抵达移民点的车站设在通往贺兰山的镇苏路边，如今，废弃日久的汽车站成了当年经营班车的董应昌的私宅。候车厅上方写有"华西汽车站"五个大字的大铁架子也已生锈褪色。候车厅前面的空地上，停放着一辆报废的、车号为宁A·13967D的德奥普兰，仿佛一位"华西时光"的捍卫者，车厢上"华西快客"的大红字体依然夺目，就像一位陷入旧时光中的老人，苍凉而无力却执拗地披着青春时最炫的外衣。

董应昌是从西吉县到华西村的第一代移民，他敏锐地看到：随着移民越来越多，来往于华西村和故乡之间的移民要步行到山下的市区去坐车，很不方便。董应昌就借钱买了一辆客车，既当司机又做售票员，傍晚从华西村出发，第二天早上抵达西吉。那辆夜行车成了移民的信使，是移民连接故乡和移民点的一道桥梁，是见证他们在移动中安定下来的一双眼睛，是移民生活的一份见证词。当年，班车带着许多移民回老家，又带着许多新移民来到这里，它像一条输血管，给这片土地输入血和能量，带来新鲜空气和新面孔。

乘车，是移民经济变化的一张晴雨表。最初的长途汽车顶部有木架，可以堆放移民捎带的水缸、架子车、菜坛、家具、胡麻油罐、包裹、猪崽、羊羔等，后来的长途车变得洋气了，车顶的行李架不见了，封闭式带空调的车厢里不允许乘客抽烟了，一人一个座位，也不允许超员，车厢里一下子变得宽敞了，但少了当年土豆乱滚的热闹劲和用家乡话大声聊天、谝闲传的土味，这让移民在故乡和移民地之间的往返长途中，似乎少了些什么。

原住地和移民地之间距离最长的，是由宁夏最南端的泾源县移到最北边石嘴山市境内的潮湖移民点的移民。一位跑过泾源县到潮湖移民点间的长途班车司机告诉我：刚开始时都是夜间行车，长途汽车3天才跑一趟，刚移民那几年，移民常常带着土豆、家具、农具实行"蚂蚁搬家"，长途班车几乎成了他们的搬家车。每辆往返于移民点和原住地之间的长途汽车都超载，很多移民没有足够的钱买全票，就出现了买站票的，甚至有人深夜站在路边，假装拦车替亲人做掩护，让后者趁着夜色从车尾部爬上车顶的行李架，尤其是冬天，有的移民穿着厚衣服带着被子，偷偷爬到车顶行李架上，不顾天气严寒，只为蹭顺车。

无论是红寺堡、闽宁镇、镇北堡镇还是芦草洼，这些移民地都是经过科学论证和认真勘察后，外界相助之力和移民自身努力两股重要力量合绘出的一张经纬图，是大家以汗水和辛劳合织出的移民生活新坐标。经过20多年的努力，移民在这片土地上种出了枸杞和黄花、酿制出了葡萄酒、搭建了种植蘑菇、蔬菜的大棚。移民刚来时，一般都是老家有重要的红白事了，才放下手头的庄稼活或向打工的工地负责人请假，提前坐车去银川城里买一瓶"老银川"白酒或糕点孝敬留在故乡的长辈，买点小玩具给小孩子，以此证明自己是在银川城边边上住的人，这让他们有点衣锦还乡的感觉。从移民点前往故乡的长途汽车上，移民带的是新买的像样的包或袋子，里面装的是从城里商场买来的礼物，移民的脸上写着成功、快乐、幸福，车的承载相对而言是轻的；从故乡到移民点的车厢内，充满着新移民的焦虑和希望，车厢里大多是土豆、杂粮和新移民们的行李、锅碗瓢盆，车身就显得重，速度相比而言也就慢些。每一辆连接移民地和原住地的长途汽车，就是大移民浪潮中的助产士，分娩着移民们对未来的期许。车上的司机与售票员大多也是来自南部山区的移民，他们在漫漫长途中不仅帮着搬运行李，还通过乡音，安抚第一次要到移民点的年轻移民们的紧张情绪，告诉他们自己所知的一些有关移民地的知识、风土人情、注意事项。伴随着每一辆抵达终点的长途汽车，移民地不断迎来新的面孔和力量。

3

张贤亮离开南梁农场24年后，又一批移民来到和南梁农场紧邻的芦花台，此时的芦花台已经归镇北堡镇管辖。70多岁的卢金忠清晰地记得2012年5月7日下午4点左右的情景：他和彭阳县130户564名老乡，以移民的身份乘坐着14辆大轿车出发了，轿车后面紧随的是十几辆拉运家当的卡车。浩浩荡荡的车队从六盘山东麓的彭阳王洼镇出发，经过500多公里的长途跋涉，来到芦花台南边一个名叫犀牛湖的地方，从此，作为移民点的同阳新村取代了犀牛湖。

安顿好家里的一切后，转眼到了初秋，卢金忠和其他移民接受的第一个让他们甚感尴尬的工作是：挖渠。移民之前，这些在六盘山生活的"山汉"们，一直靠山坡上的旱地过着靠天吃饭的日子，从没见过水浇地。移民们看到村门口挂起了"掀起秋季农田水利建设高潮"的横幅，对农田水利建设的概念也并不了解。挖渠、放水、排碱、栽种枸杞和水稻、养殖水产等，让移民们像是领到新课本的学生，必须一本一本地学习、掌握，收成就是他们的学习成绩。移民开始学习水田种植技术，认真听镇上派来的科技人员的讲授，握着铁锹挖排碱沟。一年又一年过去了，这些移民逐渐学会了使用种水田的各种农具，掌握了覆膜、播种、锄草、淌水、收割等农活。

韩秀秀和卢金忠一样，是同阳新村的第一代移民，当她和丈夫离开老家彭阳时，全部家当就是两床被褥和再简单不过的炊具和农具，连新衣服、像样的家具都没有。像韩秀秀这样的人在移民中占很大比例，这让同阳新村成了西夏区唯一的一个自治区级贫困村，共有建档立卡贫困户230户1089人，这个数据，意味着作为移民点的同阳新村是西夏区最穷的村子。

春种结束后，韩秀秀的丈夫和很多移民一样，开始出外去打工。韩秀秀则去附近的一家蔬菜店找了份搬运、分拣蔬菜的活。

韩秀秀搬到同阳新村6个月后，也就是2012年11月29日下午，她和第一批移民前来这里的一幕再次重现：3辆大客车和6辆大货车载着第二批29户100多人从彭阳县移民至此；2013年8月29日上午，彭阳县草庙乡、王洼镇的147户578名移民，作为同阳新村的第三批移民，入住到了他们的新家园；2014年9月26日下午4时许，61户250余名来自彭阳县的生态移民来到同阳新村。至此，先后有4批移民被安置在这里。

陆续迁来的移民带来的不仅是人数的增加，更伴生了很多新事物和新事务，最明显的是从村里的学校、医院、村委会等公共建筑到村民住房等建筑的需求多了，很多移民不再出外打工。看到村里从事建筑的移民午餐没人提供，韩秀秀便辞去蔬菜店的工作,在自家小院开起了餐馆,这也是同阳新村里的第一家餐馆。移民生活的改变,带来了餐饮的变化,从日常生活中的三餐需求,到婚庆寿宴,韩秀秀的家庭餐馆扩建成了 300 平方米的饭店,经营范围也扩展到炒菜、火锅、砂锅、婚宴、寿席等。村子街道两旁逐渐出现了百货店、五金店、家具店、理发店等,各种商店满足着村民的生活需要,像一股股新鲜的泉水,不断流进移民村这个大池塘里,为移民村增添着活力。移民们从最初来时连像样的家具都没有,到逐渐拥有席梦思床、木制沙发、智能彩电、手提电脑、家用轿车、运输卡车等,就连城市的售楼广告、招聘广告也出现在了移民村。每户人家新增的家具或现代化用具,就是一支绘就一幅美丽生活变化图的画笔。

在彭阳老家时,这些移民空有一身好力气,就是打工也得走出大山,前往更远的地方。移民到贺兰山下的西夏区后,他们感到了身份从偏远山村到城市近郊的变化,甚至随着移民点从大的行政地理而言归属银川市而日渐有了"银川人"身份的自我认定。这种身份认同使他们不再像在故乡那样,以乡里人的身份去西夏区或银川市核心地带的兴庆区打工,而是以"银川人"的身份前往银川市打工,逐渐让劳务输出成了村里的第一大产业。从第一批移民到同阳新村,这个贫困的移民村走过 6 年时间后就成了银川市第一个脱贫的贫困村,村集体经济收入达到了 147 万元,成为西夏区第一个"百万村"。

袁进龙再次移民到镇北堡镇时,看到镇上的那条主路旁,商铺、饭馆、学校、诊所、网吧、游戏厅等像雨后的沙葱般蓬勃生长,成了一座城镇的现代化庄稼。传统餐饮在这里已经饱和,来这里的游客更希望从这里购买到带有文化品位的特产。袁进龙便开始筹划华夏珍奇艺术馆,开始和石头结缘,还举办过三届赏石节。

20 多年后,袁进龙成了镇北堡镇的文化专干,白天去镇里上班,下班后,从镇政府的大门出来,走过镇上的标志性建筑十字路口,就到了他那被装在一个小庄园里的奇石馆了。小庄园的门口挂着"朴石客栈"的牌子,里面暗含着他的奇石情结。下班后或周末,他在自己的"朴石客栈"里写字、看书,大学毕业的儿子袁硕归来打理客栈,招呼着慕名而来的星空摄影师、户外爱好者、试图登顶贺兰山的探险者、流浪诗人与画家。袁进龙有时会走进奇石馆里,默默巡视着那些似乎藏着自己体温的石头,那也是他在和自己最初的移民日子及后来的岁月对话;有时,他在自己用钢架搭起来的、有着落地玻璃墙的房间里,练习多年来一直没有中断的书法,无论是雨打玻璃,还是霜落屋檐,周围的林木树叶似乎都在隔着玻璃墙看着他笔下缓缓写出的毛笔字；有时，他也和谈得来的朋友在里面小酌、赏石，或一起聊聊书画、文学。

第一批来的移民任炳升，担任华西村党支部副书记，直至他移民到华西村27年后才从这个岗位上卸任。任炳升经历过移民最初的"吃的是救济粮、穿的是捐赠衣、喝的是地表水、住的是帐篷房"的生活，也经历过种地、经商、跑车的拼搏，如今住在300平方米的新房子中，过上了移民新生活。

初中毕业那年暑假，家在西吉县将台堡乡明荣村的谢彩兰坐上开往银川的长途班车，然后倒车前往大哥谢永忠所在的华西村。对那时的一个六盘山区的少女来说，移民点就是摆脱了山区贫穷生活的地方。初到华西村的那几天，恰逢下了几天雨，谢彩兰看到远处的贺兰山像洗过一样，冲积扇地带上的芨芨草疯长，地里的庄稼也现出她在老家从没见过的长势，这让在缺水罕雨的六盘山地区长大的谢彩兰喜欢不已。

返回老家后，谢彩兰只能蹒跚在命运安排的、结婚生孩子的日常之路上，她觉得贺兰山下的移民点成了一个遥远的、再也进不去的梦。谢彩兰没想到，她离开移民点5年后，家里竟然争取到了一个移民指标，让她和丈夫移民到了华西村。刚来时，很多移民种的庄稼收割后，没有老家宽敞的麦场，收割的糜子在脱粒后掺了不少沙粒，全家人吃饭时都不敢嚼，生怕沙粒硌着牙，只能使劲往下咽。这样的糜子饭吃下去后，消化状态不佳又让移民的大便成了问题，大家对这样隐秘的事情又不好说出口，倒是孩子们因为肚子胀整天嚷嚷而暴露了这个大家心照不宣的、公开的秘密。如果要去银川市最西边的新市区，步行一段路才能坐上通往火车站的一趟公交车，为了省坐公交车的钱，谢彩兰常常骑着自行车去十几公里外的新市区买日常用品。

谢彩兰移民第三年，恰好是华西村升格变镇北堡镇的那一年。镇政府建在了隔着移民点的沿山公路西侧，这让华西村的移民分成了两类：一类人认为那是一片荒地，政府人员只是在那里办公而已；另一些人认为那里蕴藏着无限希望。那一年，张文学去公路西侧的荒地上租地种西瓜，袁进龙承包了镇政府东边的一大片荒地，建成了"华夏奇石馆"，谢彩兰总觉得自己不是种地的料，把自家的地转让给别人后，就去银川市的一家小餐厅打工。

谢彩兰从家乡移民到贺兰山下14年后，看到距离镇北堡政府西南角1000多米的荒滩上，开始大规模的施工。不久，一处人工温泉带动起来的休闲景点兴起，银川人都称之为温泉小镇，它开始接纳上千名放弃传统耕种方式的移民走进温泉就业，或开始在温泉小镇开餐厅、宾馆、酒吧、超市、儿童拓展营地等，越来越多的移民变成了保安、保洁员、检票员、小老板、厨师。

14年的移民生活已经让谢彩兰的生活与认知有了很大变化：在老家，很多女孩子到出嫁前连一次澡都洗不了，随着移民点的房子变成了楼房，移民洗澡变得和吃饭一样自然；很多女孩子在老家时直到高中时还连胸罩都见不到，移民点的女性早已开始注重胸罩的款式、颜色、材质与舒适度；刚来移民点时，大家都说着老家的"山里话"，很快，老家话被普通话代替了。走进小镇的温泉酒店做服务员后，谢彩兰不仅学会了一口流利的普通话，甚至能简单说几句英语。起初，在酒店里看到来自全国各地的游客们，男穿短裤、女穿比基尼从温泉出来后直接上楼去到入住的酒店，谢彩兰总会红着脸低下头，后来，也就慢慢习惯了。

温泉开张后不久，谢彩兰就想去与酒店仅一墙之隔的温泉泡泡。那天，谢彩兰约了和自己同龄的好友、温泉小镇室外卫生主管安彩凤去泡温泉。安彩凤也是从六盘山东麓彭阳县草庙乡张洼村来的移民，和那时的女性移民一样，两人都觉得温泉里面充满着神秘，私下交流时，不免极尽想象。两人去酒店前台旁的泳衣店买了各自心仪的泳衣，走进更衣室换衣服时，还是觉得有些不好意思。身边女性的坦然神色增添了她们的信心，两人换好衣服后，低着头往温泉区走去，路上总觉得来来往往的男女都在看自己似的。

"呀！"两个女人同时捂住了嘴，但没能阻止得了冲出口的轻声尖叫！

尽管之前，她们和其他在温泉小镇上班的移民女性在一起时，聊过想象中的温泉里面的情形，但当两人走进汤区时，还是被男男女女坦然地在一个个汤池中共浴的情形惊着了，看着那些白花花的身子，两人觉得自己好像没穿衣服似的。几年后，女移民们想起自己第一次进温泉的各种窘态，都不能相信这一切曾经发生在自己身上。如今，她们早就习惯了过一段时间或带着丈夫和孩子，或带着外地来的朋友去泡一泡温泉。谢彩兰也已经从一名服务员变成了一名主管。

4

安彩凤是和谢彩兰一起应聘到漫葡小镇的温泉酒店的。和谢彩兰出生在葫芦河畔不同，安彩凤出生在六盘山东麓的彭阳县境内的大山深处。她曾告诉我这样一件事：有一年，县上组织医疗组下乡义务给她们村的女性做妇科体检，一位女医生在做完几位女性的检查后呕吐不已，几乎晕倒在现场，随后一连几天都吃不下饭。原因是村里严重缺水，加上缺乏卫生保健常识和良好的卫生习惯，村里的女性几乎都没有清洗下身的习惯。从这个事例中，不难看出移民们在搬迁出故乡前的卫生状况。

任君明是以华西村卫生室"村医"的身份被镇北堡镇的移民所知晓的，他也是一名移民。50多岁的任君明出生在泾源县六盘山镇幸合村，村子原来属于被撤销的蒿店乡（当时归固原县管辖）。用"山高水远，交通不便"形容那里一点都不为过。从312国道蒿店乡路段出发，向东越过源自六盘山的颉河峡谷，我就开始默默地计算前往幸合村的转弯。往西北方向穿越在六盘山东麓的群山中，总共拐完25道大小不同的山弯后，才抵达任君明出生的幸合村。或许是因为山洼上生长着零零碎碎的杏子，这里最早被称为"杏合村"。从记事起，任君明就看到村卫生室药架子上空荡荡的，根本没有什么药品或器材，只有一个打预防针的赤脚医生。村民有个头疼脑热的还得往蒿店乡送，再严重点就得送往60公里外的固原城。山路崎岖成了耽误村民在急症、难产、交通事故等方面救治的一大杀手，蜿蜒崎岖的山路上，驴驮人担成为主要的交通方式。

任君明童年时，他的父亲被生产队派到蒿店公社的石灰窑上炸石头，不慎被雷管炸伤，失去了右眼和左手。大哥分家，大姐、二姐相继出嫁后，家里的主要劳力就是母亲以及重残在身的父亲。任君明是靠母亲养的几只鸡下蛋的一点收入，和弟弟妹妹双双辍学务农的代价，走出深山读完高中的。高考落榜，给这位山区青年的人生天空蒙上了一层厚厚的黑幕，没想到，两年后，蒿店乡卫生院面向他们村有1个定向培训乡村医生的名额，可以补助生活费免费上两年卫校。村委会研究后认为任君明合适，就推荐他去固原学习，这个消息无疑像一道刺破乌云的阳光，让他看见了人生路上的一线曙光。两年的卫校学习时光结束后，任君明像一支搭在命运之弓上的箭，射出去后又按照当初的定向培训要求被弹射回村里。700多人的村子下分5个自然村，每个村子都仿佛是随意撒在山沟里的一粒种子，顽强地生长在属于自己的山岔里。每个自然村都没有办卫生室的条件，老村医还守在自己那背个药箱打打防疫针，发个糖丸的岗位上，指望每月25元的防疫经费生活呢！这意味着任君明这支回落的箭，在村里什么也干不了。

不久，县卫生局鼓励各村办医疗站，给每个村子发的医疗站牌子需要交25元工本费，老村医连领这牌子所需的25元钱都拿不出来，就主动将办村医疗站的机会让了出来。领到医疗站牌子的任君明，在和乡卫生院院长沟通之后，将医疗站设在蒿店小学门口，就此开启了他5年的乡村医生生涯。

有一天，没人来就诊，村医疗站里空空的，任君明打开电视，里面恰好正在播放一条关于华西村移民吊庄的新闻。他看到很多六盘山地区的农民移民到了一马平川、水足粮丰的华西村，那一刻的荧屏就像一块吸力极强的磁铁，他的眼睛就像一抹铁屑被紧紧吸住了。很快，那条新闻就像一条鞭子狠狠抽在他屁股上一般，让他从凳子上起身，锁好诊所大门，迫不及待地向3公里外的乡政府所在的那条街道走去。那里是周围百姓信息的传播源、积蓄池和流转地，他向认识的亲朋好友打听有关移民的消息，听到的是固原县（今固原市原州区）只有张易、红庄、马渠、高台等几个乡有部分移民指标，他所在的蒿店乡就没有指标。按照任君明当时的情况，即便有移民指标他也移不起：没钱按照华西村的规划如期建成统一要求的房子，没钱平田整地、播种除草、施肥浇水。

梦想一旦在大脑里扎根，就会极力挣扎着破土而出，移民的想法让任君明整天坐卧不安，他一直想着怎样才能离开贫困的故乡，带着全家移民到电视上看到的华西村。

任君明开始了他的华西村移民考察之旅，他从村里赶到乡上，搭乘了一辆从甘肃开过来的长途汽车前往银川，然后转乘了3趟公交车到华西村，打听到卫校时期的同学牛启文家，后者的父亲曾是张易镇红庄乡的1名赤脚医生，以中医见长，在老家开了大半辈子诊所，移民到华西村后开了一间中药铺。

在华西村，任君明还遇见了两位在六盘山镇读书时的同学，他们给任君明出主意：既然没移民指标，只能通过"二道贩子"寻找指标和土地卖主。任君明像是站在电影院门前，眼看着一场自己心仪的影片就要开演，只能通过"黄牛"来购票。他急迫地联系到1位卖主，反复谈判后，最终以每亩转让费800元的价格买了10亩耕地和近1亩宅基地。一个金晃晃的大饼就垂悬在鼻子底下，似乎都能闻到那个大饼的香味了，但他能不能吃到呢？

那时盖3间房子至少需花费4000元，任君明清楚自己的银行存款折上连3000元都没有，结婚和开办医疗站又添了4000多元的借账。回到蒿店乡后，任君明遇到了一位也想移民到华西村的老乡，两人商量后达成一致：每人出6000元平摊宅基地和耕地的费用，先让任君明垫付1000元定金，其他经费那位老乡承担。1997年农历四月初八，六盘山地区还是一片清凉天，任君明将自己孤瘦的身子塞进通往银川的长途汽车，那身子里揣着借来的3000元钱。他将1000元定金付给卖主，1500元在华西村街口买了一间2平方米的活动铁皮房，准备开个小药店，谁知成交后不到10天，拆迁队下令将铁皮房搬走。就在这时，他收到那位老乡要移民去红寺堡的决定，这意味着他好不容易借来并支付的1000元定金将要不回来了！

连续多天的奔波与吃住费用、付定金和买活动房的支付，让任君明最终给自己下了一份诊断书：上当了！

45年后，任君明回忆起第一次来华西村的上当经历，脸上的表情却没一丝懊悔："虽然从老家借的钱都打了水漂，可是华西村四通八达的马路、规划整齐的平房民居，早已经是我心目中的天堂了，这辈子能想办法移民到这里，就算没白活！"那年夏天，任君明除了在诊所坐诊外，剩下的主要事情就是向亲戚朋友借钱，他的心像一道堤坝，"二返华西"的移民梦和村医梦，就如同夏季暴涨的两条支流，齐刷刷冲进一条大河，一次次冲出那道堤坝。等钱借得差不多了，已经是秋霜染红六盘山树叶的季节，他紧紧攥着瘦弱的移民梦和村医梦，再次踏上前往银川的长途汽车。

在六盘山下的老家时，任君明就像站在一片干旱的枯岛上，听着别人的讲述，将华西村想成它渴慕的，一片满载着希望、幸福和甜蜜但离他很远的水域。现在，他已经站在这水域边，看着阳光照在上面，发出金色的光芒。他满怀信心地蹲下身子，沐浴着眼前这芬芳，让自己成为一艘在盛夏张开风帆的小船，朝着陌生的水域缓缓驶去。

远处的贺兰山挺立在晚夏的风里，任君明将身上背的"移民梦"和"村医梦"及简单的行李一起卸放在路边，朝贺兰山伸开双手，向山脚下的这片土地报到，来去匆匆的过路人，谁能留心到一个从六盘山来到这里的瘦弱青年男子呢？任君明站在异乡的风里，心里涌起一股莫名的兴奋，那兴奋就像贺兰山半山腰卷舒万千的云彩，在他的心房来回游荡，干净而肆意、自由而疯狂。

没有移民指标和手续，这意味着任君明虽然到了华西却买不到地，退一步讲，他即便花钱高价从别人手中买到地，也没有时间耕种、打理，这些年的坐诊生活已经让他对农事生疏了。到华西村（后来，整个华西村被新兴的镇北堡镇替代，"华西"成了该镇的一个村子）的目的就是开诊所，圆自己的那个乡村医生梦。

任君明先是用借的钱在街面上买了 52 平方米的地皮，请了一个大工，自己和妻子当小工，用半个月的时间搭建了一间属于自己的房子，那里面盛着最简单不过的居家用品和他对村医未来生活的期望。就这样，任君明成了镇北堡镇华西村的"村医"。他不但没有占编制，而且没有一分钱的公共卫生经费补助；他也没有开个体诊所，更没有租种土地。凭着职业的责任与担当，他和妻子一起扮演着服务移民的村医角色。妻子笑着说自己一生嫁了两次，第一次是嫁给任君明，那份山里女子的朴素之爱，就是她的嫁妆；第二次是和丈夫嫁给了村医，对村医岗位的爱，是他们两人共同的嫁妆。

抗击"非典"时，任君明一直坚持 24 小时值守在村医室里，手机从不关机，和乡上、区上的医务工作者一道深入小区、学校、村庄，被银川市西夏区党委、政府授予了"抗击非典先进个人"的荣誉称号，并奖励了 300 元现金。他是全镇当年唯一的获奖村医。

说起自己的村医角色，任君明的脸上顿时浮现出一种骄傲的神色，他称自己是"14 项全能村医"，在村卫生室里，他指着墙上挂着的有关村医的各项指标、掰着指头数着这 14 项"村医业务"：建立城乡居民健康档案；开展健康教育服务；预防接种；4—6 岁儿童健康管理；孕产妇健康管理；老年人健康管理；高血压患者健康管理；2 型糖尿病患者健康管理；重性精神疾病患者管理；传染病及突发公共卫生事件报告和处理；中医药健康管理；卫生监督协管和结核病健康管理；健康素养促进；免费提供避孕药具。这些工作让他所服务的华西村 6261 名移民无人不认识他！如今，华西村乃至镇北堡镇的移民不出村子，就能保证高血压、糖尿病等慢性病及常见病、多发病的就诊取药，并可以用医保刷卡报销。

和任君明最初认识是因为文学，他邀请我和诗人杨建虎、柳成到他家里聊天、喝酒、谈文学，我们在他家度过了一个美好的夜晚。后来，我和他在村卫生室、镇上等不同场合又多次见面，对他的"移民史"与"村医史"也逐渐有了更深的了解。村医室的墙面像一片水域，一面面锦旗和一个个奖牌犹如停泊在上面的大大小小的游船，承载着一位乡村医生的梦想、追求、努力和荣誉，它们让我想起卡夫卡在《乡村医生》中的那句话："我忠于职守，甚至于过分；我薪俸微薄，但却慷慨大方、乐于帮助穷人。"

5

镇北堡作为一个行政意义上的小镇，以自己的发展逐渐带动了镇政府周围的经济、文化发展。小镇，在很多西方画家、摄影师、作家、诗人的笔和镜头下，是将士死守的小城、婚外情诞生的温床、飘着酒香的古堡、文学大师出名前的蛰居之地……而中国的小镇，给人的印象往往是武林高手潜伏的地方、穿着长衫的说书人讲述历史的讲台、手推车在青石板上走过时留下豆腐块、冰糖葫芦、芝麻糖等口味的辙印、卖狗皮膏药和耍杂技的江湖人物流着汗味的场地。

在宁夏持续多年的移民运动中，很多移民点在建筑样貌、人口数量、经济总量、交通建设等方面具备小镇的条件，逐渐演变成了行政意义上的小镇，比如因移民兴起的红寺堡镇、闽宁镇、镇北堡镇、月牙湖乡、星海湖镇等，这些从移民点、移民村变化而来的移民乡镇，是移民这部大书中醒目而精彩的目录。

喜欢小镇的人，有着各自的不同理由。从文学的角度而言，我很喜欢那座贮藏着"孤独的印记"的马孔多小镇，它不仅成就了马尔克斯和他的《百年孤独》，也给很多优秀作家提供了一块写作上的牌位。马孔多小镇从一个农业村庄变成一个工业小镇，镇北堡镇却因移民的到来而演变成了集农业、旅游业、酿酒业等于一体的小镇。

小镇不仅是从行政而言比村社高一级的地方，不仅是那些走出村庄前往县城乃至外省市的人们的中转地，更是连接村庄和县城的中间地带，还是故事与传奇的诞生地。

镇北堡镇，不是伏在大地上的小草，也不是摇曳于半空的大树，它更像贺兰山下顽强生长却貌不惊人的酸枣树，低调而内敛；像一架被放平的、看不见横格的梯子，连接着银川平原上的农田、湿地、城区和贺兰山下的戈壁滩。小镇就像是银川市向贺兰山伸出的舌尖，完成了山与城的接吻。

因移民而成的镇北堡小镇，像一位混血美少女，说着一口被贺兰山风吹硬的、移民从六盘山地区带来的方言；她像个手持智能手机的时髦女郎，却时常赤脚走在戈壁滩上，即便偶尔停下来，也可能是在葡萄园或枸杞园里和移民交谈。

经过几代移民的努力，昔日的荒滩成为一个混搭风格的小镇，混搭着楼房、酒庄、景点、农田、街区、厂房、温泉、书房、艺术社区；混搭着贺兰山崛起中的沧桑感、古老和前卫交织的艺术；混搭着铁骑踏过的罡风凌厉和现代城镇外溢的经济活力。

小镇集合着许多东西方小镇的共性，又不失自己的底色与特性。荒草湮灭的古道和现代休闲的骑行小道并存，让人能看见依托体育文化的意大利丽晖谷小镇的模样；这里因为"中国电影从这里走向世界"的赞誉与实力，让人仿佛看到依托影视文化出名的、西班牙胡斯卡尔小镇的模样；这里怀抱传统耕田与现代枸杞产业园，体现了法国普罗旺斯小镇中古老农业和现代技术完美结合的特质，不仅成了小镇经济的重要支撑，也吸引大量候鸟般而来的采摘工；这里变魔术般地把废弃的工业厂房演绎成工业旅游的试点，铁锈散发的味道，让游客看到法国格斯拉小镇诠释工业旅游文化的传奇；这里新出现的艺术社区、画廊、贺兰山书房，举办的各种艺术展览，让人看到长城公社或798在贺兰山下的升级版。

如果将这么多的混搭比作一户人家的家当，堆放在几间不大的屋子里，该有多么杂乱无章。然而，小镇却像个刚刚嫁过来的邻家小妹，将这些既有古董也有现代艺术品的家当，收拾得井井有条，让每个物件都能处在合适的位置，繁多却不显杂乱。

任何地方都应该有它的地标，镇政府边上的那座铁塔，完全可以扮演这座移民小镇的地标角色。它朴实得像小镇上的一位移民，其貌不扬地蹲在十字路口；它像一位手擎成长的火炬且光芒飞扬的少年，极力想触摸天空的蔚蓝，在云中放牧自己的理想；它也像一任岁月之镰收割走过日子的中年大叔，在奉献和宽容中给小镇的手机用户送去方便，却从不停止自己的工作；它像一个恪守职责的水手，不舍昼夜、不离不弃地陪伴着小镇这艘不大不小的帆船。同样是铁塔，埃菲尔铁塔是法国文化的象征，5个镇北堡镇的铁塔站起来，或许还够不着324米高的埃菲尔铁塔的下巴；100个镇北堡镇的铁塔扭着身子跳舞，或齐声欢呼一天，也没埃菲尔铁塔一个小时的观众或听众多。然而，这座铁塔依然无愧为小镇的象征，低调而务实，以铁的质地和塔的形制，见证着小镇的发展和变化。

铁塔西北角的镇政府白天忙碌夜晚宁静，东北角的移民广场白天宁静夜晚忙碌，像两个为小镇昼夜交替值班的保安。每当夜晚来临，安装在铁塔上的彩灯亮了起来，铁塔像一位站立的巨人，俯视着马路上来往的车与人，铁塔更像一位忠实的观众，欣赏着广场上的移民们跳舞、健身。他们不再是带着羞涩、紧张、自卑的山里人了，他们既没有丢掉农民的本色，也有了和银川城相似的都市生活。广场舞的旁边是年轻人在跳街舞，摆夜摊的旁边是桌球，抽着旱烟的老汉旁边是玩抖音的年轻人，古老与时尚在这里巧妙地邂逅。

温泉小镇后来改名为漫葡小镇，移民也会陪着老家或外地来的亲戚朋友，穿着泳衣泡温泉；在红酒体验馆里上班的移民，能看到国外游客在这里品味贺兰山东麓100多家酒庄生产的红酒。白天，移民们在这里能看到在镇苏路上骑行的游客，也能在温泉看到来自各地的曼妙身材，更能观赏到聚集本土艺术家作品的"天籁艺术村"；夜晚，移民们能看见流连在烧烤摊上的外地游客身影，也能在温泉广场上听见观看拳击格斗者的欢呼。在"贺兰山盛典"剧院里，每天两场的演出让这里成了贺兰山文化的代言者。白天，这片古老的土地以农作方式，传递着宁静和原始，呈现青铜色的历史魅力；晚上，遍布小镇四周的酒庄和温泉等散发着温馨祥和的生活气息。

在传统的观念里，乡村外溢着一种朴素、自然、明亮甚至落后的生活方式与观念，城市则体现着时尚、便捷甚至智慧的元素。从大山深处走出来的移民，在落脚城郊后，通过建设城镇，打破了城乡之间的壁垒，让移民小镇因为第一代移民的健在，还努力保留着乡村品质，也因为移民后代对不远处的城市生活的熟悉以及地产、旅游、餐饮、酿酒等现代企业的入驻，肌体里被不断注射着现代文明的营养。

如今，只要有一定的经济能力并选择好适合自己的交通工具，就可以完成一趟前往镇北堡小镇的旅行，在那里遇见美景、美食、美酒、美女。在镇北堡镇，春天，可以聆听被劳作唤醒的土地的呵欠声；夏日，可体验枸杞采摘的艰辛；秋天，你能听见一颗葡萄离开母枝后奔赴酒庄的声音；冬日，你能看见贺兰山朝天空露出的洁白牙齿。

第四章

前往闽宁村

> 他们逃离家园，犹如从命运的碗中泼出去的水，哪里有什么回头之路；她们如嫁出去的女儿，不是父母不管，是贫瘠的家乡养活不了她们，只能任由这些如风吹落在异乡的草籽，要么葳蕤成绿，要么渴死于另一片干黄的陌生土地上。
>
> ——题记

引　子

25年过去了，谢兴昌的妻子韩翠华从时光的镜面上，清晰地看到当初离开老家的那种凄惶，尤其是这几年采访谢兴昌的记者越来越多，采访的内容大多是他们当初到贺兰山下的情景，这让男人像一名把一篇课文背得烂熟的小学生，一旁听着听着，韩翠华也被灌熟了耳音。那个叫城背后的小山村，盛放着她和丈夫的青年时光，一场移民浪潮，终结了他们在那个小山村的日子，将他们席卷向遥远且陌生的移民地。

如今，偶尔有老家那边的亲戚、旧友打来电话，韩翠华和丈夫在接听时，依然会用老家话和他们交流，从各自手机传出的乡音，像两朵非常相像的云，在一片蓝天里自由相遇、缝合。

26年的移民岁月过去了，谢兴昌从当年的赤脚医生变成了村民心中敬重的"老书记"。如今，韩翠华和老谢吃完饭后，偶尔会步行到镇上的小汽车站，看到一天来一趟、驾驶台上站立着的小铁牌上写着"西吉—闽宁镇"字样的长途车时，心里会十分熨帖，那辆车带来的不只是故乡的来人和消息，更是一车厢的有关故乡的记忆与追念，脑海里有关故乡的一切，会像壁虎一样沿着记忆的深井内壁爬上来。

韩翠华和谢兴昌给外地人介绍自己时早已习惯说自己是"闽宁镇"的人了，然而，一旦张口，一嘴的老家话让他们顿时觉得自己和故乡只有一舌头的距离。移民之后，他们把这里当成了第二故乡，几十年之后，有关移民的记忆，像春天覆在蔬菜种子上的塑料薄膜，细薄而透明。

"说实在的，我们那时可以说是逃离故乡的！"坐在自己宽敞的门店里，谢兴昌谈起当年的移民缘由时，对我这样说。他家的小药店位于闽宁镇一条热闹的街道上，初秋的下午时光，阳光辣辣地铺泄在贺兰山下这片高滩上，不时有村民进来，有买药的，有看病的，也有想在这闷热的下午时光里躲进他的药店来下盘棋的，更有想找他扯扯磨、谝谝传（当地方言，拉家常的意思）的。前两种人，值守在店门口柜台前的儿媳就可以打发，后两种人，一看我们在采访，脸上顿时露出西北庄稼人特有的、善意中带有歉意的笑容，一边不由自主地伸出右手挥挥，在向门口退去时，留下一缕乡音萦绕在我的耳际："你们说，你们说，泼烦你们了！"

离开谢兴昌家，我的采访本上落满了密密麻麻的文字，通过这些文字，由一个移民故事带出的一个时代画卷如退潮后的岛屿，渐渐浮现出来。

1

青灰色的衬衣，左手的袖子挽起到距离手腕 4 厘米的位置，右手的袖口紧紧地扣着，衬衣左胸部的口袋里醒目地插着一支钢笔，黄色的皮腰带不仅起到了将下摆装进裤子后的束紧作用，还起到了扮演青灰色衬衣和深蓝色裤子之间分界线的角色，皮鞋后跟有 1 厘米高……

照片上的男青年站在一排平房前，那是移民最初来时见到的最气派的建筑：黄土的院子，水泥地基、墙基处贴着绛红色的瓷砖，再往上是白色瓷砖，钢窗玻璃让在里面的人能享受到足够的采光，也让来这里的移民能清楚地看到里面的工作人员。平房的大门口挂着三个木制牌子，从左往右依次是：白底红字的"中国共产党玉泉营经济开发区委员会"，白底黑字的"宁夏闽宁村开发建设领导小组办公室""西吉县玉泉营经济开发区"。

这是一张拍摄于 1998 年 8 月 20 日的照片，那排平房是照片上的青年王富荣和他的同事办公的地方。他用手机把这张挂在家里墙上的彩色照片重新拍摄下来，每当向别人讲述起自己 20 多年前在移民大潮中扮演的角色时，他就会找出这张照片，以此拧开自己 23 年前的记忆阀门。

这张照片是王富荣来到这片荒滩 7 年后，在办公室门口拍摄的。任何一个地方的移民史，都会如一座高低起伏的山峦，有平地起步处，有高耸入天处，有曲折的山路，也有起伏的山脊，不是每个移民都能坚忍地、毫不动摇地走完这些路。从担任乡上负责动员宣传的移民专干到自己移民至此，王富荣见证了这片荒滩上如高峰耸峙，又如河谷蜿蜒的移民历史。

卢延程在担任西吉县县长期间，签发过多份文件、宣布过多条消息，其中最重要的可能是在1991年1月2日召开的县长办公会议上，宣布成立"西吉县玉泉营吊庄建设办公室"。两天后，这份文件到了西吉县马建乡党委秘书王富荣的办公桌上，他由此也知道了几个月前的一件大事：宁夏回族自治区党委、自治区人民政府于1990年10月决定，在银川市永宁县境内靠近贺兰山下的荒滩上，成立玉泉营经济开发区和玉海开发区，把地处六盘山地区的西吉县境内因山体滑坡、缺水、交通闭塞、条件艰苦等原因造成的深度贫困农民，通过易地搬迁的方式迁入这两个开发区。

"西吉县玉泉营吊庄建设办公室"挂牌成立时，"吊庄"移民在宁夏已经启动8年了。

春节刚过，西吉县的3名移民专干离开县城，动身前往贺兰山下的连湖农场，那里将有一片土地要划给"西吉县玉泉营吊庄建设办公室"，用来筹划移民工作。3名专干和连湖农场有关人员办理完土地移交手续后，就将吊庄办公室地点设在园艺场11队。7个月后，王富荣以移民专干的身份，带领马建乡领到移民指标的6名移民，来到了那片连地名都没有的荒滩。因为距离宁夏农垦系统的玉泉营农场较近，他们就将那个移民点称为"玉泉营吊庄"。

多少年后，王富荣还清楚地记得自己带领首批移民前往"玉泉营吊庄"的情形。半夜时分，那6位移民老乡从各自的村子出发，雇佣的拖拉机载着简单的行李和农具，在崎岖的山路上行驶，他们像一条条从不同沟岔里流淌而来的溪流，在马建乡政府门前会聚。王富荣像个带队的导游，向6位移民介绍了沿途需注意的安全事项，做了个精短动员后，就带着大家坐上了开往县城的一辆卡车。32公里的山路，耗去了他们大半天的时间，到县城时已是黄昏。卡车缓缓驶过县城时，从没走出大山的6位移民看着车辆、人流、汽车站、邮局、商店，不时发出赞叹声，有的赞叹路边饭馆飘出的香味，有的赞叹城里的楼房比老家的山丘都高，有的赞叹城里的汽车跑得快，有的指着穿裙子的女人大腿说比剥去叶子的葱还要白，晃得人眼睛疼。

第二天一大早，入住大众旅社的移民被王富荣叫醒，坐上从旅社包的一辆面包车，离开县城。从西往东穿过六盘山后，进入清水河谷。这些人没想到，此后的 20 多年间，一批批从六盘山西麓的隆德县、西吉县和海原县搬迁的移民，翻过六盘山后进入清水河畔，让这条连接宁夏南部和中部的千年古道，变成了一条寄托移民希望的大通道。

到"西吉县玉泉营吊庄建设办公室"后，王富荣才知道，为了给西吉县移民腾出地方，国营连湖农场 10 队和 11 队进行了农垦系统内部搬迁，划出了 2.6 万亩土地作为西吉县的移民耕地，计划接纳移民 1 万多人；青铜峡市甘城子乡也划出 1.8 万亩土地（占这个乡净开发面积的 40%），为西吉县移民提供耕地。

刚办完手续走出吊庄办公室，王富荣突然听见有人在惊呼，大家抬起头来，看见一道宽阔无比、连着天与地、急速翻滚而来的黄色帘布。那条巨帘翻越贺兰山后，遮天蔽日地向山下的这片荒滩疾扑而来，他们不知道那叫什么。但由此而诞生的农民式的想象出现了——

"哇，天神下凡了，是黄财神，给我们送金银来了。"

"那么大的天神，后面会藏着什么样的天神军队或陪伴的仙女呢？"

"这天神比几十个六盘山叠起来都高呀，你看，还跑着向我们赶来呢！"

王富荣后来才知道那叫沙尘暴，沙尘卷来，人、车子、房子，就啥也看不见了，眼睛只能闭着，耳边是呼呼的风声，沙粒打得人的脸发疼。六盘山再穷、再远，却从没沙尘暴的袭击。那 6 位大山里来的移民都是第一次见沙尘暴，总觉得那是头奇怪无比却迷路的黄色巨兽，它的手臂长得能席卷天幕和大地，邮递员般送来遮蔽太阳的一封封黄色的信件；它发出抹平群山沟壑的群狮般的吼叫，它能把天空掏空、填充再拽到大地，也能把无数尘土扬起让它们飞翔、坠落。很多人还没来得及合上因惊讶而张开的嘴，鼻孔、口腔里已经扑进沙粒，刚放在地上的锅碗瓢盆被吹得飞起来撞到墙面、汽车上，发出了专属那个场景下才能诞生的声音，不时有从远处被卷起的东西从空中飞过，人也被吹得站不稳。沙尘暴过去后，大家睁开眼，只见吊庄办公室的屋檐上、墙上、院子里的面包车上，落满一层厚沙，被风沙掠过的每个人，都变得蓬头垢面，怪模怪样。

这场沙尘暴，是移民点送给这些移民的见面礼，这份见面礼吹走了他们对美好生活的憧憬。

王富荣带来的 6 位移民，是西吉县 500 户 2500 名首批移民中的一部分。他们带着贫困无奈和生存压力滋生的勇气，跨越千百年来故土难离的观念藩篱，告别养育自己的故乡，前来这陌生之地安放梦想。

有些梦能做得长久，有些梦会很快破裂，王富荣带的这几户人家的移民梦破灭之快出乎他的意料。

风沙过后，夕阳下的荒滩上，是这些移民寻找晚上住宿的忙乱身影，他们挤在农场遗弃的简陋房子里、屋檐下，汗味、旱烟味、吃干馒头时就着的咸菜味、叹息声、咒骂声、操着乡音的聊天声、苦中作乐的开玩笑声，各种味道和声音在那间房子里外奔窜。

一场风沙也吹跑了王富荣来这里之前的美好想象，从移民办公室到借宿地的路上，王富荣心事重重：他带来的这几个人能安下心吗？以后的生活怎么开展？直到后半夜，他也没听到一起来的移民们的鼾声响起，这是移民们离开家乡的第一夜，各种潮涌而来的心思像不同的花儿，绽放在不同人的心房。有的人在夜色中默默想念故乡，有的人在盘算着接下来几天的计划，有的人在幻想着这里美好的未来，甚至，有人开始计划逃离。

第二天早上起来，收起铺盖卷，来自各乡的移民陆续走到移民吊庄办公室排队报名，这些因没水而无法洗脸的庄稼人，在老家也没养成晨起漱口的习惯，有的人却早已将卷好的旱烟棒塞进嘴里，有的则和周围的人互相谈话试图找出点亲戚关系，有的人开始骂骂咧咧地数说移民专干骗了自己，有的人拿出干馒头和盛水的葫芦，一口干馍一口凉水地开始吃"早饭"。报上名的移民，在移民专干带领下，走在前不久才用推土机简单平整过的荒滩上，朝阳记录着他们在荒滩上寻找各自宅基地的身影，身影停住的地方，就是他们以后要居住的地方。

如果说移民到这里就像要起飞的鸟儿，建房和平整土地就是让这些鸟儿振翼的翅膀。没人给移民制定建房子的时间表，季节是催促他们抓紧平地和建房的闹钟。按照吊庄办公室的要求，各乡来的移民要尽快打土坯建房。移民们这才想起，昨天的沙尘暴其实是一堂提前上给大家的课、一次警告：房子是必须要建的。戈壁滩上，划给移民的宅基地和农田之间没有参照物，一时间，戈壁滩上能抱得动的石头成了抢手货，移民们纷纷将附近的石头抱来垒放在自家的宅基地、耕地边当作标识，找不到石头的，就铲些草来，一层土一层草地做记号，以免下次来找不到自家的宅基地或耕地。那些没做记号的人，有的已找不到前一天分给自己的宅基地，只好硬着头皮再去移民办公室找专干打问。

农历六月，老家的六盘山下凉风习习，而贺兰山下的戈壁滩上则热浪滚滚，头顶是火辣辣的太阳，脚下则像是踩着一张冒着热气的火毯。移民们为了建房，需要先安顿下来，挖好临时放东西和住人的地窝子。没干几分钟，有人就热得受不了，在年平均气温不到6度，海拔2000多米的故乡，哪来这么热的天气？眼前的这片干滩，海拔1160多米，气温30多度，高温天气让移民干一会活就大汗淋漓，汗水像一股股细小但决堤的水，冲破皮肤上能渗汗的毛孔往出流，诅咒声从嘴里不停往出跑，有人开始扔下铁锹，以罢工的方式表明自己的抗拒态度。

一股不安的气息，在移民中间悄然散布。

王富荣跑到开发区办公室领了10斤葡萄，分给在每家宅基地上干活的移民："知道这叫啥不？这就是葡萄，是从离咱这往东不远的玉泉营农场长出来的，这里连这么娇贵的东西都能长出来，还愁长不出庄稼？只要盖好了房子，修好水渠引来水，咱们的地里也能长出葡萄。"

来自大湾子村的移民马志忠吞下一枚葡萄后，跟王富荣抬杠："尽是你们这些干部说瞎话骗人，来之前说的有黄河水，有希望，现在倒好，黄河水在哪？希望到底长个啥样子？人喝的水也要到几里路外的11队去拉，就那荒滩上几泡尿大的一眼机井，各个移民点都要用的话哪够？电也没有，路也没有，做出来的饭还没端到嘴边，已经落了一层沙子。就这兔子都不拉屎的鬼地方，连根铁锹把粗的树都没，啥时间能建起一间房子哩？就这砂石地里，什么时候能种出粮食？你说的葡萄，我们也打听了，那是人家玉泉营农场的，咱这是农民的私人地，和人家国营的玉泉营农场比个屁！"

刚刚如气球一样鼓起的士气，被这句如针刺一般的话一下子戳灭了。

王富荣担心的事情终于发生了。第三天早上刚醒来，王富荣就往他带的移民分到的宅基地上跑，看见只有一户姓席的移民在打土基，其他人踪影不见。他着急了，一问那户移民，说是来到工地就没见其他移民。他赶紧跑到附近其他乡来的移民处打听，才知道昨晚有几十个不愿建房的移民，连夜步行到附近的黄羊滩火车站，偷偷爬上火车回老家了。

哎呀，自己带来的移民跑回去了，这才是真正的"丢人"呀！得回去找人呐！

那片荒滩上没有通往西吉县的班车，王富荣只好走到黄羊滩火车站，偷偷爬上一节拉煤车。"快，趴下！"刚爬进车厢的王富荣这才发现，车厢里竟然有好几个人趴在煤堆上，从口音能听得出来这些人也是西吉县的，他立即也照着他们的样子趴在煤堆上，很快就听见旁边的人说："你也是从西吉来这里移民的吧！"

王富荣点了点头，听见另一个人说："什么移民，就是被骗来劳改的。"

"别说话，小心被铁路上巡查的听到，也别站起来让人发现。"

几个人趴在火车车厢里，能看到不时有人跳上别的车厢，随即用煤粉涂在脸上，一动不动地趴在煤堆上。

天黑了，拉煤的车厢才开动，车厢里的人谁都不说话，在夜风中品味着第一次"坐火车"的感觉。火车到几十公里外的中宁县石空站停下时，王富荣看到有人跳了下去，随即有人跟着跳，走出石空火车站后，那些老乡好像突然消失了一般，毕竟这是一条不体面的返程，大家又是不同乡村的，只好心照不宣地各自寻找各自的归路。多年后，王富荣给我介绍那条丢人的"返乡之路"：他走到路边一家饭馆门口，希望能洗把脸，却被老板拒绝。从那天后，那些路边开饭馆的老板，经常能遇到如此模样逃离的移民，他们从距离移民点较近、分布在贺兰山东麓包兰铁路沿线的石嘴山、平罗、芦花台、黄羊滩、青铜峡等火车站扒上夜行火车，至石空或者宝（鸡）中（卫）线上的同心、六盘山等火车站下车，然后再转乘长途班车回家，那些连长途班车费都没有的移民，就徒步几百公里走回家。

石空既是包兰铁路上的一个三等小站，也是中宁县的一个镇，和中宁县城隔河相望，是东往银川，西去中卫、兰州，南通六盘山区的交通枢纽。王富荣走出石空火车站，饿着肚子在大路边等车。好几趟班车过来后停了下来，售票员任凭乘客上上下下，就是不愿意让看上去衣服和脸都黑乎乎的王富荣上车，一则担心他没钱，二则担心车上的乘客不同意。王富荣只好手举一张 10 元的纸钞站在公路中间，以这种冒险的方式强行挡住了一辆长途班车，接着用这样的方式，中途又转了一趟车才回到西吉县城。

回到西吉县的第二天，王富荣便急忙搭乘便车赶往马建乡，给乡政府领导汇报自己的"丢人"事件。王富荣没让移民扎住脚，这让乡政府领导很生气，指责他工作方法有问题，让他去那几户撤回来的农民家里挨个再做工作，继续动员他们移民。

王富荣第一个去的就是大湾子村马志忠家，进屋门后，见马志忠正在炕上喝茶，还没等王富荣开口，就拿话堵王富荣的嘴："啥也别说，我知道你是来动员我回到玉泉营那个鬼地方建房子去的。什么玉泉营，玉在哪搭儿？泉又在哪搭儿？那儿连一个排、一个班的人都没，营又在哪搭儿？我在大湾子生活了这么多年，再穷，这里也没有裹着沙子的鬼风乱吹，移民点的风吹起来，身板瘦点的都能被吹跑，怎么让人过活？"说完，就用一个送客的手势打发他。

王富荣接着又翻山越岭地去了其他几户人家，得到的答复基本一致："就是政府把房子盖好，也不去！""那里太热了，晚上的蚊子受不了。""六盘山下再不行也是穷人蹶的地方，贺兰山下再富，也不是穷人蹶的地方。"原先移民的那6户农民一致拒绝前往玉泉营移民点。

王富荣动员、带队的第一次移民就以这样的方式结束了。等到6年后，他再次领受移民任务，再次担任移民专干，再次回到那片土地时，那里发生的变化大大超出了他的想象。

那6年时间里，贺兰山下的那片荒滩上，移民开发一直在持续。吊庄移民办公室不远处已经建起了5间砖木结构的房子，那是即将开学的小学校园，也是后来刷在墙上的"移民未动，教育先行""再苦不能苦孩子，再穷不能穷教育""宁叫碗里没蔬菜，不能耽误下一代"等口号的印证。写在墙上的这些标语不仅仅是口号，更是那个时代移民的最大心声。王富荣了解到，在他们到来前，已经有4名教师从西吉县搬来移民点筹备开学事宜。

6年前，王富荣和那6户移民离开1个月后，西吉县玉泉营吊庄小学就开学了，4名教师分别教1至3年级的42名学生。寂寥的荒滩上，每天都会准时响起琅琅书声，那是让移民在这里能够坚忍生活下去的另一种希望，是催促着移民早出晚归、种粮耕田、外出打工的力量，是时时提醒移民教育重要性的钟声，是长在移民心中的另一种绿色庄稼。

王富荣和那6位移民离开玉泉营吊庄的第三年初夏，就有消息传到了西吉县：玉泉营吊庄的移民点耕地浇上了黄河水，关于移民和黄河水之间伴生的场景，也被传颂到了老家：移民们第一次自发地在非传统节日里，整体出村，到修好的水渠边去迎水，等着盼了很久的黄河水从远处被逐级提灌，顺着水渠流来。看着黄色的水在水渠里蜿蜒而来，像一条巨蟒伸出黄色的头颅，不少移民的孩子都兴奋地跟着水头跑，那是那些在极端缺水环境里长大的孩子跟着好奇和希望在跑，也是他们在向贫穷生活的反方向奔跑。在故乡，他们只看到过从天上来的雨水，那些雨水被人们集聚在很深的水窖里。它们被存贮在人间的过程，其实也是水质逐渐变坏的过程，在家家都缺水的山区，哪怕水质变坏，也不能不省着用；人们喝到的每一滴水，都经历了从天上到地下再到嘴边的艰难轮回。现在，满渠亮堂堂地流在太阳底下的水,竟然可以拿起水勺、碗舀起来尽情地喝,可以免费地拿水桶挑到家里的水缸里。对这些来自缺水地区的贫困移民来说,这简直像是神话。

移民点上的小卖部里,牙刷和牙膏的销量上来了,代销热水器、装淋浴器的广告渐渐出现在小卖部的门口。流淌来的黄河水,不仅满足了移民做饭、洗衣的日常需用,也让他们知道了早上起来应该刷牙,知道了从地里干活回来应该像城里人一样洗澡,知道了勤洗衣服的好处,也懂得了科学节水,视水为一种不再稀缺但依然珍贵的资产;引黄之水也给移民分到的土地送来了希望,让干渴而贫瘠的土地恢复了生机,有了土地该有的荣耀,给新建的村子带来了耕种、浇灌、收获时的笑声,让心神不定的移民看到了未来。从此,他们不再像在故乡那样让缺水的恐慌掌控自己的情绪甚至生活,也不再有因水而逃离造就的"水难民"身份。水以另一种方式开始行走在这片和庄稼一起并生希望的土地上,带给这里的,不仅是种植粮食的保证和产量的提升,更为这些移民提供了种植西红柿、豆角、茄子、辣椒等蔬菜的各种可能。那年夏天,移民已经每天都能吃到自己种的新鲜蔬菜了。黄河水到达移民地,让移民的人生词典里从此出现了个新词:点长(是指管理水的基层服务人员,点长在移民点不只是从事一项简单工作的基层服务人员,他们身上拥有移民赋予的特殊信任)。

6年后重回玉泉营吊庄,王富荣的身份也从一名移民专干变成了玉泉营开发区办公室的工作人员,在这个岗位上,确切地说是1997年7月13日,他遇见了西吉县来的、非移民身份的谢兴昌。

2

韩翠花和她的男人谢兴昌一样,对24年前的农历六月初八那天记得非常清楚,那是改变他们一家甚至村里不少家庭命运的一个起点。

天还没亮,地处六盘山北段西麓的西吉县即将迎来一年中最难熬的苦夏,连续几年的干旱缺雨,让本该在夜晚滋生的清凉、雨露在这里变得很稀罕,闷热将群山间的沟沟岔岔塞得满满的,让人感到麻雀都热得到别处找落脚地去了。女人悄声起身,怕打扰了明天要赶长路的男人,她像一个即将在战争打响前的士兵再一次检查枪支一样,细心地查看男人出门几天需要的东西。女人跑到厨房里,往炉膛里塞进一把干麦草点燃，青烟赶在火苗升起前慌乱地窜出灶膛，满屋子乱飘，呛得她不住流眼泪；很快火苗伸出一枚枚红色舌头，舔着卧在炉膛里的锅底；女人拿起装清油的玻璃瓶子，拧开瓶盖后，几滴清油在锅底打着旋，迎接着打开的鸡蛋；从院子里的菜园摘来的红葱，切碎后像身着白绿相间泳衣的、集体跳水的运动员，跳进锅里后激起一片喧哗；最后倒进去的水，在锅底涨起一面湖泊，红葱、鸡蛋是上面漂浮的岛屿，农村人出门时最豪华的早餐荷包蛋已经做好。

清油下锅时发出的刺啦声和飘出油香味之前，谢兴昌其实已经醒来了。庄稼人不兴睡懒觉，何况眼前还有这不亚于当年迎娶媳妇般的"探移民点"，谢兴昌爬起来，在电灯泡微弱的光下，习惯性地将墙上挂着的日历撕下来，一个崭新的日子出现在眼前：1997年7月12日。上面清楚地显示当天是农历六月初八！他知道藏在日历中的6和8，在传统文化中代表着"顺"和"发"，这让选择这样的日子动身外出的人，心里有了更多安慰。

走出屋子，谢兴昌蹲在石头砌的门台上，看着星星在山顶上犹如爆炒在锅底的豌豆般闪烁，他听得见寂静的村子里传来的老人咳嗽声和不远处传来的鸡鸣声，也听得见小孩子们走在乡间土路上，去山那边的村小读书的脚步声，他闻得见村子里暗暗流动的草木香和邻居家孝顺的儿媳们起来生起小火炉给老人即将熬出的罐罐茶香。当然，他也闻见了从自家厨房里传来的荷包蛋的香味。

前几天，韩翠华从去县上开村支书大会回来的谢兴昌嘴里，知道了一个新词：移民。连续几天来，"移民"这个词像村子里早晚升起的炊烟，袅袅娜娜地在田间、地头、土屋、巷道、朝露、晚霞、油灯构成的时空里飘荡。白天的田间劳作，夜晚的土屋聊天，村民们抽空挤在一处，不住地念叨、商讨、想象、传递着这个词。"移民"在那些天里，就像一个随时来串门子的亲戚，自由出入于庄稼人的嘴里、屋里、家里、庄院里。

韩翠华看着男人谢兴昌就着鸡蛋汤吃饱了馍馍，她紧跟着男人走出屋门，只见昨晚来家里和男人聊至半夜的5位本村农民，像5根沉默的树干插在院子里。从6个男人昨晚的聊天中，女人听到了个秘密：这几个不甘被贫困葬在庸常中的农民，已经对故乡有了"叛逃"之心，他们决定跟着谢兴昌"移民"。昨晚，他们中的一位说了句"宁愿死在移民点的风沙里，也不愿意葬在这苦焦的大山里"，让女人记忆深刻。这几个人和那时六盘山下不少想移民的农民，宁愿死在摆脱苦日子的移民路上，也不愿等着埋了先人的黄土把自己也埋在这里。

农历六月初的黄土高原,凉风不时吹过,上弦月早就落进群山那侧了,天还没完全亮,村庄像是被油漆般的黢黑涂抹了一般。谢兴昌家院子里杵着的那5个庄稼汉像做贼似的,在家都没敢吃早饭,就饿着肚子出门了。一是怕惊扰了家人,走漏了消息,二是心里藏了份私奔般的兴奋,不想让别人分享。韩翠华看着谢兴昌和其他5个人走出院门,消失在黑乎乎的山路上。他们静静地走着,谁也不说话,仿佛担心上天也看到他们的踪迹,听到他们的声音。

"我们这简直是做贼呀!"或许,6个人心里都这么想着呢。

离开挂在半山腰上的村子,走到山谷底部,是那条被叫了千百年的滥泥河谷,穿过河谷后开始向东边的山坡爬去,这标志着他们从王民乡进入兴隆镇境内。爬到位于山谷顶端的火家集,几个汉子在东方露出鱼肚白时,回头望了望对面山坡上晨曦映照下的家,很快回过头,默不作声地继续往前走。他们出发时已掐着指头算计好,先步行十几里山路赶到兴隆镇,然后在那里坐上从外省开往银川的一趟过路班车。那时,他们乡上连辆通往县城的长途班车都没有,要去县城,就得步行翻越滥泥河谷到兴隆镇坐车,很多村民一辈子也没跨过滥泥河谷,他们叫那条常年干涸的河谷为烂泥沟。

天放亮时,长途班车窗外的六盘山像一块块被断开的电影镜头,一株树、一座山头、一条干沟、一个路人就是一个个镜头。靠窗户坐着的人不时发出惊呼,这种惊呼一直延续到长途班车走出六盘山,沿着清水河畔往北走的路上。长途班车到同心县汽车站休息时,他们害羞似的躲开其他乘客,拿出喝水的瓷缸子,在汽车站的水龙头接上一缸子水,就着怀里揣着的干馍馍,算是吃了午饭。

昨晚的密谋外出和今天的早起,加之在班车上大半天盯着窗户看异样的风景,叽叽喳喳地憧憬未来,这一切,让这几个从故乡偷偷跑出来的农民到下午时都感到了困乏。鼾声在汽车的马达声里此起彼伏,那种起伏,像老家搨着冬日炕头眯着眼睛睡觉的肥猫肚皮,也像六盘山连绵的群峦波浪,这波浪一直绵延到终点站。他们被乘车员的叫声喊醒:"到了,银川到了!南门车站到了,下车了!"6名从500多公里外的大山深处来的庄稼人,揉了揉眼睛后,很快恢复了山里人的那种好奇,叽叽喳喳的西吉口音又开始了:"咳,说好要看比山还宽的黄河水呀,怎么给睡着了呢?"

"呀,快看,星星被涂了色彩挂在楼上了,还不住地变颜色呢,不像咱那儿的星星,懒得待在天上一动不动。"

"城里的马路比咱们的烂泥沟宽多了。"

农民式的视野在这里逐渐放大,他们把所见的任何东西都要拿来和故乡类似的东西比一比。

掏钱在南门汽车站附近最便宜的小旅馆住下后,他们一边诅咒着城里的住宿太贵,一边享受着免费开水泡馍馍的"城里人生活"。

第二天上午,他们在谢兴昌的带领下前往银川市南门汽车站。白天的车站仿佛一个沸腾的饺子锅,各种衣着、口音的人来来往往,就像捞起或下进去的饺子,比老家赶集时的人都多。看到大街上穿裙子的女人,他们惊奇不已:老天爷呀,女人竟然能穿成这样?南门城楼让他们惊诧不已:这不是电视里、画片上看到的天安门么,怎么搬到这里来了?大街上穿梭的车辆让他们惊诧不已:城里的小车比老家的树都多。他们边走边按照自己的思维点评着看到的一切,直至走到那辆驾驶台上立着"银川——玉泉营"牌子的绿色汽车前。他们在老家见过拖拉机,昨天也乘坐了长途汽车,但没见过这种介于汽车和拖拉机大小之间的绿色车,这车有个令他们感到难以理解的名字:"中巴"。

中巴终点站是玉泉营农场,这里曾是明代守军在贺兰山东麓的荒滩上修建的一座军营,昔日的攻防气息早就被一个以种植酿酒葡萄为主的农场替代。满眼的绿色像一层淌在地上的绿色胶水,粘得谢兴昌和其他老乡的眼睛都睁不开。在老家,庄稼长得最好的年份,也只是满山坡的黄色海洋中的一坨一坨的绿色小岛礁,哪像这里,除了道路和沟渠,野蛮而任性的绿色简直不给大地留出一丝缝隙,不仅地上长满了绿色庄稼,即使半空中,也有一株株杨树、柳树撑开的一把把绿色巨伞。

走在农场的田间小路上,几个山里来的庄稼汉子的好奇又从他们的对话、问话中流了出来。庄稼地里正吐露着勃勃生机,有他们认识的小麦、玉米,也有他们没见过的植物。

"你看那是个啥么,娇气得很嘛,还趴在架子上哩!"

"就是,你看,还有大拇指头大的绿果果呢。"

一个人往路边拐了一下,伸手摘下趴在架子上的绿果果,放在嘴里一咂摸。"呸!"他很快将刚放进嘴里的绿果果吐了出来:"这是啥玩意?比5月天的酸杏子还酸人!"

"那你摘几个带回去,给村里怀娃的婆娘吃,她们会记住你的好!"

几个人都没见过这种趴在半空中的架子上、结出比酸杏子还酸的作物。后来，他们才知道那叫葡萄，是和他们后半生的生活紧紧联系在一起，带给他们生活的转机和希望的植物。

"原来移民是让我们来这疙瘩，多好。有水、有地、有庄稼，听说这水就是从黄河引来的。"

"上天就是不公，把这天河一样的渠水给老家的山沟里匀去一半，那日子就能过得美扎了！"

"唉，人比人活不成，驴比骡子驮不成。咱那的玉米长得没有人的大腿高，你看看这儿的玉米，比人还高。"

这是做梦也梦不到的地方，相比老家连喝的水都成问题，这里的水竟然在渠里打着滚儿似的流淌着。渠水映着几个顺着渠堤而行的庄稼汉影子，他们嘴里不停地说着自己的感受，和其他人抬杠，像几个把渠堤当成电线杆的麻雀，叽叽喳喳地发出欢快的鸣叫。那叫声顺着渠堤缓缓而走，水渠越走越窄，渠水越来越小，庄稼的长势也渐渐弱了下来。路边不时出现木牌子，上面写着"移民点"三个字，下面是粗粗的标示方向的箭头。

水渠走到头了，绿色的庄稼地和趴在半空的架子上的葡萄也消失了，路边带有箭头的指示牌依然没有消失。眼前都没水了，都没庄稼了，移民点怎么还不见呢？

他们向周围的人打听移民点时，对方指着西边巍峨矗立的贺兰山方向，嘴一呶，拖着长长的尾音说："呶——嗒嗒嗒。"多年后，谢兴昌才明白"呶——嗒嗒嗒"的意思："呶"指远的意思，"嗒嗒嗒"是语助词，"呶"字后的尾音拖得越长，所指的地方就越远。谢兴昌和其他几个人走到庄稼地尽头时，看到了一个明显的分界线。身后是利用提灌而来的黄河水开发多年的玉泉营农场，眼前，是一直延伸到贺兰山脚下的荒滩。没有树木遮阴、没有渠水流淌、没有庄稼、不见行人的荒野上，几个庄稼汉热得无处可躲，心却像是掉进了冰窟窿。

几个人在荒滩上步行了8公里后，才看到挂着"西吉县玉泉营经济开发区办公室"牌子的几间砖瓦房。

王富荣和谢兴昌就是在这样的情景下相遇在"开发区办公室"的。得知这几个没有移民指标的西吉老乡为了看移民点，从千里之外的大山里辗转而来，王富荣告诉他们："前一阵子，福建代表团的人来到这儿视察，把这里的土带到银川城里化验,认为这里的土只要能浇上黄河水,就能出庄稼。你们要是移民来这里,绝对要比在咱老家有奔头。后天,福建省帮扶宁夏的一个村子的奠基仪式在这里举行,老家有句老话说得好呀,寻的苦不如遇的巧,你们既然大老远地来了,到时就看看奠基仪式吧!"

谢兴昌清楚地记得他们看奠基仪式的那一天:1997年7月15日。一个瘦弱但精干的南方女人,拿着讲稿宣读了福建省的贺信。他们悄悄地问旁边的人,这个女人能代表福建省宣读贺信,官一定很大吧。

旁边一个干部模样的人悄声告诉他们,刚才讲话的是福建省扶贫办主任林月婵。早在5个月前,肩负着福建省委和省政府关于如何具体落实闽宁协作的任务,林月婵就带领12名专家来这里视察过,和宁夏方面的专家、领导一起制定了切实可行的新建移民村计划。此后的20多年时间里,林月婵总共到过宁夏40多次。2015年,林月婵被宁夏评为"感动宁夏十大人物"。

奠基仪式结束了,几个来自六盘山腹地的庄稼汉得往回返了。他们没有移民指标,就像偷偷溜出来却很幸运地看了一场免票的演出一样,看完演出,他们还得回到自己的现实生活中去。

返回家后,谢兴昌告诉韩翠华这样一个细节:离开玉泉营农场时,他看到一垄垄农田就像上天摆放好的、长短不一的商摊,长势茂盛的庄稼就好似上面的各种糖果,色彩斑斓并发出阵阵诱惑,他们就像一个个从乡下进城看到这些糖果的少年:苞谷、高粱、黄豆,这些他们都熟悉的作物怎么到了这里就变了样了?如果能带点回去,也算让乡亲们长个见识,看看这天下的庄稼和人,有着怎样的分别和差距!

从玉泉营回银川的中巴上,售票员一脸纳闷:她和司机这趟班车跑了几年,还没见过怀揣苞谷和高粱的乘客。

那个中巴售票员的纳闷,被复制在了从银川到西吉县的长途班车上。车上的乘客中,有给老婆孩子带吃的穿的,有带着西吉县买不到的日用品。唯有谢兴昌,怀里抱着8穗高粱和8穗苞谷,用在银川找到的塑料包着,像是给一个熟睡中的孩子围了条被子。

在西吉县城下车,坐上发往将台堡镇的那趟破旧的乡下班车,谢兴昌依旧紧紧抱着高粱穗和玉米棒,旁边一位认识他的老乡开玩笑说:"不就是个苞谷棒棒和高粱穗穗嘛,放到脚底下不行吗?你看你,弄得像抱着个会吃奶的娃娃,庄稼人，别的没见过，苞谷棒棒谁没见过？"

谢兴昌还真像一个要给孩子过百日宴的家长，骄傲地、仔细地打开包着高粱和玉米的塑料，右手从左手抱着的塑料布中抽出一棒玉米："看看，啥叫苞谷！你看人家的这苞谷，长得就跟满月的娃，咱这的苞谷就像奶水不足的娃，瘦得脸都凹进去了，看人家的这娃，胖嘟嘟的，脸蛋都能拧出水来。"

啧啧，啧啧啧。围上来看的人发出了赞叹，和谢兴昌怀里的苞谷相比，家乡的苞谷确实像营养不良的孩子。

韩翠花也看到了谢兴昌从银川大老远带回家的苞谷和高粱，发出一两声赞叹后，觉得那只是男人好奇心的表现而已，并没往心里去。

接下来的几天，男人一有空就给韩翠花讲述他的玉泉营之行，每次说完总不忘缀上一句："要是咱也能移民到那里，一定有个奔头！"

有移民指标的几个乡的农民不愿去那个远处的、陌生的移民点冒险，加上几年来总有移民过去的人偷跑回来的消息，让大山里的农民，大多宁愿守在每年有国家救济粮吃的老家。一想到自己想移民，却没指标，有指标的却不去或去了后又逃了回来，谢兴昌就咬着牙迸出一句老家话来："移民这事呀，真是有牙的没锅盔，有锅盔的没牙。"

其他跟着谢兴昌偷偷跑出去的老乡，看到了国家要在贺兰山下的那片干滩上投资建移民点，看到了福建省的干部宣布了援建宁夏的计划，看到了邻近移民点的玉泉营农场的庄稼和蔬菜、葡萄，就像是看到了希望和未来。他们把看到的场景给村里、邻近的亲戚朋友讲，却很少有人响应。

长期的贫困生活像一块大石头，死死压在这些农民的头上，让他们如晒在命运干滩上的鱼儿般不能动弹，有些人甚至连对美好生活的想象都没有了。乡镇工作人员反复前往贫困人家做移民动员，然而，工作人员的宣传对被动员的农民来说，像冬天飘洒的一层薄雪，还没到地上就被风吹走了。

谢兴昌像着了魔似的，老是去找曾经一起去看过移民点的那几个人商量。大家说："你去固原城读过中专，算是见过世面的人；你在村里当过医生，家里有拖拉机，也有本事搬迁，你要去，我们就跟着你一起走。"谢兴昌在固原读过中专，回到村里后当了一名没有行医证的、解决老乡头疼脑热的乡下医生，农村人称之为赤脚大夫。这让谢兴昌家的经济条件相对较好，他是全村唯一有四轮拖拉机的人。

"没移民指标,到了那里,就是黑移民呀!"

"咱不是没看到过,那么大的一片滩,哪里塞不下咱几个?再说,不是有很多人移过去后偷着跑回来了嘛,咱萝卜填了他们的坑,也算是给政府帮忙呢!"

第二天一大早,谢兴昌开着拖拉机走到村口时,发现有几个村民在路边等着。大家心照不宣地坐上拖拉机,一起前往县移民办,希望能给他们村几个移民指标。

到县移民办后,他们了解到,移民指标是分配给条件比他们村差的村子的,他们村没有移民指标。

"我们去看过了,那里现在没什么,但那里有奔头,有活头。反正其他有名额的乡、村的人不愿去,你就让我们去,国家要开发那里,正需要人。"

移民办的干部正为动员不了移民去而发愁,干脆就让眼前这几个主动来申请移民的人先充数。就这样,谢兴昌带去的几个人不仅全报了名,而且还替自己的兄弟亲戚也报了名。下班时分,移民办的工作人员清楚地看到了报名表上显示的户数:12。

接下来的日子,是离开家乡前的纠结与惆怅,他们没多少时间储备告别故土的痛苦和矫情,没时间和亲戚朋友一一去打招呼,只是抓紧时间把家里的一切安排好,抓紧时间收拾去移民点所需要的东西。他们受着幸福梦境的诱惑,追随着那些隐约而神秘的召唤。移民,不是出远门旅游,也不是到邻乡去串亲戚,而是断了祖辈生活多年的故土之根,去遥远的地方建个新家,是靠胆识购买了一趟单程票后登上的新生之车。

凌晨4点的群山还在夜色中沉睡,杏树枝上栖居的乌鸦被一阵拖拉机的马达声惊醒,扇动着翅膀,一边惊叫着一边飞起,落在不远处的另一棵杏树上,它们惊慌地看见谢兴昌开着自家的那辆拖拉机,载着包括韩翠华在内的14个人,驶出村子。

第一个飞出屋檐的燕子,在觅到食的幸福中也总会是第一个让雨淋湿身子的;第一个跑出羊圈的羊,吃到第一把青草的同时也有让狼吃掉的危险。更多的燕子或羊会选择观望。站在村口目送拖拉机上移民的人,是嫌弃但无奈守候在屋檐下的众燕,是挤在圈里等待最安全的时机到了才出圈找草的众羊,他们怀着更为复杂的心情,观望、祈祷、等待。他们希望谢兴昌带走的那几个人能有个好结局,能够给留在村里的人们指明一个新方向。

2016年7月19日，中央电视台的新闻联播节目中，播出了谢兴昌给习近平总书记讲述的这段移民故事。谢兴昌的家乡也被更多的人知道：宁夏回族自治区固原市西吉县王民乡红太村。

3

道路是一份时代的证词，见证着时代的变化。1997年，从老家红太村出发到移民点，谢兴昌开拖拉机需要一天半的时间，现在，高速公路就在谢兴昌家所在的闽宁镇旁，从这里上高速去他的老家，只要5个小时左右的时间。

为了追溯谢兴昌当年的移民之路，我从银川出发赶往西吉县，然后沿着一条乡村公路前往王民乡红太村。10多年前，我曾沿着那条山路去过王民乡。那时，漫山遍野的干黄就像上天在这里不停地按了复制键一样，一片黄连着一片黄，连成了一件宽大的黄色衣衫，披在连绵的群山间。超出承载能力的大地，实在无力养活生育近乎失控的人口，自然环境极其恶劣。

大量移民搬出和实施退耕还林政策，大片耕地得以休息，让这片土地像个大病初愈的母亲，饥黄的肤色上有了绿色，干渴的大地上有了更多的林木与庄稼。修复中的大自然和没有移民出去的农民，像两个勤奋的油漆工，不断用绿色抹去残存在山区的干黄底色，这种绿色不是表面上的涂抹，而是栽种于此的林木往山川的骨子里顽强渗着的绿意，让遍布六盘山地域的绿色岛屿在这巨大的黄色旱海上越来越多。绿色林木和庄稼，半空中旋转的风力发电叶片、地上蹲着的暗青色光伏发电叶片，路边的村子里搭建的牛羊大棚，证明这片土地上的农民就是一个传奇的魔术天团，把以前的贫困景象变没了，道具就是他们的努力与汗水！

以前到西吉县采访，都要和在县委宣传部工作的毛兆平打招呼，时间久了，我们从工作关系变成了好朋友。如今，他是王民乡的党委书记，得知我要去红太村，就毫不犹豫地提出陪我前去。远处，一条正在施工的公路上人头攒动，仿佛在告诉我：制约六盘山地区发展的因素有很多，主要是道路，一条是横在人们脑海中的观念之路，一条是被群山闭锁而不便出入的道路。当地人曾戏称，就是给六盘山地区的人一堆金子，也会因为没路而运不进来。现在，高速公路已修到了六盘山地区的所有县。

曾经有一个醒目的大牌子、地标式地矗立在远处的山坡上，"中国马铃薯之乡"七个大字像七名身披黄金铠甲的武士定居在牌子上。西吉人有一句幽默的顺口溜："西吉三大宝，土豆、洋芋、马铃薯。"干旱歉收的年景里，耐旱的土豆常常是六盘山农民的"救命豆"。土豆也为六盘山地区的文化添加上了独特的一笔，农民说土豆开花时，用的动词是"扬"，有"土豆扬花"的说法。"土豆扬花"是在夏季，那些白色、粉红、蓝色、紫色的花儿，漫山遍野地挂在夏日的土豆枝蔓间，给天空献上一场土豆花的大合唱，使贫瘠的大地像是穿着花衣的少女。那云朵般的白，是栽种它们的农家女子汗津津的锁骨下晃动的丰乳；那婴儿唇般的粉，是栽种土豆季节趴在地埂上的农家孩子胖嘟嘟的小嘴；那葡萄即将熟时才有的紫，是土豆下种后穿行过漆黑的土地隧道后酿造的时光转盘；那如一瓶瓶不小心打翻的墨水蓝，是阳光派往夏天亲吻大地时的信使。土豆花不像很多花儿那样选择在春天开放，它们不像很多花儿那样只能用来观赏，它们盛开在低矮的土豆枝条上，一朵土豆花，就是山区农民摆脱贫困的一线希望。从种进地里到扬花，是土豆合唱的希望之歌在群山间回响的过程；从扬花到出土，是丰收之歌唱响大地前的热身与前奏。

土豆不仅牢牢地拴住了六盘山地区农民的胃，还拴住了他们的眼光与脚步，淀粉加工企业的兴起，让这些农民要么在不断扩大亩数的土豆地里劳作，要么去淀粉加工车间去打工。对他们来说，土豆是生病的家人摆脱疾病折磨的药，是孩子上学的学费，是他们不饿肚子的保证书，是缓解贫困带来的痛苦的神医，是挂在他们生命之树上的绿色希望。我第一次在西吉县采访时，听当地人说西吉县有个"马研所"，心里觉得奇怪：这里怎么还有研究马的？后来才知道那是"马铃薯研究所"的简称。

那些从大山深处走向黄河之滨、贺兰山下、农场边缘、戈壁荒滩、沙漠台地的移民，就是靠来自家乡的土豆度过了最初的艰难时光，他们对土豆有着深深的感恩，当年，往返于移民点和故乡之间的长途班车堪称"土豆班车"。高启东是一位甘肃司机，曾受雇驾驶一辆从银川到西吉县的夜班车。他说：刚移民那几年，从故乡出发去看移民的家乡亲人，回家乡参加亲人的红白事或过完春节后返回移民点的移民，哪个不是肩扛、头顶、手提、背负的？哪个不是一个人带几个口袋、大包小包的？装的最多的就是山区的土豆，装土豆的口袋就横卧在车厢的地板上或座位下，有时，口袋的绳断了或松了，土豆在车厢四处滚动，在过道里画出不同的曲线，引得车上乘客发出一阵阵惊呼。常常是车在拐弯时，能听得见土豆咕噜噜滚来滚去的声音，有经验的司机并不停车，一任车厢里的移民们弯下腰，抓逃犯似的捡拾滚到自己脚下的土豆，然后交给土豆的主人，玩笑声、戏弄声、叹息声混合着旱烟味、汗味、不小心被踩碎的土豆味，在车厢里飘荡。

刚到移民点的时候，很多人的一日三餐几乎都是从家乡带来的土豆，早饭吃的是"土豆炒洋芋"，午饭吃的是"洋芋炒土豆"，晚上吃的一碗面里还一定要加点土豆。移民点上的饭馆里，菜单上的"洋芋面"很少有人光顾，移民开玩笑说在小时候通过煮、烧、烤、炸、蒸、炒、焖等方式，把一辈子该吃的洋芋都吃完了，看见菜单上的"洋芋面"三个字就想吐。这几年，一些老移民反而思念当年的洋芋面，移民的嘴巴到了移民地，但味蕾依然留在故乡。

到移民点创建家园的人们发现，土豆基本上从移民点上的作物榜单中被删除了，平原灌区不适宜大规模种植土豆，种的土豆因为水分太多被老乡们戏称为"水豆"，失却了故乡的那种味道，故乡那漫山遍野的土豆疯长和收洋芋时众车云集的情景也就消失了。移民们常常怀想起在老家时与土豆有关的日子：为了避免杂草和土豆争夺那可怜的水分，乡镇商店卖得最火的一度是锄头，赶集的日子里，小摊上卖得好的一度也是锄头。露水落在草尖上的声音，成了农民带着锄头上山除草的闹钟，他们像每天要去准时上课的孩子，山坡上的土豆地就是他们的课堂。科技之风吹到大山里后，为了让入土的土豆种保墒，为了能让土豆早点成熟，塑料薄膜成了披在半山坡上的一件件白色小衫，若能空中俯瞰，一定是黄色的旱海上停止漂浮的一座座白色小岛。土豆收获的季节，山区人家你家帮我家，我家帮你家挖土豆的图景，诠释着千年间农村人友爱互助的传统，图解着丰收带来的喜悦。挖土豆的间歇，会有人提议来一段秦腔或花儿，那是为土豆专门定制的颂歌，那是为汗水送去的致敬。

在故乡时，移民们更是怀想那些浸透着他们汗水的土豆去向，它们被装进一辆辆汽车，拉往外地或本地的淀粉加工厂，种土豆者的使命暂时中止，另一种希望便开始了；那些走进车间、拉运土豆的农民从土豆那里领受了生活中的另一种角色，小小土豆让他们滋生出巨大的希望，让他们改变了住房和生活条件，让他们的命运之车一度沿着土豆延伸出的线路向前缓缓行驶。

渐渐地，山区的农民发现了一些不对劲。哪里不对劲？首先是他们的鼻子闻到了一股股难闻的味道，不久，人们发现葫芦河的水颜色变了，空气里整天弥漫着越来越浓的臭味,一天天过去,这种恶臭味逐渐压住了他们数土豆卖来的钱产生的愉悦感。土豆是无辜的,却无意中扮演了污染空气和河流的帮凶,制造淀粉产生的污水流进了农民赖以生存的河流;惊慌开始在这些人中间扩散,是要数着土豆变现来的钱带来的快乐,还是要清澈的河流和干净的空气?

争执在农民中间进行,也存在于政府决策者中间,无论是干部还是普通百姓,都纠结不已:土豆好不容易帮他们摆脱了癌症般的贫困,停止淀粉加工就意味着命运的时针会被回拨到原来的贫穷状态。

要金水银山还是要绿水青山,不是一道单项选择题。时间像个忠实的记录员,将那些曲折、纠结、困惑的过程封存于岁月的档案柜里,将结果毫无遮拦地展示出来:漫山遍野"土豆扬花"的盛景逐渐退潮了,那曾是土豆给大地、时代和农民们奉献出的一道道希望的火焰,却被命运的大雨无情浇弱了;淀粉厂被关停了,政府和农民最终都选择了让金钱给生态让步,他们舍不得金钱,更舍不得让贫穷但健康的故乡染病,这也让当地的移民数量不断增加。

谢兴昌的家乡四周的农民,就是在这种时代背景下陆续选择移民的。

离开王民乡不久,毛兆平指着不远处挂在山坡上的零星几间房子组成的村庄告诉我:那就是谢兴昌的家乡。

深受关(中)陇(山)文化影响,六盘山区的人给村庄、山梁、河流、沟岔取名字时绝不马虎,即便是一个当地人形容为酒盅盅大的地方、旱烟锅上冒出的火星星大的地方,取名字都不带一丝含糊。给地方取名就和给孩子取名字一样有讲究,大名(官名)和小名(乳名)是一定都要取的。比如,我认识的一个叫杨四六的移民,是个从隆德县移民到银川郊区的盲人,在银川市的一家盲人按摩店做按摩师,后来自己开了一家按摩店。他是父亲在46岁时生下的,这个名字就有了感恩父亲的意味,他的乳名叫四娃,是指家中第四个孩子。给地方取名,六盘山地区的人更是讲究,一块簸箕大的地方,或许会有磨盘大的名字。谢兴昌的家乡,就像在这里出生的人有乳名一样,叫谢家旮旯,在乡政府管理的行政村名单上,叫红太村。

旮旯,是"狭窄偏僻的地方";谢家,是指当地有一定数量或有影响力的谢家人。谢家与旮旯组合,就是指几户谢家人,住在一块大山遮蔽着的狭窄角落。村子挂在那条叫高山咀的山坡上,翻过高山咀向西,就是甘肃省静宁县地界。谢家旮旯像一位饿得耷拉着头的少年,有气无力地瘫软在半坡上,看着低处那条常年干涸的滥泥河谷和对面同样干枯的西山山。如果偶尔有只鸟儿误飞至这里，想飞出这旱莽莽的大山也不是件容易的事情。

初夏时分，村子像一张黑白照片保持着千百年来的简约模样。山风不知疲倦地吹着，送来缕缕清凉。窄窄的水泥村道显得寂寥，隐约有庄稼人的饭菜香从厨房窜出来，汇聚、杂融在小小的村子里，散发着一股典型的乡村味道。我想找几间古旧房子拍照，竟然成了让村党支部书记蔡娟犯难的事情，全村已经很难找到20多年前的旧房子了。当年移民走后留下的废院落早就没了踪影。留在当地的农民，随着经济条件的改善，房子也大多是近几年新盖的。山坡上的庄稼，正处在成熟前的沉默阶段，暗暗积攒着丰收的力量。年轻的村民几乎都出去打工了，带走了喧嚣和青春的力量，留给村庄一份安静。

正是山中夏时天，黄灿灿的杏子蹲在树上，早熟的被一阵阵山风吹落在地。留守的老人们看着这昔日曾用来度饥荒之年的杏子，黄金般散落一地，心里自是慨叹："这是先人晾干了度日的宝呀，现在跌在地上都没人捡了，可惜呀！"叹息归叹息，家里早就不缺粮了，现在，连吃杏子的人也没了，也没必要放在院子里晾晒杏干了。老人们只好每天下午拿起扫帚，扫着这一地金黄，堆在院子外的角落，剥去杏核，让干透了的杏肉到冬天煨炕。届时，整个炕洞里传出的杏子味飘荡在土炕上空，老人更会赞叹："这年头，人的日子过得攒劲得很，炕洞里钻出的烟都带着杏子味呀！"倒是前些年搬迁走的老移民，在这个季节老打电话来，在移民点上怀念小时候吃老家杏子的情景。在西吉，烤土豆、洋芋泥、黄杏子、腌白菜等，在不同时令悬挂在记忆的枝头，成了令移民们牵挂的一份份乡愁。

从村子里的文化广场前走过时，我遇到了70多岁的谢志帮。老人一听我想采访当年移民的事情，便很热心地邀请我去他家。通往谢志帮家的路上，两边栽满了杏树，不时有熟透的杏子从树上跌落下来。杏子是一种低调的果实，果实成熟时变软又没外壳保护。大山里的杏树都长不高，被风催落的或杏熟自落的，跌在地上就像西北人走路累了随意在路边的土包上轻轻一搁屁股，像是杏树隔着半空派出去问候地面的小使者。移民之前，村子里的人多，落在地上的杏子，被主人捡起放在背筐里，小心地背回家里，那酸酸的味道能当菜，就着馒头、面条吃，吃不完的就做成杏子酱。一辈辈人口口相传着"桃饱人杏伤人，李子树下埋死人"的古训，杏子成了教给山里人学会自律的活教材。来客人了就捧出来，当成招待客人的食物；没客人时，就自家人吃。杏核，剥出来砸着吃，或者晾干了捣碎，当成洗头膏、洗衣液用；晾干的杏肉，在荒年就是度日的另一种粮食。

在甘肃省静宁县的地图上，东北角有一块向宁夏西吉县突出去的地方，在那里的民众眼里，是没有"你是宁夏的、我是甘肃的"的界限的，乡情和亲情如风，常常会推开两个县之间的那道看不见的篱笆，你来我往，你婚我嫁。遇上荒年，我到你的地界避难，你到我的庄子落户，是很自然的事情。100多年前，静宁县遇到严重灾荒，向西吉县突出去的那块山洼里的两户姓谢的人家，翻越高山咀，移民到一处不起眼的旮旯角落里落脚，他们姓谢，那个地方慢慢被周围人称为"谢家旮旯"。

移民至此的谢姓人家原本想着高山咀东边、西吉县境内的光景要好些，没想到，这里比他们的家乡好不到哪儿去。放眼周围，山里人的日子大同小异，都在一片靠天生活的山区，都是如老驴推磨般地一天天将就着，日子就像火苗舔着罐罐里的茶一样苦苦地熬。到了谢兴昌这一代人，日子穷得实在是熬不下去了，被饿死的危险像幽灵般徘徊在村子上空。"人挪活，树挪死"，谢兴昌想通过"挪"的方式，给生命一个新的交代。

国家组织移民时，一股叫"挪"的潮流，暗暗在这个村子、这片土地，甚至在整个六盘山地区涌动。他们实在无法在祖辈生活了多年的土地上再熬下去了，他们的心里疯长出了无数"挪窝"的种子。"挪窝"，说得文雅点，就是移民，是一场摆脱身体桎梏的解放，是一场对命定生活的反叛，是他们对奄奄一息的原生地集体投弃权票。他们要和故乡互相消失在对方的视野中。

人类的迁徙无不和危险有关。这种危险，有气候或环境因素，有战争或人祸、疫病或天灾原因。当六盘山地区养活不了生活在那片土地上的人时，就会让人们感到不安全。当一个地方失去安全感时，生活在那里的人，就得想法离开。谢兴昌当年带着乡亲们"挪窝"的故事，在谢家旮旯甚至整个王民乡、邻近的将台堡、兴隆镇传出了多种版本。各种传说像风一样在周围村民的嘴里传来传去，细节自有出入，但总体大致一致：古有山东108名好汉上梁山，近有安徽省凤阳县小岗村18名农民在"秘密契约"上按印搞改革，谢兴昌等6位乡亲去贺兰山下探路的故事，也在听了这些传说后的庄稼人心里树起了一道碑：这几个人都是儿子娃，都是攒劲人！

谢志帮把我送到村口时，我隐约觉得，红太和谢家旮旯都像是披在这个村子身上的新衣服，前者是行政意义上的，后者是姓谢的人家自取的或周围村子的人命名的，按六盘山地区取名的文化习俗，这里一定还会有个更为古老、更有文化底蕴的名字。一问，果然，村子古时的名字叫"城背后"。

"城背后？在哪个城的背后？"

"呶！"顺着他的手指方向，我看到滥泥河谷对面的山顶上，隐约有一处古城堡。

"羊牧隆城！当年宋朝和西夏争夺的地方，现在叫火家集。"哦，红太村因为在羊牧隆城的背后而得名"城背后"。

从贴在高山咀半山腰的红太村出发，通往外面的路只有穿过滥泥河沟的那唯一一条山路。深受关陇文化滋润，六盘山地区的民众对待山河有一种敬畏之心，尤其体现在取地名上，穷乡僻壤之地的一些美丽名字，包含着命名者的美好期盼。尽管缺水，但这里的民众还是喜欢把两山之间的干谷，称为河，期待着条条干砂沟能在雨天里激流澎湃，水润万物。然而，眼前这条取名为滥泥河的旱沟，让我想到山沟里即便有水因雨而生，也是一股股泛滥之泥滚动。这个名字的背后，蕴含着周边 6 个村 3000 多乡民们多大的无奈和沮丧，甚至对它的绝望。除了泛滥之意，可能还有西北人说的贬义性很强的"烂"字寓意其中吧，他们常常称那条干沟为"烂泥沟"。

从记事时起，谢志帮就没见滥泥河流淌过清澈的水，倒像一张朝天咧开的、牙齿掉光后显得干瘪的嘴，年年岁岁，把土里的一点湿气吸进嘴里然后朝天吐光。它不再是一条河谷，而是一条四季冒着热气的旱沟，口腔里空空荡荡地旋转着干渴。

滥泥河是一条界河，河谷西侧的红太村属于王民乡，跨过河谷就属于将台堡镇了。一条深深的旱谷，像一道篱笆，把红太村的人死死地圈在贫困里。如今，半空中架起的一道桥，让那道看不见的篱笆彻底消失了，红太村的村民们，就像郑州人称黄河大桥，武汉人称长江大桥、广州人称珠江大桥一样，将那座 80 米长 7 米宽的桥称为"红太大桥"。

20 年前，谢兴昌开着拖拉机载着跟随他移民的乡亲们，从谢家岔岘离开，要下行到滥泥河沟，然后走完上山的崎岖路，抵达山沟对面的火家集，在红太村和火家集之间，完成一个大写的 V 字之旅。红太大桥修建之前，从红太村移民出去的农民，即便条件好的买上私家车，如果回故乡，在临近故乡、看得见对面的杏树和老屋时，还得完成从火家集到滥泥沟的沟底再到红太村的 V 字形山路之旅。

现在，那些有车的红太村民出门也好，从移民之地返乡至此者也好，一踩油门，车子便沿着如满弓之弦的"红太大桥"，跨过滥泥沟。

经过前期的探路，和生动的玉米棒子的对比，不断有人悄悄找谢兴昌，希望他能带他们移民到贺兰山下去，一场场谈话在秘密状态下开始进行。

有人说：一个人的生命是由出生的那天、结婚的那天和死去的那天组成的。对谢兴昌来说，估计还得加上移民的那天。

那天，谢兴昌早早起来，拖拉机车厢的改造工作是前两天就完成了的。前来送行的乡亲们看到那辆被精心改装、设计的拖拉机，车厢变得又高又宽。沿途看到他们的人，都对那辆传奇之车深有印象：那简直就是一个移动的大仓库，车厢里装满了米、面、锅等生活用品；车厢上面横铺着一根根提前找好的椽子，椽子两侧宽出车厢近1米多；车厢四个角插着较矮的木椽，和铺在车厢上面的木椽，围出了一个很有气势的围栏，里面挤着13个怀抱铁锹、水瓶、干粮袋的男人。那辆变胖了的拖拉机更像一个移动的蚁阵，一个体量不大但容量很大的希望之巢。

随着拖拉机的发动，一股黑烟在半空中升起，送行的乡亲们看着拖拉机沿着土路盘旋着，向滥泥河谷驶去。

翻过滥泥河谷，拖拉机沿着西岌山的土路盘旋着上山，每一盘弯曲的山路，就是一封移动着的、写给故乡的告别信。到山顶的火家集时，天已蒙蒙亮。

对历史感兴趣的谢兴昌，从小就听老人们说过关于1000年前的西夏王朝和羊牧隆城之间的征战：为了防御西夏王朝军队南下，北宋下令在六盘山北部地区构筑四个军事要塞，羊牧隆城便是其中一座。历史往往会留下很多有趣但让人费解的事情，比如羊牧隆城这个名字，在《武经总要》中这样记述这座城池："地名邪没笼川，蕃语讹谓之羊牧隆城。"也就是说北宋人称呼这座古城为邪没龙川，西夏人称之为羊牧隆城。公元1043年，这座要塞被北宋政府更名为隆德寨，这是隆德县名的渊源。

我是在《金史·地理志》中，发现羊牧隆城、隆德、火家集的变化之路的："元大德八年（1304年），迁隆德县于笼竿城，后因城内火姓人居多，加之县城有传统山边贸易集市，故名火家集。"原来，这个要塞曾扮演过军城和县城的角色。

成吉思汗带军队征剿西夏时，曾经在这里驻留过12天。成吉思汗带领大军撤离后留下2名大将在此驻守，一员大将叫额多霍，另一员大将叫火力火达，火家集里的火家人就是火力火达的后代。从火力火达带人落居火家集来看，这里也是接纳移民的地方。其实，整个六盘山地区，在历史长河中，何尝不是一个不断吸纳移民的地方，一个人来人去的旱码头？

一山之隔，火家集的东边有葫芦河流过，那是渭河上游第一大支流，因河床狭窄多曲折，形似"葫芦"而得名。谢兴昌开着那辆"变胖了"的拖拉机，穿过葫芦河谷，爬行在崎岖山路上。拖拉机像占了大半个公路的、奔跑着的大甲壳虫，上面飘着13个庄稼汉子们的拉呱声、嬉笑声、偶尔吼起来的秦腔声，甚至，有人在大家感到寂寞时，还漫起了"花儿"，以此表达对陌生而新鲜的未来生活的憧憬：

> 缸二两，四两缸，肚子没粮心里慌，移民的人呀到远方，不求三伏天里雨水飘，只愿水往地里淌，打下的粮食装满仓。
>
> 红心柳，四丈杈，韭菜叶绿树开花，移民的人呀缓一下，不求三九天里雪花落，只愿脚下的道通达，快点儿走到咱新家。
>
> 天蓝蓝，地长长，五月杨柳罩门窗。移民的人呀去远方，远方的家呀在哪搭？六月的麦子漫川黄，罐罐茶里放上了糖，尕娃娃穿上新衣裳，长大了女女子俊模样，嫁到城里去做新娘。

走出六盘山后，谢兴昌的眼前出现了一条南北方向的公路，拖拉机上的一车人都意识到：要告别西吉县了。这一走，将带走多少念想和牵挂，一车的沉默如死寂的水潭，不知谁扯起嗓子漫起了当年王洛宾路过六盘山时创作的那曲离别的"花儿"，像一块石子掉进那沉默的水潭：

> 走咧走咧，走远咧
> 走呀，走远咧
> 褡裢里的锅盔轻哈咧
> 哎嗨哟呀吆
> 眼泪的花儿把心淹了

先是1个人，逐渐变成了2个人、3个人，最后是全车人都扯起嗓子，吼了起来：

走咧走咧，走远咧

走呀，走远咧

心里的惆怅，从此种哈咧

"花儿"洒遍路，路上满是愁肠；"花儿"冲云霄，云朵四处躲藏；"花儿"淹了眼，眼眶盛满泪光；"花儿"淹了心，心里从此不再空空荡荡；"花儿"被带上了路，从此在他乡有了伴儿。

进入原州区境内，警察远远看见那辆"胖车"时，先是一惊，随即示意停车；走近前一看真是脑洞大开，没想到一辆拖拉机在农民的智慧下变成了这样。罚款吧，这些人实在拿不出来钱，让他们退回故乡去吧，根本不可能；让他们往前走吧，又不安全。车上的农民七嘴八舌地辩解，说警察不让他们往前走就是破坏国家的移民政策，就是让农民继续回到穷窝。交警只好让他们上路，吩咐他们在路上要注意尽量靠边行驶，给来往车辆留出空间以免发生车辆碰撞。那辆变胖、变宽的拖拉机，在突突突的发动机声中，在沿途行人的惊诧注目中，一路冒着黑烟，继续行驶在固原到银川的路上。

离开家的前几天，谢兴昌就让每个人到村医家去，把用完的空输液瓶搜集起来，每个人至少搜集 5 个空瓶子，临走那天，里面要装满沿途要喝的水，每个人带够 3 天的干粮，路上，大家饿了啃馒头，渴了喝输液瓶中装的凉水。

清水河呀，这一次陪伴着"胖拖拉机"载着这样一群特殊的移民，目送他们跨过黄河，向着贺兰山东麓，永宁县和青铜峡市交界的荒滩而去。

车过黄河，到贺兰山东麓后，谢兴昌就让他那拖拉机的车轮偏离去银川的方向，从青铜峡境内斜斜地穿了过去。在银川平原上，这些农民看到的是整齐的土地上，最后灌浆前的庄稼像快要足月生育的孕妇。大地上的一切都写满了希望！过了包兰铁路，上天仿佛和他们开了个玩笑，眼前的土地像是一根转了一大圈的时针，又回到了干黄状态。在家乡，偶尔还能看到村子前蹲着几株耐旱的榆树、杏树，可这一望无际的干滩上，哪里有什么树？车上的人有些毛糙，大声地问："老谢，你是不是把咱给诓下了？哪有你说的什么玉泉营的高粱和苞谷，这连个电线杆子都没！"

谢兴昌没办法回答，毕竟，这次和上次坐长途班车先到银川再到玉泉营的路线不同，这是一趟远离滨河平原的拖拉机之旅。走出六盘山，南北走向的清水河就是他们的路标；过了黄河，南北走向的贺兰山就是他们的路标。他大声告诉车上的乡亲：六盘山再穷，不也养活了几千年的人吗，不也滋润了固原那么大的城吗？贺兰山下能有银川那么大的城，能有玉泉营那么好的庄稼和葡萄，还养活不了咱这些移民？

当天晚上，谢兴昌驾驶着"胖拖拉机"抵达玉泉营西边的一片荒滩，疲累让他们连吃东西的愿望都没有，兴奋却又让他们躺在干地上无法入睡。苍穹空旷而自由，闪亮的星星伸手可摘似的，像正月二十三在老家"燎疳"时，一脚踢飞柴火堆后腾空乱舞的火星子。星空之下，最容易引发人的联想，有人自然就想起了老家。大家谁都睡不着，就干脆坐了起来，你一言，我一语，共同想象着未来的美好生活。

4

沿着谢兴昌带人从六盘山西麓到贺兰山东麓的移民路线，我抵达他们最初落脚的地方，试图寻找他们当初来时寄居的帐篷、地窝子、土坯房、"红砖腿子"，我的寻找是徒劳的，第三代移民住过的砖木房都早已不见了，不少移民住进了楼房。

住房，是移民生活写照的一份活档案。在闽宁镇镇史馆里，挂在墙上的黑白照片，好像移民们装满故事的眼睛，凝视着我，想给我讲述一部闽宁镇住房"简史"：这些在老家住过窑洞的人，来到这里后用简易帐篷、地窝子收留自己的身子，让憧憬中的美好未来收留自己的梦；土坯房取代地窝子，就是那些被半埋在地下的心，完全敞开给太阳和天空；砖木混建房取代土坯房，标志着这些人已经完全将这里视为家乡；楼房代替平房，意味着这里的农民通过辛勤劳作拥有了城镇生活，故乡彻底成了一袭遥远的梦。移民以自己的汗水和努力，像一个从不逃课、认真学习的学生，一笔一画地填写了他们在这片土地上的住房履历表，改写了自己从移民到主人的角色。

刚到移民点时，谢兴昌和其他老乡的主要任务是改造沙地、平整田地、修通水渠，为来年的春播做准备。对农民来说，无论是在老家，还是移民到他乡，土地是最可靠的。没有土地，他们就会觉得心里没着落、没底气、没盼头。

霜降过后，平整出来的土地打着呵欠要入眠了，贺兰山下的这片荒滩恢复了它冷寂的本来面目，似乎是在向移民发出"暂且回去"的通令。移民们带着新的希望回到家乡，为来年在这里的耕种去做各种准备。

六盘山地区的冬天是闲适的，适合农民们串门子、谝闲传、拉家常，让人生经历和乡村传说晾晒在闲话中，把日子过成嘴上的风景。那年冬天，谢兴昌和其余几位去过移民点的人，像每年春天在种子下地后开始等待一场雨一样，像往年在冬天等待来串门的亲戚一起喝罐罐茶一样，等待着来年的春天。他们的等待可以在一缕冬日的夕阳下，可以在一缸子罐罐茶泡软的下午，也可以在磕麻子的过程中。那个冬天，去过贺兰山下平整土地的移民家庭，成了村民们喜欢去的地方。谢兴昌在移民点的村子因为是福建在贺兰山下援建的，就叫闽贺村。

山里人的冬夜，常常显得空白而无聊，只有串门谝闲传，似乎才能填补贫瘠岁月里的空隙。那年冬天，跑到谢兴昌家里谝闲传的人突然多了起来，谝着谝着，话题像一个在乡间小路胡乱走的小孩子，突然拐到大路上一样，大家不约而同地聊到了那个遥远的闽宁村。听了谢兴昌的描述后，那个大家之前毫无印象的地方，似乎成了一盏暗夜里被点亮的灯，扇起舞动的翅膀一般发出诱惑的光，朝向这些农民的心田照来。那几年，故乡干旱得连麻雀都不愿来了，土地上的野生动物也几近绝迹。整个村子寂静得似乎只剩下窗户里传出的谝传声，大家你一言我一语，想象力和激情像一架架失控的飞机，能飞多高就飞多高，想往哪儿飞就往哪儿飞，一旦闲谝结束，那飞机就像失联一般，连一丝残骸也没留下，就无影无踪了。那些一心想着移民的人，回去和家里人商量，春天到了要不要跟谢兴昌去闽宁村，他们的妻子，也不失时机地去找韩翠华聊天，打听移民到贺兰山下后一个女人该注意的事情。

春天，是播种希望的季节。六盘山区还是寒风料峭时，黄河岸边的土地已经以苏醒之状呼唤那些冬天撤回去的移民，同样是拖拉机带着农具和农民，同样是穿越六盘山、清水河、黄河到贺兰山下的路线，同样是任凭寒风吹打在拖拉机上那些移民的脸上、钻进他们的棉裤棉衣里，同样是车上飘着秦腔和笑话，同样是一条希望之路在干冷中向前铺开。不同的是，谢兴昌驾驶的那辆拖拉机不再如一匹穿越宁夏南北的孤狼，而是如一匹头狼，后面跟着新的追随者，他们就像找到目标的雷达围着谢兴昌转了起来；他们要把犁铧变成钻进地里的甲虫，叫醒遥远的、陌生的、冻着的荒滩；他们要用希望搭建起一个新的、能承负全家生活的家园。他们带着逃离般的心情告别家乡，试图摆脱贫穷带来的沉重负担，摆脱卑微而恶劣的生存环境。为了不错过播种的季节，他们像飘荡在季节前的白云，像赶在流水前面的春汛，迫不及待地上路。移民，就是命运扔给这些山里人的一只大盲盒，到移民点后的生活会怎样？多久才能把留在老家的亲人接到移民点？未来究竟是怎样的一种前景？他们不知道。他们只知道，故乡如昏暗烟尘中漂浮的岛礁，被记忆之水逐渐推向远处。

随后的好几年里，留守在村子里的老人，看着自己的儿子、儿媳、孙子们一个个像中了魔似的，急匆匆地离开生养他们的故乡，奔赴远处的移民点，仿佛是为了摆脱某种诅咒。有的人抱着边走边看的态度，有的人则根本就没打算再回来，一场移民浪潮就这样悄无声息地拉开了序幕，开始悄然改变着山区和黄河边的平原地带的人口分布状况。

农具对农民而言，犹如武器对战士，是农民生活的见证。移民最初带来的农具，早已不知去了哪里，如果现在能保存下来，足以见证他们在半原始耕收状态中的生活。从移民额头上流下的汗水，犹如滴在磨刀石上，挥舞着的镰刀经过磨刀石的反复打磨，发出锋利之光，也足以照亮他们在移民地开天辟地的坚忍和勇毅。

谢兴昌第一次踏上移民点 27 年后，中央电视台播出的反映他们当年生活的电视剧《山海情》中仿制的当年的农具也好，闽宁镇镇史馆里的黑白照片上的农具也好，都让我看到这片土地上的一部农具浓缩史：开始是从家乡带来的近乎原始的耕具，后来有了简易的现代化耕作机械，现在则是相当先进的现代化机具。

在广袤的荒滩上，一个移民点的出现，就像是在一个集镇上开了一家酒馆，吸引人们不断拥来。在移民眼里，土地就是一张张大餐桌，菜单上的内容更替取决于劳动收成。除了改造与获取，人类与土地还能有什么关系？哪怕是对它的侍弄与争夺，也是如此。移民在这片还不熟悉的土地上，播种下粮食的种子后，念叨着"房前屋后，植绿种树"的民谚，先在水渠旁和家门口尝试栽植政府免费发放的槐树，这种树木因为能在戈壁上生存而被乡村人们敬称为"命大的树"，也是他们栽在路边的第一批树种。栽在院子里的，则是不少人从老家带来的杏树苗，不仅是为了在苦焦的春天里、满眼枯黄中，看到润眼和养心的杏花，也是想老家那"人间三月杏花天"时的一种安慰、一服想家时改心慌的汤剂。无论是何种树，栽在移民点几年后，就能吸引着星星在枝杈间垒窝，闪耀着对移民的礼敬与祝福。

无论在多么贫穷的家乡，都有让生于斯、长于斯的人留下来的理由或牵绊，没有人愿意背井离乡。决定背井离乡的人，一定是将移民当成了一种勇敢的选择，一定身披不惧改变、闯荡四方的勇气。

昔日无人的荒滩，经过劳作者的汗水浇灌，已经变成了上万人的小镇，甚至因为一部《山海情》在中央电视台的热播，成了很多外地来银川游客的网红打卡地。那些来去匆匆并"到此一游"的人们，谁能想得起那些内心如老虎般勇敢的移民呢？

时代安排的机遇，造就了抓住者和失去者命运的分水岭。同样是在一个村子，同样是姓谢，年龄也相差不大，谢兴昌走出谢家旮旯移民去贺兰山下，谢志帮和留在谢家旮旯的其他人一样，将自己安放在贫瘠的故乡，任凭贫穷的链子拴住脚步和思维。他们像是一株生命之树上休戚与共的枝干，被移民潮这把无形的锯子，切割开来。出去的人从移民点回来，描述贺兰山下的生活比六盘山下的生活好的图景时，守在老家的人便会嗤笑："都是个山，你说那贺兰山是由金子堆起来的？"他们没注意，那些移民出去的人，虽然容颜、口音、衣着没什么变化，但他们说话的底气、自信以及对未来的期许已与从前大不相同。

有关移民的消息，像风一样来回飘荡在平淡甚至无聊的山里人的生活里，牵扯着故乡和移民点人的心。移民的生活，被故土的亲人、朋友、亲戚们关注着，一旦有好消息，故乡人的心脏之鼓就会被鼓槌愉快地擂响。他们听说黄河水流过移民家门前的小渠，移民的院子里或大门外不再需要箍水窖了，黄土干塬上流传千年的箍窖手艺，再也用不到移民身上了；他们听说移民们在搭好的棚子里种出了炒菜用的蘑菇，蔬菜在冬天也能从大棚里长出来，老家那种和水窖一样重要的，存储过冬、度春洋芋的窖，也在移民点彻底消失了；他们听说移民种的庄稼都能喝足水，像被奶足的婴儿，一天长一个样；他们听说有一种叫葡萄的水果是躺在架子上长大的，关于葡萄长什么样的猜想也在好多村庄里流传，有人说和洋芋一样，果实是埋在地下的，有人说像杏子，是挂在树梢上的，等移民们回到故乡，猜错答案的人便成了村子里的笑话。

谢家旮旯是移民潮这架巨大机器运转中的一个小齿轮，它就像移民大潮中的一朵浪花，闪耀着盐巴的涩味和黄金的光芒。第一批走出的移民，像暗夜里的火种，像苍穹下的星光，像晨雾中的露珠，鼓舞着那些也想从这里走出去的农民。没有拖拉机可坐的人从村里出发，步行一个半小时到火家集，在那里等待从邻省发往县城的、一天一趟的长途汽车,之后在西吉县城住一晚,第二天再从西吉县出发,坐整整一天长途汽车到银川城,在银川住一晚,第三天再坐中巴到玉泉营农场下车,接着,步行到谢兴昌带领村民抵达的移民点。

一扇扇无形的门,陆续向移民悄悄打开,谢家岔岘陆陆续续有60户人家移民到了贺兰山下的荒滩上。等那些难离故土的人,看到先期移民的老乡富起来而萌生移民的想法时,移民已经有了门槛,指标也有了限制。

故乡并不是时代的孤岛,也和时代保持着同样的节拍,那片土地上的人常常被移民点传来的好消息刺激、鼓励,在生态恢复后的山地上,召唤着更新的生产、生活方式。在谢志帮家的墙上,悬挂着乡政府在2018年6月授予他"先进人物评选:助推脱贫攻坚活动诚实守信模范户"的牌匾,他是全村唯一一个享受到这个荣誉的人。谢家岔岘像一个住进空调房子、头发理得短而精干的人,将那顶"深度贫困村"的帽子,扔进了历史的记忆箱。

对留守在家乡没有移民的乡亲们来说,他们当初的迟疑、纠结,成了孩子们长大后的反面教材,谢志帮的儿子大学毕业后,就选择了在移民点发展而来的闽宁镇上班,并在那里娶妻生子。

一个人想扔掉一顶自己不愿戴的帽子,并不是一件困难的事情;一个地方想摘掉命运扣上的贫困帽子,并不是一件容易的事情。就像一个靠智慧、辛劳摘掉了家庭的贫困帽子对周围邻居的影响一样,一个山村摘掉贫困帽的行为,对同处贫困地区的邻近乡村来说,无疑如茫茫大海上的灯塔、茫茫沙漠里的绿洲一样,是有着引领、示范作用的。那几年,沿着滥泥沟、葫芦河,沿着六盘山西麓的沟沟岔岔,一顶顶扣在村庄上空的贫困帽被乡亲们的汗水形成的巨浪淹没,被时代之风吹远。历史目睹一顶顶脱贫的帽子飞舞在六盘山的群山和沟壑间,演绎着属于六盘山在这个时代的"帽子戏法"。谢家岔岘摘掉贫困帽子3年后,2020年11月17日的中央电视台新闻联播栏目中,曾播出这样一条消息:"11月16日,宁夏最后一个贫困县西吉县退出贫困县序列,标志着宁夏所有贫困县脱贫摘帽。"扣在六盘山上空最大、最耻辱、最悠久、最破烂的贫困之帽,被历史的罡风撕成片,磨成末,粉成浆,变成了一册沉重的教材。

第五章 荒滩上的火焰

> 有些村庄是用建材构筑的，有些村庄是它们的主人的汗水被太阳晒成盐后，结晶出的战场。
>
> ——题记

引　子

小学毕业后，赵鸿每周一凌晨 3 点起床，背着够一周吃的干馒头，走 2 个多小时的山路，赶到就读的初中；周六再沿着那条山路返回到家中，周天帮着家里干一天的活；周一，他再像一艘穿过漆黑夜色的小艇，那波浪般起伏的群山就是他艰难跋涉于其间的一片干黄的旱海。这种生活状况像一只丑陋而慵懒的手，把他拨动成一周来回一次的钟摆，有规律地摆动在家和学校之间，这种钟摆模式被他复制了 3 年。初中毕业后，赵鸿所在的乡没有高中，只能将初中的上学与放学的模式复制到高中阶段。

高中毕业后，当听到首府城市向六盘山区招聘青年工人的消息时，和其他青年一样，赵鸿毫不犹豫地报了名，应聘成为宁夏一家建筑公司的员工。一天 2 元 8 角 3 分的工资，让赵鸿第一次觉得自己同留在老家的伙伴比起来，变成了有钱人，同时，工作也让他有更多的机会了解外界的信息和观念。结婚后，靠一个人上班挣钱维持全家人的生计有些困难，赵鸿便辞去了在建筑公司的工作，开始在银川郊区以及永宁县等地辗转打工。

一天，一个老乡找到在永宁县的一个建筑工地上打工的赵鸿，约他去永宁县西边、靠近贺兰山的玉泉营农场，给那里的移民点建房子。

赵鸿很早就听说过移民的消息，但他的老家坡湾组没有移民指标，后来提起这件事，他和老家人都觉得当时的移民就像一个彩票箱，他们伸出手却够不着，移民的大门向他们关闭着。他们也一直纳闷：在西吉县，难道还有比坡湾更贫穷的地方吗？到移民点帮别人建房时，赵鸿才知道移民的背后有商机和门道，如果有合适的钥匙或工具，那道紧闭的移民大门也会被偷偷打开。为了便于在银川打工，赵鸿便动了往银川郊区移民的心思。

赵鸿和一起建房的老乡聊天，得知有人移民到这里后，发现不适应就回去了，相应的移民指标就空了出来。

赵鸿争取到了一个指标，他感觉自己像是意外地得到了一颗糖，剥开外面的包糖纸后，他才明白，未来是甜的，但首先需要他伸出舌头去舔。他和那时的诸多移民一样，越过饥饿、贫困、绝望构成的边界，行使着一种本能的、合乎人类追求的、符合政府当时提出的举措的权利，试图努力摆脱贫困。他们最初越过的并不是国家或省际的边界，也不完全是一个省区内的市、县、乡之间的边界，而是涉过了一条千百年来固守的思维之河，越过的是土壤、风俗、物产、语言围起来的藩篱，他们以移民的方式跨越河山与分界，前往一个个移民点，开启另一种生活。

1

那条从西向东横跨六盘山西麓、西吉县南部的干沟两岸，植被稀疏得像是一位早谢者头上的毛发。夏天，偶尔来的一场暴雨，呼啸着流过河谷，卷起一股股烂泥，那条河被两岸农民含着愤怒与不满取名为烂泥河。在网上百度西吉县地图，看到这条河被标注为"滥泥河"，估计是取这个名字的人认为遇到暴雨后河里的淤泥会毫无节制地泛滥，也或许是认为当地人取的名字中的那个"烂"字对山沟有些不敬。

如果不是移民，家在滥泥河下游的谢兴昌，绝对不会想到自己会和家在这条河上游的赵鸿在千里之外相遇。就像长在一棵树上的两枚叶片，他们被一股叫移民的风从原生地上刮走，在落脚的移民地重叠着落在了一起；因为移民，昔日同在一个县、同在一条旱沟边但不曾相识的老乡，成了几千里外一个镇子上的邻居。

如果把南北走向的六盘山比作一个头朝北，脚朝南、面朝西站立的孕妇，六盘山西麓的西吉县就是她的腹部，这里是横贯甘肃中部到宁夏中部枯旱带上的旱岛，位于滥泥河上游的西吉县震湖乡张岔村对坡湾组，是这枯旱带上典型的枯旱地区，赵鸿的家就在这里。

张岔村对坡湾组,这种明显带有山区地理特色的名字中,岔与湾都与山形有关,前者是一条大山横在路上,自然就分出岔来;山在大地上随意摆出造型,山下的路就形成一个又一个弯来。那些寄居在一个个山弯中的人家,把对水的盼望、祈祷寄托在了地名上,弯变成了湾,这便是六盘山地区地名中多岔和湾的原因。

西吉县,震湖乡,张岔村,坡湾组,这几个词就像层层包裹着的厚衣服,赵鸿的家就被包在里面。西吉县,位于六盘山西麓深度贫困地区的腹地,震湖乡,是西吉县最西边的一个偏远乡镇。在通往震湖乡的路上,路边的公路标识牌或一些村庄口的路牌上不时闪出某某岔的字样。这里属于黄土高原沟沟岔岔最多的地方,条条岔路在大山中勾勒出了一个个迷宫,沿途的很多村庄名字都有个岔字:瓦岔、花岔、岔口、芦子岔、和尚岔、立眉岔、党家岔、小岔子、西盘岔、陈家大岔等不同的"岔";也有很多村庄名字含一个湾字:庙湾、新庄湾、大岔湾、萝卜湾、刘湾、大湾、杨坪庙湾等不同的"湾"。

> 面朝黄土背朝天
> 一盘盘山套着一盘盘山
> 走出了岔子拐进了湾
> 满眼眼里还是这黄土堆成的山

这首我写的诗就是让很多当地人走不出来的黄土群山遮掩村庄的写照。还有一首当地民间顺口溜说的也是这缺水之地的真实写照:"山是和尚头,沟里没水流;十年有九旱,种啥啥难收;风吹黄土走,缺水如缺油。"

1997年,在大多数中国人的记忆里,重大事件莫过于亚洲金融危机、邓小平逝世和香港回归祖国。把1997年的中国记忆范围再缩小点,对于一个重庆人来说,记得的或许是重庆设立直辖市;范围再小点,对于和我一样的文学爱好者来说,记得的一定是鲁迅文学奖的首次评奖。对出生在西吉县震湖乡张岔村坡湾组的赵鸿来说,1997年前,他的人生就像日历那样一页又一页地、在六盘山地区传统的生活惯性中往下翻,那种靠天吃饭的日子,像故乡那略带苦涩的水一样,被他一天天喝下。到了1997年,他的人生日历突然变成了彩色的,这杯水突然变得热乎并且加了糖。

赵鸿并不知道，自己移民的前一年，一项注定要写进中国历史的大决策就像一片汪洋，和自己一样的很多山区农民就像一叶叶小舟，注定要依托这片洋面，形成一幅千舟竞渡的移民画卷。1996年，东南沿海10个较发达的省市，协作帮扶西部10个较为贫困的省区，这件事被简称为"东西部协作"。这是一只看不见的手，它运用国家力量，以协作的方式把中国的东部和西部连起来，它像是一张时代考卷，让涉及的20个省区来答一道貌似"10+10"的计算题；它又像是一场让中国三分之二的省区投入的一场无硝烟的战争，对手是贫困，主战场在西部。每一个奋斗于其中的人，都是这辽阔战场上的一员；这也是一股时代大潮，让一艘扶贫的巨舰，航行在相距2000多公里的两个巨岛间。其中宁夏和福建，山海合唱，开始谱写中国移民史上的一篇华丽巨著。

1996年11月，赵鸿离开家乡前往银川打工，那时的他并不知道，自己所在的这个城市将和2000多公里外的福州召开的一场会议发生关系。第一次闽宁对口扶贫协作联席会在福州召开后，一股热风穿越数千里，从福州抵达宁夏，确定"闽宁联席"会议将以每年一届的形式召开。这个大幕一旦拉开，中国新时期扶贫大剧中的重头戏就持续上演了20多年。科技人员、特派人员、组织移民的各级政府工作人员、移民是这部大剧的演员；山河大地、时光星辰是这场大剧的观众。如今，第一次"闽宁联席"会议那年出生、后来被父母带着移民的孩子们，已经大学毕业或初为人夫人妇了，他们对那一年的事情又了解多少呢？

1997年4月，第二次"闽宁联席"会议在银川召开，时任福建省委副书记的习近平同志率队前来参加联席会议，被当地的贫困状态震撼，下决心推动福建和宁夏开展对口帮扶。

这是从武夷山到贺兰山之间的一次思维连接，是珠江和黄河的一次跨时空的对话开端。福建省方面决定，连续3年从财政拿出1500万元，来落实双方议定的扶贫协作项目。这些项目中，被后来的20多年时光证实，最成功、最耀眼的，是谢兴昌带人看过的、那个白纸上画画一样的小村子的诞生与成长。习近平同志以福建、宁夏两省区简称，将那个戈壁滩上的移民点命名为"闽宁村"，那是1997年的中国大地上、36万多个村子中最新的一个成员。习近平站在那片荒滩上满怀信心的预言，成了移民心中一座照见未来的灯塔："闽宁村现在是个干沙滩，将来会是一个金沙滩。"建立在科学认知上的预言，往往是动力驱动下的成果前兆。时间是严正的裁判，移民在这片干沙滩上完成了裁决书般的答卷：干沙滩，终于变成了"金沙滩"。

赵鸿和更多的老乡们仿佛听见命运发出的指令：在你能作出正确决定的时候，下决心移民吧。通过特殊渠道终于拿到移民指标后，赵鸿将自己变成了闽宁村的一位移民。

无论是赵鸿，还是谢兴昌，无论他们移民前生存的乡村有多么大的差别，无论他们移民的渠道、抵达移民点的交通工具或方式有何区别，无论他们各自的口音和他们落脚后新建的房子有多么不同，他们都有一些共同的特质：他们都是被贫困之鞭驱赶着离开家乡的；他们的移民都不是私自越过边界的，而是响应了国家的移民政策；他们一旦踏上这片土地，逐渐不再像在原住地时那样内敛、害羞，也不再迷茫、懒惰，不再有有苦没处下或下了苦却换不来应得收入的情形，他们在移民地变成了坚强、勤奋、忙碌、活泛的混合体；他们开始向大地销售汗水和劳作，时间是这些销售物的见证者，也是体面生活与对等回报的见证者；他们在新的耕作或生活方式中，哪怕是在希望中试错，也不愿在绝望中看准目标却无法实现。尽管他们的思想如钟摆一样曾有过摇摆，尽管他们在移民点和原住地之间有过候鸟般的来回迁徙，但他们最后还是完成了一场主动搬离。他们靠劳动改变贫困面貌、靠自己双手建设新家园——那里，是滋生希望和笑容的地方。

建一院新房子，就是给一户移民换一次血液，就是打造一份希望。盖好简易的房子仅仅是扎根于此的前提条件，移民的目的是要在荒滩、戈壁、沙地上种出粮食，起码要过上吃饱肚子的日子。对这些移民来说，住房是他们的入学通知书，土地是他们的课堂，粮食是他们的试卷，时间是监考的老师。

无论走到哪里，移民可以丢掉的东西很多，但善待土地的心却始终无法丢弃。六盘山下的旱地因缺水长不好庄稼，断绝了移民留在那里的想法，他们不得不走上移民之路，来到贺兰山下，这里的土地因为能浇灌上黄河水而蕴藏着巨大的希望。赵鸿和到达这里的移民一样，首先得把沉睡在冲积扇地带上的大石头拉走，把凸凹不平的荒滩平整，把提灌的黄河水引过来，把种子播撒进土地里。第一道工序是挖捡石头，遇到大小不一的石头，要不厌其烦地把它们捡出来。他们买来铁筛子，像淘金工一样，一寸一寸地筛选土地，简直就像是在过滤土地，大到和吃饭的碗碟一般，小到如豌豆粒般的石子，被筛除出来后运走。移民觉得自己分到的地，就像在老家过年时要宰杀的猪的内脏：厚厚的沙石层就是重叠交错的肠道，他们开始从远处拉来黄土掺进沙石中；这让他们感到自己像一位问诊荒地且施行手术的医生,要给领到的地做一场肠胃清洗手术,他们用耙、锄、锹、木榔头等农具,仔细地、一遍遍地敲打土块,让即将耕种的土地平整如炕,再掺进去从远处运来的黄土,这便出现了和老家时"偷洗"不一样的一个词:偷土。在山区时,一家人赖以生活的水或从天上下的雨集到水窖,或从远处的山泉驴驮人背地运到家中后,小心翼翼地珍藏进厨房的水缸里。爱干净的妇女们半夜起来,趁着男人、长辈、孩子睡着了偷偷舀出两勺子来,用毛巾蘸湿擦擦身子或洗衣服,这种半夜起来做贼似的洗漱行为,被称为"偷洗"。"偷土"则是指到移民点后,移民们半夜起来,拉着架子车跑到远处的灌区,在人家的地埂边拉来农田的土,往移民点的干沙滩上倒,就像从远处偷运来一碗碗冷水,往一锅烫水里逐渐掺着,直到热凉适宜了,这才喝下去一般。一架子车耕土,倒进干沙滩上,无异于一滴水滴进一口旱井?那时,移民们看见夜色中拉着架子车偷土的老乡,心照不宣地埋头拉车,装着互相不认识,只将一车车偷来的土倒进自家的田地里。整片荒滩就像一个大实验室,移民们调剂着黄土和沙粒之间的比例。他们像酿酒师一样,一年又一年地勾兑着、调试着、改变着土和沙之间的比例。他们要把土地酿制成粮食的原浆,因为他们已把这片陌生之地当成了自己的新家。

那时,贺兰山下的这片荒滩上,无论朝阳、正午的阳光还是夕阳下,都匍匐着弯腰、挥锹、运石、拉土的移民身影。天气越来越热,为了省衣服,男人们个个光着上身,古铜般的肤色一天天变深,顺着额头、脸颊流出的或从脊背、手心、脚趾渗出的汗水,掩不住蒸腾的尘土也浸不湿干燥的大地。每一个普通如砂石或青草的面孔上,涌起试图掩埋荒芜、干旱的波涛,那些或壮实或瘦弱的身骨,耸立成遮挡烈日暴晒或抵挡沙尘暴的群山。

能不能种出粮食,是检验移民是否成功的重要条件。开始播种了,种子是土地迎娶的新娘。在老家时,种子播进干旱的土地里,白天喊渴,夜晚喊饿,勉强爬出土地时,像早产的婴儿般耷拉着头。如今,浇足了水的土地变成了种子的婚床,让种子在湿润的土地里微笑。

刚开始,一茬小麦的成长需要浇灌 14 个(次)水,小麦的长势也像老家时那些营养不良的孩子;后来,砂石地里掺土的比例越来越高,一茬小麦需要 12 个水、10 个水、8 个水,最后仅需要 6 个水,饥渴了千万年的荒滩终于喝足了水。这些移民,终于在这片土地上勾兑出了最佳的土沙比例,种植出了产量最佳的庄稼。

平整土地、拉运砂石、掺加黄土，这些活儿哪个不是磨破手掌、铲秃铁锹、流透汗水的事情？20多年后，走过这片到处充满绿色的土地时，谁还能记得那些如墓穴中的主人沉睡于地下的汗水？那时，移民的闲谈中出入着耕种与收割的消息，他们的肩膀上跳动着太阳或星辰的注目礼，他们的皱纹里潜藏着汗水和希望，他们的鼾声里积蓄着劳累与往事。大家整天都沉默着忙碌，谁也没想到，一件令人又气又笑的事，发生在了赵鸿身上，给枯燥、单调、繁忙的生活增添了一丝涟漪。

不像老家的山坡上有棵树，或者村口有条路，刚规划时的移民点，几乎没有任何参照物，每家每户分到的耕地像是长得一模一样的孩子，不细心做个标志往往很难被找到。那些日子，赵鸿带着妻子整天在荒滩上忙碌，眼看就要平整出耕地的模样来了。

有一天，突然跑过来一位妇女，站在田埂上，指着赵鸿大声斥责："你是谁，怎么霸占起我家的地来？"

移民点上的老乡，虽然是一个县的，但却是不同乡、不同村子的。赵鸿并不认识这个女人，他纳闷了，在自己分的土地上辛苦干了这么多天，怎么成了霸占别人的地？赵鸿毫不让步："这怎么是你家的地？明明是分给我的呀。"

"你的？你叫个试试，看土地爷是不是能从地里钻出来应承你？明明是我家的，这些天，我家里头的（当地方言，意为丈夫）生病了，没能来平整，这倒好，我家的地就让你给占了。"

那个女人说着说着一屁股坐在地埂上，放声号哭起来，这一来，引得周围平地的移民们都赶过来，大家你一言我一语，谁也无法判断出这块地的主人究竟是谁，只是，女人真切而悲伤的哭声，让大家有些同情。

像一辆快速行驶的车被司机猛踩刹车，号啕中的女人突然停止哭叫，站起来揪住赵鸿，往移民办公室而去。王富荣拿出划分土地的原始资料，根据图纸上每户土地的具体编号，最终确定是赵鸿看错了，把那位妇女家的地当成了分给自己的耕地。了解到那女人一家也很困难，赵鸿两口子平整土地几个月，最后也没有要那女人一分钱，王富荣告诉那女人："大家都乡里乡亲的，就当赵鸿给你帮忙了。"

多年后王富荣给我讲述这段往事时，笑着说："赵鸿体现了那时移民的最高风格，带着自己的老婆在干沙滩上为陌生妇女平整土地，多么好的人呀！"一旁的赵鸿赶紧解释："真是把地看错了，这事真是失笑又丢人。"

类似赵鸿看错土地的事情，移民点上屡有发生。移民点的好多老人刚搬来时不敢出去串门，生怕串门后回来会找不到自己的家。有移民的孩子和同学骑着自行车去永宁县城玩耍，晚上回来要转好久才能找到自己的家。

对移民来说，离开故乡不是一道单纯的行政手续，而是选择了另一种生存和生活方式。越来越多的移民从故乡来到这片荒滩上，挥舞着铁锹、流淌着汗水、栽种着林木、绿化着院落、侍弄着庄稼，让移民点变得像块磁铁，移民们则像散居在大山沟岔里的一粒粒铁屑，被吸得离开故乡，落地之处便是新的家园。

2

从玉泉营吊庄到闽贺村，从闽宁村升格为闽宁镇。问及当地人，那片荒滩发生变化的原因是什么？人们给出的答案除了持续 30 年的良好移民政策外，还有两种水：移民的汗水和粮食生长离不开的黄河水。

在六盘山地区的老家时，春天把种子往地里一撒，就开始等天下雨，等作物自由生长，等着庄稼长好了去拔或者等颗粒无收时望着土地沉默。一个靠天吃饭的地方，农民是雨水的奴仆，没雨水的时候，干瞪眼看着冒出地的庄稼被烈日烤焦，除了望着天空诅咒，还能有什么办法？到移民点后，从黄河提灌而来的水，除解决了移民的生活难题外，也给这些在老家习惯了靠天吃饭的农民出了道难题，他们从没有过、他们的祖辈也从没留下有关水浇地上的农耕经验，水一度也引起了他们的好奇、惊慌。闽宁中学语文教师、永宁县作协主席马凤鸣就曾讲述了这样一个与水有关的移民故事：有 1 户移民，引渠水浇自家地时，新修的田埂突然漏水了，眼看着白花花的水往裂开的洞灌去。一铁锹土丢进漏洞里，立即就不见了踪影，一锹接着一锹的土丢进去，倒像是愿意跟着水私奔似的跑了。水是庄稼的保证呀，是庄稼人的命呐，看着自己掏钱买的水流到别人地里了。当爹的急了，那双手就像惊慌失措中找准逃生方向的鸟儿，慌乱地扑向裤带，不管三七二十一，裤带一松，把裤子脱下来。大白天的，那半截白森森的腿吓坏了儿子："大（二声，六盘山地区方言，意思是父亲），你闹啥呢？大天白日的，不怕人笑话！"

"赶紧，快，用裤子装土！"父亲顾不上解释，急忙给儿子说。

儿子这才明白，爹是为了用裤子装土堵漏洞，才出此下策。

漏水发生在移民点上的另一家时，主人不同版本也就不同了。一位寡妇带着孩子到地里浇水，水淌进地里后，刚平整好的土地突然下陷出一个足球般大的洞，几铁锹土进去很快就被水卷跑了。寡妇着急万分，但又不敢脱裤子，便直接跳进漏洞里，一边努力用身体堵住往下渗的水，一边喊着让孩子用铁锹铲土堆在自己腿前，这才把水堵住。

在家乡时，移民们觉得水是上天的免费礼物，但这种免费来之不易，遇上旱年，一个夏天也不见一滴雨，庄稼会绝收；到了移民区，耕地浇上了黄河水，但灌溉成本让移民觉得农作物生长的成本更大，让耕地在接纳庄稼上有了门槛。节水和尝试引进新的农作物、经济作物成了移民要琢磨的问题。在老家时，水是以勺、碗、盆、窖为计量单位，在移民点，水变成了以方（立方）、亩、渠、季（季节）为计量单位。家里用水通过水表上的立方数来显示，庄稼地里流进的水量是用亩来计算的，年终时为庄稼算水用的是春水、夏水、秋水和冬水（初入冬时，浇给冬眠土地的最后一场水），浩荡而来的渠水淌进自家地里时的张皇失措与喜悦相交织的心情，伴随着移民初来时的日子。随后，各种在老家没种过的庄稼、新耕作环境与方式，让他们在和老家时靠天吃饭的耕作方式相比时，感到了自己的愚笨，甚至一度在新型庄稼前滋生出了挫败感。

春天，移民们开始在"换了肠胃"的土地上试着种上了小麦，那是农民交付给土地的一份信任和期待；春夏时分，灌一茬水，他们就能看见小麦往高蹿一截，像是一群孩子被阳光和土地两双大手轮流抚摸过后，很快从童年跨越到青年，露出了绿意盎然的笑容并开启丰收前的诵唱；他们在老家从没见过小麦长出这样的阵势，饱穗时分，一粒粒青中带黄的麦穗，是移民朝天空倒插去的一个个惊叹号；麦收时分，麦浪像是一只只熟睡的金黄色猫起伏的肚皮，移民或步行或骑着自行车去距离移民点最近的、25公里外的李俊镇，去买对他们来说很陌生的一个农具：镰刀。在老家，长在山坡上的小麦，每年都像是一个老年男人头上稀疏的头发，收获小麦的主要方式是用手拔，在六盘山地区的麦收季节就诞生了一个词：拔麦子。到移民点后的几年间，开始是镰刀替代了手拔这种传统的收获小麦方式，不几年就用收割机替代了镰刀。小麦的脱粒也不再像在六盘山地区那样原始落后：在太阳光最强烈的照射下，拉着石碌子的毛驴，在碾场人不时的吆喝声中，如同摁了电脑上的复制键，一圈又一圈地转动，人、驴、碾、麦都守着自己麻木而机械的状态。移民地的小麦是用机器脱粒，随后以拉面、凉面、炒面、烩面等形式出现在移民家庭的餐桌上的。

在"换了肠胃"的土地上种的小麦，1亩地的产量比老家5亩地的还多。对比是最好的老师，它教会移民怎样向先进的文明和科技靠近、学习；榜样是最好的教材，移民也开始向种粮能手学习，逐年提高粮食产量。

小麦种植满足基本口粮后，不少移民开始种植能卖出好价钱的玉米。无论是小麦还是玉米，种子通过打开的耧盒小孔时，犹如一个个身着金黄色衣衫的跳伞士兵打开飞机舱门；从耧道到耧尖再到入土，种子又好像一架架穿过云层向大地降落的歼击机，那是多么势不可当的一种奔腾与投奔，这些闪着金黄光芒的种子里包含着移民的希望；进入土地后，种子体验在黑暗中积聚力量后破土而出的痛与乐，在大地上以绿色成长、以金黄成熟。以金黄的种子开始，也以果实的金黄而结束，这不是三个季节里的一场简单轮回，而是一粒粒种子对生命过程的自我命名。

耕种者没变，依然是这些农民；苞谷的种子没变，依然是从种子站购买的。在老家时，少得可怜的降雨像是一场战争中严重短缺的补给线，给成长中的苞谷送不去足够的营养，让秋天摘到家的苞谷棒身子，像是病人脸色般的蜡黄。到移民点，很多移民试种苞谷时，怀着赌徒般的不确定性，他们将苞谷种子埋进地里后，就有点不放心。那些种子一旦入土，就在黑暗中体现着生命的力量；它们在暗黑中成长，却活在庄稼人的期盼中，这在那句民间谚语中有着诠释："一粒种子扔到地里，如果死了便是一粒，若是活了，才会结出许多粒。"隔几天，有时甚至是每天，移民们都到苞谷地里去看它们的长势，生怕自己埋进地里的种子是假的；看到苞谷苗破土而出后又担心水浇不上；苞谷的株干长过一人高了，看着那密密实实的苞谷秆，像长得亭亭玉立、在风中摇曳着身段的漂亮女子，又担心它们娶到家后会不会怀孕；看到枝身间伸出了嫩小的苞谷棒，他们又担心这些苞谷棒长不大、长不胖、长不高。他们在苞谷成长的每个拐点处，都将心提得老高，操心呐！看到苞谷棒逐渐成形，绿色的棒衣紧紧裹着棒身，棒尖处露出一绺绺紫中带黄的穗子，就像一名古代将士手执的长枪上的红缨一样，那是一种标志，它标志着一株苞谷进入了少女的青春期，开始一天一个样地成长。棒身中间像少女的胸部，一天天变大，裹在外面的绿色棒皮，像一件逐渐不合体的衬衣第二个到第三个纽扣间的部位，随时都有被棒身撑破的危险。看到日益变粗的棒身，看到从穗尖洇出的黄色越来越多,移民们才放下心来。这时的苞谷棒,又开始像一个个定力十足、带发修行的高僧,将身子斜斜地悬在半空,褐红色的穗子犹如它们的长发,那月光白的身子,经由淡黄到深黄的演变,裹着身子的绿色外衣也经过了从绿到黄的蜕变,修长的枝叶和农人们每天来这里除草的关注眼光,就是这一切的见证。

从地里摘来的苞谷棒子摆晒在院子里,移民看到那鼓鼓的棒体,那在太阳下泛着金黄的光晕,觉得这才是丰收的颜色,是能把庄稼人心里染出黄金的颜色,是秋天的颜色。

晾晒在院子里的苞谷,就像被裹在小被子里的婴儿,移民们白天看不够,晚上起夜时,还会忍不住停下来再看看,看那些能把夜晚和月亮也涂成金黄的苞谷。实在看不够,就翕张着鼻孔,仿佛要让那金黄的气息钻进来,从鼻孔到心田之间架起一道空中航线,那些从田地里、苞谷枝上才来不久,还带着醉人的香味一进鼻孔,就像得到指令的大脑,像一架架隐形战机,快速离开跑道、起飞,移民的心,就是降落这些战机的最大机场。有人感到看得不够惬意,便索性点上一锅旱烟,美美地咂上几口,随着烟锅圈口处的烟末被燃着,吸一口烟,脸庞被映得红红的,吐一口烟,弥漫着苞谷香的院子就飘起一股淡淡的旱烟味……这才是秋夜的味道。

奋进者永远不会驻足于物质上的简单满足,移民们的梦想就像一个快速成长的少年,苞谷带来的金黄铠甲很快就不合身了,他们要继续寻找适合梦想之身的衣装,苞谷在他们的眼里也开始角色转换。

在老家时,苞谷是移民接受救济的主粮;移民后,苞谷不再是填饱肚皮的救命粮,不再是烧着、烤着的主食,不再是贴着地气的、风味独特的食粮,甚至,苞谷稀饭、苞谷饼、爆米花都渐渐淡出移民的记忆。依靠土地和移民的侍弄,在星空和阳光的看守中,苞谷完成了对岁月的答卷绘制,完成了在土地、庄稼与移民的三角生活中的定位,完成了对汗水的答谢。离开土地、脱粒后,苞谷开始扮演饲料的角色,走进动物的嘴里和胃里。

苞谷的命运显示着移民们生活水准的提升,移民在丰收的苞谷前为自己离开故乡的举动点赞。若干年后,我曾先后采访过上百位移民,他们几乎都认为:离开宁夏南部的家乡,来到北部的移民点,是他们一生中做过的永不言悔的事情。

3

　　思维的惯性让移民种完庄稼后，就掉进时光留出的一片空白中，常常以"拉闲"（宁夏南部山区方言，意为拉家常）的方式打发时间。这时，一个长得白白净净、戴着眼镜、说话时带着明显的福建口音的女性来到移民点，动员移民到邻村去看看，她就是王富荣和谢兴昌在闽宁村的奠基仪式上见过的、闽宁合作办公室的主任林月婵。

　　早在谢兴昌从老家移民前，林月婵就曾前往六盘山地区考察过。20多年后，她在纪录片《六盘山》里这样回忆说，那会儿（1996年），他们第一次到宁夏的时候，看到的贫困程度比福建要严重得多。窑洞里头垒的灶台，上面还要挖几个洞，这些洞用来干什么呢？大家开始都很纳闷，结果，有人回答说，因为家里没足够的碗，孩子们只好站着，伸着头，在窟窿里头喝稀饭。

　　我第一次到六盘山地区采访时，陪同我的当地诗人王怀凌告诉我："东山（六盘山东麓的原州区、彭阳县等地区）一带的人的困难情景，在吃饭时就能体现出来，很多山里人家没吃饭的碗，只好在厨房的锅台上挖几个碗大小的圆窝，然后用细泥、水泥涂在里层，把饭盛在里面，小孩子们蹲在小圆窝前用手捞饭吃。"这种情景我没看到过。2021年春天，我再次前往六盘山西麓的隆德县进行移民采访时，在县城东郊的老巷子，看见一根长达2米多的木头，上面有几个饭碗大小的小圆窝。我对这样的东西很是不解，陪同我的朋友马雪音告诉我："这就是六盘山里的人家以前吃饭的'集体'碗，叫'树碗'，大人小孩蹲在这棵树碗前，一人一个小圆窝，从里面捞饭吃。"虽然和王怀凌说的"土碗"不同，但都说明了山区人的贫穷。

　　马红梅被林月婵带到邻村，看到一堵堵用土块垒砌的墙体，上面是钢筋弓起的圆弧，外面铺着白色的塑料，塑料外面铺着一层干草帘，远远看上去像一个个拱起身子的巨兽蹲在地里。林月婵告诉马红梅：那叫示范温棚。林月婵现场给马红梅算起了一笔账：搭建1个300平方米的温棚，在里面种蘑菇，1年就能挣1万元。

　　很快，各个移民点就兴起了一股搭建温棚种植蘑菇的热潮。在林月婵和其他福建来的技术人员的帮助下，马红梅在自家院子后面搭建起一座大棚，从外面拉来8吨干草摊在院子里，把水浇在草上面，开始"捂草"。不几天，一阵阵草发霉的味道弥漫在院子里，村子整天整夜飘着干草发霉的味道，移民们不得不捏着鼻子出入村子。霉草味整日在村子里游荡，那些没搭建温棚的移民们一边埋怨，一边好奇地像看一场魔术表演的观众，等着看那些大棚究竟能变出什么花样。干草发酵后，马红梅和其他移民中的种菇人一样，就像把在外面晒太阳时熟睡的孩子抱进屋一样，把发酵了的草小心地抱进温棚。棚架如床，发酵后的草被放在棚架上，继续替主人做一场有关蘑菇的美梦，蘑菇苗被小心地放在发酵后的草上，那是植入美梦中的美梦。温度计是搭棚移民家庭必备的东西，种蘑菇的移民在清晨时，把温度计上的水银光视为划破黎明前的曙光、在贫穷笼罩的生活冰面上划出的一道希望之光。他们盯着温度计的水银柱，控制着温棚里的温度；从建棚到制菌，从种菇到出棚，看着菌菇一天天成长，马红梅觉得那简直就像是一个个从别人家抱来的孩子，在自己家里一天天长大。

收获的季节来了，那座菇棚当年就给马红梅带来了18000元的收入，这是她以前想都不敢想的事情。看到白花花的票子时，移民们开玩笑说菇棚让他们学会了"秋后算账"，给他们的汗水回报以尊严和笑脸。

让一个移民脱下传统的衣衫换上西装，只需要几分钟，但如果想彻底更换他们从山区到平原的思维，则需要漫长的时间，有时甚至需要几代人。先行种植蘑菇的移民，尽管亮出了自己挣的票子，但本村、邻村的人，对这种需要在大棚里忍受闷热、耗费时间、精心侍弄的奇怪作物还是不接受，他们守着千年来"人是主人、庄稼是仆"的观念，认为人在蘑菇养殖过程中付出得太多而变成了蘑菇的仆人，因而拒绝种植蘑菇，加上后来扩大规模后，蘑菇一度出现滞销，让很多移民对蘑菇有了抵触。

我提出到位于县域最西、福建省援建的移民点去看看，时任县纪委书记兼闽宁镇党委书记李双成（已经在工作岗位上故去）当即驱车带我前往更名不久的闽宁镇。

站在那条村路上，我了解到，全镇当时有1000户蘑菇种植户，蘑菇是闽宁镇的第一产业，村路两边的村子搭建的蘑菇大棚，却有着不同命运。同样是山区来的移民，同样是福建省的技术人员做指导，同样的政策扶持，同样的土壤环境，一个村子里的温棚像带着秘密诱惑的锅盖，里面装着即将出锅的佳肴；马路对面的村子里，塑料大棚要么早就撤了，里面空无一物，要么被风掀开，呼啦啦地在风中唱着一曲蘑菇哀歌。两种大棚的命运无言地告诉我，并不是所有的移民都能迅速投入到摆脱贫困的战役中，很多移民身上还带着山里人靠天吃饭的习气，过惯了等国家救济的日子。仅隔一条马路，种植蘑菇却出现了如此迥异的结局，那天采访结束后，我完成并发表了《菌草、菌草，这边成菌，那边成草》的深度报道。

英国人文主义者、作家罗·阿谢姆有句名言："一个榜样胜过书上二十条教诲。"那些经过反复试验后种植小麦、玉米、蘑菇的移民，自觉扮演了榜样的角色，带领更多移民继续以劳动向这片土地要收成；他们完成盖房、修渠、筛土、平田、筑路、通电等基础建设后，有的开始琢磨发展种植、养殖，有的尝试经营、打工，有的则开始从事商贸流通。

对移民来说，劳作是他们的本分，是一项和土地密切联系的职业，他们不愁在土地上耕作、流汗，他们愁的是如何把自己种的庄稼、农作物、经济作物卖出去。菌草，成了移民们在这片荒滩上培育的第一个产业，闽宁镇鼎盛时期的菇棚面积达到45万平方米，有天安门广场那么大。

种蘑菇的收入像一枚枚幸福的炸弹，在移民心中引爆了，炸出一片绚烂的心情并让这种心情从内心爬到脸上。陈佩斯、朱时茂在1985年央视春晚表演的小品《拍电影》中的那句台词，成了移民们时常挂在嘴上的一句话："我王老五活了这半辈子，我从来没见过这么多钱呐……今天晚上都到我家喝酒去吧。"

移民们看着到手的钞票确实有些不相信，当初借给谢兴昌几根椽子搭建帐篷的移民专干王富荣开始也不相信：自己的工资也就300多元，这些农民的一个蘑菇棚就能有几千元的收入？

市场有着它神秘甚至诡异的规律，一旦把握不住，就会偏离人们预期的轨道。几年后，移民们开始盲目扩大菇棚数量，放松了病害防疫，导致蘑菇产业玩起了过山车般的游戏，从大起很快进入大落。福建来的专家再次攻坚新技术，让蘑菇的芬芳，重新回到贺兰山下。2016年夏天，从隆德县关庄乡移民到闽宁镇原隆村的何丽霞，靠种香菇一年就赚了4万元。3年后，何丽霞在《脱贫申请书》上签了字，永远摘掉了令他们无奈且羞辱的"贫穷帽"。

移民之船，载着移民从贫瘠的家乡逃离般至此，这片因他们的劳动而逐渐散发出热量和吸引力的土地，是那艘船登陆的港口，也是移民航程的终结之地，种植作物和蘑菇带来的丰收，是他们用汗水完成的对自己的奖赏。

蘑菇大棚给移民们带来收入后，他们开始翻建住房，以此成功地完成了移民住房的四部曲：帐篷、地窝子、土坯房和砖瓦房。

房子是移民抹不掉的回忆。当初来到这片荒滩上时，因为水没通上，连砌墙用的胡基都没有，从老家拆了房子带来计划盖新房子用的椽子，就像全副武装的士兵来到战场后却一直等不到冲锋的号令，只好蹲守在战壕里。挖地窝子、支起简易的帐篷，移民们只能草草安放白天干累活的身子和他们的梦与鼾声。等到水通之后，移民们才找出那些堆在旷野里的椽子，开始紧张地制胡基，找苫顶的材料。物料备好后，大家互相帮忙，这几天帮着盖你家的，过几天去帮着盖另一家的，一间间房子的盖成，印证着"没有木头，支不起房子；没有邻居，过不好日子"的民谚，见证了之前互相陌生的人，在这片陌生的土地上互相熟悉的过程。

移民到闽宁镇22年后，谢兴昌绘制出了一幅完整的移民住房路线图：几平方米的地窝子、帐篷、土坯房、砖瓦房、平房小院和240平方米的两层楼。

走出闽宁镇北街，我往镇的东边走去。试图在那里找寻第一批移民刚到时搭帐篷、住地窝子、兴建第一批土房的一些印迹。这注定是一个失败的找寻，当年那些盛放移民身体和梦想的建筑，早已消失。那些披着岁月灰尘的老建筑、老房屋已经走出了小镇的视野。挂在镇移民博物馆墙上的那些黑白照片，就像一个个台阶，书写着移民们住房随生活水平的提升而发生的变化。在老家，他们住的是窑洞、土坯房。如今，移民住的全是新房、整齐的院落里种着菜蔬和花，新房子里全部通水、通电、通网，家家户户都用上了太阳能热水器、用上了冲水厕所，生活垃圾统一处理，拿村民们编的顺口溜来说就是："无论老人和小孩，龙头一拧水冒来；做饭洗锅不愁水，洗净被褥洗穿戴；干干净净出门去，街上走着多气派；小院子里把花栽，门口的空地能种菜；水浇庄稼种葡萄，互联网上能发财。"

当移民人口规模达到1.4万人、原来的闽贺村像一条小河分出5条支流般裂变为5个村，这5个村子就变成了一座承纳移民之潮的大水库，上面飘荡起了承载着更大责任和梦想的船舰。

当初移民来到这片干沙滩上时，连个正规的地名都没有，根据移民散居的地点，直接称呼为1村、2村。喜欢文学的王富荣步行到玉泉营农场，乘坐上从那里开往银川南门汽车站的中巴，在南门汽车站前的商摊上，买了一张福建省地图。王富荣一遍又一遍地看着、琢磨着福建的地名，脑子里不时闪现出两省区中的闽江、黄河、贺兰山、武夷山、福建、宁夏等词汇，他开始为这片干沙滩上的移民点命名：闽贺村、兰江村、贺宁村、福宁村、黄夷村等。闽宁村从贺兰山下的一个移民村发展成了闽宁镇，承载了这片土地的本色和创业者初期的艰难，诚如习近平总书记在回忆起"闽宁村"的初创时所说："1997年我来到这里，被当地的贫困状态震撼了，下决心贯彻党中央决策部署，推动福建和宁夏开展对口帮扶。""移民吊庄"工程的实施，让生活在"一方水土养活不了一方人"那些地方的群众搬迁到适宜生产生活的地方，建起了闽宁村。

移民是一艘带着难以改变的生活习惯的小船，载的是乡愁和习俗。人类对时间的记忆有不同方式，移民在老家时，常常是用农历来计算、记忆日子的，红白祭庆、忌日吉辰、农令八节全在农历构成的时间储存罐里，农历中的节气与节日，才是他们衣兜里藏着的、用不完的糖果与盼头。买日历、看日历、记住日历上重要日子的习惯，被不少移民从家乡带到了移民地，但他们逐渐不再记农历了，因为春播培训、农资发放、孩子入学甚至到周围的农场、葡萄园打工及结算工资，都是用公历的日子。谢兴昌撕下2001年12月7日的那页日历时，也在心里记住了这个日子：经宁夏回族自治区人民政府批准，闽宁镇正式成立。

4

所谓追求，就是不停地打破各种边界。当亩产800斤的苞谷和一座大棚带来几万元收入的蘑菇形成的浪潮，一次次冲破移民守旧、传统的思想堤坝后，有一股新浪又冲到了移民们面前，酿酒葡萄的种植开始出现在移民们的致富视野中。

幸福和劳作，是会在勤劳者之间互相感染的。谢兴昌带领几名老乡初到移民点时，就见识到了玉泉营农场已经兴起的酿酒葡萄。那些挂在铁丝架上的葡萄在秋天散发出的紫色诱惑，越田翻埂，让移民们艳羡、垂涎。大多移民以前虽从没见过这种趴在架子上的植物，没尝过如此甜的水果，没领略过它们变成液体后产生的收入带来的喜悦，但他们都想让葡萄到自己的田地里来，变成自己的家当和庄稼。

先是有移民零星地种植酿酒葡萄，也有福建商人过来投资建葡萄园和酒庄，在当时的移民眼里，田地就是个舞台，传统的小麦、玉米是主角，蘑菇和葡萄只是配角，他们没想到，当配角的力量积聚到一定程度，也会扮演起主角的角色。

移民的梦想边界逐步扩大，种植葡萄不再是梦想的终点。闽宁镇东边的玉泉营农场，是宁夏最早种植酿酒葡萄的地方，也是宁夏第一家在国际上获奖的葡萄酒生产企业。移民逐渐不再满足去那里种植葡萄、采摘葡萄了，不再满足让外地来企业收购酿酒葡萄了，他们开始接受玉泉营的葡萄园发出的紫色诱惑，有人悄悄拆掉了蘑菇大棚，搭起了葡萄架。成千上万的水泥桩子，哨兵般地站立在贺兰山东麓，春天起架、展藤，夏日除草剪枝，秋天采摘运输，冬日埋藤、酿酒，成了移民们从陌生到熟悉的生活环节，他们像熟悉自己的孩子什么时候换牙、什么时候该上学、什么时候婚嫁一样，熟悉了葡萄的展藤、发芽、接穗、抹芽、坐果、转色、成熟、采摘的各个环节上的时间节点。葡萄逐渐成了移民的新宠，他们的脸上，开始布满被葡萄染紫的时间印记。

葡萄是移民在贺兰山东麓训练的主角，秋天是葡萄出场的最佳季节，成片的葡萄树以匍匐的姿势展示它们的成熟，秋风吹过，空气里弥漫着葡萄的香味。春天，葡萄藤被葡农从土地里挖出后、迎请到架上，像是展览一件件工艺品；夏日，葡萄苗头朝上努力生长，葡萄藤爬过葡萄架，那是一株植物向天空致敬的姿态，是葡萄努力生长的状态；秋天，成熟的葡萄像一个低头沉思的哲学家，穿过密密的葡萄枝条，时光的枝丫上悬挂着一串串紫色的梦，少许的红犹如黄土高原上的女子脸蛋，它们谦卑而真诚地向大地致敬、默默感恩。这是采摘的季节，葡萄枝叶构成的绿色海洋上，各色遮阳帽像一组组移动的小岛，漂移在一垄垄葡萄树间、遮阳帽子下。采摘葡萄的有当地的移民，也有外地招来的短工，左手向半空伸出去，轻轻握住一串葡萄，右手握的剪子一开一合间，"咔嚓"一声里，葡萄便告别母体，被轻放在地上的篮子里，像出阁的女子踏上花轿，宣告生命中最重要的一个阶段已结束，即将开启另一个重要阶段。地埂另一头的马路上，停着的皮卡车旁，蹲着的移民往打开的纸箱里装葡萄，装满一箱后，就往车上搁，车装满后就往不远处的酒庄驶去，一个个纸箱、一辆辆皮卡车就是一个个摆渡工，完成了葡萄从此岸到彼岸的角色转换。这是令移民们开心的一件事：在家门口就能挣到钱，以前，他们出外打工，现在，这片土地已成了外地打工者的"提款机"。

生长着的葡萄，是移民们用汗水为大地浇灌出的紫色王冠。贺兰山东麓的那片荒滩，昔日的荒凉不见了，几万移民的辛苦，使得从青铜峡市的广武到石嘴山市的大武口，出现了长达200多公里的葡萄长廊，178平方公里的葡萄园承载了移民的紫色梦想。

种葡萄是一种耕作方式，建酒庄则是酿造一种靠近幸福的梦想。有眼光的企业家开始在不同的移民点上建起酒庄，贺兰山东麓出现了200多家酒庄，每个酒庄或周围的葡萄园里，都有移民的身影，这是他们为梦想开辟的一处新牧场，为承载梦想的风筝重新打造的一片天空，为改变身份投入另一种生活的试验场，为自己旧时的生活和现代时尚与财富创造的一次邂逅。

种植葡萄让移民有了新的生活方式，酒庄的涌现不仅是葡萄奔赴的归宿，也成了吸纳移民完成新工作的蓄水池。在葡萄地里，移民们是在阳光下进行搭架、起垄、展藤、除草、点苗、施肥、剪枝、采摘等环节的劳作者，葡萄园不仅寄托着移民对土地的希望，也是他们情感不可缺少的一部分；酒庄，则让移民变成了拉运、脱皮、装桶、酿制、贴标、入库、出库等环节上的工人，酒庄不仅成了移民地和现代酿造业的邂逅之地，也给了移民新的身份和荣耀，他们以工人的身份，将固体的葡萄转化为馥郁的葡萄酒，让身为普通植物的葡萄变成高级商品。

刘莉就是葡萄转化的见证者。随着越来越多的六盘山移民的到来，不断有人改写着当年移民之路的长度，在对闽宁镇上百户移民进行采访后，我发现，刘莉应该是距离闽宁镇最远的移民。

隆德县在宁夏的西南角，温堡乡在隆德县的西南角，麦沟村则在温堡乡的西南角，可以说是宁夏西南极，刘莉的老家就在宁夏隆德县温堡乡麦沟村。

麦沟村人像是被命运罚站在海拔2000多米的高山上，常年都处于既饿又冷且少有人关注的境地。站在村子边的山坡上，能望见山下的桃山水库，却常年领受没水的困苦。村名叫麦沟，但因为海拔高、气温低且降水少，只能选种些糜子、荞麦等小杂粮，作物的产量也不由人的努力来决定，而是由上天说了算。刘莉和邻居们一样，一家4口人住在一间不到15平方米的土屋里，老公长年在外打工，却又拿不回来能养家的收入，全村的情况大致相似。

刘莉和同龄的村民们一样，从童年到少年再到青年，1年中很多时光里，都是望着群山惆怅，复制着祖辈们千年来流传下来的生活方式，忍受着折磨他们日久的贫困，这种忍受又使这些乡民祖祖辈辈生活在缺少粮食的饥荒中，饥荒带来的不安全感从来就没有改变过。土壤贫瘠、天旱少雨、交通不便、农具简陋，使这片土地上的物产实在喂不饱这里的人。

时隔 9 年之后，刘莉还清楚地记得 2013 年的 8 月 2 日，那天，她和全村 100 多户村民，告别祖辈生活的家乡，开始移民，这是隆德县最后一批迁往 600 多公里之外的闽宁镇的移民。

当拉着移民的长途班车停靠在闽宁镇原隆村的小广场上时，在长途班车司机"下车啦，终点到啦"的喊声里，一路颠簸中睡着的刘莉醒来了，她这才知道，盼望已久的移民之路的终点到了，她从此就要成为这里的正式村民了。走下车，刘莉像是一个乡村的孩子走进了城市的商场里，看到的一切都令她惊奇：广场四周栽满了树，地面是水泥硬化的，脚踩上去没有一点土渣，走出长途汽车的移民，像是被裹在夕阳这个魔术师张开的一片黄金丝绒里，刘莉还没看到这位魔术师的手抖一抖，丝绒里的人一下子就四散了。

刘莉沿着笔直的马路直通到政府早就建好的、分给自家的院子门口，这意味着她以后出门再也不用像在老家时那样爬坡过沟了，再也不会像在老家的山路上那样被泥土埋鞋钻袜了，更不会像在老家时那样遇上下雨天就两脚泥泞。走进村里给移民准备的、260 平方米的独家小院，刘莉不敢相信这么大的房子、院子是属于自己的。她放下行李后在院子里兴奋地来回走动，夕阳映照着她一圈圈走动的影子，她的脚步毫无规律、时快时慢地印在地上，她的脸上像是被涂了一层细细的玫瑰粉。转够了，她才像想起什么似的奔向房间，看着宽敞明亮的房子，她的心里立即涌出了一个从秦腔戏中听到的词：皇宫。是的，她从此就是这皇宫的主人了。还没从"宫殿"带来的惊讶、喜悦中回过味来，女人天性和家庭主妇的角色提醒她往厨房奔去，一拧水龙头，白花花的水带着响亮的声音，从小管子里流了出来，顾不上拿碗或勺子，她直接把嘴凑了上去。和老家从水窖里打出来的水相比，这水才叫个甜。以后，用水一拧水龙头就行，再不用像在老家时那样朝天祈祷水，不用站在山岗上望着山下的桃山水库兴叹，也不用在缺雨的年份为喝水发愁了。

刘莉到闽宁镇时，这片曾经的荒滩上已经有 6 万多移民来到了这里，她认为移民浪潮已经过去了，自己只是赶上了这股浪潮的尾声，搭乘的是一趟排在末尾的移民专车，心中不仅有些莫名的失落。后来她慢慢了解到，先来的第一代移民们并不是简单地给故乡的留居者腾出了生存空间，不是前往移民地填充地理空间的空白，而是用劳动在一片荒芜的空白上创造出了一个新家园。

刘莉想起到移民点时，同车的人说，如果要到村外去打工，明早就得早早来到小广场上，那里是移民点最大的雇工市场。

第二天一大早，刘莉就带着干粮和水走出院子，来到前一天下车的地方，发现已经有不少老乡站在那里，等着被那些前来雇工的人挑选，被选者带着能挣到钱的喜悦，坐上雇主开来的蹦蹦车、中巴、客货车，奔赴除草、种树、喷洒农药等各种农活的岗位上。

小广场是村民心中的"长途汽车站"，假设村子是个小巢，这里就是如众蜂归巢般的移民前来报到的洞口，也是移民外出打工或返乡的出口，这些如蜂似蚁的移民们，出入在小广场上，走在移民生活带来的命运轨道上。

刘莉挤上一辆中巴，第一天遇到的工作，是和几个年龄稍大的老乡去公路边种树。傍晚收工时，放在衣兜的手心里紧紧攥着一天下来挣的80块钱，这在家乡简直是不可想象的一笔单日收入！中巴把他们送回到早上乘车的地方，刘莉赶紧去对面的小卖部买菜和近期的日用品。走出小卖部时，她紧紧攥着剩下的60块钱，从小卖部到新家并不远，到家门口时，她能感到那60元钱被手心里的汗浸得湿湿的，这是她第一次一天挣这么多钱，这要比在老家时拔一个月麦子都挣得多。

栽树的活很快就结束了，接下来的活是每天跟着村里其他人去银川打工，早上5点多出门，晚上8点后才能回到家。丈夫也去了银川的建筑工地打工，吃住都在工地，刚刚上小学1年级的儿子，每天中午放学回家只能泡方便面吃。

和故乡那"地多不养人，人多不养地"的状况不同，原隆村人均只有6分地，如果采用传统的生产方式，汗水摔成八瓣，也浇不出富裕的小苗，哪能还指望着刨出富裕之花。镇上对全村6900亩耕地实行统一整治、统一流转。在靠近贺兰山东麓的地方，建成了588栋光伏设施大棚和一个万头肉牛养殖基地；在靠近水灌地的地方，利用良好的日照和水土条件，引入龙头企业合作种植葡萄、红树莓4300多亩。这让很多移民不用再去外地打工，对刘莉这样的人来说，在家门口能挣到钱是最划算的事情。

在老家时，刘莉从没有见过更没吃过葡萄，葡萄酒对她来说更是陌生而遥远。刘莉选择了前往离家不远的一家酒庄的葡萄基地打工，从夏天的除草到秋天榨葡萄，再到冬天往酒瓶里灌装酒，她被葡萄的气息灌醉了，这气息从葡萄架下的土地和酒庄里的酒罐里向她扑面而来。山里人的朴实、好学让酒庄负责人看好她，让她接受葡萄酿酒培训，她的记录本上面不全是文字，很多不会写的文字，她用只有自己能看懂的特殊符号标注。这些文字加符号，加上培训师的现场讲解，让她掌握了一些关于葡萄酒酿造的技术。进入车间后，刘莉的眼睛最初像一对陌生的鸟儿在车间的各种仪器间来回慌乱地扑动，后来就像是一对雷达，精准地落在该落眼的地方。她需要的不仅是钱，更需要新移民身份下的技能和尊严。她喜欢与葡萄和葡萄酒有关的新工作，她要将新工作变成生命中的诗和光。

酒庄提升了刘莉的见识和整个家庭的收入，我第一次见她，就在她供职的酒庄里。我没见过她在老家时说话的样子，那或许是怯怯的话音勉强而努力从喉咙里爬出来的感觉，经过几年的移民生活后，虽然她说话时还带着明显的家乡口音，但嗓音里似乎响着自行车铃般的清脆。这种变化的背后，是一个藏不住的事实：她从刚来时的家庭妇女，已经转变为酒庄的车间主管，就像蛹化为蝶。

酒庄，在别人的眼里是一幢建筑，在刘莉的眼里则是一堵墙。勤奋学习、踏实肯干就是立在这堵墙前的一架梯子的两个支架，她踩着这个梯子，看到了自己以前连想都没想到过的风景，一个梯级一道风景，越往上爬，风景越美。这不仅让我想起了《蜗牛与黄鹂鸟》的歌词，觉得那歌词就是写给她的："蜗牛背着那重重的壳呀，一步一步地往上爬。阿树阿上两只黄鹂鸟，阿嘻阿嘻哈哈在笑它，葡萄成熟还早得很哪，现在上来干什么？阿黄阿黄鹂儿不要笑，等我爬上它就成熟了。"她就是那个背着沉重的壳，还没等人生的葡萄熟时，就沿着自己架设的人生之梯慢慢往上爬，爬到自己的人生葡萄成熟：从葡萄园的除草工到车间操作工，从班长到车间主管，这个人生轨迹铺设的过程，也是她掌握葡萄酒种植酿造的全部工艺流程的见证，更体现着她的经济收入提高的过程：月薪从最初的不到 2000 元涨到了 5000 多元，再到年收入超过 10 万元。

葡萄不仅改写了第一代移民在土地上的种植样态，也催生了改变第二代、第三代移民生活的酒庄；葡萄种植让最早的移民们适应了走出大山的新生活，酒庄成就了刘莉这样的移民"蜗牛"们，努力而勤奋地爬行在人生的葡萄架上。越来越多的年轻移民进入酒庄，参加酒庄举办的遴选葡萄、观察温度、入桶护理、罐装封闭等各项培训，逐渐成为一名名技术娴熟的工人。酒庄的各个环节，让移民站在了不同的工作岗位上，有了不同的收入，也有了相同的改写命运的机会，有了摆脱贫困的相同目标。但愿这里的移民走到外地，介绍他们的新家园时，能像公元4世纪时给罗马太子当过老师的诗人欧颂发出的赞美："啊，我的故乡，以她的红酒闻名天下。"

提到红酒，很多人眼前会浮现出豪门华宴、王公贵妇、音乐萦绕的场景来，而对应这些场景的，是宫殿、别墅、宴会厅及豪华酒具、执杯的达贵佳丽、端盘穿行的侍者及豪华钢琴伴奏。如果一条街旁的展厅、酒吧里堆满了各种款式的红酒，而距离这条街不到几百米就是说着山区话，干着农活的移民，那该是怎样的一个混搭。这种传统与时尚的邂逅，恰恰就发生在闽宁镇的那条红酒一条街上。

走在闽宁镇的红酒街上，走过面积1.3万平方米的各个展厅，我了解着这种混搭下的红酒与泥土的邂逅。沿街漫步，红瓦白墙的小楼鳞次栉比，每一座小展馆里，都有当年的移民后代来这里上班的身影，他们以新移民的身份，感受着父辈们当年的艰辛，展陈、销售着父辈们当年栽种的葡萄酿成的红酒。近百款葡萄酒像低调而美丽的移民女性悄悄坐在自己家里的沙发上一样，素朴中写满自信，本色里透出气质，酒类品尝、图片介绍、酒标定制、配套物流等一应俱全。最让我动心的是那些展品酒瓶下面的酒语阐释，诸如"让世界爱上宁夏""贺兰山，自有真味""贺兰芳华""品非凡，开浪漫""兰山颂歌""兰山伯爵""一个酒庄就是一个传奇"等等，诗一般地书写着葡萄酒和这片土地的关系。

5

贺兰山东麓南北走向的省道201线，被山下的人们称为"沿山公路"。这条公路一度成为生活在银川平原上的人们影响力抵达贺兰山的极限，第一批移民至此，也只是在这条公路以东的地区从事农业生产。公路以西的那片荒滩，因为海拔更高与引灌的黄河水无法抵达，只能交付给野兔自由出没、阳光野性照射。

第一批移民到来几年后，公路西边的那片荒滩连名字都没有。如今，百度闽宁镇地图，就会看到全镇管辖的福宁、木兰、武河、园艺、玉海、原隆等6个有具体名字的村子，分布在省道201线以西的只有原隆村，这是安置移民的最后一个村子，也是移民向贺兰山脚下农耕极限发起的一次成功挑战。

在这个村子，我找寻、聆听第三代移民的故事。

刘莉移民到原隆村的第二年，万军红一家6口从隆德县三河乡搬迁到这里，这个时间节点给他们贴上了"第三代移民"的标签。在村委会，我通过网格员电脑保存的资料，清楚地掌握到了万军红的情况。网格员梁莉（化名）是一名移民的后代，鼠标在她的右手下移动着，那双白嫩的手引起了我的注意和想象。在采访过程中，我握过几代移民的手。第一代老移民，是手握铁锹改造荒滩的手，攥着沟壑纵横般的掌纹，像是遍布故乡的一条条干旱的谷沟，那里面流淌着山区农耕生活的时光，也流淌着移民在这片荒滩上的垦荒岁月，那是一条条澎湃的、凝结着盐一般的汗水之河；第二代移民中，不少人放弃铁锹和耙犁，手握起汽车方向盘或进城打工所需的工具，他们中很少有人掌上有茧，有人戴上了手表、戒指，这一代移民中的女人之手，相比第一代移民女性来显得圆润、温软；第三代移民，除了少数从事农业生产的外，多是去镇上的饭馆、店铺、酒庄打工，或去城里的工地、车间、酒店打工，因为手机普遍而退去了手腕上的表，不少经济收入好的移民女性还戴上了钻戒；第四代移民，是出现在电脑前炒股、做网格员或从事电商生意的手，不少女性的手指还涂上了不同颜色的指甲油，这些手的主人，不再像前辈移民，将手浸在一部农历串联起的劳作岁月里，带着泥土的味道，也不像第三代移民那样在镇上开饭店、花店、美容店、手机维修店等，他们的手指划过手机屏幕就能挣到钱，他们的手就像点亮的酥油灯，在黑暗中寻找适合自己的职业，已经触摸到这个时代最前沿的事物和信息……同是移民，几代人的手上写着移民生活的变化。

梁莉那头乌黑的秀发，因为上班扎起，让我想到在镇上看到烫头染发的移民后代们。移民的头部角度之变，也是他们在这里的生活变化的晴雨表：从在老家时仰头看天祈雨，到刚移民来时低头看地耕田，从刚移民时抬头看路打工，到埋头盯电脑关注电商信息、股票行情、抖音带货直播再到当地红酒、枸杞、红树莓的网上销售渠道。

在原隆村西侧的荒滩上，半空中似乎躺着一面暗青色的湖水，在太阳光的反射下朝天吐露出一片一片的光，走近一看，是一处光伏发电基地，那片"骗人的湖水"由一片片湛蓝色的光伏板构成，它们以60度左右的角度朝天安放，默默地吸食、消化、转化着太阳能，为闽宁镇注入了光伏发电的新生动力。有了光伏板的遮阴，下面的草比裸露在阳光暴晒下的地面茂盛，那些上午在阳光下吃草的羊，中午时分就撤到光伏板下面纳凉，没吃够草的继续在光伏板营造出的阴凉里吃草。这种滋生于贺兰山东麓的清洁能源，和山脚下那些将巨大叶片挥舞于半空中的风力发电一样，组成了一曲动静合一的合唱，替代了移民之前的那种干黄土地构成的单曲循环。

不远处还有一排排蔬菜大棚、花卉种植大棚，那是外地一家太阳能科技有限公司在闽宁镇的扶贫项目，其子公司从原隆村流转了2078亩地，一期建成光伏大棚588栋，万军红就是这里的一名工人。来这里之前，万军红经过1年多的大棚种菇技术学习，承包了一个大棚种香菇，一年就实现净收入2.5万元，对他这样视力严重受损的人来说，这简直就是天上掉下来的福利大红包。

同是闽宁镇的移民，沙金龙总觉得自己比谢兴昌的移民辈分长。他掰着指头算了起来：自己比谢兴昌到达闽宁这片土地早了整整7年，严格来说，他才算是来到这片土地上的最早移民。

1990年10月，宁夏回族自治区人民政府曾组织南部山区西吉、海原两县的1000多户百姓，移民到玉泉营农场边缘地带的玉海经济开发区。那一年，随父母搬来的沙金龙只有1岁，应该是那批移民中年龄最小的。7岁那年秋天，少年沙金龙看到了和谢兴昌一起而来的移民，将玉海经济开发区西侧的荒滩作为他们的移民地，他们来自不同的县、乡，但从他们的口中说出的方言是一样的，他们的生活习俗是一样的，他们的奋斗经历也是一样的，他们移民至此的生活目标也像一母多胎的孪生兄弟一样相似。7岁那年，沙金龙家和邻居们的收入都可以用一个字概括：低。如果给这个字非要加上修饰语的话，那就是：低得可怜！用怎样的对比才能体现这种可怜呢？当年的中国农村居民家庭年可支配收入是3684元，玉海经济开发区的农民人均年可支配收入却只有500元。

移民的生活水平达到一定程度后，对生命的尊严就有了新的标准和要求。移民们在这里扎住脚后，纷纷回故乡动员家里的老人来移民点生活。很多老人刚来时不太习惯这里的生活，镇上给移民中的老人实施了一项"56789"暖心工程，也就是为50岁以上村民免费体检，为60岁以上老人过生日，为70岁以上老人每月发100元补贴，为80岁以上低收入老人每月发350元补助，对重症精神病人、重度残疾人、失独家庭等提供9项特别保障。这样的福利，是移民们在老家时想也不敢想的。

黄昏时分，聚集在村口的老人们望着挂在贺兰山顶上的夕阳，看见一道金辉越过山顶迸射而来，在山上抹下一道暗晕，他们总觉得夕阳不像早上或中午那样缓慢，总是来得仓促而果断，就像他们迈入暮年的时光。看着那些被夕阳映照出一道道瘦长身影的老人，我觉得贺兰山的落日就像一位写累了的作家给自己的短篇——永远重写却不结束——画句号一样！那些老人没事了就抬起头，朝贺兰山方向眺望、发呆。只有农民和土地一直保持着密切的关系，土地向远方的移民发出隐秘的呼唤，让他们告别故乡，来到移民地改良土地，土地也不负汗水，给移民提供粮食与希望、传递万物生长的信息，即便他们要辞别尘世，土地依然向他们发出邀请，会给他们提供墓地和渐渐淡去色彩的生活记忆；让肉身最后归于土地、让骨头沉睡于地下，让与人有关的故事在土地上空回荡或借居于人类的口传与笔录中。如果他们中有写现代诗的，没准会有人像我一样，写下这样的诗句：

> 夕阳看见，皱纹将长眠在泥土里
> 像冬天的树上剪下的枝条一样苍老
> 多像一只飞不动的鸟儿
> 羽毛凌乱，丈量辉煌和死亡的距离

> 或许，你还没来得及爱上这里
> 还没来得及丢掉乡音和乳名
> 就要被埋在这年轻的陌生地
> 我替你，从树梢上扯下一匹飞马
> 骑着它返回故乡的山岗
> 在那里陪伴爹娘

夕阳总是越过贺兰山照见公墓里那些馒头般站立的坟茔，它们和村子的人口一样逐年增多。随着城镇化的加快，随着移民后代们纷纷涌向不远处的县城、首府去打工，或者考上学后走向更远的城市，随着电商等新事物的兴起，小镇在将来或许会像一个健硕的青年那样越来越精干，或许会被城市吸引走更多的青年。

在移民口里，常常能听到他们从老家带来的一个词：牛逼！那是他们评价一个人很有本事时，不经意间从嘴里吐出的褒义词。在闽宁镇，王瑞刚就是领受这种褒奖的一个"牛逼"移民，回顾王瑞刚的经历，简直就是和堆积起来的移民时间做的一场斗争。王瑞刚的老家在西吉县兴平乡高崖村，和赵鸿、谢兴昌一样，家乡都在那条常年见不到雨水的滥泥河边。拿老家话说，这三人都是滥泥河边走出来的"牛逼人"！

高崖，这个地名让看见的人首先会产生无限联想。位于西吉县兴平乡的高崖村，既有乡亲们看得见的耸立在黄土高原上的一个个山崖，也有他们看不见的一个个高耸的崖坡，拦在摆脱贫困的路上。无论是看得见的，还是看不见的，高崖之下，村子里逐渐累积着一声声面对贫困的叹息，这叹息累积到一定程度，就成了一堵看不见但又越不过去的高墙。在高崖村的村民心里，谁能越过这堵高于村里通往外界的深沟衬托的土崖，谁就是了不得的牛人。

移民政策就像一股强风，吹塌了那一道道高高的土崖，只是它们轰然倒下的时候，守旧的村民们并没听见那崩塌的声音。他们的思维已经像他们的祖先调教的马驹那样，规矩而听话，任凭那一堵堵土崖扼杀着自己走出去的念想。

告别家乡时，除了羸弱的身板和青春外，王瑞刚可谓身无他物，他用来投资移民生活的最大资本，就是他对命运的不屈。在王瑞刚办公室的墙上，挂着他们家 30 年前的一张全家福照片。从那张照片上，可以读到这样的信息：王瑞刚共有兄妹 10 人，照片上全家人穿的衣服没有一件是新的，再仔细看，无论大人还是小孩，看起来都有些营养不良。15 岁前，王瑞刚没穿过一件新衣服，从小到大穿的都是游商贩卖的旧衣，要么不合身，要么浑身上下打满补丁。

乡亲们常常拿王瑞刚的移民故事来激励身边的人：这娃从 20 岁那年起，从老家到县城，从固原到银川，一步一个台阶，四个台阶活出了出息。在省府银川打拼后，王瑞刚移民闽宁镇，先后干过劳务输出、跑运输、包工程、卖建材等行当，成了老家人心目中激励年轻人走出去闯一闯的"活教材"。

老家人把一个人说出超出个人能力的话，视为"吹牛皮"，但老家人把王瑞刚的事业说成"吹牛皮"，则是因为他是真的用牛发了财致了富。

那年初冬的一天，永宁县农牧局举办新型职业农民创业兴业培训班的消息传到闽宁镇，引起了王瑞刚的兴趣。走进培训班后，他才发现这不是一个传统意义上的教学班，而是一个摆满了数字农业、智慧农业、园艺农业和休闲农业等课程的大"餐桌"。新鲜事物与对生活一直充满兴趣的人之间，总是磁石和铁屑的关系。那顿创业兴业的大餐，让王瑞刚胃口大开，也帮他悄然启开了一道新的人生之门:从事肉牛养殖。

闽宁镇园艺村西干渠畔,是偶尔来这里的放羊人眼里的一片荒滩。2015年秋天,放羊人发现300亩的荒滩被用简单的围墙围了起来,一个白底黑字的牌子挂了起来:宁夏犇旺生态农业有限公司。那就是王瑞刚的肉牛养殖基地。基地面积相当于全球最大的火车站:纽约中央火车站。和人来人往的纽约中央火车站不同的是,这里面安静地饲养着2000多头牛。

良种肉牛繁育、全株玉米青贮、全混合日粮(TMR)精准饲喂、循环水装备控制、粪污循环处理、畜牧物联网和数字信息化管理,一个个新名词后的新技术向王瑞刚奔涌而来,然后辐射到跟随他养牛的园艺村2000多个移民。"扶母还犊"这个词出现在王瑞刚面前时,是他的新公司挂牌的第三年,这个词说得通俗点,就是公司免费为移民的牛提供人工授精服务、疾病的防治技术指导、饲养指导和农民技术培训等服务措施,以此提高农户的肉牛养殖水平。待母牛产犊后,公司又以高于市场价5%~10%的价格回购移民的犊牛、架子牛和淘汰母牛,为农户提供销售市场。移民对新事物的理解和接受,已非往昔,6个生态移民村中有1000余户移民积极签订了"扶母还犊"帮扶协议。

红树莓是啥?几年前,闽宁镇的移民也不知道;现在,移民不仅会告诉你答案,而且还会骄傲地说:这里有世界上最大的红树莓连片种植基地。

李敏幺是和刘莉一起从隆德县移民到原隆村的,但两个人的移民故事却不同。李敏幺的家乡在贵州省毕节市岔河镇戈乐村,11岁那年,她因为贫穷失学,前往福建打工时遇上了老家在隆德县凤岭乡魏沟村的柳朋飞,两个身在异乡的打工青年因为爱情走在了一起。柳朋飞带着李敏幺来到家乡时,李敏幺被眼前的情景惊呆了:从县城下长途班车后,搭乘前往乡政府的中巴,离开乡政府后就是一条乡村土路,两人赶到魏沟村时,已经是晚上了,进到柳朋飞家的土房里,电灯光下是被烟熏得一片漆黑的土墙,屋子里除了两个木柜外没有多余家具。第二天,公公用卖土豆的钱去乡上买来一挂鞭炮,在院子里放挂鞭炮就算把新媳妇迎进了门。李敏幺之前认为戈乐村是中国最贫穷的村子,没想到柳朋飞的家比她家还要穷。结婚后,两人继续出外打工。

在原隆村东边的棚湖湾树莓生态景区的前台,我见到了从贵州移民到宁夏,再从隆德县移民到闽宁镇的李敏幺,她用带着贵州口音的普通话开始给我讲述她的"移民经历":到原隆村后,李敏幺和刘莉一样,曾去葡萄园打工。后来,一次偶然的机会，李敏幺选择前往棚湖湾树莓生态景区做服务员。因为有在外地打工的经历与见识，又有南方女性的机敏与麻利，李敏幺深得景区经理认可。从服务员到收银员，从讲解员到带货女主播，和这里的每一位脸上写满风尘的移民一样，她们的每份职业变化的背后，都有着向生活更高处攀爬的艰辛和努力，她们在这片接纳汗水与真诚的土地上，唯一不变的身份就是移民。

红树莓生态景区的正门上，醒目地挂着全国"三八绿色工程"示范基地的牌子，补草、除草、采摘等各个环节，基本都是移民中的妇女完成。产业园每天用工400多人，当天干完就结账，当地妇女们开玩笑说，早上只带双干活的手出门，晚上就能揣着现金回家。

几年前，这些妇女还和刘莉一样，守在村委会对面的小广场上等人来雇，现在，原隆村的妇女要么去村东头的红树莓生态休闲产业园上班，要么去村西头的光伏农业产业园打工，或者到镇上的餐厅、酒店、超市去找活干。移民点的很多工作更适合妇女，分布在闽宁镇各个园区的女性员工占到了90%以上。

王彩娣和其他移民妇女分散在一座座生态种养大棚里，这是一群勤劳的雌蜂，食用菌、花卉、大棚蔬菜、葡萄田里的除草等工作就是这些蜜蜂用来采蜜的花朵，她们用劳动酿制着生活的蜜，她们的收入比在外打工的丈夫还高，每份工作都是抬升她们尊严的一把梯子。在老家，妇女的角色是伺候公婆和老公的，是生育并照看孩子的，是守在家里遵从妇道的，她们可以没有财富和幸福，但必须得保持在丈夫和金钱面前的谦卑。现在，无论是当天结算现金，还是微信扫码，她们变成了自己的主人，挣自己的钱，花自己的钱，能够长长地将每一口气吐在半空中。相比在老家时因为没钱，哪怕是在自己老公面前都是低三下四的生活，她们现在更能够体会到什么是体面的生活。

王彩娣和刘莉的老家都在隆德县，前者所在的山河乡和后者家所在的"飞地"温堡乡中间，隔着甘肃静宁县的曹务镇。在老家，没有其他经济收入，家庭基本生活都得不到保障。移民到原隆村后，王彩娣的丈夫在外打工，父母亲年老多病，两个孩子幼小需要人照顾。王彩娣报名参加了村上组织的精准脱贫培训班后，被推荐到光伏农业科技示范园务工，经过岗前培训和实践操作，她熟练掌握了光伏大棚花卉种植、香菇培植技术，成为一名工人。王彩娣不仅有了相对稳定的工作，还承包了离家很近的移动日光温室用来种植花卉和香菇，工作生活两不误。

移民之风把千年来传统的男尊女卑观念吹得七零八落。一个家庭是否获得了幸福，要看妇女在这个家庭中的地位变化及她们创造力的爆发。也有妇女走进村里引进的服装厂、酒庄学习技能，不少人在"巾帼扶贫车间"，接受软陶、草编等手工技能培训，在家接单增加收入，妇女们有了大展拳脚的机会，持家创收两不误。王彩娣仅在家门口种植大棚一年的收入就是出外打零工的丈夫的两倍，她所在园区的光伏发电、肉牛托管、大棚种植分红的钱，也是丈夫全年打工收入的两倍，移民妇女中开始流行"钱能让女人挺起腰杆子"这句话。

很多移民妇女的收入像立在夏日户外的温度计显示的刻度逐步提高，她们的家庭地位随着经济收入也提升了。口袋饱而知美容，移民妇女也开始注重自己的衣着打扮了。在闽宁镇逐渐有了移民妇女开的美容店、美容产品销售店等。

麻省理工学院教授埃丝特·迪弗洛是目前最年轻的诺贝尔经济学奖得主，也是第二位获得该奖项的女性。埃丝特·迪弗洛说过："给人们提供的帮助越多，他们就越有能力靠自己重新开始，也越有可能摆脱困扰他们已久的贫穷泥潭。"移民通过在这片土地上的努力，不断创造新的就业岗位，给人们提供着越来越多的帮助。

葡萄园里建酒庄、搞品鉴，红树莓户外观光，光伏大棚生态采摘，村里的产业链由此不断延伸，逐步融入银川西线旅游带和贺兰山东麓葡萄酒旅游文化长廊，成了国家级旅游重点村、乡村旅游创客示范基地，一座诗意庄园出现了。历史总是给有准备的人扔来机遇的绣球，2021年初，反映闽宁镇移民生活变化的电视剧《山海情》在央视播出，给移民通过劳作改变的这座小镇做了一个国家级的宣传，更带动了当地的文化旅游发展。

6

小说家、诗人吉卜林有一句名言："东方就是东方，西方就是西方，它们永不交汇。"如果这个1936年就去世的老头多活73年，让他按照自己的这句名言的思维去看贺兰山下的移民，相信他会赞同我套用他的话所说的："六盘山就是六盘山，贺兰山就是贺兰山，有了移民，这两座山就会相遇！"

当初，一小批移民到来后，新闻媒体对他们在贺兰山下的成功故事的大力宣传，移民写往家乡的一封封满含希望的信件，鼓励着越来越多的六盘山区人离开南部家乡，向北方奔涌而来，他们的不断到来如潮水一样给迁居地带来生机与活力，也给前面来的移民带来打工机遇上的挑战。

20年时间，先后有4万多移民投身这片荒滩，这是一批和时间赛跑的人，这条跑道并不平坦，而且永远没有终点。站在20年的时间节点上，我能看到的是：移民让贺兰山下的干沙滩变成了金沙滩，让当年的谢兴昌变成了老谢，让赵鸿从一个来给别人盖房的"外来人"变成了"老板"，让王富荣从负责移民的专干变成引领镇上电脑热潮的"王电脑"，让移民们纷纷替王瑞刚吹"牛皮"，让被父母从六盘山抱到贺兰山下的沙金龙变成了家中的顶梁柱……让一个荒滩上的小村，变成了中国移民史上的标杆性地标，变成了一个东西部协作的典范。

哈佛大学政府学高级讲师娜拉·狄龙认为：如果没有中国的成就，联合国是不可能在2015年宣布成功实现了千年发展目标——将全球极端贫困人口减少一半的。我们不必非得说闽宁移民在20多年建成的历史中，给一部厚重的中国移民史写进了多么重要的章节，但我们绝对有信心说，如果没有从六盘山到贺兰山的这些移民，中国移民脱贫的史册上就会出现遗憾和不足。

这是一片曾经重要现在更重要的地方。几百年前，元朝的大厦崩塌后，贺兰山变成新兴的明王朝前沿，山的西侧是蒙古族中残余的瓦剌势力在虎视眈眈；山的东麓，是明王朝沿着贺兰山修筑的边墙工事来防御瓦剌的袭击，这道边墙自然也成了万里长城的一部分，守卫在边墙下的将士们，以守卫兵力的不同构筑了寨、堡、关、营等不同军阶的军事建筑：胜金关、广武营、叶盛堡、李俊堡、玉泉营、平吉堡、镇北堡、洪广营等，很多堡寨因为是在荒地上兴起的，就以驻守这些军事要塞的首领的姓名来命名。那个驻守将领叫余泉的人，所在的要塞便被称为"余泉营"，按照寨、堡、关、营的进阶而言，这里是万里长城穿越宁夏北部地带中四个营级驻防单位中的一个，这一个个珍珠般串起来的军事链，哪个都不敢被敌方撕开，一旦某一处要塞被攻破，对方的铁骑就会像决堤洪水，让这个撕口迅速变大、变宽，让更多的敌人涌入。

扼守贺兰山南段的"余泉营"，是周围几十公里最重要的营级驻防单位，直接负责银川平原的安全，它的重要性对宁夏平原乃至明王朝是不言而喻的。时间推移，余泉早已逝去，余泉营也早变成了废墟，人们将那片干旱的军事要塞称呼为玉泉营，大概是含着想让这里遍地出美玉和泉水的美好愿望。直到20世纪初，引黄灌溉让黄河水流到这里，移民用汗水和劳作才让这里生产出了宝贵如玉石的粮食。在1995年版的《永宁县志》里,包兰铁路以西到贺兰山脚下的那片荒地,只是笼统地被称为黄羊滩农场和玉泉营农场,连个标准地名都没有。昔日重要的军事要塞"余泉营",被和平年代的风沙严严实实地掩埋了。

几百年的历史轮回中,被时光遗忘的,又被时光重新捡拾回来,这个过程中不再是简单的记忆找回,而是人类的智慧、科技、政策、劳动,对一个曾经重要的地方实现了更高层次的提升。20多年的努力和汗水,让一座废弃的明代军镇变成了今天的中国移民样板之地。

对闽宁镇而言,它曾经因军事需要而显得重要但很贫瘠,现在,它因移民变得比曾经更重要也更美丽、更富足。从没有名字的荒滩到闽宁村再到闽宁镇,名字变化的背后隐含着巨大改变:从地窝子到平房,从砖瓦房到楼房,从仅有学校、汽车站和政府大楼到邮局、酒店、银行、超市、茶行、文化大院、红色物件收藏大院、红酒一条街、培训中心、洗车行等,应有尽有;在闽宁,目之所及,几乎都被用来开发葡萄基地、葡萄酒庄、光伏发电基地和蔬菜大棚,当年的荒滩成了没有一寸多余地方的现代小镇;从没有任何现代公共交通工具,到铁路、高速公路和国道穿镇而过,火车的轰鸣声有规律地穿破白昼的宁静,和县城、首府银川对开的公共汽车按时出入小镇,甚至在几十公里外还建有飞机场。

第六章
游弋在无水之『海』

> 他们的人生词条里，没有"退路"二字。
>
> ——题记

引　子

立春那天的晚上，14岁的冯理和几个老乡做贼似的走出老牛山下的冯家湾。

六盘山向北蜿蜒，进入海原县境内后像一条貌似磅礴却干涸无水的旱河，如一条小支流般的老牛山，沉睡在犹如一只杯子倒扣在大地上的夜色里。唉，"老牛山！"冯理望着黑黢黢的山影，心里念叨着这三个字。在他的眼里，那座山就像一头年迈的老母牛，常年乏力而贫瘠地瘫卧在宽敞但贫穷的露天大圈里，既喝不足水，也吃不饱草，也无法给山下的子民们提供养育他们的乳汁。连续几年的干旱，让本就干瘪的群山更加干瘪，本来是立春下种的季节，可土地干得像是随时能冒出烟似的，给人带不来盼头了，哪里能看到春天的希望？冯理从小就听村民们哀叹道："咱这地方，唉！讨吃子娶了个瞎（ha）婆娘又生了个连路都走不了的半废娃——穷根扎就已了（六盘山地区方言，定了的意思）！"

从记事起，冯理就听大人们说到一个词："走口外"。开始，冯理并不明白这个词究竟是什么意思。后来才知道，他和其他老乡因为难耐饥荒偷偷地逃离家乡前往新疆，就是完成了一趟"走口外"的移民。几年间，一股逃离六盘山地区的人口暗流，逐渐形成了一条惊心动魄的大河，从冯家湾前往新疆伊犁州巩留县的少年冯理，就给那条特殊的"移民之河"上留下了一道瘦弱的身影。

从冯家湾出发后，冯理跟着几个年纪大的老乡，沿着那条叫麻春河的干沟往西，翻过甘肃和宁夏两省区交界的黄家㟧山后，进入甘肃靖远县境内，然后沿着公路向西步行十几天后抵达兰州城郊，在那儿等待着一列西去的火车。

那时，每个山区农民，都是被钉在那片土地上的一枚钉子，开不了证明是出不了村的，想要开个移民证明离开家乡，无疑如拔着自己的头发想离开大地。这些山区农民不堪忍受贫穷带来的绝望，只能选择偷偷离开，这让他们有了"黑户流民"的身份。夜色是他们的保护伞,他们稀里糊涂毫无具体目标地爬上西去的火车,经过几天的"货车之旅"后,在乌鲁木齐郊外的火车站提前下车,步行到乌鲁木齐市郊区。

进入新疆,冯理才知道去伊犁的想法实现起来是多么困难。能吃饱饭是这些远路而来者的最大期望,沿途扒火车的辛酸,让同行的人大多决定不再去伊犁了,他们到乌鲁木齐附近的农场、农村去找落脚处。少年冯理没把自己的路途终点定在这里,他坚信流传于故乡的那些关于伊犁多么富足的传说一定是真的,他决心一定要去民谣里唱的伊犁:"太阳转着转着就往西,离开兰州就能到乌鲁木齐,出了乌鲁木齐还有两千里,说好的路上不生气,说好的一直走到底;伴当走着走着就散哩,少年走着走着就老哩;天山下到处是坟地,有馒头吃的地方是伊犁……"他憧憬着去能有馒头吃的伊犁。

冯理决定开始自己的孤行之路!那些关于伊犁的美丽传说是支撑他走下去的坚定信念,和老乡分手后,他再次"埋伏"在乌鲁木齐郊外的上坡地段或转弯路段,看到跑长途的货车过来,趁着驾驶室部位刚刚过去、车速降下来的刹那,快速跑到车身后,偷偷爬上去。如果不幸被司机发现赶下车,他便继续埋伏、继续等待。就这样一截路一截路地丈量着,那少年的脚板,像一枚枚邮戳,在宁夏到新疆、六盘山到天山的路上留下了只有自己看得见的足印。

那时的新疆犹如一片森林,一波一波"走西口"的"盲流"就像走进其中的伐木者,以此来谋得在这片陌生地上的生存;那时的新疆犹如夜晚星空,一个个移民心怀的梦想就像星星,发出暗淡但坚强的光;那时的新疆犹如一片辽阔的草场,远路而去的移民就像一匹匹羸弱的瘦马,小心翼翼地避开丰饶草场,在边缘地带寻觅属于自己的草和水。

和那个时代的很多人一样,"退路"从冯理这样的逃离家乡者的人生词条里被删除了。带着生存本能衍生的力量,移民陆续离开家乡,向一个个陌生之地而去。人的离开,意味着烟火气如高山上的氧气般稀缺起来,意味着大地的灵魂被抽空。不是每个前往新疆的"盲流"都有冯理那样的运气,很多从六盘山地区逃离的人在被当地政府发现后,强行遣返故乡。

贫穷与逃离,最终引起了中央的高度重视。为什么在新中国建设如火如荼的时期,会出现这样大的农民离乡流动潮?冯理所在的海原县和紧邻的西吉县地处六盘山北段西麓,当时的固原县(今固原市原州区)地处六盘山东麓,当地百姓从这三个县的名字中各取一个字连成的"西海固",是六盘山东西两侧极度贫困区的核心地带。

1972年,"西海固"成了中外关注的一个热点:这一年,联合国粮食开发计划署派出的官员、专家经过一番考察后,称"西海固"地区是一个不适宜人类居住的地区;同样是这一年,大批人口外逃引起中央重视,中央领导这才知道西海固地区已贫困到"家无隔夜粮,冬无御寒衣"的程度。周恩来总理在中央机关的7000人大会上说:西海固人民还在受苦,我这个当总理的有责任啊!受周恩来总理委托,时任国务院副总理李先念主持召开了固原工作会议,部署解决当地严重的贫困问题,帮助发展生产,有效缓解了人口的外徙。

多年后,在伊犁市郊外的那座院落里,我采访冯理时,他那一口纯正的海原话,就像一缕从冯家湾的老家烟囱冒出的炊烟,中间裹着几十年前从老家出走的仓皇与沧桑。从记事起,冯理就听到不少关于"口外"(新疆)生活很好的传言,像一层一层的金粉被风吹来,然后垒成了一块悬在空中的黄金大饼,诱惑着大山里的人。清朝末年,曾有不少六盘山地区的农民前往新疆,他们回到老家时谈起六盘山和天山下的生活时,常常会以一段民谣作为那块黄金大饼的注脚:"若要务农养家种地,快上新疆伊犁;若要经商出人头地,还是新疆伊犁。伊犁,伊犁,流油的富地;在伊犁挣着了白银子,便走奇台古城子,若问家乡西海固,已经在脑后千万里。"

如今,冯理的儿子冯磊在伊犁市区开了一家具有宁夏六盘山风味的餐厅,谈起老家时,冯磊总是毫不犹豫地用海原话说:"宁夏的!"我到新疆采访时,在多处听到西海固口音,听到秦腔和花儿,看到固原庄子、海原庄子等名称,在伊宁还发现了一个村子名字就叫海原,他们依然说着海原的话,做着海原的饭,那是移民在数千里之外怀念故乡的一种方式。

1

20多年前的那个暑假,在西安外国语学院读书的杨成珠,第一次随同学马建国来到海原县树台乡。长途汽车进入六盘山地区后,杨成珠的心顿时凉了:和家乡湖南省湘西土家族苗族自治州泸溪县相比,这里的干旱超出了她的想象。尤其是进入海原县境内后，她感到一股股热气朝车里拥来，同时似乎也填充着漫山遍野中的每个缝隙，满眼都是干黄，山坡上、干沟里能见到的动植物少得可怜。到马建国家所在的村子口时，一株西北地区最耐旱的榆树，顽强地撑出一片稀疏的绿色，树叶因缺水而缩卷着，像砂纸一般，那棵树则像一个穷得连颜料都不够用的画家用笔勾勒出的一点失色的绿意。

没有一丝风，山坡上的庄稼像是退潮后被遗忘在海滩上的鱼儿，晾晒在太阳下，叶子蔫不拉几地耷拉着，天空通透得像一个没有一丝秘密的透明人，用空洞的眼神注视着这年年重复的旱象，大地上的一切像是病重的老人般有气无力。大地扯下了一切遮羞布，告诉杨成珠：这片土地被干旱主宰着，即便是梦中，这里的人或许都会被干旱之手攥住鼾声，这只手撩拨起他们的惶恐和不安，让他们在诅咒之余，将自己的愤怒与无奈沉浮在干如枯柴的睡梦里。

半夜时分，杨成珠被院子里传来的声音吵醒了，透过窗户纸，她看见马建国的妹妹小心地拿起地上的两个皮囊，搭在驴背上的木鞍子两边，悄悄地拉上毛驴走出大门。

这是要干什么？杨成珠很是纳闷。等杨成珠第二觉醒来时，天已放亮，马建国的母亲见她醒来，赶紧端来一脸盆水，让这位女大学生洗脸。洗完脸后，杨成珠按照自己平日里的习惯，将那半脸盆水端到门口，啪！脸盆里的水泼在了地上。随着一阵急促的脚步声，杨成珠看见马建国的妹妹从厨房里跑出来，睁圆眼睛看着地面上的水，仿佛杨成珠是把一盆银子泼在地面上似的，随即，她抬起头来盯着杨成珠，眼里饱含着不解、纳闷、迷惑甚至愤怒。马建国的妈妈赶紧转过身去，冲女儿使了个眼色，女儿这才收回盯着杨成珠的充满恨意的眼光，手一甩，跺了一下脚再次表示了自己的愤怒，然后才往厨房走去。

大学毕业后，杨成珠随马建国回到树台小学教书，不久，他们就结婚了。谈起初到树台第二天早上洗脸后泼水的事情，马建国这才告诉杨成珠，那时她的举动引起了妹妹的反感，责怪哥哥找了个败家女子。原因是山下几里外的那条小溪早已干涸，老乡们每天只好赶着毛驴去更远的一眼泉水那儿驮水。杨成珠却把妹妹半夜里赶着驴去很远地方驮来的水，随手给泼掉了。

婚后，杨成珠才开始真正体会到，六盘山地区的人是不惜汗和泪的，甚至不惜血和命，但惜水、疼水！在六盘山地区，把洗脸水直接泼到地上，是和浪费粮食一样令人无法容忍的事情。

逐渐，杨成珠和这里的女人一样，习惯了利用水：淘米、洗菜的水，倒在盆里沉淀、澄清后，洗碗洗锅；二次澄清的水用来洗脸，全家按辈分、年龄一个一个地洗，最后洗的人掬起的几乎都是泥糊糊了，但也不能泼掉，继续第三次沉淀、澄清后，用来饮驴、骡、羊。

杨成珠的真实经历告诉我们：六盘山地区是个极度缺水的地方。那时的六盘山地区，洗脸是一件奢侈的事情，刷牙是比洗脸更奢侈的事情。至今，在六盘山地区还流行着这样一个真实的段子：20世纪80年代的某一天，一位县长到一个村子去考察，晚上住在村支书家，早上起来，县长在位于半山坡上的村支书家门口刷牙，被坡下住的几户人家的小孩子看到了，从没刷过牙的孩子们对县长手里拿的牙刷感到好奇，对县长口里不时吐出的白沫子更是好奇。趁村支书陪县长出去考察时，孩子们偷偷溜进村支书家，一个假装去问事，到厨房吸引村支书老婆的注意力，其他孩子溜到上房，把县长的那把牙刷和刷牙缸偷走了。领头的孩子从家里偷出一勺水，倒进缸子里，拿起牙刷蘸一下水，轮流模仿着县长的动作，将牙刷塞进嘴里，可就是看不见嘴里冒出期待的白沫子，大家心疼着那一缸子水，气恼中把牙刷给扔了，分着把缸子里的水喝了。

新中国成立后，开始重新规划行政区域。六盘山下的固原、海原和西吉三县，像三个贫困的兄弟，以一个大三角的形式稳固出了一种大文化区域，相守相助，互暖互温。1953年11月，经国务院批准，在今宁夏回族自治区南部地区成立甘肃省西海固回族自治区，自治区首府在固原县，辖西吉、海原、固原3县，六盘山下的这片土地因此有了"西海固"的叫法。2年后，西海固回族自治区改名为固原回族自治州，自治州首府依然在固原县，依然辖西吉、海原、固原3县。5年后，宁夏回族自治区成立，"西海固"的范围进一步扩大，在宁夏人的意识里，"西海固"逐渐成了六盘山地区的代名词。

穷兄弟之间可以感受到温暖，但因诸多客观条件限制而一起致富无望时，互相拖后腿的现象就会不可避免，2008年，为了改变海原县的贫困状况，"西海固"中的海原县被划归到中卫市。海原，从"西"走到了"中"。"西海固"缺了一片"海"，却并不影响宁夏人叫惯了的"西海固"，人们依然习惯把海原县视为"西海固"不可分割的一部分。

海原，多么能给人带来浪漫想象的名字：大海般的辽阔之地，平原上的庄稼一片葱郁。然而，这是一个被地名欺骗的地方，它静卧在宁夏中部地区的辽阔旱带上,铺天盖地、毫无节制的干黄像上天往下撒黄土时忘记了收回双手样,让太阳、月亮和星辰看到的永远是干黄、羸弱、皱褶的肌肤,干旱牢牢控制着庄稼的长势和乡民的情绪,这是一片极度缺水的旱海。

如今还在半山坡上遗留着的窑洞遗迹,是海原曾经很穷的一个重要标志。那是古人在没有木头、水泥、砖瓦的情况下,利用土这种人间最简单的音符,在无奈中奏出的一曲建筑孤唱。人们用地球上最简单、最常见的材质,创造出了一种成本最低的居住形制。20 世纪 80 年代以前,这些窑洞里还住着人,不少乡村被整体移民后,这些古老的建筑形制被遗弃了,拆掉门窗的窑洞,像一只只失去了视力的枯眼,了无生机地散落在一面面山坡上。我的家乡靖远县临近海原,那里的山区也有不少窑洞,至今在家乡还有这样一个段子:潘育龙是从家乡走出去的一位将军,跟随康熙皇帝征讨噶尔丹,在昭莫多(今蒙古国乌兰巴托南宗英德)与噶尔丹军遭遇,对方阵营中射出的飞弹击中了潘育龙的右面颊,但潘育龙仍殊死战斗保护康熙,最终败敌获胜。有年 8 月,潘育龙奉诏进京面圣,康熙帝亲自探视潘育龙的伤势,并命御医为他诊治。那是一个多雨的秋季,连续 30 多天的大雨,让紫禁城里的金銮宝殿都开始漏雨,康熙皇帝看着从屋顶渗出的雨滴,感叹道:"朕的大殿都漏雨,你说这天底下哪里还有不漏雨的地方呢?"

潘育龙回答道:"回禀圣上,还真有这样的地方呢!"

"嗯?说说看,哪里有?"康熙顿时来了兴趣。

"在臣的家乡靖远县一带就有这样的住所,别说下 1 个月,就是下 1 年也保证不会漏雨的。"

"君前无戏言。"康熙皇帝好奇但威严地问:"你说说,那是怎样的房子?"

"那是在半山坡掏个洞用来住人的,臣的家乡人不把它叫房子,叫窑洞。"

"哦,难怪,西北干旱之地哪有把山下塌的雨,所以住在窑洞里就永远不会漏雨了。"

在六盘山四周的这片深度贫困地区,人们不怕漏雨,只怕缺水,缺水带来的饥饿、贫穷如无处不在的风一样,常年肆无忌惮地进出在这些窑洞中。

我从冯家湾出发,往北而行,重走当年冯理离开家乡的"移民之路"。冯理是顺着一条往西而去的山沟进入甘肃境内的,乡民们称呼那条干涸的山沟叫麻春河。以前,这里既见不到种植的桑麻,也没有保证基本饮用的水,人们也看不到春天带来的希望,所谓麻春河,不过是被当地村民寄予美好愿望的一个名字而已。我在 1999 年版的《海原县志》上的《海原县年降水量分布图》上查到，这里的年均降水量在 300 毫米左右，而蒸发量却高达 2057.8 毫米，降水和蒸发之间的不平衡关系，让这片土地一直严重透支，藏在这片土地腹腔内的肺，有着何等的干与焦。黄土常年伸出干旱的舌头，像野牦牛带着刺的舌尖，舔舐着瘦弱无力的大地，扎得庄稼喊疼且流走了可怜的一点泪，树叶和庄稼叶沉重得连头都抬不起来。一场雨，常常连麻雀的嘴唇都润不湿，再大的一场雪，也覆盖不了山里人家的屋顶；一场雨、一场雪，就意味着一场欢喜来临，一次湿润大地、拯救粮食的难得机遇。

地名往往会透露着取地名的人对寄身之地的希望。在海原县境内就有贾塘、双河、盐池、万家水、龙池湾等地名，几乎每个乡都有 10 多个带湾、滩、沟等与水相关的地名，民众对水的盼望全隐含在这些地名里。

水，在这里，就意味着一切！水是君王与鞭子，下令、逼迫这里的人外出当"流民""移民"。人们对水的期盼，不只是面对上苍的祈求与跪拜，不只是在年节中的祷告与祈唱，他们也低下头，像给自己的孩子取个吉祥的名字一样，给这片大地上的角角落落取着带水的名字，于是就有了看不见水的麻春河、烂泥河、邓家河、陈家河、黄家水、小泉沟等。不来实地查看，光是盯着地图上的这些名字，你一定感到这片土地上到处河水汤汤、水系交错。不止海原，在整个六盘山地区，不少干渴的村子都有着水灵灵的名字，比如西吉县的鹁鸪泉、上河、水沟、芦沟等，原州区的马渠、涝台、大泉、黑泉、西湾、后河……生活在这些地方的小学教师，最犯难的是如何给孩子们描述河流、游泳、码头、渡口、港口等与水有关的词汇。

人类在和自然的相处过程中，总能因地制宜地释放出他们的智慧。六盘山地区的农民在半山腰开凿窑洞时，也创造出了"窖"这种地下建筑：装水的叫"水窖"，存粮的叫"粮窖"，储洋芋的叫"洋芋窖"，无论哪种窖，都是害羞般地藏在地下，都是庄稼人的稀罕，口上都用一个大盖子捂着，都有防人偷的心思在里面。碰上儿子要说亲时，苛刻的女方会派说亲的去"探窖"，其实就是摸男方的家底。这时，窖就是庄户人家的脸面和底气。女方看女儿要嫁过去的人家是否殷实，主要是看"水窖"里的储水量，媒人到了男方家主要要察看的，也是这家的水窖里是否存着足够的水。

水窖，不仅仅是山区人家盛水的一件"家当"，是他们埋在地下的一座"水银行"，也是盛储生活保障的容器，这容器不是流水线上生产出来的，而是一锹一锹地从黄土深处挖来的。一个完整的水窖深度大概 8 米。因为人们对"窖"的需求，六盘山地区便诞生了"箍窖"这个词，与之伴生的是箍窖匠这种手艺人。随着一锹一锹土从地下不断掏出，窖匠劳作的身影逐渐向地下延伸，挖到窖底时，再一锹一锹地向外揎大，根据自家装水量的大小来确定揎水窖的直径，估计挖出的水窖大概能盛下二三十方水的时候，把一个个棒状的胶泥砸进窖底，或紧贴在窖壁上，抹匀后再用一层细胶泥或水泥覆盖，以保证将来装的水不向下、向外渗入土里，窖口相对窖身要收缩很多且用木板盖住，一是为了用水桶提水时站立方便，二是为了防止窖水在夏天时蒸发，窖的形状其实就是一尊放大的陶罐；盖板和窖沿上的木框之间，往往会用锁子锁住，防止别人来偷自己家的水。

　　人们期盼着夏日能降雨，因为这样灌进窖的水就可以多一点。如果遇上干旱没雨的夏日，只能将希望寄托在冬天的积雪上，他们要在冬日的冷风中，去山坳里背雪回家，雪很轻，却因承载着一家人来年的饮水希望而变得沉甸甸。遇上雨和雪都不见的年份，那就意味着荒年、凶年来临。当六盘山地区的移民到灌区后，当六盘山地区通上国家投资建设的自来水后，揎窖这种手艺就彻底消失了，箍窖这种苦力活，窖匠这种古老的身份，也全都消失了！

　　时针往前拨几十年的话，哪个六盘山区的人没有往水窖里背冰或驮水的经历？这样的经历我听当地的农民讲过。背冰的过程，是一个被水逼着要起原始聪明的过程：刚刚开始结冰的水，最先冻住的冰碴儿一定是水中最干净的部分，捞上来化开了便是甜水。冰碴，是上天之手画在人和牲口间的一条线：冰碴上面的水，往往是人用，冰碴下面的水牲口用。然而，如此矿化度很高的苦水，也不是每一个村子的沟底里都能冒出来的，有苦泉的村往往比没有苦泉的村要好许多。

　　水是这片土地永远的念想和期盼。抬头望天，即便有几朵迷路般带雨的云，快到这里时，既像发现了猫的老鼠，也像发现了地下火炮朝天张开大口的侦察机般掉头而去。低头看地，冒烟似的焦黄中带着绝望。水，在哪里？

　　干旱是六盘山地区最大的王，它以自己的方式统治着这里。1991 年到 1995 年的连续 4 年干旱，让本已喊渴的六盘山地区和宁夏中部干旱地到了似乎点把火就会燃起来的地步。这场罕见的特大旱灾，像伸向大地的一个个巨大但无形的抽水泵，让 50% 的中小水库八成干涸、七成的机井出水不足，25 条河流缺水，8 条基本断流，它抽掉了这片大地赖以生存的养分。曾滋养人的水库，像一条巨大的死鱼朝天露出了裂纹。我曾在当地媒体上看到一张农民屠宰骡子的照片，旁边配的文字说明是：为了防止马、牛和骡子等大牲口和农民抢水喝，只能将大牲口屠宰卖掉。

水，是这片土地最简单的奢望，在这片土地上，"旱天岭""一碗泉""水断头""喊叫水"的村名和带有某某湾、某某水的地名，像这里的黄土一样，连绵不绝地铺开，因为对水的渴盼，这里的人不仅给生存的村子取名多带水、湾、泉、河等字眼，就是给孩子取的乳名，也多是海洋、海娃、泉生、水花等。

干旱—少雨—没庄稼—水土流失—地面蒸发量大—干旱，成了千百年来打不破的魔咒控制下的轮回。夏天，本是植物在雨水、肥料和阳光中积蓄力量，迎接生命的丰盈状态的时候，而这里的夏天，却是烤灼大地与人心的季节。太阳常常成了农人诅咒的对象，云朵是人们抬头看天时的期盼。人和牲畜不敢出门，怕踩着那被晒得快化了的黄土，踩疼对水的渴念；一个轻轻的脚步，甚至冲着地上的一声叹息，似乎都会吹起一层黄土的波浪。黄土高原上因水土流失而被大自然残酷地勾画出和纵横乱突的沟壑，像一个常年营养不良的人叹息时因吸气而干瘪下去的肚皮，在漫长而几近绝望的旱热里等待。

远观的、听说的、亲身体验的，不同的人对六盘山地区的缺水有着不同的想象和体验。对女性来说，爱美的天性往往会像一把锥尖，刺破缺水的衣兜。因为缺水，洗身子在这里就是奢侈，男人们互相习惯了身上发出的汗臭味，不少女人一辈子可能就出嫁时能洗个澡。一旦有了即将下雨的云层密布于天，或许还伴着惊雷，你见到的不是匆匆回家去避雨的人，而是换上薄衣服、扛着农具朝家门口的地里紧走的女子、女人们，她们像偷偷去私会情人般，一边心不在焉地假装干活，一边等候情人般地不时抬头看天。一旦下雨，整个天都成了一个辽阔无比的出水花洒，男人们在千百年来的习俗里知道这个秘密，心照不宣地在这个时候不去田里，女人的身子比男人更需要站在那巨大的花洒下淋浴。雨后，全身淋湿的女人们赶紧回家，进门后脱去衣服，把身体擦干，就算洗了一次澡，这个借雨洗身的举动，在六盘山地区有个专属词汇——"趁雨"。

1978年6月起，一项名为"固海扬黄灌溉工程"的工程开工，历时八年半终于完成。从黄河提灌的水，升高380多米后，流经150.42公里的中宁、海原、同心和固原的清水河谷地带，然而，这项水利工程对辽阔的六盘山区来说，还是无法从根本上解决缺水问题。山区的土地和山里人家依然张着饥渴的嘴，盼望着水。

移民，成了这片土地给它的生民们提出的一道时代考题。一方面是国家组织的大规模移民，让搬出去的人不再受缺水之苦，另一方面是从六盘山地区林木最茂盛、水源涵养最好的泾源县调水，让没有移民的六盘山地区的村民们全部用上自来水，水带来了新的生活，冲走了那些关于缺水的传说和故事。

缺水，逼着六盘山地区的人动起了逃离家乡的想法，总有人以移民的方式远走他乡，人成了这片土地养不活的、被迫移动的一茬茬羸弱的庄稼，成了这贫瘠之地上的客人，干旱似乎才是这里永恒的主人。

移民是这片土地上绕不过去的沉重话题，镶嵌在很多历史节点上。《海原县志》中记载，仅在元代，朝廷就"多次安置迁徙屯田之民"。明代早期"征调人口相继涌入，藩府侵占草场，边将为图升赏而妄杀无辜，致使当地达人'屡遭变故，家业一空'"。明末，"地震干旱，百姓死者十之八九"。"兵民莫支，转徙星散，其地遂空"。清朝的同治年间更是出现了"人口锐减，耕田荒废"的情形。著名的海原大地震中，全县12.4万人中就有73604人丧生，幸存者纷纷外逃；10年后，复查全县人口才63813人；到1961年时，全县人口自然增长率依然是负数。

干旱，是这片土地上恒久的住户，灾害则是频繁的访客，体面生活与斯文活着是每户人家遥远的念想。整个六盘山地区，就是一个移民来去的旱码头，天旱、地震、兵乱、瘟疫，总在不经意间降临，造就了一批又一批、一代又一代的移民，让这里像填不满的坑吸引移民，也像一把烧热的铁锅让生活在锅底的人民犹如炒熟的豌豆在蹦蹦跳跳中逃离这里。

缺水让山区农民开始琢磨，如何以智慧抗旱。为了保住土地的墒情，农民从山上拉来石片铺在地里，在石片的缝隙间种上西瓜，由于这片土地富含硒，那些从沙地里顽强钻出头，从石头缝里蹦出来的西瓜有了"硒砂瓜"的名字。每到清明时分，当地人就用塑料薄膜和弓架，在一条条干沟两畔、在山坡地上、在旱滩上"凿"出一条条白色"河流"，流过干黄的群山之沟、台地、缓坡，也流过昔日从海原逃往甘肃的移民之路。

种子埋进土里，也就埋下了一份庄稼人的期盼，大家都心照不宣地没事老往地里跑，路上见到邻居了，互相善意地取笑一下对方，开对方的玩笑，戏称对方"恨不得把炕头搬到地埂上"，有人怕邻居笑话自己去地里勤快，便晚上偷偷去。

在地里干活的女人们戴着红红绿绿的头巾，用劳作唤醒沉睡的大地，用覆膜、追肥、灌水、摘秧、采摘等环节，完成了一部完整的瓜事诗。硒砂瓜从石头缝里发根、起苗、张蔓、结瓜，在旱塬上长出了一个个人间奇迹，也圆了又一个美丽的黄土深处的"绿色银行"梦。在为商务印书馆出版的《微观宁夏》一书编纂"硒砂瓜"这个词条时，我如此写道："它像个从土炕上爬起来的儿童，却有着天生的绿色皮肤；成长的过程中，它又变得像一位修道者，远离城市和工业，安安静静躺在砂石地里，充足的阳光以及富含硒、锌等多种微量元素和维生素的大地滋养，让它的身体日益甜蜜。"

如今，大批移民搬出大山，大山开始生态恢复，"硒砂瓜"这种让土地透支的品种在六盘山地区北段的山地已被禁种了，但它却以品牌的方式深深地印在宁夏人的记忆里。每年夏天到银川、吴忠、石嘴山等城市叫卖西瓜的人，嘴里不停吆喝着"硒砂瓜，香山的硒砂瓜，中卫的硒砂瓜！"甚至连甘肃、内蒙古等地的西瓜上也贴着"硒砂瓜"的"商标"。2022年8月17日，我在黄河边的平罗县红崖子乡移民点采访时，逆着都思图河而上进入内蒙古鄂托克旗境内阿尔巴斯苏木境内时，遇见一辆辆正在装西瓜的车辆，上前去采访时才发现，那些产自沙漠中的西瓜上赫然贴着"中卫硒砂瓜"的商标，外围椭圆形包装纸上半部分白色底子上写着"西部干旱带上石头缝里长出的西瓜"，包装纸下半部分的白色底子上则写有"宁夏 中卫 兴仁"的字样，椭圆形包装纸内围的红色底子上，"中卫硒砂瓜"的红底黄色包装纸上半部分，是一条黄色的曲线，像一个戏剧道具中用的向上翘起的胡须，它的上面是"砂缝瓜"三个字的拼音，再上面写着"砂缝瓜"三个字；"中卫硒砂瓜"的红底黄色包装纸下半部分，是"中国 宁夏"四个白色大字。

行走在麻春沟的春天，也是在穿越两边坡地上栽种着"硒砂瓜"的、塑料大棚组成的白色之河，沿着西北走向逐渐进入甘肃境内。20世纪80年代，随着临近海原的甘肃省靖远县兴电工程通水，不少海原人就穿过麻春沟移民到那里。也有不少人穿过麻春沟，朝东南方向翻越六盘山余脉香山，移民到中宁县的大战场灌区，无论移民到哪个方向，人们几乎都是步行走出麻春沟的。

如今，麻春沟的人们不再羡慕早先从家乡离开的移民了，也不再羡慕移民到新家园里能喝到黄河水了，来自六盘山地区最南端的山泉水，被引至六盘山最北端的麻春沟一带，颠覆了六盘山地区流行了千年的那句"千里路上粮来呢，千里路上水不来"的老话。

在时代给出的试题中，人多地少的麻春沟连接起来的海原县北部几个乡中，都有移民的必选项。既有蒿川、徐套、罗山、盐池等乡镇的群众移民至红寺堡、渠口农场、中卫南山台以及长山头农场等处；也有本县境内山区向川区的移民。尽管，他们深受关（山）陇（山）文化影响，并让这种影响在一代代人生活中递传，让一代代人视这片艰难困苦，提供不了体面、富足生活的土地为家乡，在这里辈辈生存。但汹涌而起的移民大潮，很快冲垮了那道看似根深蒂固的大堤，以海原县为例，移民范围遍布全县 18 个乡镇 124 个自然村，共迁出 1705 户 8066 人。这种县内整体"吊庄"的形式，让李俊乡的磨湾村，南华山下的大南沟、鸦儿湾等自然村"原地消失"。

2

春节过后，四川凉山彝族自治州美姑县的彝族女子阿甲阿果收拾好东西，背着不足 1 岁的女儿，和周围的其他彝族女性前往云南曲靖市境内的蔬菜基地育苗。等菜苗长到 5 寸左右高，她们像把一个满月的婴儿从室内抱出来一样，将这些菜苗从温棚移栽到露天地里，给大地送来一片绿色。

她们在迁徙中携带着一片绿色的梦，在一个又一个塑料大棚里栽育菜苗，在一个地方完成栽种、抚育、出棚、移植菜苗后，就像成功地把一群毕业生送往高一级学校，然后奔向下一个目的地，将那里的塑料大棚当作新的学生。春天是她们的道路，她们就像候鸟一样，手心里攥着绿意，依次从四川、湖北、河南、陕西一路向北。每年清明时分，这些大地上的植绿者，会"迁徙"到六盘山下的蔬菜基地，由于六盘山地区的海拔相对较高、气温相对较低，她们栽种的蔬菜被称为"冷凉菜"，这些蔬菜长大后，也变成了"移民"，被运往广东、香港、澳门等地。

我在六盘山北段、天都山东麓的一处冷凉菜基地见到阿甲阿果，她背着不足 1 岁的孩子，将大棚里栽育好的冷凉菜苗正往田地里移栽，不远处的蔬菜大棚园区门口，"长隆现代农业科技有限公司"的铜牌子，在太阳下发出耀眼的光。大门右侧，是一所农民培训学校，企业请来的农业专家、种菜能手正在对当地村民进行现场培训。初夏时分，远处的天都山像披了件破旧的黄色外套，把一抹干黄横在天地之间，眼前的蔬菜基地上，分布着长 150 到 200 米、宽 10 到 17 米的 100 多座白色塑料温棚，它们像 100 多头白色巨象拱起庞大的身子，又像是 100 多架白色钢琴连起的矩阵，和阿甲阿果一起来的女菜农，就是一个个钢琴师，让绿色的音符流淌在这干黄的季节里。

大棚区往北的大片土地上是露地蔬菜苗,已经露出一片苗壮生长的绿色。正在栽种蔬菜苗的妇女,基本上全是像阿甲阿果这样从四川、贵州、云南来的熟练工,她们给大地上奉献着春天的颜色与味道,她们是春天矿道上的另一种矿石,她们是春天枝丫上垒砌"移民之窝"的鸟儿。

地膜蔬菜种植在山区是一项新技术,当地农民只能干些平田、培埂、浇水、拉苗的基础工作,栽种、育苗、起苗、移苗等技术活,还得阿甲阿果这样的南方女性,以短期"移民"的方式来这里给当地农民传授,让他们学习花椰菜、大蒜、娃娃菜、甘蓝和大白菜等菜类的种植技术。

和以前因为缺水、贫穷而大量外逃式的移民不同,六盘山地区的移民如今成了一条双向车道,有阿甲阿果这样来自南方的女性菜农做候鸟般的短期移民,也有另一种移民。

"绵绵南华山,仿佛已安伏千年。此刻已头顶白色绒冠,好似一位根骨俊朗的少年,英气而不张扬,沉静却不死寂。霞光斜映,竟映出了一丝喜悦,顺势望去,缘其怀中多了一洼珍宝:华旗招展,牛舍俨然,井井有条,好似一幅画卷。整个镶嵌在茫茫黄土之中,气势磅礴,美不胜收。"在华润集团设在海原县曹洼乡的华润牛繁殖中心,等待采访技术人员的间隙,我随手拿起办公桌上堆放得整整齐齐的《华润》,在 2016 年第 12 期上发现了这篇名为《塞北那一抹山花烂漫》的文章,特意留心了这篇文章的作者,叫宋彦涛。

常年穿梭在山间的风,在科技时代变成了发电的材料,随处可见半空中飞舞的风力发电叶片,徐徐旋转在半空中。位于海原县西华山的华润发电场有 150 台风力发电机组,几百名和宋彦涛一样的"华润移民"在这里从事发电工作。除此之外,华润集团在六盘山地区还有"母牛银行"、蔬菜种植、物流配送等扶贫项目。

"母牛银行",这个新鲜词汇引起我的好奇,便前往海原县曹洼乡的华润牛繁殖中心,通过了解那些"住在产房的牛",知晓了"母牛银行"与新的移民群体。

国家主导的大型移民脱贫战略,让"华润"和海原这片贫困之地"相遇"。西门塔尔、安格斯、提前赊销、高端肉牛养殖等词汇,逐渐像一丝丝润物的细雨,飘落在这片古老的土地上,滋润出了一种新的生活方式、生活体验。跟在这些新名词后面的,是曹洼乡的村民将 23754 头西门塔尔基础母牛以赊销的方式领回家饲养。曹洼乡田拐村的田成顺和其他村民知道"华润基础母牛银行"的概念时,已经领到了华润出资给他赊销的牛。在这之前,田成顺对牛的概念无非是公牛和母牛、牛犊和壮牛,对眼前的这种叫"西门塔尔"的基础母牛,确实很陌生。他将自己赊销的西门塔尔基础母牛拉回家饲养,等牛长大后再交还到养牛场,中间所需的饲料,他也可以用赊销的方式从养牛场获取。

养牛也让这片土地的角色开始发生变化,六盘山地区的很多村民搬迁到宁夏平原后,山地生态得到修复。在荒地上年年耕种但收获靠天说了算的农民,也开始转变千年来的生活方式,土地不再给人提供粮食了,而是转向生产牧草、玉米,饲草的种植、收割、销售等环节又带动了饲草配制和配送的新业务以及精饲料加工厂、饲草加工厂的建成。

当地以前有这样的民谚:闲话传起来比烟雾还快,现在有了类似的新民谚:养牛的好经验,传得比闲话快多了。

最好的养牛经验就是从田拐村传出去的。这是农村最安静的季节,年轻人大多外出务工去了,村干部杨彦俊带着我前往村史馆。和那些反映曾经"最不适宜人类居住"的黑白照片相比,几张大红的奖状显得更醒目,其中的"全县脱贫奋斗奖"引起了我的关注,我要找寻的田成顺竟然就在其中,奖状的落款是2018年8月2日,问村领导后才知道,奖金是500元!

500元能干什么?买一瓶好酒?看一场演出?一张旅游淡季打折的机票?但对田成顺这样一位曾目送亲戚、邻居移民他乡的留守者来说,这500元的奖金意味着全村人羡慕的眼光,也意味着在遇到困难时,一股从丹田里奔涌而出的力量。

2016年6月17日,田成顺骑着摩托车,翻过村子前的那座山,其实也是翻过了横在他和乡亲们心中的一座山。他是村上第一个报名参加"母牛银行"项目的,他赊了5头牛,每头牛垫付了3800多元,是全村赊牛最多的。第一年、第二年都没挣钱,第三年开始有了收入。走近田成顺家时,他正在门口翻晾从邻村买来的苜蓿,那是他赊的那几头牛过冬的主粮。走进他家的牛舍,里面打扫得干干净净,牛也养得膘肥体壮。田成顺指着牛对我说:"这可是我的财神,咱庄稼人,一想到它们能给我带来白花花的几个万,心里乐得晚上有时真睡不着,就爬起来到牛圈里看看,那可是我的存折呀!"这些留守在老家的人,再也不羡慕当初从这里移民到宁夏北边的老乡了。

好榜样就像把学生召集到课堂去的铃声一样,在田成顺这样的"铃声"带动下，养牛的村民数量渐渐增多了。走在黄昏时分的村子里，饭香蹲在村子里。炊烟是开在乡村屋顶上的花蕾，有了这些花，就有了生活的气息。村子里已经看不到旧房子了，随处可见修建新家园的场景：硬化巷道、改造危房、堆砌围墙、装大门、改厕、硬化院落以及安装太阳能热水器和太阳能路灯。一些新的建筑像一棵大树的枝蔓上嫁接出的新型枝条，出现在这大山腹地的小村子里：小公园、停车场、文体广场、农村社区、党员活动室、文化服务中心、卫生室、民俗展厅。前些年移民出去的亲戚、本家，回来时总会将移民点出现的新变化讲给留守在老家的人们听，让后者充满了好奇、想象和羡慕，现在，老家的变化和移民点基本保持着同步。建筑的变化仅仅是外在的，村貌和村民致富心理的变化，才是这些变化中最重要的。他们和从这里搬走的移民，站在一条时间之河的两岸，赛龙舟般地行进在生活的赛道上。

　　我是被一阵"花儿"吸引到一户人家的。花儿是一种流传在我国西北地区的民歌，因歌词中把女性比喻为花朵而得名，当地人把这种歌唱形式称作"漫花儿"。六盘山地区的农民因为喜欢花儿，形成了著名的"六盘山花儿"，海原县又是著名的"花儿之乡"。传出花儿的那户人家门口，挂着一块醒目的"花儿农庄"牌子，吸引着我走了进去。夕阳铺在院子里，院落收拾得整整齐齐，小菜园中的蔬菜一片葱绿，这让我不由在心里哼起了那首在六盘山地区非常流行的花儿《绿韭菜》来："园子里长的(哈)绿韭菜(呀)，不要割(呀)，你叫它绿绿地长着……"

　　墙边的花木在黄昏的微风下摇动身姿并送来阵阵花香，男主人田玉林正在院子里用一根塑料管接自来水，白花花的水钻出塑料管时发出欢快的声音，淌向院子里的菜园，村史馆墙上反映的那些干旱缺水情景已彻底成了历史，杨彦俊告诉我："过去，我们这儿看谁家富足不是有多少粮，而是窖里存了多少水！我们这个年龄的，都有下雪后往窖里扫雪、背雪的经历；现在，每家用的都是自来水。如果当初有这样的水，那些长辈或亲戚就不会移民到外地去了。"

　　我向女主人马德兰请教园子里的各种花的名称，没想到，得到了满意的答案。看我有些迟疑，马德兰掏出手机给我展示一款软件，只要用手机打开这款软件，将摄像头对准院子里的花儿，手机上就会显示出花儿的名称，现代科技的春风，早就刮过这群山怀抱里的角角落落。田玉林的"花儿农庄"是村里从事农家乐的农户之一。那天晚上，有两个从县城赶来的团队在他家专门修建的餐厅兼演播厅里就餐，他按之前就约好的时间进行抖音直播，风趣的语言，时不时还漫上几句六盘山花儿。不一会，田玉林的直播围观观众就达到了几万人。从县城赶来的一位漂亮的女主播杨东也加入了这场直播活动，一会儿是"花儿"清唱，一会儿是海原话的"脱口秀"，让直播人气不断提升。

刚好也有前些年移民出去的一位老乡回老家来转，看到这个情景很有感慨地对我说："当初移民出去，是认定没法子在老家待了，留在这里的人注定会贫困一辈子，没想到，移民后的很多村子被推平，没人在山上放羊了，加上国家的绿化力度加大，山变得绿了，草能长得这么密，老家人的生活水平也赶上我们移民的了！"

夜色渐浓，夜晚遮去了白天的忙碌，留守在这里的人虽然没有以移民的方式走出大山，仍在祖辈苦守过的大山里，但他们的思维早已走出了大山，集聚着告别贫困的力量。

一轮明月映照下，我开车离开了田拐村，拐上了柏油马路，来田玉林家串门的移民亲戚搭乘我的车要返回，山路上只有汽车单调的马达声，突然，从车里飘出这位移民漫起的"花儿"：

> 三炮台（者）哗啦啦响，
> 冰糖（嘛）沱茶（哈）给泡上；
> 尕日子越过者越（呀）美当，
> 就像蜜蜂儿落（者）到花上。

3

33年前，海原县郑旗乡的李正仓以移民的身份，赶着那辆装着自己所有家当的毛驴车，翻越六盘山西北段的南华山，走到清水河畔后，沿着公路向北行走到位于中宁县的黄河南岸边。那是他第一次见到装着那么多水的大河，他的第一反应是将毛驴车赶到公路边，跑到河边，一捧一捧地用手掬水喝，他之前只是听乡上的移民专干说，他们移民要去的月牙湖就在黄河边。

那是李正仓第一次赶着毛驴车过黄河大桥，看着桥下打着漩流淌的黄河水，他感到头晕晕的，不敢朝河面上看，但从没见过大桥的他又忍不住地想看。跨过黄河后，李正仓和一起移民的乡亲大致沿着黄河的流向，行走在宁夏平原上。高大的树木、碧绿的庄稼、不时有飞鸟在天空划出道道弧线，偶尔还有飞机飞过，产生的轰鸣如看不见的瀑布从空中洒下，这一切让这些大山里的人感到新鲜。到银川城东郊，李正仓赶着毛驴车踏上黄河大桥，再次跨河而行，目的地是距离银川市 50 多公里的月牙湖。

到月牙湖后，李正仓的第一感觉是上当了：除了几间平房围成的一处院子大门上挂着的"海原县月牙湖吊庄指挥部"外，并没其他像样的建筑，这里紧邻内蒙古鄂尔多斯市鄂托克前旗，眼前尽是流动的沙丘和半固定沙丘；第一天他就感受到这里的昼夜温差很大。所谓移民点，是黄河东岸与毛乌素沙漠间的一片狭长沙地；说是月牙湖，连巴掌大的一面水池都没有。西边虽然和黄河衔接，但比黄河高，只能眼睁睁地看着黄河水流过。

移民刚来时，生活来源主要靠政府补贴或打工维持，所谓打工，就是去参加政府投资兴建的月牙湖吊庄扬水工程。这些大山里的农民，开始接触水泥、钢筋、水渠，他们看到横空跨越的渡槽将水提到半空中，那是他们的希望之虹，有了通过渡槽引来的黄河水，沙漠就有了生机，人就有了生存下去的指望。移民把分给自己的沙地里的沙子拉走，从河边拉运淤泥黄土，他们个个像以土地为实验室的实验员，精心配制着田地里的沙土比例，把 2 万亩沙地改造成了适宜产粮的耕地。除了耕地及上面的粮食作物变化外，李正仓也看到了一些其他变化：移民第三年，"海原县吊庄工作委员会"的牌子替代了"海原县月牙湖吊庄指挥部"；移民第五年，海原县月牙湖区公所成立，那一年，月牙湖吊庄的开发建设宣告结束，移民有 30% 解决了温饱；移民第十一年，月牙湖吊庄移交原陶乐县管理，同时成立了月牙湖吊庄临时工作领导小组，那一年，来自彭阳县孟塬乡的张芳儒和本乡 199 户 873 名移民，作为月牙湖的首批生态移民，坐着政府租用的移民专用车迁到这里，当天，他们就见到了超市、电卡、治安室、蔬菜温棚等与自己息息相关的、但老家没有的新鲜事物；移民第十三年的 4 月 23 日，来自彭阳县交岔乡关口村的杨志仁和同县王洼乡、城阳乡、孟塬的移民抵达月牙湖移民点。随着移民数量的增加，月牙湖移民点变成了月牙湖乡；移民第十六年，月牙湖乡变更为银川市兴庆区管辖，无论最初从海原县移民来的"吊庄移民"，还是后来从彭阳县、西吉县等地来的"生态移民"，从户籍意义上变成了"银川人"。花卉种植基地、万亩奶牛园区、麻编工艺基地、红树莓种植基地、羊绒针织厂等办在移民点内的经济实体,让这些昔日在大山深处握着铁锹与犁铧的手,开始攥着新的资源编织他们的生活。

杨志仁如今是月牙湖乡滨河4村的村党支部书记,每次去月牙湖,他都像个向导,带领我走在逐年出现的蔬菜基地、塑料大棚、村文化活动室和村史馆。这些地方组合成了一件足够大的时间容器,记录并收容着移民时光。透过这条时光长廊,我仿佛看到移民们手里的农具变了,手心里攥着的赚钱路径变了,看待新事物的观念变了。和杨志仁一起移民来的姬宗霞,移民前连大棚是什么样都不知道,她到移民点上一眼就看见一座座蓝色的大棚,连在一起就像是一片蓝色海洋,那片蓝色海洋在天空下显得十分宁静,它的体腔内却不断涌起新鲜的浪潮:辣椒、树莓、蜜瓜、无花果、蟠枣……这些蓝色之海不仅给这片昔日干黄的沙土带来了视觉上的变化与享受,也给移民的生活带来了希望。

一些东西在改变着移民的生活,也有一些东西并没有如手心中紧握的沙粒般全部漏掉,而是依然被保持了下来。剪纸就是不少女性移民没有丢弃的一份对故乡的温热记忆,一些手工技艺、传统厨艺等,也犹如身上的痣,被移民带到了新家园。

海原县兴仁镇郝家集村地处六盘山北端,这里的人深受传统的关陇文化影响,剪纸、刺绣、裁缝等传统女红是衡量一名女子能否持家的标准。伏兆娥的妈妈就是这样一位农村女性,她把自己的一手好"女红"传给了女儿,让后者从小就学会了给四邻八村的亲戚、朋友的婚礼提供洞房窗花和礼品花,过年时的剪窗花更是每年不断的一项任务。

高中毕业后,伏兆娥和许多同龄女孩子一样,沿袭着出嫁、结婚、生子、种庄稼的老路。剪纸人靠的是一把剪刀,伏兆娥的身上似乎还藏有另一把刺破命运篷布的剪刀。

1997年夏天,伏兆娥接到一封特殊的"邀请函"。张贤亮先生为他创办的镇北堡西部影视城向宁夏及甘肃、陕西等地的民间艺人发出"英雄帖",招募大量的民间艺人入驻影视城,展示各自的民间绝活。伏兆娥怀揣一把剪刀和美好的移民梦想,从家乡坐上兰州开往银川的那趟过路班车,踏上了自己的移民之路,在镇北堡影视城成立了"伏兆娥剪纸工作室"。张贤亮称这位"民间工艺美术家"是"西北第一剪"。在影视城期间,时光像一把磨刀石,让伏兆娥的人生剪刀也变得日益锃亮、锋利,她不仅完成了为10万游客剪肖像画的积累,也完成了从户籍意义上的移民之梦。她先后被选为银川市文联副主席、宁夏民间文艺家协会副主席兼宁夏剪纸协会副会长,一把剪刀帮助她完成了从海原县兴仁镇到银川市,从香山脚下到贺兰山下,从乡村到城市的移民之梦。

人生的相似,往往最容易被复制在家族传承上,母亲教女儿学习剪纸的一幕再次被复制在伏兆娥身上,"剪花娘子"开始培养"剪花公主",她将3个女儿都培养成了"纸上金花",二女儿李剑尤其继承了她的衣钵,这位移民二代的剪纸传承人,大学毕业后回到银川,把母亲创办的工作室变成了公司,开发并设计出剪纸挂历、贺卡、精装文化礼品,以及丝绸剪纸等产品,把剪纸发展成文化艺术产业。如今,李剑早就视银川为故乡,兴仁,只是母亲口里不时提起的"姥姥家",一个遥远的山区乡镇。

从彭阳县城阳乡移民到月牙湖乡时,虎海霞没听过"麻编"这个词!更别说见到麻编产品。移民到滨河4村第四年的春季,一天,村党支部书记杨志仁来到虎海霞家,动员她和其他移民去村委会,听银川美术馆的一级美术师、宁夏非遗项目麻编技艺代表性传承人张璟讲麻编艺术。虎海霞赶到村委会一看,移民已经将村委会办公室挤满了,张璟正在给移民讲述通过麻编技艺实现"非遗+扶贫"的致富模式。麻编扶贫车间建成后,以彭阳县移民为主的4村和以原州区移民为主的5村移民们,成了这个车间的主体。张璟发挥她美术师的特长,根据贺兰山岩画等本土艺术元素,设计出不同的麻编艺术样品,先让月牙湖乡的移民做好半成品,然后拉回银川进行最后的艺术处理。按照我之前的想象,女性在麻编工艺品的制作中一定会领先男性,不料,移民点上的很多男性的手巧程度出乎我的意料。这些在六盘山区生活的人,都有过冬天用羊毛捻毛线,用毛线织棉袜、手套、毛衣的经历。移民到月牙湖后,麻编再次唤醒了手指的记忆,通过麻编,他们在不断地改变着自己的生活。

4

从海原县树台乡的嶂岘村搬到中卫县(今中卫市沙坡头区)宣和镇兴海村,李奎翻越的不仅是六盘山北段的余脉,更是横亘在他眼前的一座人生之山。

贫困的生活环境与教育观念,让李奎从小没念过书,这样的人在山区被称为

"睁眼瞎"。宁夏实施易地搬迁政策时,李奎毫不犹豫地报名参加移民,他对一道道黄土大山严严实实包裹着的、生活了44年的家乡已经没有任何留恋了。

海原县是六盘山地区因缺水而贫困的典型,树台乡,是海原缺水致贫的一个典型,崾岘村则是树台乡的典型。常年严重缺水,让大地在这里变成了一副瘫软的骨架,一只濒死的鱼。生活在这片土地上的人谁都没勇气和底气比富,但若比穷,谁都觉得自己能当冠军。在崾岘村或树台乡,我同样听到了一个衡量穷富的标准:看你们家的水窖里存储了多少水。男方求婚,女方家问的不是彩礼,而是有多大的水窖。

和六盘山地区的其他村庄一样,盛水的窖和装洋芋的窖,是树台乡村民基本的生活必需品。山里人家,最开心的无疑是下雨或降雪的日子。下雨时,雨水会自然流淌到水窖里;下雪时,得用背篼把雪背回来,再倒进窖里。遇到极度缺水的荒年,政府得组织运水车辆往各个村庄运水,定量供给村子的每户人家。在李奎的记忆中,在缺水年份苦等政府送水车的到来,几乎是常事。在李奎的老家,如果哪户人家恰好有了红白事情,必然会超量用水,或者,哪户人家某月来了个亲戚,当月定额的水提前用完了,之后那户人家别说洗脸,连喝水都困难,洋芋也得烤着吃!水窖和洋芋窖,是六盘山区农户的两大家当。

对水的渴盼和对干旱的恐惧,成了山区民众等来搬迁指标时毫不犹豫选择离开家乡的主要原因,这也是斩断他们留恋故土的快刀。

当地有句民谚说"有个穷家,没个穷路"。李奎在取得移民指标后,如同蜜蜂见了花朵,风筝遇上春风,他像一位水手,把家乡当作出发港口,扯起一面朝移民地高歌启程的风帆,走出大山开始移民。对李奎这样的山里人来说,移民至少意味着能告别水窖和洋芋窖,告别缺水带来的不便与窘迫,告别贫苦,告别秋天时面对歉收或绝收土地时的满脸羞愧。

搬迁到宣和镇兴海村安置区后,做饭、洗衣、浇地用着白花花的黄河水,缺水的镣铐被命运的钥匙打开后扔进了岁月的旮旯。到移民点安置下来后,看着从渠里缓缓流淌来的黄河水,他不止一次任凭疑虑在心头升起:这水究竟是从哪里来的?在移民点,他们不仅能听见庄稼在喝足水后愉快拔节扬穗的声音,也能听见从城市里传来的打工召唤声,男人们开始利用农闲时间结伴去城市打工;女人们在家通过养牛、养羊挣钱补贴家用。李奎和其他移民前往城市打工时,路过黄河,大家一致请求司机停车,想在黄河大桥上看河。那条让他们之前产生各种想象的大河，就在眼前浩荡流淌，不仅如千万年来继续养育两岸民众，还在被提灌升高后，通过灌渠滋养山区的移民。他们被大河的气势、恩赐所感动，刚才在车上还叽叽喳喳聊天的嘴，仿佛被一张张封条封住了一般，在这条大河前，任何赞美与惊叹都是多余的，他们觉得，唯有不言，才是对黄河的最大敬重！到了移民点，移民们的出行难、吃水难、上学难、住房难、看病难的问题，像一道道被他们用铁锨逐渐铲去的坎，让他们的生活之路越来越平坦，他们的收入距离统计部门或经济学者期盼的还很少，但总算点燃了一盏希望之灯，照亮了那常年难得笑的脸庞。

李奎是从海原县走出来的众多移民的一个缩影，那些从大山里艰难走出的人，留在移民路上瘦弱的身影早已被时间涂抹得模糊了。当李奎彻底熟悉了在移民地的生活时，已经有12016海原人从大山深处移民到了滨河地带、引黄灌区、城市郊区。

移民的"出山入河"中的"河"不完全是黄河两岸，还有那条细弱但因为黄河水提灌引入而承担移民任务的清水河，两岸河谷地带被六盘山深处的山里人羡慕地称为"川区"。清水河发源于六盘山，从南到北穿过宁夏中部干旱带的河流，水既不清澈，也不够一条河的规模，瘦弱得像一条发育不良的豆芽菜，似乎随时都有被干旱掐死在半路上的危险；也像一个在干旱地带行路的人，带着一路疲倦，踉踉跄跄地向北而行，一头扎到黄河里去喝水。清水河流过海原和同心两个县区时，蒸发量和降雨量极其不匹配，加上地表含有大量矿物质，使它在这里严重"减肥"并变得苦涩了。

黑城镇是海原县境内靠近清水河谷的一片谷地，就在柯小燕23岁的最后一个月，宁夏回族自治区党委、政府批准在黑城镇设立海兴开发区！柯小燕和很多大山里的人一起移民到这里。开始几年，移民只是看到一幢幢楼房建起，说是为县城即将搬迁而建的，但并没看到能给他们带来就业的岗位。很多从山里移民过来的人，还是习惯将种子撒进地里后，便外出打工。每当春天离开海兴开发区去外地打工，当地老百姓总是戏谑地说："骑着毛驴看唱本，走着瞧呗，不知会走到哪一步。"移民们没想到，经过近6年的发展，开发区像一个个不断扩建的蓄水池，入驻的工业企业、商业物流企业、房地产企业，像一条条被投放进来的鱼儿，翻腾起一朵朵让移民们惊奇的浪花。

有一天，一张贴在开发区大街上的招工消息，像一条鱼钩吊住了柯小燕的眼球。按照那条消息，她走进了位于开发区南端的一家塑业公司，成了一名地膜包装工。见到柯小燕时，时值暑假，利用中午休息时间，她带着自己的两个孩子在园区的枸杞地里摘枸杞。接受我的采访时，她似乎才想起了自己现在与以前的身份区别：以前是种地的村妇，现在是车间里的技工；以前在外地打工时，家里有事却请不上假，如今在家门口上班有事可以请假；以前天天面朝黄土背朝天一年也挣不了几个钱，现在除了每个月有几千元的固定工资，还可以利用中午或下班时间摘枸杞，另外再挣一笔钱；以前外出到工地上打工，只能干拉沙子、拌水泥、运砂石、搬砖头等粗活，现在，在车间里干的是不用风吹日晒的技术活。像柯小燕这样从大山深处走来的女性移民，在这家公司就有40多个。谈到未来，柯小燕开始一直抿着嘴，似乎担心一张嘴，存在心里的幸福就会跑远，不过最终还是说："这样的日子是有盼头的！"

外地"短期移民"带来的风力发电、"母牛银行"和现代物流技术吸引早先移民出去的人回到老家来打短工：摘硒砂瓜、拉红葱、种大棚蔬菜，无论出去还是返回，一条看不见的移民双向车道，遍布在这群山的沟壑与山谷间。他们以这片土地为舞台，书写着、上演着、观赏着、分享着一部真实的历史剧，他们既是这部剧的书写者，也是这部剧的见证者，既是剧中人也是观众与传播者，他们正阔步走在奔向幸福的路上。

第七章 飞翔的课本

> 移民就是一根扁担,两头都挑着教育的水桶,水桶里装着的不是美丽的祝福,而是辛苦的实践、充满风险的尝试。
>
> ——题记

引 子

"人活着,不就为了后人吗?后人代表着盼头,咱这苦焦地方,娃娃上个学,要翻山爬坡,每天来去花在路上的时间,够人家城里娃学习大半天了,这样的条件,不耽搁娃娃的前程吗?让人一想就愁肠,不搬迁才怪呢!"

20年前在王民乡三岔村采访时,那位后来移民的当地农民说的这句话,至今仍留在我的采访本里,这是从教育角度为移民作出的一种解释。三岔村距离王民中学直线距离不到5公里,但孩子们上学来回得翻过几道山梁,遇到冬天天黑得早,孩子们上学来回的路上都是头顶着星星的,山路崎岖带来的危险也让家长们心惊胆战。这样的上学条件,成了很多家长选择移民的一个重要理由:移民点地处平原地带,孩子上学方便。

前往王民中学时,正值暑假,我心里清楚这时候学校没人,但还是管不住自己的双脚,匆匆往那里走去,就像要去看一位久没联系的老友一样。此时正是百公里外中国最大的生态移民区红寺堡摘枸杞、黄花菜的季节,六盘山区的很多小学、初中学生,都跟着父母去红寺堡摘枸杞、黄花菜去了,将一个冷清的校园留在夏日的骄阳下。站在紧闭的校门前,我伸出手,摸了摸那把挂在大门上的锁,似乎像是摸着了20年前来这里采访时的那些细节。"王民中学"几个大字像个连贯起来的鱼钩,直接垂进我的记忆之湖里,那些曾经采访到的场面如鱼儿般,一条条地被钓了上来。

那时,孩子们脸上带着求知的笑容,大多是每天早上四五点钟就从家里的土炕上爬起来,翻过黄土大山,也翻过"书读到认识几个字就行了"这座落后意识的大山。那些翻过山走向校园的瘦弱身影,就像一群因羸弱而无法起飞、只能在山道上蹒跚而行的麻雀，校园就是供他们栖居的枝梢，上面落满读书、讨论作业、课间嬉闹以及运动会上加油助威的声音。哪怕这声音常年飘荡在干黄的春天或者刺骨的寒风里，哪怕这声音总是终止在辍学者的叹息里，那也是山区农民心中最有希望的乐章。

  铁锁把门，我无法走进校园，但我知道那间教室里有一张被校长戏称为"镇校之宝"的课桌，它的侧面是前来支教过的复旦大学学子们的签名。支教学子是年年如期从上海来到这里的"候鸟"，是另一种形式的"移民"，他们移来的是教育理念、爱心和希望；他们留下的不仅是一个个符号化的名字，而是一个个传递正能量的青春故事。

  20年间，复旦大学每年都组织学生志愿者在西吉县的三合中学、王民中学、将台中学和平峰中学开展义务支教。我第一次来王民中学采访时，和当地几个农民聊天，他们听我说王民中学是全国的首家宽带中学，脸上写满了懵懂，七嘴八舌地用他们的思维开始交流："学校不就在眼皮子底下吗，没看到什么带呀，校园里栽了些树，叶子早得掉光了，连林带都算不上，哪来的宽带！"

  "是呀，几间教室里，连粉条宽的布带、皮带都没有，哪来的什么宽带呢？"

  有孩子上学的家长，大概明白宽带概念："我听娃从学校回来说了，是电脑自己身上的带，很宽，但没知识的人看不见。"

  从我第一次采访王民中学到2022年，复旦大学先后有23届支教队员来到这里播撒知识的种子，从第1届的5位队员到共有260多人次的支教团志愿者，带过的学生累计已经突破13000人，在这片黄土旱塬上建起了一座"复旦大学第七教学楼"。他们坚持在这片旱海上修筑一座座绿色岛屿，用青春释义全新的"西海固"：宁夏"西"吉、上"海"复旦，感情牢"固"。

  2002年夏天的一个下午，王民中学还没放暑假，一位陌生男人走进校园，说话中带着台湾口音。

  2001年，中国网通实施了一项"扶贫先扶智"的计划，试图寻找全中国最穷的学校给予扶智，结果王民中学"荣幸"进入了这个最穷学校榜单。中国网通的工作人员来到王民中学，给学校的几间教室里装上了电脑和网络。现代科技只是打开了这里的孩子瞭望外界的一扇窗口，就像有人递给了他们一架望远镜后，更需要有人教会他们怎样使用它、了解它、爱护它。中国网通邀请台湾著名音乐人李正帆为"扶贫先扶智"活动写一首主题曲，旨在让更多的人了解这项活动。那天，王民中学的师生们看到的那位陌生人就是李正帆。

平常听惯了汽车、电车、人流、迪厅音乐混合出来的都市之音,李正帆到王民中学的当天晚上,就掉进了一片巨大的寂静中,校园里静得听不见风吹树梢的声音,校园外静得只有庄稼对话的声音。看惯了霓光炫目的都市之夜,那晚只看到点点繁星不知疲倦的眼神,看到复旦大学的支教者在灯下修改学生作业的身影,看到那些不知道可口可乐和迪士尼是什么、拿干馍馍和凉水当晚饭的孩子们,温习完功课后,在宿舍里轻轻入眠。

经过两天的采风,即将告别王民中学的李正帆已经了解了这里的孩子的求学情况:上学平均要花两个半小时赶山路,放学回家同样费去两个半小时,住校的40多个学生,挤在一间由教室改造的集体宿舍里,每个人都是侧着身、膝盖顶着膝盖地睡;每个学生一天的口粮是两个馍馍,喝的水要定量;前去支教的两名上海复旦大学的学生,每天上课前,要挑着水桶下山,花半小时挑水给学生喝,缺水让支教者与学生们连每天洗一次脸都不能保证。

临别时,李正帆走进教室,看见学生们用粉笔在黑板上歪歪斜斜地写下的"相逢自是有缘"几个字,思绪如大河出峡般涌来,一个音乐人的敏感与两天来的所见所思,让他拿起粉笔,在黑板上写下了"宁静的夏天,天空中繁星点点……",看着这些可爱的孩子们,李正帆想起了自己远在台湾的女儿,便继续写道:"心里头有些思念,思念着你的脸……"这就是那首后来经著名歌手梁静茹唱红中国的著名歌曲《宁夏》,一首被传唱大江南北的华语歌曲背后,书写着六盘山地区有关教育的心声。

1

那天,贾春燕正在网上看由马基德·马基迪执导的电影《小鞋子》。影片中兄妹为上学互换鞋子的镜头,让贾春燕立即想起22年前,她在六盘山腹地的老家上初一时的一个画面。

那年暑假的一个晚上,家在六盘山西麓西吉县偏城乡大庄村的贾春燕几乎整夜没睡,她心里一直在想着那个如蜂蜜般甜蜜的、自己第二天就要参与的项目。眯上眼睛躺一小会儿,她就从炕上爬起来,透过窗户纸看外面。六盘山地区很少下雨，那一夜却神奇地下起了大雨，没有星星和月亮，没有钟表的乡下之夜，在淅淅沥沥的雨声中显得分外漫长。

凌晨3点多，贾春燕悄悄穿好衣服下炕，地上早就摆好了她准备好的、在开学时、学校运动会上才舍得穿的一双球鞋。贾春燕把袜子装在衣兜里，把两双鞋子的鞋带取下来系在一起挂在脖子上，两双鞋子搭在她的锁骨下，然后把昨晚准备好的几个馒头、从水缸里舀来装满水的瓶子小心地放进书包（她宁愿鞋子的味道钻进自己的鼻孔，也舍不得让书本闻到鞋子里发出的气味）。推开屋门时，大雨裹挟着的凉气扑面而来。贾春燕哆嗦了一下身子，把两只挂在脖子上的鞋子塞进校服，校服拉链拉到头。山里人家，没有雨伞或雨衣，她抓过一个装过化肥的塑料袋往头上一罩，像一条射出去的箭钻进了雨幕。

贾春燕的家在半山坡上，光秃秃的山坡留不住雨水，山路变得泥泞不已，好在这条通往学校的山路她非常熟悉。平日干黄的群山静静地蹲在雨雾里，一个赤着脚、双手举着一个白色的塑料袋的少女跑在山路上，像一只飞不高但也不落地的白色风筝。那天夜里，同样的情景，也出现在其他几条通往偏城中学的山路上。山里的孩子平时回到家要帮父母干农活，只能尽可能地压缩去学校路上的时间，10公里的山路，他们平时都是小跑着的，现在，他们从位于不同沟岔里的家出发，好像提前约好了似的，都是小跑着往偏城中学的方向奔去。

贾春燕满以为自己会是第一个到学校的，快到校门口时，雨小多了，她远远就看到已经有好几个同学提前到了。天还没亮，早到的同学一定没发现她窘得发红的脸蛋，赤着脚的样子差点暴露了她的一个秘密：平时赤脚沿着山路跑着来学校，她都会在快到学校时，找个没人的角落，用几片庄稼叶子擦擦脚底，然后才穿上袜子和鞋子。现在倒好，贾春燕以为自己会是第一个到校的，这样准没人发现她是光着脚来学校的，幸好，她远远就看见了那几个早到的同学，于是赶忙停了下来，用袜子擦了擦脚，然后穿上袜子和鞋。其实，这种情形在山里的孩子中普遍存在，只是，大家都在小心地、心照不宣地维护着这个"秘密"，他们都在离校时悄悄脱下鞋子光着脚丫子回家，在来校时找个不被人察觉的地方换上鞋子走进校门。

明知道离天亮还有段时间，同学们已耐不住兴奋，冲着教师宿舍方向一齐大声喊道："宋老师，快点起床，要不就没车了。"

宋晓斌是偏城中学负责教电脑的老师。他起床后，走到学校大门口，像一名出征前的指挥官清点士兵似的，领着几个学生走进校园，他们是海万平、马艳萍、周圆瑞、马小红、马亚平、贾春燕、童英、杨慧鹏、马红艳、张海红等。这10名学生要代表学校前往固原市做一项环保问题的调查，由宋晓斌带队。22年后，马红艳仍清晰地记得当时的情形："被宋老师选中，说要带我们去固原实践，我激动地跑回家赶紧洗校服，我们之前连县城都没去过呀！没想到晚上下雨，校服到第二天还是湿漉漉的，我套在头上就往校门口跑。"偏城是西吉县的一个乡，前往固原市只能坐顺路经过的班车。黎明前的朦胧中，同学们好不容易等来一辆过路车。他们都是第一次坐汽车，随着汽车在崎岖的山路上的颠簸，他们的兴奋感开始被晕车的难受代替，几乎所有的学生都吐了。到固原市，同学们马上赶往固原市的林业、环保等单位去调查采访。一开始，这些带着浓厚的山里口音，穿着校服、布鞋的孩子们很不自在，自卑感像扣在头上的一顶顶无形的帽子，压得他们采访时都低着头。中午，宋晓斌带领同学们去饭馆里吃饭时才知道，同学们大清早从家里出来，都没吃早餐；宋老师也注意到，同学们出门时带的水是他们用捡到的可乐瓶、矿泉水瓶装的。傍晚，同学们在宋老师的带领下，返回偏城中学，然后，再步行于山路，趁着夜色回家。第二天，同学们早上3点多起床从家里赶往学校，条件好的在家吃点馒头，条件差的什么也不吃。连续到固原市调查采访几次后，他们又到偏城乡周围的农家、谷地、山梁上进行调查。

偏城中学的这10名初中生要完成的这项工作，是一项名为"国际学校网页博览会"的国际竞赛。组织中国赛区的是台湾企业家温世仁，他提出的"千乡万才计划"，通过向西部地区的学校捐赠电脑和网络设备，训练学生们的网络和英语技能。在网上看到这个大赛后，宋晓斌的脑海里立即涌出了绿色环保的概念，他从小在偏城长大，熟悉这里恶劣的自然条件，便决定从绿色之梦入手，联合学校里的其他2名教师，开始在全校选拔、组织学生。

进行网页设计时，已经是冬天了。为了不影响学习，设计只能选择在周末进行，10名同学都是早早从家里起来，在寒风中赶山路来到学校。学校没有取暖设备，机房又在阴面，整天晒不上太阳，房间温度反而没有室外高。这些山里孩子，没有像样的棉鞋、只好穿上两层袜子；没有手套，键盘上操作一会儿就得把手放在衣服里贴身的地方暖暖，有的把手放在电脑主机背后的散热器上取暖。中午，宋晓斌去外面买来馒头，用一根电热棒插进铝壶中烧水。馒头和开水就是同学们的午餐，这样的情景一直持续到课件制作结束。

王民和偏城，我在西吉县的这两个乡采访到的这两个关于教育的故事，就像这片干旱之海中的两滴水，折射出这里的人想通过教育走出去的愿望。在山区人的眼里，国家组织的移民有指标，只有条件最艰苦的家庭才能申请到，通过考学到外地求学后定居在城市的，也算一种移民。在20多年的移民大潮中，有130多万人完成了从干旱少雨的六盘山地区到黄河边或引黄灌溉区的移民，除这种政府组织的插花移民、吊庄移民、生态移民外，政府还在首府银川市建成了六盘山高级中学和育才中学，专门吸收六盘山地区的贫困孩子，让他们通过教育之桥，跨越千里旱海考往全国各地的大学，完成"教育移民"。

2

"确认是抽掉了？"班主任问陈富莲。

陈富莲低下头，一头乌黑的头发遮住了她的脸，寂静的教室里，传来她低若蚊吟的声音："是的，老师！"

"再没有任何办法？"班主任提高了的声音中带着焦急。

"实在没办法了，我大才抽掉我的。"

不知道"抽掉"这个词究竟是谁发明的，但这个诞生在20世纪80年代的六盘山地区的词，是班主任这样的教育者和他的学生们最不愿意听到的，一个学生遇到这个词，就意味着这个学生的求学之路终止了。这个孩子就像一条正在教育的池塘里游弋的鱼儿，却有一个看不见的抽水泵将他所在的池水抽光了。眼前这个叫陈富莲的学生，刚考上高中，才读了1个多月，就要被"抽掉"，她可是海原县史店乡沙河村的第一名高中生呀。

贫穷是"抽掉"这个词背后的一道绳索，将陈富莲求学的眼光从校园拽回到贫困山村。像陈富莲这样被"抽掉"的青少年，在那时的六盘山地区有多少，谁能统计得清？她们离开校园时的不舍与不甘，谁能看得见？

和开学时兴高采烈地背着行李报到不同，那一天，班主任和班上的其他同学看着陈富莲背着行李的背影，走出学校大门后慢慢消失。那是一群要告别贫困之地向富足之地迁徙的鸟群，看着队伍中优秀的一只鸟儿掉队了。连续几天，老师和同学们都没舍得搬掉那个空荡荡的座位，那是一个山区孩子留给未来的绝望背影，也是师生们遗憾中的一点念想，从此，这个班的花名册里，"陈富莲"三个字被命运之手轻轻抹去了。3年后的7月7日，这个班上没被"抽掉"的、参加高考的同学们并不知道，陈富莲曾步行从家乡来到学校大门外，攀着学校铁门的栏杆，望着静悄悄的校园，泪流不止。

在六盘山地区，饥渴让人对水盼望，希望能够以移民方式离开大山；贫穷让人对教育渴盼，希望自己的后人能够学到知识，以考试的方式完成"教育移民"。教育是六盘山地区另一种形式的水，是另一种方式的庄稼与收成，是另一种移民身份获得的途径。

2004年冬天，一个北风呼啸、滴水成冰的周末傍晚，我赶到有70户人家、490口人的沙河村。这里人口虽然不少，却和那时六盘山里的很多山村一样，只剩下瘫软在地上的骨架，在贫瘠的群山中喘息着。在从屋里拉出来挂在门楣上的电灯泡昏暗的光线里，陈富莲紧张地切着、煮着、腌着一家4口人过冬所需的白菜。她因为忙"炕头学校"的事情，一天天、一周周地推迟了给全家人腌菜，成了全村最后一位腌菜的主妇。

在这个吃水都困难的地方，接受教育成了一件十分艰难的事情。陈富莲小的时候是在贫困中度过的，幸运的是，父母比较开明，支持她读书。沙河村没有小学，陈富莲得去十几里外的田拐村小学上学。到3年级时，全年级就仅剩下她1名女生。上初中时，陈富莲和那时的很多学生一样，要步行10多公里、翻过两座山去乡上的初中读书。到了学校才发现，全年级只有2名女生，校园外墙上刷着"读完初中，再去打工"的标语，当地教育部门对孩子、家长的期许仅是如此。初中毕业后，陈富莲考进了县城中学，她成了全村女性中学历最高的一位。开学刚1个月，一个从老家到城里来的老乡，跑到学校来告诉她，说她的母亲得病住进了医院。赤贫的家庭和没人做的家务活，像两条套向她身子的绳索，将陈富莲从校园拖回村里。她默默接过母亲的担子，做家务，干农活，供弟弟妹妹读书。夜深人静时，读书的愿望如晴空中的星星，在陈富莲的内心里发出微弱而铮然的光亮，"我想读书"的呼告只有她一个人听得见。

沙河村原有一个只有两间教室的教学点，但一直请不来外面的老师。1981年，这个点的民办教师不想干了，教学点像个停摆的钟表，村里的孩子面临失学的威胁。被"抽掉"的陈富莲，走进教学点，主动承担起教师的角色。不久，那两间教室因年久失修倒塌了，村上又没有能力重建一个教学点。陈富莲只能眼睁睁地看着村里的孩子，复制自己当年去十几里外的田拐村小学读书的情景。有些家长因为孩子小，上学得翻两座山而不得不让孩子失学。

陈富莲不想让村里的孩子还在小学就被命运的抽水泵"抽掉"，她和因家贫而一天学都没上的丈夫商量后，决定把家里的房子腾出1间当教室，把学校办到自己家里来。

那些天，陈富莲进这家，出那家，在全村挨家挨户地动员，求村民将适龄孩子送到自己家里来，当年就有23名学生"入学"，后来基本保证每年有70多名学生。轮到哪个班级上课，哪个班级的学生就进到那特殊的教室听课，其余孩子则在院子里背书、做作业。几年时间里，陈富莲就让村子里的适龄儿童入学率由50%提高到了97%，这个数字变化的背后，包含着一个山区女人为改变当地教育状况作出的不懈努力。

没过多久，陈富莲的小叔子结婚，那间教室要被借用做新房，学生们又没地方上课了。

陈富莲和丈夫商量，决定从大家庭里搬出去，盖两间属于自己的房子，其中一间就用来做新教室。当时的沙河村年均收入不足200元，陈富莲东挪西凑又向信用社贷款500元，请邻居亲戚帮忙出力，总算盖了房。没有桌凳，陈富莲就和丈夫一起用土坯砌桌凳，买来塑料布盖在上面，孩子们又有地方上课了。那间简陋的房子，是村子里学前班、1年级、2年级3个班级学生的公共教室。到3年级，学生年龄大了，能到田拐村的中心小学读书了，陈富莲才像嫁姑娘般地送他们去中心小学读书。给1年级上课时，2年级和学前班的学生就在院子里自己做练习，轮换着在她家的房子里学，里面的学生上完一节课出来，外面的才能再进去。昏暗的小屋里，衣衫褴褛的孩子们挤坐在几条用破旧木板搭成的"凳子"上听课，那块挂在墙上的小黑板，就像一条流淌着知识的小河，不断给孩子们输送知识；院子里，没上课的两个年级的孩子们分成两排蹲在地上，一手拿着书，一手拿着碳铅或树棍，边念边在地上画。

冬天，房子里太冷，学生们就挤在炕头上听课。中午12点了，这些孩子们不会像正规学校的学生那样按规定在这个时间点下课放学，孩子们必须继续学习。陈富莲为了让孩子们晚一点上学、早一点放学，只好中午不休息，利用这个一天中较为暖和点的时间，在院子里读书写字。刚开始，村上每个月给她发27.5元工资，10年后才涨到50元。工资常常被她用来购买粉笔、墨水、备课本等等，一些学生家里穷,一时没钱买课本,她就补贴这些孩子。

生第一个孩子时,陈富莲只在炕上坐了5天"月子",就挣扎着坐在炕上给学生们上课了。那是怎样的情形呢?陈富莲告诉我:"我坐在炕上,学生们在地下,一节课讲下来我两眼直冒金星,浑身经常被汗水浸透。我的母亲知道了,过来帮我做饭,她是一边做一边流泪。那一段时间,学生们听讲要比平时认真多了,有些学生也是一边哭一边听我讲课。"

最让陈富莲头疼的是孩子们的喝水问题。大山里缺水,山区百姓家里平时用的、喝的都是攒在地窖里的雨雪水,遇到干旱年景,窖里没水了,就只好花钱买水。"炕头学校"一下子来了这么多学生,靠村上发的工资连买水都不够。

暑假期间,陈富莲便带上够几天吃的干馒头、水、铁锹和行李,骑着自行车去160多公里外、盐池县的大荒滩上挖甘草卖钱,白天冒着酷热挖甘草,晚上就拉开自己带的铺盖,睡在荒滩上。往返一次需要6天,用辛苦挣来的钱,给学生买水喝。后来,听说红寺堡移民开发区在搞基建,陈富莲利用寒暑假,骑着自行车跑到近200公里外的移民点修水渠、平田地、建房子,可谓"开学了是教师,放假了是民工"。

"炕头学校"里缺教学仪器、缺必要的体育教学设施、缺文体器材……校园里没有一本图书、一份报,没有篮球、乒乓球。在陈富莲看来,书声和歌声是一个学校不能缺少的,"炕头学校"里不缺读书声,但缺歌声。她就在电视上、广播里到处学唱歌曲,学会了再教给学生。尤其是那首她年年都要给新学生教唱的《小草》,成了"炕头学校"的校歌,一届一届地传唱着。"没有花香,没有树高,我是一棵无人知道的小草。"那些大山里的孩子,就是陈富莲给干渴的山村栽的一棵棵小草,是干黄的群山里顽强亮出的一道道绿色,是旱海里移栽出的一座座绿色岛屿,是贫瘠岁月里飘起的一首首绿岛小夜曲。

这所"炕头学校"顽强地持续了10多年。一个寒冷的黄昏,我在"炕头学校"里采访陈富莲。那时,"炕头学校"里有16名女生,她对她们的要求比对男生更严。因为竖在她们面前的教育门槛比男生的更高。我问及陈富莲的愿望,陈富莲的回答很简单:再能深造一下,能当个更有文化、更正规的、被国家承认的公办教师。我问陈富莲有哪些希望和要求时,望着家徒四壁、一贫如洗的屋子,她却说:"唯一的希望就是有教室、有桌凳、有教学仪器,教学条件能有所改善。"

采访完陈富莲后,我回到了海原县城。时任海原县教育局局长李正虎告诉我：陈富莲所教学生的考试成绩一直在本学区排在前列。从"炕头学校"走出的孩子，从小就知道了学习的重要性，也从陈富莲身上学到了另一种力量。她们有的初中毕业后就考进了设在银川、专门向六盘山地区招生的六盘山中学，实现了初步的"教育移民"；有的高中毕业后考上了外地的大学；有的成为农村中率先脱贫致富的能人。家在吴忠市的大学生马皑铃看到有关陈富莲的新闻报道后，主动提出前往沙河村志愿支教，在川区的城市里，天天吃菜是再正常不过的事情，来到沙河村后，吃菜就成了马皑铃生活中的一件奢侈事，她曾开玩笑说，中午用土豆下黄米饭，晚上拿黄米饭下马铃薯。每月一次回到吴忠市的家里时，马皑铃对母亲提出的最强烈的要求，就是给自己多炒个青菜。

2005年2月28日，是那一年宁夏中小学生春季开学的日子。和往年不一样的是，陈富莲不再忙着打扫那间黑洞洞的"炕头学校"了，离她家不远，是新建成的18间宽敞明亮、钢门钢窗、一砖到顶的沙河村小学。开学后，她的身份成了村小学的教师，不再是"建"在自家炕头上的学校的校长。

命运一定会在特定的时刻赠送给行善者一份礼物。在海原县政府全县民办教师转正的遴选中，陈富莲因自己多年的坚守和成绩，被转为国家正式教师。在沙河村小学，她一直干到退休。

贫穷的生活就像一台台抽水机，"抽掉"了山区不少求学少年命运水池里本就可怜的一点水，让他们干渴的小嘴面朝烈日，羸弱身子里的生命养分被一点点抽干。"我要读书"的呼告，成了那时辍学儿童们的集体心声，那是一群哑声的滚雷，碾得大地发疼却很少为外界关注。

陈富莲被"抽掉"后10多年，相似的命运差点写在另一位大山深处的女孩马燕身上。清水河发源于六盘山南部，沿着六盘山的走向一路向北而流，最后注入黄河，陈富莲的家乡在清水河西边海原县的大山中，和陈富莲家乡对应的清水河东边的罗山山脉地处同心县境内，马燕的家就在同心县豫旺镇张家树村。

山区孩子的教育像一杆无力的秤杆，女孩子是很难站在秤盘里的，命运的天平一直很少给她们提供机会。马燕家的那头小羊羔成了一个善意谎言下的牺牲品。升3年级的那年，看着别的同学都背着书包、装着新书去上学，马燕却等不到家里人让她去上学的消息。马燕慌了，这意味着她可能要被"抽掉"了，她拽着妈妈的衣襟，发出月夜露珠掉在地上般的轻声央求："妈妈，我想上学！"马燕的妈妈白菊花心里清楚：家里全年的收入不到400元，马燕每学年的学费是70元，这笔钱超出了这个贫寒之家的负担。当时，很多当地孩子因为这个原因而被"抽掉"，重男轻女的传统观念，让女生总是率先掉进被"抽掉"的命运黑洞里。

白菊花只能骗马燕："学校没有书本了，你先喂羊羔，等把羊羔喂大，把它卖了，你再去学校就有书了。"

这个世界上，妈妈的话是最值得信任的。马燕将望着同伴去校园的眼光收回，每天跟着父母下地干活、提前从地里回到家给弟弟做饭，顺路将地埂边的青草拔回家喂羊。夜晚，全家人都睡了，马燕偷偷跑到羊圈，蹲在小羊羔面前，盯着小羊羔的眼睛，心里一遍遍地说："小羊羔，你快快长大吧，我舍不得你被卖掉，但我也舍不得学校呀，只能靠卖掉你的钱供我上学。"每天早上起来，马燕都跑到家门口，目送着同学们往学校走去，眼泪忍不住地往下流……妈妈看不下去了。辍学第二十天的晚上，去羊圈里和小羊羔"谈话"后走进屋子时，马燕发现妈妈并没睡，眼睛红红的。妈妈将马燕拉到怀里，说："娃，我明天再去找人给你借学费！你还是去学校吧，家里再苦再累，也由我们担着。"

上5年级时，马燕的两个弟弟也面临着上学的困难，农村人有着自己的子女观，他们内心的秤盘上永远会将男孩子放在首位，马燕再次面临被"抽掉"的命运，她苦苦哀求母亲让她把小学读完。

和别的同学不一样，马燕有着偷偷记日记的习惯，那里面的文字像一条忧伤的小河，流淌着一个山区女孩对上学的渴望、对辍学的担心。小学毕业时，马燕已经偷偷写下6本日记，其中3本被粗心的父亲卷烟抽了。

考上初中，对当地很多女孩来说，就意味着接受教育的这条内流河流向了终点，她们的学习之路要断头了，她们要面临被"抽掉"的命运。对有两个弟弟、此时年收入不到800元的马燕的家庭来说，马燕似乎注定也即将要被"抽掉"。无奈之际，马燕把日记和一封写在豆子种植说明书背面的"我要上学"的信塞给妈妈，让弟弟读给不识字的妈妈听。

"妈妈，不上学，我一辈子的眼泪流不干。"这是马燕日记中很真实、普通的一句，被弟弟用稚嫩的童音念给母亲听后，仿佛一枚带尖的邮戳，印在那个贫穷而无奈的家庭永远邮寄不出的信封上，让寄信人的心发疼；犹如一场暴雨落入江河，马燕的日记冲垮了母亲长期固守的传统堤坝。白菊花再次决定让女儿和儿子都上学，她不愿自己的文盲命运被复制在女儿身上。望着两孔土窑洞和三间低矮的土坯房，望着几个连一年吃的粮食都不够的袋子，望着羊早已卖光的空落落的羊圈，望着连日常喝的水都不够的水窖，望着不远处山坡上连一家人基本口粮都生产不出的庄稼地，这位山区妇女除了继续去打工、捡发菜，还能拿什么来帮助女儿去上学呢？就这样，马燕作为村子里第一个考上初中的女孩子，瘦弱而孤独的身影走在了距离村子20多公里的预旺中学的乡村土路上，开始了她的寄宿读书生活。

上学路上，有两种选择：步行去学校的话，需要5个小时；搭乘专门拉这些山区孩子去学校的拖拉机——被孩子们戏称为"拉学生的专机"，"机票"是1元。为了省这1元，马燕每周来去都选择步行；和不少孩子一样，为了省鞋，夏天，她会把布鞋提在手里步行，冬天太冷，无法赤脚了，只好穿着母亲纳的棉布鞋，遇上下雪天气，到学校时两脚都冻肿了。

马燕在张家树小学时记在日记上的"妈妈，不上学，我一辈子的眼泪流不干"这句话刺痛了马燕母亲白菊花的心；在预旺中学时记在日记上的是"吃饭常常断顿，有几次饿得流眼泪""挨饿的滋味无法用一个词形容"。

了解到马燕的故事后，彼埃尔·阿斯基决定帮助这个陌生的中国女孩子，2002年1月14日，法国《解放报》上以两个整版发表了彼埃尔·阿斯基撰写的《我要上学》的长篇通讯，反映了中国女孩马燕读书的心声。《马燕日记：一个中国学生的日常生活》在巴黎出版发行后，被译为英、法等15国语言，先后在19个国家出版发行，并很快登上法国的畅销书榜第一名，销售超过20万册。随着法文版热销，相继推出了荷兰文版、西班牙文版、英文版等。这个山区的普通女孩想通过读书走出大山来改变命运的故事，不仅仅是一次用外语向西方推出的一个中国西部地区女孩的"上学故事"，也在某种程度上改变着西方主流媒体对中国发展的认知。

一位英语国家读者网购中国著名作家莫言的书，想通过阅读他的著作来了解中国，但打开邮寄来的书后，却发现书的作者是一个名叫马燕的人。原来，莫言在英文中拼写为"Mo Yan"，与马燕"Ma Yan"只有一个字母之差，非常容易混淆。这位读者"将错就错"地读完这本书后，却被书中故事深深打动，自认犯了一个"幸运的错误"。

彼埃尔·阿斯基利用欧洲寄来的捐款成立了"阿斯基—马燕基金会"，马燕也捐出了2/3的稿酬，用来资助预旺镇的孩子们。初中毕业后，马燕开始了她"教育移民"的第二步：考进宁夏平原上的吴忠中学就读，成为村里第一个从山区到黄河边的高中读书的女孩。2007年，马燕飞赴法国索邦大学求学，毕业后在法国巴黎定居工作，她两次从命运安排的"抽掉密室"里逃脱，让教育成为她人生远行的最大手杖。

如今，如果在同心县打听张家树村，当地老乡没准会问你："哪一个张家树？"原来，马燕家所在的张家树后来以"吊庄"方式，被整体移民到条件相对较好的下马关镇境内的一个移民点，移民点的名字也叫张家树。

下马关镇的"张家树村"，是一个依靠引黄灌溉而形成的移民点，和周围的6个移民村，安置了六盘山东麓深度干旱地带上的8268户移民。

马燕曾经就读的小学已不复存在，被预旺镇中心小学取代。后者是一所全日制寄宿学校，学生不花一分钱，就能在学校吃上美味营养的热饭。预旺镇中心小学西边90米处，是马燕2001年至2004年曾经读过初中的预旺中学，后来更名为同心县第三中学。如今，为移民新建的学校宿舍楼宽敞明亮，热水可随时取用，学生们住在4人一间的宿舍。马燕因为日记的被发现而改变了命运，更多的孩子则通过接受教育、升学等改写了自己的人生。

3

移民政策带来的人口搬迁，像一道巨大但无形的针管，把山区的人源源不断地抽走，整体搬迁的村子被废弃，局部搬迁的村子里，国家投资建成的校园变得空荡荡的，琅琅读书声越来越弱，但国家的教育政策让这里一直保证：只要有学生来读书，学校的大门就不能关闭。

在六盘山地区，人们取地名也好，人名也好，看似随意其实讲究，给人的感觉好像是庄重地搬出了一部厚厚的大词典，大海捞鱼般地挑拣着适合自己村的名字。好名字常常不只是一个村子所有，比如阳洼，貌似随意将面向太阳的低凹处取名阳洼，其实含有对阳光的敬畏和感恩。在六盘山东麓的彭阳县，有好几个叫阳洼的地方。阳洼村，这个地名像当地农民自认为传家宝但其实很一般的物件，犹如被一代代人用一层层丝绸包着一般，村子被层层的旱梯田环绕，是彭阳县白阳镇最偏远的村子。

阳洼小学的校长刘志忠，是我们拍摄纪录片《六盘山》时采访到的一个教师。

村子里的适龄儿童多随父母到异地的移民点或县城去读书了，2020年，阳洼小学只剩下了3名学生。每天早上6点，在教育战线上坚持了43年的刘志忠，要花上40分钟清扫校园，像是为了迎接一个需要仪式感的重要人物一样，为3个孩子一天的学习和生活做准备。

如果时光的指针能够回拨，相信刘志忠最不愿意被回拨到的年份是1978年。那年夏天，刘志忠作为阳洼村第一个考到县城读书的高中生，经过3年的努力学习后，却因高考失利而只能选择回到村里，成了1名乡村代课教师。1天1元钱的工资，20年的乡村代课教师生涯里，刘志忠挣到的工资是7300元。全家费用基本上是靠父亲和妻子种地、打工来补贴的。乡下孩子高中毕业但考不进大学的那份痛，让刘志忠心里始终憋着一股劲：让更多山里孩子考出去。他因此被乡亲们戏称为"人贩子"。

代课老师做久了，刘志忠希望能通过教书，让自己有一天名正言顺地、以国家承认的公办教师的身份站在讲台上，那是对自己当年没考上大学的莫大安慰，是对一年年站讲台、吃粉笔灰，努力教书育人的有力奖励，是给周围理解的或不解的甚至嘲讽的人的一个体面回应。

20年的代课教师，换回了到固原师范学校进修2年的机会，这仿佛是刘志忠在讲台上擦拭黑板的粉笔灰累积成的一片白色祥云，飘进了他的生命中。2年的进修，意味着当年没能考进师范学院的遗憾得到了另一种方式的补偿。

阳洼学校的学生数量最多时达到100多名，移民潮涌起后，越来越多的山区农民举家迁往滨河的平原移民点上。每学期开学时，刘志忠眼巴巴地、心里不安地站在校门口，迎接入校的学生。一个乐队指挥面对越来越少的观众，是退票还是依然保持不变的热情继续完成演出？刘志忠以自己的实践给出了答案。到2009年时，阳洼小学变成了只留下2个年级、3名学生的教学点，刘志忠既是校长，也是教师；既负责课表设计，也组织只有3名学生的全校运动会；既负责学生的伙食与教学，也负责每年开学去学区领取教材；既操心每周的升旗仪式，也操心节假日学校财产安全。按照教学资历和水平，刘志忠完全可以到条件好的学区或学校工作，但他一直留在那个山村："只要还有一个娃娃来上学，学校就不能关闭，我就不会离开！"

这莽莽的群山里缺少庄稼与植被，却不乏拼死也要把孩子通过教育送出大山的教师；这贫瘠瘦弱的群山里干旱少雨，却不乏从事乡村教育者人工增雨式的甘霖。就像一棵棵耐旱的沙枣树站立在山崮上一样，一个个站立在乡村讲台上的教师，就是一个个摆渡者，驾驭着一艘艘乘客稀少但坚定航行在教育之域的渡轮。渡轮前插着一面白天迎风和太阳对话、夜晚顶月和星辰默视的旗帜，他们以教育为舟、为筏，将一个个山区的孩子载渡过贫穷之河，通过高考"移民"的方式，将孩子们送往远方。

村子里有能力的人都出外打工挣钱了，实在找不着人手帮忙，刘志忠就让妻子来学校给孩子们做饭。一对贫弱的夫妻，在小学里明确分工：刘志忠负责白天的教学工作和晚上的校园安全巡护，妻子负责做饭、后勤，就像开夫妻店的人一样，他们夫妻二人共同维持着这所"夫妻学校"。

有些孩子的户籍在村里，但随着打工的父母在外上学，刘志忠把他们称为"被别人借去的孩子"，为他们保留着完整的学习档案。

纪录片《六盘山》在央视播出时，刘志忠退休了，那一面飘扬在山区的教育之旗，像一座渐渐沉没的岛屿，正消失在那片土地的记忆之海里。或许，在那些从阳洼小学毕业，通过移民去到远方城市的学生们心里，那面旗帜一直飘扬在他们的记忆里，永不褪色，永远在时间的罡风里猎猎作响。

刘志忠出生的那年，不少热血青年响应国家的号召，从五湖四海来到宁夏，其中有很多人投身到当地的教育事业。北京青年马仲钰，就是17岁那年来到六盘山西麓的泾源县的。泾源县当时一共有15所小学，马仲钰先后在13所小学教过书，无论在哪所学校，马仲钰每天起来的第一件事就是敲响挂在树上的一截钢轨，那是山区小学通用的"学校之钟"。道这钟声是山里孩子上学、放学的指令，是从笼罩在山里人头顶的乌云层上撕开的一道裂缝，在泾源县的42年教育生涯中，马仲钰教过的学生超过了2000人，他让一批又一批孩子通过考学"移民"走出了大山。

和马仲钰一起前来支援宁夏建设的教师，将一批批学生"移民"出山区，给宁夏的历史辞典里添加了一个词条：支宁教师。从1958年开始的第一批支宁教师，到2019年前往西吉县支教的复旦大学二十届研究生支教团，一个支宁教师就是一滴水，一批支宁教师就是一条跃动着希望的小溪，一代又一代的支宁教师汇成了一条从各地涌向六盘山地区的教育大河，他们让山区孩子以教育的方式泅渡出生活的苦海，他们更是引领山区孩子通过考学完成"教育移民"的提灯人。

"娃娃的学习成绩好了，可以去省城银川的六盘山高级中学去读书！"

"学杂费、住宿费都是免了的。"

"听说去六盘山高级中学读书的娃娃,一年还可以补贴1000元钱,自古以来读书都是要掏钱的,这还倒贴,一定是骗人的!"

六盘山高级中学的招生广告出现在六盘山地区各个县城的大街上后,似乎从贴着广告的墙上刮出了一阵风,先是在县城来回游荡,接着通过一张张嘴从县城吹向更多的乡村耳朵,六盘山地区的老百姓心里被吹出一阵阵涟漪。免费去省城的高中读书,还能得到国家的补贴,这种天上掉小麦的好事令他们不敢相信,人们更多的是质疑、观望,也有人直接选择了报警。

接到报警后,派出所的民警按照招生广告上的地址前去查看,负责招生的工作人员哭笑不得地拿出有关文件、证明资料。民警看到文件上清清楚楚地写着:宁夏回族自治区党委、政府决定对所有录取的农村户口学生实行免学杂费、免住宿费、每年补助1000元生活费的"两免一补"。

2013年夏天,时任六盘山高级中学政教主任的赵保利,带人前往西吉县招生。第一天早上,他从入住的宾馆前往招生点,看到一位穿着破旧的乡村妇女徘徊在教育局的大门口,因招生工作紧张,他并未在意。

晚上,赵保利带着疲惫下班,走出大门时,发现那位妇女竟然还站在教育局大门前。连续3天,那位妇女始终守在招生点。

赵保利忍不住自己的好奇,走上前去打招呼:"我看你在这里待了3天了,有什么事情吗?"

那位妇女眼含泪花,说:"我家掌柜的(男人)半身不遂,在床上瘫着呢!娃考的成绩比你们学校低2分,我求求你们,给娃一个上学的机会吧。"

说着,她拿出丈夫的病历本和照片,以及孩子的中考成绩。回到学校后,校方在听取了赵保利的汇报后,经过集体研究,决定为那位妇女的儿子增设一个名额。3年后,她的儿子以优异的成绩考上了陕西师范大学。

许多家长还是不相信有这样的好事,大家都在观望,六盘山高级中学第一年在六盘山地区只招到了604名学生。3年后,首届毕业生中有420名学生的成绩达到了本科录取分数线。事实胜过广告,六盘山高级中学设在宁夏南部山区各县教育局的招生点,成了暑假期间县城最热闹的地方,那些张贴在大街小巷的招生广告,让读到它的家长似乎读到了这样的信息:六盘山高级中学暗藏着你家孩子美好的未来,只不过像一粒糖被包裹在你没察觉到的一张普通的糖纸里。

老家在泾源县兴盛乡下泾村的王静，从泾源一中毕业后，作为第一批考进六盘山高级中学的学生，第一次乘坐长途班车，前往 500 多公里外的银川。来到位于银川市金凤区亲水大街东侧的宁夏六盘山高级中学后，王静这才知道自己将要度过 3 年时光的学校，是宁夏回族自治区政府于 2003 年投资 1.4 亿元创办的一所全日制、寄宿制重点示范高中，专门招收宁夏南部六盘山地区九县及宁夏北部沿黄各移民点的应届毕业生。为了让这些孩子实现"教育移民"或者让移民的孩子能够继续接受良好的教育，在校学生全部免收学费与住宿费，政府每个月还给来这里读书的学生"倒贴"100 元。

王静在六盘山高级中学读高二时，唐伟从泾源县一中毕业。唐伟怀揣六盘山高级中学的录取通知书，买了一张从泾源到银川的汽车票，坐了 8 个小时的长途汽车，来到了银川市金凤区长城中路 423 号，看到了自己即将要在这里读 3 年书的六盘山高级中学。校门上的"六盘山"三个字遒劲洒脱，是取自毛泽东手书的《清平乐·六盘山》中的。唐伟一直记得第一次踏进校园的感受与疑惑："学校实在是太漂亮、太高级、太洋气了，我们从山里出来的孩子，真的能在这里找到属于自己的生活吗？我们真的能适应这个地方吗？"

高中毕业后，王静考入对外经济贸易大学，当年，有 414 名像王静这样来自六盘山地区的学生，走进了全国各地的高校，其中 243 人考取了重点大学，他们中 80% 以上的人都是来自贫困家庭的学生。

王静考上大学后的第二年秋天，来自彭阳县农村的李文渊从六盘山高级中学考进了北京大学。那一年，六盘山高级中学的 1008 名考生中，本科上线率达到 74%。我采访过一位从六盘山走到贺兰山下的学生，初中毕业后拿到六盘山高级中学的录取通知书后，兴奋得连续几天都睡不着。为了省钱，他背起简单的行李，怀揣几个馍和走出大山的梦想，徒步几天才抵达银川。途中的夜晚，将简单的行李打开，睡在村子的麦场上或离公路稍远点的台地上，遥望群山和大河，头顶阳光和星辰。开学那天，六盘山高中的大门前，有多少以这样的方式书写"出山记"的少年？六盘山高级中学创办以来，为六盘山地区或从六盘山移民到川区的农民家庭，培养出了 2 万多名大学生。这些从六盘山走出来的"教育移民"，每个人都有着各自的"出山记"。他们在几百公里外，与另一座"六盘山"相遇，在那里完成了自己的"出山梦"。

小学毕业那年，安陕宁以全县第 16 名的成绩考进隆德县一中，中考毕业后，他考进了六盘山高级中学。

第一次在六盘山高级中学的教学楼后面看到同学玩滑板,安陕宁觉得那种时尚而刺激的运动离他很遥远,便远远地躲在一边,带着羡慕的心情做观众。细心的同学看到了这一幕,几个会滑的同学就主动教他,让安陕宁成了学校滑板社的成员。像滑板社这样的文体社团,在六盘山高级中学有20多个。来自六盘山地区的孩子或从六盘山地区移民到银川周围的孩子,一边追求知识,一边参加充满青春气息的时尚运动。安陕宁也通过在学生社团的锻炼,一改山里孩子的内敛、害羞,成功地走上了校学生会主席的位置。

安陕宁是在六盘山高级中学遇见唐伟的。他们的家乡都在六盘山脚下,都曾是六盘山高级中学的学生。只不过他们遇见时,前者的身份是一名学生,于2018年考入福州大学;后者是从六盘山高级中学考到西南大学毕业后,回到母校的一名英语老师。唐伟在努力实践着雅斯贝尔斯在《什么是教育》中的教育理念:一棵树摇动另一棵树,一朵云推动另一朵云,一个灵魂唤醒另一个灵魂。

每一个从南部山区考入六盘山高级中学的学生,就是一条从山区流淌而来的溪流。一年又一年,18年间,这些出身贫寒的学子,通过六盘山高级中学完成了求学的梦想,实现了从山区到城市的"教育移民"之梦,实践了"教育是实现社会公平最伟大的工具"这个真理。

4

大战场,这个名字初听挺吓人的,问当地人这里究竟发生过什么大规模的战争,没人能说得清楚。我查阅《中宁县志》,发现有关这个地名,也没有任何记载。当初给这片土地取名的人,大概没想到,若干年后,这里成了移民和荒凉决斗的大战场。在移民到来之前,这里就是位于宁夏中部干旱带北边的一片荒地。

1987年春天,张满福把一家人从固原县(今固原市原州区)的一个乡村搬迁到了大战场。严格来说,这是他生命中的第二次移民。第一次是年幼时随着父亲从甘肃秦安县逃荒到固原。没想到,逃来的地方比故乡还穷。听说国家要在宁夏中部的中宁县大战场一带建设移民安置点,张满福毫不犹豫地报了名,他带着妻子和刚刚出生才3个月大的女儿张湉,带着一身力气和梦想前往大战场开垦荒地、修建房舍。

和搬迁到大战场的很多移民一样,张满福发现了一个令他们很不习惯也不舒服的东西:风。虽然移民点的居民用上了从黄河引灌来的水,然而,风带来的沙子落在渠里,让本就浑浊的黄河水淌到移民点时就变成了泥浆,舀在盆里桶里,需要沉淀很久才能慢慢变成清水。在荒滩上建房、修田、栽电线杆,让有些在山里习惯靠天吃饭的移民也受不了,有人甚至背上铺盖卷,重新回到了山里。留下来的人,出于"不能回去让老家人笑话"的心理,心怀"这里好歹有浇田的水,只要吃苦就能保证口粮"的希望,让时光的螺丝刀,一圈一圈地在春夏秋冬的轮回中把这些移民拧螺丝般地钉在这里。

张湉和小伙伴们喝着泥浆般的黄河水,冒着年年春天刮得天昏地暗的风,像那些在荒寂了千万年的土地上种下的庄稼一样,让孱弱的身子迎风成长。在大战场,哪个孩子没有放学后提着柳条筐去地里捡石头、挖野菜、铲回田埂上的茅草晒干烧火?哪个孩子没有帮父母喂牛、喂羊、喂猪的课余生活?哪个女孩子不是七八岁就要踩在凳子上擀面、做饭、洗碗?哪个男孩子不是10岁就要下地顶半个劳动力、开着比自己个头还高的手扶拖拉机拉草运粪?

张满福抵达的那个移民点,后来被命名为东河村。从东河村小学毕业后,张湉去镇上的初中读书。从班上同学口中,她才知道周围村子有不少女同学被家里人劝说辍学,或硬逼着结婚嫁人,成了被命运"抽掉"的对象。

时任宁夏教育科学研究所所长周卫在1987年做过一次调研,在那次调研中,周卫前往同心县窑山乡一所寄宿制中心小学,在学校操场上,发现一、二年级的队列中能看到十几名女生,3年级以上竟然没有一个女生。后来又了解到,窑山乡初中3个年级也仅有1名女生。时隔7年后,我曾在西吉县什字乡保卫村了解到,全村1905人中,12岁以上的文盲占总人口的85%,初中毕业生只有25人,其中女生只有3名。

初一学期开学后,张湉和同学们才知道竟然有音乐课,给他们上音乐课的李震宏是一位从县城到这里来教书的老师。上过几节音乐课后,李震宏给同学们宣布:"从下节课开始,我们搞才艺展示,你们自己主持,自己唱歌表演才艺。"这句话像给一面寂静的潭水扔进了一枚炸弹,同学们兴奋得快要跳起来。"需要一个主持人!"李震宏接着宣布:"可以是同学推荐,也可以自我推荐。"家里有小卖部、父亲从固原农校毕业、学习成绩好、为人热情大方等综合因素，使得同学们一致推举张湉为主持人。从此，班级里的这项节目一直由张湉来主持。10多年后，大学毕业后分配到贺兰县的一所小学教书的张湉依然认为，她朗读和写作的喜好，可能就是在那时埋下的种子。

李震宏在学校里组建了一个由50多名女学生组成的合唱队，不仅教这些移民孩子唱中文歌，还教他们唱英语歌，张湉被吸纳进了合唱团。那些连普通话都不敢说也总说不好的移民后代，常常在下午自习课的时候排练合唱。由于受封建文化的影响，很多家长认为女孩子唱歌不好，并认为唱歌会影响她们的学习，便到学校极力阻挠，有些科目的教师也反对成立合唱团，甚至有人到学校、教育局去告状。但是，孩子们喜欢唱，担任指挥的李震宏喜欢教，合唱之声犹如云雀鸟的叫声，冲破世俗垒叠的层云，唱出了移民孩子的朝气和勇气。

"女子合唱团"的歌声像是长了翅膀，逐渐飞出了教室、校园、移民点、大战场、中宁县。2003年6月，13岁的张湉和合唱团的其他同学，在李震宏的带领下前往银川市参加比赛，这是移民孩子们第一次前往首府城市。在银川市的光明广场上，同学们不时互相提醒："别老盯着别人，否则会让他们一眼就看出我们是没见过世面的。"但提醒的人很快也去看路过的城里女孩子露出小腿的裙装校服、看喷泉猛地从地下喷出来、看比家乡的山叠起来还高的楼房、看比家乡的毛驴撒起欢子来跑得还快的汽车。一阵阵惊呼，像是孩子们禁不住从嗓子里掏出来后扔向四周的礼花；一个个念头像浇足了水的庄稼在阳光下疯长：回去一定要好好学习，将来一定要考到银川来读大学。

移民是座阶梯，让那些从大山里搬迁到大战场的孩子拾级而上，通过学习考进县城读书。张湉考进中宁县读高中的第一年，因为普通话说得不标准，屡屡被家在县城的同学取笑。有一次，班长竟然对移民同学鄙夷地说出了"山汉"这个词，引得张湉和他理论了一番。大多移民孩子因为家庭困难，一心想通过考大学来寻找一种相对公平的命运，一般情况下学习要比川区的学生更勤奋。因为他们只能通过提高学习成绩，一步一步地改变自己在县城同学心中的地位，移民孩子的大学入学率相对较高，渐渐凭学习成绩赢得了越来越多的尊重。

大学毕业后，张湉在银川找到了工作，户口也从大战场迁至银川，成了一名银川人。从固原到大战场再到银川，一个移民女孩通过教育改变了自己的人生轨迹。

张湉是大战场移民中通过教育实现再次移民的代表，30年的移民实践，让大战场成为中宁县最大的扬黄灌区、最大的劳务输出乡镇。这片干旱偏远的黄土旱塬上孤岛般的贫地，接纳了11.6万移民百姓，出现了宁夏移民地中的第一个"女子合唱团"。人类的影响不只是前辈对后人，有时，这种影响的轨迹也会出现反方向运转。在大战场，学生的努力开始改变家长，"女子合唱团"的魅力像一株盛开的杏花树，那伸向墙外的花瓣发出的芬芳印证了"墙里开花墙外香"的道理。她们的歌声犹如一只只从校园飞到移民村的百灵鸟，让移民们听到了美妙，领略到了"合唱"这新鲜事物带来的享受。"女子合唱团"出现16年后，"农民合唱团"在红宝村（从河东村更名而来）成立。80人的"农民合唱团"，年龄都在40岁以上，其中10多人不识字。他们和其他各地的移民一样，白天忙着干活，晚上聚在一起训练，他们在自己劳作的土地上，以合唱的方式消除疲劳，讴歌美好生活。当初，是移民的孩子组建了合唱团，他们在接受教育的同时，用勇气、知识与文明捻成的火种，点亮了父母追求新生活的火苗，让移民披上了音乐的铠甲，直面生活中的艰难与困苦，同时滋养内心的柔软与品位。合唱，不仅是声音的团聚与黏合，也让这些移民找到了团结的另一种力量，这种力量还会像滴在宣纸上的墨汁，向外洇散，变成一种温和而强劲的感染力，改变更多移民的业余生活。

九彩，是六盘山西麓海原县和西吉县交界的一个深度贫困乡。2013年，柯原的父母从九彩乡搬迁到离张浩家所在的移民点不远的宽口移民点。"宽口"，对移民来说是多么吉祥的一个名字：让他们的生活出口宽阔起来。这里先后接纳了海原县贫困山区的7250名移民。

从山区移到了川区，从没水的干旱之地到有引黄河水浇灌的移民点，不少移民虽然到了陌生的地方，但那些含在嘴里、藏在肚子里的"花儿"，像胎记一样随着移民到了移民地。在家乡时，柯原就从大人的嘴里领略了"花儿"这大西北土地上长出的、"土的声音"的美妙，她也常偷偷地对着大山、牛羊、月光、星星漫"花儿"，让细弱的声音如针穿过生活的针眼，缝制着她的"花儿"衣衫，里面裹着她那五彩斑斓的"花儿"梦想。初中毕业后，柯原和很多享受教育福利的孩子一样考进了位于首府银川、专门面向南部山区孩子招生的育才中学。在学校，柯原报名参加了合唱团，和同学们登上了中国国际合唱节舞台，她让教育和音乐给自己的人生插上了翅膀。"漫过天空尽头的角落，大鱼在梦境的缝隙里游过……"同学们经常听到柯原哼唱着她喜欢的《大鱼》。这些从贫困山区移民而至城市校园的"鱼儿"，在知识的海洋里遨游着，终有一天，他们会变成从梦境缝隙中游出的"大鱼"。

5

王富荣以移民专干的身份，带领西吉县马建乡的几户移民到达贺兰山下的移民点时，发现即将分给移民的土地用推土机大体推平了。空旷的荒野上连棵树都没有，却建成了几间砖瓦房。一打听那是即将在1个月后就要投入使用的学校，3位教师忙碌的身影出入在没有院墙、空荡荡的砖瓦房里，他们正在为新学期的开学做着各项准备。

刚搬来的移民连住的地方都没有，只能挖地窝子、搭简易帐篷，但他们的孩子们却在即将开始的新学年里，在家门口新建的校园里上课、跑操、踢足球、打篮球，不用再像在老家时那样爬山过沟、起早贪黑地上学了。刚到移民点，移民们要进行的工作几乎是一致的：建房、修路、种田、收割、出去打工等等，在希望孩子们能够通过接受教育的方式走出去的想法上，大家惊人的一致。

2021年初，闽宁镇中心小学的教师陈志娟和在闽宁中学教书的丈夫马凤鸣，一起准时打开电视收看央视正在热播的、取材于闽宁镇移民生活的电视剧《山海情》。突然，他们看到了这样一个镜头：正在上小学的春玲，迫于生计要去福建打工，白校长知道后骑着自行车奋力蹬车追赶，并且不顾自己的安危，把自行车挡在了班车前面，上车和带队领导讲道理："春玲不够打工年龄，我的学生我知道……"硬是把春玲拉了回去，并且和春玲父亲骂了一仗。

这熟悉的一幕，让陈志娟顿时回忆起自己当年多次劝说辍学孩子返校的经历。谢兴昌搬来的第三年，陈志娟和马凤鸣就听从西吉县教育局的分配，从六盘山下的兴隆镇移民到了贺兰山下的玉泉营铁东小学。那年，他们的孩子不到6岁，他们的移民新家就安置在校园西侧的第一间平房里。

陈志娟和丈夫马凤鸣刚到移民点，看到最气派的建筑不是政府大楼，也不是银行储蓄点或商店，而是学校。那些从大山里搬出来的移民，不再被缺水限制前进步伐，不再为基本的生活保障发愁，他们缺的是知识和技能，他们最怕自己的子女无法通过接受教育来改变命运。

移民，不仅仅是为了改变自己的生活，也是为了让孩子们生活得更好！让他们能有一个更加美好的教育环境，更加美好的人生未来。

到移民点的第二天,陈志娟就开始担任铁东小学 1 年级班主任兼 1 年级数学课、体育课和 3 至 6 年级音乐课代课老师。马凤鸣则前往闽宁中学任教。

像这里的庄稼一茬茬生长一样,移民二代、三代已经成长起来,移民们当初从南到北穿越大半个宁夏来到他乡,很大一部分原因就是为了让孩子们能更好地接受教育,他们比在故乡时更看重孩子的教育,在很多移民村里,谁家孩子能考进六盘山高级中学或育才中学,谁家就是大家羡慕的对象。

在为六盘山区和沿黄河移民点的移民孩子们创办了六盘山高级中学后,2006 年 10 月,宁夏在银川市西夏区又兴办了一所专门招收山区学生和移民孩子的育才中学。马华文是 2002 年移民到闽宁镇武河村的,他的儿子初中毕业后,被育才中学录取。和别的移民孩子一样,在育才中学,每位学生每月可享受到 300 元的国家补贴。高中毕业后,马华文的儿子考入了北京师范大学。通知书到家的那天,马华文非常郑重地把儿子的大学录取通知书装进玻璃框,挂在墙上,让每个进他家的人,一进门就能看见。那是一枚珍贵无比的勋章,在他的眼里永远发着黄金般的光芒。

马华文的儿子毕业后分配到宁大附中教书,他又把儿子的大学毕业证书装进另外一个玻璃框,挂在装有大学录取通知书的镜框旁边。他认为,如果不是移民,儿子极有可能还在大山里放羊;如果不是移民政策,农民的娃娃进银川的育才中学那简直就是痴人说梦;如果没有育才中学免费的教育政策,他的儿子进北师大难于登天。移民对生活的感恩有多种形式,马华文以把毕业证书和录取通知书装进镜框挂在墙上的方式,来感恩改变移民后代命运的教育。在儿子走上教育岗位时,他深情地书写了一段话送给儿子:"老师是人类灵魂工程师,能成为一名教师,是人间很自豪的事情。请记住不要辜负孩子家长对你的期望,要像对待自己生命那样对待别人的孩子。一切都可以从头再来,可以弥补,唯有青春年华无法追回,误人子弟者罪不可恕。"

顾小梅是 2007 年从育才中学毕业的移民孩子。

1990 年 10 月 3 日,顾小梅出生在同心县窑山乡套子梁。不到实地,很难理解"套子梁"的真实含义。从同心县往东出发,沿途是墩墩梁、三道岭、张果梁、大山梁等一道道荒岭,条条旱岭像层层厚厚的铠甲,让套子梁在里面喘不过气来。当地的水文资料显示:年降水量 250 毫米左右,年蒸发量却达 2300 毫米以上,土地在干热中年年透支。

顾小梅3岁那年,父亲去世。她上小学时,要翻山到几公里外的拉拉湾去读书。20世纪90年代,宁夏在中部干旱带实施的固海扩灌扬水工程建成通水后,同心县组织了一次大移民,将地处干旱带腹地的一些农户,迁往新开发的移民点。9岁那年,顾小梅的母亲报名参加移民,为了凑够搬家的费用,家里仅有的几只羊都卖了。到移民点后,9岁的顾小梅没羊放了,也不到种地的年龄,就继续读书。初中毕业后,顾小梅被银川育才中学录取,在育才中学度过了她的高中岁月。顾小梅在第十九届、二十届"希望杯全国数学邀请赛"中分别荣获三等奖、二等奖,高中毕业后,以优异的成绩考取清华大学。

顾小梅考进清华大学那年,同心县开始实施生态移民,让12万多大山里的群众,搬迁到川区,一大批山大沟深的村庄,已经消失或正在消失。

6

深受中国传统文化影响,六盘山地区的人对取名极为讲究,比如对六盘山最高峰的命名:米缸山。缸可以用来装水、腌菜,还可以用来装米,无论是什么缸,最高不会超过一个标准成年男人的胸部。一尊缸置放在海拔2940多米的高处,这缸该有多威猛而壮观?生活在这尊米缸下的人们,该拥有怎样的文化心理呢?

惠台村就位于米缸山下,但那尊蹲在六盘山最高处的"米缸"并没有按取名者的意愿给山下的人带来米,山下的各个村子憋在一条条弯弯曲曲的山丘间,就连贫困的叹息也因交通不便而不为外界听闻。鄢玉蓉的故乡就在这里。

一个农村女孩子并不怕在上幼儿园的年纪里跟着母亲去割小麦、挖洋芋、锄胡麻、拔大豆,她怕的是穿着的裤子太破无法遮羞。

1980年9月的一天,在学校当民办教师的小姑从1个月仅有的6元钱工资里拿出够买一块布的钱,对鄢玉蓉的母亲说:"给娃做条裤子吧,让她穿着裤子去上学。"裤子做好后,小姑牵着鄢玉蓉的手走进惠台小学。

鄢玉蓉通过了3年级升为4年级的选拔考试,这意味着从4年级到小学毕业,她都能享受到国家特批的扶持学费,可以在学校免费吃饭:每顿饭能有半缸子洋芋糊糊和家里很难吃到的白面馒头;隔一两个月,学校里会宰一头牛给学生们改善伙食。但住宿依然是在几里山路外的家里。

按照学校要求，升到4年级后要上晚自习，鄢玉蓉每天放学后在夜色里踏着山路步行回家，第二天再赶山路回到学校。她和同村的几个女生，像乘坐一艘准时准点的时光轮渡，在学校和家之间来回穿梭。5年级时，那艘时光轮渡上只剩鄢玉蓉一个女生了。下晚自习后，她提着父亲用墨水瓶做的一盏煤油灯，走在夜晚的山路上，煤油灯外面，白纸糊的一个灯罩，罩在豆大的灯焰上，恍如飘移着的一只萤火虫；第二天黎明的鸡叫声中，鄢玉蓉早早起床，急忙往学校赶。一个学年里，她仿佛这艘时光轮渡上年龄小但勤勉认真的乘务员，按时摆动在学校和家之间。

小学毕业后，鄢玉蓉经过全县选拔考试，被录取到县城的初一年级。到几十里外的县城去读书，享受"民族生"的待遇。对一般的孩子来说，这是多么幸福的事情，然而，对一个12岁的孩子来说，也意味着要离开父母，意味着每周放学后为了省钱要沿着山路步行回家，意味着返校时的号啕大哭。她一边喊着"我不念书了，我不念书了！"一边背着外婆用花布碎渣缝补的书包，抹着眼泪由父亲牵着手，将孤弱的身影印在山路上。到了县城通往山外的那趟班车停靠的地方，她或许在骄阳下，或许在大雨中，或许在雪地里等待。班车来后，买3角钱的票上车，隔着玻璃窗，看着父亲挥着的手像一株随风摇曳的糜子秆。遇上父亲出外或忙得顾不上送，为了省3角钱的车票，鄢玉蓉便选择一个人步行，像一条细弱的蚯蚓贴着山路往县城而去。

来时步行、去时乘车的状态，伴随了鄢玉蓉的3年初中时光。全村只有她一个到县城读初中的女生。宿舍里，几十名女生统一住在1间挤满了钢管高低床的废弃教室，夜半醒来，能听得见老鼠在屋顶窜动的声音。学校所在的县城海拔接近2000米，遇上雨雪天气，雨水、雪花像是也怕冷似的从墙缝、门缝里挤进来。学校没钱买煤，同时也担心学生煤气中毒，不让在宿舍生火，鄢玉蓉和其他女生只好两个人挤一个被窝，合盖两张被子。

初中毕业，鄢玉蓉以优异的成绩进入全县前10名，她再次像一株在旱地里拔节的小麦遇见一场甘霖，被银川一中录取了。不仅学费、住宿费等享受"民族生"待遇，就连每学期往返家乡的车费也是国家出。前往银川时，父亲东借西凑地给了鄢玉蓉100元钱，这是一个贫穷家庭忍着周围邻居既羡慕又讥讽的眼光，能给前去首府城市读书的女儿最大、最高、最体面的奖励。

对一个在省城重点中学读高中的花季少女来说，100元钱意味着什么？100元钱能消费什么？在银川学习的两年多时间里，鄢玉蓉用父亲给的100元，买了一双足球鞋，一条校园当时流行的健美裤和一件夹克衫；吃了一次学校门口的凉皮；和一个同学乘坐公交车去了一趟芦草洼移民点；步行到南门广场，以南门城楼为背景拍了一张照片，带回老家挂在墙上。银川的南门城楼是仿照天安门修建的，这让不少去她家串门的村民、亲戚都以为鄢家二姑娘是去北京时在天安门前照的。

按照当时的高考政策，鄢玉蓉要回到出生地参加高考。当时，考上师范就意味着捧上了铁饭碗，很多贫困的农家优秀学子初中毕业后，第一选择就是报考师范学校，鄢玉蓉也不例外地报考了固原民族师范学院。为了给教育落后的六盘山地区快速培养师资力量，固原师范从1989年开始招收学制1年的"民族生"，鄢玉蓉是该校的第三届"民族生"。谈到自己的"民族生"身份，她感叹道："小学到师范，读了13年书，当了9年'民族生'。"

山里人知道感恩，一个"民族生"更知道怎么感恩。毕业后，鄢玉蓉毫不犹豫地背起行李到惠台乡学区报到，希望能留在自己当年上过学的惠台小学执教。最终，她被分到了更为偏远的米缸小学接受锻炼，一待就是两年，自此在人生的各种表格中的"职业"一栏中，鄢玉蓉总是认真地写下"教师"二字。

当听说老家人移民去到的银川郊区的芦草洼更缺教师时，鄢玉蓉决定做一位"教师移民"。离开故乡的时候，父亲依依不舍地牵着她的手说："莲呀！你要记住，你今天能当上老师，不全是你自己的能耐，如果没有国家的资助，你就算考上，我们家也没钱供你上学。国家，就是你的阳光，是你成才路上最大的贵人。去了芦草洼，你要好好教书，好好工作，多教出些有出息的娃娃……"

莲，是鄢玉蓉的小名。

1996年1月3日，鄢玉蓉利用寒假办好各项调动手续后，坐上从泾源县开往银川的班车。和初中毕业后乘坐长途班车前往银川一中读书一样，她沿着同样的路线奔赴首府城市，同样要坐13个小时的汽车。不一样的是，这次她是以一名"移民教师"的身份，是要将自己悄然"远嫁"于千里之外的移民之地，要将自己的后半生交付给移民后代的教育事业。

落脚移民点后，鄢玉蓉这才知道芦草洼真正的身世。民间口传的芦草洼是为移民而诞生的一个专有词，但也是一个笼统的地域所指，是从银川市南郊到贺兰山下的一片荒滩，包兰铁路从这里横穿而过。这片荒凉之地因为以吊庄的形式安置着从六盘山地区来的移民，被第一代移民在称呼芦草洼时习惯在后面缀上"吊庄"二字。鄢玉蓉来到芦草洼5年后，她所在的铁路西边的芦草洼区域正式移交给银川市郊区管辖并有了一个延续至今的名字：兴泾镇。

鄢玉蓉到来时，芦草洼虽然已经走过13年的开发历史，村子外依然可以看见蓬勃疯长的芦苇，大大小小的水坑，走出村子不远就是一望无际的黄沙。夏天，黑压压的蚊子蝗虫一样遍布大小水坑；春天时，隔三岔五的大风、沙尘暴遮天蔽日……

鄢玉蓉所在的学校是由12间平房构成的教室和教师办公室，教师办公室平房门口挂着一个用墨汁写的"芦草洼四小"的木牌。教师只有4人，毛衣袖口都脱线了的水老师穿着发白的中山装下午一放学就蹬起了拉人的黄包车，马老师课余开着辆破旧的四轮拖拉机四处给盖房的人家拉土挣钱。

刚到芦草洼时，鄢玉蓉教的1年级班里有80多个学生，在教室里上课挤得跟挂满果实的梨树似的；桌椅板凳残破而短缺，教导主任从郊区买来松木，叫人用锯子解开了，刨光两面，再钉上四条腿，给1年级当课桌；一张又窄又长的桌子前，上课时坐着10个学生。

学校没有围墙，戈壁滩上的风毫无遮拦地进出于校园，老师们开玩笑说是"开放式校园"，家长们戏称是一个人穿着一件没衣襟的衣衫。教室外不远处就是沙丘，鄢玉蓉和其他几位教师以及校长带着孩子们，利用课余时间拉着架子车把沙土运走，去村外的荒滩上挖运来黄土。那时候，每个班级近乎每天下午都有一节"劳动课"，用来挖沙、运土、栽树。春秋两季，鄢玉蓉和其他老师还有一项周末的"课程"：带着学生，到附近的平吉堡农场掏鸡粪、砍甜菜、掰玉米、挖红薯和土豆……以这种勤工俭学的方式挣点学费。

学校没宿舍，鄢玉蓉就和老公借住在村上人家。那时，民房大多是用土块垒筑的，搭几根椽子，椽子上捂一片草帘子，再加一层掺了麦草的泥皮。条件稍好一些的，会在浑黄的泥皮墙面上裹一层白灰，那房子就会在众多的泥房子中鹤立鸡群，远远看去非常醒目，甚至成为周围的标志性建筑，主家因此满足又自豪。

如今的兴泾镇，是一座移民用近40年时光在一张白纸般的荒滩上建设成的移民小镇，无论是从东面的良田镇穿越包兰铁路进入小镇，还是从包兰铁路、文昌大街从北向南而至，都能看到小镇上三处清一色的红顶白墙和庞大的楼群，像三条自西、南、北三个方位雄起的鼎足，撑起了小镇建筑的最新形象。这个巨鼎的底部，散布着镇政府、医院、电站、邮局及其他机关。兴业路和泾华街构成了小镇的基本经纬，两条街道交叉的坐标点，成了小镇居民心中的"菜心心"，坐标中心西北边，是兴泾镇中石油希望小学，校园门口的红色小雕像下面写着"扣好人生第一粒扣子"。20多年来，鄢玉蓉更像个母亲，给她的学生们系上了一枚枚人生的第一粒扣子。她见证了没有围墙的校园从土路到水泥地面硬化，从光秃秃的地上矗立几间教室到拥有繁花盛开的小花园，从尘土飞扬的操场到塑胶田径场；见证了教室从土房到砖房再到教学楼；也见证了黑板从刷墨汁的木板到用破抹布和黑板擦时粉笔灰乱飞的水泥板，从钢化玻璃板到墨绿色金属黑板，从电子白板到直接在液晶屏上书写并能保存下来，再到复习时轻轻一点就能翻前页、找后页的液晶触摸式一体机。

近30年间，鄢玉蓉供职的学校名称和规模发生了几次变化，但鄢玉蓉始终坚守在讲台上。学校征订的《银川晚报》副刊栏目，成了她用文学创作记录移民生活的窗口，她尝试着把自己的第一篇小小说《老王送礼》投给《银川晚报》副刊的电子邮箱，然后，天天等待着被刊登的消息。一周多的时间里，她天天去门房翻阅报纸，找自己的文章，几个月后，她终于看见自己的文章发表了，这让她重新捡起了少年时就溢满胸怀的文学梦。

后来的好几年里，鄢玉蓉成了本地报纸的副刊常客，她的笔下，几乎全是写芦草洼移民的。她将自己创作的、有关移民生活的散文结集为《芦草深深》。移民，不仅造就了成功的农民、学子、创业者，也造就了鄢玉蓉这样的"移民作家"。

几十年的时光筑起一道大堤，堤内是百万大移民浪潮的汹涌澎湃或波平浪静，有人遥看浪涛拍岸连天，有人走近岸边挽裤踏浪，有人站在礁石上发出感叹，有人会乘着豪华游轮寻找移民的诗与远方，有人走马而过后留下一册纪事。我觉得，唯有在那片土地上挣扎、劳作、心怀猛虎之梦而呼啸、手执蔷薇之香而细语的人，才能写出有温度的文字来。在移民点、移民乡、移民区，出现了罗山脚下"牧羊诗人"王学军、红寺堡"拇指作家"马慧娟、兴泾镇"移民书写者"鄢玉蓉等移民生活的书写者与代言人，他们将移民生活中的美与丑、恶与善、苦与乐、曾经与当下、历史与未来，通过文字表达出来，在移民心里树起了一个个精神标杆，也为移民们提供了一份份精神食粮。

第八章 汗水在叶尖凝结银冠

> 时间和土地合谋，让一场脚步和思想的迁移之梦忽然开花，移民离开故乡的脚步，就像春风亲吻花蕊一样势不可当。
>
> ——题记

引　子

马建民家所在的村子属于宁夏泾源县新民乡，地处六盘山在宁夏境内的最南端，和甘肃省的华亭市交界。茂密的林木犹如一层层厚厚的被子紧紧裹在山体上，新民乡犹如一个婴儿，被严严实实地包在不透气的毯子里。层层群山犹如层层竖立的铁篱笆将这里和外界的沟通交流阻断，这里和六盘山北部的干旱不同，不缺水但阴湿的环境不利于农业生产，农庄和少得可怜的庄稼一样，有气无力地挂在山坡上，孵化着贫困而不安的梦。

马建民的身影移动在黎明前的曙光里，走向门前的那片树林。他挖出了一棵树苗，用一件旧衣服包好根部，像年轻时抱着自己刚出生的孩子一样，小心翼翼地把树苗放在车厢上。

从那天起，马建民的身份就变成了移民，他要带着全家搬迁到几百里外一个叫红寺堡的地方去，那里是宁夏中部干旱带上的一个大移民点。乡上来的移民专干动员移民时，马建民就问人家，搬去的地方有树没？得知没树，他置气地说："六盘山是你们宣传的、外国人说的不适宜人类生存的地方，我们这边是六盘山南边，咋说还有遍山的林子，你说要搬迁到一个连树都没有的地方，是不是还不如咱这搭儿？"

这些生活在六盘山林区的农民有个朴素认知：没有树的地方一定是不合适人居住的地方。他们知道诸如树能"吸云雨、补地缺；培风雨、兴村落；长成材、建房屋"之类的古语；知道长成材的树能做成椽子、杠子、柱子、板子、檩子、条子等不同形制的建材、物件；知道树有"接天连地""行人荫息""百鸟筑巢"的功能。

移民专干继续动员:"那搭儿是没树,但上面说了,会拨款买树苗栽种的,栽树还单另付钱。"

"你这不是日鬼人呢?哪有自己种树政府掏钱的好事?"

祖辈在六盘山南段的这片林木茂盛的地方居住,让这里的人视树为亲人,这种理念像一部无字家谱,书写在一代代人的心里。移民,就意味着他们要和绿色的家园告别。很多人决定在将要废弃的家门口栽一棵树,让树替他们看家。也有很多人挖走了一棵甚至几棵树苗,带往移民地。在移民心里,树是庄稼人院子的脸,新家门口栽上树,就是栽上了绿色和希望,树能活,就意味着将来的日子有个好兆头。

马建民开着装有全部家当的拖拉机走出大山后,看见公路上有不少和他一样的人:加宽变胖的拖拉机像一只只肥硕的蜗牛,载着移民慢腾腾地行驶在六盘山到罗山的路上。这些拖拉机有的是自家的,有的是雇来的,一辆行进的拖拉机就是一个装载着移民希望的家。每户人家的家庭收入不同,所在的乡村不同,家庭人数不同,但说话的口音是一样的,怀揣的目的是一样的,上路后的身份也是一样的:移民。从那天起,这些离开家乡的人们,各自的时钟有了另一种走法。

认识的就打个招呼,不认识的也会问候一声:"喂,你是哪的?"

"黑鹰沟的,你呢?"

"豹子沟的——我们离得不远呀。"

"刚过去的那几户是围子沟和上瓦沟的,唉,搬出来的全是咱山沟里的。"

1

马建民在搬迁时,和老家的不少人一样,除了要带走一些自己用惯的农具或养熟的家畜外,还带着特意从老家的山坡上挖下的树苗,他其实是想把六盘山的郁郁葱葱带到移民点去,把一个绿色之梦移植到移民地。一棵棵树苗,影子般跟着搬迁的家庭,走在春风吹拂的季节里,走向荒凉的移民点。

春风,当我想起这个词时,脑海里涌出郁达夫的《春风沉醉的晚上》里那在老透了的春光中挣扎的青年吹拂着的上海的春风;也会想起林斤澜的《春风》中那

"……漫过山梁,插山沟,灌山口,呜呜吹号,哄哄呼啸,飞沙走石,扑在窗户上,撒拉撒拉,扑在人的脸上,如无数的针扎"的北国之风;自然也憧憬王安石笔下"春风过柳绿如缲,晴日烝红出小桃。池暖水香鱼出处,一环清浪涌亭皋"的江南春意。

红寺堡春天的风,在最初到来的移民心里,成了灾难的代名词。

移民们回忆初到红寺堡的春天时,认为春天的风是该被诅咒的。红寺堡的春风就像喋喋不休、不依不饶的骂街悍妇,连天连夜地张着嘴,不知疲倦地往人间啐着干燥与破坏,让移民们无法在每一个白天或夜晚一览无余地观赏太阳、星辰、月亮、云朵,甚至东边绵延30多公里、最高处海拔2624.5米的罗山。红寺堡的春风像一块脏抹布那样令人不快,又像个调皮得令人不悦的小男孩拉着一把破铁锹在午休时分的院子里不停地跑来跑去,或者像一个有怨气的村妇拿着炒勺在空空的铁锅底部刮来刮去。在移民们的眼里,那时的红寺堡就是个患病的孩子,被巨大而无形的春风之手摁在太阳下暴晒,然后又拎起来扔在干燥的被风沙肆虐的半空晾晒,如此反复。

从六盘山各个贫困角落里走出的几千移民到红寺堡后,发现这里既没有寺院,也没有古堡,是宁夏中部干旱带上一览无余的辽阔荒滩。第一年的春天,移民的首要任务是栽树,很多人大清早就顶着风出门,新修的公路旁、水渠边、田埂头,布满一个个挖坑、运苗、栽树、浇水的背影。人们带着对大风的诅咒出门,但又不敢把那些诅咒说出来:一张嘴,风沙会灌进嘴里。

在平原地区或水充足的地方,栽树是一次性劳动;在红寺堡,栽树犹如被上天摁了复制键。前一天栽的树,第二天可能就跟着风去流浪了;前一年栽的树,第二年可能会莫名消失。好不容易成活的树,哪年春天不是挣扎着吐露绿色的?

移民开始怀疑这里无法栽成树,他们戏称栽活一棵树比拉扯大一个娃娃还难。政府年年鼓励移民栽树,并付给栽树的移民工资,移民一边戏说"政府在年年栽树,移民年年在栽数",一边把栽树当成了一项能挣钱的活。植树在这里既是一项工作,也是一种使命;既是一项政府安排的任务,也是一种和风沙抗争的武器。

马建民到红寺堡的第三年秋天,时任国务院总理朱镕基来到移民区。那是宁夏最美的季节,罗山脚下本应该是一幅草绿粮茂、山青水碧的画卷,总理看到的却是一片荒凉。移民们努力种出的庄稼和栽植的树木,像一群营养不良的孩子,以羸弱的身子站立在秋天的阳光下。总理一根一根地竖起三根指头,指出三件要加快完成的大事:一是基础设施建设;二是生态环境保护和建设;三是积极调整产业结构。其中第二件事就包括大力栽树。

朱镕基总理在红寺堡的讲话,为来到红寺堡的移民界定了一个新身份:生态移民。百度词条中这样解释生态移民:"亦称环境移民,系指原居住在自然保护区、生态环境严重破坏地区、生态脆弱区以及自然环境条件恶劣、基本不具备人类生存条件的地区的人口,搬离原来的居住地,在另外的地方定居并重建家园的人口迁移。"很快,宁夏回族自治区党委、政府作出决定:从2000年开始,用9年时间完成宁南山区500万亩坡耕地的退耕还林还草工作。后来的事实证明,宁夏超前、超额完成了这项作业,向时代与大地交出了一份绿色答卷。

青草是大地的脸面,庄稼是大地的希望,树木则是大地的信心。第一车苗木长途颠簸运到红寺堡时,移民们看到的是抹在树梢的那一点小小的绿色,他们挖下存放希望的坑,栽下朝天吐露绿色的希望。山、田、路、林、渠等5种适宜种树的地方,都成了添绿填黄的选择之地。树能成活,就意味着绿色悬挂在半空,意味着沙被固住,意味着渠水能顺畅地流淌进庄稼地,意味着他们在这片荒滩上拿到了生存的护照。

如约而至的春风刮了10场,不间断的栽树持续了10次,10年时间在红寺堡移民区建设的日历上,很快就过去了。朱镕基总理讲话10年后,国家27个部委的140多名专家、领导组成的18个调研组,对宁夏经济社会发展进行了为期2周的调研,生态移民作为一项重要内容被写入《国务院关于进一步促进宁夏经济社会发展的若干意见》。

红寺堡的生态移民,不是在两个生态不好地区间的简单腾挪或迁徙,而是在生态战略的定位下,以移民的方式完成了移民地的生态建设。

如果驾车从京藏高速在弘德立交桥处驶离高速公路,沿着344国道前往红寺堡区,得穿越一道10万亩的生态屏障,那是红寺堡移民在20多年时间里,以栽树种草的方式装帧设计的一部新家园之书的绿色封面,从这里进入红寺堡,就如继续翻阅一部绿化之书,那些围护的村庄、水渠和公路边的绿荫带,就是这部著作的一页页插图。

23万多移民就是23万多名学生,他们集聚在红寺堡这个大校园里,以荒凉的大地为课桌,用汗水为笔,以栽树、植绿、种庄稼为纸,给这片昔日的荒漠交出了一份绿逼黄退的答卷,上面清晰地标注着一代人用汗水完成的数字:完成封山育林35万亩,发展特色经济林种植17.6万亩,森林覆盖率由不足5%提高到14.15%,村庄绿化覆盖率达到27%以上;红寺堡区绿化覆盖率达到39%,城市绿化率达到35%。近几年,红寺堡区的领导在政府工作报告中,总会有底气地念出"山区森林化、城市园林化、乡村林果化、廊道林荫化、庭院花园化"的文字描述。

在一张20多年前的宁夏中南部的夏天卫星云图上,我看到了这样一幅景象:滨河的宁夏平原,像一个身穿碧绿衣衫的少女;南部山区则像身披一件皱皱巴巴的黄色旧袍的老人,在烈日的暴晒下咳喘;中间的干旱地带一片干黄,如缩小版的撒哈拉沙漠,又像是一张常年被肝炎折磨的中年男人的脸。20年后,同样一张卫星云图上,这片干黄已经绽出嫩绿。23万多移民不是雄鹰在天空中唱着优雅的歌,也不是悠闲地凫在清波上的天鹅。他们是钻进大地的蚯蚓,让绿色的血液流淌在板结、贫瘠的土地里,他们青蛙蹦跳般地在20年时间里,集合成一道划破干旱堤坝的绿色长鸣,他们以蚂蚁搬家的状态将贫困和干旱从这片土地上搬了出去,在这里合唱生机与希望。

和马建民聊移民当年栽树的事情时,我突然想起2019年2月12日波士顿大学公布美国国家航空航天局的卫星收集到的地球最新生态状况时,提到的一个说法,便告诉他:"地球近20年间,陆地绿色增加了近5%,相当于亚马孙森林的大小。中国与印度所增长的是最明显的!"马建民用西北农民式的玩笑口气回复我:"我不知道你说的亚马孙森林是什么,但美国人说咱中国人的陆地绿色面积增加,绝对没说错!至少,我们红寺堡人20年间栽下的树带来的绿,上天也好,百姓也好,本地人也好,外地人也好,是能看得着的!"

从一棵树到绿荫遍地,我看见了汗水的颜色,那些晶莹的汗水,一旦从栽树者的脸颊流下,落地后会沿着庄稼和林木的根须往上倒流,滋润出一片片绿色。汗水流过挖坑者、运土者、栽植者、浇灌者、耕种者、剪枝者、摘果者、收割者的双颊,劳作者的脚印和笑脸是这里每一株植物最好的肥料。

纪伯伦曾说过:"树木是大地写在天空的诗。"移民将自己命名为给天空献写绿色诗歌的创作者,以70万亩的土地为纸,以栽树、耕种、收获为笔,给旱黄的大地和飞速流逝的时光写下了一行行绿色的诗句,给时代留下了一首磅礴的长诗、大诗、厚诗。

作为最早的移民，马建民来到红寺堡已经 26 年了。刚来时栽下的小树，已经成了夏天撑开在他家门前的一张绿色大伞，院子前后的树木和村口水渠边的树叶，在半空中织就一张绿色的网。鸟儿在枝头垒窝，为自己在这里寻找新家和配偶；星星在枝杈间垒窝，像是云朵挂在自己的天空里。树枝间挂满移民的岁月，闪耀着移民对这片荒滩礼敬般的祝福与改造。

26 年，一个婴儿可以长成青年，一个创业者可以成为富翁。23 万多移民用了 26 年，把 2767 平方公里的荒滩，改造成了中国最大的生态扶贫移民集中区，他们是一部厚重生态移民史的集体作者，这部著作也完全可以命名为《红寺堡之书》，它的扉页上应该写着"时光掩不住的移民奇迹"。

2

无论你是打开百度地图搜索，还是只身走进红寺堡区，大河乡、柳泉村、红泉沟、古木岭、山泉子、榆树沟、买河村、苏家井、龙泉村、野池沟、玉池村等地名，让人一看准会以为这里泉井遍布、河水流淌、林木葱翠。其实，地名也会欺骗人。当初移民们来到这里时，这片荒滩只是笼统地被称为红寺堡，移民是这片土地的命名者，他们像给自己的孩子取名一样，给荒滩上的沙丘、沟壑、洼地，取了一个个充满绿意与滋润的名字，其中寄托着移民对水的盼望。

马建民后来才知道，他移民到红寺堡前 23 年，国家就曾关注过他所在的六盘山地区如何摆脱贫困的问题。1972 年 1 月 24 日到 2 月 12 日，周恩来总理委托李先念副总理在北京召开了一个"宁夏固原地区工作座谈会"，开始研究六盘山地区的扶贫脱困。只是那时的中国整体处于贫穷状态，扶贫只能是从物质上进行紧急输血，无法从根本上解决问题。贫困，仿佛孙悟空头上的紧箍儿，又仿佛六盘山地区的胎记，成了生活在这里的民众摆脱不了的宿命。

"宁夏固原地区工作座谈会"召开 21 年后，中共中央政治局常委、全国政协主席李瑞环一行来到宁夏视察，了解到制约宁夏南部山区发展的根源就在水。回京后，李瑞环立即指示全国政协副主席、著名水利专家钱正英率农林水利专家组前往宁夏，寻找用水解决六盘山地区贫困问题的答案。经过深入踏勘和与宁夏领导多次研讨后，一个"利用黄河两岸尚未开发的土地，扬黄河之水，建设 200 万亩灌区，将山区不具备生产生活条件的 100 万人口迁往灌区，投资 30 亿元，用 6 年时间建成，从根本上解决贫困问题"的构想诞生了，这便是宁夏发展史上的"1236 工程"。荒凉日久的红寺堡就是这个未来的灌区，"九曲黄河，唯富一套"的黄河，在富足宁夏平原千年之后，再次为宁夏造福。

这是一项让黄河水从低处向高处、从平原向荒漠飞起来的工程。1996 年 5 月 11 日，"宁夏扶贫扬黄灌溉一期工程"奠基典礼在红寺堡灌区一泵站举行。4 个月后，走进一泵站输水管道里的黄河水，每一滴都是一名长跑运动员，是一匹金色的野马，是一个有着坚定目标的私奔者，沿着一个个提灌泵站，顺着一条条沟渠，奔向宁夏中部干旱带上的红寺堡。红寺堡，成了运动员们的赛道，成了金色野马的牧场，成了移民的新家园。

2022 年 8 月 9 日下午，我又一次站在黄河边的泉眼山。这里地处宁夏中卫市的沙坡头区和中宁县交界处，沿着黄河边修建的滨河公路，很容易就能抵达，但是来这里的车辆与行人依然很少：外界几乎很少有人知道这里在黄河、在宁夏、在百万移民运动中扮演的角色。站在扶贫扬黄灌溉一期泵站，向黄河方向望去，可以看到大河一年中最丰沛的时期：成熟、硕壮、丰美。下游几十公里处的青铜峡大坝，让上游来的河水至此缓缓集聚、抬升，形成了一面镜子般的大湖，盛装着蓝天白云，也装着一个把荒滩变成生态移民区的梦想；转过身，向山顶延伸的 7 道输水管道像是有序斜搭在泉眼山上的 7 截巨大的灰白色竹节，那竹节的下端插在从中宁县自流而来的七星渠中，上端已经是几十米高的灌渠了。眼下正是用水最紧张的时候，7 道水管中有 6 条在不分昼夜地抽水。那里面抽调、流淌着的岂止水，那是孵化干旱的六盘山区绿色希望的梦床，是滋润群山沟壑间干渴喉咙的甘霖，是改写黄土旱塬干黄景象的绿色画笔。

泉眼山是宁夏扶贫扬黄灌区引黄的入水口，它就像一条巨龙伸向黄河的巨嘴，从黄河吸上水后，经 11 级扬水到固原七营。泵站前面的一堵墙上写着"固海扬水工程"几个蓝底白色大字，吸引我走上前去，忍不住将下面的那些字轻声念了出来：固海扬水工程是宁夏建设最早、规模最大的公益性生态扶贫扬黄灌溉工程，工程建设发展 40 多年来，为宁夏中部干旱带群众的脱贫致富、农业经济发展、生态环境的改善及维护民族团结、促进社会发展作出了巨大贡献，被灌区群众形象地称为"生命工程""希望工程"。陪同我一起来采访的旧友、《中国水利报》驻宁夏记者站副站长孟砚岷以专业知识对我念出来的这段略显干巴、枯燥且带有解说词意味的文字做了注解：这项工程其实由三个部分组成，一是 1975 年 6 月开始、历时 3 年建设的同心扬水工程；二是 1978 年开工、历时八年半建成的固海扬水工程；三是 1999 年开工建设、2003 年 10 月建成的固海扩灌扬水工程。从泉眼山出发的这 3 个工程，共有 29 座泵站，将从这里起步的黄河水提到最高点时，黄河水已经被提高了 476 米，总设计灌溉面积达 82 万亩。

泉眼山泵站向东不到 200 米，还有一个隐藏在绿树丛中的泵站，泵站顶部的"红寺堡扬水黄河泵站" 9 个红色大字，在砖红色屋顶和灰白色墙体的映衬下显得格外醒目，也表明这里是特别向红寺堡移民区输水的。和西侧不远处的"固海扬水工程"不同，这个工程自建成 20 年来，基本上处于"备战"状态，今年的黄河水位出现了历史上罕见的低位，自流状态的七星渠给"固海扬水工程"提供不了足够的水，"红寺堡扬水黄河泵站"便开泵引水。从这里提灌的水进入渡槽后，缓缓流入高干渠，与"固海扬水工程"的水汇合，向海拔更高的各个灌区的庄稼地流去。

我从黄河边的泉眼山到六盘山东麓清水河边的七营，方向和清水河的流向恰好相反。清水河是一条源自六盘山从南向北的苦水河，虽然流经中部干旱带，却让沿途的百姓眼睁睁看着水流过家园却用不上。而泉眼山作为一条从黄河起步的人工河，是人类向干旱带发起的一场成功的挑战。

从黄河边起步的、让水跳起来、飞起来的"水路"横空铺架，通过提灌泵站、引水渡槽、配水斗门、引水沟渠等不同水利建筑，从黄河边的一泵站起身的水，倒流进红寺堡最远的红川村的农田，相当于爬升了一幢 100 多层的楼房。这些告别大河、身负新使命的水，唤醒了亘古荒原的干旱耳朵，擦亮了移民们期盼新生活的眼睛，让大地聆听了一堂有关移民、绿色、庄稼等内容的课，让一个个移民点上不仅长出了庄稼，也长出了车间和农场、学校和村庄、广场和医院。

这不是李白笔下"天上来的水"，也不是法国诗人西梅翁笔下"天空喜欢清晨的新鲜水蒸气"，更不是闻一多笔下的"一沟绝望的死水"，而是从"低处跑来"的黄河水，它们让干旱万年的土地睁开了眼，张开了嘴，疏开了喉，打开了胃，通开了肠。

我前往一泵站，还有求证一个故事的目的。最初，移民到红寺堡后，第一次看到黄河水顺着修好的水渠淌来，孩子们的好奇心被激活了。在故乡的大山里，哪里见过这样的水？他们开始猜想这水是从哪里来的，孩子们极尽想象地说着自己的推测，但谁的答案也无法让大家信服。有几个孩子便决定逆着水的来向，沿着水渠去找水的源头。

几个孩子天没亮就悄悄地离开了家，沿着水渠、逆着水的来路一直往前走，他们坚信：跟着时而藏在输水管道里、时而流淌在水渠里的黄河水，经过一条条渠道、一座座渡槽后，一定能看到水究竟是从哪里来的。经过10多座泵站、一扇扇配水斗门，他们在不知不觉中走了几十公里，终于走到了黄河边，看到了那条壮阔大河。孩子们的想象力被激发了：

"这就是黄河呀，把老家的山放进去，也装不满。"

"黄河水咋就这么听话，能乖乖地跑到管道里呢？"

"从这里往上爬，然后再走那么远的路，这水怎么就不知道乏呢？走了那么远还活蹦乱跳的。"

红寺堡移民来自六盘山地区的泾源、同心、西吉、隆德、海原等县，箍水窖、去远处的山沟里驮水、女性赶在下雨前"趁雨"、天旱时含着泪宰和人争水的大牲口、举行祈雨法会等现象，在移民点消失了；"天旱得云朵钻进了地，地旱得青苗生了病"的祈雨歌和"雨儿雨儿大大下，山里的娃娃要涝坝，涝坝倒，娃娃跑，涝坝黏，娃娃全"的儿歌里唱的情景也消失了；"千里路上有人送粮，百里路上没人送水"的民谚反映的情形也消失了。

2019年夏天，受中国文联"跨界影像工程"的委托，我选择从六盘山南麓的泾源县开始，经彭阳县，沿着202省道向北而行。和我以前从银川出发过黄河后直接前往红寺堡的自北而南的线路不同，这是一趟穿行在六盘山东麓群山中、自南而北的孤旅，也是一条追寻当初从彭阳县、原州区、同心县前往红寺堡的移民之路。

202省道相当于甘肃和宁夏的分界线。公路西侧，是六盘山东麓地段的宁夏中部干旱带；公路东边，是陇东荒凉的山地。柏油公路像是一艘黑色舰艇，蜿蜒穿行在茫茫的干黄旱海里。左手方向，是宁夏境内的皮条梁、墩墩梁、尖尖梁、拉岔子梁等接力赛般并排耸立的山梁；右手方向，是甘肃境内的石条梁、长干梁、榆树梁、堡子梁等卫队列阵般的崇梁。一道道山梁像一个个大小不同的饺子，在六盘山东麓这口巨大的贫困之锅里瘫软着。两省之间的地貌基本相同，但宁夏境内持续20多年的大规模整村"吊庄"移民，让很多村庄不仅从行政区划的视野里消失了，也从山峦与星辰的视野里消失了。车行在山脊上，那些曾经挂在山坡上或蹲在山沟里的村庄遗迹，像以山坡为纸书写出的一篇篇悼文，回忆着昔日弥漫在这里的烟火、农事和节庆带来的欢娱，也给群山留下一个个村庄的名字和贫困日子的记忆。

沿着202省道出彭阳县，经过海原县最东部的甘城乡后进入同心县境内的张家塬乡。一个"塬"字，写出了这里的地理样貌。这是厚土层累积起来的干旱叠加地带，也是六盘山东麓和罗山之间的过渡地带，山势起伏如旱海上的波浪，车行其中犹如一艘小艇在波峰与波谷间颠簸。2008年夏天的同心县万人大移民中，张家塬乡除了靠近公路的7个村子"留守"在大山之中，1.77万人全部迁出，让这片千年来不断哺育乡民的大山，像产妇一样开始休整，整体进入生态恢复状态。

我把听说过的一个故事用文字展现在这里：马子信（化名）老人坐在门台上抽着旱烟，时而抬起头，眼光穿过院门。对面的山坡就像一件破旧的褐黄色衣衫，几户人家就像那衣衫上的几块补丁。散乱地分布在一面面山坡、一条条沟谷间的一户户人家、一座座村子，何尝不是六盘山这件宽大衣衫上的补丁呢？随着一个个村子的移民，这些大山的补丁就要消失了。马子信老人的心里顿时竖起了一座烟囱，叹息就像这烟囱里冒出的炊烟，从腹腔袅袅升起，沿着喉咙奔向口腔，他很快听见一声声哀叹缓缓冲出嘴唇。随着移民搬迁最后限期的到来，整个村子里似乎都弥漫着这种哀叹，这些叹息在村子里迅速扩散，扩散到每个人的口腔。旱烟锅里的烟末早就燃尽了，马子信老人半伸出腿，右脚轻轻一歪，将烟锅口对准布鞋底磕了几下，烟灰顺着鞋底落在门台上。随着整个村庄的吊庄移民，大山深处的村子就像一棵棵老树被连根拔起，根植在这群山里的祖根就要被拔起了呀！马子信回过头，看着静卧在身边的大黄狗，发出一声更悠长、声音更大的叹息，心里满是纠结：听说移民点是集中连片的砖瓦房，不再像这大山里散落的村户需要看家护院的狗了。这些狗是看家守院、防贼护羊的好帮手，是山里人家的亲戚和好友呀，这一搬家，它们突然间就成了累赘，很多移民舍不得以勒、吊、杀等方式结束它们的生命，但又无法带走，只好将这些曾经陪伴他们的家狗丢弃在庄子里。

移民的日子到了，有人一遍又一遍地抱着狗告别，狗和人的眼里都流着泪。有的狗跟着搬家的汽车跑很远，直到彻底追不上车后才停下来，它们是废弃村子的守卫者。

儿子、邻居、亲戚和移民专干始终没做通马子信老人的工作，后者是铁了心要留在村子里的。移民那天,儿子再次做最后的努力,劝说父亲、母亲和大家一起离开村子,坐搬迁的车前往移民点,然而,老两口还是坚持不走,对劝说他们的人说:"死了也要埋在这搭儿!"儿子没办法,只好放弃劝说,想着到移民点安顿下来后,再来接父母离开村子。

村民们搬走了,像是一场大剧突然落幕、观众也全部散去一样,曾经烟火缭绕、红火热闹的群山陷入沉寂。一天天过去了,那些被丢弃的狗因为饥饿而发出的号叫,惊醒着荒废的村子。马子信老人和妻子做饭时故意多做点,给留在村子里的狗吃。一天天过去了,那些被木村和邻村村民遗弃的狗都来蹭吃,狗越来越多,老人的存粮越来越少,无法再给这些狗提供食粮了。那些被丢弃在村里的留守狗,一天天变得野了起来,它们漫山遍野找吃的,然而,这连人都养活不了的穷山废庄里,哪能给它们提供吃的呢?狗从这个废弃的村子流浪到那个废弃的村子,身子日益瘦了,眼睛里的血丝和身上的野性日益增多。

越来越多的狗汇聚、等候在老人的家门口。随着老人能提供给它们的剩饭、食物越来越少,它们眼中的温顺与感恩逐渐不见了,被因饥饿而渐渐增多的贪婪、愤怒所替代。每天做饭时,老人会紧紧关住院门,饭香引来狗群在院子外徘徊、乱叫;晚上,院子外传来狗饥饿的求救声和它们爪子一遍遍拍抓着大门的声音,有的狗跳越院墙后抓厨房的门,有的狗蹲在他们的上房窗户下冲着屋内狂叫,甚至有狗直起身子,将爪子搭在窗台上。

"疯了,这些狗被饿成野狗了!"马子信开始恐惧了,他和老伴蜷缩在炕角,手里攥着铁锹。村子里就剩他和老伴了,不会有人来帮助他们的。假如群狗冲进来,一把铁锹和两个老人,无法抵抗这些已经变野的狗。

后半夜,随着厨房门被狗撞开,狗的狂叫声消失了。

第二天早上,马子信老人胆战心惊地推开上房门,眼前的景象让他一惊:厨房里堆放的粮食袋被拖到了院子里,袋子里装的粮食基本被狗吃完了,这意味着他们要面临挨饿的危险了。村子里死寂一片,除了此起彼伏的饿狗叫声外,没有其他声音。恐惧像一条看不见的绳子,紧紧捆在马子信和老伴身上,他们既没有吃的粮食,也没有和外界联系的工具,更没有走出这大山的交通工具。方圆几十里的村子都被彻底"吊"走了,道路荒寂得成了多余。

马子信老人和妻子简单地收拾了一下,拿起放在炕角的铁锹,打算走出院子,往村子外走去。走出屋门时,马子信和老伴惊呆了:饿狗们聚集在院子里,眼里发出凶狠的光。

老两口被吓得赶紧缩回屋子里,拉开灯,好像那塞满屋子角落的灯光能阻挡变野了的狗发起冲击!院子里的狗开始暴躁、愤怒、狂吠、抓门,或许它们认为老人藏有食物但不给它们吃。

狗的狂吠一直没有间断,从中发出的危险信息越来越浓!两个老人吓得围在一床被子里哆嗦着、颤抖着,身子像筛糠似的,心里念叨着各种祈祷词句!

不久,院子里的狗吠声渐渐变弱,群狗像统一得到了什么命令似的,向院子外冲去,留下老两口在土炕上恐惧和纳闷。

老两口到了第二天才知道,是院门外那几株树救了他们。

有人的地方就得有村子,有村子的地方就得有树,有树的村子才有纳凉、谝闲传的地方,才能招来喜鹊垒窝、麻雀歇脚,所以,六盘山地区的很多村子即使缺水,也有不少精心栽种并护理的树。它们不仅给干黄土地上孤瘦的村庄带来了一点绿色,更让一个村子的魂有个在树杈间安住的地方。我在六盘山腹地的海原县贾塘乡采访时就听说过这样一件事:在一个村子里,有一片靠人工栽种成的树林。改革开放以后,村里有人主张将那片树林"下放"到每家每户,这意味着会有很多人拿着刀、锯、斧等工具去砍伐树木,有几个老人便出来阻拦。有人想趁夜色去偷砍,那几个老人就将被褥搬到树林边,日夜守护那片林木,最终让那片难得的绿色保留了下来。

组织搬迁的移民专干在动员乡亲们搬迁前,有一项主要任务就是给乡亲们反复讲解:人可以搬迁,但村子里的树一棵都不能砍伐、挖走。对此,很多村民不理解,认为将这些树带走,到移民点再盖房子时能用。移民专干解释说,国家投资这么大组织移民,一方面是为了让山里的农民能够离开贫困的生活环境,另一方面也是想恢复六盘山地区的生态,保留一棵长大的树,在生态恢复中就有一抹难得的绿色。很多村子因为吊庄移民而变空了,但村头巷尾、房前屋后的那些书写着村庄历史与沧桑的老榆树、杏树、柳树却被完整地保护了下来。没想到,这些被移民看作故乡之魂的树木,却被一些人看上了,他们等移民彻底搬出后,偷偷到村庄去砍伐树木。

马子信老人和妻子被狗群围封的那天,几个盗树的人开着货车来到了马子信老人所在的村子,他们下车后径直走到之前就物色好的树木前,熟练地拿出电锯。人的气息吸引着饥肠辘辘的狗,它们放弃了对蜷缩在屋子里的两个老人的进攻，转而向盗树者冲去。几十条饿狗布满血丝的眼睛，像是几十盏快速奔跑的灯笼；几十声饿得带着哀怨的号叫，像是几十道发起进攻的号令。盗树者一下子蒙了，转身跑肯定会被饿狗撕成碎片，电锯已经插在树干里，手头又没有有效的防御工具。怎么办？盗树者一急，人的本能以猴子的方式体现了出来，他们快速往树上爬去。于是，群狗开始围着树木、朝着树上狂叫，树上的人吓得不敢出声。他们不明白怎么会一下子出现这么多发疯的狗，这些狗和村民搬迁前的护家狗全然不同，和群狼的规模、暴戾、凶恶相似。狗的叫声像绵延在夜晚中的波浪，有的狗还不止一次试图朝树上爬。

惊慌失措的盗树者，被这群已然变疯的狗吓坏了，他们只好掏出手机打110求助。警察到来时，看到盗树者猴子似的抱紧树枝，吓得瑟瑟发抖；树下是一群饿疯了的狗。看到警察到来，群狗不仅没有退缩，还向警察猛扑。

饿狗终于被警察击退，盗树者被救下来后带回去接受处罚。透过不远处敞开的大门，警察发现了马子信老人上房窗户透出的灯光，询问后将他们带离了村子。那古老的村子，曾经装满老人多少温馨、沧桑的记忆，现在却变成了老人的一场噩梦。

离开张家塬乡不久，一个叫折腰沟的村名引起我的好奇。从地名里就能看出折腰沟的路况有多艰难，这名字足以印证六盘山区人以前常常哀叹的一句话："就是老天给这里的人送一块金子来，也没法出去取。"在六盘山区，诸如断头梁、骆驼脖子、轱辘岭、九道岇、九条岭等地名里，无不藏着凶险的地势和进出的艰难。折腰沟地处甘肃和宁夏两省区交界地带，群山如乞丐冬天为了御寒往身上叠加的层层褴褛，让这里成了一片被人忽略的绝地。村子东边的一座山上挂着几座醒目的建筑，那是海拔1800米的莲花山上的一处道观，也是有着悠久历史的、寄托着每年来祈雨的乡亲们美好愿望的载体。

干旱之地，有着千年传承的向天求雨的习俗，莲花山以祈雨的"青苗水会"知名。

莲花山周围的村民们，把参加"青苗水会"看成一项很庄重的事情，一代又一代人从小就被父母带着去求雨，形成了一个千年不间断的神圣仪式与寄托美好愿望的链条。山下的居民，从小就对那座峰峦层叠但又旱岭环抱的大山心存敬畏，总以为那是执掌雨水之神安居的圣地。每年农历四月十四到四月十六，周围百姓如蜂赴巢，从大山深处的各个村子朝这里拥来，在虔敬的期待中，在指挥者和参与者的神圣仪式中，开始他们心中的神圣节日。这个法会的举行是为在大地上生长的青苗祈求所需的雨水，所以有了"青苗水会"的名称。

"远看南山雾沉沉，近视泉水湛清清，各秉虔诚修善泉，担上名山献诸神。""青苗水会"中的这首《取水歌》让我听出了一种对天、山、水和神的敬畏，一种对水的期盼："说是雨来雨是精，出在五湖四海中，老天降下太平雨，五谷田苗往上升。"我第一次把"取"听成了"娶"，理解成山里人把上天降水像迎娶媳妇一样接回家。在这片干旱的土地上，每个季节、每寸土地，甚至黎明前的星辰，都是干旱的探测器或祷词。每一句祈祷或许都是干旱年份嘲弄的对象，是祈雨失败后的哀叹，是人们在连续干旱中的无奈与困惑。一场水会就是大山的子民在干旱前向上天的低头与乞讨，是受苦的土地和焦黄的天空间的信使。

对极度干旱地带的人来说，还有比祈雨更重要的节日吗？水会期间，乡亲们都会来参加这个被列为国家级非物质文化遗产保护项目的节日。旱塬的各条山路上，移动着不同村子走来的求雨者，他们提前备好祭食、酒肉、香火，来到莲花山下，延续一种仪式中的文化、一种无奈中的选择。他们希望在这里听到掌管雨水之神发出福音，他们期盼雨水和这片旱地能有个淋漓的相遇。

这不只是干旱带上一道独特的风景，更是深受旱苦的农人受制于天的无奈呼号。在"拦羊小娃娃晒得上不了山，受苦老汉汉晒得下不了川"的旱天旱地里，在"黄土晒得起烟了，干柴晒得起火了；夜晚的嗓子晒疼了，尕妹妹的心给晒焦了"的酷暑中，就会有"青苗水会"这种向命运低头的无奈哭诉，会有膝盖在地、仰头望天的祷告。

大旱之年，不会总能祈求到天降雨水，干旱总是这片土地的主宰。西北农村的日子，本来就像一头病弱的老牛拉着的木车那样缓慢而单一，没什么惊天动地的事情让这里引人注目。一场持续大半年的干旱，就像是让这架木车陷入满是泥沙的荒漠，会窝死车轱辘甚至颠断车轴，让老牛大伤元气后，继续拉着车慢悠悠地走在岁月的小道上。镶嵌在宁夏中部干旱带历史上的1999年，作为一个极旱的时间节点，让这头破烂而缓慢的木车，陷入了干旱的绝境。那一年，群山裂开了口，庄稼全部旱天，大地像抽干了水的池底露出了底线与隐私，人心被看不见的火炙烤，许多村子里水窖干裂、水缸见底，"抗旱""运水""救灾"等词汇，占据报纸头版或电视新闻头条。武警宁夏总队的一项重要任务是往乡下送水。我听一位战士讲，武警战士从县城往乡下送水，刚进山区，天上的麻雀似乎闻见了水味，黑压压罩在车队上空，一路追随着缓缓行驶在山路上的拉水车。麻雀渴得连叽叽喳喳的声音都没了，有的飞不动了就一头栽倒在地，张着嘴喘息，连粉红的小舌头都来不及吐出来就当场倒毙；沿途的公路边站着闻讯从远近不同的山沟里赶来的乡亲，他们拿着盆、提着桶、端着锅拦车讨水，水刚从卡车上的水箱抽出来，盘旋在车后的麻雀就猛扑过来争着喝水，赶都赶不走。

武警战士往乡下运水的第六个年头，又一场极旱灾年来临，刷爆了宁夏的气象纪录：连续600多天无有效降雨。特大旱情让这片土地陷入深深的绝望，也促进了当地政府再次加大移民力度。这片因缺水而无法养活人的土地呀，只能看着人们以移民的方式离开。

离开折腰沟往前继续走不远，公路旁的路牌上就分别出现"预王""予旺""豫旺"等字眼，暗暗提醒我：预旺堡快到了。这是六盘山东麓北段和罗山南麓之间的缓冲地带，以一片平缓的川状地貌养活着从大山移民出来的人。每一块庄稼在夏天带来的一点绿色，就像停滞在黄色旱海中的一叶绿色小帆船，一脸疲相地瘫痪在大地上。秋天的风卷走这点绿色后，这片土地又会变为枯黄的原态。那夏日的绿色只是庄稼人孕育生存希望的一个过渡而已。

预旺堡原来叫豫王堡，因豫王封地在此而得名。随着时间的流逝，地名也失去了原来的味道，人们为了简化、好记，将"豫王"改成了"予旺"，这也是路边的指示牌和当地政府门前挂着的牌子上出现"予旺"字样的原因；和我一路看到的张家原、李堡原、骆驼原、茅草原等路边的指示牌上，把"塬"字偷懒简化成"原"字一样，这一简化，让塬字所能透露的那种黄土积累出的高地的感觉消失了。80多年前，来到这里的美国记者埃德加·斯诺在《西行漫记》中曾这样描写预旺堡："高高结实的城墙上，红军的一队号兵在练习吹号。这个堡垒一样的城中有一角飘着一面猩红的大旗，上面的黄色锤子和镰刀在微风中时隐时现。"

高大的堡墙依然存在，天旱的情形并没有改变，但地旱却因为引黄灌溉早已得到改变。当年，堡墙的厚实雄峻曾让斯诺形象地称预旺堡为"城墙城市"。如今，随着周围移民数量的增加，镇子内的集市、超市、饭馆、药店、菜市、广场，则让这里有种小城镇的感觉。

当年，斯诺骑着徐海东借给他的1匹马，穿越50多里山路，沿途居民稀少如山上的植被。如今，那条山路早变成了柏油马路，两边散落着一个个移民村庄，村庄四周是一座座白色的塑料大棚，不时有汽车及货车驶过。当年的萧条和战争彻底被历史的收容器储存，倘若埃德加·斯诺再次来到这里，估计会因为这里的变化而认不出来。

我朝公路两边的群山望去，那些曾藏在大山中的村子因为移民而消失了。那些消失的村子，在曾经生活在它怀抱里的村民心里，或许就是一座蜜汁溢尽的破裂蜂房。为了让移民在新家园里安心扎根，更为了让这片疲惫的土地生息、休养，当地政府在这里的乡亲搬迁后，就采取了断水、断电和断路的"三断"措施，在原来的坡田上种树种草，希望能营造出一个草长林茂的新环境。

众多消失的村子犹如散落在群山中的一颗颗蒙尘的珍珠，我努力地拂去那些灰尘，让马高庄跃出记忆的水面。马高庄乡，从字面来理解，这一带在历史上可能有丰茂的牧草，让这里的马既肥又高。然而，到了20世纪，这里却变成了连人的基本生存物质都提供不了的地方。除了整体搬迁这种拔穷根的方法，还能怎样？全乡20个村中，就有15个整体搬迁，构成了一支近2万人的移民队伍。

移民搬迁时，老人们按祖先留下的讲究，刮一点老屋子墙上的土带上，也有人在临走时去快要见底的水窖边，打上最后一点水再喝一口，明知道那水苦，但也有些不舍；有人悄悄地到村子边的庙院去烧一炷香，向佛菩萨求个平安，也为自己"叛逃"故乡来这里敬香、礼佛求个宽恕；有人去庄子外的祖坟前祭奠一下祖先，他们给故乡留下的念想只能是这个了。

202省道也是马高庄和田老庄两个乡的分界线，公路像一条细长的桌子，它们就像端坐在这张桌子两侧的老哥俩，在星月之夜拉拉家常，在骄阳暴晒之午对坐叹息。位于202省道西侧的田老庄，贫困程度在周围乡镇中最高。我曾采访过出生于田老庄杨新庄村，后来成为宁夏兴俊实业公司董事长的杨兴义，他在2017年宁夏十大富豪中排名第六。杨兴义就曾告诉我：从记事起到10多岁，因为穷，他夏天就没穿过裤子和鞋，还得光着屁股去放羊，也没有所谓的害羞和难过，因为其他孩子也没裤子和鞋穿。

如今，预旺、田老庄和马高庄3个乡镇的移民，有的搬迁到了同心县北段的下马关镇和韦州镇一带，有的移民到了红寺堡。

祖祖辈辈习惯了缺水的生活，搬迁到移民地后，从远处"跑"来的黄河水让他们开始有些不适应，一场突然降临的大雨，也会让移民们措手不及。于是，一件移民专干和移民之间因雨而生的故事，写进了宁夏移民史中。

马希丰从部队上转业后回到老家同心县，从当年领导和同事口中的"小马"变成现在已经退休的"老马"。为了便于利用互联网开展自己从事的移民工作,他从2008年起就开始在网上写"移民日志",并以"我是一棵小草"的网名在"同心网"的"网上论坛"栏目发表。时间长了,网友也好,现实中的朋友也好,都称他为"小草"。

2011年4月7日的博客记录中,"小草"这样写他到下马关移民点的情形:"下车后就与村干部一起规划种树,把广场的四周规划好后,和群众一同开始种树。为了确保成活率,对每一棵树的种植都要进行检查,看树坑的大小,看羊粪上了没有,看麦子撒了没有,方向对不对。种松树在根部撒麦子,究竟是什么道理,我也说不清楚,但在当兵的时候,当时人家安顿就这么干,所以现在也就这么干。"

古老的长城一直和关隘紧密联系。著名的关口有13座,但最早以长城命名的关就是下马关。它最初的名字叫"长城关",曾有"固镇第一关"的美誉,后因三边巡视边防者必下马于此休息而得名"下马关"。这座雄关建成300多年后,随着战火平息,成为清代平远县的治所。1936年6月,西征红军在这座古城里建立了中共预旺县委和预旺县苏维埃政府,把这里开辟为陕甘宁革命根据地的一部分。

几百年间,古老的关城以自己的身子抵挡战争与灾害的侵扰,加上地处宁夏中部干旱带上,古城和周围的山川都像使尽了力气的家畜,连最简单的生存资料都无法提供给生活在这里的人们了。人们不再像往年一样播种后就希望天能下雨,让粮食种子能够从干旱的地里长出来。下马关人永远难以忘记2018年4月的一天,那天,他们看见白花花的黄河水竟然流淌到这万年旱塬上,那是陕甘宁盐环定扬黄更新改造工程带给他们的福利。有了来自黄河的水,移民以栽树和种庄稼的方式,给干黄的大地编织着一件瘦小的绿外套;以经营大棚的方式,在4500亩的土地上铺开白色拱形风景;以枣树林成带、马铃薯间作、蔬菜和药材间种的方式,让昔日枯燥的土地吐露着生机。

在博客上,"小草"清楚地记录了发生在2015年8月9日的一件事情。那天,"小草"一大早就从县城出发去下乡,一路上,手机一遍遍响起,有电台拍摄组的,有报社记者的,有移民群众的,有贫困户的。那几年,移民专干最费的是手机电池,不断接听各种与移民问题有关的电话,有求助的,有咨询的,有感谢的,有发牢骚的,甚至有直接骂他们的。让"小草"印象最深的一个电话就是那天

11 点 25 分打来的。

"您好，您是谁？""小草"客气地问对方，脸上挂着习惯性的笑容，好像对方就在对面似的。

"我谁也不是，是搬迁到红寺堡马渠的移民。昨天这里下了大雨，房子都让水淹了，你管不管？""小草"一听，心里一紧：这事不好办，这人也不好对付。"小草"太熟悉马渠生态移民区了，那是红寺堡移民区中最后一个移民点。从几百公里外引来的黄河水，让万年旱塬干滩变成了移民区，接纳、安置着来自固原市原州区和同心县境内 18 个乡镇、138 个村范围内的 12666 名生态移民。两年后，这里由红川、新集两个深度贫困村组建成了马渠生态移民区。当手机那头传来"马渠移民"的自称时，"小草"的脑海里立即涌现出了这样一幅移民画面：两年前，这些村民因为承担不起 1.2 万元的搬迁自筹款，错失了一次次搬迁机会，只能在老家的旧庄子里苦挨着，导致他们成为贫中之贫、困中之困。东借西凑地筹措够搬迁费用后，移民咬着牙下着狠心离开故土。崎岖的山路上，是提着半袋子米和面的移民身影，他们有的赶着瘦弱的几只羊和耕地用的牲口，有的用毛驴车载着从老家房屋拆下的门板和简单的日用品……他们将瘦弱的身子塞进空荡荡的移民房时，哪里有什么家具，甚至连灌区农耕生活的基本工具铁锹都没多余的。参与移民搬迁全过程的李学忠，当时的身份是新庄集乡驻马渠安置区扶贫工作组组长。他带领移民前往移民点时，天下着大雪，一位老人搬到新房时随身只有一床被褥。天冷导致炉子生火时打倒烟，家里也没有能迅速点火的引燃物，老人冻得发抖，只能裹着一件破棉衣蜷在墙角。见到移民干部时，老人憋屈得放声大哭。号啕声里，一个男人的自尊被贫困的旋风吹得直打趔趄，一个男人的卑微在泪水里一览无余。

刚到马渠时，乡干部为移民做的第一件事是办理和发放低保金，以安抚移民，让他们能在移民点上安顿下来。好多移民看不到希望，纷纷外出打工，政府投资建的移民房，开始几年的入住率不超过 26%。移民来的第一年，全国农村居民人均可支配收入是 10489 元，马渠生态移民区的人均可支配收入是 2300 元，在红寺堡区的各个移民点垫底（5 年后，马渠移民的人均可支配收入达 9600 元，全国居民人均可支配收入是 30733 元）。

"小草"赶紧告诉对方："马渠的事情，属于红寺堡管，你们赶快找红寺堡移民办，我也给他们打电话说。"

"小草"没想到，手机里传来了一口地道的同心话："我日你先人的，你个坏尿！你把我们搬迁到这里了，你不管了，我告你去！"

对方骂完后，就把电话挂了！

"小草"又把电话接通，问："你为什么骂人？"

对方骂得更厉害了，且骂人的话越来越粗暴。

"小草"对马渠项目区的移民情况比自己存折上的钱数还清楚：马渠是红寺堡最大的一个移民安置项目区，计划共建4个移民村。当时，整体工程没有竣工，水电入户工程正在进行，庭院平整和环境整治都做得较为粗糙。为了让移民尽早入住，当地政府只能以行政方式下令搬迁，"小草"身为移民办主任，只好发动移民搬迁。

移民入住马渠以后，"小草"曾多次去看望移民。已经存在及不断涌现的问题，像藏在移民冬衣里的虱子，越来越多。那年冬天，"小草"去了4趟马渠生态移民点，因为之前埋设的自来水管冻坏了，移民的吃水出现了问题。他反复和红寺堡区移民办进行对接，每天用车给移民送水。

那天，"小草"顾不上生气、郁闷，立即拨通红寺堡区移民办王主任的电话，这才了解到前一天红寺堡地区短时间降雨60多毫米，移民的房子成了汪洋中的一座座孤岛，因无法排水，移民们担心房子地基被泡坏。

那些从大山中搬迁而来的移民，到了移民点后才发现千年来的生活方式多么落后，好在新生活改变了他们的很多习惯。挖坑栽树、修路通渠、蔬菜大棚、栽种枣树、药材种植、浇水施肥、科技培训等新事物，既挑战着他们的传统思想，也填充着他们生活中的多项空白。

就在接听那通责怪电话后不久，"小草"成了"2015中国消除贫困奖获得者"。站在领奖台上，他才意识到从事移民工作以来，他工作基本不在位于县委大楼的办公室，而是在村部田间、农家炕头、建筑工地；获奖前的3年时间内，由于常在移民点之间的山路穿行，他汽车方向盘上的皮套都被磨破了；由于年龄较大，他只会用一根手指在手机上记录他的"移民日志"，就是用这种"一指禅"的功夫，他在8年时间里，写下了1000多万的文字，发表了1万多张图表、图片，回复网友提问1万多次，点击量也达到了100多万次。

3

岁月如风沙或潮汐,可以卷走移民的青春,甚至掩埋他们的身骨,却无法将移民留在这片土地上的精神带走。时间永远是一件完善的、令人着迷的工艺品,没有制造者,但不乏观赏者与介入者。移民就是穿行在一条属于他们的时光走廊中的行者,他们知道怎么建立、书写、整理自己的时光档案,怎么存贮自己的时光记忆;他们知道怎样铺设一条架在昨天和今天之间的桥,让汗水落地的声音沿着记忆的通道而来,响成一曲乡愁。

移民先把自己经历过的人与事保存在记忆里,让它们像一条条小鱼儿游弋在记忆之湖中,也把它们像摘下来的葡萄一样,晾晒在时光贮藏架上,等这些记忆如葡萄干一般熟透了,再将它们搬进建成的博物馆里,让后者成为记录这片土地变迁的时光收藏器,成为他们为记忆或后人锻造的另一个天空。博物馆内存储的不仅是一幅幅移民发展的历史画卷,更有移民一路走来的心路历程。

宁夏移民博物馆有些低调地位于红寺堡区文化街和人民街、六盘山路和燕然路之间,48950平方米的3个大厅里,摆放着浓缩了时光的一件件实物或照片,这些实物或照片告诉人们:一部辉煌的移民史,是由一个个具体的人和物,由一锹一锨、一耕一种的农作,在一寸寸时光中完成的。博物馆里的老照片,不是一张张冰冷的纸,每当有游客进去,它们仿佛张开藏有移民秘密的心灵,让游客仔细阅读、欣赏,从而走进那些褪色的岁月。

移民博物馆的北墙上,是由一小块一小块的瓷板构成的一幅壮丽的葡萄园画面,它让我想起刚进红寺堡区时,那块刻有"中国葡萄酒第一镇"红色大字的长条石碑,像一页葡萄酒介绍册的封面,像那些搬迁至此的移民匍匐在夏日的庄稼地里,低调而内敛。

行走在红寺堡的各个乡村,我发现这片昔日荒滩的变化不是诸如"荒漠变绿洲,沙丘起高楼"的口号或视觉冲击,不是一个小饭馆的一张餐桌上有8样地方菜为代表的"一桌八县"饮食现象;而是一片一片滋育紫色梦想的大片葡萄园,它们犹如一个个紫色岛屿,飘浮在黄土地上。

对这片土地而言,葡萄是作物中的"移民"。移民栽种葡萄时,已经是他们到红寺堡的第十个年头了。最初运来的那批葡萄苗，带着懵懂和怯意，带着对陌生地方的生疏甚至抵触，带着无法选择的命运或者说必须适应的勇气，被命运的风吹到了这片荒原。

移民是从大山里搬来的，没有人敢轻易拿自己赖以生存的土地做赌注，他们对葡萄这个新鲜事物的态度是暧昧的、观望的甚至排斥的，各个村子里很少有人带头响应。总得有一块土地带头试验，中圈塘是葡萄在红寺堡"最早的试验地"。村党支部书记杨国文变成了兴建葡萄园的解说员和推广员，整天进出于村民家中，动员大家尝试栽种葡萄苗。其实，杨国文也不了解葡萄的种植技术，在大家都观望的情况下，他得带头试验种葡萄。

中圈塘，从字面上理解，是一个有塘的地方。移民刚搬到这里时，看到的却是一片干滩，既没有羊圈，也没有水塘。移民带着美好的愿望，希望这里以后能有一塘水供他们饮用，能饲养一圈羊。

从同心县新庄集移民到中圈塘村之前，陈建福家一年的收入仅有几百元，每年到了冬季，没事可干的村民们只能闲逛、耍赌、谝传，同时等着国家的救济款与救济粮。移民到中圈塘村后，红寺堡镇政府为了鼓励移民种葡萄，无偿提供开沟费、夹丝费、架杆费及购买葡萄苗的费用，1亩葡萄园还补贴100元。榜样的力量不在于命令别人怎么做，而在于影响别人怎么做！第二年，陈建福仿效杨国文，也试种了30亩葡萄。然而，一场骤临的早霜将陈建福当年栽种的很多葡萄幼树冻死，让他预想挣的10万元收入缩成了2万元，就这也远比在老家的旱地上种玉米强。没想到，第三年秋天，又一场早秋霜降及冬天50年不遇的雪灾，将前两年栽的葡萄树全被冻死，也冻死了移民种植葡萄的希望。

村民们愤怒的声音传遍村子，有人甚至上告到乡上、区上——

"杨国文一定是拿了葡萄苗公司的好处了！"

"杨国文是为了自己的官位子不管百姓死活！"

"只有把杨国文联名告倒，我们才能免受种葡萄的罪。"

"红寺堡这地方，能种点养活人的庄稼已经不错了，不能折腾土地又折腾人。"

那个冬天，红寺堡一带的雪花纷飞不已；从村子里飞出的一封封告状信也像雪花一样，被寄到了各级纪检部门。

阳光下，趴在架上的葡萄投映在大地上的影子或许是斜的，但为老百姓真正干事的人，身影一定是正的。纪检部门派干部进村调查，发现杨国文确实"存在问题"：为村里种葡萄，自己垫付了 5 万元。纪检部门的调查结果给移民们树起了一面镜子，让他们看到了真正为百姓谋利益的形象。

大地回春，种葡萄的梦想再次在村民心中复苏，他们就像一群打过一场败仗后重新集合的战士，再次走进地里，一锹一锹地朝冰冻的土地开战，汗水如铁锹般插入大地。冻死的葡萄苗被挖掉，购来的新苗和希望被一起种了下去。葡萄苗成长的季节如约而至，上天仿佛再也不好意思和这些以汗水换取最低希望的百姓开玩笑了，仿佛自觉亏欠了这些下苦人似的，以充足的光照和雨水回报葡萄苗的主人，让一垄垄葡萄苗向天空写出一行行诗。落后的观念与对新事物的排斥好比一个个瘪着的轮胎，锁住了那些对种植葡萄采取观望态度的人生车轮。去贺兰山东麓葡萄园打工回来的人，带回了各种有关葡萄种植以及种植后获得丰厚收入的好消息。这些消息像是一支支打气筒，给观望者心里的那些瘪胎充气、鼓劲。移民们开始克服天气、种苗、技术等方面的重重障碍，在科技特派员的引导下，学着搭架、冬埋、压条、春剪、抹芽、绑蔓、除草、施肥等。

短短几年间，千万株葡萄树像千万名做课间操的少年，迎风站立在一片辽阔的平滩上，向天空张开双臂，构成了一座壮观的手臂森林。夏天是绿色的，秋天是紫色的，采摘完葡萄后的初冬，几场霜掠过，葡萄枝像被红色油漆漆过一般。冬天和初春，这些手臂似乎朝天举累了，就收回去休息。

古希腊人在游览了格鲁吉亚之后，羡慕地赞叹道："他们不松土、不锄地、更不祈祷，上天却把如此优良的葡萄赐予他们。他们唱歌跳舞，通宵达旦地庆祝，不羡慕也不行……"在这片荒原上，葡萄种植专家或销售商一味夸大适宜葡萄生长的自然条件，却忽略了移民投入到葡萄园中的汗水。那些露天工作的移民，从葡枝出土到搭架，从剪枝到采摘，从运送到酿制，始终在和葡萄交流、交往，互相聆听着岁月的语言。这些朴实的手，让葡枝从暗黑的地下长出紫色的笑脸，它们紧紧和葡枝、葡叶、葡萄握在一起，和汗水浸泡的岁月握在一起，给这片荒滩写下了一地紫色的情书，交上了自己的一份成绩单：村里的葡萄种植单户最高收入达 20 万元。第一批葡萄成熟时，一串串晶莹剔透的葡萄以下垂的姿态问候大地，以悬在半空的状态向栽植、侍弄它们的人们含笑示意；而那些猫着腰在葡萄架下摘葡萄的移民，双手被出藤时初春的寒风吹着，被剪枝时夏天的骄阳晒着，被笼罩在葡萄藤间的热气捂着，像泰戈尔的那句诗说的："只有流过血的手指，才能弹出世间的绝唱。"这些手虽然没有流过血，却一遍遍地轻抚葡萄藤、葡萄枝、葡萄叶及葡萄，最后交出一份紫色梦想的说明书，奏出了香甜、晶莹的人间乐符。移民当初带着家人和希望离开家乡，只因简单的生存愿望支撑着他们，只是想摆脱大山带来的缺水、交通不便、教育落后等造就的生存困境，他们在移民地，用行动和汗水书写着一部磅礴的移民诗卷。从种到收，葡萄园里女性参与劳作更多，我一次次地被站在葡萄垄中的移民女性感动，曾为她们写下过一首名为《噙着紫色琴弦的女子》的诗歌——

春天，在葡枝上给神安家的人
展架晾藤，祭献汗水
绿色裙裾，轻抚季节的额头
一株葡苗，就是一个起跳的少年
仅有一个夜晚那么长，比云还高
发梢迎风，多像倒立的瀑布
给天空，递上一个问候

夏天，在葡叶上绘制紫色之梦的人
手如幼鹿，穿梭在枝条的缝隙
像带走考场作弊者，剪除余枝
像铺婚床一样，清洗叶片
露珠在黎明的怀里梦呓
那是葡萄园合唱之海中起伏的岛屿
像一个季节那么大
在半空悬出一座座城堡
给人间，送来成长的消息

秋天，向大地邮寄丰收的人
储备着新娘般的娇羞与蓬勃
尖叫，来自灌浆时的月光
一颗定居在枝条上的葡萄
就是一枚悬在半空的精巧乳房

> 那是一封回归者带给故乡的捷报：
> "葡萄架下，请迎娶抵达者的消息！"
> 像一场婚宴那么短
> 给村寨，酿制沉醉的气息
>
> 冬天，经过整容的葡萄
> 在酒瓶里怀念家乡
> …………

在故乡连葡萄见都没见过的移民，在移民点种植葡萄后，有人在葡萄架下玩抖音直播，有人在网上销售葡萄，有人搭建电商平台，有人开着汽车往酒庄拉运葡萄，有人在网上招呼外地游客来这里体验葡萄架下的现代乡村生活。

葡萄，改写着移民的生活内容、方式和质地。

出藤、展藤季节，葡萄园里是一排排光秃秃的、用来支撑葡萄架的水泥架桩，移民似乎能听得见葡萄在地下沉睡时发出的微弱脉息，那不仅是破土前的休息，也是为来年更加努力地长出更好果实的体力积蓄。

人类总是赋予与自己息息相关的动植物以一些文化符号，比如蒙古族的赛马节、骆驼那达慕，哈萨克族的刁羊，汉民族的祭羊。葡萄也有展藤节，那是人们对葡萄在新的一年里成长，收成的祈福与希望，是一颗葡萄成长的起点。一月冬眠，二月展藤，三月插苗，四月施肥，五月拉秧，六月打杈，七月采摘，八月收尾，九月剪枝，十月晒枝，十一月埋墩，十二月冬藏，葡萄生长的各个环节，像不同的标点符号，镶嵌在一部葡萄的成长之书中。

春暖花开时，葡萄园里忙碌的身影多了起来，葡农依照"清明前后，栽瓜种豆"的节令开始"放树"。葡农最担心的灾害是春天的强冷空气，说来也怪，这冷空气每年都没个定期，"放树"早了遇上正发芽便会成灾，放得迟了又会影响全年的生长。葡农们像考古学家似的，掀开植物秸秆和薄土；像打开紧紧裹着的棉被，要抱起熟睡的婴儿一样，让休眠了一冬的葡萄树犹如被放了脚的旧社会妇女，摆开了束缚。葡萄枝歪歪斜斜地爬上架，开始沐浴在春阳下，葡萄根须和大地开始完美相遇。葡农心里有数，根须没有同大地完美结合的葡萄树，是注定要夭折或营养不良的。树龄长的葡萄树因为根扎得深，在"冬眠"期间吸够了养分，发芽早，抵挡春季冷空气的能力自然也就强，"放树"时间可以提前半个月；树龄短的，"放树"时间得依次往后排。

夏天，是葡萄的牧场与青春期，是葡萄的泥土与输液器，是葡萄架上飘荡着成长歌声的河流。北纬38°的阳光毫不吝啬地照在这片土地上，照在葡萄架上开始百米赛跑般成长的藤蔓、枝条、葡萄上。葡农们走进葡萄垄，除草，剪枝，整架……土地、青草、剪刀、除草机之间构成了一幅专属于葡萄的图景。

初秋时分，那些因为成熟而指向大地的葡萄，让人不由得想起圆润、丰满等词汇。夏天是葡萄的子宫，秋天是葡萄的乳房。每一株葡萄树枝上都绽放着汗水的晶莹、紫色的力量。

采摘季节是剪刀和葡枝相遇的季节，是金属和草木对话的季节，也是葡农们一年中最忙的时候。采摘完后，葡萄树就像刚生完孩子的妇女一样，甜蜜的疲累中伴着轻松，身子轻轻地瘫软在架上。葡农们担心霜降对葡萄树造成冻害，会根据葡萄树的高低在树旁挖出一条条土沟，将修剪后的葡萄枝小心地从架上取下，盘起来放进土沟里，让树先适应一下从趴在高处到躺在低处的过程，几天后，再填土掩埋，让树休息。遇上严寒季节，葡农还会在上面撒上麦草等植物秸秆以保护葡树，这个过程叫"埋树"。

从"埋树"到采摘再到"埋树"，这不仅是一年中的一个轮回，更体现着葡农和葡萄的一种关系。起点到终点，是葡萄和葡萄酒两个极端：泥土与豪宴，质朴与浪漫。有些优雅不是骨子里带来的，而是经过各种成长的程序慢慢积累的。葡萄酒的优雅就是经过骄阳暴晒和秋雨洗涤、剪刀修除和除草剂熏染、脱皮榨汁和橡木桶封闭等程序而来的。前半部分是在农业视野下完成的，人工劳动占很大比例；后半部分则是在工业视野中完成的，以机器、技艺等现代工业流程为主角。

在老家新庄集，乔文生不仅没有见过葡萄，听都没听过这个陌生的词汇。移民到中圈塘村后，乔文生不仅成了红寺堡区的葡萄"种植状元"，还靠种葡萄的收入买了轿车，翻修了房屋。乔文生的儿子乔英波大学毕业后，回到红寺堡从事葡萄酒酿造工作。父亲种葡萄，儿子酿葡萄酒，两代人站在葡萄衍生出的两种不同属性的岗位上，完成着各自对葡萄的命名，收获着来自这片土地的回馈。

丰收的景象和葡农们的喜悦，像一颗石子掉在了时光的塘面上，激起了越来越多、越来越大的涟漪，并不断向外扩散。一片片带着希望的葡萄园，一个个大小各异的酒庄，像一滴滴墨汁滴在一张大宣纸上，形成了规模越来越大的葡园。种葡萄不是最终目的，通过建厂、建酒庄，让葡萄酒带来的收入提升移民的生活水平才是目的。短短几年，红寺堡移民区就培育出了30多个葡萄酒品牌。像一个新疆人给客人端出一块馕，一个杭州人给客人砌上一壶龙井，一个陕西人给客人端出一碗油泼面，一个云南人给朋友送上一饼普洱茶那样，一个红寺堡人对外界介绍自己的特产时，总会说出本土的红酒品牌来。移民时光锻造的高脚杯里，闪耀着红酒的光芒，这种饱含力量的光芒一定会一代一代地传下去。

好的地方特产，不仅仅是带来经济效益的产品，也是提升当地旅游、文化、影响力的神器。葡萄作为红寺堡移民们引以为豪的新特产，被赋予了更多文化情感，成了他们举办丰收节的重要"演员"。

红色的大舞台、绿色的葡萄地、紫色的果实、彩色的衣服，构成了一个绚烂的画面。和一些地方农民在"中国农民丰收节"这天载歌载舞不同的是，中圈塘村的村民将这个节日的重点放在了搬迁故事与致富故事的分享上。大家围在一起，餐桌摆在葡萄地里，紫色的餐布上，有直径30厘米的月饼，有煮熟的玉米棒子，有刚从枝头剪下来的葡萄，有从超市买来的新潮饮料。分享故事的主角之一是村党支部书记闫路。闫路的老家在甘肃，他在深圳打工期间认识了从彭阳县移民到中圈塘的未婚妻陈丽娜。爱情让闫路放弃深圳的工作来到中圈塘种植葡萄，几年后，成了中圈塘村党支部书记。在传统文化中，人们认为七夕夜在葡萄架下能听见牛郎织女相会时的对话，闫路在葡萄架下分享自己的爱情故事，被到场的移民全部听见了，如果移民的爱情需要营养，那一定是葡萄汁酿制的美酒！我仿佛听见移民所在的山区流传的那首"花儿"在葡萄架丛中如春水漫堤般地"漫"了起来——

　　樱桃好吃树难栽，

　　白葡萄搭起个架子来；

　　小阿哥有话口难开，

　　尕妹子是要活套呢。

有了一大批率先在荒原上试栽葡萄的人，移民们开始紧跟其后。他们如守候自己的孩子一样，年年重复着浇水、除草、打头、掰芽、修剪等工作，以耐心和劳作精心地侍弄土地，让自己的努力合着时代的节拍，让黄土地、绿葡叶、紫色果成为他们给村子缝制的最漂亮的三件衣服。

葡萄枝上挂满了诗意和浪漫，酝酿着红酒沸腾前的情愫，它们没有取悦土地，却通过了土地的考验。经过移民的努力，葡萄"会骑自行车""会勾引天上的飞机""会唱歌""会成为打卡网红"。这是发生在葡萄园里的一幕：红白相间的帽子、红蓝相间的上衣、黑色的紧身裤、黑白相间的赛鞋、红黑相间的赛车，陕西小伙耿龙飞带着自己的这套行头参加过西北地区的数百场自行车赛。当他骑着自己的那辆坐骑，参加红寺堡区主办的"2019年自行车邀请赛"时，眼前的景象完全颠覆了他的"红寺堡印象"。

2019年9月1日上午，在红寺堡区肖家窑葡萄基地，随着一声枪响，耿龙飞和来自陕西、甘肃、内蒙古、重庆等10个省、区、市的300名车手，快速穿梭于一架架硕果累累的葡萄树间，在葡萄丰收的喜悦中，享受着自由之轮带来的快乐。一辆辆自行车如射出的箭，沿着赛道一路奔行。

这项自行车邀请赛是全国青少年航空航天模型锦标赛暨红寺堡区航空文化旅游节系列活动中的一个，全国青少年航空航天模型锦标赛已办了7个年头。葡萄园里，地上有自行车赛车手穿行其中，犹如在一条条绿色河道里游弋；天上有航空模型的身影掠过，睁大它们的空中之眼，俯瞰着如绿色海洋般的葡萄园。

4

红寺堡，是中国最大的易地搬迁生态移民区；红川村，是红寺堡最大的生态移民村。村里的移民因为故土难离的心理和当初凑不够搬迁自筹款，让自己的移民进程一拖再拖，导致他们成了红寺堡移民中的最后入场者。

马玉龙清楚地记得，不少移民当初是步行或赶着毛驴车来到移民点的。到了移民点后，他们前往镇上或区上办事，有人需要步行几十里路，有人骑着自行车，有人则低三下四地哀求搭乘蹦蹦车。十几年后，马玉龙没想到，公交车竟然通到了红寺堡最偏远的红川村。

中午时分，红川村村委会附近的一片开阔地上，停着一辆从村里通往红寺堡区的公交车，驾驶室前面的挡风玻璃下方有两个牌子，一个写着"2路"，一个写着"红寺堡—红川"字样。司机从旁边的水渠里打来一桶水，细心地擦拭着公交车。我走进车厢一看，这哪里是公交车呀：座位上已经坐了不少老乡，车厢里飘着旱烟、纸烟味，过道上不同体量和形状的筐、箱、袋里装着玉米、萝卜、枸杞等土特产，甚至有扑腾着翅膀的鸡，公交车变成了一个微缩的农贸市场。车上的移民有前往红寺堡卖粮的、买菜的、探亲的、看病的、办事的、逛城的。司机马玉龙也是一名移民，10多年前，他看到开三轮蹦蹦车不用挂牌、不用考证的便利性，便凑钱买了辆三轮蹦蹦车在红寺堡城区跑"出租"。城区的路况要好些，拉着移民前往乡下时，由于乡村道路的路况差，三轮蹦蹦车的交通事故逐年增多，最多时达到一年140多起，经济损失超过100万元。很多和马玉龙一样跑三轮蹦蹦车的司机为了躲避交警，常和他们玩"猫和老鼠"的游戏。红寺堡区的交通管理部门只好采取强制措施，收购了89辆蹦蹦车并培训这些司机进入公交公司工作。马玉龙和那些卖了蹦蹦车，也愿意接受驾驶培训的司机一样，享受到了运管所给予的优惠1000元的政策，通过培训拿到了驾驶证，成了1名从红寺堡到红川村全长32公里的2路公交车司机。

看到要去红寺堡区的移民们带进车厢的小羊羔、萝卜、蔬菜等土产，马玉龙清楚自己跑的这趟公交为什么会变成一辆"货车"。搬迁之初，当地党委、政府除了给移民修建住宅外，还为每户移民搭建了一栋48平方米的养殖圈棚，虽然年租金只有100元，但移民就是不买账，认为圈棚养殖麻烦、有风险。

"以前在老家，种地为生都养不过来人，还养什么牲口？"

"在老家时，羊圈就在自家院子里，现在圈棚离家好几里，来回跑多颇烦（方言，麻烦的意思）！"

"搬迁的账还没还上呢，哪来钱买牛犊子？"

"种了大半辈子地，没有养过牛羊，万一赔了咋办？"

这些刚走出深山的农民，思维被大山禁锢得太久了。在他们眼里，村头那片一度闲置的养殖园区，仿佛是外星人遗留下的建筑遗迹，和他们没什么关系。带头养殖的人挣到了钱，群众的热情才像涨潮的水一样漫了上来；随之配套的2家饲料加工坊、养殖园区的饲草配送中心、养殖合作社陆续启动。外出务工的移民可以把牛"寄养"在养殖园，成了"留守饲牛"，养殖园区的2010座圈棚使用率达98%。

山里人常说"早起的鸟儿有虫吃"，然而，由于连搬迁费都交不起，红川村的移民无法做到像早起的鸟儿那样去抓住时代的机遇。红川村紧邻罗山，因为地势高而采用7级扬水，比红寺堡区其他地方整整高了3级；虽然人均有1亩耕地，但这里山势起伏，漫灌存不下水，无法单独分户种植，这给移民种植特色作物带来了很大的困难，土地无法集体流转。

移民搬迁来第三年，乡政府协调来辽宁和江苏的两家龙头企业，决定在这里种植萝卜和枸杞，原因是枸杞的生长期在3月至8月，萝卜的生长期在7月至11月，恰好能够实现务工的季节衔接。那年3月，结婚不到1周的杨虎，从供职的吴忠市自然资源局出发，前往红川村担任驻村第一书记，号召移民们栽植红梅杏，种植苜蓿、枸杞、萝卜和红葱。

辽宁"移民"张宝军就是在这样的背景下来到红川村的。50岁前，张宝军在老家葫芦岛市绥中县西平乡土头山村种植萝卜；50岁后，他成了带着家人前来红川村种植萝卜的"移民"。如果不张口说话，正在地里干活的张宝军，那一身装扮让我笃定认为他就是当地的一个农民，但一张口说话，浓厚的东北口音让我明白眼前这个人不是本地人。张宝军在网上了解到杨虎发动红川村移民流转土地的消息，在分析了红寺堡的土地流转情况与蔬菜种植前景后，便带人来到罗山脚下，在红川村和马渠安置区承包了8400亩地，种萝卜和玉米。

在老家从没种过地膜萝卜的移民，在移民点开始和现代农业相遇。他们每天在自己流转出去的土地上挣100多元，工资是当天结算。很多留守妇女在家门口就能挣到钱，和在老家相比，这些女性移民收入的增加，凿通了一条看不见的河流，这河流穿过她们的体内，冲刷着她们的思想认识、财富观念、时间概念等。

50多岁的贺文奎是辽宁葫芦岛市大寨乡牛彦村人，他和张宝军一起从东北"移民"到西北，负责给张宝军的家庭农场带班。手下干活的不仅有当地移民，还有60多位从辽宁老家来的老乡"移民"，多是夫妻同来在这里合奏一曲"异地恋歌"。时间久了，这些年轻夫妻也很少有时间回老家，变成了红寺堡的另类"移民"。无论是东北的，还是西北的，干活时大家不分你我。中午时分，因为时间短，回不了家，大家都是带着干粮就着水在地头随便一坐就吃起午饭来了。吃饭过程自然就变成了东北话和西北话的相遇与请教。

承包地上长出绿茵茵的萝卜叶时，从辽宁葫芦岛"移民"到红川村的殷付志和蔡景兴，已经完成200多万的投资。他们购置农机，雇用红川村、弘德村的村民，用两块萝卜地做"培训学校"，教当地村民切萝卜的技术。刚移民来时，马凤龙夫妇和其他移民一样，面对的是一片荒滩，种的是希望，收的是失望，年收入不到1万元。这对年轻夫妻在张宝军的家庭农场上打工时，学会了种植药材、枸杞、萝卜等。红川村的枸杞成了红寺堡枸杞中的品牌；白萝卜则远销到韩国、日本，成了韩国泡菜中的主角。

走进红川村，红色的钢板棚顶、蓝色的扶贫车间、灰色的砖瓦房顶、白色的蔬菜温棚，和红寺堡的诸多移民村一样，4种主色调像4片花瓣，构成了移民村建筑之花的大体样貌。移民初到时，贫困发生率是63%；3年后，贫困发生率降到了零。让贫困率悬崖式下跌至零的，是一幅罗山脚下的季节彩绘画：3月，朝蓝天亮出科技致富宣言的是白色地膜；4月，是开遍山坡的粉红色杏花；5月，碧绿的草苜蓿像赶工期一样准时给山坡披上一层绿衣；7月，枸杞犹如娇羞的新娘等着下轿般地端坐枝头；9月，膘肥体壮的黄色肉牛即将出栏；10月，白皮萝卜像身着白袍的将士从土地里出征。移民摆脱了刚到时如塑料布般横披荒滩的贫穷，他们合奏出的丰收之歌如午夜群鸟的鸣叫，掠过佑护果实的农作物叶梢，穿破贫困的迷雾，将欢快的声音送给蓝天。

红川村位于红寺堡最南端，它的西边是同心县田老庄乡境内的小罗山，那里是宁夏中部干旱带上的深度贫困区。怀揣着"移民之后，那里变得怎样了"的疑问，我从红川村出发，驱车往小罗山方向驶去。山路变得越来越崎岖，路边不时出现一两个废弃的庄子，那些早就失去生活气息的土墙像一艘艘锈迹斑驳的废船，搁浅在日光与月光组成的时光海滩上。我极力想象着移民前这里的山民们生存的图景，他们给枯寂的山村带来生活的气息，烟火是这种气息中最重要的——麦草、秸秆和煤炭在做饭、烧水时冒出的烟，甚至男人们抽旱烟时从烟锅里冒出的一缕细弱的青烟，自由奔窜在房屋的每个角落。那是四季不绝的人间烟火，是村庄的乳名，是村庄的内衣；是村庄无形却重要的家当与精气神，是从庄稼地里疲累归来后的有效提神剂；是饥年时带给胃的一种希望或熨帖，是黎明时唤醒村庄的无声闹钟，是黄昏时写给白天的告白与夜晚的拉幕员。从炉膛、炕洞、铁皮炉子甚至烟锅里升起的每一缕烟，将土灶连接屋外的烟囱、椽子的缝隙、窗户纸破了的小洞、半掩着的门缝当成离去的出口。

移民搬迁时，门窗被拆卸了，家具被带走了，只有涂在墙壁、炉膛上的烟迹，胎记般镂刻在村庄的肌肤上。有人想把门前的老树也挖走，被移民专干制止了。为了防止移民有在移民点和故乡之间扮演候鸟角色的想法，政府在整体搬迁掉大山深处的村子后,用推土机推平了那些黄泥小屋和黄土院墙,目的是让群山歇息、大地休养。多保留一棵树,日后就少栽一棵。那些想挖树的人,也遭到老人们的极力反对,老人们认为树木是村子的魂,得留在这里。他们担心过些年后,后人来到这里会找寻不到"老家",树就是村庄曾经存在的证据。无论移民走多远,这些村子都将会印在他们的脑海里。

老刘是在搬离刘家沟 8 年后决定回去看看故乡的。当年,从刘家沟移民到红寺堡的弘德村,老刘先是步行到镇上,然后乘坐汽车走了一天。现在,从弘德村村口经过的高速公路能一直通到刘家沟所属的开城镇,开车用不了两个小时。到刘家沟的路已经被草淹没,老刘只能步行。翻过山梁,老刘惊讶得张大了嘴:"这是我出生的老家吗?"昔日破败不堪的房屋不见了,乡村小道也消失了,原来稀稀疏疏地长着点灌木的山坡上,已经栽满了人工种植的油松、云杉。如果不是自己在这里出生并生活了几十年,如果不是林草间散落的石磨等生活用具,他真不敢相信这里是自己的出生地、自己曾生活多年的故乡。

老刘并不知道,从 2001 年起,宁夏先后实施了易地扶贫搬迁移民、中部干旱带县内生态移民等民生工程,刘家沟的搬迁是这些民生工程中的一个缩影。老刘从刘家沟搬出一年后,宁夏开始将生态移民迁出区土地逐步完全收归国有,全区域实施封育管护。统一高效的生态管理体系基本建成后,完成人工生态修复 230 万亩,森林覆盖率达 16%,植被覆盖度达 56%;同时,宁夏在抓好移民易地后建设新家园的同时,投资 17.12 亿元,开始生态移民迁出区的生态修复工程,完成人工生态修复 150.1 万亩。迁出区的生态环境质量明显改善,生态功能显著增强,生态移民迁出区被建成国家级生态修复示范区,刘家沟和张易镇马场、西吉县月亮山、张家湾等 4 个生态移民迁出区成为全区生态修复示范点。

2022 年 8 月 11 日,我再次来到清水河源头的黑刺沟。黑刺沟水库集聚了从源头流来的水,供全村人畜饮用与耕地浇灌。水面犹如一面镜子,里面装着蓝天白云,邻近水库的几家灰色瓦顶、白色墙面的砖房,倒映在这镜子里,几个做环卫工作的村民正拿着割草机收拾水库边的杂草。

村党支部书记王国兵将我带到清水河源头的那一眼泉水边,车到这里已经彻底没路了。山谷里、山坡上,是人工栽种的原松,和我 10 多年前来这里看到耕地在山坡上划出伤口般的干黄不同,整面山坡、整条山谷全被绿色覆盖。清水河源头向南翻过一道山梁就是刘家沟。昔日烟火人家的庄子,早已被青草覆盖,那是恢复了生机的六盘山露出的笑脸，也是这些移民再也回不去的故土。

老刘离开故乡750多年前，整个六盘山地区就是一片壮观的移民区。那时，忽必烈封皇子忙哥刺为安西王，并"赐亲兆为封地，驻兵六盘山"。安西王的王府所在地就在六盘山下的开城。开城是当时仅次于元大都的政治、军事中心，它的修建和政治地位提升，引来大批移民。10多年前，我曾来这里采访，在时任固原博物馆馆长余军的带领下，走进2001年就被国务院公布为全国重点文物保护单位的开城遗址。余军告诉我：考古人员在开城墓地发掘了73座墓葬，墓葬主人中可能既有亚洲北部南下的某些游牧民族，也有黄河流域北移的农民。几百年间，过量的移民搬迁至此，超出了环境的承受力，战乱带来的本地人外溢，环境恶化带来的生存压力，让时光之针指向20世纪时，昔日吸引移民而来的六盘山地区，成了人们争相以移民方式逃离的地方。

刘家沟是2012年整体"吊庄"到红寺堡镇弘德村的。搬到弘德村后，老刘才知道村民是从六盘山东西两侧的很多村子搬迁而来的，同村的刘克瑞就是和他同一年从六盘山西侧张易镇的毛套村来的移民。虽然同是姓刘，同是从六盘山区来的移民，但两个人在移民前并不认识。

刘克瑞刚到弘德村，就住进了政府帮他们建的一套全新的两居室砖瓦房，小院编号为C区007号。移民的第一天晚上，刘克瑞失眠了。在老家的土炕上睡惯了，移民房内的木板床舒服得让他睡不着。他干脆起身，将一个旧镜框拿出来，那里面装着他和妻子、女儿在老家土房前照的一张照片。刘克瑞把镜框郑重地挂在客厅的墙上，那是思念故乡时的一种排解，也是对未来生活的一种期许。坐在床沿上，他巡视白天就摆放好的家具：一件陈旧的乳白色组合柜、一只带漆画的木箱（妻子当年的嫁妆）、一座钟表、一个腌菜坛子、三口水缸。他在想：什么时候才能买到衣柜、电视、冰箱，把这空荡荡的房子填得稍微满当些呢？

移民到红寺堡的最初生活并没按照一个理想的剧本往下推演。第二年，刘克瑞好不容易在附近的一家面粉厂找到了一份工作，不料因为一场突如其来的车祸，导致大腿骨折，肋骨折断；出院刚回到家，儿媳产后大出血，所幸他们赶上了移民区实施的大病治疗保障政策，否则他会倾家荡产。第三年，刘克瑞鼓励儿子、儿媳去附近的纺织厂扶贫车间工作，他则和其他移民一样开始养牛，入股了村里的养殖合作社，当年年底就摘掉了那顶无形但压得他抬不起头来的"建档立卡"户的"穷帽子"。接下来，家里不仅续建了两间新房子，还新添了家具和电视。

有了新家具后的一天，他特意让全家人在新房子前站好，用手机拍了张照片，赶到红寺堡区冲洗好后，装进新镜框并挂在那张旧镜框旁。一张是在老屋前拍摄的有些发黄的老照片，犹如一颗主人都不愿摘的干梨，干瘪地悬在秋风吹动的枝条上，书写着贫困山区的日子带来的困窘与无奈；一张是在移民新房前拍摄的鲜艳的新照片，犹如一场春雨洗过的花园，展露着移居新家园后的清新、活力与笑容。两张挂在墙上的照片，中间隔着不到 1 厘米的距离，却表达着移民前后 10 多年生活的变化。

2020 年 6 月 10 日晚上，老刘打开手机刷微信时，一条新闻跃入眼帘：习近平总书记来到红寺堡弘德村视察时，走进村民刘克瑞的家中。这让老刘回想起两天前的那个下午，习近平总书记走进刘克瑞家，墙上挂着的新旧两张照片引起了总书记的兴趣，两张照片叙述着的两种生活图景故事才被人知晓。习近平总书记走到刘克瑞家的牛圈前时，圈里的一头小牛犊闭上双眼，把头伸向总书记，憨态可掬，总书记也伸出手，像是要摸摸它的头，这个镜头被新华社记者敏锐地捕捉到后，那头牛被红寺堡人称为"网红牛"。

"你现在最喜欢什么？"我问弘德村的张翠花（化名）。

"萧红！"这两个字似乎在她的舌尖一直埋伏着，毫不犹豫地快速冲到我的耳边。

"萧红？这里的女性喜欢文学都到这地步了？"说起萧红，相信和我一样爱好文学的人，第一印象就是那位写下《呼兰河传》的著名女作家。那位喝着呼兰河水长大的女作家，和黄河造就的这片灌区有什么关系呢？朝阳活泼地撒在这个移民村的每个角落，给伺候老人和孩子们吃完早点、收拾完家务后走出家门，和张翠花一样的"留守妇女"们在村道上印下一个个匆忙的身影。紧跟在张翠花身后的我这才发现，村道上已经有不少步行、骑着电动车的农村妇女，朝村西头村委会对面的那几幢蓝顶、白墙的建筑涌去。到跟前，我才看清大门口的牌子："萧红服饰服装加工厂"。

每天早上，弘德村和相邻的同源村的 136 名妇女，像一群准时奔赴花丛的蜜蜂，从各自家中来到这里打卡上班。张翠花指着牌子说："这就是我们上班的'萧红'。"这个厂名，让我以为它是东北人开的，确切地说是以为它和著名女作家萧红有什么关系。然而，答案却出乎我的意料。

原来，落地红寺堡的"萧红服饰服装加工厂"总部设在杭州萧山，老板是弘德村当地的村民,"萧"字来自杭州的萧山,而"红"字来自红寺堡区,这个厂子便有了这个诗意的名字。服装厂让这些世代被烙上农民印记的农村妇女,变成了每天准时上下班的车间工人,她们缝制的服装主要销往南美洲一些国家。名称和工作性质转换的背后,她们的收入也有了明显变化,她们内心也产生了自己的产品走出国门后的自豪。

5

和改变这片土地面貌和命运的人一样,这里的很多植物也是"移民"。在红寺堡,相比于葡萄、蘑菇等新鲜的"植物移民",黄花菜是一个"晚到者"。

土地流转在红寺堡兴盛时,移民李志巧从红寺堡太阳山镇小泉村也流转了1960亩土地,开始尝试种植黄花菜。这一尝试,就把她从一位农民"流转"成了黄花菜种植专业合作社的社长。刚开始引进黄花菜时,太阳山镇的移民和之前引进其他作物一样,对这个陌生的"外来者"也持观望态度。很多人像是围观在一池水旁,看着首批垂钓者能否钓到鱼,他们观望着李志巧如何运用高效节水技术,让黄花菜在流转地的土地上赚钱。黄花菜在小泉村的成功引种,引来周围村子移民的兴趣,一股种黄花的热潮在罗山脚下兴起。李志巧的那座相当于地坛体育馆面积大小(11400平方米)的硬化黄花菜晾晒场,接纳着来自太阳山镇几万亩地的黄花菜。

凌晨3点多,早就定好的手机闹铃准时响起,随后,一户户农家院子里的灯泡亮了,村里的女人们起床打扫完院子里的卫生后,便悄悄去厨房里煮饭、炒菜。饭菜做好后,王采花叫醒上初二的儿子和上小学6年级的女儿,往饭盒里装好她和儿子、女儿中午要吃的饭菜。最后又将锅里的饭和菜舀到碗里、盘子里,放到微波炉旁边,那是丈夫的午饭。

夏天的罗山脚下,放在床头柜上的温度计显示,黎明前的气温为17度。和孩子们简单吃完早餐后,王采花和村里那些扮演"黄花采手"的女人们一样,带上雨衣、雨靴、短袖、头灯和装在饭盒里的午饭,身穿初秋时才穿的衣服,骑着电动车,载着儿子和女儿走出家门。光彩村里的那条柏油路上,已经有不少村妇骑着电动车前往村子外的黄花基地。电动车悄悄向前行驶,坐在车上的大多是放暑假的孩子，他们因没睡足而迷迷糊糊地坐在车厢里打盹，就像路边那些挂在庄稼叶面上的露珠一样，欲滴未滴地垂着头。开车的女人们盯着车灯铺照着的路面。车灯远远看上去像是一颗颗打瞌睡的星星从天上掉到乡村公路上，缓缓地向前移动着。

高品质的黄花是含苞待放的花蕾，采摘的黄金时间是凌晨5点至上午10点。采摘黄花的移民4点多就得赶到地头。大家无声地套上雨衣、雨靴，打开小型头灯扣在额头上，走进还有露水的黄花菜地，开始摘起黄花来。黄花菜地里根本看不见人，灯光照见一朵黄花，暗中伸过来的手指犹如快速游过来的鱼儿发现食物，嘴一张就将食物吞了进去。食指和拇指轻轻一掐，一声只有露珠能听得见的脆响，像一把没有寒光却锋利无比的刀，将黄花和株杆切开，一缕细小的略带白色的汁液，从切口处向地上滴去，带着夏日清凉的黄花菜随着采摘的手指往回一收，轻轻落入采摘黄花菜的移民脖子上挂着的、高约60厘米的塑料袋中。随着他们脚步的缓慢移动，一个又一个这样的动作被重复着；随着花瓣上的露珠一滴又一滴向大地上掉落，一朵又一朵黄花告别黄花菜的躯干，它们的成长就此被画上了句号。

一盏头灯，将摘黄花的人和周围的世界隔离开来。抢在摘黄花手之前的，是头灯下的眼睛，采摘者只关注头灯照亮的那一小块区域，将自己全身心地安置在属于那片光照着的世界里。

露珠继续朝采摘者的手上、身上、衣服上、鞋子上滴落，一股股凉气似乎透过衣服和鞋面，向他们的脚背、手臂、腿上渗透。朝阳像躲在屋角睡够了的金色宠猫，想伸伸懒腰、张张嘴巴、吐吐粉红色的舌头。黄花地里的移民希望那只懒猫能够弓起身子，猛地蹿起来，一跃到离地平线很高的位置，让金光射向大地。因为只有这时，黄花、麦苗、枸杞树、葡萄叶、树叶上的露珠才会消失，摘黄花的人才能脱去让人透不过气来的雨衣和雨靴，关掉头灯，换上平时穿的衣服。开始上午的采摘。

上午的太阳越升越高，这片土地开始热闹起来。黄花地像是一片绿色的海洋，戴着各种颜色的头巾和遮阳帽的摘黄花者，像一座座缓缓飘浮在这绿色海面上的小岛屿。成百上千的移民和从外地雇来的采摘者，身影半隐在枝条蓬勃的黄花菜地里，数千亩连片的黄花地犹如一架巨大的钢琴，万千手指穿梭在黄花枝叶间，像是在这架钢琴上弹奏出一曲专属红寺堡的"黄花曲"。

摘满一袋黄花，采摘者便快速移到地头。往路边空着的塑料筐里倒黄花；筐装满了，会被抬上等候在乡村公路边的成百上千辆汽车、拖拉机、三轮车等，这些奔走、穿梭、停留在路边的各种车辆是黄花菜的临时收购站，是一座座移动的小仓库。车装满了，黄花就会被运往不远处的晾晒车间。

临近中午时分，摘黄花的工作要终止了，这源于一个普通的常识：太阳正烈时，黄花开始盛开，是不能摘的。人们开始走出田垄，排成一条长长的队，王采花和她的儿女在这支长队中很有代表性：采摘人员中，女性和假期里打工的学生占绝大多数。我顺着那条长队数了起来，有270多人，这些移民的后代，利用假期来打短工，摘得多的一个上午可挣到160元。这个年龄，他们的父辈在老家的大山里，没见过黄花，而对这些移民二代来说，假期里采摘枸杞、黄花已经成了很熟悉的一门"功课"。

队伍的起头处，流转移民土地的公司员工早就摆好了一张桌子，3名工作人员分工明确：一位负责现场发放现金，一位负责记账，一位负责核对。

正午的阳光下，每一个辛苦了一上午的摘黄花者，脸上带着期盼的神色，排到桌子前的人，交上自己上午按筐兑换的小票来兑换现金。这个领现金的情景，在南方已经是看不到了。如果第二年，我再次来到这里，估计会变成微信扫码的方式支付，烈日下拿着小票兑换现金的队伍，必将随之而成为绝版的风景。

在拿小票兑换现金的地埂边，我看到那些洋溢着笑容的脸，不由得想起了黄花菜的另一个名字：忘忧草。对移民来说，将自己的土地流转给企业，这本身就能挣到一笔钱，他们不用离开家乡，在家门口、在自家的地里可以挣到第二笔钱。黄花对这些人来说，因为带来收入而成了他们的忘忧草。

领完现金，摘黄花的人走到田埂旁，骑着凌晨从家里骑出来的电动车，走向黄花基地边的一片林子。一场简单却壮观的午餐在树荫下展开，他们拿出各自带的菜肴、馒头、水果，你让让我，我让让你，吃得津津有味。大地就是他们的餐桌，带着乡音的聊天是午餐的佐料。几百人在野外午餐的壮观画面，自然会引起黄花地附近村庄里有商业头脑的移民注意。不久，后者赶在午餐开始前，摆出用小汽车从城区批发来的小吃、饮料等，在树荫边出售，一个因移民采摘黄花而形成的小吃市场就此出现。

王采花注意到，很多像她这样的女性，看着上学的孩子完成了一上午的劳动，心疼他们在本该捧着书本的时光里来跟着自己受累，心里过意不去，便会去田埂边的流动小摊前，给孩子买点凉皮或饮料。

林子的空地上，这群以女人为主的群体开始劳作后的放松，在短暂的午饭时间里，聊天、开玩笑、交流信息，午饭后，有人在林荫下的空地上铺件衣服躺着休息。有几个女人抓紧走向旁边的地里，用随身带来的镰刀割草。孩子们要来帮忙，她们心疼孩子，让他们在树荫下休息。这些孩子就是父母眼里的黄花，就是闪着黄金般光芒的未来，是看一眼就能让这些向泥土要生活的父母忘记忧愁的"忘忧草"。惠特曼的那句"全世界的母亲是多么地相像！她们的心始终一样，每一位母亲都有一颗极为纯真的赤子之心"多么适合眼前的这一幕。

女人们带着孩子摘黄花的上午时光里，留守在家的男人在村子旁边的田埂上割草，为的是让圈养的牛羊能够多吃点青草，待到秋天时用饲料再补一补，牛羊的膘情好了，能卖到更好的价钱。王采花是从西吉县白崖乡下半子沟村移民到红寺堡的，老家山大沟深，妇女常年守着那片贫穷而无望的土地，老公出去挣的钱连基本的家用都很难保证。山里女人最难的是张嘴问男人要钱，尽管那是为了孩子的学费或家用，但若遇上不讲理的男人，常常会为此辱骂甚至动手揍女人。

移民到红寺堡后，移民区兴起的葡萄、黄花、枸杞的栽种与采摘，以及养殖、扶贫车间等工作，需要的多是女性，她们在这些行业里有着男性无法比拟的优势。越来越多的新兴产业、职业像一辆辆铲车，无情地铲除了女性在传统产业中劳作能力弱于男性的概念壁垒，这让女性移民的收入往往高于她们的丈夫。移民生活递给了女性移民们一架梯子，让她们沿梯而上，提升了自身的家庭和社会地位。

从早上到中午，从下午到黄昏，以采摘方式和时间赛跑的移民，改变了对时间的感觉，形成了一种不同于故乡的新生活节奏。无论是带着露珠采摘黄花，还是在葡萄园里除草施肥；无论是在蔬菜大棚里起苗运菜，还是在扶贫车间的流水线上陀螺般运转，生活给移民赋予了一种新的含义：规律和效率，这不是从干旱山区搬到黄河水灌溉的川区这么简单的表象。很多女性移民为了省时、省钱，需要做好午饭并带到田间，这改变了留在家里的男人不做午饭的习惯。男人出去打工也没女人在家挣得多，只好在家养羊、做家务、照料家里的老人孩子，甚至给女人往干活的地方送饭。原来在老家常说"打倒的婆娘揉倒的面"，现在倒好，谁还打老婆？女性移民就业、打工的路比男人多，挣的钱比男人多，倒是让男人学会了揉面做饭。

移民生活，让这些从大山里走出的妇女们，不仅改变了自己的物质境遇，更改变了自己的家庭地位甚至社会地位。她们就像迎风站立的竖琴，弹拨着时代与生活吐露出的美妙曲调；她们经过了贫穷构筑的漫长隧道，移民到一个以辛勤劳作向大地弹拨心曲、向社会展示魅力、向家人呈现能力的地方，这是她们和这片土地的双重福祉。

6

赞歌在劳动者面前，有时显得冗余甚至苍白。女性移民在家庭和社会地位上的提升，背后是她们近乎超负荷的劳动甚至家人的不理解。移民地上越来越丰富的作物和越来越多的扶贫车间，就像一条条鞭子，她们就像被抽打着不停旋转的陀螺，黄花刚摘完，枸杞就等着采摘，这是一项没被快速发展的时代淘汰掉的古老工作，人们还保持着千年间承袭下来的机械、原始、枯燥的劳动方式，以此和古老的土地、新鲜的果实保持着真诚对话。

枸杞像葡萄、黄花和萝卜等"植物移民"一样走进红寺堡后，种枸杞和摘枸杞成了一项从新鲜到习惯的季节性必选劳动项目。两个新名词带来的新身份也就此站在了这片土地的田埂上，成了两道矗立着的风景：杞农和杞工。种枸杞者被称为杞农，摘枸杞者被称为杞工，采摘枸杞叫揪枸杞。对移民来说，前者的身份让他们在这片土地上栽种希望，后者的身份则是收获希望。

摘黄花的最佳时间是在凌晨与上午，移民们身穿雨衣、头顶星辰、手沾露水，在大地最寂静时，让头灯照见花朵静开时的娇羞；中午暴晒时，黄花像是一座无言的闹钟，提醒移民们该停止在骄阳下工作了。揪枸杞不一样，人们总是在太阳收走黎明向大地洒下金辉后，开始手指和杞枝上的枸杞对话。枸杞枝条上生长的刺，让揪枸杞显出难度，因为怕刺划伤脸或手，即便是在酷热高温的暴晒中，揪枸杞的移民也得戴着手套，穿着厚厚的裤子，并用头巾把脸捂得严严实实。一双双手在枸杞枝条和身边的篮子之间高效而精准地来回游动，就像转动着的风扇叶片一样在枸杞上划过。每划过一次，便有一粒枸杞脱离母株，跳进装枸杞的篮子里。揪枸杞的动作大同小异，但杞工的手速却有快慢之分。每一条枸杞垄，就像是一条跑道，手快的人向前移动的速度就快，装枸杞的篮子满得也快，这些人会被其他杞工敬称为"快手"。

无论是大战场、红寺堡、镇北堡，还是庙庙湖、芦花台、太阳梁、南梁农场和月牙湖，几乎所有的移民点都有面积不同的枸杞地，枸杞成了移民心目中的"随身亲戚"与"大地公民"。枸杞熟了的季节，所有移民点可谓全民皆杞工，老人、孩子、女人及在家的男人一起上阵。揪枸杞恰逢暑假，对上学的孩子们来说，这是他们给自己挣学费的季节，是感恩与体验父母供他们读书不容易的季节，这酷热与忙碌的日子，把他们变成了小杞工。

在一个更加注重保健的时代，在追寻"眼前的枸杞（苟且）和远方的诗意"的时代，很多在城市打拼的中青年，笃信枸杞的保健功能，会在给自己或别人沏茶时放几粒枸杞，不少餐馆在清炖羊肉等带汤的菜中也会放几粒枸杞，来宁夏旅游的游客离开时总要带几袋枸杞，宁夏人去外地办事、探亲也总不忘"将眼前的枸杞带到诗意的远方"。这些需求支撑起了一个年产量10万吨、8600多家企业的枸杞产业，让宁夏枸杞的产量占据中国枸杞的四分之一。随着移民的努力，红寺堡变成了宁夏枸杞生产的新兴重地，种植面积逐年增加。每年揪枸杞季节，都需要大量外地杞工帮忙采摘。

中午时分，黄花会在烈日下萎靡，采摘者能休息一会；揪枸杞则因为赶时间，杞工们中午在地埂上匆匆吃点饭，就得返回炎炎烈日下的枸杞地。正午的西北骄阳下，一行枸杞树丛简直是一列停靠在站的闷罐火车厢，里面闷热无比，摘枸杞的人汗水不停流淌，太阳暴晒加上汗水侵蚀让杞工们的衣服褪色，有人会中暑在枸杞树边，有人会晕倒在地里。庄稼人皮实，遇到这种情形，喝点水，休息一会儿继续揪枸杞。

一位杞工，就是一名在由枸杞垄分开的跑道上参赛的选手，就是和夏天赛跑的运动员，揪到的枸杞，就是他们的奖牌。每揪一枚枸杞，仿佛从地上捡到100克羽毛，又像是搜集到100克飞舞的灰尘。一天的采摘过程中，右手在枸杞树和装枸杞的篮子之间得来回摆动上万次，一天摘的枸杞，绝对超过他们的体重。杞工的效率不同，挣钱多少也不同，"快手"一天能挣到200多元，"慢手"挣100多元。那些"快手"不是时下占据手机屏幕的"快手"，而是舞动在天地之间的劳作之手，它们真实地在枸杞树枝间和盛装枸杞的袋子间快速摆动，皱黑如一张张麸皮做的饼子，轻巧如飞舞在枸杞枝条间的黑蝴蝶，快速如奔跑在时光岩面上的黑猫，敦实如枸杞树枝堆砌的码头边勤勉、敬业的搬运工，静默如伫立在深夜枝头的夜莺。这样的手每完成一个揪枸杞动作，像是帮助主人找回了一个失散的孩子，像是帮助一条被捕捞的鱼回到水里，以此帮主人赚取生活所需的金钱。它们甚至粗糙如一件半成品的工具，像它们的主人的身材一样壮硕，是飘荡在一个个移民家庭中的一面面充满希望的旗帜。

我见过的捡拾类工作中，揪枸杞无疑是最辛苦的一种。烈日下，杞工们低着头，将衣服裹着的身子隐在枸杞林中，眼睛像高速运转的雷达，盯着掩隐在绿叶间的枸杞；揪枸杞兑现成钱后，杞工们抬起头，走到银行的营业大厅里，把钱递给营业员存起来，那些钱或许是将来要翻建房子用的，或许是用于供孩子上中学、大学的；女性杞工们也会选择农闲时去城市的大商场里，揣着揪枸杞挣来的钱，昂起一年中大多数时间低在田地里的头，让眼光扫过商场的货架，将自己的身影骄傲地亮在城市女人前。这一低头、一抬头、一昂头间，藏着枸杞在烈日下离开株体依然保持的红色，藏着不同年龄与性别的杞工被太阳晒黑的脸以及被汗浸白的衣服，这是一部枸杞成长之书中的三个不同颜色的插图，是杞工在收获季节里写给枸杞的三个重要章节与细节。

我不能确定，若干年后，这种古老的采摘方式是否还会保留在这片土地上，这种生活方式是否还能保留在移民身上。或许，我眼前的这些揪枸杞的年轻媳妇在变成老太婆时，给她们的后人讲述自己曾经揪枸杞的日子，会用一种恬淡而宁静的口气，会觉得这就是她们移民后的一种谋生方式，是移民生活赐给她们的一种考验。那些过早加入杞工行列的学生们，在他们长大后的某一天，突然想起少年时期的夏天，想起那些在烈日下揪枸杞的日子，不知又会是一种什么样的心情和感觉呢？

跨过黄花基地的地埂，就能走进成片的枸杞地里。移民在老家时，撒下种子后就等老天下雨，庄稼收成好了，就鼓足劲夏收麦子秋收杂粮；收成不好，就叹息着盼望来年有好雨水。到移民点后就不同了，按照政府派来的科技人员的指导，移民们栽种枸杞、葡萄、黄花、蘑菇、萝卜甚至中药材等，其中枸杞的种植面积一度是最大的。栽种、除草、施肥等环节，让移民第一次真正感觉到庄稼是侍弄出来的，尤其是到了采摘枸杞的季节，哪里还能像在故乡时那样气定神闲呢？枸杞的采摘有着严格的时间限制，这让移民们最初手忙脚乱、疲惫不堪，忙不过来时还得雇人；枸杞摘完后，"枸杞鸡"成了枸杞地里的"主"。

第一次听说"枸杞鸡"时，我心里也是纳闷：鸡有公鸡和母鸡、大鸡和小鸡之分,"枸杞鸡"是个什么鸡?

在六盘山老家时,移民中间流传着这样一句"哲理名言":"家有万贯,长毛的不算。"意思是养长毛的动物有着疫情等风险,是不能算家庭可靠资产的。随着经济的发展,人们对肉、蛋等动物食品的需求稳步增加。进入 21 世纪,粮食转化率增幅较大,绿色健康的禽蛋市场潜力巨大,移民也开始琢磨起这个市场了。

移民把在枸杞地里吃着野生昆虫、枸杞落果、蝎子、黄粉虫等长大的鸡,称作"吃着补品长大的枸杞鸡""零污染环境下长大的鸡"。这些小鸡从小就以枸杞果、枸杞叶、粉碎后的枸杞枝条为主料,它们不像那些吃着统一配方饲料的"工棚鸡",在被规划好的统一时间里成长,有着近乎一致的个性和体重。"枸杞鸡"的块头和体力是饲料催喂的"工棚鸡"不能比的,相比而言,"枸杞鸡"们整天在一个竞争的世界里,没事就互相干架。养殖人员不得不给那些好斗的鸡戴上了特制的"眼镜",让它们只能看见地下的食物,无法平视眼前,这就无法看着对手挑战了。不能战斗,让那些雄性"枸杞鸡"觉得无聊,在枸杞树下不停地窜来走去,不时再仰天长鸣几声,让整个鸡场热闹不已。晚上,这些鸡都有看起来像别墅的小房子。鸡场人员从营养功能方面,将枸杞鸡分为美杞月子鸡、美杞养生鸡和美杞运动鸡等,养殖模式以林间放养为主,每只鸡平均的活动面积为 220 平方米,相当于城市四室两厅的豪宅。枸杞鸡,是住着别墅、戴着眼镜、吃着补品、喝着泉水的"营养鸡"。

每次走进或离开红寺堡,我都像个玩积木的孩子一样,反复拆解着红寺堡这三个字,从历史的角度解读它们和这片土地的关系:红色的希望在这片荒原上一直迟迟不来;古老的寺院消失前后没给这里的民众带来理想中的富足和安宁;军堡无论去留,或许抵挡住了外来军队的一时侵扰,但总归是没能抵挡住贫穷的常年侵袭。真正改写这片荒原历史的,是 20 多年前的国家移民政策。它像一面看不见却猎猎作响于时代之风中的旗帜,20 多万人从苦瘠甲天下的六盘山深处搬迁出来,响应着这面旗帜的召唤,怀揣着改变生存状态的美好愿望。他们不是被命运之风随意吹来的草籽,而是一群带着希望试图在这里扎根的火种。他们在山、风、水、人构成的四维图标里,只用了 20 多年的时间,就勾画出了绘有移民开发、脱贫产业、生态建设、文化教育等内容的立体画框,这画框一直没有边界和尽头;他们坐在自己打制的时代之车上,在蓝天白云下,在秋雨冬雪中,谱写着、吟唱着一首磅礴的移民之歌;他们在 20 多年的时间里,在一片陌生的土地上变成了在地者，文化差异、时间观念、财富理念、丧葬方式、婚姻态度、生育观念等，最初像一块块拒绝融化的冰，最终则像他们挥洒在这里的汗水一样，融进了这片土地。这种融入过程中，一定有厚厚的墙的阻挡，有与传统观念、守旧目光的僵持与对决，而时间最终证实，先进的理念和先进的生产力犹如春风，虽然柔顺，却一定能穿破残冬的厚墙，送来绿叶与花香。

20年的时光车辙，印满了一个个时代变迁中的人物的奋斗故事，这些故事的书写者，至今仍在这片土地上创作着一个个属于他们的新故事。唯有时代，是最好的读者。

第九章 黄沙作为证词

> 他们搬离那片生养自己的故土，摆脱恶劣的生存环境带来的卑微身份和沉重的生活负担，寻觅着洒满黎明曙光和落日余晖的新家园，那是他们用劳动歌颂大地的过程。
>
> ——题记

引　子

一觉醒来，庄子里的人惊奇地发现，他们从祖辈手里继承下来并耕种多年的滨河一带的耕地不见了。前一天晚上，从上游滚滚而来的洪水，从大河分出的一道支流像一把大切刀，把庄子和他们的耕地切开了。农民们眼睁睁地看着被河流切开的土地仿佛一艘巨大的皮筏，驮着即将成熟的庄稼向河心地段飘去，他们无奈地看着这些叛逃的耕地，心有不甘，来年春天，住在黄河西岸的汉族农民，用小船装着农具划过黄河，登陆那片私自逃离的土地，试图在上面继续耕种；有些变成鸟的土地直接飘到了对岸，黄河东岸的蒙古族牧民认为，这片像马一样跑来的土地和他们的牧场连在了一起，是上天赐予他们的牧地，是水送来的牧场。

黄河在流经北纬38°地带时，彻底改写了"水往低处流"的常规，逐渐向纬度更高处的乌兰布和沙漠与毛乌素沙漠间的台地流去。这种"水往高处走"的流向，使黄河在这里变得脚步从容，平坦而开阔的水域兼容黄沙的积累，黄沙如纯酿入喉，让黄河像一个喝醉酒的人一样步子趔趄，时而向左晃动身子，时而向右移动脚步，时而在西岸淤积出肥沃的耕地，时而给东岸的沙地边缘送去一块牧场。黄河在这一带也像是变成了一柄失控的、毫无规矩的锯子，被神奇的大自然拽着，要么在这一年把西岸农民的耕地锯开一片，要么在来年或时隔几年后将东岸牧民的牧场锯开一片，承载庄稼或牧草的土地变成了岛，在河面上游荡，甚至会直接漂移向对岸，黄河西岸的宁夏平罗县和黄河东岸的内蒙古鄂托克前旗的农牧民因此纠纷不断。

水是大地的邮递员，给这里送来不断累积的淤泥；风是天空派来的信使，将毛乌素沙漠和乌兰布和沙漠中的沙粒刮起后落脚于这里；年年岁岁，水与风在这片开阔的河谷地带相遇、对话、互赠礼物，让这片土地的嘴里含沙噙水。

牧草青青，风吹草低，黄河东岸的鄂托克前旗境内的牧民赶着驼与羊来到滨河谷地放牧。秋冬之际，青草变黄，倒伏向地，河滩上的大片盐碱给这里铺上了一层银白色，这些牧民像他们的祖辈一样，根据地形地貌特点给这片白色的滩涂地带取名为"查汉托勒"。蒙古语中，"查汉"为白色，"托勒"是河滩的意思。

明代初期，元朝残余势力进入查汉托勒，对宁夏平原的安全构成威胁。对生活在对岸的汉族人来说，将查汉托勒当作跳板的元朝残余骑兵就是从河套而来的虏，称其为"套虏"，也有借用蒙古语中称呼这里为"托勒"的意思。宁夏守军为了抵御这些元朝残余势力马过黄河，在查汉托勒对面的黄河西岸修建了一座意在平定套虏的军城"平虏"，这也就是后来的宁夏平罗县城。

宁夏总兵范时捷的那份奏折呈在康熙皇帝面前时，康熙才知道黄河边这块叫"查汉托勒"的滩地，竟然一度引起宁夏和内蒙古两地的争夺纠纷。在奏折中，范时捷强烈建议朝廷下旨，令蒙古部族全部撤出查汉托勒。康熙皇帝下旨，准允宁夏方面的请求。河边牧居的蒙古族牧民惊愕不已，但又不得不遵守圣旨，他们一边撤离查汉托勒，一边悲怆地念诵着：

> 失我托勒，难以再见到黄河水，令我驼羊何处去？
> 失我托勒，沙漠之中哪有草，令我羔驼没奶吃。
> 失我托勒，朝辞黄河不见草，暮至沙窝近群驼；
> 谁听我说？谁听我说？
>
> 哎呀哦，再也回不去了：
> 我的查汉托勒，查汉托勒！
> 我揣着我的鄂托克，唱起一首离别的歌！
> 走向沙窝，怀揣着鄂托克！

在《鄂托克前旗志》的"边界"一章中，我读到了这样的信息：1959年5月5日到9日，内蒙古自治区和宁夏回族自治区就区划界限问题，在银川召开联席会议，双方达成了两个自治区历史上的"5·9协议"："北依黄河向东7.5公里枯水沟为起点，京石墩蹶扎拉井、庙庙湖、马石头山……为终点，长达 120 公里，立 10 个界标，其中 8 个石桩、2 个木桩。……鄂前旗与宁夏的陶乐、灵武、盐池三县的始终界标为庙庙湖至 1280 高程，全长 238 公里。"

陶乐是当时中国最小的县，全县人口仅有 3.2 万人，城区人口不过 4000 人。2003 年，陶乐撤县，中国最小的"袖珍县"从此在中国行政区划图上被抹去。该县原有的三乡一镇中，月牙湖乡划归银川市兴庆区，陶乐县城改为马太沟镇，连同另外两乡一并划归平罗县。县城撤销了，从外至此的移民却拉开了新序幕。

在《陶乐县志》中有这么一段简单记述："（1956 年）8 月 23 日，陕西首批移民 800 人抵达陶乐（至 1958 年底共安置 1958 户、8816 人，1962 年 4 月开始，移民陆续迁返原籍。为安置移民，国家投资 630 余万元）。"在《陶乐县志》的"建置区划"一篇的第七节《月牙湖乡》中关于移民也是一笔带过："1965 年 8 月，陕西等地移民搬迁陶乐，11 月 9 日设立新星乡，后改为月牙湖乡（公社）。1962 年 9 月，移民迁返撤销乡（公社）。"

由于当时的开发条件有限，当年因为建设三门峡工程而从陕西关中来到毛乌素沙漠边陶乐县境内的移民，只留下了 8 户人家。那些揣着希望和激情而来、带着伤感而去的移民故事，似乎就像一滴露珠在太阳下蒸发掉一般。距离 8 千多关中移民迁返 50 多年后，我一次次深入昔日的移民点采访，知道这段历史的人竟然少得可怜，甚至包括移民的后代。他们在接受我的采访时，常常会说"听父辈们讲，我们是从陕西迁来的"这样的话。

几十年前的那场移民运动，似乎给陶乐这片土地下了一份判决书：这里无法给外来移民提供生存的土壤。

1

从宁夏南部六盘山西麓的海原县搬迁到陶乐县的移民被安置在了月牙湖乡（后划归至银川市兴庆区）。5 年时间里，这里先后接纳了海原县 3000 户 1.5 万名山区移民，刚来时，这些移民的贫困率为 100%；5 年后，30% 的移民解决了温饱问题。

在刚从大山深处搬迁来的移民眼里，之前没见过的沙漠、黄河、水浇地带来的耕作方式等，让他们感到新鲜、惊奇。最令他们感到惊奇的是半空中架起的渡槽，在他们眼里，那简直是上天在天地之间划出的一道水路。从黄河边的泵站抽上来的水，从地上"飞"到渡槽中，流到移民点后又"跳"到地上，淌进庄稼地里、塑料大棚、扶贫车间，在黄河边、渡槽和沟渠里划过一道道弧线，养育了花卉、蘑菇、蜜瓜、红树莓、无花果、肉牛、奶牛、肉兔等"温棚居民"。26年的时间，就像一条河流，站在此岸的移民，不再是当年从这里撤离的关中移民，而是扎根于此的主人，他们依靠国家有力的移民政策和先进的农业技术，依靠提灌、喷灌、滴灌等工序，让黄河之水流进万亩蔬菜大棚、千亩苜蓿地、数万株防风固沙的树木组成的林带，让这片昔日的荒漠变成了一张大镜框，其中巧妙地镶嵌着湖泊、沙地、园林、农庄及现代农业设施。

海原县农民往月牙湖移民的第二年，海原县关庄乡窑儿村的周满仓，和60多户老乡一起搬迁到了月牙湖往北30多公里的五堆子。五堆子，是从五墩子音变而来的，顾名思义就是五座黄河边的土墩子。周满仓和其他移民刚到这片黄河边的沙滩地时，地面上没有一棵树，几乎看不见一抹绿色。沙地改造是移民初到来的第一个春天的必修课。前一天一锹一锹翻挖过的地，由于没有草和其他植被，一夜大风就会吹跑浮在地面上少得可怜的土，于是又变成了沙地。他们只好用架子车去黄河边拉运淤泥，铺在翻挖过的地上，以此来保证种子下地、树木栽植和修路铺渠等需要的泥土。艰辛的改良土地工作，让这些在老家时习惯"靠天吃饭"的人无法忍受，有10多户人家春天没结束就又跑回了老家。

到了秋天，和当年从关中而来的移民把毛乌素沙漠边的移民点与故乡进行对比一样，来到这里的海原县移民，在心里也竖起了一杆秤，将故乡和移民点放在心里的秤盘上反复掂量：移民点上改造过的2700多亩地，平均亩产350公斤，远远高于山区老家的产量；何况这里不缺人和牲畜吃的水，这里的土地经过改造后产量还会提升……这些都像在移民心中点起的一盏盏小明灯，让他们看到了在这片陌生土地上生存下去的希望。

但这片土地似乎和移民开起了一场玩笑。移民后的第二年，经过施肥、播种、浇水、除草等，眼看即将迎来小麦丰收，移民们几乎是一天去几趟麦田，像看着即将满月的孩子，心里都开始盘算着如何办满月。诺言和憧憬在移民点如风吹动：男人给女人许诺卖掉多余的麦子，带老婆去陶乐县城转商城、买衣服、下馆子，甚至可以坐班车去逛逛银川城；母亲给孩子许诺新麦子碾成面后，首先做一顿蒜拌面，甚至烙油饼、蒸白面馒头。可是，就在麦子快要收割时，一场大风刮过，麦秆被吹倒，麦田被吹得平如铺满绿色的操场，那是他们在山区从没见过的"倒伏"灾象。大人孩子蹲在地埂上一边抹眼泪，一边诅咒大风不疼惜庄稼人的心血。

随着科技进步对土壤改良的促进，随着引黄灌溉工程的实施，移民有条件补种秋粮。那是他们再次栽种希望，争取赢得和命运抗争的小小胜利。

从西吉县火石寨白庄村冯家屲的老家移民来到庙庙湖9年了，马小花依然记得到移民点的日子：2013年9月1日，那天恰好是她32岁的生日。从移民的第二年开始，马小花就和村里的很多妇女一样，每到春天就带着剪刀、锄头、铁锹，向村子东边的那道沙梁走去，连续8年坚持栽树、锄草、剪枝等工作，从8年前的每天70元干到现在的每天130元。

马小花和全村人是集体"吊庄"到庙庙湖的，村子北边的两个移民点，比他们村早一年搬迁来，一个移民点是蓝顶的砖房，另一个移民点则是红顶的砖房，庙庙湖的人便称那两个移民点为"蓝瓦房"和"红瓦房"。那两个移民村的妇女，大多数也在春天时来到沙梁或在沙梁下的地里干活。庙庙湖，是内蒙古鄂托克前旗阿尔巴斯苏木和宁夏平罗县陶乐镇相交会的"鸡鸣两省"之地。马小花栽树、除草与剪树枝的地方，是一座位于内蒙古和宁夏两省区交界地带的沙梁，站在沙梁上远眺，远处的黄河缓缓向北流淌。从黄河到沙梁之间，40年前还是一片荒滩，现在布满了村庄、扶贫车间、塑料温棚。正值春天，眼前的沙山上，10多万株桃花犹如将粉红的衣装晾晒在金黄的大漠之上，面朝天空，亲吻白云；山脚下，有从黄河引来水后修建的人工湖，有连片的人工林——这一切都出自一位86岁的特殊移民之手。

老人叫王恒兴，年轻时曾当过村干部，后来通过搞建筑和做煤炭生意，成为年收入过千万的企业家。有一天，一个感悟突然钻进了王恒兴的大脑：煤是树的生命结晶，自己这辈子采过很多煤，对树有亏欠，后半生应该多种些树，向大地还债。

70岁那年，春节刚过，王恒兴开了一辆装满生活用品、树苗和铁锹的卡车，绕路跨过黄河大桥，来到编号为118界桩附近的沙梁下。停下车，扎好帐篷，拿出锅碗瓢盆，开始一个人在毛乌素沙漠的植树生活。这标志着他从黄河西岸县城的煤老板变成了黄河东岸沙地上的"移民"。第一年，王恒兴和雇来的民工一起平地、开渠、安泵、栽树，仅铺设滴灌管路就达1200公里，比庙庙湖到北京的距离长出 300 多公里。

在王恒兴修建的治沙博物馆，我通过一张张黑白、彩色的照片，一件件治沙农具，了解着治沙植树的艰辛。随着岁月的推移，王恒兴的投资从 4000 万、9000 万、1.6 亿到 2.1 亿……一个现代版的"愚公治沙"的故事开始上演，每年 4 月份，儿女们都会带领家族企业的近千名员工来帮助父亲植树。

临近内蒙古地界的山坡上，王恒兴主要栽种的是桃树，他想在沙漠里打造一个现代时尚的桃花源，让周围的移民和外地来的游客有个休闲去处。那些桃花在品种和样貌上和其他地方的桃花并无两样，只因为和沙漠的邂逅，被移民们称为"大漠桃花"。桃花盛开季节，从空中俯视的话，仿佛会看到有一群身着粉红衣装的仙子，在一面巨大的黄色地毯上翩翩起舞；又好像万千绣娘集体汇聚这里，进行着一场刺绣大赛，给如黄色海洋般的毛乌素沙漠西缘镶嵌上了一座座粉色的岛屿。沙梁最高处，一道绿色的铁丝网隔开了宁夏和内蒙古两省区，东边矗立着一座高大的敖包，书写着蒙古族人的信仰；铁丝网西侧，是王恒兴投资兴建的一座寺院和一座 7 层佛塔，寺院四周以及向黄河岸边延伸过去的坡地上，是他带人栽种的各种防沙植物。王恒兴不仅做好了物质上的环保工作，改写了荒漠漫长的历史；也构筑了一座精神上的灯塔，亮出了环保在这片荒漠上的意义。

最先来到庙庙湖的移民，来自六盘山地区西吉县下辖的 8 个乡 1412 户家庭，移民到这里心就凉了：虽说故乡穷，但毕竟是能生长点庄稼的黄土地，这里可是能耀疼人眼睛的黄沙呀。

改造荒漠成了移民的第一项工作。移民到来时，政府就已经完成了提灌引水、建造住房、平整土地、铺设输水管道、修路、栽树等工作；移民到来后，像完成一项接力赛似的，一年又一年地完成节水灌溉、拉土压沙、土壤改良、规模种植、生态系统、治理沙化等工作。到庙庙湖移民点建设完成时，建设总规模达 76.42 万亩，总投资 10.85 亿元，先后安置 2.05 万生态移民。移民让 538.66 公顷的移民项目用地从当初零产出的盐碱地，变成了收入 4515 万元的耕地。农业发展成了移民村解决温饱的基础，周边几个村的移民也纷纷效仿庙庙湖村的生态农业模式，种植、培育出了"沙漠西瓜""沙漠鲜桃"等。

如今，在平罗县的行政区域中，庙庙湖既指王恒兴通过治沙打造出的一个景区、一处现代农庄、一个梦幻般的诗意之地，也指一个接纳 2 万多外来人的移民村。走进村里，我看到的是一条笔直的双车道水泥路，太阳能路灯和电线杆伫立在马路两旁。马路两旁绿树成荫,生机盎然,充满着朝气和活力。和宁夏大地上的许多移民村一样,这里同样建成了文化广场、卫生室、娱乐活动室等设施,保证着移民到他乡后能有文化娱乐。

教育部于2018年5月29日发布的《中国语言生活状况报告(2018)》中指出,2017年里共诞生了242条新词汇,其中"共享"一词最受青睐;2017年度中国媒体十大流行语中,也有一个词叫"共享"。在庙庙湖村,听到"共享大棚"这个词时,我心里偷笑了一下:流行语中的"共享",是指在大城市里产生的共享单车、共享雨伞、共享充电宝等,庙庙湖的"共享"是不是在蹭时代的热度呢?没想到,这个词早在2013年就在庙庙湖热起来了。那年春天,庙庙湖村出现了深圳市华泰农科技发展有限公司的厂房和车间,移民们的零散土地被陶乐镇政府集中起来,建成了202栋大棚,按照每栋60元的租金,通过返租的形式让农户种植,由"华泰"向农户提供技术指导,统一规划、统一管理,并签订销售订单,实现了农业经营模式的突破,农户称之为"共享大棚"。丁彦贵就是庙庙湖村众多"共享大棚"受益者中的一位。移民之前,他压根不知道温棚是什么样子,老家的山地,年收入不过6000元。移民到庙庙湖村后,正赶上村里的搭建温棚热,建一个温棚要投资1万多元,丁彦贵拿不出这么多钱,便投奔"共享大棚",租了"华泰"公司的15栋大棚,一个温棚只花60元,15个温棚当年就有了3万元的收入,既能照顾到家里,还能学到种植技术。

庙庙湖村的东边,几幢现代楼房显得格外醒目,大门口挂着"宁夏新丝陆服饰加工厂"的牌子。走进厂房,里面的200多名移民妇女正在学习使用缝纫机、包装成品衣服等技术。从西吉县白崖乡移民来的王梅英是新丝陆服饰加工厂的一名员工,马菊花和王梅英一起从沙沟乡搬迁到庙庙湖村,一起第一批报名参加制衣培训,一起走进加工厂成为制衣工人。和王梅英、马菊花一样的准文盲移民女性有120人左右,她们只能选择到制衣厂这类技术含量不高的企业就业。

从老家移民到庙庙湖时,马宏斌舍不得丢掉在老家买的卫星锅,搬家时一并带了过来,想着便于看电视。刚来时,因为信号不好,很多频道的节目收不到,一家人老是围着立在屋檐前的杆子转来转去,抱着杆子找信号的情况在村里很普遍。几年后,时代的发展逐渐淘汰了卫星锅,电脑、手机成了移民了解外界信息的新工具,通光纤、通5G、通高清电视、通电商的"新四通"工程,让移民了解外界信息和对外交往更为方便。"电商"马敬祖,就是"新四通"的受益者,他和其他几位移民搭建了庙庙湖村的电商"淘翼夏":以经营沙漠西瓜、鹌鹑蛋、肉牛等本土特色产品为核心,面向全国用户供应这些农产品。

同样是养羊,移民到庙庙湖后,政府对移民采取了"养一只羊补贴200元,养一头牛补贴2000元"的补助政策。在老家,传统的生活模式让那些条件好点的山里人可能会在门前的山坡上散养几只羊,到了秋天,贴点饲料来给要宰的羊补膘,补好的羊多用于红白事,是人们秋末到冬天餐桌上的奢侈食物。搬到庙庙湖村,很多移民不仅保持了在老家时的养羊情结,还不断扩大养羊规模,也不再像在老家时那样放在山坡上漫养,而是集中在大棚里科学饲养。

冬天错过的,春天会补偿。昔日陕西移民的逃离之地,在新时期,因为几万新移民的到来和辛苦劳作,沙地荒滩被改造成了良田和蔬菜基地,移民和物流像不远处从黄河抽上来的水,源源不断地往村子里涌来,超出了规划者的预期。

2

看着春天播下的种子长出来后,就像没有奶吃的孩子,庄稼耷拉着头暴晒在骄阳下,一个干绝的夏天,在人们的祈祷、诅咒、盼望中一天天过去,焦渴已经连续了多日,人们对一场雨的来临已经不抱任何指望了。

暴雨在夜半时分悄然而至,瞌睡少的村民欣喜地听到一阵比一阵密集的雨声,盘算着天晴后趁这场雨补种一点秋粮,算是在这个绝收的夏天做点补救,听着这喜人的雨声,他们逐渐在喜悦中睡去。雨带来的清凉,让白天干热的六盘山地区仿佛置身于一个开启着适宜温度的天然空调房中。

醒着的人渐渐意识到不安,他们从越来越密集的雨声中听到了危险,有的人甚至清楚地听见年久失修的土墙坍塌的声音,像是一个个老人走着走着突然倒在地上。常年干旱少雨,让大山里的人缺乏对暴雨带来的灾害的认知。雨越下越大,大多数人却没有意识到藏在这令他们倍感喜悦的暴雨中的危险。

天亮时,有人走出院子,这才发现不对劲:不远处的山沟里塞满从上游涌来的浑浊泥流,沟道里传来惊人的咆哮声,山坡上几乎没有任何植被的干土,毫无眷恋地顺坡流向山谷、向下游奔去;越来越多的草棚、土墙倒塌,牲口站在雨里,雨水顺着它们湿漉漉的毛发直往地上流;天空像是一块巨大的布帘被捅了个大洞，雨水从这洞里往人间倾倒。

村民们最怕的山洪出现了，泥石流向山下冲去，跌落到山谷时发出阵阵轰鸣，村子外的道路瞬间被摧毁，稀稀疏疏的庄稼犹如被一辆巨大的铲车连根铲平。看着半截子山梁瞬间就没了，村民们又没处可去，除了恐慌与祈祷外，他们还能怎样？土屋在这场暴雨中随时有倒塌的危险，人们拿出能避雨的东西，跑出土屋，在院子里、树底下，看着这令人恐惧的暴雨。

雨停止后，西吉县沙沟乡叶河村的村民们心有余悸，大家步行去乡政府找领导，强烈要求政府将他们也纳入搬迁范围，让他们移民到宁夏北部的平原地带去，离开这不下雨粮食绝收、下了雨能让村子瞬间消失的山区。

乡政府派人实地勘察后，确认村民面临着生命危险，赶紧向县上汇报，希望调整之前的搬迁规划，让叶河村的人搬迁到濒临黄河的庙庙湖村。

如今，移民们已很自然地将移民点称为"咱这儿""我们这搭儿"。起初，和其他地方的移民一样，他们总不愿承认世界上还有比故乡更美的地方，但不知道从什么时候开始，他们的认知扭转了：移民点比故乡好！像一茬播种后自然生长出的庄稼一样，几年时间里，他们在不知不觉中就有了对移民点的家乡认同。

当初，鄂托克前旗的蒙古族牧民赶着牛羊流牧查汉托勒时，怎么会想到这里在200多年后会盛产粮食和蔬菜？几十年前，那些因为修建三门峡水库被安置在这里后又逃离的关中移民，怎么会想到这里会变成"全国美丽宜居示范村庄"？当初，从大山深处来到这沙漠边地的六盘山移民，怎么会想到这里会成为"石嘴山市文明村"？浸透着汗水的土地，往往会让历史感到惊奇。

如果不是亲眼所见，我会认为农民的大棚里只能种植蔬菜、瓜果等植物，没想到，在庙庙湖往北20多公里的红崖子乡红瑞村，大棚里竟然还能养挣钱的动物。初春的凌晨，在不远处的公司上班的女性们已经悄悄起床，简单洗漱后，骑着电动车出了家门，向公司驶去。几年移民生活，让红瑞村的移民们已经将自己的生物钟调整为"红瑞时间"。

陶乐撤县设镇后，当年县境最北边的红崖子乡就像是一只被甩到黄河东岸的靴子，红瑞村就位于这只靴子的开口处。每天早上，天还没亮，村路两边的路灯就发出淡淡的光亮，照着一个个骑着电动车悄然前行的身影，这些身影的终点是乡上招商引来的养殖公司。将车停在车棚后，那些电动车的主人们，像是被命运的枪管射出的子弹，精准地奔向各自的目标，分别走进不同的白色圆拱棚里，站在各自的岗位上。王海花轻轻推开 2 号棚的门，脱下外套，换上红色的秋衣。整个大棚都是女性的空间，一个个和她一样苗条而焕发着青春气息的身体，站立在一个个鹌鹑蛋架子前，开始忙碌。移民之前，这些来自大山深处的女性只见过鸡蛋，鹌鹑蛋连听都没听过。她们的头顶上，大型排气扇呼呼地转着，眼前，热乎的鹌鹑蛋顺着斜坡滚动到架子前，每一个捡蛋女工都将散落在架子上的鹌鹑蛋小心翼翼地抓起，然后精准地放到筐里。

进大棚 3 个小时后，王海花拿起手机看了看时间，不用出去，她也知道外面此时一定还是寒风料峭，不论天气如何，她知道自己没有时间出去透口气。她穿着红色秋衣的身影，像一朵艳丽的红玫瑰，在饲料存放处和食槽间来回飘动，这是她今天的第二项工作：推着装满饲料的小车把食槽加满。食槽边的鹌鹑似乎已经熟识了这个给它们喂食的人类妈妈，一点也不躲避，有的还表现出一丝亲昵。每天，王海花要给这些小家伙喂 20 大袋饲料。完成这些工作，王海花需要工作 6 个小时，工值是 100 元钱。下午，她就可以忙家里或自家地里的事情了。

就像一粒粒豌豆从豆荚里迸出来跳到豆株下的青草地里一样，一个成功的大棚就是一个成功的榜样，引领着越来越多的移民们开始搭建大棚。在移民眼里，每一枚鹌鹑蛋就像一轮明月那么光亮、完美、诱人，在红瑞村的大棚里养着 100 万只鹌鹑，简直就是百万轮明月照耀着这个村子幸福的面庞，村子也被人们戏称为"蛋蛋村"。

王海花没留意，她每天从家到鹌鹑蛋棚的往来身影，竟被村里的一些男人暗暗跟踪，甚至有户人家的两口子还为此吵起了架。

女的追问男人："你说，这些天鬼鬼祟祟地盯着那女人干啥？"

男："谁盯着那女人了？"

女："还说没有，天还没亮就悄悄出门，开始我还以为你起早呢！我盯你好几天了，跟着那女人到人家干活的大棚，大中午又跑去大棚，你说，是不是看上那个进大棚的女人了？"

男人释然了。他告诉妻子，确实跟踪过那个养鹌鹑的女人，原因是也想发点大棚的财。和王海花同村的海进宝一家 7 口人，是 2013 年从西吉县搬迁到红瑞村的。海进宝瞄准了鹌鹑蛋的商机，就动员妻子李存花也跟着王海花去"共享"一下大棚。1 个月后，李存花将自己在王海花的"共享大棚"里所见到的告诉丈夫：鹌鹑蛋的产量每天都在增长，一间棚的收入从每天 300 元变成了 3000

多元。海进宝开始在心里算起了一笔账：每间大棚，产蛋期10个月，年产鹌鹑蛋840万只20.5万斤，每座棚年净赚10万余元。他把自己的这笔账算告诉老婆李存花后，得到这样的质疑：钱能来得这么快？海进宝掰着指头给李存花算起细账：1月到6月，是鹌鹑养殖的产蛋高峰期，一间棚每天挣3000多元，去掉成本2000元，还能留1000多元……

在李存花的支持下，海进宝去银行申请了10万元的贷款，自己也想"共享"个鹌鹑棚。海进宝搭建起鹌鹑棚后，让3.2万只鹌鹑"移民"到自己的棚里，1天，2天，3天……海进宝整天像是看着月子里的孩子一样待在大棚里，有时，饭都是让妻子做好了带到棚里。怕熏着小鹌鹑，抽惯了旱烟的海进宝连烟都不敢在大棚里抽，实在憋不住了就跑到棚外抽两口解解馋。刚抽不几口，就像担心鹌鹑会飞走似的，赶紧回到大棚里。35天后，鹌鹑产蛋了，对海进宝来说，那不亚于媳妇生第一个孩子时带给他的兴奋。看着一颗颗鹌鹑蛋在架子上滚动，在海进宝和妻子的眼里，那就是一颗颗滚动的金蛋蛋，他们开始了忙碌并开心的收蛋工作，海进宝抽了几十年的烟，也因为这些天看护鹌鹑而戒了。

鹌鹑蛋让附近村的村民也看到了希望，用"企业+农户+基地"的运营模式，红崖子乡共建成了20栋标准化鹌鹑养殖棚，有20多户当地移民从事养殖鹌鹑的工作。

3

我第一次去陶乐采访时，陶乐还没撤县，在县城曾听到"陶乐十大怪"的民谚："本县锁阳平罗卖，河边等船真无奈；祖祖辈辈战三害，黄牙黑牙也可爱；小偷进去难出来，生人一眼认出来；野味沙葱苦苦菜，手抓羊肉好招待；宰了大猪腌起来，亲戚从南认到北（当地人发音为bai）。"

移民到来后，在重建家园，让一些新建筑、新事物出现的同时，也会让一些旧建筑、旧习俗消失，民谚里的"陶乐十大怪"就是这些消失习俗中的一部分。

第一怪"本县锁阳平罗卖"，是说那时的陶乐县（今陶乐镇）东临毛乌素沙漠，盛产锁阳，但陶乐县城的居民没钱消费锁阳，挖到锁阳的人只好拿到黄河对岸的平罗县城去卖。

以前，从陶乐县到平罗县，没有黄河大桥，人们到河对岸办事只能坐船，等一趟船需要很长时间，就有了"河边等船真无奈"的第二怪。2004年1月前后，有两件事让陶乐人记忆深刻。第一件是经国务院批准，撤销陶乐县建制，将该县的3乡1镇分别划归银川市的兴庆区和平罗县，"陶乐县"从宁夏的行政区划中消失了。第二件是2004年2月21日那天开工建设的黄河大桥，经过两年时间，于2006年6月竣工通车。这座横跨黄河、连接陶乐和平罗的公路大桥，因黄河东岸曾经出现过的陶乐县而得名陶乐黄河公路大桥，大桥的建成让"河边等船真无奈"的第二怪终结了。

"祖祖辈辈战三害"中的"三害"指的是风沙、盐碱和黄河塌岸。从依靠飞播造林到尝试在沙漠中人工营造防风固沙林，县林业部门曾经组织人将21万株旱柳、新疆杨、沙枣、沙柳等树木和占地2100亩的花棒、柠条、沙打旺等灌木种植在全长7.6公里的沙沟之中。移民搬迁到这里时，已经可以看到匍匐在沙漠边的那条绿色长龙了。黄河边的河滩地，由于地势较低造成地下水位高，形成了大片大片白花花的盐碱地。黄河流经陶乐段，像喝醉酒似的左右晃荡，对岸的银川平原上有坚固的护河堤坝，河水常常向东岸冲来，不停冲刷河岸边的土地，频繁造成河水塌岸现象，往往是一夜之间，辛苦改造出的百亩良田就塌进黄河中。左手是带来灾害的黄河，右手是干旱的毛乌素沙漠，中间是庄稼收成不好的盐碱地，让陶乐人千百年来一直和风沙、盐碱及黄河塌岸这"三害"抗争。陶乐撤县变镇后，庙庙湖、红崖子、红翔、红瑞等靠沙漠的地方，采用提灌技术引水浇地，远离了盐碱滩和黄河水冲岸毁地的灾害，加上新产业替代了传统的农业种植模式，这里变成了移民安居的新家。

"黄牙黑牙也可爱"是指过去生活在被沙漠和黄河夹在中间的盐碱滩上，当地人饮用的是矿化度很高的高氟水，许多人的牙是黑的或者是黄的。现在，移民点用的都是经过净化的黄河水，也就不存在黄牙、黑牙之说了。

"小偷进去难出来，生人一眼认出来。"陶乐设县后，全县南北90多公里，东西约10公里，县城总面积不到1000平方公里，站在城内两条主干道的交叉口，东西南北四个方向均能望见城外的田野，县城小得被当地人戏称为"巴掌大的陶乐城"。当地人有一个段子讲他们的县城之小：有一个外地来的小偷来到陶乐县城，一张生面孔和一口外地口音，还没下手偷东西就让人举报了；后来有人开玩笑说，如果有小偷在陶乐县偷了东西，警察只需在通往外面的两条公路上设卡，小偷想逃都逃不掉。陶乐，是个连小偷都不愿来的小地方。当地人还有一个段子说陶乐之小：一位县领导带人去南方考察学习，当地领导问陶乐县领导："你们县有多少人？"陶乐县的领导含蓄地伸出了三根手指头。当地领导惊奇地说："才30万人呀，这么少！"陶乐县领导不好意思地更正："不是30万人，是3万人。"陶乐县小，陶乐县城更小，这从当地流传的这样一个段子中可以看出：一旦有外地人来到县城的大街上转悠，就会引起在街道两旁树荫下打牌、下棋的老大爷和老太太的关注，很快，就会有"街上来了几个生人，不知道干啥来的"传言来印证"生人一眼认出来"的一大怪，印证这是一座没隐私的小城。移民到来后，去昔日的县城、今天的陶乐镇购物、闲逛，坐车去平罗县城的陌生面孔日渐多起来，也有从外地来到镇上、移民村投资的客商；更不乏回收移民们种植的蔬菜、养殖的牛羊、收获的鹌鹑蛋等产品的外地商贩，这让陶乐成了陌生人比当地人还多的地方。小商贩、餐馆老板、雇工、信息中介、树苗贩售者、蔬菜回收者、酒馆老板、卡车驾驶员、理发师、承包商、建筑商等，数量也比当地人多。

"野味沙葱苦苦菜，手抓羊肉好招待"说的是沙生植物沙葱、苦苦菜和羊肉，是陶乐人招待客人的三大件。如今，随着温棚的普及，移民和当地人四季都能吃上自己种的新鲜菜蔬。

"宰了大猪腌起来"是说20世纪90年代以前，陶乐县人没钱去买肉，一般都是年终时宰自己养的猪吃肉。猪肉冬天吃不完，天气一热又不好保存，就连油带肉熬炼后装进坛子，腌起来慢慢吃。移民的到来和经济条件的改善，使得镇上出现了大量的鲜肉店铺，"宰了大猪腌起来"的现象也就消失了。

"亲戚从南认到北"说的是陶乐县小，当地人的社交范围小。移民到来后，不仅和来自南部山区的其他各县的移民交往，也和当地人交朋友，加上交通条件的改善与手机、电脑的普及，以移民为代表的新陶乐人的社交圈在不断扩大。

我从一份由平罗县劳动就业服务局提供的庙庙湖村当年移民调查表上了解到：村里的6026名移民中，拥有高中及以上文化程度的仅有86人，占总人口的1.4%。因为文化程度偏低，有的移民不得不从事任务繁重或是高污染的工作。在移民村三棵柳，很多移民就前往附近的镁厂从事高强度的工作，更多的移民则选择前往红崖子工业园区去打工。移民现象的诞生，其实就是移民在推力和拉力之间的角色转换：推力是原住地的生活艰难、自然灾荒等；拉力则是移民点蕴藏的有着巨大就业机会的城镇、农场、企业等。对于移民来说，到村子附近的"共享大棚"、扶贫车间、蔬菜基地、工业园区甚至去镇上、县城、市区谋求新的就业岗位，就是拉力显示出的魅力。移民不是从一个生存环境到另一处环境，甚至像走亲戚那样完成一种物理意义上的转身那么简单，更不像亮出护照、走过边境到另一个陌生国度；从故乡到移民地是一条曲折而漫长的路，移民需要排除埋在这条路上的诸如观念、惰性等"地雷"，更需要能够适应新的环境，尤其是新时代带来的各种生活方式的改变。

和在红寺堡及其他移民点关注妇女的就业、教育、观念等问题一样，我留心到这样的一个数据：在庙庙湖村，最初移民来的妇女中文盲比例高达80%以上；男性由于缺乏文化，外出打工大都只能选择低技术含量的工种。戴维·希普勒在他的《穷忙》一书中，认为造成贫穷的原因有两种，第一是指无力购买基本的生活必需品而造成的绝对意义上的贫穷；第二是指相对意义上的，无力负担某段时间、某个地方流行的生活方式的贫穷。如果说移民们在故乡那连水都缺的环境里，贫穷是一道无力改变的流血的伤口——会导致更大的贫穷像闻着血腥味而来的狼群般蜂拥而至；到了移民点后，新生的致富渠道不能掌握的话，就会成为新的生活方式的落伍者，这种落伍就会导致新的贫穷。当"共享大棚"、扶贫车间这样的机遇出现在移民村时，移民的起居习惯、时间观念、婚育方式、生育观念、财富分配等，在新事物的浪潮前一一得到洗刷、改变。尤其是妇女，她们移民前的角色就是在家种田、带小孩、做家务，甚至受某种传统观念影响，仅仅扮演"生儿育女"的角色。到了移民点后，每项政府提倡、提供的农业新技术、致富新门路，都会让移民受到免费的培训，她们和丈夫、公婆的观念，被时代之手矫正，她们已经逐渐适应了在村子或周边打工的生活节奏，随着经济收入的提升，她们在家庭和社会上的地位也在不断提升。

4

通过几次采访，刘文豹留给我这样的印象：对土地有着某种超凡的、特殊的感知与改造能力。就像一个专治疑难杂症的民间医术高手，刘文豹似乎能看见江水淹没的中心岛上万物葳蕤的样子，似乎能从万里之外嗅到一片盐碱滩里深埋着供庄稼生长的气息；犹如医治好被命运判了死刑的几个病人一般，刘文豹几次对

"死地"改良并产出数量可观的粮食。然而他的人生故事却常常出现意外。几次败北于当地群众的"抢地"纷争后,他有些死心,便跨过黄河前往贺兰山下从事和土地改良、开荒种地不相关的工作,眼睛却一直盯着河对岸红崖子乡的那片荒地。当红崖子开始移民时,已经70多岁的刘文豹,觉得自己"专治土地不长粮食之症"的机遇来临了,便带着家人离开贺兰山脚下,跨过黄河来到毛乌素沙漠边,开始人生中的再一次"自我移民"。

从月牙湖乡开始,沿着244国道从南往北而行,依次经过六顷地、庙庙湖、三棵柳、五堆子、新建、红翔新村,一直到和内蒙古鄂托克旗交界的红瑞新村,这些散落在黄河和毛乌素沙漠间的荒滩,像一座座池塘,30多年来一直接纳着如鱼赴水般的移民,一片片涛声相伴的荒滩变成了一个个生机勃勃的移民村,构成了一条130多公里长的移民带。红瑞是地处这条移民带末梢位置的一个移民村,刘文豹是71岁后来到这里的。他先是从湖北"移民"到月牙湖乡,再从月牙湖"移民"到贺兰山下,最终"移民"到红瑞村。

第一次见到刘文豹,是2005年4月25日早上9点多,我们相遇在银川市兴庆区政府办公大楼里。古铜色的皮肤让他看上去不像一个当地老百姓说的"老板",更像是一个落魄的流民。他找政府的原因很简单:"我承包土地,他们(当地农民)却种粮。这像个事吗?我在改良土地,他们在圈地。"

两天后,我前往月牙湖乡濒临黄河的那片滩涂地,那片刘文豹承包的土地,已经从荒滩变成了生产小麦、油葵的沃土。那时,他已经有了21年间将1.5万亩贫瘠荒地开垦为丰产田、打出粮食400多万公斤的成绩。早在1989年,刘文豹就作为全国百名售粮模范之一,在中南海受到了国务院领导的接见,商业部授予他"全国售粮模范"的称号,田纪云副总理称呼他为"一代粮王"。

那天从田地里采访结束,我走进刘文豹简陋的住房时,已经是中午了。从老家雇来的农民蹲在房外的地上,津津有味地吃着他妻子做的饭。塞上的4月,他们种的蔬菜还没长出来,新鲜的菜又买不到,雇工们的饭食很简单。院子里,40多只鸡、3条狗、1头猪还有1只猫在觅食、晒太阳,给这些外地人带来一份生活的气息。他们住的几间平房的旁边,堆着几十袋码放整齐的油葵。刘文豹告诉我,那是上一年打的,如果能让他顺利承包这些土地,这片以前几乎不长庄稼的地,能打出更多的粮食呢!

刘文豹从湖北来时带来的一条狗被当地农民"给弄吃了",和那条狗一起从湖北老家"移民"来的5只鸡,已经繁衍出40多个"孩子",在院子里悠闲地转悠着,它们不知道主人的烦恼。"你说鸡都能生出这些鸡娃来,我种地咋就这么多麻烦呢?"刘文豹让儿子给我放记录他种粮历史的一盘VCD,从那上面和他的讲述中,我知道了这位中国粮王的种粮之路:1984年,在湖北省襄北农场工作的刘文豹,乘着家庭联产承包责任制落实到户的快车,把自己搁置在了这趟再也没有回程的车上。此前,他利用农场的机械搞了两年代耕,攒了些资本。他认为中国农民之所以种地不挣钱,是因为地少人多。如果人少地多,肯定有挣钱的空间。悟通这个道理后,刘文豹承包下了古驿镇附近的1070亩荒地。农机操作出身的刘文豹深知机械化种地的威力,3年后,原先薄得种刺槐都不长的荒地在他的侍弄下日渐丰沃,这不仅让他成为种粮大户,也是他种粮历史上一段流金淌银般的幸福时光。改良的土地散发出的芬芳与喜人的收成,让曾经被附近村民遗弃的荒地变成了人们眼中的"唐僧肉"。如遇丰收季节,刘文豹种下的庄稼竟会遭遇哄抢和破坏。有村民在麦苗青青的时节,将几十头牛放养在他的地里,既啃又踩;西瓜还没长到碗大,就成片成片地被偷食破坏。最严重的时候,有些村民干脆明目张胆地推着板车,大白天到地里肆意摘取。

采访过程中,我总是听到刘文豹说出"地懂人情""土地是最无私的,付出就会有回报"之类的话,他更懂土地的脾性、温度、脉息,更懂人和土地间如何建立一种良好的投入与产出关系。

刘文豹最终还是在无奈中选择了离开家乡,用船将农用机械运送到了汉江的鱼梁洲,开始了再次承包种地的生活。10年后,他接到鱼梁洲开发区管委会下达的提前终止合同的"通知",只好携妻子沙玉荣及两个儿子,开着面包车,风餐露宿。历时两个月,奔波在陕西、宁夏、甘肃、新疆等省区,行程3万多公里,考察了十几个县市,最后选择了距银川50多公里的黄河边的月牙湖农场的一片荒沙滩。刘文豹租了2辆卡车,载着家当和家人,经过一天的跋涉,把自己从湖北"移民"到了黄河岸边的月牙湖农场,以每亩地5块多钱的价格承包了6000亩滩涂地。刚来时,刘文豹从老家雇了20多个农民,住在临时搭的帐篷里。早上起来,沙尘暴吹得他们洗脸时毛巾都不敢在脸上使劲擦。待了不到一年,那些雇来的农民因为这里的条件差都走了,他只好雇月牙湖乡的移民来干农活。第一年,他投进去60万用于土地改良,种进去的油葵颗粒无收;第二年种水稻,由于错过了种植季节,又赔了20多万;到第三年才开始转亏为盈,之后出现了连年丰收的情景。

几年间，刘文豹先后投入上千万元，把沙丘规划成 8 大块区域并推平，开辟了 30 公里长的 4 条井字形通车大道和多条小路，建起了从黄河抽水的泵站，开挖了大小 20 条水渠共 4 万多米，修建了 28 个水闸。获得奥斯卡金像奖最佳影片奖的经典电影《乱世佳人》中女主角的那句台词，简直就是给刘文豹这样的土地之子准备的："土地是世界上唯一值得你为之工作、为之战斗、为之牺牲的东西，因为它是唯一永恒的东西。"刘文豹的生命似乎就是为土地而生的。以前没收成的滩涂地，经过他的改良，庄稼肥硕，笑容绽放。但刘文豹却笑不出来：悲剧再次以同样的方式来临，当地群众开始和他争地。

采访刘文豹的那几天，我晚上就住在他们的简易住房里，自然就看见了这样的情景：每天早上 7 点多，刘文豹承包的地里站着从月牙湖乡的几个移民村庄雇来的 30 多个村民，那些村民因为月牙湖农场的部分群众阻拦而没办法干活。晚上，在他家幽暗的电灯泡下，摆放在旧木柜上的那尊铜锈斑驳的"全国售粮模范"奖杯散发着陈旧的光芒。荣誉在某些人那里是护身符，但在刘文豹这里似乎成了引起伤心回忆的诱因。我离开后不久，刘文豹干脆将那些奖杯、奖状压在了一个破木箱的底层，随同它们一起被收起来的，或许还有他移民至黄河边这片滩涂地上的沮丧的经历。

对一个钟情荒地改造并在上面种粮的人来说，被逼离开自己改良后的土地，何异于将自己浴血奋战得到的疆域拱手让人？让改良土壤的人和种粮大户交出土地，无异于让一名战士交出武器，让一位牧师远离教堂，让一名教师离开讲台……打赢了官司却失去继续承包土地权的刘文豹，带着遗憾和愤懑，从月牙湖农场撤离了。或许是对改良土地心生倦意，他收拾好行李，带着家人离开黄河东岸的月牙湖，前往黄河西岸的贺兰山下购买大型挖掘、运输设备，试图从事煤矿生意。不久，国家实施贺兰山生态恢复政策，刘文豹的煤矿和当地上百家煤矿一样被叫停。

土地从不会遗弃对它钟情的人，就在刘文豹苦闷时，他那对土地的特殊情感带来的"特殊功能"再次凸显：有人给他传话，说地处黄河东岸的平罗县红崖子乡要再次扩大移民规模，这意味着那里对土地的需求量将增加。这是照进刘文豹人生暗室里的一道光，让他看到了机遇：从月牙湖接受海原县的移民后，逐渐有更多的六盘山移民搬迁到月牙湖往北的滨河地带，逐步在这里形成了高仁乡、东沙乡、陶乐镇和红崖子乡等以移民为主体的移民乡镇。移民村像一枚枚棋子被时代之手布局在黄河东岸与毛乌素沙漠交界的狭长地带上，红崖子乡位于这个移民带的最北边。

71岁的刘文豹再次捡起自己的改良土地之梦，将自己从黄河西岸的石嘴山"移民"到黄河东岸的红崖子乡。虽然同样是在滨河地带，但和10多年前自己改造月牙湖农场的土地类型不同，自己这次要承包的是一片沙漠。就像老中医遇到了新杂症，越是有挑战的改良土地，就越能激起他内心对土地的热情。刘文豹了解到，红崖子乡的五堆子村、三棵柳村是早在30多年前就开始建设的移民村。最新的移民村红翔新村也已经有上万移民。刘文豹听当地移民讲述他们告别故土的情形：在西吉县白崖乡西沟村，搬迁那天，面对被拆得七零八落的家，男人们的内心堆起海涛般的呜咽，但他们强忍着泪水不出声，只是默默地搬运东西；几乎所有的女性都放声大哭，那是对故土不舍与对新家向往掺和在一起的眼泪，很多人在临别时离开院子后又折了回来，反反复复好多次。

当地政府为移民搬家垫付的费用有：两户村民合用一辆大货车拉家当，政府为每户补贴车费1200元；政府为乘坐客车的村民每人补贴100元车费，运输公司承担50元，村民自己承担50元。西沟村村民在拆迁房屋时，都信奉"破家值万贯"的传统理念，将自家房屋上的砖瓦、门窗、大梁等建筑材料拆下搬走，将家里能带的东西都带上了。到了400多公里外的移民点，他们发现，当地政府为每户移民发了1张床、1000斤煤炭、1个月的米面油等生活必需品，他们从家乡带来的很多东西都用不上了。移民们生活的村子被命名为红瑞新村，大概是当地政府希望移民来到这里日子过得既红火又祥瑞吧。移民没让政府失望，几年后，红瑞村的四季有了自己的"笑脸"：春天，温棚里长满碧绿的新菜；夏天，空气中弥漫着菌菇的味道；秋天，经过改良的土地上庄稼丰收；冬天，移民已经习惯了不再有冬闲的生活，或忙于自己的菌菇大棚，或到附近的扶贫车间、工业园区打工。搬迁前，移民在老家的年人均纯收入只有2900元，搬迁后两年就达到了4500元。

红瑞村的移民很快就知道附近来了一位中国的"种粮大王"，也慢慢知道了刘文豹来到这里的故事：经过8次协商、谈判，2018年12月的一天，刘文豹和红崖子乡签订合同，承包了3000亩的半荒地，"老粮王"开始了新创业；他雇佣周围村子的移民，投资160万元，修了一条8公里长的大坝；使用无人机打药，使用现代机械种水稻，农田管理也尝试更新的模式。2022年8月15日下午，我专程来到黄河边的红瑞村，村民们指着空荡荡的河滩地告诉我："种粮大王"早就离开了！

我问："为什么？"

"好像是不让他承包了！"

我看着远处的黄河水滔滔而去，它能带来上游的河水，也能冲刷此地的堤岸，更能卷走一代"种粮大王"留在这里的短暂时光与叹息。

移民地不是天堂，移民把新家变成富足地的过程中，有一群特殊身份的人起了很大作用，他们就是时代词典里出现的一个新词所代表的人物："第一书记"。红瑞村紧邻毛乌素沙漠，土地沙化严重，不适宜农业耕种。很多移民对土地改良心存疑惑，对这里能否长出庄稼心里没数。

前往红瑞新村时，郭俊峰已经从平罗县煤炭集中区的干部变为红瑞村第一书记，和当时全国各村的第一书记一样，郭俊峰身上担负着帮助全村 1808 户 9500 多位移民脱贫的责任。红瑞村邻近沙漠，移民庭院是宁夏移民村中面积最大的，这让郭俊峰从中捕捉到了商机：养牛。

放下昔日的黄米饭碗、端起白米饭和菜碟子容易，但让这些在大山里习惯了靠天吃饭的农民进行科学养牛，可不是一件容易的事情。申请政府各种扶贫政策和补贴，协调 5300 万元贷款，宣传、动员移民养牛等工作，相继耗去了郭俊峰两年多的时间。移民们回忆起当初养牛的情形时说，郭俊峰能把全村 1300 多头牛都分得清，能清楚知道每头牛的年龄和性别，因为这些牛全是他帮移民买回来的。帮移民养牛，让郭俊峰变成了半个养殖专家、半个兽医。饲料缺了、牛病了、出栏找市场，一有问题，移民们就给郭俊峰打电话。

红瑞村移民通过科学养牛、大棚种植、外出务工，日子渐渐变得和周围移民村一样了。临街出现商业店铺、信息服务机构、金融代办点、医疗站、卫生院、台球室、游戏厅、美发厅等，一个崭新的移民村诞生在毛乌素沙漠边上。

第十章 一缕消逝的炊烟

> 如果你把力气和农具丢了，在外乡的土地上就种不出庄稼；如果你把乡音和民俗丢了，可能就再也找不到回故乡的路了。
>
> ——题记

引 子

思念父亲时，张民会不自觉地朝挂在墙上的父亲遗照望去，一股浓郁的罐罐茶味似乎浓浓稠稠地洇在上面，像一艘看不见的小舟，墙上挂着的镜框和他的眼睛之间就像有一条小河，小舟沿着那条河慢慢飘来。那是六盘山地区乃至西北地区男人们喜欢的味道，是移民从山区带到移民地的故乡味道。现在，则成了驻在他记忆里的一幢房子，里面满当当地塞着有关父亲的回忆。

父亲去世已经好几年了，临终时，他给张民提了一个要求：让儿子将那把底部黑漆漆的茶缸子放在他身边，让它和自己一起走进墓地。现在想来，那是父亲想把罐罐茶里飘出或积淀的、沾着旧时光味道的香气带走。现在，如果不是看见挂在墙上的那幅黑白照片，他还能想得起父亲的什么呢？

和同龄的人们谈起到移民点后故去的亲人，很多中年人和张民的感受是一样的，一场移民，把很多从故乡应该带来的东西给丢了。是什么东西呢？文人叫作"乡愁"，移民叫作"念想"。乡愁不是头发，拿起剪刀说剪就能剪断；乡愁也不是饥饿的身子，拿改善了的经济条件就能维系。对移民来说，乡愁就是从故乡带到移民地的记忆与味道、火焰与乡音，是对留在、埋在故土的祖辈的怀想。对故乡或亲人念叨至最浓烈时，记忆的天空便会飘起思念的雨，乡愁就是雨后升起的一道道彩虹。

最初移民到他乡时，劳动是思乡的解药，是移民战胜思乡之苦的武器。移民们在各自的大脑里建一座供奉故乡的神殿，守卫那些神殿的，就是乡愁。随着封山禁牧、退耕还林、建坝蓄水等生态政策的实施，很多移民的老家彻底消失了，他们成了没故乡的人。故乡就像一件不再合身的衣衫，到移民地后，这件衣衫仿佛博物馆里摆放的文物一样，每一位长辈、亲人的离去，都会抽走这件衣衫的一根线，剪去这件衣衫的一角。哪天那些移民来的老人都离世了，在移民地上出生的孩子长大了，故乡对他们而言，就成了日后填写各种表格时"籍贯"一栏中的一个褪色的词。那时，清明时的一场雨、中秋时的一轮月、春节时的几声鞭炮，还能唤醒老家的乳名吗？还能闻得见那飘过黄土山岗、农家小院、杏树枝梢的罐罐茶吗？

1

张民的老家在宁夏西南端的西吉县震湖乡，他移民到的地方是位于宁夏东北角的平罗县红崖子乡。多少年后，回忆起移民离开家的那一刻，张民仍清晰地记得，父亲不住摇头，在一声又一声的叹息中，用一张旧报纸将那个被烟熏得如黑漆刷过一般的茶缸子包了起来，像是舍不得丢下自己拉扯大的孩子。

在大西北，无论是黄土旱塬、河谷川道还是高山盆地，都没能让居于其间的人因为日子苦而失去刚性与柔情，他们既有铁一般的坚硬，也有绸缎般的绵润。比如在说"熬茶"这个词时，熬字被发成第三声，听起来是短如匕首般的 nao 的音；茶字发音虽然也是第三声，但语音却如一个农家巧妇拉面时扯出一根面条般轻弱细长。无论是同辈征求远来亲戚的意见，还是晚辈征求长辈是否喝茶，都是这硬如北风和软如春柳的发音合成的口气。熬茶的材料其实很简单，一个搪瓷缸子（说来也怪，罐罐茶一直没被称为缸缸茶），一把乡下的茅草或冬天黄泥暖炉里的小炭火，一小撮劣质的茯茶，茶在开水中翻腾时溢出的香味，是赶在做早饭前的炊烟升起的、叫醒乡村的无声闹钟。

很多移民在离开故土时，想丢弃那些因为长期承受烟熏而变得黑不溜秋的茶缸子，但老人们舍不得，虽然他们也知道，到了移民点，没有熬茶的条件，也没有熬茶的氛围和环境。张民看到父亲在离别家乡时的一个动作：拿过手钳子，拧下圈在缸沿上的那道铁丝，那是熬罐罐茶时为了防止把茶缸子端下来时烫手而拧上去的，铁丝的一端围成一圈箍在缸沿上，另一端是伸出 7 寸左右长短的一个比鸡蛋还小的椭圆形手柄。张民从小就熟悉这样一种场景：夏日的大清早，奶奶是全家人中起得最早的，她从炕柜里取出一个布包，拿到厨房后，一层一层，像是打开一件珍贵的文物一样，拿出那柄砖茶，平握在左手，右手拿起菜刀，小心而精准地横起刀刃，朝砖茶的细缝里切去，一小块黑黑的茶片被撬了下来。奶奶抓起茶片，慢慢地放进茶缸里，用水勺倒进七八成的水，将装有茶叶和水的茶缸放在灶台上后，奶奶开始往炉膛里塞麦草，然后擦着一根火柴，点燃这个贫寒家庭里早上的第一道光。炉膛中间是几根焊接好的炉齿，奶奶点好火后，就端起茶缸，让茶缸卧在炉齿上，缸底接受火焰和烟熏，缸子里的水即将沸腾时，奶奶把缸子从火上端下来，稍微等凉一下，再放到炉齿上，直到再次沸腾了，再端下来。如此熬几次后，带着草木味和土腥气的茶香就从水里溢出，从厨房里飘出，在院子里奔窜。这个过程，西北人叫"熬茶"，那缸子茶在火上沸腾几次后，倒在茶杯里的就是西北人说的"罐罐茶"。

熬茶，不是一个动词与名词的简单组合，一个熬字，含着对苦日子的包容和隐忍，诚如一句民谚说的"骨头里熬出了青烟"，也蕴含着期待如扁石头翻身般的美好未来。和当地人喜欢吼秦腔一样，悲伤了吼两嗓子，高兴了也吼两嗓子，逢年过节、说媒提亲、嫁女娶媳、亲戚串门、孩子满月、上梁建房等乡村人的大事情，罐罐茶是招待客人的好礼。火苗不停地舔舐着缸底，一罐接着一罐地熬，倒进端上的碗里，一人一碗。喝时因怕烫嘴，先是轻轻一吹，喝进嘴时会惬意地发出吸溜吸溜的声音，喝上一口后慢慢将茶碗放下，咂巴咂巴嘴，似乎喝下去的是琼浆玉液，那其实是对主人拿罐罐茶招呼客人的一种赞许与回礼。乡下人遇上烦事时，往往喜欢独自熬茶，几口茶下去，烦闷似乎也少了许多。

搬离故乡前，张民给父亲做了不少工作，也给老人讲述了移民点"美好而便利"的生活，他也知道父亲这一走，晚年喜好的罐罐茶就会彻底变成留在故乡的记忆了。

熬茶讲究的是茶、水、火、器四样，它们就像乐器一样，在"熬"的过程中发出带着土味的声音，简单、有力、容易操作。熬茶的茶多是茯茶，水是平常喝的水，烧的是烧火做饭用的柴火、麦草或煤炭，器是搪瓷缸子，这四种器物合奏出的熬茶乐曲，西北人最能听懂。张民知道父亲带不走水与火，带上茶到移民点也没条件熬了，便看着父亲拧断了爷爷的爷爷手里传下来的那个搪瓷缸上的铁丝把柄，那是父亲拧断了一种延续了数辈人的生活方式。父亲舍不得擦去缸子底和周围的那层烟熏上去的黑，直接用旧报纸包起了茶缸子，那是父亲包起了一种生活记忆，并带着它踏上了去几百公里外的移民之路。

到了移民点，那个茶缸子一直被父亲藏在箱子里。每天一大早，父亲就把那黑漆漆的茶缸子从木箱子里小心翼翼地拿出来，像一个从前线退下来的士兵，拿出再也无法射击的一支枪那样，一边叹气，一边看着，仿佛盯一会儿便会有用故乡的柴火烧在缸底后沸腾的水，里面有茶叶在蹦跳着，仿佛在咕嘟咕嘟的声音中会冒出热气来。有时，趁白天没人，父亲会把茶缸子拿出来，将鼻子凑上去，似乎那里面的茶香还在，还能闻得见妻子的味道，然后叹口气，又把黑乎乎的茶缸子放了回去。

和熬茶一并消失在移民生活中的，还有伴着山里人的毛驴、骡子、狗、猫等动物。狗在六盘山人家是护院看家的好帮手，也是以前大人小孩在山上放牧时的伴儿。移民搬迁时，有的人家是因为车厢拥挤无法带；有的人认为到移民点后，住户全是集中在一起的，平原地区无法放羊，不需要狗来看家护羊。猫一直是六盘山地区人家的"家庭一员"，山里人的粮食金贵，简陋的房子里存粮时最怕老鼠来祸害，自古以逮老鼠为己任的猫是山里人家的护粮功臣。冬天，有些老人还用猫来暖被窝，听着猫的呼噜声入眠。移民时，毛驴、耕牛、骡子与马，因为有耕用价值，可以出售给来收这些动物的人，而猫和狗似乎一下子成了多余，有的甚至就此被遗弃。

移民所到的地方，早已经没了当年的瓷缸和黄泥小炉，但那一口化解乡愁的茶香一直是悬在空中的诱惑，犹如落叶季节过后，挂在树梢上的一只干瘪但鲜红的果子。有些习俗具有穿透时空的生命力，无论是在闽宁镇上遇见的移民赵鸿，还是在隆湖开无论是在闽宁镇上遇见的移民赵鸿，还是在隆湖开发区奶牛场村遇见的移民李长辉，都是想"解一口罐罐茶馋"的移民。他们在用过的八宝粥、健力宝空罐子顶端系一圈铁丝，然后再用铁丝拧成一个把柄，把茶倒进罐子后，放到将火拧到最小的液化气灶、煤气灶或电炉子上，他们试图用这种"改装"了的罐罐茶，熬出当年的味道来化解他们的乡愁，找回他们原来生活的一部分。

他们的身子搬迁到了移民点，那份流淌了千年的文化基因却如一条变窄的溪流，流淌在他们的身体里、血液里，与其说是移民离开了故乡，还不如说是故乡离开了他们。语言是一个地方民众的胎记，刚到新的移民地时，他们无法隐藏移民点周围的原住民听得出的山区口音，他们摆脱不了土豆般的山区生活气息，他们从大山套大山的封闭空间来到完全开放的平原地带，他们习惯了谦卑恭顺地去城区、车间打工，那些带着土性、野性、扯着嗓子吼的秦腔，或如雨后庄稼般疯长在漫山遍野的花儿，逐渐被压在腹内生锈，甚至那说了千年的六盘山口音，也悄然变成了被他们戏称的"六普"（六盘山普通话）。移民只有回到移民的乡亲中间时，那些乡音才像是失散多年的兄弟般亲切地聚在一起，吃饭叫喋，妻子叫婆娘或屋里的，说话叫言传，拉家常叫扯磨，杏子发音为横子，闲聊为谝传，等等。他们交谈时还会时不时地飞出四个字组成的貌似成语的词汇：用"克里马擦"形容办事效率高，用"胡吹冒撂"形容一个人说话不着调，等等。

当移民们意识到忙碌的生活让他们丢失了很多时，才发现子女们已经习惯了喝啤酒、咖啡、可乐，没有年轻人对罐罐茶感兴趣了，经过改装的罐罐茶成了都市里的装饰，价格贵得让罐罐茶真正的主人无法接受，昔日熬茶的搪瓷缸子被精致的陶制小罐替代，昔日装在水窖里的水被纯净水替代，昔日的茯茶被普洱等替代，昔日喝茶时坐着的土炕或小木凳被实木做的桌椅替代，昔日喝茶时的黄泥小屋被茶楼替代。移民的子女们已经能很娴熟地用普通话和城里人交谈，不再像第一代移民当初和城里人说话时那样把头低下、声音压得低低的；移民二代、三代们已经自如且自信地开着自己的小汽车去城里上班，不再像第一代移民那样骑着自行车碰到城里人时赶紧跳下车让路；移民的后代担心父辈们寂寞，买来宠物狗和宠物猫陪伴老人，可他们怎知老移民心里的狗和猫，是带着土味、在家里不吃闲饭的，是看家护院、逮鼠暖被的。

真正带着土味的罐罐茶的消失，是一种属于旧时光里的慢心境在消失、一种熬日子的韧劲在消失。

不光是熬茶时的慢火与茶香不见了，不光是围绕在庄稼人周围的狗影猫声消失了，无论是早上还是黄昏，移民村子里再也看不到移民们小时候催孩子们回家吃饭的炊烟了；机械化种植与收割，尤其是大片农田被用来种温棚菜蔬后，那些填饱炉膛之胃的庄稼秸秆也渐渐根绝了；大棚饲养的牛羊吃的也都是从外面批发来的饲料；家家户户养猪喂鸡的日子早已不在，想吃肉到镇子上的集市随时就能买到，谁还吃力地养猪喂鸡？谁还用铁炉子慢火熬骨汤？

移民村子里的罐罐茶没了，那大山深处移民的老家是不是还有呢？我开始了这种追寻。

每次到西吉县采访，县委宣传部聘用的新闻干事戴辉曙都是我必须要见的人。戴辉曙对西吉的了解之深之透，让他成了一位编外的"新闻发言人"。前几年，他曾带我去过他的家乡，他的家乡在西吉县西边的震湖乡窑崖村，村子位于西吉县最西边的干旱带上，和甘肃省的会宁县相连并深受会宁文化的影响。由于去往西吉县的道路不好，村民们办理年货或购买一些日常用品时，常常去会宁县境内的乡镇，这也让戴辉曙的口音带着明显的会宁腔。

从2018年开始，戴辉曙作出了一件让中央电视台和诸多媒体争相报道的事情：他在家乡建了一座乡村农耕博物馆。

车过坡上和垴上这两个村庄后，就到了戴辉曙的老家：窑崖。移民过程中，出现了取名字偷懒的现象，多是简单地将移民故乡和移民点所在的县或乡两个地方各取一个字合成移民点的名字，如泾源县和灵武市合作安置的移民点被命名为灵泾新村，隆德县和潮湖地区的合作安置点叫隆湖，泾源县移民到银川的良田镇后有了泾银村，等等；有的干脆以数字简单命名，如隆湖开发区下面的几个地点就叫一站、二站、三站，在陶乐镇出现了在原来地名后缀上数字的查汉埂二村、马太沟三队、施家台子四队等村名，在闽宁镇出现了二旗、新华六队等；有的则取个方位后面直接缀个村，比如红寺堡的东川、西川，陶乐镇的东渠、西渠、中滩、北崖；另外还有一些出处不明的地名，如闽宁镇的木兰村、月亮村，平罗县陶乐镇的园艺村、红翔村，等等。

在黄土高原的腹地里，干旱少雨让群山像是被火烧过一样，甭说树木，就连人吃的庄稼都不能保证。像窑崖这样的穷村，哪里有橼木建房造窗？黄土高原上的民众发明出一种冬暖夏凉、除了劳力外建筑成本几近为零的住宿地：窑洞。和川区用土块打垒不同，这里的窑洞是直接在土崖上凿成的，窑崖村的名字就是这样来的。

指着远处的群山，戴辉曙说："十几年前，窑洞早就废弃了；十多年前种地还是牛拉呢！"到戴辉曙老家时，远远就看到一座用木头搭建的大门，上面写着大大的"篷门古村"四个字。戴辉曙将自己出生的院落改建成了一座农耕博物馆，几间屋子里，存放着从新石器时代到汉、宋、元、明、清、民国时期、解放初期和改革开放初期的农具、陶器、瓷器等涉及农家生产和生活的1000多件农耕器具老物件。耕地整地用的耒耜、耱，收获用的碌碡、连枷，照明用的煤油灯、马灯……这些蒙上了灰尘的农具，是长久以来六盘山地区农耕文明的历史见证，也收容了六盘山农民们的生活记忆，浸满了辛劳与汗水、苦难与希望。移民走了，给山里人腾出了更多生存的空间，古老的生活气息在移民二代、三代或者以后会逐渐消失，将来的某一天，移民的后代想追寻他们祖辈的生活气息，戴辉曙的农耕博物馆就是为他们准备的一件时光容器，一份山区老日子的见证。那些离开大山到各个移民点去的百万移民，丢失的乡愁是不是太多了？

从县城出发前往震湖乡之前，我向戴辉曙提出了一个看似简单但其实很奢侈的要求：到他老家喝一顿罐罐茶。半路上，戴辉曙就给他姐夫打电话，说了我的这个要求。我听到电话那头，他姐夫似乎有些为难。

我的要求确实为难了戴辉曙的姐夫，村子里已经没有了熬茶的小炉子和瓷缸子。但农民有属于他们的智慧，戴辉曙的姐夫仓促间找来了一个铝缸子，茶叶是不知放了多久的老砖茶，然后用一个小电炉子替代小土炉烧水，不一会，水开了，茶在水里开始经历熬的过程。第一杯茶出来后，戴辉曙的姐夫特意放了点红糖，我一咂摸，嘿，还真有熬茶的味道。铝缸子太小，倒出来的茶喝不了几口，只好再慢慢熬、慢慢喝。

戴辉曙的姐夫说，村里都没人喝罐罐茶了，他的一些移民亲戚说，有些老人搬到川区后，最难受的就是喝不到罐罐茶了，有的老人临终时，还念叨着故乡的罐罐茶。

在窑崖的那个下午，我喝到了用小电炉子替代土泥炉、自来水替代窖水、铝缸子替代搪瓷缸子的罐罐茶，这让我觉得饮下的罐罐茶像是听了一曲跑调的民歌，似乎少了点什么。少了的究竟是什么呢？黄昏时分，我离开窑崖村时，站在山坡上回望，我看到山坡上星星点点散落的黄泥小屋和砖瓦房，那应该是陶渊明笔下"依依墟里烟"的时辰，电器的盛行像一把锄头，炊烟犹如庄稼地里的青草被一一除去。而那些整个村庄被连根拔起般地"吊"往几百公里外的村子，早已被荒草掩没，哪里还有"榆柳荫后檐，桃李罗堂前"的景致，更无半点"狗吠深巷中，鸡鸣桑树颠"的生机。

哦，即便是回到移民的故乡，罐罐茶里也早没了一味极其重要的佐料：炊烟。那是叫醒农人之胃的闹钟，是弥漫在时间之河两岸的属于乡村的味道，是爬满农人记忆之墙的岁月藤蔓，是盘旋在村庄街巷、树丛、院墙之间的青灰色丝缎，是喂养村庄的蔬菜和粮食。如今，即便是在大山深处，这些闹钟、味道、藤蔓、丝缎、蔬菜都变弱、变细、变小甚至消失了。

和六盘山地区的老家相比，移民地上的人们已经习惯了没有炊烟的新乡村生活。那些听到《又见炊烟》的人，能看到暮色罩大地的壮观景致吗？在没有炊烟的乡村，还能感悟到有诗情的夕阳和有画意的黄昏吗？那些在绿树成荫的乡村街道上漫步的诗人，念诵起"暧暧远人村，依依墟里烟"的诗句时，抬头找寻却看不见炊烟从烟洞里爬出，不知会做何感想。

真的乡愁呀，是能守护在内心的火种，不是虚写在纸上的灰烬。罐罐茶，就是那一地灰烬中的一种。

2

王一军的家在六盘山东麓泾源县的蒿店乡板沟村，那是夹在 G22 高速公路和 G312 国道之间的一个山村。这两条公路修建前，我曾去那里采访，从最近的公路边下车，需要徒步 5 个多小时才能抵达村子。板沟村有 130 多户人家，一户户人家就是一枚枚生锈的钉子，被贫困死死地钉在 4 道山沟与 3 座大山梁之间的密林之中，交通不便让这里成了一片近乎与世隔断的土地。没移民前，王一军每天都要牵着毛驴去山下驮一趟水，来回要 1 个多小时。

从六盘山腹地移民到毛乌素沙漠边的红翔新村，王一军和其他村民从宁夏东南角转到了东北角。移民到红翔新村后，王一军一拧自家厨房里的水龙头，就能喝上净化后的黄河水，再也不需要赶着毛驴去驮水了；他的蔬菜大棚里也浇上了黄河水。移民的土地流转后，王一军和妻子加入了村子里的大棚蔬菜种植行列，全村搭建起了 90 亩的瓜菜基地，建成了 28 座高标准节能日光大棚及配套基础设施，种植生产辣椒、西红柿、沙漠甜瓜、枸杞等特产。下午，王一军和妻子将自家大棚里没卖完的蔬菜、瓜果摘下来，装进几个纸箱子里，用电动车载到村里的市场门口，在这里，他要寻找的是故乡时的那种慢日子。我刚到他的"摊点"时，他就挑出一个西红柿，给我递过来："刚从地里摘来时间不大，不需要擦的，净着呢！"

我开玩笑说："没带零钱呐！"

他一下子愣住了，脸上带了一丝不易察觉的不悦："一个西红柿嘛，说钱就见外了。"

掰开后，我尝了一口，真甜！看到我很快就吃完了他递给我的西红柿，就像一个学生写的作业受到了老师的表扬似的，他赶紧又挑出了一个递给我，旁边的魏凡玲拦住他："那个不好，看着块头大，但不好吃，我挑的这个更好，给人家从城里来的客人尝尝。"

又一个西红柿伴随着我和他们的聊天下肚了。夕阳逐渐从河对岸远处贺兰山的肩膀上滑落向山脊背后,大地陷入一片迷蒙的金黄光幻影里,村道上是晚归的农人身影。少了炊烟的移民新村里,形制一致的砖瓦房和水泥墙,让整个村子像是一个个大小、状貌一样的火柴盒子整齐地摆放在这片滨河地带上,自然也就少了些昔日在六盘山时黄泥小屋的泥土味和农人从田间归来时的聊天声、打招呼声以及牛羊鸡犬声。从各种电器里钻出的饭香、菜香,飘出院落后,在村巷、街道上游逛。女性移民们在老家做好饭后,站在院门口扯着嗓子唤男人、孩子回家时的大嗓门也消失了,代替这个的是通过手机轻轻地说上两句。

和王一军谈到故乡时,他的眼神一下子如快速沉向贺兰山西麓的那抹夕阳一样,闪过一丝黯淡。通过他的眼神,我仿佛看到了哥伦比亚作家加西亚·马尔克斯笔下的《百年孤独》的结尾:那个叫马孔多的小镇,像一件晾在绳子上的衣服,被一阵突如其来的飓风从地球上刮走了。那些曾经烟火不断、繁衍兴盛的乡村,就是搭晒在六盘山的沟沟岔岔间的衣服,虽然陈旧但温暖,可惜随着时代发展,它们已不再合身,于是就被移民的飓风、被轰鸣的铲车伸出的铁臂铲除,从大山的视野里永久消失,只能作为一种记忆保留在移民的回忆中了。

移民地的标志是流转的土地、新建的大棚、拔地而起的楼房、离不开的手机、嗡嗡作响于墙外的空调,故乡的标志则成了被荒草掩埋、连作为标识的墓碑都已不存在的坟园。日子好起来了,很多移民有车了,这才想起日子流失的过程中,他们将清明节、春节前去故乡扫墓祭祖的习俗丢了。今年清明节前,王一军带着妻子前往板沟村,想给先人上个坟。到了退耕还林的封山标志前,护林员早早就守在那里,不让他们进山。王一军这才发现,一路行来,每一个山口前都聚集着要上坟的移民,出于防火的需要,六盘山林区是严禁进山的。护林员是当地人,大家三说两说就都成了亲戚,但山区防火的政策不能违背,因为担心男人们进到山里去抽烟会引发火灾,只能让女人们进山上坟,并按规定的时间出来。

我问魏凡玲:"进到山里,看到老家是不是很亲切?"

"哪呀,什么都没有了。我们搬走后房子就被推土机推平了,到处是荒草,不仔细找根本找不到自己的院子。先人的坟也找不到了,只能望着大概的方向磕个头。"

对这些移民来说,重返老家,犹如去拜访一个几年没见的亲戚,见到时却发现，对方已经面目全非。老家已经看不到任何从前生活的影子了，魏凡玲跪了下来，小心地用打火机点燃冥钞，拿一根树枝小心地扒拉着，让冥钞一点一点地燃烧，以前的生活印记似乎也化为冥钞燃烧后的灰烬，这里的一切，除了记忆外什么都没了。

"这年过得，一年比一年没味了！"近几年，移民点的中老年人看着年轻人除夕夜看春晚、低头发送或抢微信红包、找朋友喝酒，有些村子里因为"响应移风易俗号召"，连鞭炮声也听不见了，老家过年时的高台社火、皮影戏、秦腔、唱春等，都成了留在故乡的记忆。当初离开老家时，很多人将罐罐茶缸子和皮影戏道具、戏服丢在了老家的院子里。刚到移民点的前几年，大家都忙着挣钱，平时也顾不上原来在老家时的诸多文娱活动。这一丢，再想找回来就难了，那些书写着、收藏着乡愁的民俗、用具、活动，被历史的风卷到记忆的沟渠中去了。

3

在大山里生活时，靠天吃饭的耕作模式，让村民们在春节期间能够有大把时间耍社火。因为担任央视纪录片《六盘山》的编剧，我深入了解了六盘山西麓的隆德县高台社火，山河乡王庄村的梁尔敦就是因此走进我的视野的。

每年春节，六盘山地区的很多村庄都要举办社火活动，村民们将社火组织者敬称为"社火头"。梁尔敦是王庄村社火队的社火头，也是梁家社火第五代传人。每年农历腊月二十日左右起，王庄村和其他村庄一样，就开始准备社火了。那几天，前往梁尔敦家的村民大多能看到这样一个场景：炕头前立着一张桌子，桌上放着颜料、毛笔和一摞勾出图案还未上色的脸谱，炕对面的柜子上贴着几张身穿社火服装的老照片，地上摆着已经完成的脸谱。院子里，聚集着演员、议程官、脸谱制作者、乐手和热心操办社火的村民。对于这些庄稼人来说，社火是他们农耕生活中的一场民间狂欢，是农耕文明视野下敬畏天地的一种仪式，是给罐罐茶熬出的苦涩中添加的一勺糖，是一种聚集乡村凝聚力的社交方式。

商周时期，六盘山一带就是中原王朝的"西极"，是善于牧马的秦人的牧区，蜿蜒而过的先秦长城，显明地划出了这里作为马场的界限。公元646年，唐太宗李世民一路风尘来到六盘山下，"至西瓦亭，观马政"。自隋朝以来，西北设立的

24个军马场中,六盘山军马场就位于核心地区。悠久的养马历史和丰厚的军马文化,造就了六盘山地区的马社火,隆德更是"高台马社火"的保护传承基地。高台马社火是高台社火和马社火的统称,简单的名字后面隐藏着浓郁的地域文化,前者指以供桌为中心举行的庆祝丰收的仪式,后者则指表演者骑在马上举行的仪式。

王庄不是移民搬迁村,村子里1000多人和传统耕作方式保留下来的牲畜,在传统社火文化的熏陶下,构筑起了一条高台马社火的河流,梁尔敦和儿子梁鸽飞就是这条河上的两名艄公。梁鸽飞自幼喜爱秦腔戏剧和高台马社火艺术,已经从父亲那里传承到了高台马社火的化妆和制作手艺。在现代娱乐的冲击下,村子里爱好马社火的年轻人越来越少,表演所需的马匹日渐减少,观众也越来越少。

王庄和旧街,分别属于隆德县的山河乡和奠安乡,两个村子被营盘梁隔在山的南北两端,高台马社火像一条看不见的绳子,将这两个村子串在一起。王庄村不属于搬迁村,村民们替六盘山守护着高台马社火的脉息;旧街村是1998年整体搬迁的村子,村民的移民点属于红寺堡区西边的大河乡。隆德是文化大县,深受关陇文化滋润的移民们,看着遍地黄沙,给移民点取了个非常诗意的名字:香园。香字拆开就是千八百日,这些移民立志要用千八百日,在这片荒滩上建设成自己的家园。从隆德搬迁到红寺堡的移民,在春节期间比其他地方的移民更怀想高台马社火带给他们的快乐,在移民区实现了初步的安家、创业,解决了温饱问题后,那些带着乡愁的故园文化会像春天的麦苗一样从移民心里生发。

郭锐是从隆德县大山深处的旧街村移民到红寺堡大河乡香园村的。刚搬来的那几年,忙着改善生活状况,春节还没过完就开始计划外出或忙田地里的事情,在老家时玩的高台社火自然就被遗忘了,无意间,岁月在他们和故乡之间垒出了一道看不见却很坚硬的墙。

找回一个东西的最好办法,或许就是先失去它。第五年春节来临之际,郭锐才发现移民点的春节少了在家乡时看惯、耍惯了的高台马社火,他组织成立了一个有230多人的社火团队,唤醒了移民们的社火之梦。移民到红寺堡20个年头时,"社火头"郭锐连续组织了15年高台马社火。耍社火的环境变了,社火的本义与底色、形式与内容也悄然发生着变化。故乡的高台马社火用的马,逐渐被拖拉机取代。在故乡时,社火要每家每户地耍,因为山里海拔高,年过后离播种还有些日子,村民虽然有的住山上,有的住沟里,但社火赐予山里人的恩泽是一样的。山里人在耍社火时不势利，无论贫富贵贱，无论人口多少，都得挨家挨户地去耍，不仅是让社火的光泽照在每一户人家，也是让千百年来如种子般的社火之薪播撒在山里人的心中。到了移民区，大家都集中在一个村子里，地势平坦且道路宽敞，用不了多久就能把一个庄子转完，即使去红寺堡区参加社火会演或者去首府银川演出，也是汽车拉着，来去一天时间足够了。耍社火的时间在这里似乎变短了，现代科技设施像农业这架车上的马达，让坐在车里的移民们将更多精力投放到那些四季不闲的温棚里，社火的内容与时间似乎都缩水了。故乡时的议程官深受传统文化影响，出口成诗、即兴创作，而移民区想找个理想的议程官就很难，这也使移民们好不容易找回来的社火在即兴表演上打了折扣。

4

移民前，六盘山一带的农民深受关陇文化浸染，非常喜欢秦腔。移民时，秦腔如胎记一般跟着移民到了一个个移民村庄。伴随着移民春节期间的生活，诸多移民村的戏台成了跟随移民而来的传统文化的重要载体，戏台左右的柱子上，常常会贴着诸如"一捧雪二度梅三请诸葛；四进士五凤岭六出祁山""虚迹谈实事，莫闲看镜花水月；假相传真情，须认就暮鼓晨钟""音内调，调内音，数声雅乐拓胸襟；戏中文，文中戏，千古英雄收眼底""上台来显爵高官，得意无非须臾事；下台去抛盔卸甲，下场还是普通人"之类的对联。

在红寺堡区新庄集乡的杨柳村西川戏台两侧，是村民们自发写上去的一副对联："黄河水甜，共产党好"。移民知道感恩，知道凭借自己的力量是无法在这昔日的干滩上立足撑家、养儿育女的，所以将自己最朴素的感激之情，写在这移民地的热闹中心、欢乐的集散地和体现牵肠挂肚的乡愁之地。春节期间，一出折子或全本的秦腔，就是一缕乡愁的集聚，也是一缕乡愁的遣散。

有人还没有从故乡之夜诞生的苦涩梦境中醒过来，就已经在迁居地的黎明里听见了自己的笑声。从山区移民到川区后，由于生活条件的改善，诸如罐罐茶等载着乡愁的习俗就渐行渐远乃至消失，移民们唯愿秦腔这种根植在血液里的文化能够流淌如斯，新家园里的戏台能够更加敞亮、宽大。

离开戏台，不远处的渠水边修建了不少供村民娱乐的设施，几个老人在那里或散步，或聊天，一帮放学后的孩子嬉闹着。我慢慢向村委会走去，远远就看见几个人围在一起，听一位女性讲述着什么。走近后，听见她讲的是有关乡村文化旅游的内容，所讲内容很切合当地实际。看着她秀气的装束，听着她文静的语气，我以为她是在大学里讲授文化旅游方面课程的教授，应邀前来村里旅游考察、讲学的。后来才知道，她是时任红寺堡区党委宣传部副部长姚一凡，带她参观的是村委会主任王文元。姚一凡当场给王文元提出了"一桌吃八县"的概念，在一张小小的餐桌上，外地游客就能吃到南部山区八个移民县的美食，同时也体现了来自八个不同县区的移民者在新的家园里以家乡的味道连接起的一种共同的生活信念。

移民对自己经历过的生活、对故土的怀念、对新家园的张望总会设法去表达，乡愁记忆馆就是西川组移民的一种表达，写在墙上的那段文字就是他们情感的书写："有一个地方叫故乡，魂牵梦萦，牵惹记忆；有一段岁月叫过往，坎坷曲折，永生难忘……"馆内展示的第一代移民来这里创业的犁、马鞍、石磨等农耕用具和日子稍微好点后购置的黑白电视、拨号电话等老旧生活用品，无不散发着移民曾经岁月里的气息。

在西川，我想起了中国当代著名诗人西川，给王文元建议：应该请西川来这里举办一个"西川诗歌节"，通过西川介绍"西川"。至少，西川被传诵的那首《李白》就很适合这里："越过大海的马，是抵达村庄的诗篇／攀登高山的太阳，像谷地的庄稼一般宁静／让不可能的成为可能——／这就是你：一颗大星和一场风暴／一片月光和一场梦。"至少，罗山顶上的那轮明月里，装着西川组乃至整个红寺堡区移民的一个梦。

记得10多年前在银川采访杨兴义时，有个细节让我难忘：那位从同心县田老庄乡走出的实业家，在一家网站于2017年评选的宁夏十大富豪中排名第六。杨兴义少年时整天吃洋芋，这让他在青年、中年时期见到洋芋就反胃，到了晚年却又非常喜欢吃。到了冬天，杨兴义会在银川的家里专门腾出一间房子，在里面架好一个故乡人冬天取暖、做饭、烤洋芋的火炉子，专门用来烤他从故乡收购来的洋芋。第二年开春了，找人铲去把房子熏得黑黑的煤烟，然后再粉刷。

移民们想吃故乡的洋芋或烤洋芋片，想吃在故乡时把洋芋埋进冬天的炕洞里烫熟的洋芋蛋，想吃一碗柴火烧旺的炉膛里端出来的洋芋面时，多数并没有杨兴义这样的条件，但懂事的后辈们也会去集镇上买来洋芋，也会开着车子拉父母长辈去镇上、县上的餐厅里,点上一盘洋芋丝、一份微波炉里烫出来的"烤洋芋",那些老人一动筷子,尝一口就能吃出味来:藏在舌尖里的乡愁,不是流水线上能制造出来的,那是故乡土地上产出的具有唯一性的庄稼。

第十一章 书写移民故事的移民

他们是移民地生活最权威的代言人、书写者和读者。

——题记

引　子

移民，不仅是移民地的建设者，更是移民地生活的创造者。他们中有想给移民村庄安上飞翔翅膀的农民女作家，有当选为第十三届全国人大代表的"拇指作家"，有在移民地上放牧诗情的"羊倌诗人"，有两次移民后找到工作和爱情的"红马甲女作家"。他们是移民们选中的代表，以大地为纸、勤劳为笔，以移民地为写字桌，记述着移民的汗水温度与睡眠长度，创作着漫游于晨昏中的劳动之歌，然后为它添加上黄金的嗓音、琥珀的光泽，同时还努力找寻着这声与光的读者。

他们是迎风而长的芨芨草、枸杞树、葡萄苗、黄花菜，也是暗夜里挣扎的灯光与流淌进庄稼的水头；他们是朝蓝天送去绿色问候的树苗，也是顽强破土的青苗和挂在季节枝头的果实；他们是自己生活的命名者和向时代与大地陈述成绩的汇报者，也是站在命运领奖台上替乡亲们诵读获奖词的人；他们没有在明月下独自举杯窃喜，而是一直在替这片大地向外界书写邀请函；他们匍匐在地，聆听过雨水落地时的速度，倾听过葡萄树枝在夏夜伸腰打哈欠；他们骑鲸升空，替大地接吻白云，以没有褪色的乡音，讲述他们俯瞰到的汗水颜色与丰收景象。

1

就像一个小孩子将偷来的糖果没兜住，当着大人的面跌落一地，她的秘密是当着别人的面被揭开的，这让在场的三方都有些惊奇、尴尬和愧疚。

老徐拖着干了半天活的疲倦身子，看着自己的影子在正午阳光下从地里移到家门口。大中午的，大门却紧闭着，疲累加上饥饿，让老徐心里有些毛糙，伸出的手握成拳头状,指关节在铁门上敲出了响亮的声音,等了半天,才听见妻子陈凤霞开屋门、急急忙忙走在院子里的脚步声,拉开大门的内栓后,老徐看到陈凤霞慌乱的神情。

走到厨房,冰锅冷灶的情景让老徐气不打一处来:他知道妻子有心脏病,但在家怎么连午饭都不做呢?他清楚,妻子一定趁自己下地干活,又偷偷趴在炕沿上写作了,写着写着就忘了做午饭的时间。

这次,老徐没能忍住,啪!一巴掌就甩过去了。落在陈凤霞脸上的这一巴掌,让关系一直很好的两口子都愣住了,接着是哇的一声,拉开了一位西北农村妇女式的哭之序幕。院子里很快传来急匆匆的脚步声,进来的人是刚好路过老徐家的村党支部书记姬雪山。

"咋啦?"姬雪山问老徐,回头一看陈凤霞捂着脸哭的情景,心里明白了,扔下一句"你俩到村部来"就出去了。

陈凤霞当着丈夫老徐的面,掏出拴在裤腰带上的那把钥匙,走进屋子里,打开那个在丈夫和孩子心里一直充满神秘色彩的木箱子。那是她当年的嫁妆,在丈夫和孩子的判断中,那个箱子里一定藏着很珍贵的东西。站在院子里的老徐看见陈凤霞抱着装有书籍样东西的两块头巾,走出院子朝村委会走去。

老徐紧跟着陈凤霞的脚步,也往村委会走去。在村委会办公室,姬雪山知道了陈凤霞保持、延续了20年的秘密:这个农家女人,一直坚持用文字记录移民生活。那两块头巾里包着的,是她一笔一画写满字的稿纸,垒起来足有一铁锨头高。

陈凤霞对老徐说:"这就是你和娃们一直想知道的箱子里藏的东西啦!是我20年来,趁着你不在或农闲时,趴在炕头上写下的文字,没什么秘密,就是对咱移民生活的真实记录。"

姬雪山愣在那里了,早听人说老徐的女人陈凤霞不大合群,不和村里的女人一起拉扯闲话,一有时间就把自己锁在家里,趴在炕头上不知捣鼓什么;也听说陈凤霞患有严重的心脏病,不能下地干重活,老徐心疼自己的女人,也不大让她干农活,没想到老徐疼女人疼出了这么厚的一摞子书稿。

姬雪山告诉老徐:"我知道地里干活回来吃不上饭的苦,但你看你女人,也不是闲着,人家也在干活,干的是你和我都干不了的文字活!"说到这里,姬雪山突然想起陈凤霞的另一个身份,嘴里立即说出了这样的话:"你又不是不知道,陈凤霞不光是你的女人,还是一名党员,你这样打她,村里的其他党员能答应吗?如果让乡上、县上的领导知道了,后果会是个啥?"

老徐的脸刹那间白了!他赶紧说:"哎呀,真错了,以后说啥也不敢打女人了,不敢打党员了!"

姬雪山回头又安慰陈凤霞:"你家老徐这些年心疼你,村里人都看在眼里。写作,是你干了件城里人才能干的事情,了不得呀,但也要把家里的事情照料好!多体贴自家男人,这样日子才能奔到前面。要不你光写了咱狼皮子梁移民生活的变化了,自己的日子却落在后头,这样会让人家笑话你们写作的人呀!"

狼皮子梁,第一次听到这个地名的人不知会有怎样的联想,至少我,有种联想到狼的恐惧感。狼皮子梁地处毛乌素沙漠西缘的沙梁上,不用仔细琢磨这个地名的来历,看看周围诸如火城子、沙蒿圈、脑子墩、灭脑沟、干脊梁、沙沟等一个比一个硬气的地名,就不难理解这里的荒凉与贫瘠了。这样的地方,狼群出没在一座座沙梁上、伺机袭击羊群的历史情景屡屡出现也就是很自然的事情了。在狼皮子梁,我听到了关于这个地名的另一种传说:这里曾有一面大湖,周围牧草丰茂,吸引着越来越多的牧民来放牧,让越来越多的牛羊蹄印踩踏在青草的头颅上;越来越多的移民来到这里,铁锹和犁铧划过大地的皮肤,越来越多的种子悄然在地下生长,让湖水像一支战后溃败的军队不断后退,让秋天丰收的庄稼亮出金黄之色庆贺人类的胜利。湖水后退,草地被无节制地开垦,沙漠里的海子不断消失,大湖的水面越来越小,沙漠中聚集的狼群只好来到大湖饮水。谁也没发觉大自然正蓄积着报复的力量。有一年春天,很多饥渴难耐的狼来到大湖边饮水,突然,一场沙尘暴降临,裹着沙尘的飓风飞速而来,狼群来不及逃走就被活埋了。随后的几天里,持续而来的沙尘不仅填埋了大湖,还在大湖之上形成了一个个沙梁,那是大自然给人类竖起的一座座坟茔。沙尘暴并没消减,年复一年地给那些沙梁填沙增土,曾经水草丰美的牧场变成了一片片沙梁,生活在这里的牧民、农民,只好相继撤离了。

有一年夏天,一场罕见的暴雨降临,冲刷掉了沙梁上面的积沙,死去的狼群尸骨裸露,风紧接着呼啸而来,那些埋在地下日久的野狼皮毛,漫天飞舞起来,"狼皮梁"的地名因此而来。远处的野狼闻到同类的臊腥味,纷纷惊慌逃避,因此这里又有了"狼避梁"的地名——连狼都躲避的山梁。

陈凤霞的老家在内蒙古鄂托克前旗。在老家读初中时,陈凤霞就爱好文学,曾和同学们组建过文学社，常常在课余时间偷偷写作，因此影响了学习成绩，加之家里困难，初中毕业后就辍学回家了。21岁那年，陈凤霞嫁到了与鄂托克前旗交界的宁夏盐池县苏步井乡乔记梁，一袭文学之梦似乎就是她的嫁妆，只不过结婚后就被压在了记忆的箱底，离开家乡也意味着她离开了酿制在校园里的文学梦。

1980年秋天，陈凤霞和丈夫从毛乌素沙漠东北边的乔记梁出发，来到毛乌素沙漠西南角的狼皮子梁定居，满眼的黄沙提醒她：这里的每一刻都是当下，这里没有过去也似乎看不到未来。点燃陈凤霞对生活展望的炉膛，不仅熄火且变成了荒漠。没有风吹动，没有水涌现，没有驼影与牧歌，没有庄稼成长的生机，只有死一般的沉寂，她就是那沉寂的倾听者。天空离大地似乎只有几厘米的距离，伸出手似乎就能够得着其冷漠的内脏。在狼皮子梁生活的5年，陈凤霞感觉像是过了50年。

30多年前，宁夏利用世界银行外资贷款项目在狼皮子梁一带进行大规模农业开发和移民工程，将黄河水引灌到了毛乌素沙漠边。经过像陈凤霞这样的第一代移民和诸多第二代移民的努力，狼皮子梁周围54.4万亩沙地变成了耕地，这片当年让狼都要躲避的沙梁，变成了绿树成荫、瓜果飘香的新型农业开发移民区和生态旅游区。

陈凤霞有心脏病，丈夫老徐尽量让她少干农活，白天，老徐去地里干活，她就摊开稿纸，趴在炕沿上写作。晚上，无论是黄沙卷过屋脊的春夜，还是夏夜的月光洒在院子里；无论是渐熟的庄稼或水果淡淡的香味弥漫在村子里的秋天，还是偶尔降一场薄雪的冬夜，她安顿好孩子后，就摊开纸，手握钢笔，以炕为写字桌，在一个又一个小方格上，填写着、记述着移民至此的生活，艰难地追逐着她的作家梦。

老徐以为妻子就是简单地喜欢写写画画而已，他从不过问陈凤霞写的什么、究竟图个什么。2002年的一天，陈凤霞在灵武市大街上遇见一个卖凉皮子的女人，两人聊天后，陈凤霞才知道后者是一位从六盘山地区来的移民，"凉皮女"的人生故事深深打动了陈凤霞，也激发了她的创作灵感。陈凤霞以"凉皮女"为原型创作了一部10多万字的小说——《弯弯的月亮》。小说初稿完成后，她又反复修改、誊抄，然后像移民在春天等待荒凉的沙滩地上播进的种子破土而出带来绿色一样，苦苦地等待着《弯弯的月亮》的出版。移民生活成了她创作的灵感源泉，钢笔成了她打开心灵、释放情感的一把钥匙，一张张白纸则成了她笔耕的土壤。

那个当初陪嫁的木箱,仿佛厨房里的小炉灶,她每写下的一页稿纸,就像是往火焰旺盛的炉灶里添进去的一根柴火,她的文学之梦仿佛如一锅渐渐烧沸的水。有时,她又觉得往进放一页写满字的稿纸,似乎是往一个百宝箱里偷偷放进去了一件宝物,看着这个宝箱里存放进去的宝物越多,她的内心就越开心。丈夫下地了,孩子上学了,她就偷偷打开那个装有稿纸的箱子,拿出一沓沓的稿纸,开始写作。

老徐在家时还好,陈凤霞按照农村妇女的正常作息时间起居;老徐出外打工的日子,陈凤霞常常会写得忘了时间。一个农村女人的家里半夜里常常亮着灯,甚至会亮到天明,这让村里的妇女们不免充满疑惑,关于陈凤霞的各种猜测和谣言,像街巷里的风一样窜来窜去。老徐和孩子们对陈凤霞一直不离身的那把锁着陪嫁木箱的钥匙,同样充满疑惑和好奇。

2006年,陈凤霞向村支部递交了入党申请书,在被确定为预备党员时,得到了全村39名党员的一致通过。也就是在这一年,她的心脏病再次恶化,无奈之下住进了医院。在病床上,她依然坚持写作,完成了中篇小说《爱的深沉》的初稿。

陈凤霞搬迁到狼皮子梁村30年后,她和村民们发现,村子东边的荒地上先后来了不少测绘人员、推土机司机、建筑队人员。消息逐渐传来:那里成了规划中的生态移民安置区,政府不断组织人前来平整土地、规划道路、修渠引水、建设校园、盖房栽树。

经过两年时间,移民点建成了。2012年3月8日下午4时许,陈凤霞看到一列长长的车队,载着100户从泾源县来的移民和他们的家当,缓缓驶进移民点,这是狼皮子梁迎来的首批生态移民。此后,先后有泾源县7个乡镇19个村的4053名移民来到这里,移民村取泾源县和灵武市的名字中各一个字组成村名:泾灵新村。崭新的房舍、便利的交通和配备完备的水电等基础设施,让移民们感到新鲜、惊奇,让他们更觉新鲜的是,自家的孩子常常从附近一户农民家里借书,然后拿回家来看。

移民们这才知道,藏书的主人叫陈凤霞,是位女作家,是比他们早32年来到这里的移民。这位女作家的故事,开始在泾灵新村的移民中传颂:5年前,陈凤霞就出版了《弯弯的月亮》和《爱的深沉》两本书。样书运到家里时,陈凤霞想庆祝一下,哪怕喝一杯啤酒、一杯茶,可惜因为出书使她家穷上加穷,她连这个愿望都无法实现。陈凤霞从缸里舀了一大勺子水,咕嘟嘟一口气给喝了,以此庆贺自己的新书出版。她如此记载自己的心情:"20多年的梦想一下变成了现实,在悠悠岁月中,虽然青春已逝,但我的生命却是才显芳华……"

陈凤霞出书的事情,在狼皮子梁的新民村、泾灵新村和周围移民村引起了很大轰动,他们没想到身边竟然有能写书的女秀才,狼皮子梁的庄稼喂不饱人,却生产出了这样一道"庄稼"。姬雪山带头到老徐家去买了两本,他说:"这是咱们村里的骄傲,也是我们村党员的骄傲!"村里的全体党员听说后,都主动到陈凤霞家去买书,村民们也纷纷到她家自愿买书,以实际行动支持陈凤霞书写狼皮子梁的移民生活。

"叶儿披风展眉绯,星星和云伴梦归。姑娘望月偷偷笑,托起晨日羞红嘴",这是陈凤霞《夏夜枣园》里的句子;"志者放眼向前看,长枣栽进沙漠中;因地制宜谋发展,万亩荒山展风容",这是她《吃水不忘挖井人》里的句子。她写自己的移民生活,也写移民们的生活。

陈凤霞用移民的眼光和笔触,描述移民的艰辛、充实、挣扎、纠结以及他们和命运的不断抗争。她本身就是移民,她和其他移民一道,在贫瘠的土地上劳作,一起诅咒过春天掠过天空的沙尘暴,感受过稀缺如高原上的氧气般的花朵盛开时的庄稼芬芳,在大雪纷飞时就曾盼望过一个丰收季节的来临。陈凤霞不光是简单地描摹生活表象或表达对苦日子的无奈叹息,她同样以文学的浪漫将农村劳作生活化为田园牧歌式的诗意,然后让这一股股的诗意像流淌过田间的小渠流水一样,汩汩流淌在文字间、书稿里。

陈凤霞坚信:农民的脚下,没有刨不开的土地。她原本计划用写作赚来的钱,在那片精神贫瘠之地上建一所农家书屋,为自己所在的新民村和邻近的其他移民村的孩子提供更多的精神食粮,但时好时坏的病情让她的家里可以说没有任何值钱的东西,要说值钱的,恐怕是紧邻房子的羊圈里养的那几头羊。这让这个中年女性移民的"刨地计划"一直往后推,像一个垒起来却没燃料的炉灶,冰凉在一年又一年的盼望中。

认识陈凤霞后,我多次联系社会上的热心人,给陈凤霞解决了书架、书刊、电脑、复印机等急需物品,把她家靠街的那间房子变成了毛乌素沙漠边的一座农家书屋,变成了本村和周围移民村的孩子们神往的地方,也为喜欢读书的移民们提供了一份精神食粮。

相比当年像陈凤霞这样从盐池县搬来的第一代移民,从泾源县来的第三代移民,在狼皮子梁村旁边建设了泾灵新村这样的新家园,还因为当地发展起来的长枣、羊绒、羊产业和实用技术培训等有了更多的就业机会。来自泾源县大湾乡杨岭村的移民马红梅,在老家时吃饭都成问题,哪里还有心思看书?她和丈夫苏国富移民到泾灵新村后,看着孩子常常和同学们结伴去陈凤霞的书屋借书,心里和泾灵新村的 4279 户 18400 名移民内心想法一样:看到移民的后代能有书可借、可读虽然开心,但也愁那几个小柜子里的书,一旦孩子们借读完了,又该到哪里去借书呢?

最后一次见陈凤霞,是 2020 年冬天,那是在我策划的一个"开往乡村的诗歌专列"活动上,地点就在泾灵新村。她作为特邀代表参加。在活动现场,陈凤霞特意朗诵了她新写的关于移民的诗歌。我问她:"还写移民生活吗?"她朗声回答:"写,怎么不写?一直写到底!"

2

黑眼湾,是六盘山深处泾源县惠台乡的一个小山村,单从字面上理解,会给人一种错觉:那里有一面弯弯如人眼睛的湖水。

马慧娟的老家就在黑眼湾。对马慧娟来说,人生中值得记忆的年份、具体时间或许很多,但 2001 年一定是她记得很清楚的年份:那一年,20 岁的她和家人以移民身份,从黑眼湾搬迁到红寺堡镇的玉池村。

为什么要移民搬迁?原因很简单,那里的土地连女性起码的生存尊严都难保证。马慧娟后来在一篇文章中如此阐述:"黑眼湾的女人们为了让自己的娃吃顿饱饭,也是穷尽所有的思路,切洋芋籽的时候偷着揣两个洋芋,筛麦种子时抓两把麦子回家,路上挖一把野菜,山上薅几根白蒿。各种心思用尽,也只能勉强拉扯孩子活命。"和六盘山中部、北部的干旱少雨不一样,地处六盘山南段的泾源县,不缺雨水但交通不便,是贫穷驱赶着这里的农民往外移民的。

早在马慧娟移民前 17 年,黑眼湾的农民高万仓,就抱着看热闹的心态搬出了大山,前往银川市永宁县的吊庄移民点芦草洼落户,成为第一位走出黑眼湾的移民。

缺少移民指标与"故土难离"的心态,让黑眼湾人一直被贫困的命运之索死死拴在大山深处。随着高万仓这样的早期移民在移民点上的生活变化，走出大山的移民渐渐多了。

望着一年年因为移民而变冷清的村子，咸金宝在 80 岁时还信誓旦旦地表达着自己的意愿："就是死，也要把老骨头埋在黑眼湾。"

现实是最好的教材。陆续搬出大山的移民，以自己的努力不断地向故乡传递着移民地上的好消息，这成了催促那些滞留在大山中的老人动身搬迁的时光闹钟。每年回来探望留在故乡的亲人、亲戚的移民，不仅装扮时尚、花钱大方，几乎还都有了拖拉机、小轿车，这一切，都刺激着滞留在老家的人的搬迁之心。

村子里的人，一年比一年少；屋顶上的炊烟，一年比一年瘦；村道上的身影，一年比一年稀；院子里的笑声，一年比一年弱。咸金宝老人像一尊雕像，杵在村口的那块台地上，晨光也好，夕阳也好，月光也好，都能照见老人孤瘦的身影。他望着身后几十年的人生之路，感慨这留了多少辈人的地方，兴旺时就像孩子们玩过的、鼓足气吹膨的气球，如今竟然一天天地瘪了下去，瘫成眼前这孤零零的样子。马慧娟移民的那年，咸金宝老人整天掰着指头念叨着："6 户，就剩 6 户了！"

乡上的工作人员来到黑眼湾，挨个告诉剩下的那 6 户人家："国家实行整体移民，要封山，给山一个休息的机会！"

当儿子开着汽车再次来到黑眼湾时，咸金宝老人决定不给后人也不给国家添麻烦，坐上车开始了他和故乡的告别之旅。从六盘山脚下的泾源县前往罗山脚下的红寺堡，一路上，咸金宝老人沉默如铁。尽管有儿子们每年回来给他讲述移民点的变化，他对那个一直没见过模样的新家还是没有具体概念，他极尽想象力，想象着要去生活的新家模样。

移民点的生活超出了咸金宝老人的想象，望着平整的通到自家门口的水泥公路，望着门口已经长出一张桌子那么大绿荫的树木，望着平展展的田地里长势喜人的庄稼，他那句被马慧娟写进《走出黑眼湾》一书的话，成了最后搬出大山的移民们的集体心声："出门再也不用翻山，不用踩稀泥，后悔搬迁得有点迟了！"

黑眼湾移民，是告别六盘山前往罗山的移民浪潮中一朵并不起眼的浪花，被时代风浪吹送着，抵达贫瘠、偏僻的土地，开始成就一个家庭的富足，成就一个移民村镇的兴盛，成就一个作家替庄稼和土地发出声音，马慧娟就是最后这项成就的书写者。

移民前,马慧娟或许认为自己和周围的其他移民女性一样,只能在贫困中艰难地熬日子;移民后,她和来到这里的20多万移民一样,经历过在春天的沙尘里栽树的日子,经历过种田、养牛、养羊、打工的生活,也和同龄人一样享受到了一种叫作QQ空间的网络社交空间带来的便利。和周围其他移民不一样的是,马慧娟利用业余时间,在被她称为"生活中的搭档"的手机上,记录了她和乡亲们在移民点上安家、栽树、种地、收割及打工的时光,那里面有微笑与痛苦、挣扎与摆脱,也有悲伤与甜蜜,移民生活中的细节,被她描述得更有泥土味和小麦香。

马慧娟用书写的方式记录移民生活写坏7部手机后,我相信,她的老公或同伴们一定会说她是整个红寺堡区最费手机的女人。用旧的手机或许早就不在了,但那些记录却像一群貌似安分的羊,静静卧在如羊圈一般的QQ空间里;那些记录就像穿过山谷的溪流,流淌过6年后,直到她的第一本书《溪风絮语》出版,那些出圈的羊、奔跑的溪流,才让人们看到了一个书写移民生活的"拇指作家"的心路历程。

马慧娟通过拇指向生活成功地展示了文学的魅力,在她的描述里,移民刚来的红寺堡,是一个看不到春天的地方,风是这片大地的门牌;春天是被移民诅咒的季节,觅食的野鸽子群如天空飞来飞去找不到食物的云;春天栽树、夏日灌水、秋天收割、冬日修路,是镶嵌在移民生活中的4幅画卷。在马慧娟的笔下,我看到了她的这些生活场景:挤上拉着13个人的面包车去摘枸杞;为一只节日来临前被宰的羊羔哭泣;和伙伴结伴去棚区摘大棚辣椒;刚到红寺堡时,用1个月时间艰难建房。她也写移民在星空之下的夏夜等着浇水的时光;写带工老板领着她们去镇上的自助火锅店里,因为不知道"自助"的含义而苦等服务员来招呼她们;写移民刚来时,因为在老家没见过水浇地,第一次看见水顺着水渠奔涌而至时,田埂上挥着铁锹来回狂奔呼喊的一群男人女人,被水折腾得既兴奋又狼狈。马慧娟也书写移民们丢失在六盘山的故乡以及找不回来的乡愁:"我知道我们都回不去了,无论是老人还是我们,或者我们的孩子,都将在这片土地上安身立命,直到有一天如我的父亲一样融入这片土地中,永远扎根于这片土地。但是远处的那个老家,我们要用多久来割舍它?用多久才能挥去它带给我们的惆怅和念想?"

随后的4年时间里,马慧娟一直关注、书写移民生活,但不再是局限于自己的移民生活,而是采访、书写迁往红寺堡、狼皮子梁、芦草洼等地的移民者,他们中有背着炒面和镰刀出六盘山到平凉市，然后到宝鸡、洛阳"闯江湖"的麦客；有冒雨跑进县政府要求搬迁的农民；有因不同意移民而被气得生病的老人；也有在找妻子回家的路上找到了自己出路的年轻人。

3

一个地方移民的成功，并不只是经济上变富，更重要的是精神上的富足，那些以文学、绘画、社火、曲艺等艺术形式表现移民生活者，就是这种富足的体现。

银川和红寺堡相距200多公里，但我和红寺堡移民王学军的初识却是在距离我们所生活的地方2000公里外的新疆维吾尔自治区的吉木萨尔县。那是在《回族文学》举办的一个文学笔会上，应邀前往的王学军寡言少语，将自己悄悄安放在会场不起眼的角落里。他就像一块蹲着的石头，沉默中显示着一种冷峻，在淡淡中拒绝任何轻浮或不怀好意者的亲近。

那次笔会上，通过和他的简单交谈，我隐约地判断出，他手里一定囤有书写移民的"货"。2018年春天，宁夏纪录片导演余成拍摄了一部叫《求学》的纪录片，在北京电影学院举行首映，邀请我去观看，那次才知道余成正在进行一部名为《羊倌诗人》的纪录片的前期准备，拍摄对象正是王学军。

从红寺堡镇向东出发，行进10多公里，就到了位于G2012公路边、柳泉乡水套村的王学军家。房子和它的主人一样，显得很有个性，地处高于路基的小山坡下，不像很多人家都是门朝大路开，王学军家却将房屋的屁股留给大路。王学军出生在红寺堡区柳泉乡西泉村一个普通农民家里。没去过西泉村的人，单凭字面理解还以为这里泉水叮咚、草茂羊多，其实，在这片地名会骗人的地方，柳泉乡、西泉村和王学军家后来搬去的水套村的名字一样，都源自这里的人对这片干焦土地的一种美好愿景，无论是西泉还是水套，都没有清冽的泉水，距离水套1000多米有一条从甘肃环县发源后蜿蜒流过的苦水河，河里的水人畜都无法饮用。西泉村的偏僻贫瘠和交通不便，让王学军到上学的年纪时，便跟着比他大的孩子步行到离家11公里的水套村上小学。到3年级时，王学军开始骑自行车，每天来回22公里，穿梭在自己的小学之路上。

上学的艰辛让王学军产生了辍学的想法，没想到，家里正缺劳力，没上过学的父亲当即中断了王学军的学业，将150只羊交给了11岁的王学军，从此他便成了一位少年羊倌。

在红寺堡开发区建设引发的移民大潮中，王学军家也移民到水套村。那里不仅是他曾经每天来回骑行22公里的小学所在地，更是遥远时空中的回归老家。1911年，王学军的曾祖就曾从中宁县搬到这里（当时这里没人，因为他家姓王就被称为王户台，新中国成立后改名为水套），这让王学军一家就像几只羸弱的羊，被贫困的命运之鞭驱赶着，不停地在这片荒地上移动着，寻找着赖以为生的"草地"。王学军出生前两年，他们家从罗山脚下的水套村移民到当时连名字都没有的沙地，这便是后来的西泉。我开车从西泉前往水套的途中，从沿路闪过的沙断头、豹子滩、蛇腰湾、牙爪子沟、地焦沟、苦水河等地名里，不难想象这里的环境是怎样的。

亏欠命运或被命运亏欠的，一定都会得到补偿。3年级就辍学的王学军，随着年龄增大，对读书的热爱却与日俱增，并尝试拿起笔来，开始书写自己在这片移民之地上的生活与感悟；红寺堡20多万移民构筑出了一道长墙，王学军就是这道墙中一块普通的砖，但却是一块难得的、用文字书写移民生活的砖。

王学军在他的散文集《遗失的手稿》开头中，这样写道："我17岁的时候，嗜书如命。那时刚学会读书，知识的诱惑让我痴狂不已，家乡是真正的穷乡僻壤，我是个阅读饥渴严重的放羊娃。而书，在这个黄土深埋的世界里却是真正的奢侈品。"如今，他的家里专门有一间书房，农村的房子大，他的书房更大，是我认为全世界面积最大、最"腐败"的农民书房，一面墙上全是文学类书籍，构建了一个干净的人间、一座神圣的殿堂。浏览过去，可以说没有一本是多余的。他去北京参加鲁迅文学院培训班学习，结业后，没想到给孩子和妻子买点什么，抠算好回家的路费后，剩下的钱全买了书，带着一大箱书上地铁、倒火车地从北京回到银川，再从火车站坐公交到开往红寺堡的长途汽车站。从北京经由银川再到红寺堡的这批书，曾走过了多么漫长的一次"书旅"，它们该拿多少只羊才能换来？

红寺堡封山禁牧后，"羊倌诗人"没羊可放了，就像一位将军没士兵可指挥了，一位教师没学生可教了，王学军觉得放羊的命运被剥夺了，这让他和那些耕种田地的移民似乎没什么两样了。孩子多、家底薄的现实，产生着一股股强大的推力，将他从家中推向或远或近的打工地，他在甘肃省酒泉市和蒙古国交界的戈壁滩上的一处工地上连续打工3年。

王学军的"羊倌诗人"身份，让我想起关于咖啡的一个古老传说：1000多年前，在素有"非洲屋脊"之称的埃塞俄比亚高原，有个叫卡尔迪的牧羊人，有一天突然发现羊群呈现出一种异乎寻常的兴奋状态。卡尔迪开始观察，发现羊群每次在啃食一种看起来像红色樱桃的果实后，就异常兴奋。好奇心让牧羊人顺手摘下了一颗果实，一种奇怪但诱人的味道让他忍不住又摘了一颗，接着又是一颗，吃了些红色小果实后，牧羊人感觉到一种前所未有的兴奋像火一样在内心燃烧起来。他尝试着带了一些果实回到村子里，将这种有非凡魔力的浆果分给了邻居和亲戚，这种能明显提神的小果实很快在当地流行了起来，这便是咖啡的由来。牧羊人卡尔迪在牧羊过程中发现了咖啡；"羊倌诗人"王学军在牧羊过程中，找到了表述移民生活的大门并推开了它。

王学军的写作之路是从诗歌起步的，笔下是移民地和移民的生活，是厚厚的孤独和忧伤。他书写因为移民而消亡的老村庄和丢失的传统文化，写移民在新生活前的迷茫，写那些有着信仰的移民在移民后的久远追问，写和红寺堡一山之隔的下马关一带的麦香在历史的烟尘中远逝，写羊群和天上的云朵竞争洁净的田园。他是个不会食言于文学的人："在未来的20年，我要让我的后代包括我这一代人，知道我家乡这几十万人的喜怒哀乐，他们曾经的苦涩和今天的辉煌。"

4

"寻找仓央嘉措的诗与远方"全国征文大赛中，我因为担任评委而在那次的参赛作品中第一次读到了胡静的作品。

胡静的老家在六盘山深处的原州区红庄乡的刘家庄，四面高大的山脉让小村子在响晴的日子也只能照到半晌午的太阳。一个连太阳都吝啬得只给一半的山村，能指望有什么好的庄稼收成？移民大潮来时，他们家移民到了中宁县大战场。后来，因为工作和爱情又移民到了红寺堡。

"也许我无法为她们唱出英雄主义的赞歌，但我将记录她们默默奉献的点点滴滴。"记下这句话时，胡静和红寺堡乃至全国人民一道，站在2020年春天的门槛前，这位"90后"的移民女作家和乡村干部一起，在疫情防控时构筑了一道坚实的墙。她没选择自己熟悉的诗歌或散文，也没选择自己陌生的小说创作，而是选择了用日记的方式，记录了红寺堡移民在抗击疫情中的平凡小事，倾注了一个移民对移民之地的情感。

下面，是我摘取的日记中的片段——

1

大年初二，我又回到了红寺堡。下了车，迎面是凛冽的寒风，周围是广袤的田野，还有苍凉的大罗山。山脚下，是那片熟悉的葡萄基地，以及拥有20万人的移民区。所有这些，在我的视线里越来越清晰。

像是一只手揪了我一把，揪得我心里颤颤地疼了一下。我知道，我想念那些与大罗山默守相望的穿红马甲的女人们，她们此刻在做些什么呢？挨家挨户电话回访？在小区门口登记外来人员，给他们测量体温？

天气非常冷，酸菜缸都结冰了。这会儿又下起了雪。风雪中，不身在其中无法体会红寺堡的寒冷。在户外值班登记，有时候连笔芯都能冻住。她们却奔波在各个小区和村落，红马甲是她们醒目的标识。

对这些移民来说，红寺堡早就是她们的家乡了，守卫红寺堡是神圣的使命，别无选择。

疫情发生以来，我开始关注这群穿红马甲的女人，打算为她们写点什么。

2

我的身体状况不好，重感冒。母亲极力挽留我，父亲说20万人的移民区，疫情一旦扩散，后果不堪设想。父母心疼我，但我要回去。红寺堡是我工作和生活的地方，我在那里洒下青春和汗水，乃至泪水。我要去防疫抗灾的第一线，成为一名志愿者。灾情就是命令，我要和红寺堡的人一起共渡难关。

滚泉收费处，有两个穿红马甲的女志愿者，戴着口罩，虽然看不清面目，但在一群男志愿者中还是很醒目。测完体温后，她们叮嘱我说："姑娘，不敢胡乱跑啊。"

我走近她们，主动帮助她们散发宣传单。我问她们在这里，家里人咋办呢？她们回答说自己是志愿者，必须出现在第一线。两个穿红马甲的女人肯定不会想到，她们在无意中给了我莫大的信心和勇气。

以后的走访中，穿红马甲的女人们不断使我感动、给我激励，也不断使我自愧弗如。这也是一种工作需要。女志愿者温柔、体贴，更有耐心，更容易和被服务者沟通，往往能够起到事半功倍的效果。

3

天空还飘着雪花。红海村村口临时搭建的帐篷，在风雪中时而模糊，时而清晰。

我跟红海村妇联主任一起去值晚班，她照例穿着红马甲，她也是一个志愿者吧。从村委会到村口，要走二三十分钟的路。路坑洼不平，前面还有一片坟地。我不由得感到害怕，紧握着妇联主任的手。她问我害怕什么？我指了指不远处的坟地。她说一年四季经过无数次，早就习惯了，但她怕这突如其来的疫情，让整个红寺堡陷入停滞状态，这才是可怕的。

帐篷里尽管生着炉子，还是难敌四处刮进来的寒气。妇联主任怕我冷，给我灌了个热水袋，让我坐在床上焐着，她却端坐在门口的椅子上，任凭寒风吹在身上，两眼紧盯着帐篷外面，怕有外来人偷偷溜进村里。

第二天早晨7点，我醒来时，妇联主任正给镇领导汇报红海村晚间值班情况。内容诸如昨晚没有入村的外来人员，几个出入的本村老乡体温正常等。

返回村部，村里静悄悄的。狗不吠，鸡不鸣。突然，村部的大喇叭响了，里面传出的是听上去很温馨的、有关疫情防控的内容。

4

晚上8点钟，我跟着志愿者王姐去社区执勤点值班。

刚得空坐下来，门口忽然传来一阵嘈杂。身为护士的王姐跳起来冲出帐篷，很快，王姐跑过来说，现在急需一次性口罩，原来准备的口罩用完了。看得出，王姐很着急，额头都出汗了。王姐拿起手电筒，带着我去卫生站取口罩。

天很黑。红寺堡的上空没有月亮，几颗星子在高远处寥落地闪烁。那晚，我提出轮流值守，王姐说不行，值守是她的职责，别人是不能代替的。我明白，她这是责任心，担心万一有个三长两短。

我躺在床上，怀里搂着王姐给我的热水袋，很快进入梦乡。

一觉醒来，早晨8点多了。王姐身穿红马甲，精神抖擞地值守在岗位上，又开始了一天的工作。

5

有些店铺老板深受感动，送来瓶装水、水果、面包，以表心意。几个物业管理人员，背着喷雾器给小区消毒。水滴落到墙面上，立马结冰，墙面斑驳得像一面破碎的镜子，余晖折射在上面，光怪陆离。

值勤点的灯光彻夜亮着。火炉上烤着半个红薯，红薯的香味朴素诱人，感觉很接地气。桌子上放着标有每日总结字样的记录本。我随手翻阅，看见这么一句话：作为一名志愿者，我很荣幸。

6

到了红关村，老天又忽地阴了。阳光来过又走了，好像急着把天空让给雪花，雪花细细的。我看见红关村路口把守着很多人，执勤的志愿者脸和手冻得通红。

返乡大学生小马带领着三五个人守着红关的东大门，已经20天了，还是不肯休息，这些新一代移民，在国家面临灾难时，表现出了新移民的风貌。

旁边的两个年轻志愿者扶着帐篷的支架，我问：干嘛扶着啊？他们回答说，红寺堡的风很大，会吹倒帐篷的。

不知道这群可敬可爱的志愿者，还要在寒风中奋战多久？

7

小李是一名大二的学生，给父母说要去社区做志愿者时，遭到全家人的一致反对：什么，做志愿者？你细胳膊瘦腿的，哪来的抵抗力？

小李的回答中透出一股硬气：我是一名大学生，你们谁也不要拦我。母亲无可奈何地唉了一声走开了。父亲伸出手拍了拍小李的肩膀，终于无奈点头。

去社区报到后就穿上了红马甲，投入志愿者的活动中。当班的第一天，因为值班点离厕所远，小李没敢喝水，中午只吃了点饼干对付。

……

这本书就要画句号了。

40年的时光里，移民的行动从没停止，我仿佛听见他们一直在六盘山间，不停地唱着那曲不死的移民之歌——

出得老龙潭，穿得瓦亭关。穷人的草鞋富人家的砖，人活一辈子，埋在地下陪祖先。哎哟喂，我回不去的六盘山。

彭阳的杏花飞上天，泾源的女子西吉的汉，杯中岁月浅，秦腔解颐烦，清水河边歇一歇，抽上一锅烟。

隆德的暖锅不谝传，原州的生灵海原的蒜，纸上三冬暖，花儿常相伴，中宁城里转一转，咥上一盘面。

长河落日圆，高楼连着天。移民的庄稼城里人的脸，风吹雨淋后，落在地上都是烟。哎哟喂，我回不去的六盘山。

后　　记

　　持续40多年，通过政府移民、职务升迁及教育考试等方式，从一座大山蔓延的各个角落搬迁出了140多万人，这是一件大事！我知道，移民们的选择，不只是简单地换个生活环境，也不是简单地解决生存问题，更不是简单地将自己的物质生活做一个直线型的抬升，而是在语言、建筑、家庭、婚姻、饮食、学习等多个方面产生了或明显或隐蔽的改变。这些移民，何尝不是这个时代体现改变、上升、提高、趋美等力量的那部分呢？他们的身上何尝没有面临失败的勇气、勇敢无畏的精神以及宽恕和仁爱之心呢？我尝试以书写他们的故事与经历，来宣扬和赞颂这种勇气、精神和爱心，对他们的不足，也没有回避。

1

　　对那片土地，我熟悉得像自己的邻居，这种熟悉不是来自童年记忆，也不是青年经历，而是我在青年向中年转变时期，像关注一门老亲戚般，逢年过节都要去走动走动。20多年间，那里发生的或细微或明显的变化都会引起我的留心，除了那里有我的不少朋友外，我的记者身份也常常提醒我过一段时间就该去那里了。在那里，农人的皱纹像干裂的渠道，常年流淌着汗水，而包围村庄的那些皱纹般干涸的沟壑里却一直穿梭着干燥如冬日土炕上的热风，村落里飘荡着直冲天空的枯焦叹息，人车稀少的乡道上移动着很少见到笑容的脸孔。在那片土地上，民众口里吼出的秦腔或漫出的"花儿"，也是那么干裂，像枣树的皮，像横在半空中、由一根根电线杆连接起来的旧电线，更像黄泥小屋的墙面。

对那片土地如老亲戚般的常年关注，一旦变成一种工作式的记录，被散布在城乡的朋友们视为一种习惯时，它就成了我生命中的另一份卷宗。

很多年份，因为干旱绝收，秋天似乎是缺席的，它意味着绝望的降临。地是死的，庄稼是人能让地活的唯一方式，当这唯一的方式也死了时，人对地的那份心思也就死了。他们只能抬起头，无助地望着天空，然而，那些连雨也兜不住的云，像长不出粮食的土地一样，像一个医院宣布死期的危重病人一样，连回到自家院子里的力气都没有，偶尔有几朵迷途般闯入这片干旱之地上空，也是以干瘪的、有气无力的状貌悬在天空。天空，常常成了农人们诅咒的对象；希望，逐渐成了那里的人们的奢侈之物。

人对出生之地死了心时，就会抬起头，向外求助。搬迁或住留，成了那片土地布置给人们的一项单项选择；移民，就是这项单项选择题催生的新身份。住留者在茫茫大山滋生的无望中苦守与努力，搬迁者在大河之侧的移民地带来的希望中开垦与耕耘，这成了我对那片土地关注的两道水管，不断给我的移民写作输送营养。

丰沛的历史和贫困的现状、曾经的绝望死守与现在的努力改变，这一切构成的巨大反差，像一群演员，走到时代背景下凸显出的命运选择前，他们将如何扮演时代赋予的角色？我们又如何书写他们在这场大时代里的演出？

那些移民在搬迁前的抉择和落地新家后的劳作，像金粉一样涂抹在我写作的两翼，我希望这种金粉发出耀眼的光芒，那是人类改变历史的汗水折射的光芒，即使经历再严酷的时光淘洗，也不会让它褪色。就这个角度而言，我深信，这场40多年的百万人大迁徙，有着它特殊的含义，这样的写作，也一定有它的意义。

2

陇山，像一枚竖立在陕西、甘肃、宁夏三省区交界处的硬币，千百年来一直亮出自己南部葱绿、北部干旱的两面。因为崎岖盘绕而得名的六盘山位于陇山中北部，干旱让这里成了一片"苦瘠甲天下"的深度贫困区。贫困像一道坚固的篱笆，将富足和繁华挡在外面，里面却盛满了饥饿、祈祷、无望中的挣脱，甚至为了匮乏的生活资源而发生的并无尊严可言的争斗，那种争斗有时会毫无节制地蔓延,从陌生人之间延伸到亲朋之间。白昼的干渴和贫困,阻拦了一个个吉祥如意的夜晚来临。命运的恶风总是肆意横吹,偶尔有几朵干瘪的云彩随风而来,踉跄而过却不落雨水。这片《诗经》中的大原之地承载的命运角色,就成了清代诗人笔下的"云山最是凄凉地,今夜边关第一州"。

没去过那里的人是很难想象其贫穷状况的,缺水是这种贫穷最基本的底色。一个连水都不能保证的地方,能给它的生民保证什么?在六盘山地区,我去采访时,听到最多的是关于缺水的故事:箍水窖的匠人一度是最热门的职业,将女儿许配人首先得打听对方家里的水窖里存水多少,天大旱时首先宰掉费水的骡马等大牲口,燕子渴急了一头栽进厨房里放的油碗里,等等。在六盘山地区,盼水心切的古人,给一个个旱得冒烟的村子取的名字大多与水有关,源、水、塘、沟等字眼,是把人对水的渴望钉在了一个个村庄的名字里,是温润的期盼掉在了焦渴的大地;也有一些村名透着呼天喊地的不甘和热望,如:旱天岭、喊叫水、赤土岔、龙王坝等。

在干旱年份的六盘山乡下走一趟,现实教给你关于水的知识是从任何教科书上都学不到的。那里的人,在近乎没有希望的土地上挣扎,那种焦渴的心理,是在任何一座图书馆里也找不到的。

3

大移民的浪潮涌起后,黄河边出现的移民点,像一座座葳蕤的岛屿,我以观察者、记录者、书写者的身份,像一叶小舟穿行在这些岛礁中间,循着他们的脚步,打捞着关于他们的故事。他们以农具为笔,在大地上用汗水书写着锦绣之篇。我敬仰这些大地上的书写者迸发出的超越物质的自我提高能力。我试图用记者的耳朵、行者的脚步、作家的情怀、诗人的激情、历史学家的眼睛,开启一趟对这场百万大移民故事的忠实记录,穿梭在他们的故乡和移民地之间,聆听他们的故事,感受他们在挣脱远离故土的纠结后,如何给后人创造出了一个新的家乡。

10多年前,我就曾应一个导演朋友之邀,打算完成一部关于这场百万移民的纪录片。虎头蛇尾地进行了一段时间后,望着几百本相关的书籍、厚达几十厘米的资料以及书写了几万字的大纲，我觉得自己像是一名刚拿到登山证的运动员，却接到了要攀登珠峰的指令，我只能明智地选择了终止。

2018年，由于介入一项与六盘山移民有关的大型影像跨界创作工程，我再次开始对那些出六盘山、入黄河畔的移民进行书写；开始一次次从南到北，从北到南地反复穿越、走访。归来后，又历时3年多时间，采访几百人，涉足51个城镇、100多座村庄。动笔时，我尝试运用叙述学、人类学、社会学、生态学的视野，来描述这场时间跨度长、辐射面广、产生效应大的"出入山河"运动，面对一场刻印在宁夏历史长册中的、牵扯数百万人、跨越40多年的大移民，真实性和艺术性都是不能缺席的，前者是一种生命根系，后者是一种品格内涵。无意间，我将新闻采访、非虚构写作和纪录片编剧以及"纯文学视野"下的小说结构、散文笔法和诗歌意象等跨文体语言交叉使用、交替置放进来，这让它的题材界定出现了一定的难度，你说它是历史散文？报告文学？非虚构记录？诗意的新闻？特稿的放大？似乎都像但又不像。它穿越虚构和非虚构交界的模糊地带，让真实发生的历史和小说与诗歌般的虚幻境地，形成镜花水月似的互相投射，为百万移民立传。这时候，你说文学是生活的注释，还是生活本身就是文学？

2002年初夏，我从宁夏最南端的泾源县开始，沿着一条从六盘山到黄河边的"桑蚕之路"，探究的也是一条移民之路。从此，我用了整整20年时间，持久地关注移民这个话题。"在写一部作品时，你如果不把全部的本事都用上，你为什么要写它呢？说到底，一个尽自己最大能力写出来的作品，以及因写它而得到的满足感，是我们唯一能够带进棺材里的东西。"这是雷蒙德·卡佛的话。在完成这本书的过程中，我确实是用上了全部本事，它不仅有20年的时间跨度，更有我在诗歌、非虚构、散文、报告文学等文体上跨越的尝试。从2020年10月初稿完成到现在，我用了3年时间9次修改书稿，它是我和宁夏互相留给对方的一份礼物、一份念想！

2020年10月1日初稿
2023年9月12日九稿